龙盘虎踞

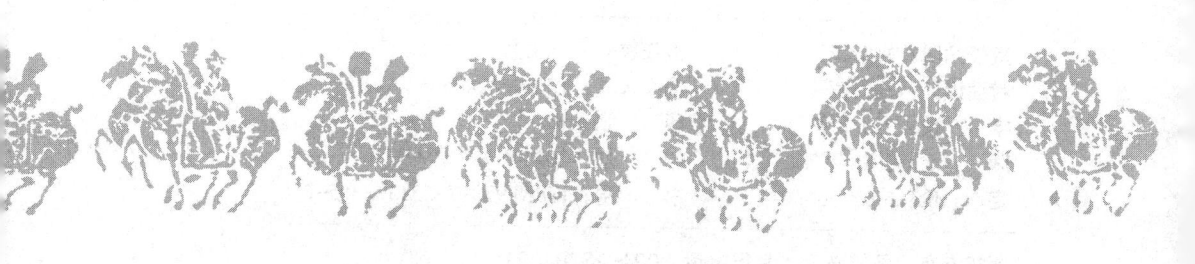

王志国 著

北方联合出版传媒(集团)股份有限公司
春风文艺出版社
·沈阳·

图书在版编目（CIP）数据

龙盘虎踞 / 王志国著. —沈阳：春风文艺出版社，2018.2（2021.1重印）

ISBN 978-7-5313-5365-2

Ⅰ. ①龙… Ⅱ. ①王… Ⅲ. ①长篇历史小说—中国—当代 Ⅳ. ① I247.5

中国版本图书馆CIP数据核字（2018）第025280号

北方联合出版传媒（集团）股份有限公司
春风文艺出版社出版发行
http://www.chunfengwenyi.com
沈阳市和平区十一纬路25号　邮编：110003
永清县晔盛亚胶印有限公司印刷

责任编辑：姚宏越	责任校对：于文慧
封面设计：马寄萍	幅面尺寸：170mm×240mm
字　　数：395千字	印　　张：19
版　　次：2018年2月第1版	印　　次：2021年1月第2次
定　　价：50.00元	书　　号：ISBN 978-7-5313-5365-2

版权专有　侵权必究　举报电话：024-23284391
如有质量问题，请拨打电话：024-23284384

虎踞龙盘今胜昔

周建新

初识王志国先生,是因为长篇小说《大辽悲歌》。当志国先生满腔热忱地把这部书送给我时,我与他的热情有一点儿不同。我的热情来自家乡的热土,因为同是辽西走廊里的人。而对于作品,我却没有过多的奢望。我的工作就是天天和省内外的作家打交道,不包括拿到家里的书,办公室三个书橱全部装满,书多得我读不过来。志国先生不是省内当红的作家,他是退休之后才燃起创作的热情。我有个根深蒂固的坏观点,作家都是年轻时修炼的,年龄大了,成为好作家的可能性很小,所以《大辽悲歌》放在我的案头好多日子,我都没看。一天偶尔得闲,我随手翻起来,没料到,拿起来就没放下,放弃了所有的事情,居然一口气读完了。

正是因为被《大辽悲歌》深深地吸引了,后来以省作协的名义举办他的作品研讨会,我便成了积极的推动者。研讨会特别成功,国内著名评论家、学者、文史专家,对这部从契丹族发祥起笔,一直到大辽帝国走向衰落的鸿篇巨制感慨不已,纷纷撰文,有的评论文章发表在权威的《文艺报》上。

《大辽悲歌》让我认识了一个对辽西大地充满深情、对辽西文化用心研究、对辽西历史情有独钟,又充满着激情与梦想,时刻拥有表达欲望的王志国先生。当王志国先生的新作《龙盘虎踞》即将出版,把作序的美差送给我时,我当即笑纳下来,尽管岁末年初,公务繁杂,还远在江苏常州参加公务活动,我还是挤时间,挑灯夜读,读过了这部书的电子文稿。

之所以用毛泽东的这句诗为题,是因为我们从历史中走来,我们比历史上任何时期都接近于中华民族的伟大复兴,"今胜昔"这是历史的结论,更来源于十姐妹以"神圣辽西"为题讲的故事。

从结构上看,这本书明显地受到了《一千零一夜》写法的影响,全书虽说有十个风物传说、民间掌故和历史故事,但都由一条辽西文化为主线贯穿在一起,通过十姐妹讲故事的方式,既独立成章,又一气呵成。

无论是"紫荆朝旭与古塔昏鸦",还是"笔架神山与跨海天桥",抑或写"龙的故乡""菊花姑娘"等篇,写民间传说时,作者都展开了丰富饱满的想象力。唯美与写实、玄幻与神秘,相互交织,文采飞扬,形成一种斑斓的民间叙事,把辽西人耳熟能详的故事娓娓道来,并把知识性、趣味性、地域性糅合其中,丰富和完善了民间文学宝库。

笔锋一转,叙说历史时,唐太宗、耶律倍、萧太后、努尔哈赤、李成梁,这些历史人物身上虽说带有浓郁的传说和传奇色彩,但总体而言,基本上能遵循作者一贯主张的"大事不虚,小事不拘",既能真实地还原历史,又能在真实基础上,在细节与情节上加以虚构,以增强故事性与观赏性。在对所有人物的叙述上,非常鲜明地印下作者的伦理评价,在以民间叙述为主体的说话环境中着力体现历史的厚重感和文学的力量。

总之,读过这部作品,掩卷深思,我觉得有以下几个让人难以忘记的深思:一是给历史留下一个别样的风采,尤其是"努尔哈赤与李成梁"这篇,把真实的历史民间化了,趣味化了,人情化了,道德化了;二是给一个地方留下一片风土人情,丰富一个地区的文化基因,给子孙万代留下一笔文化财富,从这个角度说,王志国先生做了一件功莫大焉的事情;三是这部作品同时也是一部地域史、文化史,具有满族文化特征,是满汉文化融合的产物,也是一部民族团结、民族文化融合的作品。

最后祝王志国先生在历史文化探索、民间文化弘扬、文学创作升华等方面有更大的斩获,用更充沛的精力,讲出更精彩的中国故事。

(作者为辽宁省作家协会副主席)

目　录

引　子 / 001

第一篇　紫荆朝旭与古塔昏鸦 / 003

第二篇　笔架神山与跨海天桥 / 014

第三篇　龙的故乡与古都龙城 / 033

第四篇　唐王征东与关公显圣 / 055

第五篇　闾山圣清宫与宝林楼 / 080

第六篇　盘锦蟹王庄与红海滩 / 115

第七篇　菊花姑娘与觉华仙岛 / 134

第八篇　东丹王耶律倍与辽太子读书楼 / 152

第九篇　契丹萧太后与闾山龙凤柏 / 182

第十篇　老汗王与李成梁 / 211

引 子

　　十月的北京，金风送爽。玉水河畔的"关东酒家"，一大早就忙得推不开门了。客人们摩肩接踵，纷至沓来，宽敞的门前车水马龙，人流熙熙攘攘。几十间客房内推杯换盏，一片笑语欢声。据说这种火爆的场面已经持续十几年了，让这家饭店闻名遐迩。

　　原来这座看似普通的中型餐馆，不仅经营的是正宗的东北菜，以纯粮白酒、大锅炖菜、货真价实、风味独特著称，还因为它背后依托着辽西两家老烧锅、三大养殖场和六个果蔬产业园，使用的原料都是绿色有机食品，吃着让人放心。

　　除此之外，店主刘大姐来自辽西黑山，既纯朴又实在，办起事来喊里咔嚓，说起话来笑声朗朗，就像一碗东北老烧，既透明又火辣，待人极为热情。还有那些她从家乡带来的服务员，一个个满面春风，勤快质朴，笑起来就像一棵棵红高粱那样可爱，看着就让人舒服。出来吃顿饭，谁不图个开心愉快呢？

　　这一日是国庆长假的第二天，也是"辽西十姐妹"相聚的日子。大姐施兰在一周前就预订了房间，八点刚过就来了，张罗着摆台和提前点菜。二姐乔慧、三姐慕容春雨、四姐林蔚云、五姐张杏芳、六姐齐春蕊、七姐李嗣君、八姐刘芷玲、九妹高月芳和十妹孙明玉，也都在九点整准时到来。大家住在四面八方，又是一年没见了，姐妹们先是叽叽嘎嘎互致问候，紧接着就拍照留念、互赠礼物，最后才陆续坐到餐桌前。

　　六姐齐春蕊是本次聚会的"轮值主席"，她首先站起来说："我们'辽西十姐妹'的聚会一年一度，从二十一世纪初到现在，已经举办了十六年了！这十六年来的每次聚会，都让我们的生活更加充实，也使我们的心情更加愉快。大家谈论的内容涉及天上地下，可谓无所不包。祝酒的形式也算丰富多彩，什么划拳哪行令啊对诗呀猜谜呀联对呀唱歌呀，还有讲段子呀说笑话呀，等等，都有过了。那么今年呢，我们应该以什么为主题、用什么方式祝酒呢？"

　　姐妹们闻言七嘴八舌喊喊喳喳，一时都拿不定主意，于是不约而同地把目光投向大姐。大姐施兰习惯性地推了推眼镜说道："节前我们中国文联刚开过一个座谈会，讨论怎样落实习主席的指示，如何讲好中国故事，传播好中国声音，提

001

高我们中国的软实力，实现中华民族伟大复兴的中国梦。这一命题意义深远，责任重大。我认为民族的就是国家的，中国的也是世界的。讲好辽宁故事，也是在传播中国声音。大家都是辽西人，我们的家乡有山有海有平原，风光秀美，历史悠久，文化积淀十分丰厚，是中华民族的发祥地之一和龙的故乡，有着许多优美的民间传说。我建议，咱们不妨以'神圣的辽西'为题，讲一讲我们家乡的故事，怎么样？"

"好哇！好哇！太好了！"姐妹们思虑片刻，随后一齐鼓掌，表示赞同。于是六姐齐春蕊举杯祝酒，宣布聚餐会正式进行，我们的故事也就从这里开始。

第一篇　紫荆朝旭与古塔昏鸦

好吧！既然这个主意是我提出来的，那么就由我先来吧！大姐施兰首先说道。

听说过紫荆山吗？它就坐落在锦州市区东郊，与北镇那边的医巫闾山紧紧相连，我的老家就在紫荆山西面的一个小山村里，我的童年和少年时代都是在那里度过的。及至我到锦州城里念中学，后来又到国外上大学，见到过许许多多的名山大川，虽然它们都各具独特之美，但我总感觉没有家乡的紫荆山好。最近这几年，也许是因为岁数大了喜欢怀旧，我经常在夜里梦见它，有的时候醒来，甚至发现泪水已经洇湿了枕头。锦州的紫荆山哪！那可真是太美了！回想起来，就像一幅幅秀丽的山水画，不断地浮现在我的眼前，让我陶醉。

一

每当春天来临的时候，山上的草总是先绿了，山上的树总是先冒芽儿，山上的野菜总是先放了叶了，山上的鸟儿总是成群结队地首先飞来，那是我们这些小伙伴最快乐的季节。放了学，我们会结伙去山上挖野菜，采"茅茅莐儿"。那"茅茅莐儿"刚钻出来不久，嫩绿嫩绿的，十分可爱。剥开它们外边的皮儿，就会露出里面白白的瓤儿，又软又甜，放在口里一嚼，那股清香味儿，别提多好啦！我敢说如今再高级的口香糖也赶不上它。还有一种野菜叫作"酸达溜"，嫩绿的叶子上长满白色的茸毛，摘下来放在口里一嚼，会酸得你直龇牙、抽冷气儿。有时候我们也会摘一些香椿树芽儿回去，妈妈会用它来炒鸡蛋，或者做成打卤面，那股鲜香的味儿，连左邻右舍都齐声叫好。后来我到国外工作这么多年，再也没有吃过那么好的打卤面。

过了三月三，那满山的紫荆花、洋槐花开得遮天盖地，白的、紫的、粉红的、淡黄的，沟沟岔岔都不尽相同。风儿一刮，那叫一个香啊！招惹得漫山遍野蜂蝶狂舞，忙个不停，整个紫荆山像一座巨大的蜂房。难怪我周一到城里上学去，同学们都会问我，你的身上咋那么香啊？那时候我总是自豪地告诉他们，我们山里人得天独厚，连衣服上都是带着花香的，让城里的同学们羡慕不已。

记得有一年春天，老师带我们去山里踏青。刚出城不远，就遇上了许多蜜蜂，它们飞来飞去繁忙得很，但却没有忘记给我们带路。我们就跟着这支庞大的蜂群，一直走到了紫荆山上。热情的宝山大爷正在摇蜜，他拿出两瓶装得满满的蜂蜜，让我们带回去品尝。我们这些同学回到学校，用茶缸分着喝了。哎呀！那是正宗的槐花蜜呀！多少年来一直甜在我的心里。

紫荆山的夏天满山碧绿，就像一块硕大的翡翠，那么晶莹透亮又神秘幽深。成群的鸟儿飞来飞去，叽叽喳喳，合奏着美妙的乐曲。潺潺的溪水穿山越岭，不知疲劳，一路哼唱着好听的歌儿。赶上晴天，那朵朵白云飘在半山腰上，像美妇的巧手新弹的棉花，白得纯洁，亮得可爱，那千变万化的图形，会让你产生许多美妙的遐想。若是雨后，那黑云边上镶着白云，从山边散去，往往又会有数道彩虹从天上挂起。偶尔见一缕金光从峰顶上飞来，像是有仙人驾着彩车凤辇突然光临。

秋天的紫荆山像醉酒的老汉，热情、纯真又富有。那满山的果树挤挤压压，沉甸甸地挂满了各式各样的果实。"国光"的脸儿红红的，"元帅"的身体黄黄的。桃子的颜色虽然还半红半绿，但已经散发出成熟的馨香。那些高大的山楂树挂满一串串小灯笼，随风摇曳，神采飞扬，向同类们展示着自己的辉煌。调皮的山枣树歪倒在沟沿旁或山崖上，也不甘寂寞，稍不小心它就会刺到你，热心地让你品尝它的果实。而你一旦摘下几个放在口里，会酸得你一连几天都倒牙。山腰上的枫树虽然不结果实，但当头霜过后，它会好好地给你点儿颜色看看。那枫树叶一天一天地在变红、变紫，变得色彩斑斓，看了让人心醉。

大雪覆盖了紫荆山的时候，是它一年之中最为静谧的季节。千峰万壑，一片晶莹，整个山峦像是一块巨大的宝石，银装素裹，隽永高洁。树木大多已凋零，唯有松柏常青，百花相继谢而冬眠，偶见雪花飘飞。寒风送走了岁月的喧嚣，却迎来了成熟后的凝重，看了让人肃然起敬。当冬日的暖阳照在群峰之上，那高高的雪岭就会镶上一层金边儿，令人对它的明天充满着希望和遐想，于是这时的紫荆山又成了画家们写生的好地方。

你看我啰唆了这么大半天，其实还没有进入正题。紫荆山真正的大美之处，也就是它独特的地方，是它的日出。我还记得小的时候，西坡那里还有一座很大的亭子，是座六角两层红柱绿瓦歇山式建筑，好像叫作"览旭亭"，据说是南北朝时期遗留下来的，不知何人所建，但却独具匠心，那里的确是个观看日出的好地方。

每当进入仲秋季节的清晨，只要是晴天，你就会看到山腰上云雾缭绕，紫气蒸腾，一片迷蒙。山头被云雾遮起，偶尔露出一抹青蓝，浅浅的，淡淡的，似有似无，若隐若现，像是古典美人精修过的蛾眉。那飘动的雾气则如同美人身上的轻纱，神秘而又令人向往。

稍微过了一会儿，山顶上的云彩开始改变颜色，逐渐从乳白变成微红、橘红乃至金红。又过了一会儿，山边上露出了太阳的小半个脸儿，通红通红的，没有一点儿杂色，像是刚出炉的火炭，又像是女孩子羞红的脸。再过一小会儿，太阳就迫不及待地跳了出来，而雾气却又毫不客气地迎了上去。太阳立即没有了刺眼的光芒，却如同一个巨大的蛋黄，静静地悬挂在主侧峰之间的山洼上，远远望去，极像一个写在东天上的巨大的"旭"字，惟妙惟肖，独特之极。于是观看的人们无不欣喜若狂、暗暗称奇。这就是著名的"锦州八景"之一——"紫荆朝旭"呀！岁数大些的人都知道。二十世纪五六十年代你若是路过锦州，列车上的播音员是一定不会忘记告诉你这些的。

二

锦州的神奇之处，不仅在于它拥有秀美的风光，而且还在于它有着悠久的历史和灿烂的文化。就说"紫荆朝旭"吧，这里就有一个十分古老而又动人的传说。

相传很久很久以前，我们的祖先就在这渤海之滨、紫荆山下繁衍生息。这里山清水秀，鸟语花香，土地肥沃，物产丰饶。人们男耕女织，打猎捕鱼，过着与世无争的生活。历史无声地迈动着它沉稳持重的脚步，这里仿佛是关东地区的世外桃源。

由于这里环境优美，经济发达，区位险要，交通便利，是关内关外有名的水旱码头，不仅商人巨贾争相光顾，文人骚客多聚于此，就连各路神仙、道人僧侣也纷至沓来，紫荆山便成了他们经常聚会的地方。闾山三清观的无虑道长和千山五龙观的双辽真君，便是这里的常客，二人常在此处看日出、下围棋。无虑道长棋艺高超，双辽真君酒量奇大。二人商定，谁若是输棋了，就要罚饮一杯"紫荆花酒"。无虑道长赢多输少，但是不善饮酒，双辽真君赢少输多，然而千杯不醉。两个人一旦聚在一起，就经常从清晨下到日暮，每每高兴而来、半醉而归，倒也皆大欢喜、其乐融融。

这一日春去夏来，天气有些炎热。两位棋友下过数盘，已近正午，随行道童送上几盘干果、两杯热茶，无虑道长便提议稍作休息。二人手捧香茗，凭栏而立，见眼前万木葱茏，百草丰茂，鲜花盛开，水流潺潺；远山近壑与禾田阡陌尽收眼底，凡夫俗子与过往仙家川流不息，一派繁荣热闹的景象。无虑道长不禁感叹道："这一方沃土虽非世外桃源，倒也是锦绣之州哇！此乃上天大道所赐，人间万民之福哇！"

双辽真君喝下一口香茶，看了无虑道长一眼，立即接过来说道："此地多年来能风调雨顺、物阜民丰，少不了龙王之功、雨神之德呀！"

无虑道长听后不以为然。他与双辽真君虽为多年棋友，但是并不知道对方的真实身份，只当是同门道友、化外之人，于是不赞同地说道："道兄之言虽说有些道理，但天有天纲，地有地常，万事万物皆有法度，诸神只需按章而行。三界的兴衰、人间的冷暖，皆赖上天之德、玉帝之功，岂可算在某家神将的头上？他们无非是各司其职而已！"

双辽真君听了无虑道长之言，虽然心中不快，但也无话可说。由于心情烦闷，酒劲儿上涌，便觉天气越发炎热，于是他顺手解开长衫，接着说道："天气如此炎热，想必庄稼已经缺水，是该降雨的时候了！"

无虑道长闻听此言，放下茶杯，掐指一算，随即喜笑颜开，张口说道："你还别说，真是天遂人愿！明日午时三刻，便有一场好雨，此乃万民之福也！"

双辽真君听罢暗想，真是胡说八道、胡诌八咧！自己是东海龙王的儿子，这辽东大地的雨神，尚且不知明日有雨，你一个山野村夫、牛鼻子老道，如何知道？不是蒙人又是什么？他虽然心里这样想，表面上却不动声色，似是很随意地问道："道兄既知明日有雨，不知几时能下？可降多少？"

无虑道长也是一时高兴，不慎泄露了天机。他顺手拈起几颗杏仁放进口里，一边饶有兴味地细细咀嚼，一边慢条斯理地对双辽真君说道："以我算来，这场雨当是从午时三刻下起，到申时三刻结束，雨量为三寸三分三毫，也算足够用了！"

双辽真君听罢有些不信，带着疑虑的口气问道："道兄既非天人，何以知晓天机？明日如到时不下，或者是下非其时、降非其量，汝又当怎的解说？"

无虑道长又掐指算了一遍，胸有成竹地说："万事万物自有定数，岂可随意相违？明日降雨之事，必定同贫道所说绝无二致，道兄可愿与我打赌乎？"

双辽真君闻听此言暗自欢喜，心里说若是别的事情，我或许赌不过你，可这下雨之事正归我管，难道我还怕你不成？于是立即伸出手来说道："咱俩就击掌为誓，我与你真赌一把！若是果如你所说，是你赢了，我便在无虑山上为你建一座胜棋楼，让普天之下皆知道你无虑的高明。若是我赌赢了，你赌输了，道兄又当怎的说？"

无虑道长面带讥讽似的说道："你根本就赢不了！我没有把握能随便说吗？你的脑筋怎么就不拐弯儿，与你的棋艺一样臭？若是你明天真的赢了，便是老天翻脸，天道无常，我自然认赌服输，就在千山之下为你建一座紫荆酒坊，让辽河两岸的道友们随意饮用，你看如何？"

双辽真君听罢高兴得眉飞色舞，两个人就这样当场说定了，又各自饮用了几杯香茶，就带着随从道童匆匆离去，他们再也无心在此下棋了。

不表无虑道长如何回到间山之事。且说双辽真君降下云头，刚一踏进辽河龙宫的大门，即有贴身女官递上一份天宫的文书，乃是玉帝签发的降雨律令，命他明天午时三刻给这一方土地降雨，雨量和时辰竟同无虑道长说的一点儿不差。双辽真君览罢大惊，脑袋立即嗡的一声，险些跌倒。暗想这无虑老道究竟是何人？怎么竟能知晓天机？此番自己必输无疑！不觉有些怏怏不悦。

那贴身女官见双辽真君脸色突变，明显有些闷闷不乐，便小心试探着问道："龙王缘何谈雨色变？让下官迷惑不解。千百年来每一次奉诏行雨，大王都是高兴万分，足见爱民之德。今日怎么就面露不悦？难道说您心中有事？"

双辽真君不禁脱口而出："这天宫的律令怎么来得这般晚？我早晨走的时候尚且不知！害得我同人家打赌立誓，明显是要输与他了！这便如何是好？"

那贴身女官闻听个中情由，随即说道："这天宫的律令是日出以后才收到的。但那时大王您为了去看紫荆山的日出，已经走了好大一会儿工夫了，又下棋到此时方归，怎么会提前知道？"

双辽真君听后觉得无可奈何，不禁长长地叹了一口气。他想这一回我可砢碜大了，这胜棋楼是非修不可了，不觉心有不甘。那贴身女官见双辽真君极为焦虑，趁机说道："大王何须为此事心烦？这降雨之事虽是玉帝有诏，但执行起来还不是您说了算？到时候您在时辰、雨量上稍做变动，不出大格，雨也下了，赌也赢了，玉帝能把你怎么样？"

双辽真君闻听此言，顿觉眼前一亮：这倒是个可行的办法，我为什么没有想到？他高兴得把贴身女官抱了起来，大大夸奖了一番："还是你聪明！就是这个主意了，明天就照你说的去办！"随后下令摆酒庆贺。

三

再说无虑道长次日又早早来到了紫荆山，与几位来自龙山的高僧下了几盘棋，却始终没有看到双辽真君的身影，直到中午了仍未露面。无虑道长心中疑惑，掐指算来，已知双辽真君今日有事，不会来了。刚想动身回去，转念一想："我何不在此品茶等雨？待下过雨后再走不迟！"于是他又择个靠窗的位置坐了下来，一边喝茶，一边观察着外边的天气。

果然一盏茶还没有喝完，就见外面狂风大作，雷电交加，黑云翻滚，阴气森森。但是折腾了好一会儿，却不见下一滴雨。无虑道长心中纳闷：为何时辰已到，老天还不降雨？如今雷公、电母、风姨、云妹均已到位，龙王为什么姗姗来迟？难道是我算错了吗？还是老天变卦了？这究竟是怎么一回事呢？

无虑道长正疑惑间，不觉已到午时四刻，随着咔嚓一声炸雷震响，只见狂风骤停，乌云愈重，顷刻间大雨滂沱，直如扳倒天河一般。这场雨直下到申时四刻，真是庄稼喝饱，土地润透，沟满壕平，河流汹涌。无虑道长收起放在亭外平地上的乾坤筒一测，雨量为四寸四分四毫，不禁大惊失色："这雨量和时辰都不对呀！难道是自己算错了吗？不能啊！那么究竟是怎么一回事呢？"他满脸狐疑地悻悻而去。

翌日清晨，待无虑道长来到览旭亭时，见双辽真君已稳稳地等在那里。还没等无虑道长落座，双辽真君便笑着问道："道兄昨日可曾观雨？不知雨量和时辰与你说的可否相同？我昨日在五龙观可是量过了，这一回你输了吧？什么时候为我建酒坊啊？"

无虑道长闻听此言，虽然心中不服，但也无话可说，只好点头认输，答应按照城里紫荆花酒家的格局，在五龙观附近建一座大大的酒坊，所有费用均由三清观支付。所酿上等好酒，任由双辽真君及其同道随意饮用。双辽真君闻言大喜，兴致倍增。两人又连下数盘棋，无虑道长因为心不在焉，屡战屡败，最后被灌得酩酊大醉而去。

回到道观以后，无虑道长一觉睡醒，心中烦闷，一人来到祖师堂前，行罢三拜九叩大礼，燃起信香，向兜率天宫禀报心中疑惑之事。原来无虑道长乃间山老猿修行而来，是太上老君安插在人间的一个眼线。信香一点，一缕轻烟直上九霄，达三十三天之上，太上老君眉头一皱，已知分晓，于是匆匆来到灵霄宝殿，拜见玉皇大帝。

玉帝知道太上老君轻易不来，今日又似面带不悦，忙离座问道："仙师多日不见，朕甚是想念，不知今日上朝，所为何事？"

太上老君见礼已毕，便把下界降雨之事说了一遍，末了愤而言曰："这何时降雨、雨量多少，乃上天的律令，铁定的清规，多少年来雷打不动、火烧不改，岂可轻易变得？一定是有个别小神从中作祟，坏了天宫的法度，任其下去怎么得了？应当从严查处才是！"

玉帝闻听也是一惊，忙对太上老君说道："仙师不必着急，此事查清不难，待我派员了解一下便知。"于是立即派太白金星下界私访。

经过太白金星一番调查，事情果然如太上老君所说，时辰和雨量均被篡改，乃雨神辽河龙王擅自而为，与雷公、电母、风姨、云妹没有一点儿关系。玉帝闻知勃然大怒，当即命神将把双辽真君抓到天宫，问清事实，责令痛打一百大板，以儆效尤。这一顿板子，直打得双辽真君血溅鳞飞，骨断筋折，回到龙宫以后，将息了数月尚不能起床。

双辽真君皮肉受苦，心中更痛，他躺在病榻上四下打探，已知此事乃太上老君所奏，那么太上老君又从何处得来的消息呢？自己同无虑道长打赌之事，并没有别人知道。何况这个降雨的时辰和雨量稍有差别，又有谁会察觉，谁能关心呢？除了无虑道长暗进谗言，绝非另人所为，一定是这个牛鼻子老道坏了我的大事！这个老家伙本来就手眼通天嘛！自己同他是多年棋友，所谓打赌不过是开个玩笑，他竟然暗下毒手，害我到如此境地，真的不是什么好东西！双辽真君越想越气，怒从心起："你对我不仁，休怪我对你不义，咱们骑驴看唱本——走着瞧！看我怎么收拾你！"

四

半年以后，双辽真君体伤痊愈，仍到紫荆山与无虑道长饮酒下棋。两个人依旧谈笑风生，绝口不提打赌之事，但双方谁都心中有数。双辽真君这口恶气不出，总想寻机报复。一日他听无虑道长说，近两个月不能到这里来了，要在医巫闾山潜心练功，到中元节时去参加武当山的比武大会，双辽真君暗自欢喜，觉得机会来了！

次日晚上待红轮西坠、玉兔东升，人间一片静寂之时，双辽真君悄悄飞抵医巫闾山，站在云头上向下观看。只见山林静卧，溪水无言，好像都已沉睡；月华满地，轻风不语，却传来阵阵花香。银辉下的三清道观翘脊飞檐，显得越发神秘幽深。偌大的道场内并不见有人走动，只有在祖师殿后的平台之上，无虑道长披发仗剑，正在踏罡步斗，潜心修炼，旁边空无一人。

双辽真君见无虑道长专心致志，没有一丝察觉，不禁心中暗喜，立即在云头上念动咒语，施展手段，双掌分开再用力一合，只听一个炸雷咔嚓一声从天而降。随后再将一大口龙涎嗖地吐出，化作一片严霜，当即落在无虑道长的脚下。无虑道长心无旁骛，猝不及防，被这一声炸雷震得肝胆俱裂，身子一抖，脚下一滑，扑通一声摔倒在石台之上，只听嘎巴一声，立时将耳朵震聋、腿骨摔折，疼得他马上晕了过去。双辽真君见状，高兴得几乎笑出声来，一转身悄悄地飞走了。

且说三清观的众道长睡得正香，突然被炸雷震醒，并不见有风雨袭来，一个个惊诧万分，半晌才想起师父还在后院练功，不知怎么样了，遂一齐前来探望，

009

方见无虑道长摔得鼻青脸肿，已经人事不知。众人七手八脚将其抬入卧房，呼唤了许久，无虑道长才从昏迷中醒来，但已是气堵胸腔，满眼泪水，连一句话也说不出来。众人忙给其用药，精心护理，悉心调治，将息了三个多月方能起床，还参加什么比武大会呀！早就过了期了！气得无虑道长咬牙切齿、七窍生烟。

无虑道长躺在病床之上，辗转反侧，夜不能眠。他认为朗朗夜空，突生炸雷，事出蹊跷，必有因缘，一定是有人暗算于他。于是他焚香禀报太上老君，要求查办。玉帝责成太白金星询问过雷公、电母及霜雪女神，都说不知此事，也有仙友证实他们那晚均未下凡，全在昆仑山吃酒。太上老君怀疑是双辽真君所为，但是苦无证据，只好不了了之。无虑道长吃了一回哑巴亏，但他胸中有数，知道一定是双辽真君干的，气得他骂不绝口："好你个老泥鳅！你等着，我早晚有一天弄死你！"

五

过了八月中秋，转眼已入九月，无虑道长虽然心存怨恨，但始终没找着合适的机会。这一日适逢九月初九重阳佳节，无虑道长灵机一动，邀请双辽真君到三清观赏菊吃酒。

双辽真君欣然赴约，驾彩云来到无虑山中，不觉眼前一亮：只见漫山遍野林海茫茫，半空之中紫气漫漫，溪流穿越山林似小蛇轻游，霞光普照道观如天上灵霄。双辽真君不由得感叹道："久闻无虑山乃人间圣境，今日一见，果然名不虚传！"及至降下云头，走上山来，却又是一番景象。只见松柏成排矗立，直如天上仙班，石阶曲径通幽，却似九曲兰桥；奇花路旁开放，争奇斗艳，尤以金菊为最，饱人眼福；异草园内生香，你谦我让，当数灵芝居首，沁人心脾；翠鸟欢声报信，灵猴跳跃迎宾。未等到得观前，已有八名道士雁翅儿排开，恭行待客之礼。及至踏进山门，又见无虑道长满面春风，一派仙风道骨，早已站在台阶上等候。

双辽真君见无虑道长满腔热情，态度至诚，并不见有任何衔仇带恨之意，遂放下心来落座饮酒。两个人从菊花谈到做人，从做人谈到布教，言来语去，极为投机。无虑道长诚尽地主之谊，格外殷勤，频频举杯祝酒。双辽真君见状客随主便，开怀畅饮，直到大醉方归。

一连几天过去，什么事情也没有，二人依旧到紫荆山饮酒下棋，一副尽释前嫌的样子。不料七天以后，从九月十六开始，双辽真君顿觉浑身奇痒，无法自制，伸手去挠，瘙痒尤甚，食不甘味，寝不能眠。服用什么药物都不见效，而且奇痒日甚。直挠得他鳞片剥落，鲜血淋漓，难受得他满地翻滚，竟撞折了龙宫的一根玉柱。请天宫仙草苑的女医官灵芝姑娘前来诊治，才知是中了百草之毒，乃七天之前误食毒物所致。

双辽真君此时方恍然大悟，明白自己是被无虑道长暗算了！一时气从心头起，恶向胆边生，顾不得什么天庭律令、仙家法度了，即刻调集虾兵蟹将，气势汹汹地向闾山杀来。到得山巅之上，立即开始作法，顷刻间雷电交加，大雨如注，杂以飞沙走石，冰雹雪块，一齐向三清观砸来，一时天昏地暗，如临末日之灾。

双辽真君部下的这些散兵游勇，平日里只能在水中寻欢作乐，从来未见过外边这美妙的花花世界，一时眼界大开，忘乎所以，又听说让他们为所欲为，横行霸道，不禁肆无忌惮，尽逞破坏之能事，终于酿成了一场大祸。这场突如其来的暴风骤雨，不仅使三清观房倒屋塌、梁折殿毁，而且令周围百里之内树木连根拔起，庄稼倒伏在地，果树损坏殆尽，村屯悉数被淹，百姓们哭声震天，挣扎于水泊之中。道士们不是被炸雷殛死，就是被乱石砸伤，无虑道长吓得藏在祖师堂太上老君的神像之下，方幸免一死。

双辽真君干完了这件坏事，才长长地出了一口气，带领着虾兵蟹将回到龙宫，大摆宴席，以示庆贺，不觉喝得酩酊大醉，一睡未起。直到两日以后的清晨，二郎真君杨戬带着神将来拘拿他的时候，他尚在梦中未醒，直到困龙索勒在脖子上了，他才目瞪口呆。

六

原来事情发生之后，闾山之神和当方土地见事态严重，不敢怠慢，急向天庭禀报。玉帝听后极为震惊，当即派太白金星下界查证，方得知这场浩劫危害巨大，共淹没良田二百万顷，刮坏果树八千万株，冲倒民房四万多间，毁坏村庄二百余座，造成六万多名黎民丧生，其他生灵无法计算。此桩罪孽乃辽河龙王双辽真君所为，太白金星义愤填膺，据实禀报。玉帝勃然大怒，下令将这条恶龙碎尸万段并谕三界周知，以为后来者戒。

双辽真君被扒去龙鳞，缚住四肢，穿上鼻绳，绑在灵霄殿外候剐。监斩官托塔天王将令牌抛下，刽子手剔骨尖刀已经举起，眼见得将要动手的时候，双辽真君大呼："我犯天条，误伤百姓，死有余辜，后悔莫及！虽千刀万剐，我去而无憾！但那无虑老贼，无事生非，屡屡暗害于我，难道就无一点儿过错？天道为何如此不公也？我死而不服矣！"不觉一股怨气，直冲到九霄云外。

那一日南海观音菩萨正在紫竹林中打坐，忽然心血来潮，不能自制，睁开双目一看，已知分晓，急带松鹤二童子赶赴天庭。正巧双辽真君还在喊冤、托塔天王迟疑之际，观音菩萨已经赶到，随即双手合十，笑而言曰："阿弥陀佛！天王息怒！还请刀下留神，待我见过玉帝之后，再做了断，不知如何？"

那托塔天王原是下界边关大帅，受过菩萨厚恩，后来才逢凶化吉，得升天界，自然乐得给菩萨留个面子。观音菩萨当即命松鹤二童子守住法场，自己直接去灵霄宝殿面见玉帝。待行礼问讯之后，菩萨向玉帝说道："双辽小龙先是滥用职权违犯天条，后来又胡作非为草菅人命，伤及黎庶而残害生灵，实属恶行昭著而罪不可赦，千刀万剐乃咎由自取，陛下圣裁必大得民心，平三界之公愤也！但据贫僧所知，那无虑道长卖弄高深，私泄天机，导致互相打赌，无事生非，整日无所事事，不思为人间造福，却处心积虑，图谋暗算他人，岂可逃脱罪责，并无一丝责罚？此乃双辽小龙口出怨言、法场喊冤之故也！二者既同为本案共犯，亦当公平论罪，不知陛下以为如何？"说完又以目示意太上老君，希望能得到他的赞同。

太上老君虽觉此事有些欠妥，无虑道长确有不可推卸之责，但他毕竟是自己亲收的弟子，于是出班奏道："无虑私泄天机，确是有罪，但暗算双辽，却事出有因，就发配他到昆仑绝顶，给玉虚真君当个烧火的童子吧！谁让他愿意煽风点火来着？"

玉帝闻听太上老君之言，听出他有偏袒之意，但碍于情面，也不好再说什么，只能照准。观音菩萨见状复又禀道："那么双辽小龙就交给我来处置吧！暂且留他活命，将他打入地牢，让他生不如死，以为后来者戒！"玉帝慨然准奏。

观音菩萨谢过玉帝，随即命松鹤二童子给双辽真君松绑，将他押至紫荆山下，召集本地山神、土地、城隍、水神、火神及五殿阎君，传达玉皇大帝的旨意，历数双辽真君的罪孽，然后拔下头上玉簪，轻轻往地下一戳，立即戳出一口无底深潭。观音菩萨对众神说："此潭下通地狱，上达人间，深为九百九十九丈，乃是贫僧亲设地牢，我就把这条孽龙押在这里。看见了吗？这深潭边上有棵铁树，六十年才开一次花，只有这铁树开了千次花，深潭涌过千次水，这条孽龙才有出头之日！"随即轻轻一掌，将双辽真君打入地牢，接着又移来南普陀山的玲珑宝塔，稳稳地镇在深潭之上，只留下一个井口，让双辽真君可见天日，给他带来生的希望。

观音菩萨发落完双辽小龙，立即来到医巫闾山，见村庄被毁、良田被淹，百姓已经无法生存，遂动了慈悲之心、恻隐之念。她挥动杨柳枝，洒下净瓶水，恢复毁坏的民房，扶起冲倒的庄稼，又从武夷山移来神茶，栽于西山之上，再从峨眉山引来优良稻种，播撒于辽河之滨。为了根治旱灾，灌溉贫瘠的农田，她拔下头上玉簪轻轻划了两下，立即开出两条通海的河流，一为大凌河，一为小凌河。同时又将那些有罪的虾兵蟹将，拘在入海口繁衍生息，让它们向受害的百姓以身赎罪。为了把这些事情安排妥当，观音菩萨一连在北山住了七七四十九日，渤海之滨和闾山脚下到处都留下了她的足迹。

通过这样一番整治，这一片经过浩劫的土地，不仅变成了富庶的鱼米之乡，而且成为八方羡慕的人间天堂。百姓们欢天喜地，有口皆碑，到处传颂着观音菩萨的功德。他们自发地组织起来，在观音菩萨曾经住过的山洞里，雕塑了一尊千手观音的法像，又在菩萨弘法的山坡上，修建了一座庙宇，来永远地祭拜她、怀念她。

观音菩萨感黎民百姓之诚，遂常来此地传经布教，弘扬佛法。四方僧侣闻之纷至沓来，各地民众都来烧香祈福，一时游人如织，盛况空前，这里成了观音菩萨的北方道场，塞外关东的佛教圣地。不知从什么年代开始，人们便把这里称为观音洞、北普陀山和北普陀寺，也让这里逐渐蜚声天下，闻名遐迩。多少年来，香火一直都非常旺盛，而且有求必应，灵验得很。

至于那条双辽小龙嘛，自从被镇压在古塔之下，日夜盼望着铁树开花、神泉上涌，也不知在阴冷的地牢中度过了多少年。那些好事的乌鸦闲来无事，就经常聚在塔顶之上来戏弄它。每当夕阳西下、傍晚来临，乌鸦常聚集在塔顶上高喊："开花啦！开花啦！快出来！看看吧！"惹得双辽小龙一次次伸出头来观看，每次都高兴而出，扫兴而回，气得它一次次骂道："说假话！说假话！真无耻！滚蛋吧！"日子就这样一天天、一年年地过去了。据说许多上了岁数的老人，都看见过古塔下面的铁树开花、神泉上涌，还有的说瞧见过双辽小龙呢！

这就是"锦州八景"之一的"古塔昏鸦"的由来，姐妹们，我讲的故事还好吗？

第二篇　笔架神山与跨海天桥

大姐讲得真好！二姐乔慧由衷地说道。"紫荆朝旭"确是天下奇观，观音洞山实乃人间仙境。但我认为，锦州真正的大美之处，还不是它的山峦，而是它的大海。

我的故乡也在锦州，我就出生在渤海之滨的一个小渔村里，那个小渔村叫王家窝棚。我们家祖祖辈辈都是渔民，我是吹着海风、看着海浪长大的，我在那里度过了童年和少年时代，因而我对家乡的那片海湾，有着特别深厚的感情。尽管我后来到过许多地方，看见过不同的大海，但我还是感觉家乡的大海最美丽、最神圣，特别是那座笔架神山和跨海天桥，简直就像融入我的血液中，铭刻在我的生命里。

一

还记得小的时候，我们这些小伙伴经常早早地就来到了海边，挎着小竹篮子，拿着小铁耙子，等待着退潮以后，到海滩上去挖海蛎子，捡小鱼小虾和小螃蟹。在那些夏秋季节的清晨，我们常常站在海边看日出。许多时候，近海之上一片迷蒙，到处笼罩着薄薄的雾气，像是美人儿身上的轻纱，似有似无；稍远之处，在那海天相接的地方，则陆续出现一抹橘红、金红和鲜红，如同仙女巧手织成的彩缎，悬挂在东边的天空；而在离我们不远的南面，一座海中的奇峰隐藏在雾气里，中间稍稍凹陷，两边明显突出，极像一个精美硕大的笔架，偶尔露出它那神秘的面容，让人产生一种缥缈的遐想。

过了一会儿，海风吹来，海鸟飞起，有点点渔帆从远处匆匆而过。太阳如同一个巨大的火球，像刚洗完澡一样，迫不及待地从海水中跳了出来，顷刻间光芒万丈，彩霞满天，东边的大海由远及近，被染成了一片红色。此时雾气慢慢散去，海浪悄悄退走，闹腾了五六个钟头的潮水也累了，那片熟悉的海滩渐渐露出了它的笑脸，我们的劳动也就开始了。

这时候人们总会惊喜地发现，随着潮水渐渐退去，在那海岸与神山之间，突然出现了一条神奇的大路。开始的时候它像一根细线，慢慢地加宽抻长，如同一条游动的长蛇，继而更宽更长，直达神山脚下，宛若一条静卧的巨龙，把海岸与神山连在一起。于是人们欢呼雀跃，纷纷通过这座"天桥"登上神山，去祈祷海神保佑，或去欣赏海上奇观。我小的时候，曾到神山上去挖野菜、采蘑菇，但从来没有到过山顶。听老人们说，登上极顶可以同神仙对话，看神仙下棋，那块巨石上的棋盘，比一铺火炕还要大。山上还有许多奇松、古柏、鲜花和庙宇，足够你玩上大半天的。不过你可要早点儿归来，否则海水涨潮，"天桥"不在，你可就要在神山上过夜了。

我刚才所讲的，就是渤海湾里著名的笔架神山和跨海天桥，它是蜚声中外的一道奇观，也是脍炙人口的一段传奇。这个优美动人的故事，不知流传了多少年，也不知陶醉了多少人哪！我今天就讲给大家听。

二

相传很久很久以前，渤海湾的西岸有一片锦绣之州，这里山清水秀，土地肥美，是天下少有的鱼米之乡。在这片富庶的土地上，居住着一群勤劳而善良的先民，他们世世代代以打鱼和种地为生，日出而作，日入而息，过着和谐平静的生活，仿佛是人间的一处世外桃源。直到有一天，一条恶龙闯进了渤海湾，才打破了这里的安宁，并一度给这里的黎民百姓带来了深重的灾难。

原来天上有一位冰雹之神名叫霸下，他是天河里的一条蛟龙，是东海龙王敖广的第九个儿子。由于职责比较特殊，他多数时间闲暇无事，因而便时常离开府衙，到处喝酒闲逛。霸下酒量奇大，多数神将都不是他的对手，据说连赤脚大仙都曾经败在他的杯下。玉帝知其豪饮，便经常邀他陪客，使他越发得意忘形、目中无神，常以"酒仙"自居。

一日天蓬元帅卞庄从北海来到灵霄宝殿，办完正事以后，闻听霸下之名，心中老大不服气。心想你不过是天河里的一条小龙，专门管下雹子的一名神将，凭什么受到玉帝的青睐？我卞庄在紫微大帝帐下为帅，统领北斗七星，手下也有七十二位神将三十六万天兵，地位何其显赫！论喝酒也曾打遍北海没有对手，难道还怕你个小泥鳅不成？于是趾高气扬地找上门来，要与霸下比酒。

霸下那日刚好闲着无事，正想着邀神将找酒喝，不想天蓬元帅找上门来，不禁大喜过望、求之不得。两位神仙寒暄数句，也没过多言语，不一会儿就觥筹交错，对饮起来。

开始的时候两位神仙用杯、用碗喝,喝着喝着觉得不过瘾,于是改为用坛子,不一会儿每位就喝了一百坛,忙得搬酒的虾兵满头大汗。天蓬元帅胸口微热,酒兴大增,笑着问道:"趸神府地狭小,想来藏酒不多,要不要我从北海运来?那可是有名的'黑水大曲'呀!"

那霸下闻听卞庄之言,也是微微一笑:"小神虽然职卑权轻,却是终生好酒。我这府地固然狭小,也没有什么值钱的东西,但是绝不缺酒。不是我说句大话,这天河的水不干,我霸下的酒不干!元帅尽管喝来便是。这'天河佳酿'虽比不上王母的'蟠桃玉液',倒也不逊于北海的'黑水大曲',只怕元帅酒量有限,品不出我这美酒的醇香啊!这可喝下一百多坛了!"

天蓬元帅卞庄听了霸下的话,一口气喝下一坛,不屑一顾地说:"一百多坛又算什么?无非是等于本帅漱漱口而已!趸神既然有酒,我们喝来便是!你不是号称'酒仙'吗?今天我就卖卖老,会会你这条天河小龙!我要摘掉你的酒幌儿,让你认赌服输,看你还敢不敢云山雾罩、胡吹海侃?!"

那霸下一听,气从心头起,恨向胆边生,心想你卞庄怎么啦?不就是年龄大点儿职位高点儿资格老点儿吗?有什么了不起!我霸下虽然只是个趸神,但我上过玉帝的灵霄宴,赴过王母的蟠桃会,陪醉过多少有名的大仙,击败过多少豪饮的神将,我还惧你不成!今天我非把你灌醉不可!让你光屁股推碾子——转圈丢人!让你回不了北海,在天河里吐死!想到这里,霸下满脸堆笑:"大帅天生海量,小神岂是对手?不过大帅既然出拳了,小神我也得接招哇!光说大话没用,我们只管喝来便是!元帅只要跟上就行了!"于是左一坛、右一坛,与天蓬元帅大喝起来。大半天的工夫过去了,一千二百个空坛子堆成了一座小山。

喝着喝着,两个神仙都感到有些头昏脑涨,舌根发硬。天蓬元帅卞庄见红轮西坠、渐近黄昏,眼见得今日已经难决胜负,自己还要赶回北海,向紫微大帝复命,于是便提出到此为止,改日邀趸神到北海再喝。但霸下闻听此言不干了,心想你天蓬元帅大言不惭,口口声声要来摘我的酒幌儿,我岂能轻易放你回去!酒可以不喝了!我再咽一口也费劲了!眼看着要输了,你说不喝正好,只能算个平手。但我要出个别的主意,要让你栽在这儿,让你知道我趸神的厉害!

想到这里,趸神笑着对卞庄说道:"元帅此意甚好!酒是可以不喝了,我们改日再比不迟。但大帅来自北海,光临寒舍不易,小神理当尽地主之谊,让大帅尽兴才是。我们应当再听听歌曲、看看舞蹈,找些女子玩耍一番,也好品茶醒酒。奈何我这寒酸小地儿人才短缺,那些鱼婆蟹妇一个个腯胸叠肚,粗俗不堪,恐怕坏了大帅的雅兴。倒是有一个地方非常之好,不知我们能否去得?"

那天蓬元帅酒劲儿上涌,口渴难耐,端起一杯茶来说道:"你我酒既不喝,歌舞也就免了!不过你说的那个好地方,倒是什么去处?本帅却想知道,我们下次再去不迟！"

霸下似有些害羞地说道："说出来不怕大帅见笑。我自打从东海到天庭以来，生活单调，公务乏味，每天多是靠饮酒打发时光，没有什么事让我心情舒畅。可是自从那年在蟠桃会上见到了嫦娥，她就立刻让我眼前一亮，令我昼思夜想、寝食不安，想起来就心旌摇曳，激动不已！她美得让我头晕，美得令我心醉，美得使我愿意舍生忘死！但是想归想啊！有什么用呢？我只是远远地见过她一面。之后我曾经去过广寒宫，试图再见到她，可是因为戒备森严，连大门都进不去！哎！我只能把这份思念埋在心底了！谁让咱是个无足轻重的小神呢！"

卞庄听完霸下之言，不由得心中一动，他久闻嫦娥乃绝代佳人，是天庭里有名的美女。他虽贵为天蓬元帅，却从未见过嫦娥，早就想一睹芳容，得遂夙愿。如今听霸下一说，不禁心驰神往。但他知道嫦娥乃太阴星君，与太阳星君一样，肩负着光照人间、巡视天下的重任。广寒宫作为嫦娥的府第，因为职责所系，历来戒备森严，不是任何游神散仙都能去的地方，据说只有拿着玉帝的令牌才能进入。如果贸然造访，能不能见到嫦娥都不一定，还可能被羞辱一番，那样自己多没有面子呀！因此，他沉吟了一会儿才说道："嫦娥虽为美女，但她身份高贵，肩负玉帝重托，而且冰清玉洁，不是我等寻常之辈随意找来，就能陪你玩耍得了的！广寒宫那个地方，我们是去不得的，你这个想法还是打消了吧！"

霸下听后轻蔑地一笑："说什么冰清玉洁、身份高贵，说什么戒备森严、不能去得，该不是元帅心中害怕了，拿这些话做托词吧？据小神所知，那嫦娥虽是太阴星君，却也并非一本正经，广寒宫虽为天庭重地，但也不是铁板一块。那些个有头有脸的天庭重臣，哪个敢说没有去过？四方大帝时来光顾，托塔天王常来常往，他们与嫦娥勾肩搭背，嬉笑打闹，关系皆非同一般。就连表面上道貌岸然的太上老君，也多次邀请嫦娥去他的兜率天宫喝酒作乐。他们哪个拿着玉帝的令牌了？那些个清规戒律、天庭法度，都是立给我们这些小神的。像兄长这样的领兵大帅、一方重臣，连玉帝都得高看一眼、礼让三分，那嫦娥还不得接出门外，笑脸相迎啊？哪像我这样的无名小卒呢？"

卞庄听了霸下的话，虽然已经跃跃欲试，但仍有些犹豫不决。霸下见状知其心思，又添了一把火："罢！罢！罢！不去也罢！算我没说。大帅的顾虑也有道理，你说你一个北海的天蓬元帅，虽然部下有几十万天兵天将，威震一方，但天上的神将多了去了！嫦娥认得你是谁呀？说不定会吃了闭门羹，闹个自讨没趣回来！嘻！嘻！嘻！我也是嘴欠，说这玩意儿干什么呀？"

天蓬元帅本来酒就已经喝大了，有些丧失理智，被霸下这几句话一激，胸中那把欲火嘭地就烧了起来，他立刻红头涨脸地说道："去！去！去！有什么不敢去的？不就是会会嫦娥吗？有什么了不起！王母娘娘咱也不是没见过，还陪我一

017

桌喝过酒呢！走！我们就到广寒宫去玩耍一番，看嫦娥出不出来接我！"说完起身就走。霸下听后心中暗喜，紧随其后。两位酒蒙子跌跌撞撞，如同没眼睛的蝙蝠，一路向广寒宫那边飞去。

三

及至到得广寒宫前，还没等把守宫门的神将问话，那霸下就狐假虎威，抢前一步大喊大叫："宫门的守将你们听着！北海的天蓬元帅大驾光临，快请嫦娥出来迎接！"说罢就趾高气扬地往里闯。

把守宫门的神将一看，这不是鼋神天河小龙吗？这家伙有事没事总来这儿穷转悠，缩头探脑，像个盗贼，看样子就是图谋不轨。每次想进门都被挡驾了，看样子这回是搬来救兵了！旁边那个家伙五大三粗，模样倒是极其威武，说是什么天蓬元帅，我们可不知道！于是那把门神将右臂一横，一杆长枪封住门口，正色说道："月宫重地，散仙免入！若有公事，请出示玉帝令牌！否则请快走开，勿在门前喧哗！"

那霸下一听嘿嘿冷笑："耶嗬！真没看出来，一个把门的也这么牛性！真是有眼不识泰山，有嘴不会说话！每次小爷我来的时候，你敢挡驾也就罢了，可是这位是谁？"霸下左手指着卞庄，右手点着那把门神将的鼻子说道："睁开你们的马眼看看！这位是大名鼎鼎的天蓬元帅，威震北海的天庭重臣，手下有七十二位神将、三十六万天兵，今日有暇莅临广寒，是你们月宫的荣幸！闪开！快放我们进去！"

那把门神将眼睛一瞪，也冷笑一声说道："我只是月宫一个守门的神将，平时足不出户，历来孤陋寡闻。我不知道什么天蓬元帅，也没听说他是天庭重臣，我只认天庭的法度和星君的律令。既然你们没有玉帝的令牌，就赶快滚开！不要在这里无理取闹！"

卞庄一听勃然大怒，他在北海为帅这么多年，还从来没有谁敢和他这样说话！如今一个小小的月宫神将，居然大胆挡驾不说，还竟敢粗言相辱，这还了得？自己的颜面何在？今后谁还会把自己放在眼里？于是他不等霸下说话，立即跨前一步，大声喝道："无知鼠辈，真是不知深浅！坐井观天，岂知仙外有仙？瞎了你们的狗眼，赶快给我让开！否则让你们粉身碎骨！"说着双臂一伸，轻轻一搡，立时把两名门将推飞出几丈开外，啪嚓一声跌个半死，哎哟吼叫，惨声不绝。

宫门里的十几名神将见状不妙，慌了手脚，一边咋咋呼呼，舞枪弄刀，一齐列队拦阻，一边派员跑入二门，急向太阴星君嫦娥报告。

且说太阴星君嫦娥这一日熟睡醒来，梳洗停当，饮过香茶，抬头见太阳星君行将回府，自己就要上岗当值，履行起光照天下、巡视人间的重责，于是她拿起巡天宝镜，带上吴刚、玉兔等一班月宫神将，正要准备出门，忽见二门侍卫匆匆忙忙地跑了进来，上气不接下气地说道："不好了！不好了！有两个凶神闯进来了！"

嫦娥闻听心中一惊，急忙问道："慌张什么？你且慢说！何方神圣如此大胆，敢闯我广寒禁地、太阴神宫，难道说他不要命了吗？"

那二门侍卫这才稳下神来，慌忙跪倒："启禀星君，来者自称是北海大神、天蓬元帅，还有那个雹神天河小龙，现在已经打进宫门了！"

嫦娥闻听有些惊诧，自己同北海的紫微大帝倒是很熟，曾经多次在一起饮酒歌舞，关系非同一般。至于这位天蓬元帅，自己只闻其名，从未谋面，可以说是各司其职，他怎么今天突然造访？难道北海有什么紧急的公事吗？不对呀！就是有事，兄长紫微大帝怎会没有信来？或许是玉帝有什么差遣？也不对呀！玉帝若是有旨，自有令牌先到，怎么会自己打进门来？嫦娥百思不得其解。她虽然满腹狐疑，但碍于紫微大帝的面子，既然是兄长的属下来了，说什么也要接待一下才是。于是她带着一班神将，走到二门迎接。

这时候二门以外的广场之上剑拔弩张，十几名月宫的神将怒目而视，正与两位不速之客对峙，一场生死搏斗似乎一触即发。那位天蓬元帅卞庄高昂着头颅，倒背着双手，旁若无神般昂然而入，逼得那十几名神将步步后退，眼见得已经退到二门的门口。

此时嫦娥率吴刚、玉兔等一班月神，已经飞步赶到二门以内。嫦娥没有见过卞庄，见对面一神身高丈二，铁面虬须，眉如巨帚，眼似铜铃，身着金甲，斜披帅袍，怒目圆睁如电光闪烁，双足踏地似鼓声咚咚，一股酒气迎面而来，熏得众神几乎晕倒。嫦娥心想这位一定是天蓬元帅了，看起来酒是喝了不少。而那位贼眉鼠眼、缩头探脑的家伙，是雹神天河小龙，嫦娥认识。这两个家伙一定是酒喝大了，跑到这里寻开心来了，这种事过去也常有。嫦娥想到这里，心中顿生厌恶，但她出于礼貌，还是趋前一步，侧身施礼，轻启朱唇，慢开秀口，缓缓说道："来者莫非是北海大神、天蓬元帅吗？仁兄突然光临，不知所为何事？小妹迎接来迟，尚请见谅才是！"

一语方出，莺声燕语，几句说过，珠落玉盘，不仅清脆婉转，而且回味悠长，似有余音尚在。众神闻之皆肃然起敬，一时二门外鸦雀无声，令卞庄和霸下二神微微一怔。

且说卞庄和霸下二神一前一后，正怒气冲冲地破门而入，忽感一阵轻风吹来，一股异香随之飘至，立即钻进口鼻、沁人心脾，顿使二神浑身为之一爽，那醉意也仿佛减轻了几分。随着一串极其好听的声音传来，二神抬头一望，只见在一群月神的簇拥之下，一位身材高挑、神采飘逸的白衣女神在门前亭亭玉立。她青丝高绾，黑如墨玉，酥胸微露，肤如凝脂，秀美的脖颈如白玉雕就，圆润的双肩含一缕春光，眉如远山增秀，眼比秋水还清，不施粉黛凸显青春之美，未着华服更见淡雅高洁，柔和的光辉笼罩着曼妙的躯体，似乎有一种超凡脱俗的神韵，灿烂的笑容背后藏着一丝严肃，透露出一种凛然不可侵犯的神情，那目光虽然柔和却很犀利，仿佛能洞察世上的一切，甚至是人的五脏六腑。

那天蓬元帅下庄一见嫦娥的美貌，不觉心头撞鹿，遍体生津，魁梧高大的身躯顿时酥了半边，一双眼睛只粘在嫦娥身上，一刻也不愿意离开。他在天庭为帅这么多年，走遍三界八方，饱览天上人间，从来没有见过这么美丽的女神，一时不知道说什么才好。好半响才在兔神的提醒之下，支支吾吾地说：“本帅远在北海，早慕星君美貌，一直想寻机相见，以慰平生夙愿。今日有幸来灵霄办事，便想一睹贤妹芳容，不想造访唐突，还请星君见谅。愚兄远道而来，再见不知何日，如今虽然一饱眼福，尚想得寸进尺，敢问能否陪愚兄小坐，畅饮一杯？”说着竟然弯下身来轻施一礼，一副近乎乞求的神情。

嫦娥听罢面含歉意地说：“仁兄大名，如雷贯耳，若是有暇相叙，自然一大乐事。但今日不巧，仁兄来得不是时候，小妹马上就得去上岗当值，巡视天下，这样的天庭大事是误不得的。仁兄远道而来，小妹颇感愧疚，这里有吴刚新酿的齐天桂花酒，兔神刚捣的长生不老药，这些小礼物聊表相敬之意，还望笑纳，改日我们再叙，如何？”说罢打发神将取来礼品，立刻起身要走。

且说那鼋神霸下自从见了嫦娥，这双眼睛就一直没有离开过。上一次在蟠桃会上，他只是远远地看过一眼，不曾看得仔细，今日近前一见，方惊得目瞪口呆。他左看右看上看下看前后也看，一颗心全在嫦娥的身上，谁说的话他也没听见，他被嫦娥的美貌彻底征服了！心想这样的女神简直美得晶莹剔透，美得三界无双，若是和这样的女神玩上一回、睡过一宿，自己就是脑袋掉了也值啦！他越想越浑身燥热，淫心荡漾，越想越不能自制，抓耳挠腮，恨不得一步冲上前去，把嫦娥揽在怀里，先亲亲她的玉手、贴贴她的香腮也好。

正当霸下想入非非的时候，嫦娥起身要走，后边这几句话他听见了，于是着急地说：“说什么上岗当值？有什么误不得的？您又不是太阳星君！那人间此时万物皆已入眠，人们都在酣睡，谁能在意有没有月亮，您晚去一会儿又能怎样？我看不去当值啥事都没有！天蓬元帅万里迢迢，慕名来见，怎么说也得奉上一杯热茶，陪着坐一会儿说说话呀！怎么想抬腿就走，这也太不给面子了吧？！”

嫦娥听后十分为难地说：“不是不给面子，实在是天命难违。这光照人间、巡视天下是雷打不动的大事，岂能轻易变得？恕小妹不能奉陪，我马上就得走了，不然就误了时辰了！"

那霸下听后嘿嘿冷笑："我到广寒宫可不是一回半回，也已经有些时日了。您做的那些事唬得了别的神仙，却唬不了我！您的贵宾也不是一个两个，恐怕要踏破月宫的门槛了吧！难道说因为他们您能晚去当值、耽误时间，轮到天蓬元帅就不行了吗？天蓬元帅比托塔天王、比太上老君差啥呀？难道是因为没有他们长得好看吗？"

月宫的神将们一听，皆气冲霄汉、怒不可遏，一时吵吵嚷嚷，义愤填膺，就要对霸下动手。那太阴星君嫦娥倒是稳得住，她依然面带微笑，不温不火，刚想开口说话，却被吴刚抢了个先。这位月宫的大力神拎着巨斧，怒气冲冲地说："汝是什么东西！也来无事生非？且用污言秽语，侮辱我家星君？！广寒禁地，太阴神宫，历来清静安宁，众神无不敬仰，就连玉帝和王母莅临，也要沐浴更衣。尔等玩忽职守，不务正业，酗酒玩乐也就罢了，还敢到这里来撒野？小心我一斧将你劈为两半！"众神将也都跃跃欲试。

鼋神霸下此时酒劲儿上涌，淫心荡漾，一时忘乎所以，色胆包天，他指着吴刚大声骂道："你个狗仗人势的东西！充什么英雄好汉？不是你当年酗酒闹事，打伤四大天王的时候了？我是在跟嫦娥说话，你帮的什么腔？难道说是你喝了她的洗澡水了，还是亲着她的小脚丫啦？真是不知羞耻！我怎么的了我？我今天就是要与星君玩上一回，你们能怎么样？"他用右手一挥，指着那帮月宫神将说："别在这里跟我装腔作势，狐假虎威！把大爷惹急了，我一阵冰雹霜雪，能打得你桂花树一个叶不剩，砸得你们屁滚尿流，个个半死，你们信不信？"

霸下说着说着，脚步就往门口那边蹭，一边嬉皮笑脸，涎水直流，一边伸出双手，抓耳挠腮，就要去摸嫦娥的玉手，去贴嫦娥的娇躯。嫦娥厌恶地闪身一躲，不想衣袖被霸下扯住，一不小心，那面巡天宝镜啪嚓一声掉在地上，立时在石头地面上摔得粉碎。月宫诸神见宝镜摔碎，一时都吓傻了。那天蓬元帅和鼋神霸下也惊得目瞪口呆，不知所措。

四

且说太阴星君嫦娥见摔坏了巡天宝镜，知道这回事情闹大了，气得花容失色，浑身颤抖。她顾不得上岗当值的事了，急匆匆飞到灵霄宝殿，向玉皇大帝和王母娘娘报告。

玉帝和王母此时均已安寝，闻嫦娥星夜来报，知道必有大事，慌忙更衣升座,及至问明情由,立时怒不可遏,当即传下圣旨,着令托塔天王率领神将前去捉拿罪犯,将其绑缚至南天门外候斩。

次日清晨,玉帝升殿,向群臣讲明事情原委,文武百官无不义愤填膺,一致要求从严惩处,应该将卞庄五马分尸,将霸下千刀万剐,以为酗酒闹事者戒。玉帝准奏,下旨命在午时三刻行刑,届时令天庭诸神皆来观看,以儆效尤,以正天纲。

散朝以后,群臣议论纷纷,余怒未尽,一个个慷慨激昂,皆提出明日再奏,请玉帝下令天庭禁酒。太白金星则匆忙溜出,一口气跑到北海,向紫微大帝报告廷议的情况。紫微大帝闻知大吃一惊,心想那卞庄跟随我多年,英勇善战,立下大功无数,为神纯朴正直,与自己情同手足,怎么能看着他被五马分尸,说什么也要救他一命!于是紫微大帝急匆匆赶到天宫,向玉皇大帝陈诉情由,力保卞庄不死。

紫微大帝对玉帝说道:"卞庄历来忠勇,多年并无过错,此番擅闯广寒、戏弄嫦娥,当是酒后失德,被那鼋神霸下挑唆所致。臣请陛下能饶其死罪,把他发落到人间去吧!将来是否再有出头之日,那就要看他的造化了!"

玉帝听了紫微大帝的话,沉吟了半晌没有吱声。他知道卞庄触犯天条,罪不可赦,而且群臣已经廷议处死,但他更明白紫微大帝的分量。这位统领北方诸神的一镇诸侯,不仅位尊权重,而且威望极高,在整个天庭有着别的神仙无法比拟的巨大影响。在自己没有当上玉帝之前,这灵霄宝殿曾是人家的天下,这个面子不能不给。于是他当即下旨,撤销廷议结果,命将天蓬元帅卞庄削去官职,打入凡尘,永世不得再登天界。

那卞庄被抓后酒已全醒,感到羞愧无比、后悔莫及,知道自己是咎由自取,只好闭目等死。及至听说被紫微大帝搭救,一时感激涕零,叩谢不止。紫微大帝扶起卞庄,有些惋惜地说:"贤弟跟我多年,彼此情深义重,但你这回事情闹得太大了,为兄也只能做到这样了!尚请贤弟见谅。记住,都是你这好酒惹下的祸,到人间也得当心哪!"

那卞庄唯唯诺诺,涕泪交流,与紫微大帝相拥而别。紫微大帝刚一转身,那托塔天王就伸手一掌,把卞庄打下凡尘去了。

不知是命该如此还是天王使坏,这一掌竟把卞庄打入辽西,一缕幽魂飘飘荡荡,落在一户农家的猪圈里。那头肥大的母猪此时正在产崽,已经生下了七头小猪崽,卞庄就作为第八头小猪降生了。他虽然是个猪身子,但却有一身好本事。长大后走南闯北,周游天下,修成人形,在福陵山云栈洞占山为王,后来被唐僧收为徒弟,去西天取经,终成正果。

而同案罪犯霸下也是星星跟着月亮走,借了好人光,侥幸捡了一条性命,被玉帝下令打入地狱，关在十八层下面的水牢里，令其永远不得为仙，不得为人，不得见天日。霸下被囚禁在冰冷的脏水中，没吃没喝，没有光线，周围连一点儿声音也没有，一条重重的铁索缚着他的手和脚，上边一块万斤巨石压在他的背上，使他既活动不了筋骨，又翻不过身来，只能乖乖地匍匐在那里。由于长期蜷曲着身子，他的躯体已被压得变形了，背上生了厚厚的硬甲，四肢也变得十分短小。霸下万念俱灰，他觉得这样活着生不如死，而且他已经快死了！

他庆幸自己没有被千刀万剐，否则他早就疼死了！但他不感谢玉皇大帝、紫微大帝和所有的天神，他恨他们。他在黑暗之中既怨恨嫦娥，又想念嫦娥。每当想起这位俊美的女神，他的心里就感到温暖，就充满了阳光。想到嫦娥，他又产生了生的欲望，希望能活着再见到她。他痛恨天宫的不平等，为什么别的神仙去广寒宫如履平地，至今啥事没有，仍然高高在上、盛气凌人，而他却被打入水牢、生不如死呢？他心里不服气呀！他想我一定要活着出去，我不能就这样死呀！这也太窝囊了吧？！

想到这里，霸下用尽全身的力气，使劲儿地晃动铁索，弄出极大的声响，想以此把水牢守卫吸引过来。果然不大一会儿，一阵骂声传来："不知死活的东西，还折腾什么呀？折腾紧你就死得快！明天你就嘎嘣一下死了得了！省得我看着你，跟你受这份穷罪！"说着声到鬼到，一个人头蛇身蝎尾的水牢看守走了过来，用极其轻蔑的眼光瞧着霸下。

霸下心想，我现在身上是一无所有了，要想活命，就得舍身自残了！他咬咬牙，横下心来，稍微抬起头来对那看守说道："如今我犯天条，迟早也是一死，留着身上宝物何用？你在地狱为鬼，负责看管水牢，何时能见天日？不如我把宝物奉送于你，你或可以逃出地狱，寻条生路，不比你在这十八层地狱下受苦强？"

那水牢看守似信非信，摇摇头说："你到如此地步，还有什么宝物？该不是拿我寻开心的吧？"

霸下以头触石，双眼流泪："我都到这种地步了，还跟你说什么假话？实不相瞒，我乃东海龙王的儿子，上天主管降雹的小神，因为擅闯广寒宫，得罪嫦娥，犯下死罪，才拘押至此。我虽已身无分文，但我浑身是宝。我的双眼是避水神珠，我的龙须是镇海神剑。现在我就把这两样宝物送给你，也让你有个出头之日，不枉你在地牢里陪伴我一场！"

那水牢看守听罢有些感动，迟疑地说："此话当真？难道说你肯舍身自残帮助于我？我也听说过真龙身上的这两件东西就是宝物，却没听谁说过舍身相赠。如果你真的肯帮助我，那就是我的大恩公了！说吧！要我怎么回报你？"

霸下狠下心来，斩钉截铁地说道："很简单！我把宝物送给你，你打开牢门放了我，我带你一起逃出去，永远离开这个连牲畜都不能待的地方，找一处天堂去吃喝玩乐，怎么样？"

那水牢看守一听两眼放光，心想我做梦都没想到会有这样的好事，反正我的死活一样价，到哪儿都比在这里强！随口说道："好咧！成交！我跟你走！不过你得把宝物先给我，我才能打开牢门放了你！"

"放心吧！我鼋神说话一诺千金，保证算数！你就瞧好吧！"霸下说完深吸一口气憋住，伸出右手利爪向左眼抠去。只听扑哧扑哧两声轻响，霸下居然把左眼抠了出来，血淋淋地隔着铁栅递给那看守，似乎毫不在意地说道："你接过去放在额头之上，自然会贴肉生根，光芒四射，任何江河湖海和惊涛骇浪，皆不可挡之也！"

那看守看得心惊胆战，哆嗦着双手接过霸下的左眼，依其言置于额头之上，果然不大一会儿，居然长在自己的两眼之间、额头正中，而且能看到数十丈开外，连水牢里的游蛇都看得清清楚楚。那看守大喜过望，马上用钥匙打开牢门，解开铁索，把霸下放了出来。

霸下出得水牢，二话没说，两手发功，同时用力，嗖嗖两下，把自己的龙须拔了下来，轻轻一吹，即刻化为两柄利剑，双手捧着送给那看守："老兄，我话兑前言，说了算数！现在就请你带路，我们冲出地狱，寻找天堂去吧！"两个家伙一前一后，毫不费劲儿就溜了出去。那些当值的鬼卒和看守，不是打牌就是睡觉，简直是形同虚设。霸下见了叹口气说："天上地下是一个样啊！人间又能好到哪里去？"

五

原来那座地狱水牢直通渤海龙宫，两个家伙误打误撞，竟然摸到了龙宫的门口。这一日渤海龙王因为中午待客，酒喝得多了一点儿，时近傍晚了还在酣睡。那些鱼婆、蛤相、虾兵、蟹将见龙王睡着了，也不知都溜到哪里玩耍去了。霸下和那个水牢看守毫不费力，就找到了龙王的寝宫。霸下悄悄地溜了过去，出手点翻了龙王的侍女，然后五花大绑，将正在梦中的渤海龙王囚进了深水湾。

霸下一跃跳上龙王的宝座，不禁哈哈大笑："古语说'祸兮福所倚，福兮祸所伏'，真的千真万确！想我鼋神大难不死，而且因祸得福，还当了渤海的龙王，哈哈哈哈哈！这都是天意呀！"霸下的狂笑震得龙宫内外如惊雷般回响，大海中突然掀起一阵狂涛。那些水族的生灵不知出了何事，一齐向龙宫游了过来，而鱼婆、蛤相、龟官等皆跑在最前面。

且说那霸下笑过之后，眼望着大殿对水牢看守说道："这是个好地方啊！比我在天上都强多了！我就不走了！今后我就是这里的龙王，你就是领兵的元帅，再兼巡海夜叉，给我担负起保卫龙宫的责任，怎么样？我就给你起个名字，叫作敖艮吧！还满意吗？"

那水牢看守闻听喜形于色，心想我一个十八层地狱的鬼卒，得什么时候能重见天日呀！这可真是走了红运、烧了高香啦！于是他扑通一声，双膝跪倒："敖艮谢过龙王大恩！愿听龙王差遣，纵肝脑涂地，亦在所不惜！"说罢遵霸下之命，抡起聚将石槌，擂响升堂大鼓。不一会儿，那些龙宫的臣子皆匆匆赶来，一见上面坐的不是渤海龙王，而是一个无须小尾、蛇头扁身貌似乌龟的家伙，一时皆大惊失色。

还没等龙王妃鱼婆开口，那龙宫重臣蛤相即趋前数步，厉声问道："汝是何方妖孽，敢闯我渤海龙宫！难道就不怕犯天条、定死罪吗？"

"哈！哈！哈哈！"霸下又是一阵开怀大笑，震得龙宫大殿嗡嗡回响，"少拿天条来吓唬我！你以为我不知道哇？告诉你们，老子就是刚出水牢的老犯儿！还怕什么天条律令，什么清规戒律，统统滚一边去！今后老子就是这里的龙王，我说的话就是天条！谁若是不服，我让他马上蹲囚牢去！你们信不信？"

那鱼婆和蛤相对视了一眼，感到必是来者不善，正在琢磨如何应对，那边的两名虾将着急了，他们挺着长枪、迈着大步冲了上来，挺枪直向霸下刺去。没等霸下动手，这边敖艮唰唰两剑，立时砍断了二将的虾枪，疼得二将满地翻滚，惨叫不停。那蛤相见状猛一挥手，身后数千名虾兵蟹将一齐攻了上来，眼见得就要冲到御座的阶前，敖艮寡不敌众，形势已是万分危急。

"哈！哈！哈！哈！哈！"霸下忽又发出一阵大笑，待众水族稍一愣怔之时，霸下双掌一合，一声惊天动地的炸雷响过，随后风雨大作，冰雪交加，那比拳头还要大些的雹块，不知从何处突然飞来，打得这些虾兵蟹将蒙头转向，一个个鼻青脸肿，狼狈不堪，哭爹喊娘，叫苦不迭。

少顷风住雹收，如同雨后晴天一样，那霸下站起来笑吟吟地说道："怎么样，我的孩子们！还打吗？敢跟我霸下动武，真是有眼不识泰山！"

这时敖艮接过来说道："告诉你们，这位就是新来的龙王，乃是上天的雹神，玉帝的爱将，你们这帮不识相的家伙，还不赶快跪下！"

那鱼婆此时被打得花容失色，蛤相被砸得嘴斜眼歪，那帮虾兵蟹将个个吓破了胆，他们哪见过这样的法术？敢情人家是天神哪！于是噼里啪啦纷纷跪了下来，一齐给独眼龙王霸下施礼。

霸下眯起他的右眼，笑着说道："众臣请起！快快平身！今后我们就是一家人了，诸位各负其责，以后同享富贵！"说罢竟走向前去，搀起鱼婆，为她抚摸伤处，顿时疼痛立消，完好如初，容貌比原来还要娇艳。龙宫群臣及众水族将士见这般手段，无不畏服，遂全部归顺。

自此霸下在渤海湾为所欲为，又过起了神仙般的日子。他派蛤相出使四海，给几位老龙王送去了许多礼物，又对玉帝、王母等天庭政要加倍打点，故而海天两处对渤海龙庭均十分满意。而对于当地山神、土地，他则采取又打又拉的办法，令这几位小神对他十分畏惧，没有哪位敢向天庭报告。因此这位独眼龙王在此横行多年，天庭却一点儿也不知道。

且说霸下在渤海龙宫称王称霸，花天酒地，过着穷奢极欲的日子，时间一长，不免感到有些乏味了。为什么呢？因为他想起了嫦娥，想起了这位俊美无比的女神。那些鱼婆蟹妇每当在他面前腆胸叠肚，摇首弄姿，卖弄风情，争风吃醋的时候，简直令他欲呕还吐。就这几头烂蒜，他实在是看够了，也玩够了！不禁一阵阵唉声叹气。

巡海夜叉敖艮看在眼里，记在心上。一日他对霸下说道："大王时常唉声叹气，莫不是想起了天上的日子？还惦念着那位嫦娥女神？那可是远水难解近渴，徒有一番相思呀！眼下龙宫的女官虽皆丑陋不堪，甚至连整个水族的女流都没有一个顺眼的，但却可解饿汉之饥，我们不都有了自己的子孙吗？何况现下海上就有现成的美女，大王为什么舍近求远，去思念什么太阴星君？"

霸下一听心中大喜："你说什么？再说一遍！海上就有现成的美女，我怎么不知道？"

那巡海夜叉敖艮故作神秘地说："大王整天待在龙宫，外边的事情怎会晓得？我却每天都在巡海，海上的情况什么不知？那海上的渔家少女可漂亮啦！身条儿匀匀的，脸蛋儿红红的，一个个眉清目秀、美若天仙，虽然美貌不一定超过嫦娥，但却比嫦娥还要嫩得多！"

霸下一听独眼放光，乐得险些流出了口水。但他转念一想，不禁有些顾虑。自己独占渤海龙宫，欺上瞒下，尚可安宁，如果现身人间，怕是引火烧身。他知道人间虽然不比天庭，但许多事情天上都知道。先不说人间的官府衙门，不会让他肆无忌惮，就是玉皇大帝和太上老君，也在人间安排了许多探子。找些美女玩玩倒是好事，怕就怕被捅到天上去，那自己可就彻底地完蛋了！急得他双手紧搓，来回踱步，一时不知如何是好。

巡海夜叉敖艮大概看出了霸下的心思，他凑到跟前说道："大王如此踌躇不定，莫非是怕出什么娄子？放心吧！大可不必！咱们慢慢来，悄悄做，哪个能知、哪个能晓？再说了，这里是天高皇帝远，谁能管得了这样的破事？那些山神、土地敢说吗？过往神灵又知道个啥？何况在大海上捕鱼，本身就有风险，落水也是常有的事，有什么做不得的？在天上那一场我听明白了，那是您老人家招惹了嫦娥，嫦娥是谁都能碰的吗？那些权贵岂能饶得了你？这里就不一样了，渔家少女是老百姓，老百姓出了点儿事，即使玉帝知道了，他能认真去管吗？他管得过来吗？大王只管安心享用，小的为你操弄便是！"

那霸下一听，觉得也有些道理，何况自己淫欲难耐，如同百爪挠心，于是点头默许。自此巡海夜叉敖艮便借出水巡视之机，时常兴风作浪，掀翻百姓渔船，抢劫渔家少女，掠进龙宫供霸下蹂躏。那恶龙霸下见了这些如花似玉的少女，乐得独眼放光，当即施用法术，将其迷倒，然后肆意轻薄，无一放过。那敖艮与他狼狈为奸，越发大胆。不长时间，就有数十名渔家少女被掠入龙宫，闹得渤海湾妖风四起，乌烟瘴气，渔民们人人惊慌失措，谁家也不敢出海打鱼了。

六

海上没有了捕鱼的船只，敖艮一连许多天一无所获，令霸下心中大为不快。这些天来日日娶新娘、夜夜做新郎，已令他淫欲陡长、猎兴大增。如今海上掠不到了，他便带着巡海夜叉敖艮，摇身一变，装扮成外出赶考的书生与书童，或者做生意的主人和奴仆，到沿岸的渔村里去游逛。只要看到美貌的少女，他们便会施用法术，将其劫入龙宫，恣意取乐。一时竟有数百名俊美的渔家姑娘陆续丢失，不知去向。渔民们知道定是海上的妖魔所为，吓得纷纷搬走，逃之夭夭，谁也不敢在海边这一带居住了，昔日繁华富庶的渤海之滨，竟然变成了荒无人烟的烂草滩！

离海边四十里，有一条小河叫汤家河，河边有一座小村叫汤岗村，村中有一位汤姓老媪年逾七十，已经生命垂危。她是三年前从渤海边被迫搬到这里来的，靠开垦荒地为生。她共生育四个子女，女儿桃花、樱花和槐花，加上儿子春哥。前几年老伴儿带着桃花和樱花下海捕鱼，船被狂风恶浪打翻，两个女儿落水以后不知去向，老伴儿侥幸逃生，回来后忧愤而死，她也从此一病不起。如今膝下只有春哥了，娘儿俩相依为命，艰难度日。

这一日汤姓老媪从昏迷中醒来，对守候在身边的儿子春哥说道："娘已经活不了多久，就要追随你爹去了！如今你的妹妹去间山学艺，你的两个姐姐恐已不在人世，我死前怕是再也见不到她们了！哎！想我汤家在海边待了几百年了，临死前连口鱼汤都喝不上，娘心有不甘哪！"说完抽泣不止。

春哥闻之心如刀绞，老娘一晃病了好几年了，每天只靠些米粥和野菜度日，如今已经骨瘦如柴，看样子真的撑不了多久了！这几天她在昏迷之中，常叨咕着"鱼汤"这两个字，可鲜鱼到哪里去找呢？渤海湾由于恶龙作怪，早已无人下海捕鱼，集市上几年前就没有鱼卖了。春哥思虑再三，老母来日无多，最后这一点

027

儿念想，当儿子的一定要让她满足，于是决定修复渔船，下海捕鱼。恰好这时小妹槐花从间山回来探母，执意要与哥哥同去，春哥百般不允。槐花胸有成竹地说："两位姐姐不知下落，咱的爹爹活活气死。那么多渔家姐妹生不见人、死不见尸，传说都是恶龙所为。青岩洞主已传授小妹防身之法，哥哥尽管放心！这一回我要摸清龙宫的底细，请洞主将恶龙一网打尽！"

春哥听后半信半疑，奈何槐花执意相随，兄妹俩于是推船入海，挂起风帆，驾起渔船向大海驶去。果然心随所愿，不大一会儿就捕到了许多鲜鱼。

兄妹俩收网捞鱼，兴致正高，忽然间狂风大作，恶浪滔天，小小的渔船一会儿被抛上浪尖，一会儿又被卷入浪谷。原来独眼龙王霸下得到巡海夜叉报告，说海上来了一艘渔船，船上还有一位渔家姑娘，简直美若天仙，比原先掠到的那些女子要美上几倍。霸下闻之心中大喜："我都多少天没娶新娘了！真是天助我也！小的们！与我擒拿来，本王今晚要入洞房！我又要当新郎了！哈！哈！哈！哈！哈！"又是一阵狂笑。

那些虾兵蟹将奉命行事，顷刻间将渔船打翻，把槐花姑娘掠进了龙宫。那独眼龙王霸下一见，不觉大惊："这姑娘生得明眸皓齿，肌白如雪，身材窈窕，面貌俊美，那神情气质简直与嫦娥一模一样！"霸下乐得合不拢嘴，一时抓耳挠腮，动手动脚，眼放淫光，嘴流涎水，顾不得众水族在场了，凑上去就要与槐花亲嘴、交欢。

槐花年龄虽小，却是青岩洞主的门徒，她是有备而来，因此并不害怕，见独眼龙王来到跟前，立即镇定自若地大声说道："我既然来到龙宫，就没想能够回去，我不怕做龙王的妃子，但要堂堂正正，就这样企图逼我就范，那是痴心妄想！你若敢动我一下，我立即咬舌自尽，你信不信？"说罢柳眉倒竖，杏眼圆睁，满脸的庄严，一身的怒气，吓得独眼龙王立即在离槐花一步之前停住了双脚。他掠来这么多的渔家少女，多数到这儿就吓成了一摊泥，还没有一个敢对他理直气壮以死抗争，因而他感到十分新奇。他可舍不得这位渔家的"嫦娥"咬舌自尽，于是晃晃脑袋笑着问道："好烈性的小美人儿！我喜欢！请问你想怎么样？"

"怎么样？你得先答应我三个条件，"槐花接过来说道，"第一，我的哥哥是和我一起来的，我得亲眼看看他，是不是还活着；第二，我的老娘生病多日，就想喝上一口鱼汤，得让我哥哥把鱼送回去；第三，我们十里八村被你抢来了那么多的姐妹，不知她们的境况是怎么样了，我得先去看望她们。只要你答应我这三个条件，我立即与你痛痛快快成亲，你看怎么样？"

独眼龙王霸下一听就乐了："我还当什么天大的事呢！就这三个条件，完全没有问题！好咧！我的爱妃，本王就亲自带你一一落实便是！"说完领头转身就走。

且说那渔民汤春哥在海上捕鱼，陡遇狂风恶浪，船只被打翻不说，还丢失了妹妹槐花。风平浪静之后，发现只有自己坐在渔船之上，连捕到的几篓鲜鱼也不见了，一时悲从心起，哀上眉梢，捶胸顿足，号啕大哭："苍天哪！大地呀！你们怎么不开开眼哪！这可怎么办哪！我回去怎么跟老娘说呀？！我就死了算了！可老娘谁来管呢？娘啊！娘啊！儿子没法儿活了！"一股怨气生自心田，出自肺腑，冲破层层云海，直上九霄。

也是事有凑巧，恰好那天文曲星君比干从此路过，他是到医巫闾山去会见青岩洞主，与她一起商讨开拓中华北方文明、发掘地方英才之事。他驾着云行至渤海上空，忽被一股强大的怨气所冲，趔趄了一下几乎跌倒。星君大惊，遂循之而往，降下云来，发现怨气来自海中一条渔船之上，一个青年男子正在号啕大哭，两只手拍得船板啪啪直响。

若是一般的过往神灵，遇到这种情况，头一歪也就过去了，只当作没有看见。因为大多数神仙觉得，多一事不如少一事。人间自有人王帝主，这样的事情应该由他们去管。何况此类事情多了，谁又管得过来呢？但是文曲星君心地良善，十分体恤民间疾苦。他见这位青年渔民哭得如此伤心，想必有满腹冤屈痛苦之事，于是不由自主地停了下来，摇身一变，化作一位七旬老翁，轻轻地落在渔船之上，他决心要问个究竟。

星君落在渔船之上，和善地对汤春哥说："喂！我说小伙子，你有什么遭难之事，哭成了这个样子！难道你有天大的冤屈吗？"

春哥正在痛哭，听到有人发问，忙抬起头来一看，见一位老翁白发苍苍，羽衣鹤氅，慈眉善目，满面红光，正带着关切的神情望着他，那神态很像自己的老爹，于是鼻子一酸，把一腔怨恨都倒了出来，根本没有去想，这位老翁是从哪里来的。

星君一听，怒火满腔，原来是恶龙作怪，祸害人间，真是罪大恶极、死有余辜！民间绿林好汉，路遇不平，尚能拔刀相助，自己为上天之神，岂能视而不见、弃而不管？于是他斩钉截铁地对春哥说道："小伙子！别害怕！我来帮你除掉恶龙海怪，救出你的妹妹！怎么样？"说完一抹面颊，摇身一变，一位渔家美少女就站在了春哥的面前。

春哥虽然有些害怕，但见白发老翁有这般手段，不免疑虑顿消、破涕为笑，他想老天有眼，一定是神仙来帮助他了，不由得心中大喜。

这时恰好那独眼恶龙霸下喜气洋洋，带着槐花钻出水面，来观察汤春哥是否还活着，一眼看见船上又来了一个美少女，长得简直同槐花一模一样，不由得心中嗔怒，伸手狠狠地打了巡海夜叉敖艮一巴掌："你狼心狗肺！跟我还玩心眼儿留后手呢！这明明是两个大美人儿，为什么不给我都弄去？这个留给你自己吗？"

那巡海夜叉敖艮心中纳闷，刚抓走一个，怎么又来了一个？而且还几乎一模一样？正待向霸下做出解释，奈何那独眼龙王不容分说，一声淫笑："好哇！好！来得正好！俗话说好事成双！今天我就娶一对姐妹花，做个双新郎！哈！哈！哈！哈！哈！小的们，给我下手！"一言未落，那群虾兵蟹将忽地扑上前来，如同一帮凶神恶煞，吓得汤春哥妈呀一声倒在船上。

这时文曲星君却不慌不忙，袍袖轻抖，一声断喝："大胆孽畜！不得无礼，还不退下！"一口仙气喷出，那些虾兵蟹将纷纷落水，一个个盔歪甲斜，原形毕露，哎哟吼叫，丑态百出，看样子均伤得不轻。

巡海夜叉敖艮一见嘿嘿冷笑："耶嗬？这位美人儿倒有些手段，我来降你！"说罢舞着双剑，嗖的一声，如同一道闪电，直向星君袭来，那双剑带着寒光，眼见得要落在星君的头上。

星君微微一笑，不屑一顾，他随手绰起身边携带的招文袋，向上一迎，只听扑通一声，敖艮连人带剑被收进袋里，被星君顺手一掷，扔在船上，不动了。

那独眼龙王一见勃然大怒，心想这姑娘是何方神圣，敢来这渤海湾里撒野！我怎么从来没有见过？她有这般手段，难道是天上的星宿？怎么比嫦娥还要厉害？他虽然心中有些疑惑，但见属下惨败，不禁恼羞成怒，顾不了那么多了，于是大喝一声："渔家美人儿，休要逞能！跟我到龙宫享福去吧！"说着张牙舞爪，扑向前来，携冰带雪，雹块纷飞，一时天昏地暗，海涛咆哮。

文曲星君见独眼恶龙扑来，心中暗想，这个家伙一定是元凶了！自己今天就除恶务尽，还渤海湾一个安宁！于是他轻抖臂膀，现出原身，大喝一声："该死的孽龙！你为非作歹，祸害百姓，屡犯天条，你的末日到了！"

那独眼恶龙闻声一惊，定睛一看，认得是文曲星君，不由得心中一怔。就在这一瞬间，星君随手抛出神笔，顿时化为一柄利剑，嗖的一声，一道白光向恶龙刺去。剑到之处，金光闪烁，风雪顿息，冰雹立消，嘭的一声，将独眼恶龙钉在木船之上，顿时疼痛难禁，动弹不得。星君把春哥唤醒，与槐花一起驾着小船，把恶龙和敖艮带上岸来。

星君念动咒语，唤来当方山神、土地，命他们暂时看管这两个恶魔，然后自己驾起云，回灵霄宝殿禀报去了。

玉帝听到文曲星君的奏报，不禁高兴万分："爱卿擒拿恶龙，实属为民除害，虽非分内之事，却是见义勇为，既展示了神仙的情怀，又彰显了我上天之德，殊为可嘉，当予褒奖。那恶龙不思悔改，屡犯天条，抢掠民女，擅杀黎庶，真是罪恶滔天，不可饶恕。此事既是爱卿着手，那么就由你全权处治好了！是杀是剐，悉由卿断，然后再回天庭报备即可。"文曲星君领命而去。

当下星君再次来到人间，救出渤海龙王敖雷，传达了玉帝旨意，命他继续掌管水族事务，勿忘为民造福。然后又放归数百名渔家女子回乡，让她们与家人团聚。星君见霸下子孙众多，一个个皆蛇头龟背，短尾无须，已经没有了龙的模样，倒像是一群小海龟。星君念它们虽为孽龙的后代，但尚未成年，本身无罪，顿生怜悯之心。他寻思斩杀孽龙容易，驱除恶念却难。为惩恶扬善，儆其子孙，星君决定不杀独眼恶龙，留下它当个反面教材。他召集当地各路神灵和黎民百姓聚会，传达玉帝旨意，颁布恶龙罪状，将其和巡海夜叉敖艮重新打入地狱水牢，随后又掏出囊中笔架，顺手一抛，立即化为一座神山，将两个恶魔镇压在渤海湾中，令其永世不得翻身。那笔架乃是混沌初分之时的一块灵物，历十万劫难经千锤百炼，是文曲星君的镇府之宝。化为神山以后，这一带从此风平浪静，海晏河清，天地一片和谐欢畅。

八方黎庶闻讯赶来，百姓们欢欣鼓舞，渔民们纷纷回到了自己的故乡，渤海湾重新出现了繁荣昌盛的景象。人们皆感谢文曲星君的大恩大德，家家供其神像，人人烧香祭拜。若逢每年的四月十五日，即文曲星君擒拿恶龙那一天，方圆百里之内，不分男女老少，人们均从四海八方赶来，挑着祭品，扛着香烛，聚集在渤海岸边，面对着笔架神山烧香祭拜，颂扬星君的大恩大德。人们知道笔架山是星君的象征，是他们心中的圣地，个个想到山前行礼，但是由于海浪滔滔，舟楫难渡，无奈只好虔诚地遥遥相祝。

也不知道是哪一年的四月十五日，玄女娘娘率帐下诸神由此经过，见下界熙熙攘攘，人流如织，祈祷之声惊天动地，香烟紫气直上九霄，不觉心中诧异，乃掐指一算，方知就里，不禁十分感动，遂降下云来，化作一位美丽的少妇，带着两个侍女，来到岸边查看。

十里海滩，人山人海，男女老幼，异口同声，玄女娘娘所到之处，人们皆称颂文曲星君之德，齐跪在海滩上向神山遥拜，但由于香烟缭绕，紫气蒙蒙，那座笔架神山若隐若现，已经有些看不清了。玄女娘娘的脚步停在一位老翁的跟前，俯下身来轻声问道："这位老伯，多有打扰。请问家住哪里？高龄几何？为什么会来到这里呀？"

这位老翁抬起头来，见问话的人是位美丽的少妇，举止高雅，神采飘逸，态度十分谦恭和蔼，于是慢慢站起身来，颤巍巍地说道："我有三个孙女，全被孽龙捉去，是文曲星君降伏了恶魔，才救了我们全家，救了这渤海湾边所有的人哪！他是我们黎民百姓的大恩人，我们全家年年都来这里祭拜他。哎！只可惜这海浪相隔，多有不便，不然我们大家多想到神山上去，为他塑金身、修庙宇，世世代代地供奉他呀！"

玄女娘娘闻听此言，不由得心里一动：文曲星君能够为民除害，我为什么不能为百姓造福，给来祭拜的人们提供方便？想到这里，她前行数步来到岸边，伸出右臂指向神山，口中念念有词，然后双手分开，轻轻一挥长袖。众人只听得哗啦啦啦一阵巨响，忽见神山和海岸之间，顺着那位美丽少妇手指的方向，海水唰地向两边退去，中间逐渐露出了一条弯弯曲曲的大道，就像一条巨龙一样，把神山和海岸连成了一个整体，人们见之无不惊奇，欢呼雀跃，兴奋不已。玄女娘娘随即召来渤海龙王，当面嘱其照此办理，涨潮时海水封路，渔帆照走，不要耽误了百姓捕鱼。退潮时海水分撤，露地为桥，以方便人们登上神山。说完嫣然一笑，升上半空。人们只见一道彩虹忽然升起，玄女娘娘驾着五色祥云，已带着她的人马，从彩虹边飞走了。

直到此时，人们才明白是女神显圣，造福万民，即刻跪在海边，向半空中行礼致谢，但是玄女娘娘已经走远了。欢腾的人们陆续踏上这海中的"天桥"，到神山上去祭拜文曲星君，后来又在山上修建了庙宇，世世代代供奉香火，纪念这位渤海湾边的百姓救星。

与此同时人们也没有忘记玄女娘娘的功德，按照曾与她当面对话的那位张姓老翁的回忆，人们在最初见到玄女娘娘的地方，为她塑了金身，修了庙宇，以此来纪念这位心地善良的女神。据说多年来一直香火旺盛，灵验非常，附近的人们管那个地方叫作"娘娘宫"，至今旧址仍存。

这就是我讲的笔架神山与跨海天桥的故事，多少年来一直在辽西地区广泛流传。近年来神山经过修缮，香火日盛，游人日增，已成为东北有名的文化旅游胜地。

对了，我还漏掉了两件事，也是与我刚才所讲的故事有关。

一件是嫦娥摔碎了那块巡天宝镜之后，虽然经太上老君屡次作法，回炉重铸，但终因破镜难圆，不比从前。虽然仍可光照大地，巡视人间，但已缺少许多旧日之光泽，留下了不少死角和黑斑，无法窥察人间所有隐私及不法之事了，这就给那些不肖之徒为非作歹带来了可乘之机。所以后来有些做坏事的人，大多都选择在夜间行动，也就不难理解了。

还有一件事是独眼恶龙霸下的那些子孙后代，由于得到了文曲星君的宽恕，侥幸全部活了下来。它们感星君不杀之恩，遵星君所嘱改名为赑屃，以示与恶龙一刀两断，并且吸取其前辈的教训，忍辱负重，踏实做事。它们主动请缨，把人间驮石碑的苦差事，都高兴地承担下来，而且世世代代一直无怨无悔。恐怕这既是一种替前辈赎罪的表现，也是对文曲星君的一种报答吧！

这回我的故事全部讲完了。

第三篇　龙的故乡与古都龙城

大姐、二姐讲得真好！听了之后既觉得十分新奇，又让人非常感动，三姐慕容春雨接着说道。轮到我了，不着急说，请大家先尝尝我们家乡的特产吧！你看这喀左的大枣，个大味浓，入口甘甜醇厚；这朝阳的小米，金黄金黄的，煮出粥来满屋生香；这龙山的苦茶，蜚声海外，是养生的佳品；还有这"凌塔佳酿"，过去曾叫作"龙城玉液"，是关东地区驰名的好酒，据说当年曹操北征乌桓、唐太宗东征高句丽，犒劳有功将士时喝的都是这种酒。我上面说的这四样宝贝，从西晋以来就是朝廷的贡品呢！

一

我是土生土长的辽西人，老家就在朝阳市东郊的凤凰山下。朝阳历史上曾经被称作柳城、营州、霸州、建州、利州、兴中州和泰宁卫，有过许多的名字，但是其中最有名的还是叫龙城，因为它蕴含着中华民族的悠久历史和灿烂文化。

唐代诗人王昌龄的那首著名的《出塞》诗脍炙人口："秦时明月汉时关，万里长征人未还。但使龙城飞将在，不教胡马度阴山。"诗人向我们展示了边关的雄奇和征战的凄苦，歌颂了飞将军李广的报国情怀。但诗歌中所说的龙城，指的是哪里呢？告诉你们吧！就是指如今的朝阳。史书记载，西汉时期朝廷在辽西一带设置右北平郡，而飞将军李广曾经担任右北平郡守，率军在这里为国戍边，抗击匈奴的侵略。那时候朝阳还叫作柳城，是右北平郡的治所。柳城改叫龙城，是西晋王朝以后的事，我在后边还要详细讲到。

那个时候柳城东南面的这座大山，也不叫凤凰山，而是叫龙山，是松岭山脉中间的一段。凤凰山这个名字，据说是清初康熙年间，康熙皇帝玄烨第二次东巡祭祖，从京城出发到木兰围场，在那里顺手捕获了一只老虎。康熙帝龙心大悦，遂一路信马由缰，游花逛景，游览到龙山一带，见这里群峰起伏如大海波涛，林丰草茂似蓝天揽翠，凌水缠绕若玉带飘旋，紫气东来像人间仙境，更有烟霞笼罩，气势非凡，一时心旷神怡，游兴大发，乃随口问道："此为何处，竟这般风光秀丽、景色宜人？"

大学士佟国维应声答道："启禀圣上，此地叫作龙山，方圆二百多里，有白狼河东西穿过，山水相依，颇有气势。据传古时候曾有多次真龙显圣，不知真假，但确实是一块风水宝地呀！"

康熙帝闻听马鞭一扬，目视东北远方，笑而言曰："关东真正的龙兴之地，是在我大清朝的发祥地，祖陵所在的启运山脉。那里群山环抱如九龙飞腾，一水蜿蜒显王气充溢，是名副其实的神山龙岭。至于这里，虽说有些钟灵毓秀、草长莺飞，但有点儿风水也不过是明日黄花，怎么可以叫作龙山？岂不辜负了这个神圣的名字？我听说在上古时期，曾有圣母偕九凤在此修行，不如就叫作凤凰山吧！如何？"

群臣及地方官员闻之，赶紧跪地叩头，一齐颂而言曰："陛下圣明！泽及百姓！金口赐名，山岳生辉。真此地万民之福也！"遂得名至今。

在皇帝唯我独尊的封建社会，康熙帝作为清王朝的统治者，他这么说也无可厚非。然而时至今日，在人民当家和科学技术高速发展的情况下，无论从考古勘察的丰硕成果，还是从流传久远的民间传说，或者是大量翔实的历史资料来看，辽西这个地方不但历史悠久，是远古人类最早的发祥地，是中华民族的摇篮，而且是我国龙文化的起始点，龙图腾的诞生处，实实在在是龙的故乡。几千年以来中华民族光辉灿烂的龙文化，就是从这里产生、发展、演化、传播，进而风靡九州、走向世界的。所以此地叫作龙山和龙城，绝对是实至名归、当之无愧的。我们都自称"龙的传人"，那么这里可是诸位的老家哟！

二

暂不谈那些美丽动人的神话传说，我们不妨先从科学上来寻找根据。中华人民共和国成立以来发现的大量的考古成果，就足以说明这个问题。蜚声世界的"兴隆洼文化"和"红山文化"遗址的发现，就雄辩地证明，在我国东北的西辽河流域，即内蒙古自治区的西拉木伦河、老哈河上游及辽宁省的大凌河中上游地区，不仅是我国古人类活动最早的地方，而且是古代文明最先进的区域，同时也是"玉文化"的源头、"龙文化"的故乡。

一是有可靠的资料表明，辽西是我国古人类活动最早、进步最快的地方。大约十万多年以前，在我们辽西的朝阳地区，就有数量可观的古人类居住，他们被考古工作者称为"鸽子洞人"。"鸽子洞人"生活在今喀左县水泉乡沿大凌河边的临河陡壁上，那一排排被称作鸽子洞的大小山洞里。考古勘察发现，这一排排山洞位于陡壁中间，高出河面三十五米，下面水流潺潺，上面林丰草茂，坐西北而面东南，既安全而又朝阳。洞内高大宽敞，通风透光，显然既不潮湿，又冬暖夏凉。洞内大洞连小洞，宽洞套窄洞，有的既有上下两层，又有里外套间。大洞能容纳数十人，很可能是古人类群居的场所。洞中发现了许多用于砸、削、钻和刮的石器，而且还有灶台和木炭的遗迹，说明在那个时候，人类已经能够制造实用的工具和用火来烧烤食物。这比在北京西南周口店发现的"北京人"已经有了明显的进步，很可能是"北京人"进入东北地区的一个分支。

我国20世纪七八十年代在辽西相继发现的"兴隆洼遗址""查海遗址"和"赵宝沟遗址"等考古成果，被统称为"兴隆洼文化"，代表的是先"红山文化"时期，距今已有六千至八千多年的历史。1982年发现的"兴隆洼文化遗址"，因位于内蒙古自治区敖汉旗宝国吐乡兴隆洼村而得名。遗址面积三万五千多平方米，周围有人工挖掘的围沟，围沟内有数行平行排列的房址。最大的房址位于中间部位，大约有一百四十多平方米，越往边上的越小一些，但也有几十平方米。遗址内出土了大量的石器和陶器，还有许多玉器。其中石器的代表物件有石刀、石斧、石锛、石棒和石刮刀、石磨盘等，已经十分精致和锐利。出土的陶器有陶罐和陶钵等等，同时有玉斧、玉块和玉锛等玉饰物一百多件。这里是迄今为止，我国考古发掘发现陶器和玉器最早的地方，因而被称为"中华远古第一村"。

同一年在阜新蒙古族自治县沙拉乡查海村发现了"查海文化遗址"，这个遗址距阜新市区二十五公里，是新石器时代原始部落的产物。从1982年起到目前经七次发掘，已整理出遗址面积一万多平方米。遗址内有半地穴式房址三十余座，另有墓葬五座，呈南北或东西成行排列，十分规整。遗址内出土了大量的石器、陶器和玉器。其玉质多为透闪石软玉，品质细腻，做工精巧，据考证距今已有八千二百多年，是世界上发现最早的真玉器，被中国考古学会原理事长苏秉琦先生称为"世界第一玉"。而阜新"查海遗址"，则被他老人家称为"文明的发端"。

"兴隆洼遗址"和"查海遗址"的勘察结果表明，在距今八千多年以前的新石器时代，辽西地区就有了相当规模的部落群体和较为发达的古代文明，不仅它的进化程度要比黄河流域的"仰韶文化"高出很多，而且时间上要早一千多年。特别是独具一格的玉器文化，其琳琅满目的品类和高超的制作技艺，简直令人叹为观止。它说明了在新石器时代和青铜器时代之间，还有一个时间很长的"玉器时代"，国内外的考古学界均为之惊叹。

让考古学界更为惊喜的是，"红山文化遗址"的发现，使中华民族的文明史向前延伸了一千五百年，给古来流传的"三皇五帝"说找到了依据。从遗址中不但发掘出了大量的石器、陶器和玉器，还出土了六百多种生物的化石，证明了中华龙鸟在这里起飞；世界上第一枝花——辽宁古果在这里开放。而猛犸象和恐龙化石的发现，则告诉我们在远古和上古时代，辽西地区曾经雨量充沛、森林茂密、河流纵横、气候适宜，是地球上众多动植物的天堂。特别是"牛河梁红山文化遗址"的问世，女神庙、金字塔和积石冢群的出土，以及数量众多的陶器、玉质礼器的发现，证明了早在五千多年以前，辽西地区就已经出现了城邦式的文明古国，或者在更早的时期，即在八千多年以前就形成了规模很集中的母系氏族公社。而这个氏族部落的女祖，就诞生在现在的朝阳地区、龙山脚下。从牛河梁出土的这尊女神塑像，双目炯炯，与真人无异，应当就是中华民族的母祖，华胥女神的化身。她生存的年代距今至少有七千年之久，比有史料记载的黄帝时期还早两千多年，她应该而且肯定就是黄帝的先人。

三

在辽西地区最早发现了龙的形象、龙的纪念物，所以说辽西地区是龙的故乡，是龙文化的发源地。我们都知道龙是中华民族的图腾，是人民和国家的象征，从黄帝时期沿袭至今，已有四千多年的历史。但龙是从哪里来的呢？龙文化是从何处产生的呢？"兴隆洼文化"和"红山文化"的考古发现，会给你一个相当满意的回答，你查找一下资料就会清楚了！

1982年在阜新县沙拉乡"查海遗址"发现的龙形堆塑，长十九点七米，龙头最宽处达两米，整个肢体呈弯身弓背状，昂首张口，栩栩如生，与我们今天看到的龙的形象无异。整个堆塑多用红色类似玛瑙的石块组成，据专家考证，距今应有八千多年的历史，是迄今发现的世界上最早的龙的形象。

赤峰市敖汉旗高家窝铺乡的"赵宝沟遗址"，与阜新县的"查海遗址"一样，同属于"兴隆洼文化"的范畴，距今已有六千八百多年了。在那里出土的村落遗址明显增大，石制生产工具明显改进。不但出土了酿酒的烧锅遗迹，而且还发现了"猪首龙"器物和"第一玉凤"，给辽西地区是龙的故乡一说进一步提供了佐证。

而1971年在昭乌达盟（今赤峰市）翁牛特旗三星他拉村出土的"玉碧龙"，以及1984年在牛河梁发现的"玉猪龙"，再一次向世界庄严宣告：这里是龙文化的摇篮。这一时期相继出土的猪首龙、熊首龙、鹿首龙、牛首龙等等，有陶器的、有玉器的，有雕刻的、有堆塑的，虽然品类不一、形象各异，但基本上是兽头蛇身、有鬃有尾、有角有鳞，与我们现在所看到的龙的形象已经相去不远，反映了古代人类那个时期,对于毒蛇猛兽的敬畏和崇拜,具有时代的文化内涵,体现了那个时期的精神文明。因此,著名考古学家苏秉琦先生高度赞美辽西的龙文化,他肯定红山出土的玉碧龙是"中华第一玉龙",认为辽西是"玉龙故乡、文明发端"。他说:"中华文明的起源,是北方先迈了一大步。"由此可知,辽西不仅是中华民族祖先的发祥地,同时也是几千年来龙文化的起始点,这一点已被国内考古学界所认可。

至于说在八百多年以后,黄帝战胜了蚩尤,统一了黄河流域,才把龙的形象作为华夏部落的图腾,龙因而成为牛头、鹿角、猪嘴、虎须、蛇身、凤爪、鱼鳞、马鬃和狮尾九不像的神灵,这样的造型来自何处,我不说大家已经都明白了。从此,龙作为吉祥的象征走进了千家万户,一直延续了几千年。

龙什么时候成了历代王朝的御用之物,而皇帝则成了龙的化身,说法不一,本人不加评点,但我认为可能是由一个传说引起。有史料记载,黄帝大约生于公元前2717年,亡于公元前2599年,活了一百一十八岁。据传他一百一十八岁那年春天到泰山祭天,摆上代表天下九州的九只大铜鼎,亲自点燃九九八十一根巨香,率领九十九位臣子祷告已毕,天上忽然祥云缭绕,有仙乐之声响起,在一阵鲜花飘落之后,有一条金龙携香风、带紫雾从东方飞来,落在泰山之巅,开口对黄帝说:"大王统一九州,仁德布于四海,天帝念汝之功,特地度汝为神,请跨上我的背升天去吧!"

黄帝突见金龙飞至,知道祥瑞降临,应了昨晚之梦,遂纳头便拜。原来昨日黄帝旅途劳顿,正昏昏欲睡,忽然眼前金光一闪,女娲娘娘来到了他的车驾之前,慌得黄帝连忙叩头。女娲娘娘双手扶起黄帝,对他说道:"晚辈不必拘礼,我有一言相告。汝德行天地,造福万民,兴华夏之部族,开百业之先河,功勋卓著,海内尽知。如今汝阳寿已尽,明日当乘金龙升天,觐见昊天大帝,封汝为三界正神。"说罢微微一笑,升到空中。

黄帝闻听此言,忙纳头再拜。待他抬起头来之时,香风已去,金光不再,女娲娘娘仙容已经消失,但是语音若存。黄帝一个急劲儿,陡然惊醒,原来却是一个梦。黄帝撩起车窗的纱帘,见窗外月光朗朗,听原野虫声唧唧,而车内爱孙高阳(颛顼)正在酣睡,并不见女娲娘娘的身影。虽然只是一梦,但黄帝对此深信不疑,他知道这位先祖不会无故而来。所以当金龙降临,对他说了那番话的时候,他就毫不迟疑,立即跨上了龙背。

且说跟在黄帝身后的那九十九位大臣,突见金龙降临,十分惊诧,先是跟着黄帝礼拜,接着见黄帝已经跨上龙背,于是蜂拥而上,争先恐后地向金龙奔去,都想跟着黄帝飞升。只有高阳静静地站在那里,向着黄帝招手。这时只见金龙引颈长嘶,腾空而起,一抖尾巴,将那些大臣全部掀翻在地,接着怒吼一声:"龙身也是你们乘坐的吗？"随即载着黄帝呼啸而去。

那些大臣眼巴巴地看见黄帝飞升而去，无可奈何，只好按照黄帝的遗嘱，拥戴高阳继任华夏部族的首领，即为颛顼。从此以后，龙的形象就成为王者专用之物。及至奴隶社会夏、商、周诞生，到后来秦统一六国进入封建社会，历代帝王无不把自己美化成真龙天子和龙的化身。皇宫里，宝殿上，从建筑到衣物，从服饰到用品，到处可见龙的形象。什么飞龙、蟠龙、走龙、卧龙、金龙、玉龙各具雄姿，令人眼花缭乱，从此却与寻常百姓家再也无缘了！

两汉之际佛教传入我国，又给龙赋予了新的使命和职能，说它们能上天入地，行云布雨，龙由此成了雨神，四海龙王应运而生。后来通过道教阐释，说不但海里有龙王，江河湖泊里也有龙王，龙王有一个庞大的家族，而且龙生九子，有着众多的后代，龙这个皇家的灵神仿佛又回到了民间。但因其云里来、雾里去，道行高深又行踪神秘，所以寻常百姓还是看不见它的。龙真正成为民族的图腾、国家的象征而享誉世界，那是人民当家做主、中华人民共和国成立以后的事了。

四

我刚才在讲述了考古勘察的科技成果之后，插了一小段神话传说，好像有些画蛇添足，在故事的结构上显得不伦不类，其实不然。如果不这样说，我们就无法搞清龙文化的起源、发展、兴盛和转型的过程，同样，也就无法捋清中华民族五千多年来的发展历史，因为它是和龙文化紧紧相连的。

比方说世界各地的华人，每年都有许多人来参加黄陵的祭祖大典，其心意之虔诚令人感动。他们从五大洲纷至沓来，有捐钱的，有捐物的，有上香的，有上供的，叩头礼拜如仪，让人肃然起敬。但是究其根源、问其原委，许多人却不甚了了。其实黄帝生活的年代距今不过四千七百多年，那么五千多年以前、甚至更远的年代呢？那时候的中国是一个什么样子？黄帝又是谁的后人呢？他的祖先到底是谁呢？和龙文化究竟是什么关系呢？

我们不妨从有资料记载的一些古代传说中寻找答案。

许多人都听说过"三皇五帝"，但对他们是谁却各说不一。比较集中一点儿的说法，是说五帝包括黄帝、颛顼、帝喾、唐尧和虞舜。他们分别是华夏部落一个时期的领袖，在任期间政绩卓著，万民拥戴，故而去世以后世代传颂，流芳千古。虞舜把王位传给了大禹，大禹治水立下万世功德，却没有寻找到合适的继承者。大禹的儿子启乘势而立，建立了夏朝，开创了我国历史上第一个奴隶制社会，这是大家都知道的事了。

然而"三皇"是谁呢?尽管从古至今有许多说法,但最终还是把重点集中到远古时期几位著名的部落首领身上,他们均因为给古人类做出过某些方面的巨大贡献,而受到后世普遍的推崇和称赞。

其一是有巢氏,因为他发明建造了房屋,使人类得以摆脱野兽和风、雨、雪、洪等自然灾害的威胁,被古人类推为部族首领。

其二是燧人氏,因为他发明了取火、用火和钻木生火,使人类结束了茹毛饮血的生活,懂得了吃熟食和用火焰保护自己,从而被拥戴为部族之王。

其三是神农氏,因为他尝遍百草而粗通医理,教会古人类用药草医病和种植稼穑,使人类结束了光靠渔猎而经常挨饿的历史,拓宽了食物的来源,因而他是人类农业的鼻祖,也是一位杰出的部族领袖。

其四是伏羲氏,据说他发明了算卦和占卜,教会人类结绳记事、刻石记事和织网捕鱼、抓鸟,是一位智慧很高的部落首领,极受人们的拥戴。

其五是女娲氏,传说她曾在昆仑山炼五色石补天,斩巨鳖之足而立四极,从而使天未塌、地未陷,人类才得以生存下来,她的贡献就更大了!

还有一些说法,就不一一列举了。比较集中的意见是:"三皇"不是指天皇、地皇和人皇,而是指远古时期最著名的三位部族领袖,即燧人氏、神农氏和伏羲氏。他们应该是中华民族的远祖,也是黄帝的祖先。那么他们又是从哪里来的呢?

我们还是从辽西地区一个古老的民间传说谈起。

相传八千多年以前,辽西的大凌河、老哈河和西拉木伦河流域雨量充沛,气候温和,河流纵横,森林茂密,各种鲜花在这里竞相开放,各种动物在这里繁衍生息。万里霞光笼罩着百里神山,使这里成为世间的天堂。

在一个春夏之交的清晨,一阵急风暴雨之后,突然云开日出,一道彩虹从东方升起。正当动物们出来觅食、小鸟们纵情歌唱的时候,一条金龙和一只彩凤同时从彩虹边飞来,双双降落在这神山脚下。它们在梧桐下、溪水边缱绻良久,遗下一枚巨蛋后双双飞去。空中有苍鹰飞旋,地下有蟒蛇守卫,受日精月华,历六十寒暑,这枚巨蛋在一个同样阳光明媚的早晨轰然迸开,从里面走出一个健壮的女婴。这个女婴凤首龙身,能飞会跑,浑身香气,叫声响亮。她在巨蛋中诞生,在鲜花里成长,每日与野兽做伴,天天以松柏为食,历九九八十一年修成人形。众生灵称她为"花胥"("花一样"的意思,后来的人们便慢慢地叫成了"华胥"。在古时候,"华"和"花"的读法和用法大体是一样的),而把金龙飞来、华胥诞生的地方,称作"龙山"。

华胥在龙山脚下挖地窖、盖草棚、饮甘泉、食野果,整日与野兽和飞鸟为伍,学会了它们的各种语言。十六岁时,在一场大雨过后,华胥在水潭边发现了一排巨大的脚印，华胥知道雷声就是从那里传过来的。出于好奇，她踩着那些巨大的脚印反复走了几趟，竟然累得热汗淋漓，一下子晕倒在地上。朦胧中，她似乎感到有一个巨大的身影笼罩在她的身上，但她既叫不出声来，也丝毫动弹不得，醒来后发现已是次日的清晨。

华胥虽然仍旧像往常一样在山中嬉戏，过着无忧无虑的日子，但是她的身体却慢慢地发生了变化。她感到肚子在慢慢地隆起，身子越来越笨重了，行走起来已经有些困难，于是她骑上一条巨蟒，出去游玩。十二年后，她辗转来到陇山之西，生下伏羲，是一个人首蛇身的男孩儿。又过了四年，她带着伏羲骑着巨蟒，来到太行山的西北，在一个阳光明媚的清晨生下女娲，是一个人首蛇身的女婴。伏羲和女娲是一对亲兄妹，他们俩跟随着母亲四处游历，在黄河流域长大成人，后来奉天帝之命结为夫妻，生儿育女，逐渐在中原地区形成了一个强大的部族——夏族。这个部族崇尚龙、凤、蛇、猪、熊和鹿等动物，他们把龙作为自己部族的图腾，世世代代顶礼膜拜，因为他们都听说，龙才是他们的始祖，龙山才是他们的故乡。

华胥带着一双儿女在黄河流域生活了一百年，繁衍起一个强大的部族。后来由于思恋自己的家乡，她毅然告别了部族子孙，带着一部分后生晚辈回到辽西，在这里定居下来。她带领着后人们在龙山脚下、两河流域造房建屋，开垦荒野，打猎捕鱼，栽花种树，过着无忧无虑的生活。她的那些后生晚辈与当地的古代人类互相融合，人数越聚越多，部落越来越大。后人们都奉华胥为女神，称她领导下的群体为"华胥部族"，简称"华族"。

华胥在人间活了一百六十九岁之后回到了天堂，有人说她去了昆仑山，成了三界万世至高无上的女神。临行之前，她把管理华胥部落的重任，交给了她的一个曾孙女玉凤儿，然后就到昆仑山上栽花种草。据说她把龙山上的桃树移植到昆仑山，竟结出了万仙仰慕的蟠龙桃。就连龙山上的野草栽到昆仑山上，也成了能医百病的仙草。

玉凤儿做了华胥部族的首领之后，没有辜负曾祖母和族人们的厚望。她聪明伶俐，智慧超常，带领着族人们驯化野兽、饲养家畜、种植五谷、广栽果树。她懂得各种飞鸟的语言，许多珍禽都成了她的朋友。岐山的九只彩凤闻讯飞来，成了她形影不离的姐妹。她又敬山神，宴河伯，结交当方土地，从而使部族和谐，四方通畅。她教会了族人们用篝火烤肉，取龙山溪水酿酒，用野兽的皮张做衣服，磨光了硬玉做武器。她还模仿龙、虎、豹、鹿、蛇和鹰、鹤、凤、雕、鹫的动作，编出了一套独特的功法，使其体轻如燕，健步如飞，登山越岭，如履平地。她让族人们跟着她一起习练，从而使辽西的华胥部族日益强大，远近闻名。

玉凤儿到了晚年，为了纪念她的曾祖母，亲自在龙山之中选择了一块风水宝地，在那里修建了女祖庙、女王陵和一个很大的祭坛。她带人亲自制作了曾祖母的雕像，常年供奉香火。她把曾祖母留下来的衣物葬在女王陵里，并把许多逝去的族人迁殓至此，让大家在周围陪伴着这位女祖。华胥部族的子孙为了悼念这位先人，在她的王陵里随葬了许多陶器、石器和玉器，特别是她生前喜欢的龙、蛇、猪、鹿、熊、凤等形状的玉制品。二十世纪八十年代，在牛河梁"红山文化遗址"发现的女神庙、金字塔和积石冢，应当就是华胥女祖纪念地的遗迹。

在牛河梁发现的女神庙遗址南北长二十四米，东西最宽处约九米，最窄处只有两米。主体建筑平面呈"亚"字形，其中有主室、侧室、南室、北室共七个单元。这是一座土木结构的半地穴式建筑，地下部分进深约一米。墙壁全部以木柱、禾草为支撑，敷抹多层草拌泥，比较结实耐腐。现存的庙内半地穴式遗址里，堆满了倒塌的仿木建筑构件、泥塑的人像和熊龙、玉凤等动物的形象。庙内发掘出来的七具人物塑像，都是女性。其中一尊最为高大的塑像方面高鼻，大耳垂肩，体量是现在真人的三倍多，应当就是庙内的主神华胥女祖。其他的六尊塑像也均相当于真人的两倍，至少是一倍多，她们可能是华胥女祖的后人。这些塑像的表情、神态均十分逼真和生动，反映了那个时期古代人类高超的艺术水平。

在牛河梁发现的"金字塔"实际上是一座王陵，即玉凤儿为她的曾祖母华胥女祖修建的陵墓。"金字塔"位于一个叫作"转山子"的山顶上，海拔五百六十四米。整个建筑为圆丘形的土石结构，中间的部分为夯土形成的土丘，土丘的外边包砌石块。从现存的遗迹来看，陵墓直径约六十至一百米之间，总面积近一万平方米，残存的砌石基到土丘顶，约有七米多高。外层包砌的石料长四十厘米，宽高均在三十厘米左右。陵墓的正南面还保存有一段石阶，能够看出当年陵墓修造的坚固、壮观和雄伟。

有人说牛河梁发现的积石冢才是王陵，也有人说那不过是华胥女祖后人的墓葬，我们目前还无法判知真假或谁是谁非。但我深信，只有那座高大的"金字塔"，才是华胥女祖的王陵，是中华女神和人文共祖真正的遗迹，也是玉凤儿和她的族人们祭祀先祖的地方。

玉凤儿何时离世无人知晓，传说在长达几千年的时光里，都有她的后人亲眼看见过她。由于她经常出没在龙山之中，身边总是带着九只彩凤和众多的仙鹤，后人便尊称她为"龙山圣母"。龙山圣母曾经在深山古刹之中设座收徒，她的门生弟子遍布天下，据说都武功高强、品德高尚，为时世之楷模。在辽西地区，有关龙山圣母的传说很多，公认的说法为，她是中华民族北方的女祖。

五

说不清具体什么年代了，辽西地区开始变得干燥少雨，许多动植物因之而自然南徙。龙山圣母的一部分后人也开始越过燕山，搬迁到黄河流域，在那里定居下来。由于是同根同种，他们很快与那里的伏羲氏和女娲的后人互相融合，形成了一个血源相通、团结和谐的部落。这个部落不仅有着比较先进的文明，熟练掌握许多种早于其他部落的技艺，而且率先走进了"玉器时代"。这个强大的群体由于是华胥部落和夏族部落结合而成，就被世人称为"华夏部落"，或者叫"华夏民族"。华夏民族因为他们的祖先确实是龙，所以他们自称"龙的传人"，世世代代都把龙的形象作为民族的图腾。到了黄帝时代，华夏民族已成为中原地区最为强大的部落，这种对龙的崇拜也更加广泛、深入和根深蒂固，一直延续至今。

至于没有南迁的那部分龙山圣母的后人，他们继续留在了大凌河、老哈河和西拉木伦河流域，在这里守护着始祖的神灵。但是由于气候变化，许多河流变成了沟壑，不少湿地变成了草原，而过去的草原和田野，有些已经被沙滩吞没，族人们被迫因地制宜，化整为零，形成了一些较小的群体，去谋求生路。他们依山的狩猎，靠水的打鱼，有田的种地，没地的游牧，逐渐变成了相对独立的部落。他们虽然仍旧是龙的传人，但是在居住地区、生活习惯、民间风俗甚至是语言等方面，由于年深日久，都已经产生了很大的差别。事实上，他们已从华胥部落中分离出去了，但是与中原地区的华夏民族，仍然有着一脉相承的血缘关系。

这时候中原地区经过"三皇五帝"的励精图治，夏、商、周三个奴隶制王朝的更迭，经济和文化都有了很大的发展，他们以后发优势很快地超过了辽西地区。特别是经过仓颉造字以后，黄河流域已经形成了相当发达的古代文明。这些华胥女祖的后人，把他们华夏古国的方方面面，都记载得淋漓尽致，却把他们的故乡龙山，把那块神奇的土地和有血缘关系的人们忘掉了！在漫长的社会进程中，辽西地区的先民们由于早期没有文字，在几千年的历史长河中名不见经传。直到现在为止，我们仍不知道在那个时期，这里到底发生了什么。然而作为中华民族的始祖和图腾的龙，却没有忘记它们的故乡，它们一次又一次在辽西显圣，一次又一次震惊了中华，从而让发达的中原地区相形见绌，自愧不如。

有资料记载我国东北地区曾有过许多少数民族，其中最古老的有东胡、肃慎和濊貊三家，他们都是从华胥部落分离出去的。肃慎这个民族多年来以渔猎为生，一直活动在长白山麓和松花江流域，历史上曾称为靺鞨与女真人，是我国现在满族人的前身。濊貊人也以游牧为主，长期居住在辽东地区，曾与其他部族融合，建立过夫馀国，也曾入住过朝鲜半岛的北部，后来这个民族消亡了。

至于说东胡人，是相对于匈奴人而言的。"胡"这个字在现代蒙古语和达斡尔语中，是"人"的意思，意即生活在匈奴以东的部族，这在《史记》一书中，司马迁先生有着明确的记载。

匈奴这个民族，传说是夏代暴君夏桀的后裔，生性残忍而嗜杀，在先秦时期群聚于北方发展起来，到秦末汉初时已经相当强大，占领了整个西北和关东大部，并经常到中原地区烧杀抢夺，这才有了汉王朝与匈奴多年的战争。后来匈奴被汉武帝击败，分裂成南匈奴和北匈奴，到汉末彻底衰微，但它衍生出许多分支别部。据说突厥人和羯族人都是匈奴的别支，他们把狼作为自己民族的图腾，向中原发动一次又一次的进攻，曾经在中原建立汉国、前赵和后赵。而在陕西建立前秦的苻氏家族，当时称为氐族，则可能是陇西羌族人的一支。

东胡人历史上有许多分支别派，如乌桓人、鲜卑人、柔然人、鞑靼人、室韦人、契丹人、霫族人和库莫奚人等等。鞑靼人和室韦人其实都是蒙古人，只是由于历史时期和居住地不同，在称呼上有所差异而已。蒙古人曾被称为"蒙兀人"，"蒙古"二字表示"永恒的火"。他们以苍狼和白鹿为图腾，是个英勇善战的游牧民族。"一代天骄"成吉思汗曾率军纵横欧亚大陆，其后人统治了整个中国，建立起疆域广大的元朝，这是大家都知道的事了。

东胡人历史上较大的一次动荡是在三国时期。那时候强大的东胡刚刚被匈奴王冒顿击败，分裂为乌桓族和鲜卑族。乌桓族逐渐恢复元气，地域广大，被称为"三郡乌桓"，曾经帮助袁绍对抗曹操。后来曹操北征乌桓，大将张辽斩蹋顿单于，乌桓灭亡，族人四散逃走。鲜卑人也被曹操下令迁往各地，裂变为拓跋部鲜卑和东部鲜卑。拓跋部鲜卑人后来占据漠北草原，建立起一度兴盛的柔然，并在公元四世纪南迁建立北魏，最终统一了北部中国。而东部鲜卑几经周折，又分为宇文部鲜卑、段部鲜卑和慕容氏鲜卑，据说契丹人就是宇文部鲜卑的后裔。无论是契丹人、鲜卑人还是女真人，他们都把龙作为自己民族的图腾。

我方才绕了这么大的弯子，说了这么多的话，其实是想明确地告诉大家，他们都是华胥部族的后代，是实实在在的龙的传人。因为我们下面的故事，是要围绕着龙的故乡和古都龙城展开的。

六

慕容氏鲜卑人居住在鲜卑山下哈古勒河流域，是一个基本上靠游猎为生的部族。据说他们这个部族的名字，就是请龙山圣母玉凤儿给起的，取"慕天地之仪、容日月之光"的意思。他们自封为龙的传人,每家都供有女祖白翎儿的神像,人人都知道龙神乾罗和仙女白翎儿结为夫妻、成为他们先祖的故事。

慕容氏鲜卑人发展到东汉时期,出现了一位大英雄,名叫檀石槐。他轻功高超,武艺出众,矫如飞鹰,勇如猛虎,一根神鞭威震塞北。在他的领导下,慕容氏部族迅速发展壮大,牵头建立起了强大的军事联盟,使一度动乱的关东地区稳定了几十年。檀石槐死后,军事同盟瓦解。曹操北征乌桓,慕容氏鲜卑人又被强迁到长城以北,一度处于销声匿迹的状态。

及至曹丕称帝建立魏国,慕容氏鲜卑人又乘机在辽西聚集起来。首领轲比能不但神勇,且有智慧,是鲜卑族的又一英雄人物。据说他只身力搏猛虎,如戏家猫,在山林中抓住黑熊,立即在石头上摔死。他去许昌谒见曹丕,见殿前新铸成一只千斤大鼎,七八个武士还抬不起来,他双手轻轻举起,又放归原处。这时又恰遇南方新进贡一头大象,体形庞大,人不能近,轲却能执象鼻在手,令大象俯伏在地动弹不得,一时名震中原,被称为天下第一勇士。他却逢人便笑嘻嘻地说:"我这点儿本领又算什么?只不过是匹夫之勇。魏王那才是天下的大英雄,文武全才,盖世无双,有他为帝,那是万民之福唯!"曹丕听说后极为高兴。轲比能又经常给曹魏的权贵们进贡些貂皮、大珠等珍贵物品,因之很受曹丕的赏识,被封为附义王。

慕容氏鲜卑人传至第八代孙莫护跋,部族再次强大起来,曾帮助司马懿击败公孙渊,立下大功,被朝廷封为率义王,统领鲜卑各部。莫护跋把部族的大部分人马安置在辽西的大凌河、老哈河流域,并把辽西郡的大棘城(今北票市章吉营乡)作为自己的王城。

莫护跋去世以后,其子木延继任为部落首领。他曾帮助魏国大将毌丘俭东征高句丽,获胜后被朝廷封为鲜卑部大都督、左贤王。木延死后,其子涉归继位,被晋武帝司马炎封为鲜卑大单于,继续统领鲜卑各部。

慕容涉归虽然刚正秉直、雄才大略,但是明枪好躲、暗箭难防,他的弟弟慕容耐设下毒酒,借宴请之机害死亲兄,并把涉归的家人囚禁起来,只等到夜深人静时悄悄杀死,偷偷埋掉。

涉归的妻子段氏夫人虽然身体柔弱,但是性格刚烈,遇事不慌。她把十五岁的儿子慕容廆召到跟前,让他化装成巡更的士兵,拿着老单于生前的腰牌混出城去。而段氏夫人及其所有家人,在当晚全部被杀。

漆黑的夜晚星光熹微,慕容廆跌跌撞撞,慌不择路,竟阴差阳错地跑到徒河(今辽宁锦州),险些被慕容耐派来的追兵捉住。是龙山圣母派无语师太施展法力,一阵飞沙走石打倒追兵,把他救了下来,并引导他到辽东正觉书院,拜徐庶的后人徐惠为师,避难并习学兵法。一年以后,慕容廆在徐惠设计帮助下,除掉反贼慕容耐，为自己的父母报仇雪恨，并被推举为部族之主。不久又被晋武帝司马炎封为大都督、大单于，总理关内外鲜卑一切事务。

新首领慕容廆在"女诸葛"段氏夫人的帮助下，采取对上拥戴西晋王朝，唯晋武帝司马炎马首是瞻，以取得朝廷的支持，对外则进行安抚和用兵双管齐下的策略，逐渐统一了关东地区，建立起自己稳固的统治。同时他又发展农耕，开办榷场，操练精兵，广纳贤才，为建国做好了一切准备。

但慕容廆头脑清醒，他审时度势，认为应该韬光养晦，称王建国的时机尚不成熟。慕容廆在位四十九年，于公元333年去世，他把建国的机会留给了儿子慕容皝。

传说慕容廆在临终之前做了一个奇怪的梦，一条金龙从遥远的南方飞来，围绕着大棘城上下盘旋，没有停住，然后飞入龙山，大叫三声就不见了。他不知道这是怎么回事，正想去请教段氏夫人，这时候龙山圣母带着九只彩凤驾到，玉辇就停落在他的床前。圣母告诉他说："汝一生功昭黎庶，德慰先祖，是我龙山家族的光荣。古人说为仁吉报，积善成金，你们慕容家族当有三世的天下。请记住'梦龙而起，见龙而兴，驱龙而衰，弃龙而崩'，可千万不能离开龙山哪！"言罢微笑着飘然而去。慕容廆一个急劲儿惊醒，原来却是一梦。于是他把梦境讲给段氏夫人和儿子们听，叮嘱他们切记圣母的教诲，然后含笑而亡。

慕容皝是老单于慕容廆的第四子，他继位以后，秉承父亲的遗嘱和母亲的意愿，广施仁政，善待黎民，发展农耕，兴修水利，对内平定诸弟之乱，对外招抚四外邻邦，把关东地区治理得井井有条，一派安宁，万民欢洽，有口皆碑。

东晋咸康三年（337）九月，慕容皝扫平宇文部残敌，率大军返回大棘城，途经龙山的时候，见秋高气爽，气象万千，满目斑斓，风光如画，一时心情开朗，游兴大增，便命大军停下休息，也来欣赏一下这龙山的秋色。一行人马正玩得高兴，忽有兵士来报，说前边溪水边出现黑白二龙，请大单于速去观看。慕容皝过去只听说过世间有龙，看见过龙的画像和雕像，但是从来没有看见过真龙。如今听兵士说二龙显圣，他半信半疑，急率群臣飞跑过去观看，一看果然不假。只见一黑一白两条巨龙，每条都长约数丈，和画像上的几乎一模一样，它们正在小溪边嬉戏，这时见众人前来，相距不过数十步之遥。但是它们并不躲闪，一会儿潜入潭底，一会儿飞上树梢，一会儿在林海上遨游，一会儿在山巅间起舞。一时间龙山之中霞光万道，紫气蒸腾，祥云纷聚，瑞霭飘悬，把千军万马都看呆了！大山中鸦雀无声，连虫儿们都停止了鸣叫。

慕容皝观赏一会儿，忽然省悟：龙乃祥瑞之物，实为三界神灵，我等凡夫俗子，见之如何不拜？于是忙率众人跪倒叩头，礼毕，又吩咐随从速准备猪、牛、羊三牲，以最隆重的太牢之礼祭之。同时取出军中携带的上等好酒"柳城烧刀"

和时鲜果品供奉。两条巨龙在大山中飞翔腾跃，盘桓了两个来时辰，享用了部分供品以后，方一前一后向东方飞去，看得所有人如醉如痴。

真龙现身，万众欢腾。谋臣皇甫真当即奏曰："恭喜单于！贺喜单于！真龙出世，亘古奇闻！此乃天降祥瑞，乃我部族大吉大利之征兆也！"

谋臣裴开接着说道："我主雄踞关东，万民拥戴。如今真龙现身，彰显天意，此乃我主立国称王之良机也，宜当顺时而动，成就我朝之大业也！"

慕容皝还在犹豫，这时候军师封奕说道："是时候了！老单于在临终之前，曾说过我部当遇龙而兴，并告诉我们这是龙山圣母的教诲。如今祯祥出现，二龙显圣，看来皆属天意，绝非偶然。我主当顺时而动，立国称王，方不辜负圣母及先祖之厚意也！"群臣闻之，异口同声，三军将士，一齐劝进，一时群情振奋，声震山河。

回到大棘城以后，慕容皝征得母后段氏夫人的同意，决定立国称王。廷议刚刚开始，忽有一群燕子从北方飞来，竟然叽叽喳喳地飞进大殿，落在朝堂的横梁上欢叫数声，然后呼地向南边飞去。众人皆感惊异。这时封奕出班奏曰："燕子乃世间灵禽、吉祥之鸟，春来北国而秋去南疆，天下莫不在其翼中矣！今日入殿道贺，当是有意而来，莫非是让我主立国称燕？不知大王与众卿意下如何？"

群臣闻之纷纷叫好，慕容皝听了心中大喜，当即采纳众人意见，宣布立国号为燕，自称燕王，并颁布圣旨，行檄天下。至此关东自成一国，不再受东晋朝廷的节制，历史上称其为前燕。

七

前燕王朝建立不久，一日早朝，司隶阳骛出班奏道："方今燕王立国，当创万世基业，布威德于四海，施仁政于天下，需要有一个享誉九州的王都，方能够令四夷宾服，强敌生畏，国祚安稳，世代永康。但目前的国都大棘城，不唯地势平常、无险可守，无虎踞龙盘之势，而且地域狭小、壕窄墙低，拢不住永久之王气。依臣看来，不如另择一龙兴之地，营建新都，则必于我朝江山永固大有利也！"群臣闻之，皆有同感。燕王慕容皝随即准奏，诏令封高、阳协二臣带人勘察新址。

阳协、封高二人带领着风水大师走遍关东各地，最后停留在龙山脚下、凌水之滨，认为柳城这个地方依山面水，聚气向阳，地势高阔，龙盘虎踞，是绝佳的建都之所，遂奏报朝廷。燕王慕容皝和诸位大臣也感到柳城西挽燕山，东牵医间，坐拥蒙古草原，南瞰幽云之地，进可以攻，退可以守，而且距离二龙显圣之地极近，确实是块风水宝地，遂一致同意在这里营建新都。燕王下诏，令大臣阳裕、唐柱为新都营建特使，令丞相封奕绘图监造。柳城的百姓们听说要在这里建造都城，欢欣鼓舞，奔走相告，主动出工出力。四方的豪绅大户们则出钱出物，踊跃捐助。朝廷又派遣两万士兵参与工程，因此新都营建进展十分顺利。

次年初冬，新都落成。护城河壕宽水深，几与凌水比美；新城墙高大牢固，周长二十多里，似龙宫雄伟壮丽，直如天上灵霄；御花园林丰草茂，胜似仙宫帝苑。工程竣工之日，燕王慕容皝沐浴更衣，率群臣登上城楼，举行庆典。是日艳阳高照，轻风习习，白云飘飘，松涛阵阵。当燕王慕容皝率群臣焚香礼拜，祭告完先祖之后，忽然天空中一声巨响，黑白两条巨龙驾彩云、携紫雾从东方飞来，在新都上方盘旋数圈，又长啸三声向龙山那边飞去。燕王慕容皝目视着二龙飞来，赶忙率群臣焚长香、行大礼。

礼毕，丞相封奕朗声奏道："新都落成，二龙道贺，此天降祥瑞，兆我邦必兴。陛下何不顺天应人，以谢上苍之眷顾也！"

燕王慕容皝顿解其意，于是下诏颁布天下，将新都柳城改为龙城，将城中柳湖改称龙潭，并下令在龙山之中二龙盘桓的地方，修建龙翔佛寺，请高僧为二龙做法事。他还手书"龙翔宝刹"四个大字，令人刻在一块巨石之上，以彰显二龙显圣的功德。一时四方和顺，社稷康泰，兴旺之极，传遍天下。

慕容皝迁都龙城以后，果然诸事遂心，顺风顺水。他励精图治，东征西讨，不仅击败了后赵的三十万大军，还顺利平定了高句丽和段辽部的叛乱。对内则广施仁政，厉行改革，轻徭薄税，万民欢畅，前燕王朝进入最辉煌的时期。

国家强盛，百业俱兴，前燕国一片繁荣，龙城也名扬天下，成为当时中国最为热闹的城市，可谓四海商流汇聚，八方人如潮涌，各种买卖都做得十分火爆。这时有一家烧锅最为有名，据说那个时候就已经有两千多年的历史。烧锅掌柜和佣工都是土生土长的龙山人，祖祖辈辈在这里以酿酒为业。他们精选龙城的五谷，运来龙山的泉水，采用泥窖发酵，秉承传统工艺，造出来的酒又窖藏数十年，甚至上百年。他们的祖先堂供有龙山圣母的画像，奉圣母为造酒的师祖，每年都要举行隆重的开窖大典和祭祖仪式，届时人流如潮，热闹非凡。

相传这家烧锅有一百座大酒海，每年烧的新酒都要窖藏起来，灌入木制酒海封存，待一百年以后再出售。而当年出售的好酒，都是一百年前酿造的佳品。因此，他们每年都要在春天的三月初三，举行一年一度的开窖大典，同时祭拜师祖龙山圣母，这一天也是龙城人民一个盛大的节日。

话说这一年的三月初三，这家烧锅举办完热闹的开窖仪式，当天就趸售了许多好酒，龙城人也照例免费品尝了一杯佳酿，自是家家津津乐道，全城溢满酒香。时至黄昏，夕阳西下，晚风吹来，花香阵阵，劳累了一天的人们好像都有些醉了,蒙蒙眬眬地就进入了梦乡。这时候在龙山之中玩了半日的黑白二龙,人不知、鬼不觉,悄悄地飞入这家烧锅的酒库。它们的头从窗户伸进去,长长的身子还停留在院子里。原来这两条巨龙早慕这家烧锅之名,也尝过这家的好酒,今日在龙山嬉戏,闻到酒香,实在抑制不住,便趁夜深人静之时前来喝酒。两条巨龙开怀畅饮,一口气竟然喝了九九八十一缸好酒。没想到这种百年陈酿喝时绵软,入口甘甜,进肚后穿肠火热,过一会儿周身滚烫,故曾名曰"柳城烧刀",确是烈性得很。黑白二龙一气狂饮,不觉之间酩酊大醉,待想飞出龙城,已是力不从心,只好在烧锅后院中沉沉睡去。

且说这家烧锅的更夫夜半巡到后院,见两条庞然大物盘卧其中,吓得立时两腿打晃儿、口不能言,跌跌撞撞地唤醒了熟睡的掌柜。掌柜的带着人过来一看,方知是两条巨龙醉卧在此,立时高兴万分。原来他在龙城竣工大典那天亲眼见过,认得这是黑白二龙,晓得这是天大的喜事、烧锅的福祉,当即吩咐下人不准吵吵嚷嚷,不可惊扰二龙。又打发数十人挑来清水,往两条巨龙身上扬洒,以便给神龙醒酒。龙城的百姓们闻讯赶来,围得里三层外三层,但是谁也不大声喧哗,只是默默地帮助运水。大家都明白自己是龙的传人,二龙是先祖的信使,能够驾临此地是全城的光荣、全国的骄傲。

等到慕容皝闻讯赶来,天已大亮,这时候黑白二龙已经醒来,它们一起向龙城人民三点头,好像表示相谢之意。此时旭日东升,霞光万里,有九只彩凤从龙山飞来,在人们的头顶上欢叫数声,二龙闻之唰地飞起,瞬间消失在蓝天之中,地下的人们见之一片欢腾。

这时龙城东庠的大儒独孤仁有感而发:"二龙再现龙城,宝地屡生祥瑞,此乃社稷之光、万民之福哇!"那家烧锅的掌柜见燕王驾到,遂跪行大礼奏道:"神龙光临福地,实乃陛下功德,也是全城百姓之荣耀也!烧锅跟着沾光,小民不胜惶恐。如今酒醉神龙,万民共睹,草民斗胆请大王恩赐墨宝,不知圣意如何?"

燕王慕容皝闻之笑道:"事是好事,不应拒绝。但是独孤前辈在此,在下怎敢挥毫?还请老师献宝才是!"

独孤仁曾经当过燕王的座师,学识渊博,直人快语。他过来向燕王行过君臣之礼,然后接着说道:"神龙现身,世所罕见,醉酒不飞,古今传奇,足见我邦两千年烧锅佳酿之神功也!陛下贵为一国之君,开盛世而兴百业,是应留墨宝而传后人,此亦无上之功德矣!"

燕王慕容皝闻之不再推辞,开口说道:"既是老师之命,晚生遵从便是。我看你们这酒,今后也不要叫作'柳城烧刀'了,改为'龙城玉液'便可!"于是提笔写下"龙城玉液"四个遒劲大字,起驾回宫。待众人散去之后,独孤仁耐不住烧锅掌柜的再三请求，又为他写下"醉龙居"三字。烧锅掌柜喜不自禁，均奉为至宝，精心装裱制成匾额，在门前悬挂起来，从此买卖红红火火，愈加兴旺。

八

燕王慕容皝在位十五年，于公元348年去世，遗命传位给次子慕容俊。临终之前他再三叮嘱："切记祖宗教诲，不可擅离龙城，否则后患无穷啊！"言罢瞑目而逝。

古语说知子莫若父，慕容皝的担心不是多余的。对于慕容俊这个人，历史上评价不一。有的说他文武双全，雄才大略，出关东占据中原，开创了前燕王朝最辉煌的时期。有的说他心胸狭隘，穷兵黩武，兴不义之师而引起民愤，葬送了前燕王朝的万里江山。我的看法是，这个人虽然有些文韬武略，但是刚愎自用，好大喜功，是个头脑并不清醒的家伙。他继位不久就带兵挺进中原，攻城略地，很快打到黄河流域。随着战事的顺利进展，他的野心也越来越膨胀。打下幽州的时候，他就编造谎言，一日在朝堂上对大臣们说："我昨晚做了一个梦，梦见燕鸟飞进蓟城，在正阳门上做窝。接着一个金甲神人告诉我，应该在这里坐殿，我朝应该马上迁都了！"于是不顾群臣劝阻，下诏迁都蓟城，不久又把都城再次迁到邺城。

他的四弟慕容恪被时人称为"诸葛再世"，五弟慕容霸被誉为"关王重生"，二人皆足智多谋、英勇善战，屡次劝阻二哥莫忘父皇遗命，不可离开龙城，但慕容俊执意不听，竟然还下诏要在两个月内凑够一百万人马横扫江南，他要做全中国的大皇帝。结果弄得天怒人怨，身败名裂。检阅队伍那天，北风呼啸，阴云四合，冷气森森，忽降大雪。慕容俊乘坐的马车还未到校场，突然天空中有一条黑龙飞来，长啸数声从头顶上掠过，致使辕马受惊猝然倒地，轮散轴折御辇掀翻，当时把慕容俊摔个半死。至此他受到惊吓，一病不起，把江山传给了他的傻儿子慕容暐，然后就呜呼哀哉了。

慕容暐昏庸无道，偏信奸臣佞妇之言，气死了四叔慕容恪，赶走了五叔慕容垂（慕容霸），弄得国家江河日下，乱象丛生，遂于公元370年被前秦苻坚所灭。燕国君臣全做了前秦兵的俘虏，连族人也被掠去二十多万户，被迫携家带口迁入长安。

且说慕容垂被昏王赶走以后，路上被奸臣派兵追杀，几入绝境，经龙山圣母派无语师太搭救方才脱险。慕容垂无奈投奔苻坚，在前秦卧薪尝胆，韬光养晦，于十三年之后，乘苻坚兵败淝水之机，在河北举兵反秦，很快恢复故地，建国称王，历史上称为后燕。后燕立国初期，慕容垂暂定都中山（今河北省定州市），当即派兵北伐，收复龙城，并派人整修城壕宫室，他要遵祖宗遗愿，重新回到龙城。但他的梦想没有实现，就抱着满腔的遗憾去世了。

慕容垂的儿孙们倒是回到了龙城，但由于内争外斗，国家日益衰落。慕容垂的小儿子慕容熙继位以后，不仅胡作非为，而且横征暴敛，把好端端的大燕国祸害得不成样子。他为满足大苻女、二苻女两位妃子的欲望，在龙城大兴土木。他命人开天河渠，引凌河之水入宫，又凿曲光海、清凉池，修甘露殿、逍遥宫，供两位妃子玩乐。同时还在北门外推土为山，掘地为湖，修建了新的皇家花园"龙腾苑"。龙腾苑广袤十余里，造房数百间，周围有城墙堞口相连，中间有沟渠湖泊接通，真是亭台楼榭齐全，奇花异草完备，远远望去郁郁葱葱，似人间仙境，近观则波光粼粼，如海上仙山。浩大的工程花去了大燕国十年的赋税，致五千多军民累饿而死。

工程竣工之日，燕王慕容熙带着两位爱妃乘船游玩。他们渡过曲光海，赏完清凉池，又来到龙腾苑观看奇花异树。慕容熙百般逢迎，但大苻女并不高兴，她由于没当上皇后而郁郁寡欢，这时大吼着说道："好什么好哇？有什么玩的？还说叫龙腾苑呢！龙在哪儿呢？啊？龙在哪儿呢？"

大苻女这么一喊，慕容熙登时就蒙了！他当初修建龙腾苑，就是为了博得美人的欢心，如今见大苻女不高兴，也接过来大声喊道："是呀！龙在哪儿呢？龙在哪里呢？！为什么不出来见我？"

一音未落，众人只听得呼啦一声巨响，随着一道耀眼的金光亮起，一条数丈长的金色巨龙，腾地从一个树洞中飞出，那携带的狂风顿时在湖中掀起巨浪，一下子将皇帝和二妃乘坐的游船打翻，还顺便把慕容熙和大苻女甩在湖边岸上。众人只听得啪嚓一声，慕容熙当时就被摔断了肋骨，而大苻女已吓得昏迷不醒、人事不知。慕容熙疼得哇哇怪叫，爬起来抢过卫士手中的大铁戟，立即向盘旋着的金龙砸去。卫士们也纷纷舞刀动枪，向金龙发动进攻。

那条金龙围绕着王宫和龙腾苑盘旋数圈，最后长啸一声向龙山飞去。金龙刚走，龙腾苑中的九龙塔突然倒塌，一阵狂风乍起，方才袭击金龙的那些卫士，全部被刮进湖中不知去向，慕容熙也被淹个半死。不久后燕国灭亡，慕容恪的后人冯跋协助高云除掉奸佞，建立了北燕。

冯跋实际上叫慕容跋，他是一代名将慕容恪的孙子。冯跋当上燕王以后，事事秉祖宗遗志，处处以德政惠民，把北燕治理得井井有条，国家又慢慢地恢复了元气。他深知先祖遗言的分量，明白龙的传人就应该敬天爱民、据守龙城，他晓得真正的神灵是劳苦大众。

九

　　但是天有不测风云，人有旦夕祸福。冯跋继位后的第十六年，辽西地区大旱，一连三个月无雨，禾苗几近枯干，连人畜饮水也十分困难。百姓心如汤煮，冯跋忧心如焚。他一方面下诏开官仓赈灾民，一方面设粥棚救孤寡，同时率领文武百官，登龙山之巅祈祷上天，并亲到河边焚香求雨。一连九日，早出晚归，汗流浃背，辛苦异常。

　　连续求雨第九日的那天下午，冯跋拖着疲惫的身子从河边归来，车驾路过"醉龙居"酒家门前，不觉心中一动。他命车驾停下来等候，自己一人踱进酒肆，要了一坛好酒、四碟小菜，慢慢地喝起来。

　　冯跋过去也曾来此处喝酒，因为这家"醉龙居"不仅酒味醇正，而且房间典雅，几样小菜也做得十分地道可口。这一日他身子疲劳，心中烦闷，又是一人独饮，不一会儿竟有些醉意。

　　这时一位客人推门进来，径直走到冯跋的桌前，双手抱拳先施一礼，然后开口说道："尊驾一人独饮岂不寂寞？在下斗胆相陪不知愿否？"说罢不等冯跋开口相让，竟然在对面坐了下来。

　　冯跋抬头一望，见此人身形壮伟，骨骼清奇，高鼻阔口，二目如灯，两眉长而入鬓，额头五柱通天，一双手掌奇大，竟如苍鹰利爪，不免心中有些疑惑。他暗自思忖："此人相貌不凡，究竟是何方人物？雅间外守卫森严，他是怎么进来的？"想归想，说归说，冯跋还是满腔热情，拿起酒坛让道："一人独饮，确是没趣！仁兄能来，甚合我意！同为酒乡独行客，相逢何必曾相识！来来来！我先敬您一碗！"说罢给那客人倒上一碗酒，自己先端起来一饮而尽。

　　那客人也很豪爽，端起碗来微一扬手，那酒液竟像懂事一般，自动从碗中蹿出，一下子飞到那客人的口里，一滴未落。冯跋见之心中一惊："此人这般喝酒，却是从未见过！难道是哪方神圣光临？我当小心谨慎才是！"于是态度极为谦恭，言来语去，与那客人对饮起来。

　　几坛好酒下肚，两个人唠得十分投机。那客人刚咽下一口琼浆，咂着舌头对冯跋说："这个老烧锅的酒倒是真香啊！听说是得了龙山圣母的真传，可算是名副其实呀！不过怎么能叫'醉龙居'呢？这牛吹得是不是大了点儿？"

　　冯跋听后一笑，便把传闻中的那些事讲给他听。那客人也笑着说道："说龙山是龙的故乡倒是不假，我也耳闻目睹。但若说两条龙在这里喝醉了，我却不信！都那么传，谁看见了？说不定是店家自己编的瞎话，为自家的铺面造势而已！时间一长，传的人多了，假的也变成真的了！三界中许多事情就是这样，你眼睛看到的、耳朵听到的，都未必是真的！现在真的人和真的事，是越来越少了！就比方说现在天不下雨，民间大旱，军民都去河边求雨，人人都在埋怨龙王，其实这哪是龙王的事呀！玉帝不下圣旨，龙王敢行雨吗？说起来干什么都不容易呀！"

那客人话说至此，冯跋好像听出了一点儿什么，于是他端起酒碗说道："玉帝怎么啦？没有天下的芸芸众生，他给谁去当三界之王？如今土地旱成这样，黎民百姓九死一生，为人君者却爱莫能助，真是心痛欲裂呀！实不相瞒，我在这里闭门独饮，实乃是饮酒浇愁也！"

那客人闻听此言，好像早就知道冯跋的身份，接过话来说："尊驾之心吾早已尽知。看今日天气这般闷热，明早说不定就会有雨。如果我们这顿酒喝好喽，明天很可能就真的下透了呢！"那客人似乎在开玩笑。

但冯跋听者有心，从这位客人的衣着相貌、言谈举止和奇迹般的出现，他已觉出非比寻常。如今听说明日有雨，心中高兴，便弃碗用坛，与那位客人狂饮起来。不一会儿，两个人便各喝下四十几坛。

那位客人虽是海量，但由于"龙城玉液"这种酒，曾是有名的"柳城烧刀"，质纯度高又窖藏百年，喝着时绵软可口，过会儿便头重脚轻，不然黑白二龙怎么会醉在这里呢？那客人眼睛虽是有些蒙眬，嘴上却是不服输，他边喝边说："吾平生走遍五湖四海，品尝过无数美酒佳酿，从来都没让我喝多过。今日若是喝倒了我，我便承认它是真正的'醉龙居'！"说罢又拎起一坛，猛喝起来。

燕王冯跋平生最爱喝酒，更喜欢与人拼酒。今日棋逢对手，让他兴趣大增。再加上他得无语师太真传，深谙"内功逼酒心法"，边喝时边运功，弄得周身热气腾腾，头上大汗淋漓，把酒液多从汗道和手心、脚心等处逼了出来，因而愈战愈勇，斗志昂扬。

两个人喝至红轮西坠，那客人终于抵挡不住冯跋的攻势，摆摆手败下阵来，临走时说了句："话兑前言，改日再喝！"便踉踉跄跄地走了出去。冯跋担心他出门摔倒，很想让卫士护送，但推开房门一看，那人已不知去向。两名卫士笔直侍立，浑然不知。

冯跋大醉回宫，和衣便睡，一夜没有翻身。次日清晨他被一阵雷声惊醒，推开房门一看，外面大雨滂沱。这场雨从卯时一直下到辰时，下得沟满壕平，旱象彻底解除。冯跋大喜，与大臣们一起走上街头，向百姓道贺，并及时调拨耕牛、发放种子，让军队帮助老百姓补种庄稼，一整天都忙得不可开交。傍晚回到后宫，他一歪身倒在床上便睡着了。

蒙眬之中一阵轻风吹来，他感到蜡烛一闪，无语师太如同从天而降，忽然就站在了他的床前，慌得冯跋急忙跪倒，然后说道："恩师怎么突然驾到？让徒儿惶恐之至！"

无语师太搀起冯跋，缓缓说道："我来是告诉你一件事，是你连日河边求雨，感动了辽河龙王，他昨晚与你同桌共饮，敬你为民一片赤诚，又急百姓疾苦，今早就破例降了一场大雨。他虽然做了一件好事，但他犯了天条律令，已被天宫缉拿，明日午时就要开刀问斩。你可于明日清晨，率百姓去龙山云接寺，祈祷上天，或可救他一命！"说罢如清风一般，无声而去。冯跋一听着急万分，忙喊："师父！师父！"突然惊醒，原来却是一梦。

虽然只是一梦，但冯跋深信不疑。他一骨碌爬起来，连忙召集有关大臣，安排明晨祭天之事，一夜都没有合眼。次日寅时刚过，他就率领着龙城千叟及文武百官来到云接寺，登上云接塔，亲自点燃龙香凤烛，恳请玉帝法外开恩，看在龙城十万百姓的分儿上，饶过龙王一命。冯跋致祷完毕，又率领众人三拜九叩，躬行大礼。须臾，只听晴空之中一阵雷响，数道彩虹从天边升起，一条白龙踏祥云、驾紫雾从远处飞来，在龙山顶上盘旋数圈，大叫一声："谢燕王救命之恩！祝龙城平安万载！"然后向东飞去。众人闻之，皆惊异不已。

后来冯跋为答谢辽河龙王救民之恩，还命人在平郭（今辽宁省营口熊岳镇）附近修建了报恩寺。他知道辽河龙王爱喝酒，每年都命人送去上百坛"龙城玉液"，用以供奉。据说此庙香火旺盛，灵验得很，辽河两岸多年来风调雨顺、国泰民安。

十

燕王冯跋由于积劳成疾，卧病在床，不久被其弟冯弘暗害。冯弘窃国以后胡作非为，众叛亲离，北魏乘机发兵进犯。冯弘引狼入室，听信奸妃高氏之言，请高句丽王派兵相救。高句丽大军倒是来了，他们将龙城抢劫一空，又放了一把大火，挟持着昏君冯弘和数十万百姓，向辽东逃去。北魏大军兵不血刃，轻易就占领了龙城。传说当时有许多人看见，火光中黑白二龙和九只彩凤，围绕着龙城飞翔了好久，然后长啸数声，向龙山深处去了。

高句丽贼兵烧了龙城还不解恨，又去火焚龙翔佛寺。这些贼兵刚刚举起火把，点燃寺庙，忽然天空中一声炸雷，燕王慕容皝驾着黑龙，出现在龙山之巅。一时间倾盆大雨从天而下，飞沙走石如千军万马，把高句丽贼兵打得骨断筋折，狼狈逃窜，龙翔佛寺才没有被彻底焚毁。

拓跋氏鲜卑人建立的北魏统一关东以后，龙城作为一国京都的历史结束了。

尽管它仍然是我国北方的重镇，但那种辉煌和风光已经不复存在，渐渐地几乎被世人遗忘了。然而从龙城走出去的那些英雄豪杰，那些龙的故乡的后人，继续在中国历史的舞台上熠熠生辉、光照千古。不仅结束南北朝之乱、建立大隋朝的隋文帝杨坚是鲜卑人，是从龙山走出去的舍得师太的徒孙，就连唐帝国的李渊和李世民，严格说来也都是从龙山走出去的鲜卑人的后裔。辽太祖耶律阿保机、金太祖完颜阿骨打、元世祖忽必烈、吐蕃王松赞干布及其后裔，直到清太祖努尔哈赤，他们都承认自己是华胥部族的后代，是名副其实的龙的传人。因此我说，"中华儿女"是一个广义的概念，绝不单单指的是汉族人。龙是整个中华民族的图腾，而辽西则是龙的故乡，是中华民族这条巨龙最早飞起的地方，这一点是毫无疑义的，应该成为我们的共识。

第四篇　唐王征东与关公显圣

　　三姐讲得太精彩了！听了您讲的故事，我才明白中华儿女是一个很大的范畴，龙的传人包含着许多的民族。我才知道我们的家乡辽西原来是这样神圣，是名副其实的龙的故乡，是中华民族最早的发祥地。作为一个土生土长的辽西人，我心中感到十分骄傲和自豪。

　　其实下面我讲的故事，也许与刚才三姐的话题有关。我们家祖祖辈辈都是辽西人，我的老家就在医巫闾山西麓，是一个只有百十户人家的小山村，现在归义县大榆树堡管辖。我们这个村子与大山东边的罗罗堡乡只是一岭之隔，而罗罗堡乡却归北镇市所属，这条南北走向的大岭就叫"老爷岭"。老爷岭既是两乡交界之处，也是通往辽西的咽喉要道，同时又是一个千姿百态的风景区。

　　医巫闾山历史上曾被称为"无虑山""扶梨山"和"于微闾山"。"医巫闾"这三个字，是古代东胡语的音译，意为"大山"。医巫闾山巍然屹立于辽宁西部，是辽西走廊的天然屏障。医巫闾山属阴山山系松岭山脉的一段，南北长约二百公里，东西宽约二十八公里。南部蜿蜒延伸至渤海湾，如一条行将入海的巨龙；北部逶迤连接西辽河中上游，与辽阔的内蒙古高原融为一体。

　　医巫闾山雄奇俊逸，历史悠久，自古以来就是文化名山。从唐尧时把天下划分为十二州，而虞舜将医巫闾山封为幽州镇山开始，这座雄踞于辽西的大山，就因一直受到历代封建帝王的册封而蜚声华夏。同时又因为山上怪石林立，奇峰迭起，森林茂密，溪水潺潺，更兼庙宇宫观密布，名胜古迹众多，因而成为东北地区最著名的旅游胜地。

　　老爷岭位于医巫闾山西麓，是这里最有名的景区之一。山势险要而云遮雾罩，林木葱茏显神秘幽深。鸳鸯井长流不衰，水质甘甜，凸显一方灵气；鹰嘴峰一柱擎天，直插云霄，张扬王者威严。老爷岭上建有圣清宫上、下两院，各有特色。上院建有三清殿、武圣殿和出巡殿，尤以武圣殿香火最旺；下院建有药王殿、财神殿和观音殿，当数药王殿信众最多。因为上院武圣殿供奉的主神是关圣帝君，民间多称其为"关老爷"，所以多少年来，人们都习惯称圣清宫上院为"老爷庙"。至于为什么要在这里修建老爷庙，当地广泛流传着一个很久以前的民间传说，我们的故事就从这里开始。

一

　　刚才三姐不是讲到，原来东北地区有三个最为古老的民族吗？其中有东胡人、肃慎人和濊貊人。他们从根源上都来自华胥部落，从祖先开始就是龙的传人。后来由于气候变化，他们被迫分裂为许多小的部落，迁徙到东北各地，从事农耕或者渔猎，过着居无定所的生活。

　　公元前200年左右，也就是中原地区建立西汉王朝的时期，流落到松嫩平原上的一部分濊貊人，见此地沃野千里，粮丰草茂，便在这里定居下来。他们与当地的夫馀人和肃慎人密切往来，互相融合，很快就形成了一个强大的部族。不久，即建立起我国东北地区第一个少数民族割据政权——夫馀国。

　　据说夫馀国的王族来自中原，他们自称是周王朝时期吴国的公室，是吴太子夫概的后人，因为避难从华东地区流落到东北。他们带来了许多财物和先进的生产技术，逐渐占据了属于濊貊人的地盘，从而成为这一部族的领袖，并牵头建立起一个多民族的奴隶制国家。夫馀开始时在如今的吉林省吉林市一带建都，后来又迁都到如今吉林省农安县，两地现在仍保留有夫馀古王城的遗址。夫馀最强盛的时期疆域很大，纵横达两千余里，人口有二十多万。夫馀国在公元494年灭亡，历时七百来年。

　　夫馀王国从建立的那一天起，就与中原王朝保持着密切的关系。起初时历代王廷都主动向刘汉朝廷纳贡，接受刘汉朝廷的册封，还有几位国王去过长安和洛阳朝拜。后来汉室衰微，中原战乱，才逐渐与朝廷失去了联系。

　　在公元前37年左右，夫馀国内发生了宫廷内乱，庶出的王子朱蒙受到政敌的追杀，带领三千部众和许多金银财宝，从京城夫馀逃了出来，辗转来到长白山深处的卒本川（今辽宁省桓仁满族自治县下古城子）地区，在这里隐藏下来。他们运石伐木，开荒种地，修建起纥升骨城（今桓仁县五女山山城），建立起夫馀国又一政权——卒本夫馀。

　　卒本夫馀开始时虽然叫国家，其实只能算作一个部落，朱蒙虽然自称国王，实际上只是一个部落的首领。这个部落的成员多为濊貊人和肃慎人，当家说了算的却是夫馀人。朱蒙虽说姓高，但这个部落开始时并不叫高句丽，甚至和"高句丽"三个字一点儿关系都没有。然而高句丽的后人们，为什么把朱蒙视为他们的先祖，而世世代代顶礼膜拜呢？

　　原来在汉武帝当政时期，朝鲜半岛上有一个国家叫作"卫满王朝"。这个卫满王朝是由燕国人卫满率领千余人入朝，于公元前194年推翻了箕子朝鲜时建立的。汉武帝刘彻击败匈奴以后，于公元前108年对朝鲜用兵，灭掉了卫满王朝，设立了玄菟、乐浪、真番和临屯四郡，派遣行政官员进行管辖。那时候玄菟郡管辖的范围很大，大体上包括如今朝鲜的咸镜南道、咸镜北道和我国辽宁、吉林省的部分地区，郡治设在咸镜南道境内。当时高句丽只是西汉王朝设置的一个县，县治所大约在今辽宁省新宾县，归玄菟郡管辖。汉昭帝始元五年（前82），朝廷罢去临屯、真番二郡，其辖地并入玄菟和乐浪，玄菟郡的郡治所随之迁往今辽宁新宾，也就是当时的高句丽县境内。

高句丽县境内多数是濊貊人、肃慎人和夫馀人，由于他们长期居住在这里，从而因县得名，也被人们称为"句丽胡"或"句丽人"。夫馀国的王子朱蒙建立"卒本夫馀"的时候，是公元前37年，那时候汉武帝早已去世，是他的重孙刘奭当皇帝，即为汉元帝，距离高句丽设县已经七十多年了。因为卒本夫馀这个部落就在高句丽县境内，所以他们也被称为"高句丽人"。

后来卒本夫馀这个部落帮助朝廷进攻夫馀国，首领因战功被封为高句丽王，朱蒙的后代得以对外称国，并被刘汉朝廷所承认。但朝廷同时也明确规定，高句丽邦国仍归高句丽县管辖。所以说高句丽那时候仍然算作一个部落，充其量只是一个少数民族的地方政权。并且他们家家供奉炎帝的画像，自称是炎帝的后人。从朝廷到军民人等，人人都学汉文化，个个都崇三足乌。因而高句丽人从一开始就是中华民族的一部分，这一点毋庸置疑。

高句丽王族虽然只是县政权管理之下的地方官吏，但是他们不甘寂寞，野心勃勃，经常发动叛乱和滋事，这令刘汉王朝大伤脑筋，不得不一次又一次地派兵镇压。王莽建立新朝之后，高句丽王趁机作乱，王莽一怒之下，将高句丽县改为下句丽县，将高句丽王贬为下句丽侯。直到东汉建武八年（32），光武帝刘秀才下诏将其名称恢复，但其部落仍归高句丽县和玄菟郡管辖。高句丽的国王和官员们也都始终穿着汉朝的官服，直到曹魏时期一直这样。

东汉建武二十九年（53），高句丽部落第六代首领太祖王高宫野心勃勃，改革部落内部管理体制，将原来的五个小部族改为五个省，任命了东、西、南、北、中五部大人，同时派兵向玄菟、乐浪和辽东三郡发动进攻，企图摆脱朝廷控制而谋取自立。光武帝刘秀勃然大怒，下令调兵遣将，予以迎头痛击。高句丽王廷迫于汉朝强大的军事压力，被迫迁都丸都（今吉林集安），退到今桓仁一带的山中，伺机再起。

公元2世纪至3世纪之间，趁着汉室衰微，三国鼎立，趁中原战乱无暇北顾之机，高句丽部又招兵买马，攻州打县，烧杀抢夺，残害百姓，势力竟然扩展到辽西一带。魏文帝曹丕抓住战机，派大将军毌丘俭带兵进剿，将其赶回老巢并摧毁了丸都山城。其王族及部分人马逃进长白山隐藏起来，一度销声匿迹，人们皆以为高句丽已经灭亡。

殊不知七十年以后，高句丽王族又死灰复燃，重新集聚起来。他们不但重建了丸都山城，收复了原有的土地，而且还向朝鲜半岛扩张，占领了朝鲜半岛的北部地区，不断地向玄菟、乐浪和辽东三郡发动进攻。但不久即被前燕王朝的慕容氏征服，一度又处于衰微状态。

公元5世纪中原南北朝割据，高句丽王族又伺机而起，并发展到鼎盛时期。高句丽第十九代首领、好太王高谈德即位以后，励精图治，富国强兵，不断地向周边部落发动进攻。他率兵北征夫馀和靺鞨，占领了松花江以北大片土地；向西进攻后燕王朝，抢去了辽东郡的部分地区；向东南挺进朝鲜半岛，打败百济顺利占领半岛北部，令百济和新罗臣服。汉武帝时期划定的"汉四郡"，几乎全被高句丽占领，并且把入侵半岛的倭奴赶了出去。由此高句丽成为一个疆域广大而又实力雄厚的国家，是名副其实的朝鲜半岛和辽东地区的霸主。

好太王高谈德去世以后，其子长寿王继续巩固高句丽政权。尽管后来新罗和百济联手，曾经击败过高句丽的军队，但它始终是这一地区最为强势的国家，是最令中央王朝头疼的地方割据政权。

二

公元581年春天，隋文帝杨坚立国称帝。高句丽表面上接受了隋朝的册封，暗地里却加紧备战，试图南侵。隋开皇十八年（598），高句丽王派兵袭扰辽西，一直打到营州（今辽宁朝阳）附近，被隋朝辽西总管韦冲率兵击退。

隋朝大业三年（607），高句丽再次发兵，骚扰隋朝边境，并拒绝纳贡称臣，亦不入朝觐见。这等于公开宣布与朝廷决裂，隋炀帝杨广勃然大怒，遂决定东征讨伐高句丽，平定辽东。经过充分的准备，隋朝对高句丽的战争于大业八年（612）开始，历时三年，最后不了了之。第一次是隋朝大业八年，隋炀帝调动了百万大军，水陆并进，已经打到了今平壤附近，但由于师老兵衰，士气低落，再加上指挥无方，中了高句丽军队的埋伏，致使一战失利，渡过鸭绿江的三十万大军几乎全军覆没。

第二次是大业九年（613），隋炀帝再次御驾亲征。大军虽已抵达辽东，但因为大贵族杨玄感在国内发动叛乱，率兵围攻东都洛阳，炀帝恐后方有失，被迫撤军回京平叛，这次东征遂无果而终。

两次东征虽然均无功而返，但隋炀帝并不甘心，遂于次年（大业十年，公元

614年）再次率兵东征，水陆大军齐聚今平壤城下。高句丽婴阳王高元迫于隋军的强大压力，派使者出城讲和。隋炀帝本想灭掉高句丽，但因此时中原地区纷乱迭起，义军到处攻州打县，无奈就高下驴，退兵还朝。

四年以后，隋王朝在农民起义的沉重打击下土崩瓦解，隋炀帝在江都被杀。而此时婴阳王高元也因忧郁过度病死，其弟荣留王高建武继位。

此时唐王朝由于初建，李渊和他的儿子们忙着平定各地的割据势力，根本无暇顾及东北边疆，遂对高句丽采取了安抚的策略。唐朝武德七年（624），高祖李渊派刑部尚书沈叔安为使，宣布朝廷圣谕，封高建武为上柱国、辽东郡王、高句丽王。高句丽则趁机暗蓄势力，又逐渐恢复了元气。

荣留王高建武继位以后，为稳定国内局势，也主动缓和了与中央王朝的关系。他一改婴阳王高元的做法，主动向朝廷示好。在他最初当政的十二年间，就曾经九次入朝拜见唐朝皇帝，每次都带着许多礼物，这在历代高句丽王中是从来没有过的，所以高句丽与朝廷的关系一度十分友好。后来高句丽王廷突然改变对唐朝的态度，由主动纳贡称臣变为公然直接对抗，全由于他们内部出现了一个铁腕权奸，这个人就是盖苏文。盖苏文的倒行逆施不仅直接引发了一场长达二十多年的战争，把数十万高句丽军民推入战火，而且最终导致了这个国家的灭亡，因此说他是一个恶行累累的历史罪人。

故事讲到这里，我们有必要把盖苏文这个人物交代一下。"盖苏文"这三个字其实只是个名，他本姓渊，全称应该叫作"渊盖苏文"。在我国的史书中，为了回避唐高祖李渊的名讳，就把他的姓氏改写为"泉"，称他为"泉盖苏文"，或称为"泉盖金"。而民间则一直称其为"盖苏文"，许多人还都以为他姓盖呢！

盖苏文所在的渊姓家族有些背景，他们是高句丽最早期的五部落之一，即顺奴部落的后人，其祖上一直是顺奴部落的军事首领，称为"东部大人"。高句丽建国以后，渊姓家族也一直在朝廷中担任要职。盖苏文的父亲渊太祚，就是高句丽国的"大对卢"，其官位相当于中原王朝的宰相，拥有很大的权力。

传说盖苏文是其母夜梦巨蟒入怀而孕，历十四个月而生下的一个晚产儿。出生时乌云密布，大雨滂沱，天黑得伸手不见五指，三个时辰后方雨住天晴。其父渊太祚见天象怪异，恐其将来是个妖孽，故欲拔剑诛之，是其母将其死死护住，盖苏文才得以生存下来。因为龙蛇同源，盖苏文后来便到处说他是黑龙转世，是天河之水送他来到人间的，其实这不过是他美化自己的假话罢了。

有资料记载，盖苏文从小便聪明好学，诡诈奸猾，能打好斗，善说假话，还有一股天不怕、地不怕的劲头，是顺奴部落有名的孩子王。六岁时其父渊太祚送他到长白山莲花观，拜在莲花圣母门下习文练武。长大以后身材魁伟，壮健异常，豹头环眼，黑面虬须，不仅臂力超常，且有万夫不当之勇。手中一杆丈八长矛神出鬼没，在高句丽国无人能敌。更有胯下竹节钢鞭招法独特，力大鞭沉。囊中十把飞刀出手极快，从不虚发。这盖苏文不仅武艺精熟，骁勇异常，而且熟悉兵法，深通韬略，从而让高句丽国上下均极为敬畏。

像盖苏文这样的文韬武略，如果他是个正人君子、忠臣良将，必将为国家建功立业，给天下黎民百姓造福，从而也会让他自己彪炳千秋、流芳百世。可惜盖苏文不然，他既野心勃勃，又阳奉阴违，生性凶狠残暴，手段阴险毒辣。有这样的奸雄跻身朝堂，是高句丽国的灾难。不但黎民百姓惨遭荼毒，而且高氏小王朝也就离灭亡不远了。

三

历史恰恰就是这样安排的。唐朝贞观四年（630），盖苏文的父亲——高句丽国的大对卢渊太祚去世。盖苏文承袭其父之职，掌握了朝廷的军政大权。中国古代不是有句老话，叫作"子系中山狼，得志便猖狂"吗？盖苏文正是这样。这个人可不像他的前辈那样忠君爱民、勤于政事。他是个盛气凌人、目空一切的家伙，不仅视群臣如草芥，就连荣留王高建武也不放在眼里。他依仗自己掌管着军队，滥用生杀大权，经常前呼后拥，带剑上殿，动辄咆哮朝堂，辱骂群臣，大臣们惧其威势，均敢怒而不敢言，高建武心生忌惮，很快就成了一个傀儡。

盖苏文当上大对卢不久，就胁迫荣留王高建武改弦更张，调整了高句丽的对外政策。他首先阻止高建武访问长安，不再向唐王朝纳贡称臣；接着下令征调十万民夫，修筑辽东长城。该长城从夫馀故地（今吉林省德惠市老边岗屯松花江南岸）起，延伸至大海之滨（今营口市后岗子屯渤海岸边），全长一千一百多里。盖苏文企图以此为屏障，裂土分疆，从唐朝分离出去，并以此抵御唐军的进攻；同时大肆招兵买马，积草屯粮，训练士卒，准备开战。又多次派遣使臣，挑拨百济和新罗两家，胁迫他们一起联合起来，与唐朝中央政府相对抗。

当时的朝鲜半岛上有三个国家，分别是高句丽、新罗和百济。其中高句丽疆域最为广大，占有半岛的北部及如今吉林、辽宁的部分地区。新罗占有半岛的东南部，百济占有半岛的西南部。他们都是唐王朝统治下的地方割据政权，一直向朝廷称臣纳贡。高句丽这么一挑拨，唐王朝很快就知道了。唐贞观十四年（640），太宗李世民委派职方郎中陈大德为使，去半岛三国访问，表面上是代天巡狩进行抚慰，实际上是去刺探三国的情况。

唐朝中央政府使臣的来访，传达了朝廷的意愿，使一度低迷懦弱的荣留王高建武振作了起来。十多年来，他早就对飞扬跋扈、专权独断的大对卢恨之入骨，直欲杀之而后快。只是苦于盖苏文势焰熏天,党羽众多,他心中顾虑重重,只好一忍再忍。这次他决心借助于中央政府的支持,夺回皇权,重振朝纲。他要设计除掉盖苏文及其同伙,于是悄悄找来几个心腹之臣密议。

不料事情泄露,内宫中的一名太监向盖苏文传递了消息。盖苏文听后勃然大怒:"你个狼心狗肺的东西!我忠心耿耿,日夜为王室操劳,你竟然还想杀我,这就别怪我不客气了!"他虽然心中震怒,但表面上佯装不知,第二天照常请荣留王和群臣去大校场,检阅军队的操练情况,背地里却做好了充分的准备。

荣留王高建武虽然并不知道盖苏文的阴谋,但他多了一个心眼儿,推说身体偶染小疾,没有去参加大校场的检阅活动。满朝文武不知就里届时到场,稀里糊涂地都被盖苏文抓了起来,多数被当场杀掉。接着盖苏文马不停蹄,带着卫队旋风般闯入禁宫,不容分说,将荣留王高建武从床上拖了起来,用白绢活活勒死。

盖苏文杀死荣留王以后,又下令斩杀了所有与他政见不同的大臣和将军,连后宫的妃子和侍卫都没有放过。然后自作主张,将荣留王的侄子高藏扶上御座,拥立为高句丽王,盖苏文借机把自己的亲信皆任用为朝廷大臣,自己则自称为"大莫离支"(相当于宰相加大将军),独揽了朝廷的一切军政大权,成为高句丽国实际上的统治者,而新国王高藏则是一个名副其实的傀儡。

唐贞观十六年(642)九月,高句丽发生政变的消息传入长安,令唐朝君臣极为震惊。大家谁也没有想到,盖苏文竟然如此阴险毒辣,公然弑君篡权。群臣本来就对盖苏文修建长城、拒不纳贡、对抗朝廷、企图分裂出去的恶行怒不可遏,因而一致奏议发兵征讨。

但太宗李世民斟酌再三,还是委婉地对大臣们说:"泉贼所为,殊为可恨,虽碎尸万段,亦不能平万民之愤也!但若战端一开,必然腥风血雨,耗费多少钱粮不说,又会有多少军民人头落地、无辜战死?我们还是以稳定为上,宣抚求安吧!"于是在次年二月,仍派出使臣到高句丽,敕封高藏为上柱国、辽东王、高句丽王,实际上等于承认了盖苏文的政变当局。

对于朝廷的如此恩宠,盖苏文并不领情,他把中央政府的宽宏大度当成了软弱可欺。唐朝的使节前脚刚走,他后脚就派使臣去百济串联,联合百济攻打新罗。同时又恢复了与倭奴的关系,企图联合各方势力,乘机挤走唐朝的官员,彻底摆脱中央政府的管辖,独霸朝鲜半岛。高、百两家一拍即合,立即出兵攻打新罗,连续攻下新罗四十余城。新罗政权岌岌可危,急忙派使者向唐朝求救。

唐太宗李世民阅罢新罗王的求救书信,急派使者赴高句丽进行调解,劝高句丽罢兵休战,通过协商解决争端。盖苏文当着唐朝使者陈大德的面,将唐太宗的诏书踩在脚下,嘿嘿冷笑着轻蔑地说:"李世民是个什么东西,也敢来对我指手画脚,他怎么管得了这半岛的事?真拿自个儿当成天朝的大皇帝,把我们看作他的臣子啦?告诉他,我们早就受够了!"说罢命人将唐使陈大德赶出朝堂。

盖苏文的极度狂妄和无法无天,激怒了唐朝的文武官员,大家争先恐后纷纷上奏,异口同声要求出兵讨伐,以稳边陲,以顺民意,以除奸贼,以彰天威。太宗李世民亦怒不可遏,决心发兵辽东,擒拿反贼。他虽然已经年近五旬,但仍然壮心不已,立即在朝堂上宣布御驾亲征,削平叛乱,还边疆地区和平与安宁。

经过一番精心的准备和部署,唐贞观十八年(644)十一月,太宗李世民首先派出两路大军东征。海路由刑部尚书、瓦岗旧将张亮率领,带四万人马出河南奔山东,从莱州上船,登陆辽东半岛,直取卑沙山城(今大连市金州区大黑山附近),从南面向高句丽发起进攻。陆路由名将李勣(徐茂公)率领六万人马,出陕西、山西后直取辽东城(今辽阳古城旧址),从西北面向高句丽发起进攻。太宗自领十万大军,以大将尉迟恭为后路元帅,随后跟进,意在从中路直取建安城(今辽宁省盖州市东北)。次年春天,大军越过长城到达辽西。眼前就是著名的医巫闾山了,这里离建安城已是不远,尉迟恭命令前锋部队搜索前进。

四

高句丽大莫离支盖苏文闻知唐朝大兵压境,并未惊慌失措,他似乎早已胸有成竹,做好了相应的准备。他一方面紧急调动驻守在夫馀的高延寿、铁世文二将,率兵十万驰援辽东城;一方面严令大将杨万春、泉守桂据守卑沙、安市一线,阻挡唐军东进;另一方面自己亲率五万精骑直抵辽西,迎击太宗李世民的后路大军。他狂妄地对将士们说:"我早就想会会李世民了,没想到他自己送上门来了!打蛇打七寸,擒贼先擒王。都说李世民能征惯战,天下无敌,咱们就好好跟他较量一番,看他有没有三头六臂!等我们抓住了李世民,那两路会不战自乱,我们就大功告成了!"于是他命令人马皆隐藏在山林中,派出大量的士兵化装出去,到处打探唐军的动向。

且说这一日唐朝的后路大军来到古城昌黎(今辽宁省义县),驻守在这里的唐军守捉使及参将出城迎接。太宗恐军队入城扰民,便命三军在城东扎下大营,令将士们埋锅造饭,在此露宿一夜,明日早早便翻过闾山,直奔辽东。尉迟恭遵太宗旨意,严令将士们不得砍树拆屋,不得伤害当地百姓。当晚君臣劳累,用饭后宿营休息不提。

唐军那边刚刚扎下营寨,盖苏文就得到了探马的报告。他高兴地对高句丽的将士们说："唐军远道而来，必是十分疲惫。我军当乘其立足未稳并无防备之机，出其不意进行突袭，给他们一个迎头痛击！让李世民知道我盖苏文的厉害！"说完他亲自挑选了三千名壮士，每个人皆乘坐夫馀国良马，手持高句丽弯刀，臂缠白色纱巾为记，带足了干柴、火硝和硫黄等引火之物，马戴嚼子人衔枚，于夜半以后丑时左右，趁唐军将士正在熟睡之机，悄无声息地接近唐军大营，干净利落地干掉了唐军的哨兵，然后如飓风一般向唐军大营扑去。

盖苏文大喝一声，一马当先冲进唐营，如同天上下来的凶神。后边的那三千名壮士紧紧跟随，嗷嗷乱叫，恰似一群山中的怪兽。这帮家伙冲进唐营之后，见到人马就剁，遇着帐篷就烧，往来驰骋，呼啸生风，一时间闹得人喊马嘶，火光冲天，烟尘漫漫，乱成一片。唐军的将士们连日奔袭，疲劳已极，多数正在酣睡，一时措手不及，许多人稀里糊涂地就丢了脑袋，成了异乡的鬼魂。高句丽的士兵们大声喊着："盖苏文来了！不好啦！快逃命啊！""李世民被捉啦！尉迟恭被杀啦！快投降吧！"等等口号，把唐军大营搅成了一锅粥。

元帅尉迟恭这个人本来就心宽觉大，躺下就着。昨晚用饭时又喝了点儿酒，自觉头昏体乏，眼皮打架，所以不但睡得很快，而且睡得很沉。正当他做着直捣高句丽、活捉盖苏文的美梦，高兴得边吧嗒嘴边嘿嘿直笑的时候，突然被身边的亲兵叫醒："启禀元帅大人，不好了！高句丽贼兵来偷营啦！"

"啊？什么？高句丽兵来偷营了？"尉迟恭陡然一惊，忽地坐起，"耗子给猫拜年，来找死吗？"他一跃跳到辕门之外，顺手拎起长枪，冷静地下令："速命各营关上寨门，不准出战，全力灭火，只管给我放箭，射死他个王八羔子的！"尉迟恭久经战阵，临危不乱，唐军将士乃百战之师，训练有素。那亲兵迅速地传令下去，各营将士依计而行，果然很快就控制住了局面。十来万将士一齐放箭，直如天降飞蝗、夜落冰雹一般，射得高句丽的将士们纷纷落马，只听得一阵阵扑通扑通的声音，如同汤锅里下饺子，盖苏文的三千壮士顷刻间死伤大半，再也不敢嗷嗷地怪叫了。盖苏文拨打雕翎，见势不妙，急忙大喊一声："快撤呀！快撤！"便率先打马而去，高句丽贼兵仓皇败走。

高句丽贼兵竟然在这里出现，并且偷袭了唐军的大营，不仅让将士们始料未及，一度陷入混乱，而且还烧坏了许多的营帐，砍伤了几百名出征的将士，这使唐军上下人人义愤填膺，个个咬牙切齿。元帅尉迟恭更是怒火万丈，气堵胸腔。他认为大军才到辽西，还未正式接敌，就被人家戏弄了一番，这简直就是天朝的耻辱。于是在向太宗汇报完军情之后，他拍着桌子激愤地说："盖苏文这个王八蛋！真是丧心病狂，不知深浅！区区弹丸小郡，也敢反叛天朝？如今我大唐皇帝亲征，十万天兵到此，不思开城投降，反而烧我大营，真是耗子捋猫须——存心不要命了！看我怎么收拾他！"

太宗李世民听后却笑着说道:"盖苏文本来就坐井观天,是个不知天高地厚的家伙!不然怎么会蚍蜉撼树、螳臂当车,冒天下之大不韪?元帅不必生气,何须与反贼计较!看来这次东征,朕是来对了,我们是得好好地教训一下这帮人,否则他们就不知道自己是爹生娘养的了!"说罢召集众将和随行大臣,商议下一步进兵之策。

五

不觉之间旭日东升,彩霞满天。唐军的将士们折腾了小半夜,这时还没有吃上早饭,只听得一阵阵咚咚的鼓声响起,有亲兵进来报告,说高句丽贼兵已经聚集在大营的对面,黑压压的一片,正在摇旗呐喊,向唐军挑战。

尉迟恭一听勃然大怒:"真是给脸不要脸,还找上门来了!传令各营将士,给我出营拒敌!"说罢顶盔掼甲,跃马挺枪,率领着一队人马冲出辕门。

及至到得阵前,尉迟恭抬头一望,只见前方不远之处,高句丽贼兵一字排开。他们多数是黑衣黑甲黑色战马,臂缠白色丝绸,手执高句丽弯刀,一个个横眉立目,龇牙咧嘴,好像一群刚出地狱的恶鬼。虽然人数不是很多,看样子也就一万多人马,但是队伍非常整齐,阵势极其雄壮。中间一杆"帅"字大旗,上面绣着三只三足乌,迎着晨风呼啦啦作响。大旗两侧上将千员,如众星捧月一般簇拥着一人。只见那人青衣青甲铁青色战马,豹头环眼,黑面虬须,头盔上插两根雉鸡翎,肩膀上搭一双狐狸尾,右手上擎一杆钢尖铁杆丈八长矛,左胯边悬一把镏金银柄竹节钢鞭。头颅高昂,满脸杀机藏几分冷笑;目光斜视,腆胸叠肚,流露满腹轻敌,好像他根本没把对面的十万唐军放在眼里。

尉迟恭看着就气不打一处来,立即纵马前出,大喝一声:"咄!句丽小儿,无耻反贼!想必你就是盖苏文吧?你个弑君作乱的叛逆,千刀万剐的恶贼!你也敢抗拒天朝、扯旗造反?你也不撒泡尿照照!老母猪扛灰耙,瞧你那人马刀枪!如今皇上亲征,天兵到来,赶快下马投降,还能免你一死。否则抓住龟孙,定然碎尸万段!"尉迟恭本来嗓门儿就大,加上怒火冲天,他这一嗓子如同炸雷,震得山林四处回响,惊得野鸟呼呼乱飞,立时把高句丽士兵的呼喊声压了下去。

盖苏文听罢微微一笑,并不生气,他亦纵马前出,缓缓地说道:"不用问你就是尉迟恭了!看你这副德行,刚从灶坑里钻出来的吧!我就纳了闷儿了,按说你都当了元帅了,怎么还像个山野村夫、没出徒的铁匠?吱哇乱叫跟个公驴似的!你也配统率三军?也就唐太宗拿你当个宝贝似的,搁我这儿连烧火都不用你!你个无知的蠢材!十足的笨蛋!你说李世民也来了,他算个屁呀!不就是个弑兄杀弟、抢班夺权的小人吗？老子若是早生二十年，定与他逐鹿天下，哪有他们父子当皇帝的份儿呀！来了正好，捉住他也就省了事了，要不然我还想兵进中原、马踏长安，掀翻他的老窝呢！"

还没等元帅尉迟恭接茬说话，唐军的将士们早就气炸了肺了！他们昨晚上被偷营劫寨，折腾了半宿没有睡好，人人都憋着一肚子火，早晨天还没怎么亮，这帮高句丽贼兵就吵吵嚷嚷，在营外叫骂，弄得大家连早饭都没有吃上。现在盖苏文又说出这等话来，不由得让唐军的将士们气冲牛斗、怒火满腔，人人摩拳擦掌，个个跃跃欲试。这工夫就听一将大声喊道："句丽小儿！休要胡呲！看我降你！"不等皇上和元帅下令，只见白光一闪，一匹战马嗖地蹿出。众人定睛看时，方知是后路军副先锋官，大将柳飞龙是也！

柳飞龙人疾马快，唰的一下就飞奔到了高句丽军的阵前，手中那杆浑铁点钢枪如怪蟒出山，嗖的一声闪着寒光，直向盖苏文的咽喉刺去。吓得高句丽的贼兵们一齐惊呼："啊！坏了！大人可千万当心哪！"

再说那盖苏文端坐马上，目视前方，手捋虬须，面带冷笑，好像根本没有看到唐将到来，也没有听到高句丽将士的呼喊。等到柳飞龙的战马已蹿至他的跟前，那杆大铁枪的枪尖似将刺进他的咽喉的时候，却听他忽然大喝一声："嘿！"在马上略一闪身，将枪躲过，左手顺势抓住柳飞龙的长枪一带，柳飞龙身不由己，连人带马不由自主地被拉了过来。趁着二马一错镫的工夫，盖苏文右手迅速抽出竹节钢鞭，照准柳飞龙的后背全力砸去。只听得"啪嚓""扑通"两声，柳飞龙后背上的护心镜被砸得粉碎，立时胸口一热，一大口鲜血噗地喷出，身体侧歪两下，随即跌落在草地之上，顷刻间魂归天国，死于非命。

那盖苏文依然端坐马上，面带冷笑，轻轻地把钢鞭挂回腰间，抬头观赏着天空的流云，好像什么事情也没有发生一样，高句丽将士们则发出一阵又一阵的欢呼声。

这可把唐军的将士们气坏了！连太宗李世民都心中一紧，他回过头来对众将说道："两军刚一接战，就伤我一员大将，看来盖苏文这反贼有些本事，大家一定要当心哪！"

太宗李世民的叮嘱还没有落地，又一匹战马嗖地蹿出。太宗细看之时，却是柳飞龙的胞弟柳飞虎。只见柳飞虎红衣红甲红色战马，手提一把缀着大红缨的三尖两刃刀，哇哇大叫着如一团烈火扑了过去："杀我亲兄，不共戴天！盖苏文拿命来也！"眼瞅着就冲到了盖苏文的面前。

盖苏文一听就乐了："耶嗨？亲兄弟又到了！好哇！我就再送你上路，省得你哥哥黄泉路上孤单！"说着纵马挺枪迎上前去。那根丈八长矛带着风声，呼地一下，直向柳飞虎的胸口扎去。

原来柳飞虎眼看着兄长阵亡，悲愤满腔热泪横流，再也抑制不住自己的情绪，因此不等元帅发令，就已策马奔出。他要趁着盖苏文沉浸在胜利之中并不注意的当口，一刀结果了这个反贼的性命，也好给哥哥报仇。他端着那把三尖两刃大刀，直向盖苏文的胸膛戳去，眼瞅着就要碰到盖苏文的胸口了，柳飞虎不由得一阵高兴："安心吧！哥哥！你的大仇兄弟给你报了！"一边想着，一边用尽全力向前戳去，他要把盖苏文戳个透心凉。虽然他瞧见盖苏文的长矛到了，但他并不躲闪，他要与盖苏文同归于尽。

　　然而柳飞虎的算盘还是打错了！那盖苏文见柳飞虎并不躲闪，不由得心中一惊："这员唐将倒真的是条汉子！他是个不怕死的家伙，竟然想和我对命！我才不干呢！"于是他灵机一动，唰的一声身体后仰，来了个青松顺山倒，直直地躺在了马鞍上，让柳飞虎的三尖两刃刀戳了个空。然后他趁着二马一错镫的工夫，又噌地坐起，以枪为棒，照准柳飞虎的后背扫去。只听得啪嚓一声，柳飞虎连人带马一个趔趄，扑通一声倒在地上。那帮高句丽贼兵如狼似虎，嗷的一声抢上前来，刀枪并举，一阵乱戳乱剁，柳飞虎顷刻间变成了肉泥。

　　"哎呀！痛杀我也！"唐营这边太宗李世民见状，心疼得身体一侧歪，险些跌下马来。元帅尉迟恭也不由得热泪盈眶，气得浑身发抖。将士们人人饮泣含悲，义愤填膺，争先恐后地要前去与盖苏文拼命。

　　原来柳飞龙、柳飞虎兄弟俩大有来历，他们是瓦岗旧将、开国元勋柳周臣的儿子。前番北路军出征之时，其父柳周臣已经随李勣大军先行一步，留下二子照顾病弱的母亲。这次太宗皇帝御驾亲征，原本是没打算让他们哥儿俩来的，是兄弟俩再三恳求，并请出他们的母亲上朝见驾，太宗才格外恩准，把二人封为后路军副先锋官。没想到刚一接战就双双阵亡，怎不让皇上悲愤万分，令众将痛心疾首呢？

六

　　元帅尉迟恭抑制不住内心的悲愤，从亲兵手中夺过黑虎神鞭，就要冲上前去与盖苏文拼命。这时只听得身后一人叫道："两位贤侄阵亡，此仇必须要报！不劳元帅动手，我们兄弟去也！"尉迟恭回头看时，见是大将齐国远和李如珪，正要出言阻止，却见两匹战马已经蹿出，飞也似的向盖苏文扑去。

　　那边高句丽的贼兵们看见了，一起呐喊起来："大人小心哪！这回来俩呀！"没等盖苏文发话，他的身后立即有两将飞出，迎上前去，眼见要与齐国远和李如珪战在一起。盖苏文侧目一看，见是西部大人泉盖苏珪和南部大人渊种哲丸，不由得心中一喜。

唐军这边齐国远蹿出，本来是奔着盖苏文去的。他自从结义投奔瓦岗寨，后来又做了唐朝的总兵，一直与柳周臣极为要好。如今义弟不在身边，两位贤侄双双阵亡，直让他心痛欲裂，怒火中烧。他发誓一定要杀了盖苏文，给两位义侄报仇。不想老天不遂人愿，迎面来了这么一个家伙，挡住了他的去路。只见这家伙骑着沙栗马，身穿藏青袍，头戴青官帽，肩披青斗篷，脸盘本来就窄，却长着一大块黑记。手中擎着一把青色大砍刀，一双老鼠眼直直地望着他，目不转睛，好像刚钻出洞口的毒蛇。

齐国远一见心中这个气呀！急得他大声喊道："哎！你、你、你、妈、的什、什、什么东、东西？敢挡你、你、呀你爷、爷、爷爷的去、去路？快、快、快、快他娘、娘的让、让、让开！再、再再报、报、报上名、名来！你、你、呀你爷爷我、我、我不杀无、无、无名之、之、之辈！"齐国远是个结巴，越着急越冒汗说得越慢，结巴得也越严重，惹得双方的将士都大笑起来。

对面的高句丽西部大人盖苏珪呀的一声勒住战马，手搭凉棚仔细观看，只见对面的唐将人高马大，简直比平常的将士粗两圈、高一倍，坐在马上挺着大肚子，那身板比头号大缸还要粗壮许多。再看那双眼睛，在一张黄色大脸上高高凸起，简直就像一尾特大号的金鱼。张嘴一说话大嘴咧得跟城门似的，样子十分古怪和可怕。特别是他手中的那两柄大铜锤，足有小车轮般大小，每柄至少也有数百斤重。倘若是砸在谁的身上，甭说活命了，恐怕连骨头渣子都得碎喽！盖苏珪一时冲动，上来时挺猛挺快，现在一看见齐国远这副装扮，不由得心中有些打怵。因此听齐国远一喊话，情不自禁地顺口答道："末将西部大人泉盖苏珪是也！来将何人？也请报来！"

"耶嗬？还来、来、来个全、全、全盖的乌龟！全盖的好、好、好哇！爷、爷、爷喜欢！爷爷我、我、我本来是奔、奔、奔盖苏文来、来、来的，我要取了这、这、这个老小子的性、性、性命！没承想你、你、你送命来、来了！你来了也、也、也好，我就揍哇揍你个全盖的乌、乌、乌龟，把你的王、王、王八盖子砸、砸、砸碎喽！"齐国远闻之哈哈大笑，高声喝道。

还没等这边盖苏珪吱声，那边盖苏文说话了。他冷笑着大声喊道："盖苏珪大人，不要怕他！他就是唐将齐国远，有名的大草包！他那俩大锤是假的！你给我劈了他！"

"嘿嘿！好小子！认、认、认得你、你、你爷、爷、爷爷我呀！谁、谁、谁说我、我、我这俩大、大呀大、大锤是、是、是假、假的？连、连、连李、李、李元霸和、和、和宇文、文、文哪文、文成、成都、都、都被我吓、吓、吓跑过！你、你、你算、算个球、球哇？不、不、不信过、过、过来试、试、试

067

试,大、大、大爷我乐、乐、乐意跟、跟、跟你玩!"齐国远听后不由得一阵冷笑。

那位高句丽西部大人泉盖苏珪初时有些迟疑,听盖苏文这么一说,一下子想起来了!是听说唐营里有这么一个人,没啥真本事,专能吓唬人。于是他高声喝道:"你这个大草包!大骗子!一肚子青胎屎的家伙!唬到你爷爷我的头上来了!看我不劈了你!"说罢拍马舞刀,冲了过来。

其实盖苏文没有说错,齐国远那两柄大铜锤真是假的,是用竹篾子扎的牛皮纸糊的,上面涂上了金黄的颜色,远远看金光闪闪,很是吓人。别说数百斤重了,连十斤都没有。不过齐国远也没有说谎,当年他的这两柄特大号的铜锤,确实吓跑过李元霸和宇文成都。齐国远虽然没有什么高超的武艺,但他久经沙场,经验丰富,是从死人堆里爬出来的。因此当盖苏文戳破他的西洋景时,他并未尴尬。甚至当对面的盖苏珪张牙舞爪,风驰电掣般冲过来的时候,他也没有惊慌害怕,而是拎起两柄大锤,从容不迫地迎了上去。

两个人一照面,刀锤并举,怒喊连声。就在二马一错镫的工夫,只听得"扑哧""啪嚓"两声,一个人从马上折了下去。那匹坐骑咴儿咴儿叫着,打个蹾儿,跑回本阵去了。

您猜猜是谁战败落马啦?多数人肯定认为是齐国远,因为他那两柄大锤是纸糊的呀!怎么挡得住那位盖苏珪的大刀?但是这您就猜错了!而且大错而特错!落马的不是齐国远,而是盖苏珪。原来就在盖苏珪举刀劈来,刚刚砍破那柄大铜锤的时候,齐国远按动大锤手柄上的机关,装在锤头顶部的四枚金镖嗖、嗖、嗖、嗖一齐飞出,瞬间全扎在盖苏珪的胸膛上。那机关上的力道很大,盖苏珪又猝不及防,锋利无比的金镖穿透重甲,打进胸腔,有一枚甚至从他的后背穿出。盖苏珪一声没吭,登时吐血落马而死。高句丽的贼兵们均感到莫名其妙,一个个目瞪口呆,不知所以。

齐国远得着便宜还卖乖,大嘴咧着哈哈笑道:"什、什、什么他妈、妈、妈、妈的全、全、全盖乌、乌、乌龟,也太、太、太、太不禁、禁、禁打、打了!纯、纯、纯粹是狗、狗、狗、哇狗屎一、一、一堆、堆呀!"惹得唐营的将士们一阵阵哈哈大笑。

七

先不表齐国远在这边耀武扬威地吹牛皮,且说与他一齐上阵的唐将李如珪,这时候也完活儿了。几乎与盖苏珪阵亡同一时间,对面那位高句丽南部大人渊种哲丸，也莫名其妙地跌落马下，一命归阴了。

这究竟是怎么一回事呢？

原来这李如珪一马飞出，也是奔着盖苏文去的。他与齐国远一样，也是想给两位义侄报仇。没想到刚一蹿出，即被一将拦住去路。只见那家伙骑着一匹白马，身穿白色战袍，肩披白色斗篷，头戴白色官帽，脚蹬白色皮靴，手擎白色双刀，面白如纸，体瘦如竹，骑在马上晃晃悠悠，好像大风都能刮下来。李如珪一见，抑制不住扑哧乐了："瞅你这副熊样！与西边那小子放在一块儿，就是黑白无常，一对找死的小鬼儿！快报上名来，大爷我不斩无名之辈！"

那位高句丽南部大人渊种哲丸虽然瘦弱，却是武功超群，身手不凡，尤以轻功独步辽东。他见对面唐营出来的这位黄脸汉子骑匹黄骠马，身穿杏黄袍，脚蹬黄皮靴，头扎黄头巾，一脸的黄胡须，两只黄眼珠，黄皮蜡瘦，晃晃荡荡，身后未背弓，胯旁无羽箭，手中啥也没拿，却是嬉皮笑脸，比比画画，不由得呸的一声吐口唾沫，然后轻蔑地说道："你大爷我行不更名，坐不改姓，乃高句丽国南部大人渊种哲丸是也！喂！我说对面那位黄脸瓢，你手中啥也没拿，是来打斗的呀，还是来送死的呀？管我叫三声爷爷，我就留你全尸，怎么样？"

李如珪一听哈哈大笑，笑够了以后才朗声说道："你也不打听打听，你爷爷我是谁？我久经沙场，打遍天下！你爷爷我跟着皇上南征北战的时候，你这个小瘦犊子在哪儿呢？还在你爸爸的腿肚子里呢！跟你这种后生晚辈、无知的反贼过招，我还用拿兵器吗？我吐口唾沫就能喷死你！你信不信？"

那渊种哲丸闻听一声冷笑："大唐朝万里江山，能人不少，怎么出来你这么个只会吹牛、不自量力的家伙？我都替李世民感到害臊！说说吧，怎么个打法？换句话说，你想怎么死吧？"

李如珪听后并不生气，仍然笑嘻嘻地说道："我们大唐朝是天朝上国，你们高句丽那是附属小邦。我们是讨逆的大军，你是造反的叛贼。我能跟你平等过招吗？我跟你对阵，那就是爷爷带孙子，领你玩玩！犯不上跟你较真儿！这样吧！我先让你三个回合。你若是打中了我，算我时运不济，爷爷我认栽。若是你打不赢我，可别怪我不客气，爷爷我可就要出手了！到时候我让你这个冤种一下子就玩儿完！"

渊种哲丸一听勃然大怒，舞着双刀就冲了上来。心想你还敢让我三个回合，真是个不知死活的傻帽儿！你不说不还手吗？我一个回合就剁了你，扔你到鸭绿江里喂鸭子！看你还跟我俩贫不贫、吹不吹？

别看渊种哲丸气势汹汹，但是李如珪一点儿也没害怕。原来他自幼随父贩马，练就了一身超凡的马上功夫。几十年来东征西讨，身经百战，还从来没有人在马上抓住过他，他也一次次化险为夷，反败为胜。所以当渊种哲丸的双刀带着风声嗖、嗖、嗖、嗖地斜劈过来的时候，李如珪笑嘻嘻地做了一个鬼脸，一闪身藏在了马镫之下。一个回合过去，渊种哲丸只见对方人影一闪就不见了。回过头来一看，李如珪已经踅回马来，笑嘻嘻地向他招手。

渊种哲丸心里说："好小子！跟我玩镫里藏身？你等着！这回我就剁了你！"说着拨转马头，又向李如珪冲来。待二马相交之时，渊种哲丸侧过身体，右手挥刀，直向李如珪坐骑的腹下砍去，心想这下子你还往哪儿躲？结果几刀下去，马下无人，渊种哲丸又扑了个空，这让他大惑不解，有些失望。

原来李如珪早有预料，他寻思渊种哲丸这次一定会偷袭下部，因此当二马错镫之时，他噌的一下斜蹿出去，左手抱住了战马的脖子，将身体贴在了战马的脑后，随后又唰的一下坐回原位，依旧踅回马来，笑嘻嘻地向渊种哲丸招手。

两击未中，再次落空，渊种哲丸这回真的急了！他拨转马头飞驰而来，等到离李如珪不远的时候，突然嗖的一下从马上腾身跃起，就像一只巨大的苍鹰，从空中自上而下袭来。那两把战刀在太阳之下闪着白光，眼瞅着就要落到李如珪的头上。

李如珪见之心中一惊："我的妈呀！这家伙的轻功好厉害呀！这下子真的没处躲了！大爷我赶紧逃命去吧！"说时迟，那时快，李如珪双足一蹬战马的侧背，嗖的一声，如一粒弹丸斜向飞出，轻轻地落在草地之上，吓得他出了一身冷汗，那渊种哲丸徒有一身轻功，仍然闹个竹篮打水一场空，不由得恼羞成怒，大骂不绝。

这下子李如珪乐了，他飞身骑上战马，笑嘻嘻地说道："怎么样？你个无用的冤种！玩儿完的笨蛋！我说让你三个回合吧？你打中了吗？这回该我了吧？大爷我说话算数，不动刀，不动枪，我一口唾沫就能喷死你！"

渊种哲丸三击未中，知道这员唐将有些本事，至少是马上的功夫了得，不容他小觑。但若说用唾沫星子把人喷死，那不过是开玩笑的话，他不但从未见过，也从来没有听说过。于是他冷笑着说道："废话没用，多说无益！我倒要看看，你怎么用唾沫星子喷死我？！"

李如珪听罢嘿嘿一笑："你就等着瞧好吧！有你享受的！"说罢拍马前奔，叉腰弓背，运气叫嗓，连咳三声，然后突然张嘴，一口浓痰带着强大的功力，噗的一声，直向渊种哲丸的面门冲去。渊种哲丸担心藏有暗器，忙架双刀迎接。只听得啪叽一声，那口浓痰打在刀锋之上，竟然震得渊种哲丸手腕发颤。渊种哲丸心中一惊，心想这家伙果然好大的功力，如果喷在额头之上，确实真够受的了，我也不跟你讲什么打斗规则了，再一照面时，我立马就剁死你！渊种哲丸一边想着心事，一边掏出一块破布，反复擦拭着双刀上的痰迹，恶心得他直想呕吐。这两把家传的宝刀，是当年好太王高谈德赐给他的祖爷爷的，他一直视为至宝，怎么能容许随意玷污？

没想到李如珪动作麻利，痰不等人，没等渊种哲丸擦拭完毕，他的第二口痰又到了！这回他乘渊种哲丸不备，啪叽一声，一大口浓痰带着功力，竟然飞出两丈多远，落在了渊种哲丸的脖颈之上，那块带有血丝和腥臭的东西，顺势流进衣领，滑进胸腔，埋汰得渊种哲丸又呕又吐，气得一个劲儿破口大骂。然而李如珪可不管你什么感受，他是得着机会不让人，没等渊种哲丸骂出第四声来，噗的一声，第三口痰又到了！这回就不光是痰了，干的稀的都有，黏稠的痰液里竟然裹着一枚钢钉，不偏不倚，准准当当地喷在渊种哲丸的额头上，顺利地钻进他的脑门儿里。可怜高句丽国南部大人一声未吭，就咕咚一声栽落于马下。最终他也不知道自己是怎么死的，高句丽国的将士们同样也什么都没看清楚，但是已经完活儿了。

齐国远和李如珪的这些小把戏蒙得了别人，却瞒不过盖苏文的眼睛。本来他见两员唐将一起飞出，是想双双将二人打发掉，这对于他来说根本就不是个问题。但是这工夫西部、南部两位大人纵马飞出，截住厮杀，他又不好说什么。他坚信这两位大人定会旗开得胜，马到成功，很快就能结果这两员唐将的性命。没想到转眼之间，这两位大人双双落败，而且都死得稀里糊涂，这让盖苏文气愤至极，怒火万丈，牙齿咬得嘎嘣嘎嘣直响："这两个家伙太可恨了！真是气死我也！我一定要亲手杀了他们！"想到这里，他跃马挺枪，直向对面冲了过去。

且说齐国远、李如珪双双获胜，唐军将士一片欢腾。两个人也觉得自己真不含糊，不但给两位义侄报了仇，而且还大大地露了脸，真是风光无限。因此二人根本不听尉迟恭的召唤，不仅没有撤回本阵，而且还双双地往前走两步，大大咧咧地在那儿策马叫阵。急得尉迟恭急命亲兵上前去催，可这还是晚了！那盖苏文人疾马快，就像一阵风一样，一转眼就飞到了二人面前。那杆八十多斤重的长矛以枪代棒，呼的一声横扫过去。吓得李如珪妈呀一声，藏于马下，但他的马鞍被打落在地，碎成几块。而齐国远则慌忙举起钢鞭，企图把长矛架开。没承想当啷一声巨响，自己那把六十二斤重的打神钢鞭被磕开，丁零零飞到十几丈开外，右手的虎口被震开，立即流出血来，右臂已经麻得抬不起来。惊得齐国远魂飞天外，转身就跑，没想到盖苏文的马也太快了，还没跑出几步，就被盖苏文从后面追上，抬手一枪，将齐国远挑于马下。再看李如珪，他虽然侥幸逃过了盖苏文的长矛，但由于战马受惊误入敌阵，被高句丽贼兵蜂拥而上，乱枪戳死。

一眨眼之间二将阵亡，令唐军将士悲愤万分。这二人都是瓦岗寨的旧将，大唐朝的开国元勋。他们跟随着太宗皇帝身经百战都幸免于难，今天却双双战死在这里，令唐军将士们实在受不了了！随军的二十九位瓦岗旧将同发一声喊，一齐向盖苏文冲了过来，刀、枪、剑、戟、斧、槊、钩、叉，一齐向盖苏文身上招呼，他们要将盖苏文碎尸万段，为两位结义兄弟报仇。

且说那盖苏文见唐军将领蜂拥而上，嘿嘿冷笑，并不惊慌。他冷静地拨转马头，缓缓地向本阵走去，好像根本没看见这些唐将的到来。等到这些唐将越来越近，相距不过两丈远的时候，他却忽然侧转身躯，手一扬，十把飞刀一齐飞出。跑在前边的唐军大将金甲、童环和尉迟南、尉迟北等六名将领猝不及防，应声落马。

又一批唐军大将战场殒命，这一回元帅尉迟恭真的急了！他将右手中的令旗一摆，率领十万大军一齐冲了过去，其势如山崩海啸，狂风暴雨，那一万多高句丽贼兵怎么拦挡得住？吓得他们掉头就跑，真恨爹娘少给生了两条腿。唐军将士气恨交加，一路穷追猛打，直杀得高句丽兵丢盔弃甲，屁滚尿流，一个个哭爹喊娘，狼狈地向东山那边逃去。那位高句丽国的大莫离支盖苏文，此时也没有方才的威风了，一边率先逃窜，一边命部下丢掉武器、铠甲和战马，匆匆地钻进山林，一会儿就不见了。

八

唐军元帅尉迟恭率领着大队人马一路追击，不觉已来到医巫闾山的山脚之下。这时候先锋官程名振过来报告，说转过一片松林之后，高句丽贼兵就不见了踪影。尉迟恭吁的一声勒住战马，怒气未消，下令多派士兵上山侦察，务必要摸清贼兵的去向，将其全部歼灭。此时太宗皇帝李世民亦率领随行人马跟了上来，尉迟恭急忙下马见驾，禀明军情，并侍候皇上到一排大松树下休息。

不一会儿有士兵来报："启禀元帅，小的前行十里左右，见山顶上有旌旗飘动，且有高句丽贼兵往来行走，因此未敢惊动，特意回来禀报。"尉迟恭此时仍恨得咬牙切齿，闻听有贼兵动向，恨不得立即擒住盖苏文，将其碎尸万段，因此未加缜密思考，立即带领着将士攻上山来。

山势越来越陡，松林越来越密。尉迟恭只好命令将士们留下战马，派人看管，自己率领大队人马向山上爬去。及至离山顶还有五六十丈远，他喝令人马停住，自己立在一块岩石之上，手搭凉棚向山上张望。只见松林环抱之中，一座山峰突兀而起，极像一只巨大的苍鹰，雄踞于群山林海之中，那锐利的鹰嘴边还衔着白云，像是叼着被擒猎物的羽毛，随风飘动，惟妙惟肖。在那座奇异的山峰之下，好像有一大片高地被石块和鹿寨围起。高地中间修有一座雄伟的土楼，虽是木石结构，却是翘脊飞檐。土楼中间帅旗飘扬，垛口两侧刀枪林立。高句丽贼兵一个个盔明甲亮，拈弓搭箭，蓄势待发。绣有三足乌的那面帅旗之下，数十名高句丽大将簇拥着一人，那人身材高大，黑面虬须，手执马鞭，摇头晃脑，一副趾高气扬的神情，并不见方才逃跑时的惊慌之状。尉迟恭定睛观之，正是敌酋盖苏文。

尉迟恭观察良久，右手令旗一招，就要下令攻山。参军徐盛在一旁劝道："贼兵不再逃窜反而占山相拒，显然是有意而为且早有准备，其中一定包藏着狼子野心。那盖苏文阴险毒辣，诡计多端。今早只用一万人马挑战，就已令人生疑，恐是这贼酋的诱敌之计。如今又据山而守，怕是早就布下陷阱、埋下伏兵。元帅请勿着急，还应周密侦察、小心谨慎才是！"

此时尉迟恭一是仍在气头之上，二是见山头上城堡不大，三是自恃兵多将广，胜敌数倍，难道还怕了盖苏文不成！四是山顶上的贼兵发现有人上来，立即破口大骂，往下泼屎泼尿，激怒唐军。尉迟恭见状，实在按捺不住心头的怒火，于是不听徐盛之劝，命令先锋官程名振领兵攻山。

程名振得令以后，立即率领人马向山顶上冲去。眼瞅着离城堡已经不远了，越过那片十几丈宽的开阔地，就可以一举攻下城门，程名振不由得心中暗喜。可是等他刚刚走出松林，唐军将士陆续进入这片开阔地的时候，忽听得惊天动地一声呐喊，山顶上旌旗挥舞，箭如飞蝗，一块块滚木礌石如山崩海啸从天而降。冲在前面的唐军不是被弓箭射倒，就是被滚木礌石砸伤，一个个骨断筋折，哎哟吼叫，翻身打滚，惨不忍睹。程名振心中火起，亲自率队几番猛攻，除了丢下更多的尸体和抬走更多的伤兵以外，别无所获。垂头丧气的他跌跌撞撞跑下山坡，带着满身伤痛向元帅尉迟恭报告。

尉迟恭一听就火了："你个臭鸡子做的槽子糕，纯粹就是个废物点心！我就不信咱天朝十万人马，斗不过高句丽这帮小狼崽子！来呀！将士们，跟我上！我非要抓住盖苏文弄死他不可！"说着捋胳膊挽袖子，提着钢鞭就要往前冲。

参军徐盛乃茂公之侄，不仅足智多谋，而且极为机敏，这时忙在一旁说道："程将军率众猛攻数次，仍是无功而返，可见贼兵防守严密，急切之间难以攻下。何况现在天已正午，将士们不但昨晚没有睡好，今早晨连饭都没有吃上，人人连困带乏，又渴又饿，接下来还怎么打仗？莫不如稍事休息，禀明圣上，待凉爽些，再攻不迟！"程名振一听甚觉有理，也在一旁帮言相劝。尉迟恭这才勉强按下怒火，吩咐将士们捡柴拾薪，埋锅造饭。自己下山去面见太宗，禀报军情去了。

太宗皇帝李世民此时正在帐中踱步，显得有些焦躁不安。此番进军辽东，先前水陆两支人马倒还进展顺利。方才有快马来报，说北线李勣如愿攻下辽东城，南线张亮也顺利占领卑沙山。两路大军正分头向大行（今丹东市西南娘娘城）和安市（今辽宁省大石桥市海龙川山城）挺进。只有自己这一路损兵折将，前进受挫，这让他大为恼火。太宗思虑良久，正想亲赴前沿了解战况，却见门帘一挑，元帅尉迟恭风尘仆仆地闯了进来。一进门，就扑通一声给太宗皇帝跪下了："启禀圣上，臣罪该万死！前方攻击受阻，臣下指挥无方，辜负了皇上的一片信任和厚恩哪！"说罢竟然老泪纵横，长跪不起。

太宗李世民忙近前两步，双手扶起尉迟恭："爱卿何罪之有？元帅何出此言？胜败乃兵家常事，何必放在心上！眼下虽有些小的挫折，但最后的胜利一定属于我们！区区弹丸之地，几个蟊贼闹事，又怎能抵挡我天朝大军？告诉将士们，吃饱歇足，只管前进！看盖苏文能把我军怎么样？"李世民一生南征北战，东讨西杀，战胜过许多强敌恶寇，根本没把盖苏文放在眼里。因此他迅速顶盔掼甲，诏令全军攻山，要求务必在天黑之前拿下对面的城堡，争取明天渡过辽河，与北、南两路大军会师。随从文武官员拦挡不住，只好保护着太宗向山上冲去。

此时唐军将士已用过午饭，并休息了一个多时辰，体力基本上得到了恢复，如今又见皇帝亲临战场，自是深受鼓舞，士气大增。人人摩拳擦掌，个个跃跃欲试。尉迟恭按照徐盛的建议，把人马分成三队，分别从北、西、南三个方向发起进攻。唐太宗亲擂战鼓，尉迟恭率先垂范，唐军将士们一阵呐喊，漫山遍野蜂拥而上。那些高句丽贼兵虽然拼力死战，但毕竟寡不敌众，无法抵挡唐军的殊死进攻。黄昏时分，城堡失陷。先锋官程名振第一个冲上土楼，将唐军的帅旗插在垛口之上。那盖苏文被众将围在土楼一侧，仍做困兽之斗，被尉迟恭上去一鞭，打得脑浆迸裂，倒地而死。随行亲兵立即割下其首级，挂于城头之上。

太宗李世民闻报大喜，亲自登上城堡，赏赐有功将士。他见山顶上平坦宽阔，四下里群山尽收眼底，土楼之中清风习习，一轮新月从天边升起，一时心情愉悦，兴致大开，遂下令在山上摆酒庆贺。太宗率文武官员遥对长安，焚香敬酒，首先祭奠阵亡的将士，叮嘱尉迟恭按照名册，速寄去抚恤银两，然后才坐下身来，与随行臣子们同桌共饮。酒后由于天色已晚，山上还算宽敞凉爽，太宗李世民便权且在土楼中安歇。元帅尉迟恭则令将士们在山坡上扎营，以防敌军偷袭。由于人困马乏，一夜熟睡无话。

九

次日清晨太宗尚未起床，尉迟恭就咚咚地敲门闯了进来，竟然忘了行君臣大礼，就气喘吁吁地说："坏了！坏了！大事不好了！我们被贼兵包围了！山下边全是高句丽贼兵啊！我看得有十万人马！"

太宗李世民惊诧地说:"这怎么可能呢?盖苏文不是已经被杀死了吗?余下的贼兵都已逃窜,难道这些贼兵是从天上掉下来的吗?"

说话间太宗随着尉迟恭走出楼门,往下一看,不禁大吃一惊。此时虽然尚未大亮,但是已经能看得清清楚楚。只见山腰上五六十丈开外,在那些松树后、怪石旁,高句丽贼兵拧成疙瘩连成片,从四面八方围拢上来,下山的道路已被树木和巨石封死。正东一排高大的松树之下,一面"帅"字大旗迎着晨风招展,发出"呼啦、呼啦"的响声。帅旗之下几百名拈弓搭箭的士兵横眉立目,簇拥着一员大将。此人黑衣黑甲黑色脸庞,双手横握一杆黑色的丈八长矛,恶鼻瞪眼,杀气腾腾,好像刚出地狱的魔鬼。这个人不是别人,正是高句丽国大莫离支盖苏文。

此时盖苏文也已看清了太宗君臣,他当即停下脚步大声喊道:"尉迟敬德,你这个蠢猪!中了我的妙计也!李世民!你快快下山投降吧!本帅饶你不死!"

盖苏文这一嗓子突如其来,在清晨的山林中产生回响,好像有许多人在一起大叫,惊得一群群野鸟向高空飞去,气得唐朝君臣瞠目结舌。尉迟恭用马鞭指着盖苏文破口大骂:"盖苏文!你个遭天杀的浑蛋!竟敢用这种下三烂的手段骗你爷爷!看我不下山擒你,把你剁成肉酱!先锋官,给我召集人马,下山杀敌!"

盖苏文听罢哈哈大笑,他率领着贼兵边往前走边说:"哈、哈、哈、哈、哈!我的老元帅,你也太可爱了!简直像个无知的孩子!你也不睁开马眼看看,你的那些战马还能骑吗?你的士兵还能打仗吗?他们都喝了潭中的泉水,早就中了我下的毒了!一时半会儿,他们是起不来了,你就等着束手就擒吧!"

盖苏文的话如同五雷轰顶,让唐朝君臣几乎昏倒在地,大家都吓出了一身冷汗。原来唐营中除了皇上和少数重臣,因为怕水土不服,胃肠不好,饮用的是从西京长安带过来的备用之水,其余将士们做饭、饮马等使用的都是潭中之水,难道真的被盖苏文下毒了吗?还是他危言耸听、坏我军心?不然军中怎么到现在还没有动静呢?尉迟恭摇了摇头,有些不信。

这时先锋官程名振和参军徐盛一齐跑了过来,跪倒在太宗面前说道:"盖苏文说的确实是真的!七八成的战马腹胀如鼓,倒在地上爬不起来。大多数士兵头昏脑涨,体乏无力,连走路都直打趔趄。这种情况刚刚发现,我等也正想前来奏报!"说话间程名振气喘吁吁,脸色煞白,冷汗直流,瘫倒在地,他也中了毒了。尉迟恭一听,啊的一声大叫,立时就气得昏了过去。

原来这一切都是盖苏文事先设下的诡计。他先是带领三千壮士偷营劫寨,让唐军将士寝食不安,乱其军心;接着又率领少数人马登门挑战,连杀数将,激起唐军的怒火;然后则假装大败逃进山林,在山顶伪装坚守,把唐军的主力全都吸引过来。在此基础上,他一方面采取偷梁换柱的办法,命一小校扮成自己的模样,率两千老弱病残的士兵据守城堡,造成盖苏文被杀,高句丽兵大败的假象,诱使唐军在山上扎营。另一方面则派人连夜在山林草地上撒下煮熟的黄豆，诱使唐军战马来吃。又命士兵在潭水之中投下毒药，使唐军将士饮用后丧失战斗力。最后则趁夜间调集人马，从四面八方将唐军紧紧围住。如今这五步计划均如愿实现，让盖苏文的心里乐开了花，多年的愿望就要实现了！如果捉住了唐朝君臣，另两路唐军会不战自败，自己就可以挥师中原，直捣长安，那么天下就是他盖苏文的了！想到这里，他高兴得几乎要笑出声来。因而在途经唐军营帐的时候，他竟然大发慈悲："先留下这些唐军士兵不杀，反正他们也打不了仗了！还有好一会儿才能缓过来。留着吧！将来他们可也是我的子民哪！"贼兵们听了都有些莫名其妙："这也不是莫离支大人的风格呀！"

　　山顶上的唐朝君臣这回是彻底蒙了！大家面面相觑，束手无策。尉迟恭虽然已被众人叫醒，但已满脸泪水，哀上眉梢。他环顾四周，见没有中毒症状的不过百人，还多数是随王伴驾的朝廷重臣，基本上没有战斗力。连皇上的亲兵和侍卫们也都瘫倒在地，有气无力，个个脸上露出无奈的苦笑。望着越逼越近的高句丽贼兵，尉迟恭大吼一声，惊天动地，抹去泪花，忽地站起。他手持钢鞭护持在太宗面前，高声喝道："盖苏文！你个辽东的侉驴！无耻的禽兽！你休想伤害皇上！你若敢动皇上的一根毫毛，上天会让你不得好死！"

　　盖苏文听罢哈哈大笑："尉迟恭，我知道你是个忠臣！你多次死里逃生，救过李世民的命！也算是对换命的君臣。不过今天你们是命陷绝地插翅难逃了！本大人敬重你是条好汉，只要投降，饶你不死，否则，我会把你碎尸万段！"说罢挺着长矛登上土楼，离唐朝君臣已经近在咫尺。他一脚踢开挡在地上的程名振，挺枪向太宗君臣刺去。尉迟恭抢先一步，挥舞钢鞭，与盖苏文战在了一起。

　　太宗李世民一生驰骋沙场，多次濒临险境，但都逢凶化吉，遇难成祥。今天遇到这种情况，他虽然感到有些绝望，但心中并不害怕。他相信一切都是命中注定，也许自己就应该死在这里。他放眼四周，见群峰耸立，林海茫茫，初升的太阳携来满天彩霞，云雾蒸腾之中似有彩虹升起。"真是个好地方啊！"他笑了笑说，"有绿水青山做伴，得阵亡将士相陪，也值了！皇天上帝，后土之神，李世民去也！"说罢拔出宝剑，欲待自刎而死。

　　且说元帅尉迟恭虽然与盖苏文战在一起，但他眼观六路，耳听八方，一颗心都在太宗的身上。这时见皇上欲拔剑自刎，急忙飞步跑来，用钢鞭磕开皇上的宝剑。那柄龙泉利刃与钢鞭撞在一起，当啷啷一声巨响，飞出数丈开外，嗖的一声插在一棵松树之上，剑柄还在微微地颤抖。尉迟恭回过神来，欲待举鞭向盖苏文砸去，但是已经来不及了。盖苏文的那杆大铁枪已经高高举起，眼看着就将落在太宗的头顶之上。李世民抬头向天，闭目等死。

　　就在这千钧一发的时刻，只听得咔嚓一声巨响，一个巨大的火球从土楼上滚过，随后数声炸雷接踵而至，直震得苍天颤抖，地动山摇。不少高句丽贼兵被吓破了胆，大叫一声跌倒在地，抽搐而死。连盖苏文这样桀骜不驯的恶魔，也惊得手足无措，目瞪口呆，噔、噔、噔、噔倒退数步，靠在土楼的垛口之上。

与此同时，只见天空中彩云裂开，在数道金光的照耀之下，一员神将绿袍金甲，长髯飘飘，身骑赤兔马，手提青龙刀，卧蚕眉，丹凤眼，红脸膛彰显一身正气，左关平，右周仓，众天兵衬托无限威严。众人抬眼看时，认得这员神将不是别人，正是生前威震华夏、死后位列仙班的汉寿亭侯——关羽关云长。

这时只听关羽厉声喝道："高句丽小儿，勿伤明主！无耻叛贼，焉得好死！"说罢挥刀向盖苏文头上砍去。那把青龙刀挟风带雨，披着早晨的霞光，瞬间而至。吓得盖苏文魂飞天外，本能地将身躯侧转，躲得稍微慢了一点儿，项上头盔连同一大绺长发被咔嚓一声砍落，咣当一声掉在土楼之上。盖苏文连滚带爬，仓皇逃窜。关羽擎刀未追，只是高声喝道："匹夫阳寿未尽，暂且饶你不死！再敢反抗天朝，随时取汝性命！"盖苏文吓得头也未回，跌跌撞撞地跑下山去。多数高句丽贼兵见唐军有天神相助，一个个惊得抖如筛糠，乖乖地跪在地上举手投降。少数人跟着盖苏文钻进山林，逃回老巢去了。

顷刻间贼兵逃遁，重围顿解，如同云开雾散，雨过天晴，唐朝君臣好一会儿才缓过神来。太宗皇帝和全军将士激动万分，急向天空跪拜，叩谢关王爷救命之恩。等到行礼完毕，抬起头来之时，却见彩虹已去，神将消失，关王爷已返回天庭去了。太宗皇帝不免热泪盈眶，感慨万端。

这时候参军徐盛在一旁叫道："皇上请看，那是什么？"众人抬头一望，见从空中缓缓飘下一物，好像是一朵红色的鲜花，转眼间已落在土楼之上。徐盛忙拾起来呈与太宗，原来是一块彩绢，上面写着"多施仁政，善待百姓，四海康宁，万民称颂"四行十六个金字。太宗览毕，感叹不已："这是上天在提醒我呀！吾自当不辜负关王的教诲，励精图治，造一个太平盛世出来，让黎民百姓安居乐业，让我大唐四海安康。吾当以余年全部之赤诚，报答关王的救命之恩。"说完率领群臣及将士们叩头再拜。

太宗站起身来，抬头四顾，见远处旭日东升，光芒万丈，望脚下峰峦叠翠，壮如沧海。山峰间隐隐有祥云飘来，树林中似有牧歌声响起。一瞬之间历经生死，让这位马上皇帝感慨万千。他感到这里山水独特，殊非寻常，难道真的有什么仙缘吗？于是回头问道："这是什么地方啊？关王怎么会在这里显圣？"

参军徐盛接过来奏道："启禀皇上，这个地方叫鹰嘴峰，旁边是医巫闾山的一道大岭，是辽西通往辽东的边界。医巫闾山庙宇众多，常有世外高人会聚于此，关王到这里会仙访友，也未可知。"

太宗闻之感叹道："若非关王此番相助，我等已看不见明天的日出了！这鹰

077

嘴峰既然是一块风水宝地,连关王爷都经常光顾这里,我等何不在此修建庙宇,给他老人家留个驻跸之所呀!"群臣及众将闻之齐声叫好。太宗随之颁下诏令,立即由辽西营州刺史办理此事,务求在一年之内完工,并亲书"关王庙"三个大字。

皇帝有旨,地方官谁敢怠慢?八方相助,关王庙如期竣工。据说此庙建成以后,关王曾多次显圣,有求必应,因而多年来人流如织,香火极为旺盛。因为此庙供奉的是关羽关云长,民间习惯上尊称他为"关老爷",所以又把此庙称为"老爷庙"。天长日久,人们也就把鹰嘴峰旁边这道大岭称为"老爷岭"。多少年来,在闾山周边的乡亲们心中,对于关王爷显圣、老爷岭救唐王的故事,那是家喻户晓,妇孺皆知。一直到现在仍然念念不忘,有口皆碑。

十

且说盖苏文在闾山兵败,逃回辽东,唐军乘胜追击,一路凯歌,很快逼近高句丽老巢。盖苏文因为受到惊吓,一病不起,高句丽内外交困,无力再战。高句丽王高藏迫于无奈,只好写下降书顺表,派使者向朝廷认罪。太宗李世民虽然余恨未消,但是一考虑边疆百姓的疾苦,二感到大军已出师日久,因而恩准求和,罢兵凯旋,以后十多年来也没有战事。

唐贞观二十三年(649)初夏,太宗病重,寝食俱废,但仍念念不忘边疆的安宁。他把太子李治和重臣李勣、程咬金及尉迟恭等叫到床前,充满深情地对他们说:"卿等随我征战多年,打下江山殊为不易。如今国家昌盛、四海康宁,唯独高句丽隐患未除,恐盖苏文阴谋再起。若反贼再有异动,定要斩草除根!另外,卿等若是路过辽西,别忘了到关王庙替我上炷香。老爷岭那个地方,是我们李唐王朝的吉祥宝地呀!"说罢咳嗽数声,喘气不迭,一时眩晕过去。九天以后太宗驾崩,享年五十二岁。

太子李治继位以后,盖苏文似乎感到有机可乘,又鼓动高句丽王高藏拒不进京朝拜,停止纳贡称臣,自己则加紧调兵遣将,不断对辽西地区进行骚扰,有几次甚至窜到长城附近。高宗李治忍无可忍,即令大军再次东征。盖苏文虽然野心勃勃,自觉宝刀不老,但他一旦上阵,关王爷立即就在空中出现,那把青龙刀仿佛就悬在他的头顶之上,吓得他即刻魂飞魄散,有几次竟然把屎尿弄在裤裆里,所以屡战屡败,一蹶不振。盖苏文百思不得其解,于是去请教师父莲花圣母。圣母斥之曰:"汝虽为我门下弟子,但下山以后倒行逆施,弄得天怒人怨,也是咎由自取。如今你开罪于关王,为师亦无可奈何了!"盖苏文听后郁郁寡欢,不久忧愤而死。

龙朔八年（668）春天，唐军收复辽东并攻进朝鲜半岛，高句丽灭亡。这个在历史上盘踞辽东七百余年的割据王朝，终于在盖苏文的手里被葬送了！人们在议论这段历史的同时，有谁知道，老爷岭这场战役，曾经起过那么大的作用呢？这就是我今天要讲这个故事的原因。

第五篇　闾山圣清宫与宝林楼

　　四姐方才讲的故事，真是让我获益匪浅。现在我才知道，我国古代的高句丽族，原来也是中华民族的一部分，高句丽国只是隶属于中原王朝的一个地方割据政权。唐王朝同高句丽之间的战争，不是什么国与国之间的战争，而是中央政权的一次平叛行动，是一场维护国家统一的正义之战。故而得道者多助，失道者寡助，高句丽国和盖苏文的覆灭，也是历史的必然。

　　说实话我虽然离开家乡多年，但我对家乡的感情十分深厚。我从小在义县长大，与四姐林蔚云是同乡。但我的老家不在闾山脚下，而是在义县城内的站前村。不是我跟姐妹们夸口，义县同邻近的朝阳一样，是辽西甚至是东北最老的古城，是个有着悠久历史和文化积淀的地方。

　　义县在春秋时期隶属于孤竹国，战国时期隶属于燕国的辽西郡，历史上曾被称为"交黎""昌黎""宜州"和"义州"。义县境内山峦起伏，河流纵横，土质肥沃，风光秀美，有许多举世闻名的景区，其中万佛堂和奉国寺更是蜚声海外，众所周知。

　　万佛堂乃是北魏孝文帝太和年间，由冯太后敕令营州刺史元景和法师县曜所建。当时雕有佛像一万多尊，各种碑刻六百多块，开凿洞窟六千余座。因年久失修，几经战火，目前尚保留有洞窟一千二百余座，佛像一千八百多尊，魏碑石刻四百多块。洞内雕刻风格独特，各种造型巧夺天工。其中元景造像碑、交趾弥勒、摩崖笑佛和千手观音被称为"石窟四宝"，是我国北方佛门的艺术珍品，与云冈石窟和龙门石窟同样有名。这万佛堂背依福山，面临凌水，颇有四川乐山大佛的那种气势，显得神秘而又庄严。

　　义县城内的奉国寺，又叫"大佛寺"，是辽圣宗统和年间，由皇太后萧绰诏令修建的，是辽国耶律家族的皇家寺院，也是当时东北地区的佛教圣地。寺院不仅规模宏大，气势磅礴，而且风格独特，造型精美。其中在全国独一无二的，是那九间大雄宝殿，通体皆由巨木卯榫构筑而成，已历千年之久，至今仍严丝合缝，坚固如初。殿内供奉的七尊古佛，分别为毗婆尸、拘留孙、毗舍婆、尸弃、迦叶、拘那含牟尼和释迦牟尼。释迦牟尼排在最后，坐在最右。七尊古佛皆由木头雕制而成，不仅法相庄严，而且形态各异，个个放出睿智的目光，令人见而称奇。寺庙内还有辽国皇帝修的古井，清朝皇帝筑的牌楼，以及历代帝王将相、名人雅士的碑刻墨迹。奉国寺是我国北方一个较大的佛教场所，至今仍然香火旺盛，人流如织。

我和姐妹们说这些，是想告诉大家，义县历史悠久，拥有许多名胜古迹，好玩的地方不少。但我今天要讲的不是这些，我要与大家分享的，是一个鲜为人知的故事，那就是闾山老爷岭下的圣清宫与宝林楼，那里有着如画一般的仙境和一段如诗一般优美的传说。

一

这宝林楼坐落在闾山西麓的半山腰上，是一个小有规模的佛教建筑群。实际上又分为两部分：一是下边的宝林禅寺，供奉有佛祖释迦牟尼和十八罗汉，是僧人们念经和休息的地方；二是上边的宝林楼，白墙红瓦封闭窗，有点儿像藏传佛教的布达拉宫，依托岩壁上的石穴建成，共四层，并建有主楼和配楼，则是寺庙藏经的所在。宝林楼附近山高林密，山路陡峭，植被丰厚，沟壑幽深，空气中弥漫着一股树叶和花草的气味。宝林楼寺门向东洞开，与不远处的道教丛林圣清宫遥相呼应，相映成趣。

传说当年唐太宗李世民率军东征高句丽，被反贼盖苏文设计围困在闾山鹰嘴峰。人马多数中毒，君臣束手无策，眼瞅着行将被擒的时候，忽然间惊雷滚滚，狂风骤至，关王爷带领着天兵天将出现在鹰嘴峰，一刀险些砍掉盖苏文的脑袋，吓得高句丽贼兵四散奔逃。唐军反败为胜，太宗转危为安。但这一战由于人马饮用潭中之水，多数中毒体弱，无法连续作战，于是太宗李世民下令暂时休整，再图进兵。唐军从老爷岭上撤了下来，在今义县城东十里外扎下营寨，安置行宫。元帅尉迟恭一方面严令随军医官，速熬草药治疗中毒的将士；另一方面派出多路探马，到处打听高句丽贼兵的去向，以期一举歼之；同时又派人去关内催运粮草。一时忙得不亦乐乎。

且说这尉迟恭虽然已贵为元帅，领国公衔，是朝廷的一品大员，但他毕竟是乡间铁匠出身，生性爱玩好动，年近五旬仍然旧习未改。这一日升罢军帐，处理完一应军务，见天气晴好，和风习习，远山清晰在目，草木郁郁葱葱，不免引发了昔日情趣。他迅速脱去长靴和甲胄，麻利地换上便装轻履，招手带上两名伶俐的小校，便悄悄地走出辕门，骑上快马奔闾山而去。

原来这尉迟恭少年时期便喜爱打猎，长大后又臂力过人，练就了一身好武艺，因此在他未从军之前，就成了闻名乡里的好猎手。他曾经只身与黑熊和豹子搏斗，并徒手摔死过九只恶狼。从军以后，曾经因为擅自离队外出打猎受过处罚，被连降五级，从偏将军降为火头军；也曾经因为私自外出打猎，巧遇秦王李世民到前沿侦察敌情，被洛阳王王世充围困在淤泥河中。当单雄信的那把枣阳长槊即将砸在秦王头上的时候，是尉迟恭嗖地从草地边飞来，举起钢鞭及时架住了那把丈二神槊，在关键时刻救了秦王一命。虽然他那次违犯了军规，但是因为救驾有功，不仅没有受到责罚，还被擢升为军中大将，备受李世民的宠爱和重用。因此他后来尽管没有再私自出猎，但是这个毛病也没有改掉。这不，又老病复发了！

这一日，三人一阵疾驰上得山来，不觉有些气喘吁吁，身冒热汗。他们穿过怪石崖，走进松树坪，正要在几棵大树下小憩，忽然一个眼尖的小校轻声说道："元帅请看，左前方大松树边，那是什么？"

尉迟恭忙抬眼一看，不由得心中一喜。原来是两只梅花鹿正在林边吃草，一大一小，好像母子俩。两只梅花鹿神态安详，极为专注，行动自如，旁若无人。这样近的距离，它们显然早已发现了三人，但是依然我行我素，毫不惊慌，一点儿也没有害怕的样子。尉迟恭暗想，这真是个绝好的机会。打下这只母鹿送给唐王，便不会受到责备。

尉迟恭越想越高兴，本能地拈弓搭箭，仔细瞄准，嗖的一箭射去，那母鹿一声未吭，应声倒地。两个小校拍手喝彩："元帅神箭！元帅神箭！射中了！射中了！"说着疾步跑向前去。等三人跑到近前一看，见那只母鹿虽然前腿中箭，倒在地上，但是并没有死，也没有挣扎逃跑，只是浑身抽搐，两眼流露出哀伤的神情。那只小鹿依偎在母亲的身边，一边发出惨叫声，一边不时用舌头去舔那只母鹿的伤口，草地上不断滴落那只母鹿的血水。

尉迟恭一见此情此景，心中顿时有一种愧疚的感觉，站在树边没动。那两名小校弯下身来，正要伸手去拖那只母鹿，忽然间一阵狂风吹来，刮得树枝树叶哗哗作响，搅得细沙烂叶满天飞扬，一时间视野迷蒙，什么也看不见了！三个人分别抱住一棵松树站好。等到狂风过去之后，三个人揉揉眼睛一看，两只梅花鹿已经不知去向，只有那摊留在草地上的血迹还清晰在目。

三个人见了都有些纳闷儿，尉迟恭尤其大惑不解：自己打猎多年，从来都是箭无虚发，到手的猎物难道会飞？它们会跑到哪里去呢？是不是被狂风卷走了呢？他一边想，一边心中老大不服："都是这一阵狂风闹的，我就不信找不到你们！"他领着两名小校四处查看，想顺着母鹿留下的血迹去追。不料左看右看、前看后看，除了原来的那摊血水之外，再也没有痕迹可寻。三个人心中越发疑惑，只好慢慢地向前走去。

出了松树坪，拐过野狼谷，就到了玉凤崖，三个人把马拴在松树林边上，让它们啃食这林边的青草，随之一转身，一前两后向玉凤崖走去。这玉凤崖虽然是老爷岭的西坡，但因为北面有高大的山峰遮挡，因而背风向阳，林丰草茂。正北面一片高崖之上，古木参天，挤挤挨挨，如一道天然的屏障。山崖下边的空地之上，有一个不大不小、方圆百尺的深潭，潭水碧绿，浮萍滋生。水潭的北边长着十几棵梧桐树，枝繁叶茂，看上去树龄也有几百年了。崖壁上不知是什么年月由什么人镌刻的三个大字——玉凤崖，虽已有些模糊，但仍依稀可辨。

尉迟恭立在潭边环视良久，好生诧异："这个地方怎么会叫玉凤崖？难道是因为有这几棵梧桐树吗？"正寻思间，一名小校悄悄扯动他的衣角，轻轻地说道："元帅请看，那边还真是有只凤凰！"尉迟恭顺其手指望去，果见在崖下栗子树之中，落着一只好看的大鸟。那大鸟黄嘴玉翎，丹顶金翅，羽如锦缎，尾缀繁星，真是美丽无比！尉迟恭不禁笑道："我在山里见得多了，哪里有什么凤凰？那不过是只求偶的山鸡！"尉迟恭说着从囊中掏出弹弓，摸出一粒石子，照准山鸡的腿部打去。"这么美丽的家伙，我可不能让它死了，我要活捉了它！"尉迟恭心想。

众所周知，尉迟恭是军中的神弹手，有名的飞石将军，这是他从小在家打猎，随师父凌云道长练下的绝技，可以说在百步之内，弹无虚发。尉迟恭多次靠这一招在战场上杀敌立功，反败为胜。这一次这么近的距离，打伤一只山鸡，他胸有成竹，那样这美丽的翎毛就可以给他的帅盔添彩了！

不料他万万没有想到，随着弓响石飞，这只山鸡竟然扑棱棱地飞起来，在他的头顶上大叫一声，屙下一泡鸡屎，扬长而去。这泡鸡屎不偏不倚，啪叽一声落在尉迟恭的鼻梁之上，一股腥臭之气立即由上而下，进入心脾，把个尉迟恭恶心得哇哇直呕，吐得倒海翻江。尉迟恭不禁气得破口大骂："想我这把弹弓，打翻多少硬汉！如今区区一只山鸡，公然逃脱不说，还敢羞辱于我，真是气杀本帅！待我抓住了它，定然将它剁头剥皮，烤熟了下酒！"两名小校也气得直跺脚："怎么这间山里的动物，也像盖苏文一样奸诈狡猾！元帅，不然咱们回去吧，今儿个您老人家手不顺哪！"

"什么！回去？这样怎么回去？"尉迟恭在潭边洗净了脸上的鸡粪，一边甩着双手，一边气冲冲地说，"今天若是打不着猎物，我就不回去了！我还就不信这个邪了！今天就是活逮，我也要抓住它一个！"两名小校不敢多言，只好跟着尉迟恭又向前走去。

出了玉凤崖不远，就见到一大块平地。这块平地上长满了不高的绿草，偶尔有几朵野花迎风开放，好像一块彩色的地毯。眼界如此开阔，尉迟恭的心情也豁然开朗起来，他仿佛忘掉了方才的不快。三个人坐在草地上稍事休息，两名小校拿出随身携带的点心和干果，并把酒囊递给尉迟恭，随之二人也在旁边吃喝起来。

尉迟恭虽然有些饥饿，但他实在吃不下东西。于是他拧下酒囊的皮塞，一口气喝下半囊酒。正在他放下酒囊，准备靠在树上小睡的时候，突然眼前一亮，一只雪白的兔子蹦蹦跳跳地出现在他的面前，离他不过一丈远。这个长耳朵白腰身红眼圈三瓣嘴的小家伙，蹲在草地上，就像一朵棉花团儿，真是可爱极了！尉迟恭暗自好笑，真是踏破铁鞋无觅处，得来全不费工夫！这就怪不得我了，是你自己送上门来了。他心想我这回若是抓住了它，就带回长安献给银苹公主，皇上一定会高兴的。他回头一看身后，两名小校吃饱喝足，已经躺在草地上沉沉地睡去。"嘿！就别打扰他们啦！这两个家伙也是够累的了，让他们睡一会儿吧！待我自己去悄悄地捉住它！"尉迟恭这样想着，便轻轻地站起身来，蹑手蹑脚地向那只小白兔走去。

　　一尺、三尺、五尺、七尺，尉迟恭屏息静气向前，眼瞅着只剩下两步之遥了，那只小白兔仍然纹丝不动，还在那里低着头静坐，好像根本没发现有人过来。尉迟恭见了心中大喜，伸出双手做铁钳之状，然后双腿一弓，扑了上去。他以为这一下手拿把掐，定然能活捉这个高傲的家伙。没承想双手刚摸到那团软乎乎的兔子毛，竟然被那只白兔后腿一蹬，噌的一声逃出五尺开外，倒把尉迟恭摔了个狗吃屎。幸亏地下都是厚厚的青草，不然他的下巴早就抢破了！再看那只白兔，仍然没有跑远，只是在离他十步远的地方停下来，伸出一只前爪搔着自己的兔须，瞪着红红的眼睛，好像在嘲笑他，并无一丝惊恐之状。

　　尉迟恭今天已经两番失手，本来就心中有气，见这次又没抓着，不免恼羞成怒。心想你个小小的家伙，不信我就抓不到你！抓不到我也要用弹弓打死你！我叫你跑，看你能跑到哪里去！他顾不得两名小校正在酣睡，飞步上前去撵那只白兔。有几次眼瞅着即将抓到，却又被那白兔轻松逃脱。那白兔在前边不紧不慢，尉迟恭在后边气喘吁吁。那白兔时跑时停，似乎是在有意激怒他、逗引他。尉迟恭则时跑时走，一心巴望要捉住它、摔死它！他们两个一前一后跑跑停停、停停跑跑，也不知跑出多远。只知道脚下已非草地，眼前树木渐多。转眼间跨过一道小土坎，那白兔就不见了。

　　尉迟恭走上土坎，四下搜寻，哪里还有那白兔的身影？只见地下朽木横陈，枯枝烂叶随处可见。左右两侧均生长着千年的松柏，阳光透过茂密的针叶，形成无数条金色的光柱。正前方的石崖之上，离地面丈把高有一个石洞，洞口的截面约有三尺大小，被从崖上流下来的水帘遮住，给人一种神秘朦胧的感觉。洞口的右侧竖行刻有三个大字："飞龙洞"。

　　尉迟恭停下脚步，四外打量了一下这个山洞，觉得这个地方有些古怪，不仅静得可怕，而且凉得瘆人，他刚站了不大一会儿，就感到头发根发怵，浑身发紧，一阵儿一阵儿地打冷战。这是个什么地方啊！与外边好像是两个世界！他倒吸了一口凉气，不由自主地拔出了佩剑，睁大双眼四下查看。难道这里有妖怪，或者有敌人？尉迟恭不禁有些紧张。

忽然一阵冷风吹来，吹得细枝残叶咔咔作响，吹得他浑身一个激灵，好像起了一身的鸡皮疙瘩。还没等他反应过来，忽然一道白光从洞内飞出，唰的一下向他扑来。

尉迟恭急侧身躲过，回头一看，立时吓得他妈呀一声，两腿发软，不知所措。他童年时即随父进山打猎，狼、熊、虎、豹啥都见过。成年后从军打仗，再凶的敌手也曾会过，从来不知道什么叫害怕。他平生只怕一样动物，那就是蛇。恩师凌云道长曾经对他说过："龙蛇龙蛇，生于大泽。上天入地，绝惹不得。"所以他多年来对蛇一直敬畏有加，遇上时总是躲着走。这一次他见到的还不是一般的蛇，而是一条巨大的蟒蛇。这条大蟒蛇鳞片发白，头大如斗，身体盘起来像座磨盘，头颅昂起来有五尺多高，血盆大口内芯子伸出，如同一把带叉的利剑，呼出的腥风毒雾弥散开来，迅速喷到尉迟恭的脸上。他顿时感到头脑发晕、胸口发胀，两腿一软便倒在地上，接着就什么都不知道了。

二

也不知道过了多长时间，尉迟恭从昏迷中苏醒过来。他睁开双眼，发现自己已经不在山上，身后也没有什么大蟒蛇，而是躺在一张小木床上，身上还盖着薄薄的印花凉被。环顾四周，他感觉这间屋子并不大。北侧靠西边有个木门，半开着的木门里挂着半截灰色的门帘，被微风轻轻地吹动。西面靠墙摆放着一张长长的条桌，上面是一些大大小小的葫芦和陶罐，隐隐传来一阵阵好闻的药香。南面则是一大扇雕花格子木窗，夕阳透过窗纸射进多条平行的光线，照在他的脸上和身上，让他感到十分温暖和踏实。屋子的东侧就是自己的这张小木床，木床上方的墙壁上，悬挂着一幅《老子出关图》，那青牛画得惟妙惟肖。小床的北面有个藤条编成的盆架，上边一个金黄色的铜盆闪闪发光，好像是这个小屋里唯一值钱的东西。

尉迟恭心中有些疑惑："我怎么会在这里？这是什么地方啊！"他双肘用力撑着床板，想挣扎着坐起来，无奈感到浑身骨节酸痛，胳膊腿好像不是自己的，根本一点儿都动弹不得。他刚想喊出来，忽见门帘一挑，一阵轻风吹过，一个俊美的道士已经站在了他的床前。那道士手里捧着一个大大的陶壶，笑吟吟地望着他说："怎么，你醒啦？醒了就好，我扶你起来，喝碗药吧！"

尉迟恭抬头观看这位道士，见他十六七岁的样子，浓眉重眼，鼻直口小，两耳有轮，但面若桃花。灰色的云冠盖住他高高绾起的发髻，宽大的长衫裹住他略嫌清瘦的身材。脚下一双麻鞋，脸上溢出微笑，显得热情大方，又充满青春的活力。

不知道为什么，尉迟恭初见这位道士便有好感。他顺从地抬起头来，在那位道士的帮助下，靠在床头上。那道士随即拿起汤匙，极其小心地给尉迟恭喂汤药，还不时地用布巾擦去淌在嘴角的药汁。尉迟恭见那碗里的药液黑黑的、浓浓的、香香的，冒着白色的蒸汽，闻起来就特别舒服。第一口喝下去他就感到神清气爽，不再头昏脑涨。第二口喝下去他觉得周身发热，四肢通泰。第三口喝下去不一会儿就通体出汗，脸色潮红，感觉浑身都有劲儿了。尉迟恭喝下满满的两大碗药汁，竟然腾的一下坐了起来，情不自禁地抓住那道士的双手，使劲儿摇晃，连声道谢。疼得那道士一个劲儿挣扎，拼命地抽出双手，并像未出阁的大姑娘一样羞红了面颊。

在尉迟恭的再三催问之下，那道士只好告诉他，这里是无虑山的西坡道观圣清宫，是道教祖师元始天尊的一个弘法道场。天尊每年的六月初六，都要来这里传经布道，教化北方诸神。由于大道慈悲，保佑众生，天尊曾有法旨，禁止任何人在此山狩猎，三界生灵均可在此受道飞升。因此将军上山打猎，已经触犯了道规。但是不知者不为怪，因此只是暗中警示他。

尉迟恭又问为何自己捕获无成，那道士笑道："这里的禽兽虽为异类，但已受天尊教化多年，早生灵性，自然本领超常，将军怎么会拿得住它？至于那条大蟒蛇，它是本山的护法大神，奉天尊之命保护山上生灵，警示打猎之人。它是在得到巡山信使白兔的报告以后，才出头拦阻你。它只是想吓唬你一下，并不想伤害你，不然你焉有命在？我是采药路过那里，怕你误了正事，才出手把你救到这里，不然四个时辰以后，你亦会自动复苏。至于这碗汤嘛，也不是什么仙药，乃是家师采集的闾山神茶，有快速去毒醒神的功效。"那道士一口气说完，又用手指了一下窗外的夕阳，"你现在可该走了，不然家里的人会惦记的。"

尉迟恭听罢跳下床来，千恩万谢。那道士引他穿过后殿侧门，进入一个很大的菜园。园子里各种蔬菜青翠喜人。那道士从中间一棵高大的杏树上，摘下几枚青中带黄的杏子，用布巾包好递给尉迟恭，并告诉他过了菜园的西角门，就上了出山的路了。随即他用单掌作揖，说了一句："无量天尊，善哉！善哉！"然后转身告别。

不知怎的，那道士刚一转身，尉迟恭竟有些眼睛发酸，依依不舍，站在那里望了很久，但哪还有那道士的踪影？及至走上山路不远，就听到有人嘶声叫喊："元帅！元帅！你在哪里？"断断续续不时传来，在山林中回响。

尉迟恭加快脚步循声而去，老远就见那两个小校跌跌撞撞扶树而行，还在有气无力地乱叫，明显是已经喊劈了嗓子，有些不是人声，好像鬼哭狼嚎。尉迟恭不禁有些好笑，走上前去大喝一声："乱叫什么？我又没死！"吓得两个小校慌忙跪倒，语无伦次，瘫在地上像两堆烂泥。尉迟恭上去两脚，"怕个什么？快起来吧！是我自己走丢了，又没怪罪你们！"说罢扭头便走。两个小校连滚带爬，气喘如牛，跟着元帅回到大营，但已经是夜色初上、掌灯时分了。

三个人刚进得辕门，就见那中军帅帐内已乱成一团。先锋官程名振率几十员将领在辕门内徘徊，一个个急得捶胸顿足。数百名亲兵卫队已集结完毕，正准备外出找人。待进得帅帐大堂，却见太宗皇帝倒背着双手，正低着头在来回踱步，两侧十几名随军重臣，皆流露出焦急而又无奈的神情。偌大的帅帐内一片静寂，空气好像凝固了一般。尉迟恭知道这回错犯大了，急忙一进门就扑通跪倒，愧疚地说："启禀皇上，我回来了！臣私自外出打猎，让大家为我着急，臣罪该万死！诚请皇上责罚！"

太宗李世民闻之又气又喜，一时没有说话。气的是身为大军主帅，竟然目无军纪，擅自出去游猎，真是罪该万死！杀了这个黑炭头并不为过。喜的是他毕竟完好地归来，让大家虚惊一场，并未耽误军中的大事。念他相随多年，功勋卓著，现已知道错了，何必再降罪？何况用人之际，岂能因小失大？想到这里，太宗快步走上前去，双手轻轻扶起尉迟恭，充满感情地说道："爱卿何罪之有？无须太过自责。你我虽为君臣，实则患难兄弟！只是今后外出，向朕打个招呼才好，省得大家着急挂念！"

尉迟恭是个性情直爽、侠肝义胆之人，他见皇上并无责怪之意，反有抚慰怜惜之心，自感羞愧难当、无地自容，遂嗖的一声抽出佩剑，左手一捋，唰的一下将自己颏下胡须斩掉，仍跪下哭道："若末将再犯军规，自当以死谢罪！"随即叩头如捣蒜向皇上谢恩。太宗嗔怪地说道："爱卿何必小题大做，让朕心中过意不去？卿若有何闪失，社稷如何是好？不要哭了，快把今天情况禀报与我！"

待尉迟恭讲完一天的遭遇，太宗转忧为喜，说："前番幸得关王相助，让我朝大军转败为胜。今日又得神道相帮，使朕的爱卿有惊无险。我大唐得神灵保佑、万民相助，必社稷隆昌、万事吉祥也！"遂命置酒庆贺，君臣尽欢。

三

转眼间休整一月有余，各路军马和粮草业已备齐，将士们的体质也恢复得差不多了，太宗便和众将一起商量进兵之策。尉迟恭正在说话，忽见随军太医官巩凡神色匆匆地走进来。他进帐未及行礼即紧张地说："臣前几日就发现有些士兵上吐下泻，浑身抽搐，口吐白沫，时而昏迷。命人煎些药汤服下，但是并无效果。目前已有十几名士兵死亡，还有数百名士兵已有症状。臣心中万分焦急，担心这些士兵性命不保。今早随军医官经过检查，发现患病者又在增多，恐有蔓延之势。臣与多名属下已尽全力，仍感束手无策，故冒死前来奏报，速请皇上定夺。"

这时先锋官程名振也补充道："昨天先锋营中亦有两名偏将死亡，我怀疑也是得了此病。"

太宗李世民闻报大惊："此等大事，何不早报？军中死人虽是常事，但若得了瘟疫，却是非同小可！我天朝大军会不战自溃，还说什么剿灭叛贼？难道这种疾病就无法医治？你们的办法都用到了吗？"太宗怒目直视着巩凡，吓得他面如土色，浑身发抖。

少顷，巩凡才语无伦次地说："微臣确已全力以赴，招法用绝，不然也不会小题大做，徒增圣上忧虑。微臣以为，这可能是关外一种特殊的流行病。臣等从未见过，实在无计可施呀！"巩凡愁眉苦脸，一个劲儿地磕头。

太宗闻听忧虑大增，一种可怕的预感仿佛袭进他的心头。早在出征之前，他就听说过，关外有一种很厉害的传染病，可以迅速导致全村甚至全城人员死亡，如果真的摊上此事，那真是天降横祸。自己此番亲征不仅前功尽弃，还必将造成国内极大恐慌。这将如何是好？太宗这样想着，不觉就说出声来："这将如何是好，如何是好哇！"

众人面面相觑，一时哑口无言。这更增添了太宗的忧虑，他长叹一声说道："我李世民处处顺天应人，爱护百姓，没做错什么呀！难道上天要灭我大唐，派瘟神来惩罚我吗？"说着瘫坐在龙椅之上。

正在众人无计可施之际，元帅尉迟恭忽然想起，那天自己被巨蟒吓昏，是那俊美的道士给他熬了一罐神茶，让他迅速恢复了体力。既然那神茶如此神奇，何不用来治疗瘟疫？那道士说常进山采药，说不定就懂得医道药理。于是他急忙躬身奏道："启禀皇上，前日末将去山上打猎，偶遇的那个道士通晓医理，或许会有些办法，不妨我们去求助于他？"

太医官巩凡听到此处，仿佛抓到了一根救命的稻草，急忙插嘴说道："那道士是本地人，一定会有好办法！"

太宗李世民听后急忙说道："那还等什么呀？快去呀！去请他来呀！人命关天哪！"遂命尉迟恭和巩凡二人速往。

尉迟恭和巩凡带上几名随从，轻车熟路，很快就来到了圣清宫的门前。只见山门前的大树之下，有一老汉鹤发童颜，手摇羽扇，正坐在石阶上乘凉。旁边有一根扁担、两只箩筐，箩筐里装满了又大又黄的杏子。众人走得又饥又渴，见这里有这么多山杏子，就想买些来吃，无奈走得匆忙，谁也没带银两。尉迟恭虽然贵为元帅，但他是山里穷苦人出身，从来不对百姓们要强弄横，只好解下腰间玉佩递与老者，诚恳地说："就请老哥方便一下，将就卖给我们一些才好！"

没想到那老者不接玉佩，反而摇摇头说道："我这杏子不是卖的，是专门挑来送人的，施主若是想吃，请到别处去买。"

太医官巩凡忍不住说道："就请老哥哥通融一下，少匀给我们一些不行吗？"

那老者依旧摇摇头说："不是我这个人不开窍，做人岂可言而无信？观中道长早已吩咐，今天早晨这两筐山杏，只能送给唐王的军将。道长说唐王仁德爱民，东征叛贼到此，乡间别无奉献，送上这百枚上好的山杏，是表达这山中百姓的一片心意，因此说是一枚也不能卖的。道长说他们巳时必到，估摸着这会儿也差不多了。"

众人一听大喜，巩凡忙行礼对老者说："老哥哥，不瞒你说，我们便是唐王的军将，这位便是尉迟恭元帅，我们正是来找道长求援的！"

那老汉闻听巩凡之言，又上下打量了几眼，见尉迟恭虽然身着便装，但是壮如铁塔，气质不凡，眉宇间确实有一种大将的风范，忙起身问道："您就是尉迟恭元帅？是那位大名鼎鼎的尉迟敬德吗？"

尉迟恭闻之忙拱手施礼："没错！老哥哥！在下就是尉迟恭，敬德是我的字。"

那老者听后立即站起，双手一拱说道："原来是贵客到了！恕我老汉眼拙，就请随意品尝！临走的时候，再给唐王带上一百枚！"说着捧起杏子送给众人，自己则跑入观内报信去了。

不一会儿，一位年轻俊秀的道士长袖飘飘，如一阵风一般来到了大家的面前。尉迟恭抬头一看不是别人，正是那日救他的那位年轻的道长，但他似乎比那日显得更加高挑。那道士见到尉迟恭，似乎并不感到诧异，他一扬手微笑着说道："我一想准是你们，快请到观里坐吧！"说罢领头带众人走进道观。

这圣清宫门脸不大，里边不小。众人跟随那道士走过两层院子。来到后院东侧的一间茶室坐下。这间茶室倒很宽敞，家具都很古朴雅致。墙上挂着两幅《间山松雪图》，还有一幅《岁寒三友》的长轴。方桌上摆着一盘尚未下完的围棋，长条八仙桌上有些茶具和干果。墙角点燃着一支烧至半截儿的细香，空气中弥漫着一股好闻的味道。

待那位年轻的道士敬过茶水、干果之后，尉迟恭说明来意。临了他近乎央求地说："皇上以仁德治理天下，到这儿来是为了平定边关。一为剿灭叛逆，二为造福百姓。如今大军陡遇瘟疫，确已无计可施，还请小师父代为禀报观主，无论如何也要出手相救才是！"

那道士听后轻声细语，缓缓说道："元帅不必客气！师父知汝必来，因此今早就已吩咐，由我和静云老爹迎候各位。治病如同救火，片刻不可迟疑！我这就同列位前往军营，不知可好？"

尉迟恭听了万分高兴，没想到事情办得如此顺利，因此起身就走。太医官巩凡却半信半疑，心里没底。他见这道士如此年轻，怕不见得有什么真的本事，遂尴尬一笑，随口说道："不知观主师父可在否？能否屈尊随我们同往？"

那道士一听顿知分晓，随即微微一笑，"师父到北普陀山慈航古洞去了，不知什么时候回来。临行之前已将此事交付于我，敬请各位放心！"巩凡闻听不再言语，众人遂同那道士下得山来。

别看那道士貌似文弱，走路却像一阵风一样，累得尉迟恭等人气喘吁吁，追赶不及。来到山下骑马，不一会儿就到了唐军大营。

待巩凡引领着那位年轻道士走遍各营，把所有患病的将士都一一看过，天已大黑。三人来到中军大帐，尉迟恭着急地问道："怎么样，小师父！这种病能治吗？"

那道士一听就笑了，"元帅尽管放心！这是一种急性发作的流行性瘟疫，多发生在春夏之间，是可以治愈的。只是你们发现得晚了一些，有一些士兵就白白死掉了，真可惜呀！"

尉迟恭一听说此病能治，一时心中稍安，又接着问道："那当地人为什么没有得上这种病的呢？为什么我们的将士单受其害？"

那道士回答道："元帅的兵马多来自南方，与此地水土不服，又加上天气渐热，中了些火气湿毒，身体抵抗能力下降。一旦遇上山中的流行性瘟疫，必然一发不可收拾。本地山中的百姓在此居住多年，经常饮用观中的间山神茶，从来就没有得这种病的。我今天来时已带了一些茶叶，可以先煮些茶饮让兵士们喝，自然能够缓解病情。"说完他顺手解下静云老爹身上的背篓，捧出一个大大的陶罐，交给巩凡，嘱他如此这般，不可走样。等巩凡走后，那道士又对尉迟恭说："如今瘟疫已经流行，饮用神茶只能缓解，却不能够彻底祛除。我今天验看过的几百个人是严重的，说不定明天会有几千人出现症状，因此用药量很大。明日元帅可差精壮士兵二百人随我上山，教会他们上山采药，以备急需。"

尉迟恭听后欣然应允，便欲留二人在营中食宿，那道士坚辞不肯，推说要向师父禀报，因此未用一粥一水，便同静云老爹一起回山去了。但约好明日卯时准到，上山采药。

次日天还没亮，那道士和静云老爹便已提前到达。巩凡把随军的医官全唤了出来，让他们每人率领一队。那道士顺手从背篓中取出数株草药的秧棵样本，一一详细地给士兵们讲解清楚。那些医官对这些草药并不陌生，他们又再次教会那些采药的士兵，然后就分别奔不同的方向出发了。

到了头半晌，采药的队伍陆续归来。巩凡指挥着大家择好洗净，那道士又指导着医官们用大锅熬煮，熬好后让各营的将士们挑回去饮用。到中午饭后一统计，患病服药者已达八千多人，而且还有扩散之势。元帅尉迟恭也由于经常下营探望，不幸染上瘟疫，而且症状明显，已经不能起床视事。太宗听后万分焦急，亲自入辕门探望。那道士告诉太宗皇帝不要着急，尽管放心，三天之后一定就会痊愈。

一连几日，那道士和静云老爹废寝忘食，带领着医官们精心熬药，悉心照料。果然在第三天以后，患病人数不再扩散，而且大多数明显好转，尉迟恭也已能走下病床，出营议事。大帐中的气氛由阴转晴，军营中重新充满了将士们的笑声。

太宗李世民心中大喜，命人拿出五百两黄金、一千匹锦缎进行酬谢。可是当太医官巩凡推开那道士居住的帐篷，发现两个人已经离去，只在桌上留下一张字条，上书十六个大字："仁义治国，做个明君，善待百姓，何用黄金？"字条旁还有两筐上百枚黄澄澄的山杏。

巩凡见后，不敢怠慢，急拿与太宗观看。太宗李世民看后感慨地说："这道士虽然年轻，却是世外高人哪！他这是在告诉我，吃着百杏，莫忘百姓啊！这样的高尚之人，岂是金银财宝能够打动得了的？我等当不负其重托耳！"遂命置酒设宴，款待巩凡等全体医官，然后与众将再议进兵之计。

四

尉迟恭派出明暗多伙探马，四处打探盖苏文部的行踪，一连数日，并无消息。太宗皇帝心中焦急，便欲下令立即向建安进兵。尉迟恭为提防中了敌兵的埋伏，便想再亲自侦察一次，然后立即开拔。这一日天清气爽，他便带着两员偏将和十几名士兵，沿着山林向北搜索。因为据前几日探马的报告，在方圆五十里境内，没有发现贼兵的踪迹。如果再往前走，东南是苇荡，正东是平原，是藏不下敌人重兵的。只有北面医巫闾山的深处，尚有百多里之遥，那里山高林密、地形复杂，极有可能是贼兵的隐匿之所。因此他们此番北去高度警惕，边行走边观察，不敢有丝毫的马虎大意。临近中午，一行人来到闾山东北部的天仙观，并在此打尖休息。

天仙观是东北四大道观之一，是北方有名的道教丛林，建有上院、中院和下院。上院供奉三霄娘娘，下院供奉武财神关羽，中院供奉元始天尊、灵宝道君和太上老君。观中殿宇错落，古木参天，据传香火一直非常旺盛。但不知为什么，此时观内却十分冷清。尉迟恭带着将士们巡查了一遍，除了看到一个扫院子的哑巴道士，其余什么人都没有。两名偏将询问那个哑巴道士，他哇呀哇呀瞎喊乱比画一气，谁也搞不明白他说的是什么。尉迟恭见状只好作罢，便命大家取出干粮和水，在下院歇个响儿再走。

由于没有发现敌军，而且又是在道观之内，尉迟恭一时疏忽，没有放出哨兵进行警戒，也没有进入大殿之内，只是领着众人坐在一棵千年老松之下，边乘凉边吃喝，周围显得特别安静。

谁承想一声尖厉的呼哨响过，随着树上的野鸟哗地飞起，一阵遮天盖地的箭雨袭来。众人猝不及防，一下子被撂倒了好几个。尉迟恭久经沙场，突闻变故，并不惊慌。他大喊一声："快隐蔽！"一闪身躲在大树之后，发现贼兵皆立在大墙之外，已把下院团团围住。此时两名偏将虽已中箭，但并没死，二人一齐高喊："元帅赶快上马！我们两个掩护！"说罢将尉迟恭挡在身后，率领亲兵们拼命向门口跑去。

战马都拴在门外的大松树下，为的是让它们也啃食些青草。谁知刚出观门，又一阵箭雨唰地袭来，跑在前边的几名亲兵应声倒地。尉迟恭和两名偏将靠在一起，用兵器拨打雕翎，无奈箭雨太密，无论如何也冲不出去。剩余的那几名亲兵全被射成了刺猬，两名偏将也皆身中数箭，成了一对血人。尉迟恭心中火起，一个急劲，双臂较力，咔嚓一声，竟然把观门掰了下来。那半扇观门有六尺大小，成了好大的一个盾牌。尉迟恭抓住门板拼命挥舞，率领着两名偏将冲了出去，好不容易来到拴马的大松树下。

谁知来到树下一看，三个人全傻了！哪里还有战马的踪影？只有几堆马粪在那里冒着热气，显然战马已经被贼兵偷走了！三人无奈，只好徒步向山上的松林中跑去。后边的贼兵大喊着："快放箭哪！快放箭！射死他们！别让他们跑了！"声音越来越近，情况万分危急。

正在这时，忽听得前方不远处一声断喝："别放箭了！快围上来！给我抓活的！尉迟敬德，你今天跑不了了！"

尉迟恭一听声音耳熟，仰头一看大吃一惊。对面之人不是别个，正是高句丽贼酋盖苏文。那盖苏文穿着黑衣黑甲，挺着丈八长矛，嘿！骑的竟然是自己的那匹黑马！险些把尉迟恭气昏过去，靠在大松树上差点儿摔倒。

原来尉迟恭的这匹坐骑非比寻常，它是龟兹国国王进贡给太宗的西域良马——踏雪乌骓。太宗因感尉迟恭多次救驾有功，就把这匹宝马赏赐给了他，尉迟恭那是爱如至宝，经常亲自喂养、亲自护理。这匹马不但脚力极好、速度极快，而且十分温顺，且通晓人意，多次在战场上救过他的性命。如今不但被盖苏文偷走了，而且还大模大样地骑上了，叫他如何不气？

尉迟恭大叫一声，如同炸雷，震得山林四处产生回响，似有千万个天神在怒吼："高句丽小儿！恬不知耻！盗我宝马，快拿命来！"说罢飞步上山，挥鞭向盖苏文头上砸去。

那盖苏文人多势众，居高临下，又骑在马上，手执长矛，根本没把尉迟恭瞧在眼里。他想用长矛拨开钢鞭，让部下将尉迟恭团团围住，玩一把猫捉老鼠的游戏，好好戏弄一下这个傻大黑粗的家伙。谁料想他刚刚举起长矛，坐下那匹黑马忽然后蹄弹起，猛地前蹿，一声呼啸，一下子将盖苏文掀翻在地，然后向老主人尉迟恭跑去。

尉迟恭一见高兴万分，立即飞身上马，顺手挥舞钢鞭，打翻了几个盖苏文身后的敌将，将包围圈撕开一个缺口。此刻他回头看时，见两名偏将由于受伤过重，流血过多，已被高句丽贼兵乱枪刺死。两人眼尚睁着，用手指着尉迟恭的方向。尉迟恭心痛欲裂，大叫一声："兄弟呀！多谢啦！咱们下辈子再见！"双手抱拳行礼。这时贼兵们蜂拥而上，尉迟恭眼含热泪，顾不得多想，只好飞身策马而逃。由于他的战马太快，贼兵已经追赶不上，气得爬起来的盖苏文嗷嗷怪叫，拈弓搭箭，嗖的一声射去。由于树枝遮挡，不知中也没中，但尉迟恭却侥幸逃跑了。

尉迟恭慌不择路，纵马狂奔。开始时他还头脑清醒，浑身是劲儿，过了一会儿便觉着左臂发麻、头昏脑涨。强撑着又跑了一阵子，就感到浑身发冷，四肢无力，趴在马鞍上，连头都抬不起来了。又过了一会儿，就什么都不知道了。

五

也不知道过了多长的时间，尉迟恭从昏迷中苏醒了过来。他首先听到的是哗哗的流水声，闻到的是浓浓的药草香，就像间山神茶的那种味道。他想睁开眼睛，却感到眼皮像铁板一样沉重。他想挪动一下双腿，觉得双腿如同压着万斤巨石。也许是因为他的手指动了一下，就听到有人说："你醒啦？那就没事了，一会儿喝点药汤就好了！"那声音轻轻的、细细的，好像很耳熟，但他实在想不起来究竟是谁。

尉迟恭感觉到是那个人伸出双手，艰难地把他扶起来，让他靠在后边的一个什么物件上，然后一口一口地喂他喝药汤。那药汤闻着很香，咽起来却特别苦涩。尉迟恭喝下几勺之后，表示不想喝了。因为那药汤咽下去之后，居然像烈火一般，烧得五脏六腑一片沸腾，热得他浑身火烧火燎，喉咙干得直冒烟儿。

又过了一会儿，他感觉身上好了一些，便努力睁开双眼。他发现这是一个山洞，是那种能容纳几十个人的小山洞。洞顶上怪石嶙峋，千姿百态，洞壁上凹凸不平却画满图形，看不懂是什么。洞口不算太远，从那里斜射过来稀疏的光线。可以看得见上边的水从洞口流下来，形成一道似有似无的水帘。山洞的地下倒很平坦，似乎有人刻意修整过。眼下他正靠着岩壁躺着，身下和背后都铺着厚厚的干草。他下意识地用手摸了一下，那干草软软的、滑滑的，像是女人的皮肤，他不由得一阵苦笑。

尉迟恭四下打量，并不见人影，只看到离洞口不远处有个药罐和两只石碗，那药罐显然还冒着热气。药罐的下面是用石块垒起的野灶，野灶的里边还有些残火，他清楚地看见有一缕火苗在跳动。尉迟恭刚想喊出："有人吗？"却忽然听到有马的咴咴叫声，他立刻知道那是他的战马，他的踏雪乌骓，那声音他再熟悉不过了！当他想挣扎着坐起来的时候，不知怎么碰动了身边的一块石子。这时候只见洞口人影一闪，进来的正是那位年轻的道士。

那道士见尉迟恭完全苏醒并已经能够坐起来，显然特别高兴。他又提起药罐，小心地把一些药汤倒在碗里，拿起放在旁边的一只小木勺，对尉迟恭说："你再坚持喝点儿药吧！刚才喝得太少了，还不足以阻止剧毒的扩散。"

尉迟恭闻之惊诧地说："怎的，我中毒了吗？伤在哪里呢？"

那道士微笑着说："不单是中毒了，而且是中了剧毒，是喂在箭头上的剧毒。请看一下你的左臂，还能动得了吗？"

尉迟恭低头一看，不禁大吃一惊，原来自己上身的外衣、内衣都已脱去，只盖着一件灰色的道袍。左胳膊肤色青紫，肿胀严重，比平时粗了一倍。上臂外侧创口很大，凝结着一大片黑色的血渍。尉迟恭想起来了，他是中了高句丽贼兵的毒箭了，一定是盖苏文那坏犊子干的！他不由得恨得咬牙切齿，浑身颤抖。又想起十几名官兵全都战死，自己也身中毒箭、吉凶难测，如此则大仇何时能报？东征大业怎么完成？皇上又是多么着急呀！想到这里，他不禁长吁短叹，悲从心起，险些流下泪来。

那道士见尉迟恭有些沮丧，便轻声安慰他说："元帅不必焦虑，你中的虽是毒箭，却是可以治愈的。你把这罐药汤全部喝下去，首先稳住内宫，然后我再给你刮骨疗毒，过几日便全好了！"

尉迟恭闻听要刮骨疗毒，不觉心中一怔。他过去只听艺人们讲过关王爷的故事，如今却要轮到自己了，不禁脱口而出："怎么我中的毒有那么严重吗？难道不刮骨疗毒，这箭伤就不能治愈吗？"

那道士摇摇头肯定地说："剧毒已入骨骼，不刮何以能愈？否则不仅胳膊不保，而且会有生命危险。那么元帅的大业怎么完成？难道是您怕疼吗？我会尽量小心的！"

尉迟恭闻听二话没说，拎过陶罐连喝数碗，一直把那罐药汤喝得干干净净。然后他一抹嘴唇，干脆地说："来吧！晚治不如早治，您动手吧！我绝对不会哼一声的！"

那道士闻之微微一笑，赞许地点了点头，一边从背篓里拿出刀具，一边告诉他说："这箭头上喂的剧毒，肯定是'五毒王'，即是由蛇毒、蝎毒、蜘蛛毒、河豚毒和鹤顶毒五种毒液配制而成，毒性极大，沾上者即凶多吉少。你幸亏遇上了我，不然也早就见阎王去了！"

尉迟恭有些不解地问道："记得我是从天仙观那边跑回来的，怎么就会遇到你啦？你不是在圣清宫吗？怎么会来到这里？这是个什么地方啊？"

那道士一边忙活着，一边缓缓地对尉迟恭说："昨天上午我正在山中采药，便觉得有些心神不安，总感觉像有什么事情将要发生，于是我便匆匆赶了过来。也许是天意，也许是有缘。"说到这里那道士的脸上微微一红，望了尉迟恭一眼，轻轻地用一根草茎蘸上药酒，给尉迟恭涂抹伤口，洗净创口周围的血渍，然后又箍上一层厚厚的黑泥一样的东西。尉迟恭立刻感到左半边身凉凉的、麻麻的。那道士这才接着说道："往日我采药都去东山和南山，昨天我不知怎么想的，出门就一直奔了北山，而且走了很远。还真是来对了，这边的草药太多了！就像我方才给你敷的这种草蒿麻药，在那边是采不到的。"

那道士一边说着，一边拿起采药的小铁铲，告诉尉迟恭说："我虽然给你敷上了刚捣的麻药，但一定还会很疼。你咬住这铁铲的木把儿，可能会好一些。挺着点儿吧！会很快的！"

尉迟恭摇摇头说："不用！我虽然比不得关王爷，但也是一个男子汉，不是娘儿们。何况你已经用了麻药，疼一点儿我也能挺得住！"

那道士听了显然有些不高兴："别爷儿们娘儿们的！娘儿们怎么啦？未必就不如男人！你是不是真爷儿们，咱们一会儿见！"说完睨了尉迟恭一眼，竟然羞红了脸。

尉迟恭没有理会那道士方才说过的话，只是咬咬牙说："开始吧！你尽管用刀便是！"嘴里虽然说得挺冲，眼睛却不敢往那边看。那道士用小刀割开创口，轻轻地剔除里边青黑的坏肉，剥开周围尚好的皮肤，露出了里边泛黑的臂骨，用小刀咔嚓、咔嚓地刮了起来。

开始割创口的时候，尉迟恭浑然不知。等到剥好肉时，便觉得有些疼了。及至听到咔嚓、咔嚓的刮骨之声，即已疼得钻心，疼得彻骨，疼得满头大汗了。

那道士递给他一块旧布，一边忙活一边说道："擦擦汗吧！疼就喊出来，不算丢人！麻药是不能箍得太多太久的，那样对你的恢复不利。"

尉迟恭虽然十分疼痛，但也觉得非常新奇。想当初关王中箭，华佗给他刮骨疗毒，听说没上麻药，关王尚能饮酒下棋，谈笑风生。自己虽然比不上关王，但也是堂堂大唐元帅，怎么能像孩童一般？想至此他忽觉英雄气长，耐力倍增，大胆地回过头来，看那道士如何治疗。

只见那道士正低着头，专心致志地用小刀刮骨。那手指头细细的、长长的，如同葱白一样。浓眉下那双大眼睛亮如秋水，传来柔和而睿智的目光。容长的脸庞粉粉的、红红的，像是三月里盛开的桃花。随着刮骨的咔咔声，那温润的嘴唇一动一动，似乎是在同谁说话。灰色云冠的掩盖下，几绺挣扎出来的发丝微微飘动，额头上已经布满了细小的汗珠。

尉迟恭拿起那块旧布，心疼地说："看把你累的，我给你擦擦汗吧！"说罢伸出右手就要去擦。那道士嗔怪地说："老实待着！谁用你啦？笨手笨脚的，你的汗比谁不多！"说完即开始涂抹草药，进行包扎。

尉迟恭闻言感激地一笑，顾盼之间，他突然有个重大的发现，原来那道士说话的时候，竟然没看到喉结动。而且脖颈上白白的、细细的、平平的，耳垂上还有个很小的眼儿，虽然没戴什么，尉迟恭也感到十分奇怪，难道出家人都是这样的？

那道士包扎完毕，走出去取回两件衣服，告诉尉迟恭说："多亏了你的这匹马了！昨天它一直把你驮到我的面前，咴咴直叫，似乎在告诉我什么。我一看认得是元帅，又受了这么重的伤，只好就近找了这个山洞，急忙拔出毒箭，用嘴吮出创口处的毒液，再敷上刚刚采来的草药。但由于毒液已经侵入肌肤，不刮骨疗毒恐怕性命难保。于是我便急忙骑上你的快马，赶回道观取来刀具等用品，又守候了你一夜。你的这两件衣服已经洗净晾干，破损的地方也胡乱缝上了，将就着穿吧！这个活儿我却是干不好的！"尉迟恭听后感激不已，连声道谢。

那道士说："谢就不用了！你也是大唐的元帅，皇上身边的功臣，老百姓都敬重你。顺天应人嘛！这是我该做的事。"随即又接着说道："毒液虽已刮净，尚须服用药汤。安心静养几日，创伤自会痊愈。不然随意走动，体内余毒就会散开，恐会留下终生的残疾。因此你切不可自己出洞，到该走的时候我自然会告诉你的。"尉迟恭听后点头应允，便听话地静静躺下。他亦感到浑身酸痛，体乏无力，眼下恐怕是想走也走不了了。于是便闭上眼睛安心养神，不一会儿就迷迷糊糊地睡着了。

也不知道这一觉睡了多长的时间，反正他就觉得特别解乏。创口处虽然还隐隐作痛，但已经感到神清气爽。就是骨头架子像散了一样，浑身连一点儿力气都没有。肚子却早已咕咕作响，他感到确实有些饿了。

那道士及时端着陶罐进来，山洞里立时溢满了浓郁的粥香。他笑吟吟地说道："饿坏了吧？我是在外面熬的粥，在山洞里怕吵醒你，赶快喝吧！一会儿就凉了。"等到给尉迟恭盛好粥，他又接着说道："半个时辰以后，你再喝点儿药汤，会一天比一天好起来的！"尉迟恭接过粥碗，狼吞虎咽，吃得特别香。虽然只是些杂粮和野菜，但他觉得特别可口，甚至连皇宫御宴的山珍海味也比不上它。

一连几日，尉迟恭吃完便睡，睡醒又吃，他觉得已经好得差不多了，小便早已能在山洞内自理。但那道士就是不同意他出去，说该走的时候自然会告诉他。

这一日尉迟恭吃饱喝足，睡醒之后想解大便，他觉得在山洞内实在不好，便借着那道士不在洞内的机会，起身向洞口走去。他轻轻地推开遮挡在洞口的树枝，一缕阳光马上照在他的脸上，让他感到暖暖的、亮亮的，眼睛有些痒痒的，十分舒畅。尉迟恭不禁轻声地骂道："阳光真是个好东西！平时怎么没有在意？"他悄悄地探出身来，钻出水帘，眼前豁然开朗。

原来这山洞坐落在半山腰上，向上瞅云遮雾障，高不可攀，往下看松林密布，沟壑深深。正面和南面有一小块还算平坦的石台，熬药的陶罐和石碗就放在那里。北面则是一方小小的水潭，水清见底，波纹漪漪。它不断地积蓄上边的滴水，又悄悄地流出几条小溪。水潭边一个身穿灰色长袍的少女，正背对着他在专心地洗头。那满头乌黑的秀发长长的、柔柔的，像是墨染的轻纱；那身上的灰衫轻轻的、飘飘的，如同林边的流云；那裸露的脖颈白白的、嫩嫩的，好比珍贵的宝石。那一双玉手上下摆动，正在捋着一绺长发精心地漂洗，好像天上的仙女在翩翩起舞。

尉迟恭目不转睛，一时看得呆了，半晌没有吱声，只是在那里静静地欣赏，如同陶醉于一幅精美的作品。那少女可能感到有人在看她，忽然回过头来，见是尉迟恭，不禁气急败坏地喊道："谁让你出来的？谁让你偷看的？谁像你这般无耻？几番救你，你却不怀好意！"

那少女一连串的斥责把尉迟恭搞蒙了，他连忙低头赔罪，歉疚地说："姑娘家请莫动怒！我不是有意的。我是出来透透气，无意之中看见的，我并无恶意，还请姑娘见谅！"

尉迟恭说完之后，沉默少顷，见对方不再说话，这才抬起头来，不禁大吃一惊："怎么会是这样？这不是救自己的那位道士吗？他怎么变成了姑娘家啦？"想着想着，尉迟恭恍然大悟，难怪他说话不见喉结，耳垂还扎有耳眼儿，原来就是个女娃子呀！

这时候那道士已把满头的秀发绾起来，羞红的脸上犹露微嗔，挺直的鼻梁上尚有水珠，小巧的嘴角在微微抽动，好像受了莫大的委屈。裸露的脖颈如脂玉一般优美，飘动的长衫裹着清瘦的身材，显得亭亭玉立、秀隽飘逸。尉迟恭不禁脱口赞道:"太美了!太美了!小师父真天人也!"

那道士见已被看破,便不再矜持,转而轻声正色说道:"元帅既已看破我身,小道也就不再瞒你。我乃是圣清宫出家的道姑,名唤净心。我几次出手救你,是因为人命关天。出家人以慈悲为怀,哪有见死不救的道理?何况师父几番叮嘱,当今皇上以仁义治理天下,轻徭薄税,善待百姓,是历史上少有的明君。唐军乃是仁义之师,助尔等剿灭贼寇,稳定边陲,也是道家分内之事。既然现在你已出洞了,那么就请你回营吧!你的战马就在坡下,我想唐王一定急得不行了!"说罢捡起用具,拎起背篓,转身就走。尉迟恭正待说些感谢的话,那净心已经健步如飞,头也不回地下山去了。转眼间已经不见了踪影,只听得松涛阵阵、水流潺潺。

六

尉迟恭伫立良久,怅惘不已。他长叹一声回到洞内,穿好外衣,捡起佩剑,环顾一下小小的山洞,似有无尽留恋之情。几天来,这里就像自己的家,让他感到有说不出来的温馨和幸福。现在要走了,他不禁喃喃自语:"净心师父,我不会忘记你的,也不会忘记这里,我一定会再来酬谢你!"说罢走下坡来,骑上战马,向唐营那边疾驰而去。

元帅尉迟恭失踪六日,所带随从一个未还,太宗撒出人马连日寻找,不见踪影,料已凶多吉少,不由得悲上心来。因为主帅不知去向,前方敌情不明,太宗不免心下踌躇,进也不是,退也不是,辗转反侧,左右为难。只好暂时按兵不动,急传圣旨令程知节速来辽东,主持后路军的军务,再议进兵之策。

这一日太宗正在帐内踱步,忽见尉迟恭连人带马,完好归来,不由得大喜过望,老泪纵横,半晌也说不出话来。尉迟恭匍匐在地,长跪不起,哽咽连声地说:"末将数日不归,让皇上着急了!微臣罪该万死!愿受皇上责罚。"

太宗忙拉他起来,嗔怪似的说道:"爱卿何出此言?让朕心中难过!卿乃国家栋梁,朝廷股肱之臣。卿若不测,朕何独生?"两人执手而泣,半晌无言,群臣皆为之感动。

过了一会儿太宗落座,尉迟恭遂一五一十,将自己如何侦察、如何遇敌、如何死里逃生、如何意外被救,从头到尾地说了一遍。众人闻之皆感慨万千,除对盖苏文恨上加恨以外,都对净心道人赞叹不已。太宗深有感触地说:"净心道长不仅是元帅的恩人,也是我大唐的功臣。他三番两次地救助我们,真是功德无量啊!我大唐是永远不会忘记他的!"众人皆点头称是。

太宗环视群臣，又接着说道："元帅既已探明贼兵的下落，我军就应该马上进剿。否则失掉良机，悔之晚矣！"

尉迟恭听后迟疑了一下，建议："前番侦察已过六日，应再探明一下才好。"

太宗有些着急地说："还探明什么呀！我大唐十万正义之师，难道还怕了他们不成？我军必须立即东进，与南北两路人马会师，不能再耽搁了！"

众将闻之不敢再言，参军徐盛少顷奏道："启禀皇上，臣有一言。前番老爷岭一战，盖苏文心存忌惮，所以才逃至间山北面，窥伺时机。如今被元帅侦知藏身之处，又射杀了我军众多的将士，必以为元帅已死，肯定会派人暗中监视我军动向。不如我们将计就计，诱其出山。一方面在军中发丧，假意撤军，一方面暗中埋伏人马，等其上钩。盖苏文见我军撤退，必然乘势前来追赶。到那时我军则收拢五指，聚而歼之，则一战可胜也！"

众将闻之拍手叫好，太宗高兴地说："爱卿之言，真是好计！汝不愧为茂公之侄也！"遂命尉迟恭依计而行。并嘱其一定要封锁消息，除在场者之外，不要让任何人知晓。

经过一夜的充分准备，次日清晨天还没亮，唐军大营就传来哀乐之声。同时前营、后营、左营、右营和中军大帐，到处都挂起白色的挽幛，将士们皆戴起黑纱和白花。太宗又召集地方官吏，说因元帅染病去世，暂且班师回朝，待明年春天再来征讨。又诏令拨下军粮五千石、白银十万两，命营州刺史安抚地方百姓，以做这两月以来扰民之资。将士们则开始拆拔帐篷，准备出发。

这一切动向早被盖苏文的坐探看在眼里，他们急忙飞鸽传书，火速禀报。恰好这时盖苏文派出的细作也回来报告，说尉迟恭已死，唐军正在发丧，有迹象表明就要撤兵。这一切都证实了盖苏文的判断，他确信自己那一箭肯定射中，而射中必然会身中剧毒，尉迟恭一定是不治而死。主帅去世，无奈撤军，一切皆在情理之中。盖苏文心中大喜，良机不可错过。他要乘势追杀，毁其一路。即便捉不住李世民，另两路也会知难而退，那么他就可大获全胜了！遂调集人马，迅速向唐军大营那边扑去。

且说唐营这边，一切按既定计划部署完毕。各营乘夜色悄悄行进，很快进入埋伏地点。太宗则率领一部分中军人马，打着灯笼火把连夜班师。唐军浩浩荡荡，声势极大，至清晨就已经撤到凌水以南，在徒河南山扎下营寨。将士们都在埋锅造饭，太宗则登上山顶向北眺望，一丝笑意不由得涌上他的眉头。

这时天已大亮，只见凌水以北烟尘遮天，隐隐似有旌旗飞动。不一会儿就听到杀声阵阵，蹄声隆隆，高句丽的大队骑兵风驰电掣从远处飞驰而来，转眼之间就冲到了土山之下。那贼酋盖苏文骑着高头大马，舞着丈八长矛，跑在最前面。

他一边纵马飞奔一边大声喊道:"唐军败退了!孩儿们快追呀!"眼瞅着就冲到了山腰之上。

唐军将士早有准备,一个个屏息静气,拈弓搭箭,悄悄隐藏在鹿寨之后。待贼兵够近,尉迟恭一声令下,将士们唰地站起,万箭齐发,射得高句丽贼兵纷纷落马。一时正在冲锋的队伍潮水般地退回去了,只留下一堆堆贼兵的尸体。气得盖苏文嗷嗷怪叫:"事已至此,鱼死网破!进则功成,退则身死!看见山上那座黄毡大帐了吗?那是唐朝皇上的大营。谁若是抓住李世民,赏黄金一万两,封一字并肩王!谁敢退后半步,我立马就挑了他!"说罢一马当先,又冲上山来。那些贼兵将士闻之人人踊跃,个个争先,不一会儿就冲到了山顶之上。

可是当盖苏文率领着大队人马冲进唐军大营,一脚踹开黄毡大帐营门的时候,他和他的贼兵们全傻了:刚才还在拼死抵抗的唐军将士,此刻不知都跑到哪里去了!空旷的营房内,有的只是些草把、草马和草人,以及唐军将士吃剩下的残汤剩饭。引逗得腹中空空的贼兵将士们饥肠辘辘、涎水直流,有的已经瘫软在地了。

盖苏文见状情知中计,急忙下令撤退,可是为时已晚。一言未尽,只听得正南方向一阵鼓响,紧接着红旗招展,杀声震天,唐军的大队骑兵漫山遍野,从树林中奔驰而出。为首一将黑人黑马壮如金刚,正是唐军元帅尉迟恭。只听尉迟恭高声叫道:"高句丽小儿!中我计也!拿命来吧!"说着纵马扬鞭,眼看着就冲到了眼前。吓得高句丽贼兵魂飞魄散,掉头就跑。一个个呼喊着:"我的妈呀!吓死人了!这家伙不是死了吗?咋又活了呢?是人是鬼呀?""坏了!快跑哇!尉迟恭又活了!""鬼来了!快跑哇!不跑就没有命啦!"贼兵们撒丫子就蹽,争先恐后,势不可当。盖苏文见状无可奈何,也只好裹在人流里往山下跑。

没承想刚刚跑出不远,队伍打疙瘩成团地都挤在半山腰上,忽然间又是一阵鼓响,两侧山洼里红旗飘动,左有程名节,右有程名振,两员大将耀武扬威,各率领着两万人马奔驰而来。高句丽贼兵一见,简直被吓破了胆,一个个哭爹喊娘,没命地奔逃。两侧的唐军将士一阵箭雨,又让逃窜的贼兵死伤大半。贼兵连滚带爬,互相践踏,已经溃不成军。盖苏文纵有一身本事,但他被裹挟在队伍中间,已经没法控制自己的人马,无奈身不由己地跑下土山,然后又马不停蹄地向北面逃窜。

盖苏文领着残兵败将逃至凌水,耳听着杀声渐小,追兵已远,不觉稍稍安下心来。但他明白不能停步,只有渡过凌水、钻进间山才是安全的。于是他用马鞭狠抽累倒在地的将士,喝令他们赶快渡河。没想到大部分人马刚刚走到凌水的河心,忽然间河北岸战鼓咚咚,杀声又起。唐军将士在徐盛的带领下,像从地下钻出来的一样,一个个拈弓搭箭,面带讥笑,突然出现在凌水北岸。吓得高句丽贼兵灵魂出窍，不少人妈呀一声掉下马来，顺水漂走了。

还没等这些贼兵缓过神来，背后不远处马蹄声隆隆，尉迟恭和程名振率领着大队骑兵，已经追了上来。盖苏文见两面被围。万般无奈，只好率全部人马跃入水中。贼兵们就像一群被赶到水里的鸭子，呱呱怪叫，乱成一团。尉迟恭立马岸边，哈哈大笑，"高句丽小儿，见鬼去吧！弟兄们！给我送送他们！"说罢令旗一摆，两岸万箭齐发。可怜这些爹生娘养的高句丽贼兵，一个个均成了唐军的活靶子，纷纷中箭落水。死伤者不计其数，凌河水为之染红。盖苏文因为马快，率少数残兵败将沿着河滩，向东南方向逃窜，不一会儿就钻进了柳树丛里不见了。

这一战唐军大获全胜，盖苏文部元气大伤，估计是跑回老巢去了。太宗遂决定稍作休整，即向辽东进发。将士们重又回到闾山脚下，安营扎寨，等候粮草。尉迟恭则向太宗告假，提出要去一趟圣清宫，理由是上次走时太过匆忙，他应当专程去谢谢人家净心。此事于公于私都在情理之中，太宗欣然同意，但令他速去速回。

七

原来尉迟恭此番上山，除了想答谢净心之外，他还有一件心事未了，说起来还是半月之前的事。那次他在山洞中静养疗伤，朦胧之中偶得一梦。梦中座师凌云道长告诉他，此番出征辽东，他当得一红颜知己为妻，并产下麟儿且流芳百世。凌云道长乃世外真神，因之他对座师的话历来深信不疑。但他不知姻在哪里，缘在何方。那日当他在水潭边看破净心女儿身的时候，才忽然心有所悟。他想自己与她数次邂逅，都是出乎意料。她又三番两次搭救于我，看似偶然其实必有因缘。难道这就是上天的安排？她就是师父所说的红颜知己吗？尉迟恭越想越对头，便一刻也放不下了。所以当他那日回来，向太宗禀报军情的时候，便故意隐瞒了净心是女扮男装这一情节，他一阵阵为自己的小聪明沾沾自喜。

尉迟恭快马加鞭，轻车熟路，很快就来到了圣清宫。他走进院子没有停步，直接去了净心居住的卧房。推开房门一看，屋内摆设如初，却空无一人。显然净心并不在家，他不免有些失望。可是他并不想马上离开，他感到这屋里的每一件东西都十分亲切。特别是那种甜甜的带有药香的味道，同她身上的那种气息一样好闻。尉迟恭倒背着双手踱了几圈，然后坐在他曾经躺过的木床上。不经意间一个回头，他忽然发现在那洁净的枕巾之上，有张同样发白的草纸。那草纸上墨迹杂乱，勾勾抹抹，但能看清楚写着"鞭打石门""扳倒水井""尉迟元帅"等一些字样。尤其是在自己的名字后面，用粗粗的毛笔做了一个大大的标记。

尉迟恭拿起来左看右看正看反看，看了好半天仍大惑不解，憋得他浑身冒汗脑筋乱蹦。无奈他索性放下草纸，想走出去找找别人，顺便打听一下净心的去向。没想到他刚站起身来，净心就推门而入。

净心见到尉迟恭似乎并不感到意外，她放下背篓和药锄，顺手从容地捋了一下鬓边的头发，随即微笑着说："元帅你来啦！箭伤好了吗？百忙之中大驾光临，难道是有事要我相助吗？"

尉迟恭历来心诚嘴笨，口齿不灵，见了大大方方、青春勃发的净心，他想好的一肚子话全忘了，只是讷讷地说："盖、盖苏、苏文被打、打跑了！我、我军大、大获全、全胜。伤、伤也好了、好了，我、我特地来、来谢谢你！也没、没有什、什么事了！"

净心听了嫣然一笑，拎过瓷壶给尉迟恭倒了一碗白开水，然后盯着尉迟恭的脸，毫不掩饰地说道："元帅既已看破我是女身，我有心事也就不再瞒你。谢就不用了，那也是我应该做的。如果你来无事，我却有一事求你，不知元帅能否答应？"

尉迟恭此番来的本意，就是想说破梦中之事，但是见了净心之后，却一时胆怯没敢说出来。如今听说净心有事相求，巴不得倾其全力舍命相助，忙起身问是什么事，一定义不容辞。净心看着尉迟恭的眼睛，意味深长地说道："前几天我做了一个奇怪的梦。梦中一位鹤发童颜的仙人告诉我，说我当择一位大唐的将领为婿，此人与我有一段夫妻的缘分，我当与他共育娇儿，继承我们家族的衣钵。我听了之后既羞涩又惊奇，便问那仙人说：'您是谁？您怎么会认识我？'那仙人告诉我说：'我是谁并不重要，重要的是你必须照我说的去做。'我又问那位仙人：'您说的那位将军是谁？我到哪里才能找到他？'那位仙人告诉我说：'你们早已见过面了，而且见过多次。现在就看他有没有前世的根基了。他若能鞭打石门、扳倒水井，便是你前世的恩主、今生的丈夫。'说完以后微微一笑，转身飘然而去。急得我陡然惊醒，才知是做了个梦。细想梦中的情节，我感到匪夷所思，接着后半宿就再也没有睡着。"

净心说到这里停顿了一下，绯红的脸庞像盛开的桃花。她避开尉迟恭的视线，眼睛望着别处继续说道："第二天我老是琢磨这件事，干什么都魂不守舍、丢三落四。于是我便去找师父，向他说出我心中的疑团。我是师父从小带大的，师父就像我的父亲一样。他老人家听了我的话以后，抚摸着我的头顶让我坐下来，然后慈祥地对我说：'孩子，我的孩子！我亲爱的徒儿，你已经长大了，我也该道出真情，让你知道自己的身世了！'"

话说至此，净心的眼圈儿红红的，少顷她接着说道："师父给我倒上一碗热茶，然后告诉我：'你梦中的那位仙人不是别人，他是你的父亲，也是我的恩师，当今蜚声天下的药王孙思邈。恩师是京兆华原（今陕西铜川）人，年轻时即入终南山拜师学道。因为在雷雨天救治一只受伤的巨鸟，得福报往访塞北龙山（今辽宁省朝阳市凤凰山），遇龙山圣母传授识别草药、医治百病之法，回来后在终南山潜心修炼，经常上山采药，给贫苦的百姓看病。因为他医术高超，药到病除，被世人誉为药王和神医。当时我有幸拜在恩师门下，跟他学习采药、制药和医病之法，恩师每日言传身教，令我终生难忘，也让我崇敬万分。贞观三年（629）春天，长孙皇后染疾，遍请天下名医而不能治，已经生命垂危。恩师带着我奉诏入宫，经把脉诊断，用药十六服，长孙皇后凤体康复，完好如初。当今皇上为了表示感谢，在后宫设宴款待。恩师从不饮酒，那日圣命难违，强饮了三杯而致大醉，当晚便宿在后宫。是我服侍恩师睡下，帮他脱衣解带，动了凡念春心，与他共赴巫山，成就了男女之事，几番云雨过后，圆了我多年之梦。恩师醒后浑然不知，我却暗中欢喜不已。两个多月之后，我发觉身体有异，明白已经受孕怀胎。为了不辱没恩师的清名，我在一月夜不辞而别，悄悄地生下了你，然后来到这关东间山，在圣清宫安下身来。我对外人说你是我路上捡到的婴儿，一点儿一点儿把你带大，如今已历十八年矣！算来恩师应有一百零五岁了！'师父说到这里泪流满面，'以后我再也没能与恩师见面，听说他奉当今皇上之命，遍访名山大川，游历中华各地，专心尝百草而著新说，以期传承百世，造福万民。半年前恩师突然托梦给我，让我留心你的婚事，把他的医道在关东传下去。我知道这位尉迟将军有些根源，他前世是天堂的神将，你与他当有三世的缘分。恩师既然托梦给你，你就按照他的话去做吧！他可是当世的一位活神仙哪！'听至此我才恍然大悟，原来我是药王的后人，师父就是我的母亲，怪不得她对我那么好！这么多年来，师父一直女扮男装，不但我不知道，观里观外的所有人谁也不知道，真是太难为她了！她好苦哇！我听了师父的话悲喜交加，大哭了一场，一连几天都没有起床。"

净心说到这里有些伤感，秀美的双眼溢满了泪水。她颤巍巍地说道："既然师父已经说了，我相信她的话一定是真的，我梦里那仙人的话也不会有错。那么就看你是否能够鞭打石门、扳倒水井，具有师父说的那种根源了！"

尉迟恭听后才如梦方醒，他终于明白净心为什么在草纸上写那些字了。听起来净心讲的故事虽然离奇，但他相信绝不是空穴来风。尽管什么鞭打石门、扳倒水井根本就做不到，可为了不让净心失望，他还是满口答应下来。他虽然不相信什么三世之缘，但他不忍心辜负恩人的期望，他一定要试一试。

原来这间山西坡通往山外有条大路，大路的山口处有道石峡。石峡的两侧悬崖陡立，高约数丈。石峡的下面道路极窄，状如羊肠，只能容得一人一马通过。这段长约二十丈远的山路，经常怪风怒吼，乱石飘落，人们通过这里无不胆战心

龙盘虎踞

惊，但又无可奈何。多少年来，山里山外的人们都想开凿石崖，拓宽大路，均因太过凶险而成为幻想。如今尉迟恭听净心说让他用钢鞭去打石崖，虽然感到可笑，但他还是顺从地随着她来到这里。

两个人来到石峡跟前，尉迟恭抬头观看，只见一岭前横，两崖对峙，下边怪石虎踞，上面古木龙盘。中间一道小缝只有二尺，如同被利刃拦腰切开。一道阳光从上边射入，落到下面变成了一条弯弯曲曲的金条，既显得神秘莫测又让人浮想联翩。

尉迟恭回头望了净心一眼，看到的是充满期待的目光。于是他左手扪胸，暗祷求上天："净心所言，不知真假。敬德之愿，却系诚心。我如与她无分，从此一刀两断。我若同她有缘，钢鞭劈开石门！"尉迟恭眼望上苍，默祷三遍，然后大吼一声，祭起神鞭，一扬手向峡口上方抛去。一瞬间只听得天崩地裂般数声巨响，把二人连同围观的百姓全都震得趴在地上。

原来那钢鞭砸到石峡之时，晴空里忽然一声炸雷，立时狂风呼啸，黑烟蔽天，只见四五个大火球来回滚动，燃起熊熊烈焰，有无数块大石头从天上降落，如同雹雨来临，足足折腾有小半个时辰。待风住石停，响声过后，众人爬起来一看，不禁全惊呆了！只见正前方阳光灿烂，一条大路既笔直又宽敞。那陡立的石崖已荡然无存，连石头和树木也不知飞到哪里去了！百姓们顿时欢声雷动："石峡开通了！天神显灵了！""大路拓宽了！百姓受益了！""盛世出吉祥！天神助大唐！"等等口号呼声不断。尉迟恭自己则完全蒙了，不敢相信这是真的。他收起钢鞭回头看时，净心已是两腮绯红，满脸喜色。

这净心提出的第二个请求，叫作"扳倒井"。原来这间山西坡半山腰上有口古井，相传是汉代修建古刹之时所凿。由于年久失修，水位下落，现在已经无法使用。人们明知道井水甘甜无比，也只好到很远的水潭边去挑。净心依仙人梦中所示，把尉迟恭领到了水井的跟前。

尉迟恭环目四顾，感到这个地方倒是不错。只见半坡之上绿草如茵，山道之旁苍松林立。井边一棵大树遒劲苍翠，树冠庞大，高约百仞，胸围过丈，似乎应该有万年的历史。尉迟恭近前细看，果见树上有一木牌，上书"万年松"三个大字。下边又有一行小字，写的是"汉高祖御封清泉大夫"。虽不知何人所书，但令人肃然起敬。

再看那口水井，井上石栏石桩尚好，只是井内砌石脱落，犬牙交错，苔藓丛生，像是一个饱经沧桑的高龄老人。井下黑不见底，井中凉气逼人。尉迟恭捡起一粒石子扔下井去，好一阵子才听到水响，说明井水确是很深。如果这眼井能够使用，那么周边的宫观寺院和百姓们就方便多了。

尉迟恭围绕水井转了两圈，仔细地打量了一下，然后双手抱定井上石桩，两脚踏牢井边土地，心中默默祈祷，口中喃喃自语："我如与她没缘分，徒使心神白费劲儿。我若同她是姻缘，扳倒水井流甘泉！请山神土地助我，日后定当重谢！"说罢双腿站稳，两臂较力，随着他一声怒吼，忽然间数声巨响，地动山摇，万年古松枝干乱摆，古井之内浪涌石崩。随着一条巨龙唰地飞起，那清冽的泉水即从井内流出，洇湿了井边一片绿色的草地，二人均感诧异。再伸头细看那口古井，已不是方才那种垂直幽深的状态，它显然已被尉迟恭的神力扳倒，居然歪躺在山坡之上。井水离地面只有二三尺深，一股强劲的水柱还在往上蹿，在太阳光的照射下，形成一团好看的水花。围观的僧人道士和百姓们又是一阵欢呼："关王显灵了！神仙显灵了！佛祖显灵了！"争先恐后地盆装瓢舀，你抢我夺地男饮女尝，半山坡上一片欢腾。

八

趁着众人争抢着提取井水的当口，尉迟恭和净心离开水井，向人群外边走去。此时尉迟恭浑身酥软，四肢无力，头脑中一片空白。这一天发生的事情让他大惑不解。自己的钢鞭怎么能劈开石门？这石峡是钢鞭能够砸开的吗？自己的双臂又怎能扳倒水井，这水井是人力能够扳倒的吗？真是奇了怪了！自己一个凡夫俗子，难道真有神灵相助？就像那日关王显圣、搭救当今皇上一样，是上天的旨意吗？如果真是那样，也是天助大唐！看起来谁若是顺乎民心，老天就会相助。可净心凭空提出的这两个要求，竟然能够心想事成，这又是怎么一回事呢？难道自己真的与她有缘吗？她真的如师父梦中所示，是自己的红颜知己吗？尉迟恭边走边想，浑浑噩噩，也不知道去了哪里，只是跟着净心前行，低着头默然地想着心事。

那净心牵着战马走在前头，心里头却高兴得像开了一朵花。刚才发生的这两件事，让她明白了仙人托梦的深意和两位前辈的一片苦心。尉迟恭就是自己要找的如意郎君，她相信与他结合是神的旨意，是传承先人医道的必需，是完成他们前世之缘的后世之功。想到这里，她浑身发热，脚步轻松，心情特别愉快。她没有把尉迟恭领到圣清宫，她还不能公开这段奇缘，至少目前还不能那样做。于是踏着朦胧的月色，两个人来到了尉迟恭刮骨疗毒的山洞，那个令他们终生难忘的地方。

直到拴好战马，走上山坡，绕过积水潭，推开那道简易的柴门，尉迟恭才省悟他们来到了这个地方。尽管他不知净心为什么会来到这儿，但他实在是太喜欢这个地方了！在这里他不仅起死回生，还让他真正认识了这个美丽的道姑，一个让他想起来就怦然心动的女人。

此时的净心放下了所有的矜持,她点燃了洞中的一盏油灯,拉尉迟恭站在山洞口。透过稀稀疏疏的水帘,月光照在尉迟恭的脸上,显得他仍然那么健壮和英武,一派正义凛然的豪侠气概。净心一边端详着他,一边告诉他那个奇异的梦,一边诉说着她这些天来的所思所想。她拉着尉迟恭的双手,目不转睛地看着他,缓缓地吐露着自己的心曲,就像山崖边潺潺的流水。

尉迟恭好像什么也没有听进去,他只是呆呆地望着眼前这个比自己矮了很多的女孩儿,扶着她那略显瘦削的肩膀,不禁百感交集。月光下的净心有一种朦胧和静态的美,好像是一座透明的玉塑,又像是一尊爱的女神。就是这个小小的人儿,一次又一次地帮助唐军,一次又一次地搭救自己。她不仅有着高超的医术,而且还有着广博的爱心,这不正是自己梦寐以求的红颜知己,此生难遇的盖世贤妻吗?想到这里,尉迟恭情不自禁,一把将净心拥在怀里,一双大手在净心的脊背上游走,表达他发自内心的绵绵爱意。随着骤然升高的体温和彼此强烈的心跳,不知是谁先移动的脚步,他们双双倒在那个铺满干草的地方。

这一夜,他们俩一个是存心以身相许、投怀送抱,一个是有意报恩答谢、倾其所能。一个是年届十八初尝雨露,一个是岁临天命又采鲜花。二人极尽缱绻,任意缠绵,相依相偎,如胶似漆。几度云雨难解肌肤之渴,一夜交合未尽鱼水之欢。松涛阵阵如二人娓娓情话,月光朗朗似彼此拳拳痴心。油灯早灭,两人均浑然不知,繁星退去,他们却才入高潮。

寂寞恨更长,欢娱嫌夜短。两人虽未合眼,但是已到清晨。当一缕霞光照进小小山洞的时候,净心首先坐起身来。她巧理云鬓,穿好衣衫,轻声催促尉迟恭赶快着装。尉迟恭却温情脉脉,热泪涟涟,有些难舍难分。一夜的欢娱,已让他彻底喜欢上了这个年轻的女人。他站起身来对净心说道:"你随我到唐营去吧!我们即将进军辽东,年内就会班师。那时你跟我回到长安,我再正式奏明皇上,八抬大轿娶你进门。以你的高超医术,在朝中做个太医,不强似你在山中修道!你我夫妻双宿双飞,余年享尽人生乐趣,岂不甚好!我的娇妻,不知道你意下如何?"

净心看着尉迟恭的泪眼,用纤纤玉手抚摸着他那胡子拉碴的面颊,一字一句充满深情地说:"夫君与我在这儿相会,是因为你我前生有约,今世有缘,既是先人的嘱托,也是上天的意愿。我的父亲一直没有做官,母亲说民间才是他的舞台。我也是不会随你到京城去的,那里根本就不是我待的地方。我在这里住惯了,离开了山林的气味和草药的馨香,我是无论如何也活不下去的!还请夫君体谅。"

尉迟恭见净心心诚意决,不禁感到若有所失,无比惆怅。他无奈穿好衣服,挂上佩剑，顺手取下胸前玉坠，双手递与净心，声音颤抖地说："这件玉坠非比寻常，它是生母赐给我的护身之宝，一直挂在我的胸前，饱含着母亲深厚的情意，已被我的鲜血和汗水浸磨得光洁无比，玲珑剔透。今日我就把它转赠给你，似同我永远陪在你的身边，也让天上的母亲认下你这个儿媳，保佑咱俩一生平安。"

净心双手接过玉坠，感动得两眼噙满泪花，"多谢夫君的一片深情，我手边却没有什么宝贵的东西可以送你。"说着她从身后拿出一个布包，双手递给尉迟恭说："这里边包着的是一件肚兜，是师父精心给我绣的。我戴着它度过了少女时代，可以说是我的闺中至宝。昨天夜里一宿欢会，我已经不再是一个少女，所以我才把它解下来赠给你，作为你我一夜之情的信物，就留给你做个纪念吧！"

尉迟恭接过布包泪如雨下，哽咽无言。净心却语气平和，接着说道："我与夫君一夜欢会，上天眷顾会暗结珠胎，也许难免会生儿育女，就请夫君给留个名字吧！将来也好让他认祖归宗，也不枉你我相聚一场！"

尉迟恭闻罢老泪纵横："我已有一子叫作宝琳，是原配夫人梅氏所生。你若生下孩儿，也是我家骨肉，男孩儿就叫宝林，女娃就叫宝云吧！"说完把净心揽在怀里，久久不愿放开。

良久，净心轻轻地推开他那坚实的臂膀，把头从尉迟恭的拥吻中抬起来，缓缓地说："天已大亮，恐有人来。既然终要分别，不如尽量早走。"说着率先走出山洞。两个人并肩携手，走下山坡。尉迟恭充满留恋地说："我真有些舍不得你，我还会再来找你的。"

净心也无限深情地说："放心吧，我的夫君！你是我今生第一个男人，也将是我唯一的男人！我是永远不会忘记你的！有什么急难之事，尽管还来找我。"说完与尉迟恭相拥良久，洒泪而别。

当尉迟恭牵着战马走下山坡，拐上弯道的时候，他见净心还站在崖边挥手。晨风吹动着她的长衫，绿树衬托着她的脸庞，初升的太阳跳上山崖，给她的躯体镀上了一层金黄，她好像一位刚刚下凡的东方女神。

尉迟恭快马加鞭回到唐营，将士们见了均又惊又喜。太宗李世民虽然没说什么，但已流露出不满的神情。尉迟恭急忙跪行大礼："微臣昨日去而未归，是有意外之事发生，臣要单独向皇上禀报。"

太宗闻言屏退众人，尉迟恭这才再行大礼，把昨天如何上山，如何鞭打石门、扳倒水井，又如何一夜未归的事，原原本本地说了一遍。太宗闻听转怒为喜，双手把尉迟恭扶起来说道："原来如此！天降祥瑞！看来我大唐顺天应人，才能得八方神灵相助。这鞭打石门、扳倒水井都是好事，是爱卿为百姓造福，为我朝立下的大功啊！朕当重重褒奖。"

"至于这净心道长嘛！"太宗沉吟了一下，接着说道，"这个人虽然年轻，但是医术高超，人才出众，曾几番助我大军，又多次救治元帅，乃是我朝的一大功臣哪！如今你既已纳她为妻，这就是天大的好事呀！这虽然属于阵前招亲，但却是事出有因，朕不会按军法降罪于你。相反却希望她入朝为官，与尔共为朝廷效力，不知爱卿之意若何？"

尉迟恭急忙奏道："皇上隆恩，天高地厚，微臣感激不尽，也代净心表示谢意。微臣已再三恳请于她，但她执意不肯。她说帮助我军是为了天下苍生，并非为了高官厚禄；她在山中与我结缘，实为传承祖上医道，为黎民百姓造福。她说她不能离开闾山，不能离开这块土地！"尉迟恭说着又有些伤感。

太宗李世民闻听感叹地说："此真乃我大唐女杰、关东世外之高人也！"遂召集群臣众将及地方官吏，盛赞净心之德，并下旨拨出三万两白银，诏令营州刺史负责督办，在闾山圣清宫建造药王庙，让人们世代记住药王的功德。并亲书"药王庙"三个大字，命营州刺史制成匾额，待竣工之日，朝廷将派使者前来揭匾道贺。为活人建庙烧香，这在全国尚属首例，这也是大唐朝敕建的第一座药王庙，立时被八方百姓传为佳话。

九

暂且不表太宗下令向辽东进军，全力剿灭高句丽反贼之事。且说净心道长自那日与尉迟恭欢会之后，竟然珠胎暗结，有孕在身。刚刚一个多月就感觉胃口不畅，吃饭恶心。三四个月愈加明显，随之腹部逐渐隆起，身体亦日趋沉重。净心是医道中人，这种事如何不知？她向自己的师父和母亲天一道长坦陈了一切，请她老人家予以指教。

天一道长沉思良久，才缓缓说道："按说民间这样的事，我当母亲的应当全力以赴，义不容辞，责无旁贷。但是在这圣清宫里，你我的身世既然不为人知，我们也就无法公开，也不能说破。否则世俗如利箭，流言胜钢刀，你我将无法在这里生存下去。出家之人虽有清规戒律，但你为先人传嗣，是为继承医道，实乃上天之德，万民之福，为师当全力成全你。"

天一道长说到这里，站起来掩上房门，才又接着说道："明日你即可去营州北下溪村，找一张姓人家住下，待产下婴儿以后可再回来，我已替你安排妥当。"说着从衣袖中取出一封书信递与净心，"你拿着这封书信找到此人，他自会满腔热情接待你。这褡裢里边有些银两，你可为婴儿买些衣服，亦可补贴张家生活之用。"

净心听罢感激万分，泪流满面，哽咽着说："恩师待我，山高海深，孩儿当终生不忘，容我后报。"

天一道长听后说道："孩子，怎么说出这种傻话？天下做父母的，有希望子女报答的吗？我又不是别人，何须你来答谢？只是囿于环境所迫，为师不能亲去陪你，还请孩儿体谅才是。你且赶快收拾一下，明天就走吧！我已知会观中众人，说你要去终南山拜师修道、学习医术，你尽管放心前去便是。"净心遂流泪跪谢不提。

次日净心换上农家少女装束，一大早便悄悄起程，一路晓行夜宿，走村过县，当她赶到营州北下溪村的时候，已是第四天的黄昏了。她遵照师父临行前的嘱咐，来到村东头的那棵大榆树下，推开那座农家小院简易的柴门，一位满头银发的老汉立即迎了上来。净心侧身施礼，随后又把师父的书信递了过去，那老汉一目十行，迅速看过了天一道长的书信，立即满面笑容地在前边引路，请净心到正面堂屋就座。未及进门，一位面目端庄的中年妇女领着一个小男孩儿，已经站在屋外迎接。

原来这家主人姓张，叫张云山，那个中年妇女是他的妻子。天一道长在信中只说他家有个亲戚，因遭水灾流落关东，独自一人无处栖身，请云山老友以诚相助，先行致谢等语。张云山把净心让进堂屋，憨厚地笑着对她说："既是天一道长的亲戚，那就等同于我的亲人，什么说道也没有了。天一道长是我的救命恩人，十五年前我去囵山贩梨，出山时遭遇暴风雪，连人带车刮进山沟。是天一道长及时把我救起，才没有把我冻死。我在圣清宫将养了数日，因为腿折了大小便不能自理，都是道长亲自照管我，并给我细心治伤。下山时又资助我一些银两，我这才盘下几亩薄田，找了一个老伴儿。没有天一道长的大恩大德，哪有我张云山的今日呀！我早成了异乡的孤魂了！所以说天一道长的亲戚，那就是我的亲人，你尽管放心地住下来。不过我这里草舍茅庵，粗茶淡饭，你莫要嫌弃才是！"

那中年妇女也接过来说："既是道长的亲戚，就请不要见外。我虽然比你的年龄要大上许多，但咱们还是以姐妹相称，这样比较方便，咱俩今后还是个伴儿。"话语之间，推心置腹，一脸的纯朴善良。说完还拉着那个六七岁小男孩儿的手说："快叫姑姑！快叫姑姑！"那小男孩儿羞涩地牵着妈妈的衣角，低着头叫了一声"姑姑"，声音小得如同蚊子在叫，逗得三个大人都笑了。

从此净心便在这茅屋的西里间住了下来。白天张云山出去打理那几亩薄田，净心便帮助嫂子做些家务。日子长了，和孩子混熟了，才知道他叫张宝泉，十分聪明。净心便寻机教孩子识字、画画，一家人处得极为融洽。邻居们谁若是有个病啊灾呀什么的，净心总是会热心相助，而且还药到病除，因此她深受乡亲们的喜爱。

光阴似箭，一晃六个多月过去了。到第二年初夏之时，净心如愿地生了个大胖小子。这孩子虎头虎脑，方面阔口，浓眉大眼，耳大有轮，足足有八九斤重，把一家人乐得什么似的，街坊乡邻也来道贺。根据净心的意思，这孩子随了张家的姓，取名宝林。净心奶水不足，张家大嫂就帮助她熬些米粥和菜汁来喂。一年下来，小家伙已经能满地跑了，围着大嫂和净心"大妈、二妈"地叫个不停，乐得两个女人成天笑容满面。

这一日张云山下地归来，说天一道长托人捎话，请他的亲戚赶回闾山，观中有大事相商，孩子就请张家夫妇代为照料。净心听后心里一阵翻腾，其实她早就想念师父、想念道友、想念那座熟悉的大山了。虽然对宝林有些割舍不下，但她明白自己重任在肩，母亲召唤自己肯定有大事，是必须要回去的。她给张家夫妇留下所有剩余的银两，又洗干净小宝林要用的衣物，然后毅然起程，返回闾山去了。

净心一身道袍沾满泥土，风尘仆仆地回到圣清宫，山门内顿时一片欢腾。道友们都极其亲热地跟她打招呼，祝贺她修道学艺归来。她到上院去拜见师父，却见那扇熟悉的板门半开着，天一道长并不在屋内。净心环顾四周见一切如常，只有八仙桌上留下一封书信和几本旧书。净心拆开那封书信，看到师父在信中写道："净心爱徒，我的女儿！在你看到这封书信的时候，为师已经离开闾山，在去往陕西的路上了。当年来到关东，是为抚养爱女，如今回归故土，是为圆我夙愿。掐指算来，光阴似箭，我离开恩师已经二十年了，这二十寒暑，八千日夜，我无时无刻不在挂念着他。如今他已百岁有零，虽然壮健但毕竟年老，来日几多，殊难预料。因此我必须回到他的身边，去关怀他，照顾他，让他的晚年充满幸福。我想为师的这一决定，必然会得到孩儿的理解，而不致以为我如此绝情。净心，我的女儿，你还年轻，虽然我在恩师和爱女之间选择了前者，但你我还会有相见之日。衷心期望你在闾山继承为师的衣钵，让圣清宫的事业发扬光大。桌上的那套《千金要方》，是恩师半生的心血，是我一笔一画抄下来的，就留给你学习之用。那把玉柄拂尘和我的遗命书简也放在桌上，众人见之以后，自会拥戴你做道观之主。请汝好自为之，不负我之厚望。再见了，我的孩子，我的爱徒，为师至嘱。"

净心读罢书信，已经泪流满面。她见那几本药书之旁，果然有把玉柄拂尘，拂尘的下面还压着一张黄纸，那肯定是师父的遗命书简。净心一见不禁双膝跪地，泪如雨下，"母亲生育我千辛万苦，师父培养我恩重如山，这两层大恩大德天高地厚，尚未容得孩儿回报分毫，您怎的就突然不辞而别，让女儿岂能不肝肠寸断？"言罢放声大哭。众道士开始时不明就里，后来听师父屋中悲戚连声，遂纷纷过来相劝。师弟净觉、净云等人一齐劝说道："师父既已出游，自当不会归来。请师兄节哀振作，执掌大局，我等一定全力辅佐你。"众道士亦一齐行礼贺道："师兄尽管放心，我等敬听吩咐！"净心这才止泪起身，率众人去三清殿叩拜祖师，举行仪式就任观主，发誓宏愿不提。

十

一晃六年过去了，圣清宫在净心道长的精心打理下，弘扬道法，广济贫民，医病送药，祈福乡里，百姓有口皆碑，圣清宫善名远扬。净心道长稍得宽余，遂择一黄道吉日，悄悄将宝林接回，只说是自己外出布道时捡到的孤儿，送与附近不远处的炎汉古刹神农寺寄养。她让宝林拜寺中空云长老为师，先做小沙弥，跟着长老主攻佛学，兼修文武，待十二岁以后再剃度为僧。

这宝林虽是净心的亲生骨肉，但由于与母亲多年不见，他已经不认识她了，他只觉得这位道长待他特别亲近，有一种说不出来的感觉，一见面就想同她在一起，但不知为什么。净心眼瞅着自己的亲生儿子却不能相认，又不能早早晚晚去照顾他，孩子还那么小，她感到十分内疚和难受。但她明白，她只能这样做，她不能把孩子留在自己身边。否则时间长了必出破绽，将会影响孩子的成长，对他的心灵造成伤害，同时也对自己的事业不利，她只能选择忍痛割爱了。

就这样宝林在神农寺住了下来，好在寺中七八岁的小沙弥倒也不少，宝林并不感到寂寞。小家伙学什么都用功，学什么都很快，不久即成为小伙伴中的佼佼者。宝林与小沙弥们处得极好，但就是有一样毛病，平常最不爱说话。别人问起他的身世，他总是大眼睛瞪得圆圆的，什么都不说。

话说这神农寺也是个大庙，不但历史悠久，而且声名远扬。据说当年汉高祖刘邦和汉章帝刘炟，都曾经专程来到此地上香。魏武帝曹操北征乌桓，还曾经在此住过一段时间。这寺中的现任长老空云大师，不仅佛学精湛，修为高深，而且有文韬武略，名震关东。宝林剃度为比丘以后，白天礼佛念经，晚上习文练武，每天还必须抽出时间，跟净心道长学医术，看医书、尝百草、熬草药，忙个不亦乐乎。好在宝林悟性极高，领会极快，不仅能对学过的东西过目不忘，而且能理解其内涵并发扬光大。几年的工夫下来，宝林在师父和母亲的关怀下，进步极快，已出落成一位身材精干、学识渊博、医术超群、武艺出众的少年高僧。师父空云大师对他尤为喜爱。

宝林十六岁那一年，师父空云大师领着他去周游天下，拜访中华四大佛教圣地，与数百名高僧大德切磋和交流。在回来的途中经过嵩山少林寺，师父有一日忽然对他说道："中州是我的故乡，嵩山是我儿时学艺的地方，我的亲人和挚友们都在这里，我就不准备回去了。如今你已长大成人，足以承担起方丈之责，希望你能继承我的衣钵，将炎汉古刹的事业发扬光大。"说罢顺手拿过那根赤金禅杖和那个白玉钵盂，意味深长地说道："这两件宝物由来已久，据说是用当年炎帝曾孙云梦大师的遗物所制，为炎汉古刹的镇寺之宝，也是历代大师身份的象征，已经跟随我五十年了。如今我就把它们转赠与你，期望你不要辜负为师的重托。你是个慧根很深的人，记住净心道长是你的前辈，有事情多向她请教。"说完抚摸着宝林的光头，转身向寺外走去，任宝林怎么喊他，他都没有答应。宝林叩头流血，泪如雨下，寝食俱废，心如刀割。三日后宝林绕着少林寺走了三圈，又跪地向师父离去的方向三叩首，然后孤孤单单地回乡去了。

宝林做了方丈以后，潜心学佛，钻研医术，功夫日渐高深，声名与时俱进。经他手医治的病人遍布辽西，但他从来都无偿送药，分文不取。黎民百姓感其恩德，纷纷捐助善款修建庙宇，施舍财物增塑金身。辽西的人民在当地乡绅的倡导下，临神农寺双塔北面，又开凿了一个藏经洞，修起了一座藏经楼，供宝林收藏经书、医书之用。闾山当地的乡亲们则敲锣打鼓，送来了一块巨匾，名曰"宝林楼"，挂在寺院的山门之上。他们说："神农多神我们没有看见，宝林多好我们却耳闻目睹，宝林就是我们的亲人哪！"从此把这里称为宝林楼。净心道长看在眼里，喜在心上，每有大事小情，她必主动相助。这闾山西麓一佛一道两座庙宇，处得如同一家人一样。他们共同弘扬教法，救助黎民，让辽西这一方土地的人民获益匪浅。

再说尉迟恭自打回朝以后，念念不忘闾山奇缘，经常寄信给净心道长，但均未见回复。为此他不禁思念日甚，忧郁成疾，用数服好药亦不见好转。唐显庆元年（656）初夏，尉迟恭病情加重，似将不治，家人已经为其准备了后事。昏迷之中，尉迟恭一次又一次地呼唤"净心"二字，就是咽不下最后一口气。家里人均不解其意，而远在数千里之外的净心和宝林，母子俩都有感应，二人皆感到精神恍惚、魂不守舍。净心掐指一算，已知分晓，于是带着十岁的宝林，风尘仆仆赶到长安。她揭下国公府的求医文告，亲自入府给尉迟恭把脉，并留下草药十服、闾山神茶若干，嘱其家人让尉迟恭服用。尉迟恭用了三服草药以后，就见明显好转。他在服用闾山神茶时，发现了那块自己的玉坠，方知是净心已经来过，痛惜此番当面错过。尉迟恭此后彻底痊愈，但因他听信方士之言，过多服食金丹石粉之类，结果于显庆四年（659）秋天去世。临终之前留下遗嘱，倾其家资数万，捐给闾山圣清宫，用以修建药王庙。待其长子宝琳含泪答应之后，他才放心地含笑而去。

净心道长活了一百一十三岁，于大唐天宝元年（742）春天无疾而终。她去世前留下一封遗书，密封以后命人送与宝林大师，特意嘱咐要等她羽化之后，方能观看。后来净心道长就突然不见了，观中的道士一连十几天都没有看到她，僧、道两院的人们急得四处寻找。二十多天以后，道士们在她给尉迟恭疗伤的那个山洞里，找到了她的遗体。发现她衣冠整洁，面目安详，脸色红润，胜如在日，静静地躺在那片干草之上，就像刚刚入睡而正做着一个甜美的梦，嘴角还带着笑容。道士们遵其信中所嘱，封好洞口，立块石碑，上书"净心归处"四个大字，并在潭边栽上百草，种些鲜花，让这些常青的松柏和盛开的鲜花，永远陪伴这位年高德劭功德无量的道长。

净心道长羽化以后，宝林大师怀着无比沉痛的心情，在那个曾经的山洞外守护七天七夜。当他拆开那封沉甸甸的书信，才知道自己是净心道长的亲儿子，是药王孙思邈的外孙子，是大唐名将尉迟恭的后代，然而这时候他已经九十四岁了。饱经沧桑而又修为高深的大师，也不禁老泪纵横，放声大哭。原来自己敬若天人的净心道长，竟然是自己的生身母亲。她老人家还活着的时候，自己居然连一声"妈妈"也未曾叫过，如今却突然天人两别，身居隔世，让他如何不心痛欲裂、后悔不已！他捶胸顿足，直欲去死，他要同母亲一样到终南山去寻找自己的亲人。

直到有一天月上林梢，亲爱的母亲净心道长突然出现在碧水潭边，轻声告诫他说："吾儿切莫哀伤，为人终有一死。活着心为众生，方能灵魂永恒！"边说边抚其头顶，显露出无限深情。宝林大师醒后，方知乃是一梦，但他也因此如梦方醒。他明白悼念母亲最好的方法，就是继承她的遗志，把她所钟爱的医道事业发扬光大，更好地为天下百姓造福，为圣清宫添彩，为宝林楼增辉。

宝林大师活了一百一十六岁圆寂了，但他虽死犹生。他把自己的高超医术和良好品德，原原本本地传给了他的贴心弟子，以及寺中后来的僧人。宝林楼的僧众世世代代秉承弘法救人的宗旨，为这个国家和民族做出了巨大的贡献，也世世代代为八方百姓所赞颂。安史之乱后期，宝林楼的长老曾协助大唐名将郭子仪擒拿反贼安史余孽，在北镇大庙前交予唐军；辽朝时匈奴人的后裔杀人放火，袭扰辽西，是宝林楼的武僧们配合官军，击败强盗，保证了辽西一带的安宁；明成祖朱棣巡视边疆染上风寒，生命垂危，是宝林楼的方丈慧源法师出手相救，才使其转危为安；清太宗皇太极战场受伤，用了宝林楼的草药后才免于一死；抗联游击队在山中打击日寇，经常得到宝林楼僧人的救助。但是当伪新京（今长春）的日本特使慕名而来，企图花重金强买医药秘方的时候，寺中的僧人却宁死不屈。虽然后来日本鬼子既杀人又放火，使几千年的古刹毁于一旦，但是最终他们什么也没有得到。

中华人民共和国成立以后，佛教圣地宝林楼得以重生，那些毁损的庙宇得到重建。鞭打石门、扳倒井、藏经楼和松树坪等诸多古迹焕然一新，现在游人如织，香火旺盛。至于圣清宫，虽然几经战火，但是殿宇犹存。尽管那座曾经宏大的药王殿已经不复存在，然而药王仍旧是下院的主神。特别是那个凄美而又动人的传说，永远铭刻在那座大山里，牢记在一代又一代人们的心上。

第六篇　盘锦蟹王庄与红海滩

我的老家在盘锦市大洼县，六姐齐春蕊接过来说道。我们家从曾祖父开始，几代人都靠打鱼为生。只是到了我这一辈，才走出了小渔村，住进了大城市。但是这些年来，不管走到哪里，我一刻也没有忘记自己的故乡。无论外地的景色多么秀丽，我总感觉没有自己的家乡美好。哎呀！我的故乡盘锦哟！那浩瀚的大海，那奔腾的辽河，那无边的苇荡，那火红的海滩，那般辽阔，那份雄浑，那种大气，那样绚烂，让我的一生一世都无法忘怀。

盘锦得天独厚的是它的湿地。由于地处松辽平原的南端，百川在这里汇聚，辽河在这里入海。独特的区位造就了全球最大的一块湿地，多样的气候使这里成为人间的天堂。在这里，百万顷沼泽芦苇丛生，几十里湖泊荷塘如画。夏季里绿浪翻滚，与大海连成一片，分不清哪里是荷塘，哪里是大海；秋天里苇絮飘飞如同落雪，金风会送来阵阵醉人的稻香；当春风吹来的时候，成群的白鹤到此地栖息，结对的鸿鹄在蓝天上翱翔。数不清的野鸟飞来蹇去，一派莺歌燕舞，到处鹂啭莺啼，仿佛这里又是飞禽的乐园。这时候如果您置身户外，会感到身心完全融入自然，八万四千烦恼都会飞到九霄云外。

盘锦有一道亮丽的景观是到入海口看日出。每逢春、夏、秋三季的清晨，当疲惫的辽河迈着它那沉重的脚步，风尘仆仆地远道而来的时候，大海立刻伸出它那坚实的臂膀，敞开它那广阔的胸襟，像慈祥的母亲迎接她那久别的游子，热情地把那股洪流揽在怀里，吻个不停。那一阵弱似一阵的涛声，如同母子俩重逢的低语。这时候太阳总是迫不及待地跳了出来，以它那特有的笑脸和无比的热情，不仅把那片东方的大海，还有那条滚滚的长河染成了一片红色，让天空和水上同时呈现出两片朝霞。那种博大、明亮、高远和辉煌的气势，一下子就会征服所有的人，我敢说那是天下罕见的奇观。小的时候爷爷和父亲下海捕鱼，我常常去入海口看日出，回来后一连许多天，心情都特别好。

当然盘锦的最美之处还是它的红海滩了。每年刚一入伏，海滩上的水草就开始逐渐变红。等到9月中旬的时候，几十里海滩火红一片，如同一块巨大的、奇形怪状的红色地毯，铺放在海边；又好像一片片连在一起的、熊熊燃烧的火焰，

龙盘虎踞

在秋阳的照耀下熠熠生辉。那蓝蓝的水洗一般的天空，那洁白的棉絮一般的云朵，那碧绿的明镜一般的大海，那橙黄的锦缎一般的苇塘，衬托着那一片片热血一般的海滩，真是五彩斑斓，如诗如画。再加上温软缠绵的海风，疾如闪电的水鸟，拍掌即出的扣蟹，笑脸相迎的莲蓬，远处匆匆驶过的点点渔帆，岸边美若天人的渔家少女，会让你觉得置身于世外桃源，或是做客在天上。这时候如果您再划着小船驶进芦苇荡，选择一家随心的酒馆，煮上一锅盘锦香米，炖上一盆辽河鲤鱼，蒸上两盘野生河蟹，喝上几杯鹤乡王酒，一定会让你心旷神怡、流连忘返。近几年来每到仲秋时节，这里总是游人如织。许多游客都千里迢迢、携家带眷而来，一住就是好几天呢！

哎呀！扯远了。按照饭前大家的约定，几位姐姐都讲了好听的故事和动人的传说，那么接下来我也给大家讲一个。许多人都知道红海滩，也有不少人去过红海滩，但却未必知道为啥叫红海滩，这个名字是从哪里来的，从什么年代开始的。今天我就给大家讲讲关于红海滩的传说，也就是我们当地流传了很久的河蟹救唐王的故事。

一

相传唐朝贞观年间，高句丽谋叛，盖苏文造反，唐太宗李世民御驾亲征。三路讨逆大军会师辽东，高句丽贼兵一败再败，无奈固守安市和建安（今盖州市东北清石关堡）一线几座孤城，其贼酋盖苏文则带领一部分主力，乘船逃入辽河，在大苇荡里隐藏起来，企图躲过清剿，然后东山再起。

且说唐太宗李世民见前方告捷，胜利在望，为斩草除根，剪除后患，遂命李勣（徐茂公）和张亮二将，分别率军围困安市和建安，自己则和元帅尉迟恭一起，率主力十几万人马沿河向南追击。这一次他下决心要拿住盖苏文，将其就地正法。

先锋官程名振率一路人马走在最前头，待追出数十里地之后，突然发现前方道路泥泞，港汊纵横，沼泽连片，水流泱泱，竟然出现了一片好大的苇塘。那芦苇长有一人多高，秋风吹过，绿波涌起，如同惊涛骇浪，又像万马奔腾，而高句丽贼兵钻进苇塘，就不知跑到哪里去了。下步应该如何行动，程名振不敢擅自做主，急忙差人报知元帅。

元帅尉迟恭一阵疾驰，只见遮天盖地一片苇塘，一眼望不到边，看样子能容得下千军万马。苇塘的中间虽有道路，但是曲曲弯弯，又极其狭窄，非常不利于大队人马行动。况且眼下红轮西坠，即将天黑，如果贸然行进，中了敌人的埋伏怎么办？尉迟恭斟酌再三，遂听从了参军徐盛的建议，下令全军退后三里，选择高阜之处安营扎寨。次日则派出多路人马，沿着苇塘搜索前进，一为查清贼兵的去向，二为侦察进军的路线。他自己则匆忙来到后军大帐，向太宗皇帝禀报军情，共同商讨进兵之策。

一连数日并无结果，多路人马都怏怏而归。尉迟恭虽然下令继续打探，但心中已是焦躁不安，太宗皇帝就更加着急了。他忧虑地对众将说道："十几万大军人吃马嚼，耗费何其巨大？这可都是真金白银、民脂民膏，黎民百姓的滴滴血汗哪！我们怎么耽搁得起？如今出师已经数月，虽说首战告捷，但战事远未结束。眼下贼酋逃遁，藏入沼泽，我军几时能够抓获？大军何时能够班师呀？"太宗越说越气，越想越急，不由得火聚心头，忧上眉梢，一连几天寝食不安。这一晚他独自喝了几杯闷酒，感到越发烦恼难耐，于是便在军营里四处徘徊。不知不觉之间，竟然信步走了出来，营门哨兵和身边侍卫谁也没敢过问。

当晚月光如水，轻风习习，不远处时而传来海浪的低吼，以及似有似无的芦荡的叹息。太宗带着两名侍卫慢步而行，不觉已来到一条小街之上。原来这是个有着百十户人家的小村庄，由于水泊的分隔，房屋都错落地建在高阜之处，房与房之间并不挨着，因此虽然人家并不多，但是村庄却显得很长。这些房屋大多是芦苇搭就，院子里除了有些破船和旧网，就是些干草和芦苇。没有几家掌灯，偶听几声犬吠。让人觉得月光下的这些黑黝黝的房屋有些古怪，如同一只只吃人的怪兽。两名侍卫有些毛骨悚然，太宗也不由自主地加快了脚步。

三个人来到小街的尽头，见前边有一个很大的水塘，水塘的旁边有几间草屋，草屋里露出明亮的灯火，灯火间隐约有人影晃动，还不时传来说话的声音。太宗领着两名侍卫走近一看，才知道是一家小酒馆，正门的一侧竖着一根竹竿，竹竿上挂着一把扫帚，挑着一个酒幌儿。未及进门，就有一人跑出来热情地打招呼："客官要吃酒吗？里边请！"太宗闻言犹豫了一下，但还是随着那人走了进去。进屋以后，太宗见店内摆放齐整，倒还洁净，便伸手示意，拣了张靠里边的桌子坐了下来。那两名侍卫没有进屋，警惕地守护在酒馆的门外。

这家小酒馆真够小的，除了灶间和厨房，留给客人吃饭的地方只剩下两间，摆了四张方桌、十几只木凳。此时南面靠窗的一张桌子上，有四个人正在喝酒。能看出他们已经吃喝好长的时间了，桌子上只剩下些鱼刺、虾皮和残羹冷菜，很凌乱地堆在那里，几只酒坛子显然已经空了，歪歪斜斜地丢在地上。但是他们依然唠得很欢，几个人比比画画抢着说话，好像根本没发现有人进来。

太宗本来就心中烦闷，想出来散散心，如今见这家小酒馆离军营很近，巡夜的梆子声都能听得见，辕门的那串灯笼更是红得耀眼，仿佛就在身边一样，因此很想安心地喝上几杯酒，也顺便尝一尝这渔村的海味以及河鲜野菜。于是他一扬手告诉酒保："拣几样有特色的菜肴上来，再来一坛当地的米酒。"那酒保满面笑容应声而去。

也许是太宗的外地口音引起了他们的注意，靠窗那张桌子上的四个人一齐转过头来，朝这边张望。太宗见这四个人皆是当地渔民打扮，一个个虽说穿得破破烂烂、油渍麻花，但却都喝得满面红光、热汗淋漓。其中一人肩宽背阔，膀大腰圆，体量明显比另三人大一倍，好像是这四人之中的头儿。待他起身敬酒之时，太宗才看清此人四肢短小，脖子细长，菱形的小脑袋上，有一双圆圆的红眼睛，满脸的皱纹似很衰老，但却没有一根胡须。他身穿一件破旧的粗布衣裳，被汗水濡得已分不出什么颜色，说话时一副公鸭嗓儿，让太宗觉得十分古怪和有趣。

没等太宗移过目光，那人似乎觉得有人看他，于是端着酒碗向太宗说道："这位客人，看您的穿戴和口音都不是当地人。但既然出来喝酒，在这里遇上了就是缘分，我先敬您一碗如何？"说完一扬手，将碗中酒一饮而尽，太宗见状忙拱手表示感谢。

说话间酒保已陆续把菜肴端了上来，不一会儿就摆满了一桌子，接着又抱过来一坛米酒，笑吟吟地说道："不瞒客官说，这是辽河口有名的'玉水头曲'，是用当地的糯米、菱角和莲子酿制而成，既绵软又醇香，既甘甜又适口，不仅好喝还不上头，名声赛过'龙城玉液'，据说醉倒过北燕王呢！"这北燕王冯跋是南北朝时期有名的酒仙儿，酒保如此说，无非是表白这家烧锅历史悠久、酒味醇正。太宗听后一笑，说声多谢了，然后出于礼节，倒上一碗米酒，对邻座那人说道："四海之内皆兄弟，相逢何必曾相识，我就回敬您几位一碗！"说完一饮而尽。

太宗这碗酒下去，顿觉腔中一热，从上到下一阵清爽。那酒液如同一股清冽的甘泉，又如一块燃烧的火炭，流到哪里他全知道。不一会儿，一缕热气就从丹田升了上来，又像一股热浪溢满胸膛、冲上喉头，令他周身酥软、遍体通泰。太宗不禁脱口赞道："好酒哇！好酒！诚如店家所言，真是名副其实呀！"

这时邻座那人过来说道："既是好酒，那我就借花献佛，再敬您一碗！"说着就走过来给太宗倒上，随后自己也端了一碗。俗话说一个人不喝酒，两个人不赌钱，虽然此人素不相识，但酒桌上有个伴儿总是好的。太宗一生身经百战，久闯江湖，经常到民间私访，见多了市坊之上三教九流之人，习惯于应对各种场合，因此对那人的举动并未感到意外，而是略一招手请他坐下，邀他与自己同饮。

这时候邻桌的那三位客人已经都走了，小酒馆里只剩下太宗他们两个。那人虽然已经喝了不少的酒，但是能看出一点儿没醉，很显然是海量，而且非常健谈。他自报说姓贾名玄，就住在离这儿不远的后洼村，从祖上开始，世代以打鱼摸虾为生，今年已经六十六岁了。"那倒看不出！年过花甲了，身体还是这般硬朗！真是福寿不浅哪！"太宗不禁脱口赞道。

那贾玄一扬手，又喝下一碗米酒，随即一抹嘴巴叹道："像我们这种人，整日风里来雨里去的，与波涛海水为伴，以鱼虾野菜为食，就是枉活几年，又有什么福分可言？怎比得上客官您哪？一生锦衣玉食，享尽人间富贵，您才是有福有寿、极尽荣华之人哪！"

太宗听后心中一惊，"您怎么知道我锦衣玉食，怕是您猜错了吧？"

那贾玄开口笑道："这方圆几百里的大户人家我全认识，并未见过您这个人。听您这外地口音，必是随朝廷大军来这里追剿盖苏文的，我岂能猜错？"

太宗闻言只好说道："您真是好眼力！我就是随军而来的幕僚，在元帅身边参赞军机的。因这几日打探贼踪并无收获，皇上和元帅均十分着急，我们这些臣子也跟着焦虑。不知盖苏文能藏到哪里去？我军怎样才能找到他呢？"

那贾玄一听就乐了："这有何难？太容易也！你们官军初来乍到，地形不熟，找不到他们不足为怪。这辽河口方圆百里，河流纵横，苇荡无边，他们万把人藏在里边，你们到哪里去找？那不是大海捞针吗？而我们渔民却不一样！这入海口沟沟汊汊，每片水域，哪里水深，哪里水浅，我们何处不知，哪里不晓？他盖苏文再诡诈，又岂能逃过我们的眼睛！"

太宗听后不解地问道："我军虽然地形不熟，但是已经搜索数日，整个大苇塘几乎梳过一遍，为什么没有发现一点儿踪迹？难道他们上天下地、不吃不喝、不出来活动吗？"

那贾玄顺手绰起一只鹅腿，边撕扯边说道："盖苏文的军队逃到这里，先抢走了辽河口所有的船只，然后把人马都隐藏在苇塘里。他们白天躲在船上吃喝玩乐睡大觉，晚上则出来杀人放火，抢夺财物。你们官军只是白天顺着那几条大路走，又怎么会发现他们呢？"

太宗听后骤然明白，贼兵在暗处，我军在明处，他们昼伏夜出，对我军动态了如指掌，如果照此搜索，只能是枉费工夫，贻误战机。前几日沿海数村被袭，连前军大营也受到骚扰，分明是贼兵的一种策略。他们是想用日藏夜扰的办法，使我军既找不着又住不稳，最后师老兵疲，无奈撤军，真是痴心妄想！由此太宗探寻似的问道："国家兴亡，匹夫有责。你既知贼兵去处，何不领我们去找？到时候剿灭了盖苏文这伙叛贼，还渔村一片安宁，你不也是首功一件，为当地的乡邻做了一件天大的好事吗？"

那贾玄奋力咽下一口鹅肉，有些迟疑地说："客官话是不错，我也理当如此。但我若那般去做，恐怕在这里就待不下去了，那些高句丽人岂能容我？"

太宗劝道："叛贼若灭，天下太平。国家之大，山高水长。难道还能没有你的安身之处吗？到时候功成名就，做官为民，悉听尊便，不知意下如何？"

那贾玄听罢太宗之言，一猛劲儿又喝下一碗米酒，好像下定了决心的样子，拍着胸脯对太宗说道："也罢！你我在此相遇，看来也是缘分！我就依你之言，领你们去寻找贼兵的老巢。但是夜深人静，极易被人察觉，因此不可兴师动众，去的人一定要少，否则很可能会坏了大事，反为不美。"

太宗原本想回营找些人马同去，如今听那贾玄之言，觉得也有几分道理，于是他决定不惊动中军大帐，只带身边这两名侍卫前往，想先摸清敌情再说。太宗当年在军中为帅，夜探敌营是常有的事，因此他并未过多去想。他吩咐侍卫结过酒账，当即随贾玄走出店门。不经意间回头一看，那桌酒菜已被贾玄打包拎走，不禁摇了摇头微微一笑，他觉得贾玄这人有些奇怪。

二

月光下的大苇塘一片神秘，轻风吹动芦花，发出似有似无的声响。曲曲弯弯的小路左拐右拐，让你搞不清到了什么地方。三个人跟着贾玄走了半个多时辰，仍然没有停下脚步。两名侍卫似乎感到有些不对，忙悄悄地提醒太宗注意，不要中了叛贼的奸计。太宗也觉得走出去太远了，担心遭遇什么意外。但他想到几十年戎马生涯，许多次孤身涉险均平安无事，胆气又壮了起来，心想你一个小渔村的老渔翁，性命就攥在我的手上，你能把我怎么样？不怕你跑到天上去！于是他手握宝剑，寸步不离，紧紧跟在贾玄的身后。

少顷走到一小片荒滩之上，四外已经没有路了，眼前是一片黑乎乎的苇荡。太宗心生疑虑正待发问，却见贾玄嗖的一个纵身，已经跳入前边的水塘之中。寂静的月夜里这扑通的一声，令太宗和两名侍卫顿觉一愣，一时不知道发生了什么。

三个人正在迷惘之中，忽听苇塘中传来一阵狞笑："哈！哈！哈！哈！哈！哈！李世民！你也有今天？你聪明一世，糊涂一时，你上了我的当了！"

太宗一听正是那贾玄的声音，急忙开口问道："你到底是什么人？为什么把我骗到这里？"

那贾玄嘿嘿一笑，"我是什么人你不认识！可你是什么人，我早就认识，二十年前我就认识你了！"那贾玄在什么地方，三个人看不见，只感觉那声音是从黑黝黝的苇荡中传来的，瓮声瓮气，清清楚楚："明人不做暗事，有话说在当场。实不相瞒，我本非人类，乃是生长在渭河里的一只老龟，在那里曾经修炼多年，后来得河神相助，在一个大雨之夜来到长安，在皇宫墙外的玄武湖里安下身来，从此常去城郊的白云观听天师讲道，渐渐修成人形，所以我才有机会认识了你。"

那贾玄说到这里停顿了一下，他见太宗在倾耳静听，于是接着说道："那时候你老爹刚刚夺取了隋朝的天下，你奉命带兵在外征战，你的一兄一弟英、齐二王却经常到湖上来玩。有一次英王建成带着几个妃子在船上吃花酒，嬉笑打闹，不慎落水。待众人把他打捞上来的时候，人已经气息全无，吓得太子府的妃子们皆面如土色，不知所措。那天我刚刚从白云观听讲归来，赶巧路过太子府第，听说此事顿生怜悯之心，遂化为一个游方道士入府，用'九转还魂丹'救了你哥一命。"

说至此处，贾玄轻声咳嗽了一下，似在观察太宗的反应。果然太宗听后十分震撼，两名侍卫更是惊恐万分。但太宗毕竟是身经百战，什么阵仗没见过？他对贾玄的话半信半疑，于是厉声问道："你既已修炼成人，就应该行善积德。救助英王必有福报，上苍不会亏待你。但你为什么又反来作恶，欺骗我？你到底想怎么样？"

那贾玄听罢一阵冷笑，然后说道："我说秦王殿下，你急什么呀？反正你今夜是走不了了，我们有的是时间慢慢地唠。你现在回头看看还有路吗？我是不会杀你的，但盖苏文会来取你的性命，你就在这儿等死吧！"

太宗与两个侍卫回头一望，不禁大吃一惊。果然四周已经无路可走。在这块方圆几丈的荒草滩边，全是一望无际的水塘和芦苇，根本就下不去脚。三个人简直无法相信，刚才他们是怎么走过来的。

这时又听贾玄接着说道："李世民！人活百年终要死！你大哥英王建成都已经死去二十年了，你夺去了本应属于他的江山，又做了这么多年的皇帝，已经够便宜的了！今天你身陷于此，必死无疑，没有谁再能救得了你。在你临死之前，我就把事情的原委都告诉你，免得你糊里糊涂、不明不白。"说到这里，贾玄故意停了下来，他要像用钝刀子割肉一样，来折磨李世民，他觉得那样才过瘾。

少顷，贾玄才又接着说道："刚才你不是问我，为什么要骗你吗？告诉你，我是在为你大哥报仇哇！我是在兑现对朋友的承诺。自打那次救了你大哥的命，我就成了太子府的座上宾，我经常与他一起吃酒、游玩。我给他出过许多好主意，比如说联合齐王、争取父皇、拉拢后妃、控制群臣以及必保太子之位等等。英王建成也答应在他登基之后，就拜我为国师，承担治理天下的重任。这是何等荣耀的事呀！想起来就让我兴奋不已！那时候我是天天想夜夜盼，那是我一生中最快乐的日子。"

贾玄说着说着长叹一声："只可惜好梦不长啊！终成泡影！没想到你李世民

狠如蛇蝎、狼心狗肺！竟然丧失人性密谋策划，发动了玄武门之变，除掉了你的哥哥和弟弟，并诛杀了他们家里所有的人。元吉当场被尉迟恭一鞭打死，建成虽然中了你一箭，但还有一口气，却被你下令扔进了玄武湖。是我在湖底接住了他，但你那支箭穿胸而过，建成已知必死无疑。他在弥留之际死死地攥住我的手，极为困难地说出四个字：'为……我……报……仇！'他死不瞑目。我含着眼泪点了点头，他这才慢慢地闭上了眼睛。"

那贾玄说到这里，显然有些激动，停顿了好一会儿，才接着说道："建成死后，我为他拔出刻有你名字的那支箭，给他敷上丹药，又在他口里放进一粒'镇魂金丹'，那可是我们这个家族炼成的传世之宝哇！置其口内可保其尸身千年不毁，放进当时他就红光满面似同生日。做完这一切，我才乘着夜间无人之机，把他的尸身送上岸去，与元吉的遗体放在一起。李世民你还记得吗？你杀完自己的哥哥和弟弟，立即抄斩他们的家人，接着又威逼你老爹让位，那几十具尸体放在玄武门之外，一天一夜没人去管。后来安葬之时你看见了吧，建成和元吉的遗容是一样的吗？这下你该明白了吧？"

夜静更深，月光朗朗，贾玄说的每一句话都清清楚楚，在空旷的芦苇荡里产生回响。每句话都像钢刀一样，扎在太宗的心上，让他感到很疼很疼。这么多年来，他最不愿意提起的就是这段往事。听至此处他想起来了，在他登基后宣布安葬英、齐二王的时候，他率领群臣向二王的遗体告别，发现二人的面色确实不一样。齐王元吉面色青灰，五官扭曲，样子十分恐怖。而英王建成却神态安详，脸色微红，眉宇舒展，面带微笑，好像睡熟了一般。当时许多人都暗暗称奇，没想到原因竟在这里。

想到此处，太宗长叹一声："往事如烟，人生如梦。皇权争夺，你死我活。当年我若不是首先动手，那么早死的就是我了！为了天下的黎民百姓，我是不得已而为之也！我也知道对不起建成和元吉，想起来就心痛得很！"

贾玄听后亦感叹地说："我也知道你是身不由己，但是也请你不要怪罪我，我也是受人之托、忠人之事呀！大丈夫岂能言而无信？否则其心何安耶？玄武门事件发生以后，你昼夜忙着追杀余党，我躲在湖底不敢出来，终日靠饮酒打发时光，睁眼闭眼全是建成那可怜的泪容。我知道长安是待不下去了，于是便趁着一个大风大雨之夜，几经辗转来到辽东，在这入海口安下身来。我想这里偏僻，远离京城，谅你也追杀不到这儿，只好在这里韬光养晦、等待时机了。我知道应该兑现承诺，但是靠自己身单力孤，谈何容易呀！"

"可是每天一闭上眼睛，建成就立即站在我的面前，"贾玄无奈地说，"有几次还直接托梦给我，说他死得太冤了，让我一定要为他报仇，可是这仇怎么报哇？那也得有机会呀！我绞尽脑汁，冥思苦想，寝食不安，终无良策。也许是天道循环，上苍有眼，没想到你竟送上门来了！这就是报应啊！而且是现世报，我心中高兴得不得了！听说这次东征你御驾亲临，我早就盯上你了，自从你率军进入辽河口，我就一直在辕门外转悠，寻找着动手的机会。今晚你进入酒馆虽然是乔装便服，一副当地士绅打扮，但我还是一眼就认出了你。李世民，这就是你的命啊！是你自己走出来的，谁也埋怨不得。我那么几句话你就轻易上当，连我都没有想到。也好，你就在这里上路吧！与你的老爹和兄弟们团聚去吧！我也算了却一份心愿！"说完再也无声，好像已经走了。

听完贾玄的一番话，太宗站在那里不由得怔怔发呆。他认为贾玄在履行对朋友的承诺，这本身无可厚非。自己也许就像贾玄说的那样，命该如此。难道说老天真的是在捉弄人，让他们兄弟一报还一报吗？如果说当初自己不动手，让建成当了皇帝，不仅会丢了自家性命，还会害了功臣、殃及天下。以建成的荒淫无度和胡作非为，那大唐的江山还会长久吗？隋炀帝的前车之鉴就在眼前哪！玄武门事变那也是顺天应人，为了天下的苍生啊！难道说我做错了吗？平心而论，从同胞兄弟的血肉亲情来讲，自己是心中有愧，觉得对不起建成和元吉。如今九州统一，天下平定，自己也当了二十年的皇帝了，就是死在这里，也没有什么可遗憾的了！但那十几万人马怎么办？辽东的叛乱怎么办？朝廷接下来怎么办？天下的黎民百姓怎么办？再乱下去怎么得了，人们还能够活下去吗？想到这里太宗百感交集，悲从心起，哀叹连声："罢！罢！罢！人死如灯灭，明天日照出，随它去吧！"

三

太宗皇帝一夜未回军营，唐军上下都找翻了天。急得尉迟恭暴跳如雷，抽出钢鞭就要打死守门的侍卫，被在场的众将苦苦劝住。参军徐盛此时说道："我主洪福齐天，非是常人可比！此番东征多次遇难，哪次不是化险为夷？危急时刻连关王爷都下凡相助，难道元帅都忘了吗？我想此番也未必就不是好事。依我之见，一方面悄悄多派人出去寻找，一方面暗暗做好大战的准备。我预测风雨即将来临，吉凶自见分晓。切记不可过分声张，以免散了军心、坏了士气！"

尉迟恭一听觉得有理，忙差人依计而行。自己则亲自带领一队人马，乘多条木船入荡搜寻，不提。

且说太宗立于草滩中一夜未眠，思前想后，抚今追昔，情绪倒逐渐稳定下来。他觉得人生有命，其运在天，生有处而死有地，是福是祸难躲过。想至此，他杂念顿消，豁然开朗，不再考虑自己的处境，反而饶有兴致地观赏起苇荡的秋色。此时已是清晨，只见东边天际一抹微红逐渐变大，霎时间就成了半天的朝霞。晨风中的苇塘如同一片动荡的大海，自己站在这高耸的荒滩之上，好比驾着一条小船在波浪上航行。几十只水鸟从遥远的东方飞来，欢叫着钻入蓝天，又向太阳升起的地方暨去。当一轮红日从海水中跳出，无边的苇荡立时变成了五彩缤纷的锦缎。而自己置身其中挥动手臂，又仿佛是这美丽图景中的一位画师，有一种指点江山的豪迈。他笑了！笑得很灿烂，觉得自己好像已融化在这片朝霞里。

忽然一阵喊杀声打断了他美好的遐想，太宗抬头四望，只见数百条小木船从芦苇荡中钻出，成千上万的高句丽贼兵连成片，摇旗呐喊，蜂拥而来。在一条稍大些的木船之上，俨然竖立着一面帅字大旗，在晨风中猎猎飘动。船头上一员大将，黑人黑甲黑色战袍，手持一杆带倒钩的大铁枪，咋咋呼呼，哇哇怪叫，正是敌酋盖苏文。这时只听他大声喊道："世民小儿，汝命休矣！今天你是插翅难飞，必死无疑了！但是如果你跪下来求我，答应把关外的土地割让给我们，本帅我一高兴，兴许给你留个全尸！否则我军万箭齐发，你就会弄个透心凉，成为我们的活靶子！好好想想吧！待会儿回答。"说完则悄声命令属下将士，告诉大家必须要捉活的！暂且围而不杀，看他李世民怎么回答。

太宗虽已陷入绝境，但是并非万念俱灰。他宁死也不会割让土地、分裂国家，更不能让叛贼践踏中原、祸害百姓，使平民重蹈战争的火海。他知道死后新君会为他报仇，叛贼的阴谋不会得逞。于是太宗凛然答道："无耻盖苏文！你就是个禽兽！割让土地痴心妄想！让我投降白日做梦！我命早由天定，该生自不会死！你算个什么东西，也来狂犬吠日、狼嚎鬼叫！"

盖苏文虽见太宗斩钉截铁、视死如归，但他仍然心存幻想，企图活捉。于是他命令贼兵们四下合围，靠近了再逼迫太宗就范。数百条小船拼命赶来，最近的离太宗只有几十步了，情况已是万分危急。两名侍卫早已拔剑在手，一前一后地保护着太宗，想与贼兵们拼死一搏。而太宗此时则仰望蓝天，坦然吟道："旭日照荷塘，群魔困贤王。苍天悬利剑，早晚斩豺狼。"随后一声长笑。

眼见得数百条小船即将合拢，盖苏文正想再行喊话的关头，忽然间头顶上一片黑云掠过，紧接着嘎巴一声雷响，随后狂风袭来，大雨如注。那狂风吹翻了许多条小船，有不少贼兵当即掉进水里。这时又听得苇塘中轰隆隆隆一阵巨响，如同一排排闷雷滚地而来，随之无数个大大小小的河蟹，不知从何处钻出，一时间塘面上污水翻腾，烂泥搅起，如同天塌地陷，末日来临。

盖苏文撑着长枪站稳身子抬头一看，不禁大惊失色。只见不远处的苇荡里挤挤挨挨，遮天盖地，河蟹们争先恐后，蜂拥而来。不一会儿小船边就密密麻麻爬上来无数。它们一个个横行而来，我行我素，伸螯扬爪，杀气腾腾，一眨眼的工夫就已爬满木船，见着贼兵们就乱抓乱钳，疼得高句丽将士们嗷嗷怪叫。由于蟹数太多，任凭贼兵们怎么扑打都无济于事。有些勇猛的家伙已经爬上贼兵们的身体，狠命钳那些人的面颊、耳朵和双手，有的更为狡诈灵巧，竟然钻进贼兵们的衣服或裤裆里，咬得他们在小船上翻身打滚，惨叫连声。

盖苏文面临这种突发的情况，一时目瞪口呆束手无策。他眼瞅着一群小盆大的河蟹齐心协力，已经连续掀翻了好几条木船。掉在水里的贼兵们就更惨了，他们不是被淤泥呛死，就是活活被河蟹钳死。刚刚还耀武扬威的一支船队，转眼间就乱成了一锅粥。河蟹们攻势凶猛，贼兵们鬼哭狼嚎。不仅有许多人丧失了战斗能力，还有不少人已经葬身塘底，盖苏文见状险些气疯。眼见得要抓住唐王了，自己将立下不世之功，哪承想竟然出了这样的怪事！他不甘心到口的肥肉没了，煮熟的鸭子飞了，他下决心一定要抓住李世民。由于他这条船较为高大，河蟹们虽已拥进船舱，但还不至于无法运行。他喝令贼兵们拼尽全力，把木船向荒草滩那边划去，眼见得离太宗等三人只有十几步之遥了，盖苏文见状把长枪往船舱上一点，一个反借力纵身飞起，向荒草滩那边蹿去，他想亲自活捉李世民。

太宗见盖苏文腾身而来，知道厄运不可避免，干脆闭上双眼，准备咬舌自尽，他可不想让盖苏文生擒活捉，然后受尽凌辱。那两名侍卫则挺身向前，打算与盖苏文决一死战。就在这千钧一发的时刻，忽听得耳边一声粗声粗气的大叫："秦王，快到我背上来！"太宗闻听一愣，急忙睁眼一看，只见身边一只巨蟹，蟹壳足有头号锅盖那般大小，转动着鸡蛋大的眼睛，喘着粗气望着他，"秦王快上来呀！否则就来不及了！"

此时盖苏文的身体借助于长枪的支撑，已经一跃落在草滩之上。那两名侍卫一齐上前抵抗，已由不得太宗多想。于是他纵身一跳，瞬间就落于蟹背之上。那巨蟹伸出铁臂般的长爪，探出巨铲一般的螯足，转眼间就爬出去一丈多远。等盖苏文就势一枪扫倒两名侍卫，再抬头看时，那巨蟹已爬出去两丈有余。荒草滩边全是腐草烂泥，说不准有多深，盖苏文不敢贸然下水，急得抻着脖子大喊："快拦住那只大河蟹！给我抓住李世民！千万别让他跑喽！违令者格杀勿论！"

那些高句丽贼兵被群蟹咬得哭爹喊娘，本来已经自顾不暇，此时听到盖苏文的吼叫，吓得一个个不敢怠慢，强撑着精神舞枪弄刀，摇船摆橹，一齐拥到前面进行拦截。太宗立于蟹背之上，见那只巨蟹的两个螯足至少有六尺开外，如同两柄开山的利斧，贼兵们沾着就死，碰着便亡，简直是所向披靡，连小船都被它打翻了好几条。然而由于贼兵们人多势众，仍然前赴后继、死命拦截，情势已经十分危急。那巨蟹见状一声怒吼，如同闷雷，也不知是下达了什么命令，顷刻间群蟹奋勇向前，一齐为巨蟹开路，竟然在两侧各排成一道宽宽的蟹墙，令高句丽的贼兵们无法靠近，从而一筹莫展。

　　这时候盖苏文已经回到大船之上，眼瞅着太宗被河蟹救走，直气得他七窍生烟，哇哇怪叫，也顾不得非要抓活的了，忙声嘶力竭地叫喊："快放箭哪！快放箭！射死李世民！别让他跑喽！"那些被咬得遍体鳞伤的士兵，此时方如噩梦醒来一般，一个个挣扎着拈弓搭箭，齐向太宗逃走的方向射去。霎时箭似飞蝗，遮天盖地，眼瞅着太宗又危在旦夕。

　　这时只听得天空中一声鸟叫，一只巨大的红嘴黑翎的白鹤从西边飞来，它那巨大的翅膀如同船帆一般，一扇一振，狂风骤起，立时把那些毒箭刮落水中。盖苏文射出的那支箭由于是强弓硬弩，力道迅猛，竟然射出一百五十步开外，虽然被狂风刮歪，但还是射在太宗的右臂之上。太宗当时只听噌的一声，顿觉胳膊一麻，身体失衡，险些摔倒。他知道自己中箭了，但也顾不得了，他明白硬撑着也要逃出去，那样才有活路。

　　此时只听得那白鹤在空中叫道："唐王莫慌，请跟我走！"随即扇动翅膀向西飞去。那只巨蟹听得明白，紧紧地跟在白鹤的后面，奋力向前游去。前边开道的河蟹密密麻麻，无边无际，令高句丽贼兵再也无法上前。太宗立于蟹背之上，开始尚觉平稳，待到中箭以后，神志逐渐不清，一阵阵觉得头昏脑涨，眼冒金星，四肢无力，一歪身就倒在了蟹背之上。好在那只巨蟹有群蟹保护，并未受伤，也未停步，一路跟着白鹤，驮着太宗，平安地回到唐军大营。

四

　　且说尉迟恭率领将士们乘着小船，到芦苇荡中搜索，开始时并没有听到什么动静，后来苇荡深处杀声震天，方知太宗一定是遇到了危险，急令船队全速前进，循声前去增援。可是左拐右拐东西转悠，不一会儿就迷失了方向，光听着声音找不到地方，真好比癞蛤蟆垫桌腿——干鼓肚使不上劲儿，直气得尉迟恭一蹦老高，几乎发疯，吓得将士们谁也不敢吱声。

　　这时候忽见一只白鹤飞来，不一会儿又涌出一大片河蟹。将士们抬头一看，倒在那巨蟹背上之人，正是太宗皇帝。尉迟恭顾不得什么礼节了，赶忙一哈腰抱起太宗，飞也似的跑进中军大帐。他见太宗昏迷不醒，急召随军太医诊治。

　　那太医查看完太宗的伤口，又瞧过太宗的脉象，见皇上面色煞白，呼吸急促，右臂青紫，浑身抽搐，慌忙对尉迟恭说道："启禀元帅，皇上这是中了毒箭，而且是剧毒，毒液散发得很快，已经十分危险。我这里有些解毒的草药，可以稍微缓解一下，但是无法根治。"说完配制汤剂给太宗喂下，又处理了太宗臂上的伤口，然后惶恐地对尉迟恭说："请元帅快想办法吧，不然皇上就没命了！"言罢跪在地上叩头不止。气得尉迟恭一脚将其踢翻，"平日你们养尊处优，这时却又束手无策，留你们这些窝囊废又有何用？皇上若无起色，我第一个先砍了你！"说完急令徐盛撒下人马，速请民间神医齐来大帐会诊，给太宗皇帝疗伤。

这时又有士兵来报，说大苇塘中起火，敌人杀上来了！尉迟恭一听怒目圆睁，气冲霄汉，大吼一声，如同炸雷："射伤皇上，又来劫营！这些高句丽兵，简直反了天了！将士们！都跟我上，杀他个片甲不留！"随即命随军太医护理太宗，自己率兵出营拒敌。

原来盖苏文见太宗被河蟹救走，心有不甘。后来发现一箭射中，情知太宗性命难保，唐军必然大乱。遂趁此机会纠集所有人马，弃船登岸，蜂拥而来，气势极为凶猛，志在一举完胜。那贼酋盖苏文一马当先，冲在前面，一杆大铁枪横冲直撞，如同凶神。那些高句丽贼兵明白此番背水一战，进则或可存活，退则必然去死，因此人人奋勇，个个争先，嗷嗷怪叫着冲上前来，直要与唐军拼命。

唐营这边，元帅尉迟恭憋了一肚子的气，正在无处可撒，这下子可找着出气的对象了！何况皇上还在昏迷之中，一股悲愤化作无穷的力量，遂如发疯一般冲在前面，钢鞭起处，血肉横飞，吓得高句丽贼兵抱头鼠窜。唐军将士们追寻顽敌许多天了，没见踪影，一个个心中焦躁、怒火满腔，好家伙，这回竟然自己送上门来了，这不是找死吗？遂跟着元帅全力拼杀，勇往直前，真是人人精神抖擞，个个勇力倍增。这一场恶战，双方都铆足了劲儿，拼上了血本，直杀得尸横遍野，血流成河，连苇塘里的水都变成了红色。最后终因寡不敌众，盖苏文带着残兵败将狼狈而逃。

焦头烂额的盖苏文逃进苇塘，一清点人数见所剩无几，气得险些发昏，最后把一腔恨全都集中到河蟹身上去了，他指着芦苇荡破口大骂："你们不过是一盘下酒菜，今天倒还成了精了！坏了老子的好事！我岂能容你！看看咱们到底谁厉害！"说完即恶狠狠地下令，命贼兵们四处点火，烧掉苇塘。他冷笑着高声喊道："我让你们横行霸道！我要烧死你们！烧光你们！把你们全炸熟喽！让你们断子绝孙！哈！哈！哈！哈！哈！"

北方的仲秋，野地里已经一片金黄，农作物都到了收获的季节。这塘中的芦苇虽然生长在水中，但是下边的叶子也已枯黄，只有上半部分还有些绿色，因此一点就着。俗语说"火大无湿柴"，霎时间黑烟滚滚，火光冲天，偌大的芦苇荡顷刻间变成了一片火海。那火苗借着东南风迅速向西北蔓延，烤得几里外人皆不能近前，唐军大营和沿岸渔村面临着极大的威胁。因为浓烟遮天盖地，热浪越来越近，人们都有些惊慌失措。渔民们已开始拖儿带女，四散奔逃。

盖苏文带着残兵败将逃到海边，立于入海口一块巨石之上向北眺望，不禁得意忘形，仰天大笑："哈！哈！哈！哈！哈！哈！李世民，这回我看你往哪里逃？小的们！弄些鱼虾来，我们庆祝一下！"

话音未落，凭空里一声炸雷，震得盖苏文的耳朵嗡嗡作响。只见晴天里并无一片乌云，却突然下起了瓢泼大雨。这雨下的呀，竟如扳倒了天河一般，浇得人们睁不开眼睛，冲得人们站不稳脚跟。不一会儿，雨就停了，仍是朗朗晴空、炎炎烈日，好像什么事情也没有发生。可是抬头看那些烧过的苇塘，却早已火灭烟消，一片枯焦，在阳光的照射下腾腾冒着白气，好像一个巨大的蒸锅被烧开。盖苏文见状急火攻心，啪嚓一声从巨石上摔了下来，一大口鲜血噗地喷出，一屁股坐在泥地之上，压断了身边贼兵的一条腿。他流着泪沮丧地说："真是邪了门了！我咋净遇着这样的事呀？难道这真是天意吗？"

且说尉迟恭见大火冲天，烟雾弥漫，转眼间天降暴雨，转危为安，知道这绝非偶然，定是天意，皇上一定有救，立时转忧为喜。他当即来到太宗的床前，喃喃地说："我朝国运昌盛，皇上洪福齐天。如今叛贼逃遁，大火也已浇灭，此皆上苍献瑞，都是天降吉祥！我主龙体必平安无事也！真是国家幸甚！万民幸甚哪！"

尉迟恭正默祷间，守门侍卫进来报告，说辕门外有一女尼求见。尉迟恭素知太宗信佛，来者既是沙门中人，想必自有因缘，忙说快请。

门帘一挑，一人如清风般飘然而至，无声无息，已到床前，令尉迟恭甚觉惊奇。他打量来人，只见那女尼身着灰色僧衣，脚穿麻鞋，眉清目秀，美貌端庄，有飘然出世之姿，具超凡脱俗之韵，不禁肃然起敬，忙屈身施礼："师父此番前来，不知有何见教？"

那女尼轻启朱唇，慢开秀口，缓缓说道："我知你主有难，特来此地相助。"说着伸手入怀，掏出一只玲珑玉瓶，一扬手喝下半口净水，然后噗的一声，仰脸向上方喷去。那水雾所到之处，竟然现出数朵白莲，驾着七色彩虹飘飘落下，一直落到太宗的脸上才不见了，空气中顿时充满了一股奇特的香味。说也奇怪，自从那些白莲花落下之后，太宗的脸色明显由青变白，再由白变红。不一会儿竟然嘴唇微动，双眼微睁，虽然还没有说话，但显然已经清醒过来，令尉迟恭和众将喜出望外。

这时只听那女尼朝着太宗说道："国主顺天应人，体恤黎民百姓，又谦恭纳谏，礼佛敬神，堪为一代贤王，必成万世明主。如今汝虽有难，但是大业未完，故奉佛祖法旨，特意赶来救你。你再服下一碗净水，明日当可一切如常。"说完那女尼从瓶中倒出净水，交与尉迟恭，然后如轻风般飘然而去，谁也没发现她是怎么出去的。

太宗服下那女尼留下的一碗净水，又昏睡了一夜。尉迟恭与身边重臣放心不下彻夜守护，谁也没敢眨眼。及至次日天明，旭日升起，当第一缕阳光照进大帐之时，果如那女尼所说，太宗一声长叹，竟然一挺身子坐了起来，尉迟恭和众人皆高兴万分，喜极而泣。随军太医近前查看太宗箭伤，发现居然完好如初，未留一点儿痕迹，众人感到更加惊奇。再看太宗面色，红光焕发，神采奕奕，举止言谈均胜于往常。尉迟恭这才放下心来，令众人回去休息，自己则等太宗吃下一碗粥之后，才禀报了昨晚发生之事。

太宗听后说道："那时候我心里明白，只是说不出话来。那女尼肯定是世外高人，遗憾的是不知道她是谁，住在哪里。我们无法感谢她的救命之恩。"少顷，太宗又深有感触地说："我此番死里逃生，除了感谢女尼之外，还多亏了那只巨蟹和引路的白鹤，以及众多相助的河蟹，不知它们现在怎么样了？我现在就想去看看它们！"说完迈步走出大帐，登上木船，与尉迟恭一起，带着一支人马向苇荡深处驶去。

五

一行人转弯抹角，几经周折，才来到辽河入海口的河滩之上，不觉已是正午。中天的太阳洒下金辉，照耀得海疆一片斑斓。太宗极目远眺，只见大河入海，气象万千，天水茫茫，浑如一体。再回首看这河滩之上，芦苇已被烧光，放眼一片鲜红，在骄阳的辉映下格外醒目，宛如一片燃烧的火海。稍远处的苇荡依然浩瀚宽广，黄中泛绿，像画家笔下的一幅水彩画，令人赞叹，引人遐想。太宗伫立船头，正在感叹自然之美好、人生之短暂，想好了几句诗还没有吟出，就听身边一个侍卫说道："皇上！您不是来看望河蟹的吗？卑职方才下去瞧了一下，那红色的可不是水草哇，好像都是河蟹！"

太宗闻言心中一凛，急率众人下船细看，方知大火以后，芦苇的上半部皆已烧掉，只剩下根部还站在水里，塘里的水已经变成了黑色。而水面上那一堆堆、一片片、一望无际烧成红色的东西，竟然全都是河蟹的尸体！它们的灵魂虽然已经离去，而遗骨却染红了这片海滩，成为辽河入海口一道奇特的景观。

太宗越看越揪心，越想越难受。他觉得这些小生灵惨遭毒手，全都是因他而起，是自己的粗心和轻信害了它们，立时产生了一种说不出来的愧疚，情不自禁地掉下泪来。这么多河蟹都死了，那只巨蟹在哪里呢？怎么没见它的踪影？它还活着吗？它可是自己的恩公啊！太宗一边喃喃自语，一边在河滩上徘徊，好像在寻找着什么东西，众人皆感到莫名其妙。

这时忽听得水塘边传出一个闷声闷气的声音："秦王殿下！您是在找我吗？"

太宗循声望去，只见浅水塘边一棵柳树之下，正是那只蟹王。太宗悲喜交加，急忙上前施礼："恩公在上，请受李世民一拜。感谢您日前搭救之恩，难忘您此番相爱之意。为了我这一个人，您竟然失去了那么多的部族同类，真是让我痛心之至、愧疚万分！没有您的舍命相助，我早成为盖苏文的阶下囚了！"说着忙招呼众将向巨蟹行礼。

那巨蟹见太宗对它如此恭敬，连忙说道："秦王不必客气！您当年曾经有恩于我，难道您忘记了吗？"

太宗听那巨蟹如此说，更加感到惊奇。日前他被盖苏文围困之时，那巨蟹就管他叫秦王，因为当时情况危急，来不及细想。如今这巨蟹又如此说，他就不得不认真回忆了。可是无论怎样冥思苦想，头脑中仍旧没有明晰的印象，只好无奈地摇了摇头。

那巨蟹见状对太宗说道："秦王本是大仁大义之人，但行好事，不思回报。善举积得多了，也许真的就记不得了。但我却刻骨铭心，永世难忘。您还记得当年统兵巴陵，驻扎在洞庭湖边的事吗？那时候我就已经修炼多年，能听懂人言，会讲人话，但是没有现在体量这么大。中秋佳节那天晚上，我悄悄爬上岸去观花灯，一时不慎被一群军汉捉住，被缚住手脚装入箩筐，抬到军中大帐。那时候您贵为秦王，唐朝的兵马大元帅，部下战将千员，精兵百万，真是攻无不克、战无不胜，因此天下人人敬仰，声名远扬，威望极高。我对您是久闻大名，钦佩得很，早想一睹天颜，却没想到会以这种形式见面。"

那巨蟹说到这里咳嗽了一下，显然有些伤感，语调明显低了下来："当时我被抬到大帐之中，众将官人人惊讶，个个称奇，一时七嘴八舌、议论纷纷。有人说，谁见过这么大个的河蟹呀！该不是成精了吧？有人说，成什么精啊，成精了还能让咱们捉住？有人说，干脆把它煮了吧，能够咱上百人下一顿酒的！也有的人说，献给皇上吧，说不定一高兴给咱封个官做，弄俩钱儿花花。还有的人说，这么大的河蟹，那就是个妖怪，肯定是不祥之物，干脆一把火烧死它算了，免得它以后兴风作浪，报复咱们。听了这些人的话，吓得我心惊肉跳，情知凶多吉少，于是闭上眼睛等死。"

"这时候就听有人喊'秦王驾到'，我听说您来了，就偷偷地睁开眼睛观看，当时您走进帅帐来到我的身边，围着我走了三圈，一时没有说话。这时我才清清楚楚地看到了您，果然堂堂仪表，凛凛一躯，龙行虎步，英气逼人，真乃帝王之姿、大贵之相。我当时就想，罢了！罢了！这回我老蟹死去也值了！多少英雄豪杰都败在您的手里，我老蟹又算什么？一点儿都不屈。于是我做好了死去的准备，一点儿都不悲伤，甚至还有一点儿满足。"那巨蟹深情地接着说道。

"可是事情的发展完全出乎我的意料，"那巨蟹少顷又高兴地说，"您在静静地注视了我一会儿之后，回到帅案旁朗声对众将说道：'一只河蟹能长到这么大，少说也有几百年了！它也算饱经沧桑、历尽苦难，乃三界众生之中一灵物也！方才听尔等所言，它并没有兴风作浪，也没有祸害百姓，我们为什么要恃强凌弱去加害它呢？佛祖曾说，救人一命，胜造七级浮屠。我们不如放了它，让它重回江湖，岂非一件功德？何况蟹王蟹王，名带吉祥，此时出现，当兴大唐，你们说是不是呀？'众将官听秦王您如此说，都纷纷随声附和。于是您命人解开绳索，把我放归洞庭湖里，还给我随身带去不少食物，这让我感动不已，发誓一定要报答您。后来听说您做了皇帝，我也从洞庭湖辗转来到辽河，在这入海口安下身来。这里地广人稀，河海相连，可进可退，又鱼龙混杂，比较适合修行。我想在这里修成人形，然后再到长安找您。没想到在这里就遇到了您，真是缘分哪！"

　　那巨蟹说完这番话似乎有些累了，不再言语。少顷太宗忍不住问道："那你怎么知道我来辽东，又怎么会在苇塘遇见我，而且救助得那样及时呢？"

　　那巨蟹休息了一会儿，才又慢吞吞地说道："这就不难理解了！朝廷大军来了，百姓欢欣鼓舞，皇帝御驾亲征，人人奔走相告，我怎么能不知道呢？盖苏文这帮高句丽贼兵杀人放火，坏事做绝，老百姓早就盼着剿灭他们了！头天晚上贾玄把您骗到芦苇荡，不是有一番对话吗？那时候我就知道了。但是由于贾玄派许多龟孙在那里守着，我一时没法儿下手，忙召集部族同类商议对策。我到这里来也快二十年了，同类一直都听我的。大伙儿说：'既然是您老蟹的恩人，我们大家舍命也要相救。'只可惜来得晚了一点儿，差点儿让盖苏文那坏种得逞。对不起！秦王您受惊了！"

　　那巨蟹说完这一番话，如释重负似的长叹一声："大恩已报，再无憾矣！只是可惜我的那些同类，死得太多也太惨了！它们被烈火焚身又暴尸荒滩，让我心中不安哪！所以您来的时候，我正在柳树下为它们祈祷呢！"

　　众将听过之后感动不已，有许多人都流下了眼泪，大家都对巨蟹及其同类的献身精神和德行义举赞不绝口。太宗语重心长地对众将说道："这是一群有情有义、品格高尚的河蟹，它们的道德良心和所作所为，是我们人类学习的楷模呀！一定要告诉我们大唐的臣民，它们是此番东征的功臣，国家应该永远记住他们！"众将异口同声表示赞同，呼喊声响彻河口海疆。

　　太宗当即向巨蟹表示，一定要把这些河蟹就地安葬，以安其心，以彰其义，同时在入海口举行水陆法会，为死去的河蟹进行超度，希望它们的灵魂早升天国。尉迟恭与众将听后立即奉旨实施，十几万将士一起动手，连续苦干了九天九夜，终于把这些亡蟹安葬完毕，将它们全部埋在苇塘中的水草之下。竣工之日，太宗率全体将士隆重祭奠，悼念之诚感天动地。

六

安葬完那些惨死的河蟹，太宗的心中仍然隐隐不安，总感觉有一件事情还没有做完。他对身边的将士们说："日前河蟹救驾，固然功不可没，但是如果没有白鹤引路，我也必然惨遭毒手，恐怕也难逃被俘的厄运哪！"

参军徐盛接过来奏道："皇上洪福齐天，上苍自会相助，那白鹤口吐人言，神通广大，不是受仙家差遣，也定是佛祖派来，我们到哪里去找哇？陛下只需敬天法祖、宽以待民便是！"

徐盛的这番话刚刚说完，就有一侍卫进来奏报，说辕门外飞过一只白鹤，从空中遗下书信一封，呈请皇上御览。太宗接过来见是一块白绢，上面用朱笔写着四行三十二个字："白鹤引路，大雨灭火。劫数在你，救难是我。善待众生，以德治国。多施仁政，少动干戈。"落款是青岩洞主。太宗看后环视众人："谁知道青岩洞主是何方高人，姓甚名谁，住在哪里？"

参军徐盛闻言奏道："半年前我军路过辽西，臣闻医巫闾山有座青岩古洞，乃是观世音菩萨在北方的驻跸之所，莫非就是那里？"

太宗闻言命人速去打探，不一日回来奏报说，医巫闾山确实有座青岩古洞，离此大约百里，山洞坐落在陡峭挺拔的半山腰之上。因山洞上方的石壁上长满青苔，远远望去如同青色岩石，蔚为壮观，故名曰"青岩古洞"，相传已有几千年的历史。洞中确有菩萨常来常往，皆是乘着莲花来，驾着彩云归，许多当地人都曾目睹。这个没错，但是没有庙宇。

太宗闻之心中欢喜，敢情自己有菩萨保佑，怪不得屡次绝处逢生、化险为夷，从此心中越发笃信佛教。次日太宗升帐晓谕众将："此番辽河口一战，盖苏文兵败逃往辽东，必将负隅顽抗。我军须乘胜追击，剿灭叛贼，平定边陲，根除隐患，今后不会再轻易用兵。"随即下旨令尉迟恭率军北进，追歼残敌。自己则带领徐盛等一班文臣，亲去医巫闾山拜谒青岩古洞。太宗见山路崎岖，行走不便，百姓无法去古洞进香，遂下旨拨下银两，诏令幽州刺史和昌黎守捉司，负责在此地修建庙宇，构筑上下两院并开通上山的道路。太宗望着这巍峨的群山，神奇的古洞，一时有感而发，随口叹道："人生苦短而青山常在，修成正果方万古千秋哇！何时能如洞主一般，驾祥云野鹤，伴青灯古佛，与日月同辉，与山河同在呀！"说完挥笔写下"万古千秋寺"五个大字，希望大唐的千秋万代，永远记住青岩洞主的功德。

离开医巫闾山以后，太宗又颁下圣旨，在巨蟹救他的那个荒草滩之上，修建一座蟹王庄，作为蟹王的府邸。太宗亲自赐名巨蟹为"蟹王"，命它统领天下所有的河蟹部族。据传那巨蟹由此修成人形，一直居住在辽河口为渔民造福，又有人说他曾率河蟹们去找盖苏文报仇。传说盖苏文逃回老巢以后，每天睁眼闭眼全是辽河入海口，成千上万的河蟹幽魂张牙舞爪，一齐向他索命，吓得他白天不敢独处，夜晚无法安眠，最终被蟹王用巨螯掐死。是真是假，就无从考证了。

与此同时，太宗还下旨封引路的白鹤为"鹤乡王"，着令在白鹤救他脱险的地方，选择一高阜之处，为白鹤修建了"灵禽佳苑"，诏令每年春暖河开，天下所有的白鹤都要来这里相聚，九州所有的飞禽都要到这里朝拜。届时，南来的候鸟，北上的飞禽，遮天盖地，熙熙攘攘，真是莺歌燕舞，热闹非常，辽河入海口成了天下百鸟的乐园，而"鹤乡王"也由此名闻天下。

做完这些以后，太宗心情稍安，便带着众人到辽东前线去了。虽然此番并没有抓住贾玄，但太宗并不遗憾。他实在是不愿再揭起这块痛彻骨髓的伤疤，另外不知怎的，他在内心深处对贾玄根本恨不起来。

次年九月，当太宗班师回到长安半年多以后，他接到辽东地方官吏的奏报，说时过一年不算太长，但在辽河口那一带海滩之上，却生成了一道亘古未有的奇观，所有的荒草滩在数夜之间，全都变成了鲜红的颜色，远远望去如一大幅铺在海边的锦缎，又像一大片燃烧的火海，那跳动的火苗在阳光下熠熠生辉，灿烂无比，引得许多人都去观看。

太宗听后感叹地说："那是亡蟹在喻示我们，是它们的热血染红了那片海滩，才换来了辽东今日的安宁、大唐今天的辉煌啊！我们切不可忘记它们！"于是挥笔用飞白书写下"辽东红海滩，义蟹保平安"十个大字，为九州上下传诵一时。此件墨宝后来流落何处，已经无法知晓。但是辽河口的"红海滩"之名却由此流传下来，并成为历朝历代的旅游胜地。然而关于红海滩这个凄美的传说，却鲜为人知。

第七篇　菊花姑娘与觉华仙岛

　　五姐所讲述的圣清宫和宝林楼，前年我还真的去过一次，说实话当时并没有留下什么深刻的印象，只觉得那个地方很清静、很幽雅，倒是个出家修行的好去处。刚才听杏芳姐这么一说，才知道那个地方如此神奇，竟然有着那么好听的故事和凄美的传说，听了之后，让人的心情久久无法平静下来，甚至滋生出许多酸楚和无名的惆怅。

　　我要讲的故事其实也和唐王征东有关，不过时间和地点都不一样。它不是发生在征东大战之前，而是发生在班师回京的路上；不是发生在医巫闾山的脚下，而是发生在渤海之滨的瑞州，也就是今天的兴城和绥中一带。七姐李嗣君接过来说道。

　　我的老家就住在宁远古城，也就是现在的兴城市区。这个小城镇别看不大，却名扬天下。它西倚燕山余脉恰如虎踞，东临渤海之滨又似龙盘，北靠锦绣之州连接关东腹地，南凭万里长城前瞻神圣京华，自古以来就是塞外的咽喉、兵家的重地。这里不仅山海相依、风光秀美，矗立着一座全国保存最为完好的古城，从而令旅游业蜚声天下，让世人流连忘返；还因为历史悠久、文化丰厚，发生过许多著名的战役，留下许多动人的传奇，让人们津津乐道、赞赏不已。

　　从魏武帝曹操的北征乌桓、东临碣石，到南北朝时期的少数民族南下、挺进中原；从隋唐两朝的数次讨伐高句丽，到辽宋时期的几番幽州大决战；从明王朝末期的宁远城大捷，到李自成义军的一片石兵败；以至于震惊中外的辽沈战役，无一不把这里当成一个威武雄壮的舞台。这座古朴而秀美的辽西小城，演绎了太多的历史活剧，刻上了太多的时代印痕，从而让它闻名中华。

　　然而诸位有所不知，让兴城人感到更为自豪的，还不是它的古城，而是它的大海，确切地说也不是它的大海，而是它的海岛。金庸先生的武侠小说许多人都读过，那里边数次提到过一个神奇的地方，叫作"桃花岛"。那个武功卓绝、出神入化的黄药师，那个乖巧伶俐、美若天仙的俏黄蓉，也许大家都不会忘记。但是您知道"桃花岛"在什么地方吗？告诉你吧！它就是现在兴城的菊花岛。有史料记载，在隋唐时期，它就叫"桃花岛"。没听说过"南有蓬莱，北有桃花"

吗？那可是神仙待的地方啊！

　　菊花岛又叫"觉华岛"，距离兴城海边十多公里。我小的时候去海边玩，常隔着大海向东南方眺望，向大人们打听海上那座山叫什么名字。大人们不是忙着修船，就是忙着补网，于是便有人顺嘴说道："那里是菊花岛，没看出那座山像一朵菊花吗？"我看了之后觉得不怎么像，心中不以为然。直到上学以后，那位美丽的女老师给我们讲了菊花仙子的故事，才使我恍然大悟，并且一生不能忘怀。今天我就讲给大家听，也许您就明白了"菊花岛"真正的含义。

一

　　且说大唐贞观十九年（645），太宗李世民率三路大军亲征高句丽，一阵穷追猛打，连下辽东数城，歼敌二十几万，逼近叛贼老巢。兵临城下，将至壕边，高句丽王高藏眼见即将亡国，被迫再次归降，向朝廷写下降书顺表，继续纳贡称臣。太宗李世民考虑到出师日久，将士疲惫，又担心天气转凉，粮草不济，虽然没能如愿拿住盖苏文，但平定边陲的目的已经达到，于是下令班师。大军渡过辽河，跨越闾山，从辽东直奔辽西，准备从榆关过长城，在年底之前返回长安。

　　队伍跋山涉水，夜住晓行，这一日走过徒河，傍晚时分来到瑞州地界。参军徐盛策马前来，在龙辇外边轻声奏道："启禀皇上，前方就是来远小镇，这里离长城已是不远。我军连日跋涉，将士十分劳累，应当适当休息。何况天气转凉，将士仍着单衣，恐于军心不利。微臣以为，不如在此休整一些时日，一候寒衣，二等粮草，待诸事齐备，再回师不迟。"太宗听后甚觉有理，于是立即准奏，着令大军在此安营扎寨。元帅尉迟恭听后正合本意，于是迅速地做出部署。

　　时值九月，秋高气爽，晚风吹来，已略带一丝寒意。唐军将士们遵元帅之命，为了避免扰民，都在镇外扎营，此时有的忙活着埋锅造饭，有的张罗着稳定帐篷，军营中一片笑语欢声。这时在夕阳余晖的照耀之下，从山里边走出来一溜小车，大约有十几辆。赶车的山民们边走边喊："吃苹果喽！吃安梨喽！吃大枣喽！吃白梨喽！"不一会儿就来到了唐营的跟前。将士们此时又渴又饿，呼啦一下子就围了上去。

　　先锋官程名振此时正指挥着将士们布置鹿寨，听到这边吵吵嚷嚷，就快步走了过来。他扒开人群近前一看，只见一溜儿十几辆驴车停在路边，车上装满了用荆条编成的筐子，从筐子里飘出好闻的浓郁的果香。在头两辆驴车的中间，站着两个车夫，看样子是领头的，正与唐军的两个校尉说着话。其中一人的嗓门儿极高："这是正宗的徒河苹果，有名的瑞州白梨，昌黎的狗头大枣，龙城的麻面安梨。这都是当年受过大燕王慕容皝皇封的,是关东有名的'辽西四宝'、水果之王!快来品尝啊!快来品尝!"

程名振循声望去,见说话的那个人高挑个儿,面黄肌瘦,长眉入鬓,鹰眼高鼻,穿一件半新不旧的灰色夹袄,裹一块蓝里套白的印花头巾,左手握着一根赶车的鞭子,右手托着两个硕大的苹果,正在向两名校尉比比画画,显得心意十分真诚,看年纪也就三十多岁。旁边站着的车夫是个黑大个儿,一身黑色的夹衣破破烂烂,打着许多补丁,头上缠一块黑色毛巾,皱皱巴巴,埋里埋汰,脚上蹬的一双黑色布鞋已经张嘴,两个脚趾大模大样地露在外头。别看这车夫穿得破旧,但他生得豹头环眼,黑面虬须,四肢粗壮,膀大腰圆,站在那位瘦高个儿的黄脸汉子身边,就像是他的一个保镖。此时黑大个儿也扯着沙哑的嗓子高声大喊:"吃苹果哟!吃大枣哟!快快来哟!嘿、嘿、嘿!全都白吃!一文钱也不要哇!"

唐军的将士们将这十几辆驴车围得里三层外三层,有的已经跳上驴车,往下搬筐,有的则开始打开果筐,挑挑拣拣,但是没有一个人敢于拿过来就吃。因为他们明白,白吃老百姓的东西就等于是抢,按照太宗皇帝定下的军规,那是要被杀头的。因此他们都在等待长官的态度,确切地说,是在看着先锋官程名振的脸色。

程名振此时已经走到驴车的旁边,他知道这些将士又饥又渴,跟着他出生入死实在是太不容易了,望着一个个期盼的眼神,他感到一阵阵心酸。于是他大手一挥,对那两个校尉说道:"快取十锭大银来,这些水果我们全包了!"将士们闻听欢声雷动,一个个欣喜若狂,争先恐后,顾不得洗了,抢过来就吃。有的因为吃得过急,噎得直翻白眼儿,竟然呛得鼻涕眼泪直流,程名振见了,觉得既心疼又好笑。

这时两名校尉抬着一筐苹果走来,请先锋官回到大帐享用。程名振正待转身,忽听后边不远处吵吵嚷嚷,聚了一大群人,似乎发生了什么事。他与两名校尉过去一看,原来是两名车夫保护着一辆驴车,不让士兵近前。士兵们七嘴八舌、愤愤不平:"程将军都给钱了,这车水果就是我们的!""为什么这车不让动啊!它有什么特别的吗?""弟兄们!下手搬!别人都吃饱了,我们还饿着呢!""对呀!冲上去,把那几个车夫轰走!""不是说让白吃的吗?怎么花了钱还不让动啊?"士兵们吵吵嚷嚷,已经冲到车前。可那黑大个儿站在旁边像座铁塔,两臂平伸,横扒拉竖挡,已把几个士兵推倒在地,眼见一场斗殴即将发生。

程名振大喝一声,屏退众人,然后走上前去双手抱拳,和颜悦色地说道:"请问这位小哥,这水果既是送与我们吃的,为什么又不让动呢?何况我们已经付过钱了,这车水果就等于是我们的了,怎么非要单独留下它,这里边有什么说道吗?"

"是有说道！将军勿急，容我把话给您讲明白！"还没等那位黑大个儿接茬儿，前车的那位瘦高个儿黄脸汉子走了过来，边走边说道："列位军爷有所不知，待小民禀过之后便知分晓。我等皆是这瑞州附近的山民，托皇上洪福，得朝廷恩德，这些年风调雨顺，安居乐业，生计一年比一年好。如今大军东征讨逆，皇上御驾亲征，都是为了边疆百姓的安宁，辽西黎民的福祉，我等山野草民自当感激不尽。这十几车当地水果，是四乡民众的一点儿心意，权当是劳军之物，请各位军爷品尝便是，还要什么钱哪？那些银两我们是不会要的。"

说到这里，那黄脸汉子又停顿了一下，留意观察士兵们的反应，见全场鸦雀无声，这才接着说道："至于这车水果嘛，它是六筐苹果、六筐安梨，每筐里又都装有一百六十六个，是我等精挑细选过的，可以说个顶个是水果之王，一等的好果。它是我们四乡的百姓专门用来孝敬当今皇上的，取个'六六大顺、一路平安'之意。不是不让军爷们吃，还请各位见谅！"那黄脸汉子说完满脸赔笑，频频拱手，再三表示歉意。

将士们一听就明白了，"原来如此！为什么不早说？""既是孝敬皇上的，一句话不就说清了，何必搞得如此神秘？""拉倒吧！咱走吧！吃饭去！"顷刻间围观的将士们一哄而散。

先锋官程名振听那位黄脸汉子如此说明，不敢怠慢，急忙去行宫向皇上禀报。不一会儿，太宗李世民、元帅尉迟恭偕文武随从数十人，一齐向小车队这边走来。

那十几个车夫远远看见，以黄脸汉子为首，唰的一声全跪下了，同声奏道："皇上御驾亲征，本为边疆百姓，如今班师归来，此乃万民之福！草民得见天颜，实为三生幸事。几筐山里水果，聊表孝敬之心，还请皇上笑纳！"说完复叩头不止。

太宗扫视众位车夫，心里突然咯噔一下。他感觉领头的这两位车夫，即那位黄脸汉子和那位黑大个儿，似乎在哪里见过，那身形和脸庞实在是太熟悉了！但一时又想不起来、对不上号，不由自主地摇了摇头。这时他见车夫们行礼不止，容不得多想，于是近前几步，朗声说道："列位乡邻请起！何须如此叩谢？世民受天下父老之托，自当竭尽全力以酬四海，岂敢有丝毫怠慢之心？朕无时不诚惶诚恐，每日都在寝食不安，生怕辜负了黎民的重托、天下的厚望。此番辽东生乱，殃及边境乡邻，世民已是愧疚不及！尚请辽西父老多多体谅、不吝赐教才是！"说罢率群臣给车夫们还礼，此时围观百姓已达数千人。

这时候那位黄脸汉子站起身来，从驴车上搬下一个特大的筐子，从筐里取出一个特大的水果，双手托着跪而奏道："启禀皇上，这辆车上有六筐苹果、六筐安梨，每筐里又有一百六十六个上等的好果，小民方才已同军爷们说了，取'一路平安、六六大顺'之意，是专门孝敬皇上您的。草民手中的这枚白梨，重三斤三两三钱，不仅这瑞州山里多年未见，恐怕这普天之下也罕有耳闻。盛世出祯祥，深山结梨王。这是天赐的神果，大唐的荣光，草民们不敢擅用，早想着献给皇上。皇上若是不来辽东，我们也会去长安觐见。今日有幸，得瞻天颜，草民斗胆，恳请皇上品尝。否则天气转凉，路途遥远，恐怕运到长安，就没有现下的馨香了！"说着提过水壶，冲洗数遍，然后掏出果刀，托定梨王，果转刀飞，果皮脱落，刀法轻松纤巧，令人眼花缭乱，众人见之暗暗称奇。

那黄脸汉子手脚麻利，转眼间已将梨王削好，装入盘中，双手托举着跪而奏道："梨王已经切好，盘中备有刀叉。此乃天下奇果，诚请皇上品尝。"那些车夫闻之，唰的一声又全跪下，齐声奏道："敬请皇上品尝，勿负草民之心！"看来早有准备。

太宗见车夫们如此热情，周围又聚集着许多百姓，亦跟着同声道贺，觉得民心可贵，盛情难却，自己切不可拂了民意，于是高兴地点头应允。一名侍卫见状走上前去，接过那位黄脸汉子手中的托盘，跪着呈献给太宗。太宗眼含热泪拱手说道："感谢瑞州父老的一片心意，世民自当鞠躬尽瘁，以报答列位拳拳之心！"说罢用右手叉起一块白梨，眼看着向自己的口中送去。

就在这时，忽然半空中一声巨响，紧接着一股怪风袭来，一只金黄色的大鸟，如一朵飘动着的祥云，倏地从头顶上掠过。随着那巨大的翅膀一扇一合，太宗手中的那块白梨应声落地。连同那侍卫手中的托盘，也不知被狂风卷到哪里去了。众将士和百姓们虽感事出突然，但都不由自主地围拢在太宗身边，一起来保护皇上的安全。至于那些卸完水果的驴车，由于驴子们受到惊吓，一个个嘶鸣乱叫四处奔逃，将那些空筐、空篓甩得到处都是。而那些刚才还跪在地上的十几个车夫，此时却踪影全无。狂风过后，众人都感到有些莫名其妙。

二

本来挺喜庆的一个场面，让一只金黄色的大鸟给搅了，连那块眼瞅着到嘴的罕见的梨王，也没能尝到，太宗感到有些扫兴。他怏怏不悦地回到行宫，晚上与近臣们喝了几杯闷酒，觉得心情仍然不舒畅，于是便踏着月色出来，独自一人在院中踱步。

太宗自幼随母信佛，成年后行军打仗多年，自知杀戮过重，常负悔罪之心，因此每到一处，他必先到当地佛寺烧香祈祷。这次班师回朝，在来远小镇暂时休整，他便诏令将行宫设在寺院，即这里正觉寺的后院。大军还没住下，太宗就亲自拜访了本寺方丈慧源法师，并且谈得十分投机。此时法师见太宗归来，便躬身行礼轻声问候："阿弥陀佛！贫僧向陛下请安！陛下傍晚时受到惊扰，晚饭后又似心绪不佳，难道有什么不解之事吗？贫僧可否为您分忧？"

太宗停下脚步，望着空中的那轮明月喃喃说道："山民拥戴朝廷，献些水果劳军，此事应在情理之中，倒也无可置疑。只是为首的那两个人，我总觉得在哪里见过，却一时又想不起来。还有那只金黄色的大鸟，来得太过突然，将我手中的梨子打落，是偶然还是有意？紧接着那十几个车夫都不见了，他们为什么要不辞而别呢？这些事情虽然已经过去，但我觉得都不正常，却说不出来哪里不对劲儿，因而百思不得其解，尚请大师指教。"

慧源法师闻之又施一礼，然后说道："阿弥陀佛，承蒙陛下抬爱。贫僧以为，世间万事万物，无不有因有果。来时自当是有因而至，去时亦应是有因而归。因果循环，善恶相报，始终贯穿于三界之内，一切皆融于大法之中。吉人天相，善者佛缘。贫僧今日夜观天象，见有数道白气侵入紫微宫中，主陛下似有不时之虞。然陛下顺天应人、广施德政，感得四时康乐、五谷丰登、八方咸服、万民欢畅，自是上有神灵护佑，下得百姓相助，定能逢凶化吉、遇难成祥。故而陛下不必多虑，只管安心休养便是。"

"至于这防范之法嘛，贫僧心中有数。"慧源法师见太宗侧耳静听、频频颔首，稍微停顿了一下，才又接着说道："傍晚时贫僧去街上行医，在路边偶见一株金菊，竟然有黄花九十九朵，光芒四射，香气袭人，甚觉奇之。贫僧知这金菊为菊中之王，有祛邪扶正、静心安神的功效，置于居室之中，可保五毒不侵，令主家安然无恙。故而特地请来，放在陛下寝宫之内，有助于陛下解除疲劳，摆脱烦恼，安然入睡，善保龙体。"太宗闻之当即心结顿释，喜笑颜开，拱手向法师致谢。随后二人入室品茶，聊至许久方归。

当晚夜半时分，月光朗朗，轻风习习，唐军大营中一片安静，疲劳的将士们早已睡熟。行宫外偶尔传来梆子声响，大海上不时送过海浪的低语。寺庙大墙之外，在那片黑黝黝的树林中，一伙黑衣人如一群幽灵，轻车熟路、蹑手蹑脚地摸进了大庙之内。他们用五毒金鸡熏香开路，轻而易举地迷倒了行宫的侍卫，然后神不知、鬼不觉地溜进了后院，接近了太宗的寝宫。

此时太宗正在酣睡，轻微的鼻息声证明他确实睡得很沉。以往太宗尽管十分疲乏，但也久久不能入睡，如果不是借助于酒精的帮助，他几乎就没睡过一宿好觉。但是今夜不一样，他刚刚躺下不久，就闻到了一股特别奇异的芳香，让他的周身感到特别舒服。他不由自主地狠抽了几下鼻子，发觉这股异香来自床边那盆硕大的金菊。那盆金菊在朦胧的夜色中无声地劳作，不仅散发出好闻的气味让人心醉，而且放射出淡黄色的光芒给人温馨，就像悬挂在空中的那轮圆圆的月亮，让这间静谧的寝宫充满了神秘和柔美的气息。

接近寝宫的黑衣人进得门来，立即分成三伙，由两伙人分别把守大门和二门，另一伙则熟门熟路，如股轻风一般溜进了太宗的寝宫。那位黄脸汉子左手一摆，示意另外三人不要出声，自己右手掏出五毒金鸡熏香，在心里头默默地说道："李世民哪李世民，你的死期到了！你是癞蛤蟆躲端午——躲过初一躲不过初五。你没有吃下我的五毒梨王，算你侥幸，但你逃不掉我的金鸡熏香。你别怨天、别怨地，罪孽都是自己造下的！谁让你害了我的父亲，又杀了我的姐夫！杀父之仇，不共戴天！这一刻我等了二十多年哪！你去死吧！到那边去和你的坏种老爹和笨蛋兄弟们团聚去吧！哈！哈！哈！哈！哈！"那黄脸汉子在心中一阵大笑，然后安上竹管，一团毒雾噗地喷出，又迅速地蔓延开来，很快向太宗的头边扑去。不大一会儿，就听太宗轻轻地咳嗽了一声，脑袋一歪就不动了。那黑大个儿见状一招手，四个黑衣人一拥而上，挥舞起手中的刀剑，一齐向太宗的身上戳去，眼见得太宗即将命丧黄泉。

就在这千钧一发的时刻，忽然间寝宫内金光一闪，摆在太宗床边的那盆金菊乍开，就像暑天里正午的太阳一样，放射出炽热的光芒。那强光刺得黑衣人睁不开眼睛，那热浪呛得黑衣人出不来气儿，使得四个黑衣人不约而同地打了个趔趄，险些摔倒。气得那位黑大个儿高声骂道："怎么啦，闹鬼啦？快下手哇！还等啥呀？"说完猛蹿上前，举起利刃，咬牙切齿地刺了下去。

可是当那几个黑衣人再次举起刀剑，就见那盆金菊强光一闪，几位黑衣人的手臂不知被什么利器刺中，胳膊一麻，手中的刀剑当啷一声掉在地上，他们不约而同地歪头一看，竟是一些菊花瓣儿，牢牢地钉在他们的臂膀之上。吓得那位黄脸汉子惊叫一声："不好了！有高人！快撤吧！"第一个抱着膀子跑了出去。另外三个人龇牙咧嘴地落荒而逃，把寝宫的门板摔得啪啪直响。然而床上的太宗还在酣睡，军营中也无人察觉。只有年逾八旬的慧源法师，躲在暗处微微一笑，这才回寮房睡觉去了。

三

唐军在来远小镇休整了六天，一晃就到了九月十九。适逢观世音菩萨出家之日，正觉寺举行隆重的弘法大会，十里八乡的僧侣和莲友，小镇周边的父老乡亲，都到寺中前殿拜佛。焚香的、还愿的、祈福的、放生的，人流熙熙攘攘，场面热闹非凡，闹腾了整整一天才安静下来。

也许是受到信众们情绪的感染，太宗身在后院行宫，思绪却飞到了辽东战场。他想起了安市城郊的那场血战，回忆起在那里牺牲了的将士们，不由得热泪盈眶，百感交集。如今自己将班师回京，与家人团聚，而那些阵亡将士的忠魂，却永远留在了那块土地上。想至此处，他顿生愧疚之心，觉得自己对不住他们。于是在晚饭以后，太宗便率领随行众臣，到前殿上香叩拜，为阵亡将士们祈祷，期望菩萨保佑他们早登天界。

祈祷仪式结束之后，太宗因心绪不佳，便信步走出寺院，到海边去散心。尉迟恭、程名振和徐盛等人因为担心皇上的安全，遂紧紧跟在后边。九月深秋，天气转凉，海风吹来，人们都感到一丝寒意。右边的小镇依偎着群山，万家灯火清楚可见，偶尔传来人声和犬吠，给人带来温馨和暖意。而左边却是无边的大海，海浪撞击着礁石时强时弱，发出的声音像狼群在低嗥，让人感到十分阴森和恐怖。走着走着，程名振不禁浑身打战，有些害怕，而那几个打着灯笼的侍卫，一个个则吓得两腿打晃儿，抖如筛糠，身体直往右侧那边倾斜，好像生怕大海一张嘴就会把他们吞掉。

不觉之间戌时已近，海边忽然有轮明月升起，让黑暗中的天地立时生动起来。月亮越升越小，但却越来越亮，不大一会儿就状如冰轮，皎洁如画，把那淡淡的银辉毫不吝啬地洒向人间。太宗停下脚步，伫立良久，目不旁视，眺望东方。他感到在那轮明月的下面，似乎有一艘大船向这边驶来，而且越来越近。太宗率众人又前行数丈，依稀看到船上好像有灯火，而且影影绰绰有行人在徘徊。又过了一会儿，已经能看出那些人是穿着盔甲的将士，虽然面貌尚看不清楚，但能认出穿的是唐军的服装，船上还有一面唐军的旗帜。太宗见了心下疑惑，"南路的水军早已从陆路班师，海上怎么还会有朝廷的木船？难道是……"想着想着，不觉就说出声来，尉迟恭和随行的众人也捉摸不透，听了之后皆纷纷摇头。

这时大船已离岸边不远，估摸着不会超过一箭的距离了。元帅尉迟恭紧走几步，正要跑上前去问话，忽然间大船上火把齐明，站在船上的将领们唰地跪下，齐声大喊："末将参见陛下，愿陛下福泰安康！"连呼数遍，声震夜空。

太宗闻之，心中越发疑惑。这时就听船上一人高声喊道："陛、陛、陛下！我、我、我是齐、齐、齐国、国远哪！"紧接着又有人说："我是尉迟南！""我是尉迟北！""我是贾云甫！""我是柳周臣！""我是金甲！""我是童环！""我是柳飞龙！""我是柳飞虎！"等等，喊话者个个站起身来，向太宗这边招手。太宗心下踌躇，正待发问，这时大船上又有一将高声说道："陛下！我是李如珪呀！自从间山一别，已是百日有余。微臣无时无刻不在思念着陛下、惦记着陛下呀！微臣的躯体虽然已经离开了尘世，但灵魂却始终陪伴在您的身边，跟随您在辽东血战，伴随您胜利归来。如今您即将班师长安，那么我们到哪里去呢？皇城禁地，我们也进不去呀！"说罢放声大哭，捶胸顿足，痛彻至极。船上的其他将领闻之，亦随声附和，哀声不止。海风阵阵，月色朦胧，哭声划破夜空，让人撕心裂肺。岸上众人听罢，无不悲从心起，一个个泪眼蒙眬，啼哭不止。

太宗初时惊诧，继而疑惑，及至听了李如珪的一番话，才让他如梦方醒。原来这不是一支班师的队伍，而是阵亡将士的英灵，是他们不离不弃，一直在跟随自己，在关怀着战事的进展，惦记着自己的平安。多好的将士！多亲的兄弟呀！太宗不禁激动万分，热泪盈眶。他心中着急，脚下加快，沿着海岸向前飞跑，不知不觉之间，已把众人落下很远。

跑着跑着，太宗发现前边有一道栈桥，从岸上向海中伸出很远，大概是大船装卸货物用的。如果跑上这座栈桥，那么离大船上的人们就很近了！匆忙之中不及细想，太宗快速跑上这座栈桥，站在顶端手扶栏杆，气喘吁吁地向大船那边喊道："各位爱卿！我的兄弟！我是一刻也没有忘记你们，每天都在想着你们哪！如不念大唐万里江山，天下贫苦百姓，我早已随诸位去矣！"说着话涕泪交流，悲痛不已，连连向大船那边行礼，而大船上的诸将也不断向太宗招手。

太宗沉浸在无比哀伤之中，只觉得一阵阵天旋地转，头重脚轻，光顾着与大船上的人们对话了，未提防脚下的栈桥已经移动。待后边追上来的尉迟恭等人赶到，才发现那栈桥的顶端已与桥体分开，正载着太宗向海中驶去。尉迟恭见状大惊失色，急得他大喊一声："皇上！快回来呀！"但是已经晚了！那栈桥的顶端显然是一艘木船，此时离开桥体已经有两丈多远了！尉迟恭来不及细想，"嗖"的一声凌空跳起，直向那艘木船飞去，眼瞅着就已落在太宗的身边，不想被木船上的人们一竿打落，扑通一声跌入海中，生死未卜。木船上的人们一阵大笑，瞬间扯起风帆，箭一般地开走了。

皇上被劫，元帅落海，急得岸上的众人失魂落魄，惊慌万分。程名振、徐盛等人高喊着："皇上！元帅！""皇上！元帅呀！""哎呀！天塌啦！这可怎么办哪！"一时束手无策，如同一群热锅上的蚂蚁。而太宗李世民突临变故，还没有弄清是怎么回事，只是像傻了一般连声问道："各位爱卿，我的兄弟！这是怎么一回事？怎么一回事呀？"

四

"怎么一回事？你说怎么一回事？哈！哈！哈！哈！哈！哈！"这时只听得木船上有人大笑，"李世民！怎么一回事你不知道吗？告诉你，你的末日到了！你就等死吧！谁也救不了你了！明年的今日就是你的周年！这个日子非常好记，是观音老母的出家之日。老母升天，你下地狱，多好哇！你应该谢谢我才对呀！

哈！哈！哈！哈！哈！"又是一阵狂笑。

太宗听罢此言，如闻晴天霹雳，立即惊出一身冷汗，明白自己已经陷入魔掌。但他身经百战，数次遇险，每次均能够化险为夷，转危为安，因此他并没有绝望，而是迅速地冷静下来。待那人高声笑过之后，太宗随即朗声说道："这位英雄此言差矣！我与你往日无冤，近日无仇，你何故非得要我性命？看你处心积虑设下圈套骗我，无非是为了一己之利。说吧！要官要钱，尽管讲来，我会满足你的！你我海中相遇，也是今世的缘分，我断然不会追究。请速送我回去，否则后果自负！"

"哈！哈！哈！哈！哈！"那人又是一阵狂笑，"送你回去？想都别想！我知道你如今一统天下，富有四海，用这招儿打发谁都管用，但对于我来说，却如同一块破布！权力和金钱有什么用？它能买来宝贵的生命吗？我们俩的父亲都惨死在你的手上，你的双手沾满了我们亲人的鲜血，你敢说无冤无仇吗？我与你不共戴天！我早就想弄死你了！"

太宗听后微微一笑，从容地答道："这位英雄，少安毋躁！想当年为了推翻隋朝暴政，拯救天下百姓，我李世民南征北战，驰骋沙场，两军阵前你死我活，身不由己，委实杀过不少豪杰。不知您是哪位仇家的后代？我们就不能冰释前嫌，化敌为友吗？"

那人听后冷笑一声："冰释前嫌，化敌为友，说得好听，这可能吗？你看看我是谁就知道了！小的们，掌上灯来！"话音刚落，就有几个人擎着灯笼火把围拢过来，立时把木船照耀得如同白昼。

太宗定睛一看，不禁大吃一惊，他盯着那人的脸庞诧异地问道："怎么会是你？你不是那日送水果的车夫吗？这黑大个儿不是你的伙伴吗？你们怎么会在这里？我又怎么成了你们的仇家了呢？"

那黄脸汉子听罢一阵冷笑，"这有什么不好明白的？我叫王复仇，他叫单雪恨，我是王世充的儿子，他是单雄信的后代。你还记得二十五年前那场洛阳大战吗？家父王世充已经归顺了你们，你却仍然不肯罢手，暗地里派人谋害了他。雪恨的父亲单雄信不肯投降，瓦岗的旧友们情深义重，都想放他一条生路，是你下令将他乱箭射死。你杀了我们俩的父亲不算，还要斩草除根，将我们的母亲和家人全部害死。"说至此那黄脸汉子已经哽咽连声，泪如雨下。

过了一会儿，那黄脸汉子抹去泪花，才又接着说道："那一年我才十岁，他九岁，我们俩因贪玩在外侥幸逃生，发誓一定要为家人报仇。为了躲避官军的追杀，我们俩逃到关东，隐姓埋名，在这大山中一待就是十几年。我们曾多次去长安行刺，均由于你戒备森严没有成功。没承想老天作美，你倒自己送上门来了，这就怪不得我们了！报应啊报应！哈！哈！哈！哈！哈！"又是一阵狂笑。

太宗闻听恍然大悟，原来是王世充和单雄信的儿子，一齐找自己寻仇来了，心情反而平静下来。他笑一笑朗声说道："我李世民一生光明磊落，当真人不说假话。当年洛阳之战，汝父洛阳王战败被俘，后遭不测，但并非为我所杀，乃是死于仇人独孤修德之手，这个事你不难搞明白。至于单二哥嘛，他是我素来敬重的英雄豪杰，数次邀请他而不可得，怎么会害他？洛阳之战中他不肯归降，本来我等皆欲放他一条生路，是他自刎而死，如何能算到我的头上？这不是恶意栽赃吗？不过话又说回来，我身为唐军主帅，自然也脱不了干系。二位前来寻仇，也算是忠臣孝子。来吧！就请赶快下手。我李世民死而无憾，正好去会会我那帮兄弟去！"

"什么兄弟？哈！哈！哈！哈！哈！你死到临头了，还被蒙在鼓里，真是可悲呀！刚才那些人全是我派人假扮的，哪有你什么兄弟？那不过是我导演的一出好戏罢了，不然你怎么会轻易上钩？你连这点儿小把戏都看不明白，还当什么皇帝呀？真是可笑之至也！"那黄脸汉子讥讽道。

太宗李世民一听气急败坏："什么？你竟敢假冒英灵欺骗朕躬，真是作孽呀！这些人多数都是你的父辈，你公然玷污他们，就不怕遭到报应，让老天打雷活劈了你？"

"哈！哈！哈！哈！哈！"那黄脸汉子再次发出狂笑，"作孽？作什么孽？如果需要的话，我连玉皇大帝都敢扮，他能把我怎么样？报应，报应之说灵吗？如果要是灵的话，玄武门事变都这些年了，你还能活到今天吗？这你都够便宜的了，你早就该死了！"

太宗闻听冷笑一声："你个猪狗不如的东西！小小年纪就心如蛇蝎、口似豺狼。告诉你，头上三尺有神灵，你不会有好下场的！看起来那日送水果，也是你策划的一个阴谋了，对吗？"

"对！对！对！太对了！那天我在梨王里下了剧毒，本想当场就把你毒死。没想到被那只大鸟给搅了，弄得我功败垂成。还有那天晚上我带人去行刺你，本来是手拿把掐的事，却凭空里冒出个金光仙人，又把你给救了，让你多活了几天。这一次面对沉沉夜空、茫茫大海，叫天不应，叫地不灵，我看谁还能帮得了你？李世民！你就安心地上路吧！看在你是当今的皇上，我就给你留个全尸！"那黄脸汉子满脸狞笑，倒背着双手走上前来。几个拿着绳索的家伙紧跟在后，跃跃欲试，他们已经把套子挽好，看样子想把太宗活活勒死。

太宗李世民这回是彻底绝望了！他明白今晚再也没有逃脱的可能，于是长叹一声："万般皆是命，半点不由人哪！"遂慢慢地闭上眼睛，靠紧船桅，引颈受死。朦胧之中，他仿佛看到了自己的父亲、母亲和兄弟姐妹，他们都在那边热情地招手。他笑了，似乎觉得灵魂已经离他而去。

就在那位黑大个儿举起绳索，就要往太宗头上套的时候，突然间船体猛地一震，一排巨大的海浪砸来，摇晃得众人险些摔倒。紧接着海上狂风大作，惊涛怒吼，黄雾弥漫，星月无光，所有的灯笼火把全被打灭，周围黑得伸手不见五指。忽然之间，夜空中似有数道闪电划过，一只金黄色的大鸟唰地飞来，又嗖地从船体上掠过，像一道金光一样，一瞬间就不见了。

那位黄脸汉子和黑大个儿等人摔倒在船上动弹不得，一个个皆弄得鼻青脸肿。待风平浪静之后，众人爬起来点燃火把一看，哪里还有太宗李世民的身影？只有那盘粗大的绳索还堆在船桅旁边。煮熟的鸭子又飞了！气得那位黑大个儿破口大骂："邪了门了！怎么又是那只黄色大鸟？它到底是一个什么东西？下次再见着我就撕了它！"

那黄脸汉子拍拍黑大个儿的肩膀，一扬手招呼道："小的们，别泄气！给我打起精神来，仔仔细细地去搜！这茫茫大海，四邻不靠，我看他能逃到哪里去？谁若是抓住了李世民，我赏他一千两金子！"众人闻听嗷的一声，不敢怠慢，点起所有的灯笼火把，在海上仔细搜寻不提。

五

且说太宗李世民正靠在船桅上闭目等死，忽觉得一阵风来将其卷起，接着就抛在半空中。他只感到天旋地转，晃晃悠悠，肢体似被一股大力裹挟着，身不由己，飘飘荡荡，也不知去了哪里。他不敢睁眼去看，只觉得耳边风呼呼作响，好像是在空中飞翔。不一会儿，眼前金光一闪，风声渐停，他发觉双脚似已着地。睁开眼睛一看，发现自己已经站在一片荒岛之上。在熹微的月光下，能看清远处是灰蒙蒙的大海，眼前是一片高低错落的山林。凶猛的海浪撞击着岛上的礁石，发出野兽一般的嗥叫。刺骨的海风骚扰着漆黑的树林，如同一群张牙舞爪的魔鬼。

太宗扑通一声坐在地上，狠狠地掐了一下自己的大腿，很疼很疼，他觉得自己还活着，不由得心中一阵狂喜，真是万幸啊！紧接着又是一阵后怕，刚才他差一点儿就死了！现在想起来心中还咚咚直跳。环顾四周，他觉得哪里都像有贼人杀来；耳听八面，他感到啥声音都像是贼人的呐喊。太宗惊惧交加，不由得抖成一团。于是他抱紧双胛，蜷曲在山林边一片植株之中，感到似乎温暖了许多，不知不觉间竟昏昏睡去。

待到东方发白，太宗被海风吹醒，才发觉自己正蜷曲在山林边的草丛之中，身边是十几丛盛开的菊花。那些菊花有黄的，有白的，有紫的，有红的，有黑的，有绿的，有粉红的等多种颜色，随风摇曳，绚丽多姿，散发出一阵阵清香。再看那些花朵的下面，枝繁叶茂，层层叠叠，就像一床厚厚的棉被，覆盖在身上，为他遮挡深秋的海风，使他并没有感到寒冷。太宗凝视良久，有感而发，不禁随口吟道："看来万物皆有缘，昨夜菊花助我眠。世民若有回朝日，高筑灵台奉仙颜。"吟罢喃喃自语，拱手施礼。那些菊花居然纷纷点头，好像在给太宗还礼，让太宗十分惊奇。

　　让太宗更为惊奇的是，其中一丛金黄色的菊花开得最为灿烂。太宗细心数了一下，居然有鲜花一百六十六朵。而中间的那一朵更为奇特，竟然有洗脸盆一般大小，清雅芬芳，金黄可爱，就像是中秋夜里天上的月亮，不仅放射出柔和的光芒，而且散发出好闻的馨香，与行宫里的那盆菊花形同一对姐妹。太宗不由得脱口赞道："我虽然贵为一国之主，但是从来也没有看过这么美丽的菊花，你算得上是菊中之王了！感谢你昨晚陪我住过一宿，就封你为菊花皇后吧！"太宗说完，发现那捧花冠居然把脸扭向一边，像是十分害羞的样子，越发感到十分新奇。

　　正在太宗喃喃自语，蜷曲在花丛中独自赏菊的时候，昨天夜里抓获他的那帮贼人，此时已悄悄地摸上岛来。为首的那个黄脸汉子大声嚷着："小的们！昨晚在海上没有收获，那他就一定藏在岛上！弟兄们给我仔细地搜，谁若是抓住了李世民，赏白银一万两！"说完之后比比画画，与那个黑脸汉子各带一队，咋咋呼呼地向这边走来，转眼之间已经快到山林跟前。

　　太宗见状，吓得大气也不敢出，蹲在花丛中一动不动，生怕弄出什么响动被贼人发觉。但他转念一想，若是傻乎乎地待在这里，那不是束手就擒、坐以待毙吗？就在他心下踌躇、左右为难的时候，突然之间觉得他的衣袖被人拽了一下，扭头一看，原来是一位美丽无比的少女蹲在他的身后。那少女穿着一身黄色的衣裙，明眸皓齿，粉面桃腮，青丝高绾，吐气如兰，身上散发出一股好闻的香味。太宗觉得这股香味似乎特别熟悉，正待说话，只见那少女用食指往唇边一竖："嘘！陛下勿忧！快随我走！"言罢不容分说，拉起太宗的衣袖就跑。

　　太宗李世民身不由己，被那位黄衣少女拉着手，弯腰钻出花丛，快步穿过小树林，翻越一道小山岗，来到一座石崖的跟前。那黄衣少女双手一分，扒开崖边的一丛蒿草，露出一个不大不小的山洞，急切地说："快进去！否则就来不及了！"那黄衣少女不由分说，一伸手把太宗推进山洞。

　　太宗稀里糊涂进得洞来，大脑之中一片空白。起初他觉得洞口很小，只能容得一个人弯腰进入，洞里也很黑，什么都看不见。可是待他走前几步，拐过一个弯儿，却发现洞里很宽敞，也很亮堂，不知从哪里折射过来一束柔和的光线，让这个小山洞顿时亮堂起来。太宗还是有些紧张，可是当他回头看时，那位黄衣少女已不知去向，洞口也已封好。只是依稀可见，在离洞口不远之处，似乎有一丛金黄色的菊花。

太宗刚进入山洞不久，就听到外边吵吵嚷嚷："方才还看见有人跑过来，怎么突然就不见了呢？""这个屁大点儿的小岛，也藏不住人哪！""难道说还上天入地了不成？不然他能藏到哪儿呢""给我搜！把每一处山林都搜遍，我就不信抓不住他！"闹腾了一阵之后，声音渐小，不一会儿就什么动静也没有了。

太宗藏在山洞里全神贯注，侧耳静听，一动也不敢动，生怕被那帮贼人搜到。不过他禁不住那丛金菊好闻气味的诱惑，不由自主地猛吸了几口，顿时觉得晕晕乎乎，眼皮发沉，浑身感到说不出来的舒服，不知不觉之间就睡着了。睡梦中他居然见到了燕太子丹，那家伙刺秦王不成，被嬴政派兵追杀，原来也藏在这个山洞里。太宗不禁暗自好笑，看来落难的也不只是我一个人哪！

也不知过了多长的时间，太宗被那位黄衣少女推醒："起来吧！陛下！那帮恶人已经走了。这里太潮，你得换个地方过夜。"说完拉起太宗就走，两个人一前一后钻出山洞，发现红轮西坠，已届黄昏时分。

那黄衣少女在前头走，轻如一阵风，太宗要竭尽全力，才能跟得上。不大一会儿，他们走近了一座用茅草搭成的寺院。太宗抬头一看，见庙门上写着"桃花庵"三个大字。越过前厅，进入正殿，中间供奉着一位面目俊秀、人头龙身的女尼。太宗见了颇为诧异，正要开口发问，那少女大概猜出了太宗的心思，于是扭头说道："这位是我的师父菩提师太，也是这海岛众生的救世之主。她前身是东海龙王的三公主，现在是观世音菩萨的女侍者。因为常受菩萨差遣，往来于南北普陀山之间，这里就成了她的一个落脚点。是她制服了岛上的恶魔——渤海龙王的三太子，把众生从苦难中解救出来，并在这海岛上宣讲弘扬佛法。久而久之，这岛上的众生沐浴佛光，一个个获益匪浅，有的已经修成人形或者诸般变化。大家感师父再生之德，遂在这里结草为寺，敬筑法身，以期早晚供奉香火，牢记其教化之恩也！"

"原来如此！"太宗叹道，"能在此处瞻仰龙女风采，实今生之万幸也！"遂上前焚香施礼。礼毕又转身问那位黄衣少女："那么您是……"太宗是想问那少女从哪里来的，她是凡人还是仙人。那少女闻之嫣然一笑，"我只是师父的一个弟子，是佛家的一个信徒而已！"答非所问，令太宗满腹狐疑，但也不好再说什么。当晚太宗即在寺中安歇，虽是茅舍草榻，但却非常安静。太宗四下观察，见寺中空无一人，那位黄衣少女也不知到哪里去了，只看到寝室内有一大盆金黄色的菊花，那浓郁的清香让人闻了心醉。太宗虽未用餐，但他并不觉得饿，躺下不久便沉沉地睡去。

六

次日天还没亮,就听寺外边人声鼎沸,乱成一片。太宗正待起身,就见那位黄衣少女进来说道:"昨天搜山的那伙恶人又来了,正在门前闹事。他们既是一伙山贼,又是一伙海盗,已经在这一带横行数载,经常杀人放火,抢夺钱财。由于行动诡秘,官府缉拿不着,百姓却深受其害。师父早就想剪除他们了,只是佛家慈悲,迟迟不愿动手,总是期望他们能放下屠刀,改邪归正。现在看来他们作恶多端,豺狼成性,已经不可救药了,陛下请勿动,我且去会会他们!"

太宗闻之担忧地说:"那伙人有刀有枪,又人多势众,你一个姑娘家赤手空拳,岂是那帮虎狼的对手?可千万要当心哪!那帮人不过是奔我而来,大不了我出去跟他们走,你切不可因为我而搭上性命!"

没承想那黄衣少女微微一笑,不屑地说:"这些人又算什么?不过是一碟小菜!这帮家伙罪孽深重,也该到清算的时候了!请陛下尽管放心,我一会儿就打发了他们!"说完转身出门,风一样地飘了出去,转眼已立在庙门之外,令太宗大为惊诧,忙躲在门后向外边观看。

这时候只听那黄脸汉子高声喝道:"黄毛丫头!你给我听着!我们搜遍了附近海面和南北三岛,没有发现李世民的行踪,我断定他就藏在这片岛上。这片海岛没有别人,你一定知道他的下落。赶快给我交出人来!否则我就不客气了!"

那黄衣少女微微一笑:"你这人说话好没道理!唐王藏在何处,我怎么会知道呢?这桃花岛虽是荒僻之地,但桃花庵却是佛家道场,是如来佛祖的弘法所在,是师父多年的驻跸之所,岂容尔等在此喧哗?请速退去!免得后悔!"

"后悔?后什么悔?你一个黄毛丫头,怎么敢如此说话?你的那个什么师父南海龙女,这我知道!可她远在舟山,能把我怎么样?今天你若不交出李世民,我就放火烧山,毁了你这小庙,把你扔到大海里喂鱼!你信不信?"说罢右手一抬,那帮人立即举起火把,嗷嗷叫着,像一群恶狼扑了上来。

那少女闻之勃然大怒:"尔等罪恶滔天,真是不可救药!李世民乃旷世明主,他广施仁政,德惠苍生,百姓有口皆碑,贞观享誉天下,岂是尔等龌龊之人可以害的?此番东征平叛,也是为了国家,乃稳定边疆的德行义举,凡有识之士皆应助之。倒是尔等邪恶之徒,挟一己之私而行不义之事,啸聚山林,横行海上,杀人放火,抢夺钱财,罪大恶极,早就该死!此番又屡屡谋杀唐王,真是狼心狗肺,天地不容!师父早就想收拾你们了,今天我就替她老人家为民除害!"

"耶嗬!癞蛤蟆打哈欠,玩意儿不大,口气倒不小!听这话你是啥都知道啦？黄毛丫头，你到底是什么人，怎么会了解我们的行踪？"那黄脸汉子讥讽似的问道。

"要想人不知，除非己莫为！你以为多诡秘呀？告诉你，头上三尺有神灵，佛祖法身随处在！你假借献水果毒害唐王，又到寝宫内去谋害陛下，我都在天上盯着你呢！否则你怎么会没有得逞？真是笨得可怜！"那黄衣少女笑着说道。

"哎呀呀！怪不得那两次都功败垂成！原来都是你在暗中捣乱！看起来那只金黄色大鸟和那盆金黄色菊花，都是你干的好事啦？不用说，前天夜间海上的那阵狂风，并因此救走了李世民，也是你的杰作啦？你怎么就那么爱管闲事？就不怕哪天我活劈了你？真是气死我也！"那黄脸汉子恍然大悟，怒火冲天，咬牙切齿恶狠狠地说，"来呀！小的们，给我放火烧哇！烧了这座破庙，烧死这个小妖精！"说完举起火把逼了上来。太宗一见，不由得心里一紧。

可那位黄衣少女并不在乎，她依然微笑着说："万物有灵，生命宝贵。我佛慈悲，普度众生。尔等虽然罪恶多端，但我仍然心存怜悯，本来不想伤害你们。是你们自己怙恶不悛，自己找死！自作孽而不可活呀！那可就怨不得我了！你们既然来了，我看就别走了，就永远留在海边，给后人当个警钟吧！"

那黄衣少女说罢口中一声："阿弥陀佛！罪过呀罪过！"然后双手分开，猛力一合，只听得"嘎巴"一声炸雷响起，震得山呼海啸，群鸟纷飞，震得蓝天眨眼，大地乱颤，震得那帮恶人纷纷倒地，抱头翻滚，一个个鬼哭狼嚎，惨叫不止。可那个黄脸汉子和黑大个儿仍不死心，又捡起火把向前边扔去，险些燎着了那黄衣少女的衣裙。

那黄衣少女怒不可遏，右手一挥一摆，一阵狂风平地刮起，将那些恶人全部卷上半空，然后又重重摔在海滩之上。这些顽固不化的家伙落地之后，立即变成了一堆奇形怪状的石头，日夜经受着海风的侵蚀和海浪的冲击，成了海岛上有名的"怪石滩"，但这是后话了。

且说那位黄衣少女打发完这群恶人，忙双手合十面向南海，虔诚地说："阿弥陀佛！师父在上，弟子今日犯戒，实属出于无奈，还请师父责罚！"说罢再三作揖行礼。

这时太宗已经走出庙门，站在黄衣少女的身后，接过来说："佛法虽然是普度众生，但也不允许恶魔作乱。姑娘为民除害，张扬正义，也是替天行道，践行大法。菩萨不但不会怪罪于你，还一定会赞扬你的修为。适才我已听得明白，是姑娘几次救了我的性命，如此大恩大德，自是山高海深，请受我李世民一拜！"说罢躬身施礼。

那黄衣少女脸色一红，慌忙还礼，"世有明君英主，百姓才会安宁。我虽身居荒岛，也沐大唐荣光。几次搭救陛下脱险，也不过是顺应民心，岂有他哉？何必言谢？何况陛下刚上岛时，不是早就谢过了吗？"说罢扭头伸手一指："陛下请看！那边是谁来了？"

此时旭日东升，光芒万丈，大海上一片斑斓。唐军元帅尉迟恭率领着一支船队，迎着满天的彩霞，已经来到了海岛跟前。将士们争先恐后，飞也似的跑上山来，一个个高兴得脸上笑开了花。

"您的将士们来接驾了，陛下，快上船吧！我也该诵经去了！"那少女说完转身就走，如一阵风飘进山林，一瞬间就不见了。太宗听罢心潮起伏，激情难捺，情不自禁地大声喊道："这位姑娘，您跑什么呀？我还没好好谢谢您呢！您叫什么名字呀？"

"不用谢啦！我叫菊花，记住您说过的话！"一连串好听的声音传来，在清晨的山林里产生回响，但那黄衣少女已经不见踪影。太宗只听得"我叫觉华！我叫觉华"这两句话，不禁怅然若失，心绪难平，在那里伫立良久，不愿离去。好大一会儿，他才在将士们的催促之下，登上大船，向来远镇方向驶去。

皇上有惊无险，居然顺利归来，将士们喜极而泣，百姓也奔走相告。太宗向大家讲述了一天多来的遭遇，众人皆感慨万端，激动不已，都对那位黄衣少女敬仰万分。恰好此时慧源法师前来问安，听后接过来说："皇上洪福齐天，吉人自有天助。有天下百姓诚心拥戴，皇上必百恶而不能侵也！这些山贼海盗作恶多端，也是咎由自取，恐怕皆要下地狱矣！不过贫僧从未闻桃花岛上有仙人居住，只知道南海龙女有个道场，菊花、槐花、桃花、杏花等岛上精灵都是她的弟子。方才听陛下所言，那黄衣少女一定就是菊花姑娘。我们佛家称她为"菊花神尼"，只有她才有那样的功力呀！至于她为什么叫觉华呢？也许是声音听差了，也许是她就那样称呼自己。这瑞州的民间都传说海上有一位觉华仙子，经常保护渔民的安全，我想也应该是她。因为有许多出海的人看见过，说觉华仙子是一位美丽无比的姑娘。"

太宗闻知方彻底明白，原来自己在此地遭到暗算，几次遇险，都是这位菊花姑娘暗中相助哇！献梨那天傍晚，突然飞来的金黄色大鸟是她；在寝宫内击退行刺的恶徒，让自己安然无恙的金菊是她；在海上兴风作浪，救他脱险的大鸟是她；领着他藏进山洞，在岛上陪伴他两夜的硕大金菊也是她！那位黄衣少女就是金菊，而那丛最美的金菊就是黄衣少女！黄衣少女就是菊花仙子，黄衣少女就是菊中之王！我说她和它们的身上咋有同样的香气呢？太宗为自己的奇遇感到振奋，感到自豪，感到高兴不已，几天来的不良情绪一扫而光。于是他意气风发，慨然下旨：

一是敕命将桃花岛改称为"菊花岛"，将菊花姑娘封为觉华仙子，在海边竖起牌坊塑其雕像，令军民人等皆来参拜，世代供奉香火；

二是敕命将岛上的桃花庵改称为"龙女寺"（后改名为"龙宫寺"），拨库银三万两进行扩建，将它正式开辟为观世音菩萨的北方海上道场；

三是敕封金黄色菊花为菊花皇后、菊中之王，从此以后金菊即为菊中珍品；

四是由正觉寺慧源法师领衔，聘请八方高僧百人举办水陆道场，为辽东阵亡将士超度；

五是拨库银两万两，修建海边道路和海上栈桥，为小镇住户和渔民们创造方便。

五项诏令颁布之后，民间欢声雷动，一片叫好之声。此时将士寒衣已到，粮草已经备足，太宗与百姓依依惜别，踏上归途。临行之时，人们箪食壶浆，夹道欢送。瑞州山民又献苹果、安梨六十六筐。此事多年以后仍在辽西广为流传。

第八篇　东丹王耶律倍与辽太子读书楼

我讲的这个故事也和闾山有关，八姐刘芷玲接着说道，我的老家在闾山南面的双羊，而姥姥家却在北镇。我小的时候因为常随妈妈去走亲戚，对闾山那一带的风景熟悉得很。那时候只要去了，表哥和表姐就会带我到山上去玩。给我印象较深的是老爷岭和大、小望海寺，特别是辽太子读书楼，因为那里流传着一个优美的传说。前年我出差到内蒙古，绕道去巴林左旗，寻访了辽国都城上京的旧址。返程途中伙伴们游兴大增，提出要到闾山去看辽朝的皇陵，我还特意领他们去了一趟大望海山。

大望海山位于北镇城西北大约十公里处，其主峰海拔866.6米，是医巫闾山的最高峰。因为晴天登上山顶可以眺望渤海，故取名"望海"。又因为山上有寺，故称之为"望海寺"。由于闾山大观音阁景区也有个望海寺，为了区别开来，人们都把闾山最高峰这里称为"大望海寺"，而把大观音阁景区那里叫作"小望海寺"。据史料记载，在契丹国天显年间，东丹王耶律倍曾偕爱妻高美人在此隐居，筑书堂曰"望海"，故此地又称"望海堂"。因为耶律倍曾经是契丹国的皇太子，所以后人习惯上称它为"辽太子读书楼"。

这望海堂建在闾山绝顶，位置独特，气势宏伟。在高约五米的基台之上，建有两层大殿和东西配房。其中有十间藏书库、三间居室、三间读书绘画室和十几间侍卫们的住房，四周峰顶皆筑有瞭望台。绝顶峰下，原来建有三层大殿和几十间厢房，是一个很宽阔的寺院。因为其正殿屋顶为歇山式木架结构，上面覆盖绿色琉璃瓦，工艺精巧，金碧辉煌，所以俗称琉璃寺。当年东丹王耶律倍偕爱妻高美人就曾经住在这里。据传望海堂在鼎盛时期，有藏书十几万册，其中不乏当时就极为罕见的孤本和善本，可惜后来均毁于战火。

大望海寺地势高峻，因此气象万千，风光如画。当你置身于遗址之上，居高临下，俯瞰群山，顿觉千峰万壑，尽收眼底，河流原野，皆在目中。这时你头顶蓝天，脚踏祥云，仿佛心通宇宙，情牵沧海，会让你觉得远离尘世，超然物外，心旷神怡，飘飘欲仙，八万四千烦恼会全部飞到九霄云外。

待到阳春三月，百花相继绽开。坡下梨花似雪，山腰槐蕊芬芳，崖边新草吐绿,山顶松柏青青。溪流淙淙如山神低语,遍野飘香似仙女来临。你若这时徜徉于山间树下,流连于谷畔溪旁,连轻风都会醉了你,就仿佛置身于天上仙境。

夏日里若能登高远眺,不同的观感会让你大饱眼福。晴天里近处松涛阵阵、林海茫茫,绿色一望无边,远方渤海渺渺、田园如画,好个锦绣之州。阴雨时乌云绕山而过,雾霭脚下蒸腾,风吹云动似波涛万顷,如大海潮来,峰藏雾里却时隐时现,宛若蓬莱仙岛。倘或赶上云开日出,万道霞光突然飞来,天边瞬间有数道彩虹依山挂起,地面上方看见缕缕紫气随风上升。这时长空中又隐隐传来丝竹唢呐之声,你会想象有佛陀显圣或菩萨光临。

仲秋时节,金风送爽。此时登大望海寺环视群山,就好比欣赏一位盛装的贵妇,感到既美丽又富有。湛蓝的天空下,树梢上挂着飘动的白云。清澈的潭水里,倒映着斑斓的群山。千顷果蔬让轻风传递成熟的甘甜,万种花草向人间展示最后的美丽。这时你会看不够、尝不够、待不够,陶醉于其中而流连忘返。

冬天的大望海寺就是一幅壮美的画卷,既高雅又恢宏。凛冽的寒风下瑞雪飘飘,迷蒙的长空中玉龙飞舞。万物在严寒中酣睡,而松柏却在冰雪中招手。几百里山川银装素裹,数万顷田园一片洁白。那种清静、坦诚、博大和高远,一下子就会征服你,此时这里又成了画师们写生的好地方。

这望海堂虽说环境清幽,风光奇特,可谓独步关东,人间仙境,但是也有许多不便之处,首先是山高路远,其次是冬天太冷。因此,当东丹王耶律倍于天显四年(929)第二次来到闾山的时候,他便在大观音阁景区附近勘察,重新选择了一块背风向阳的风水宝地,盖起了一座新的宅院。

这座新的宅院有正房五间,厢房四间,皆为红墙绿瓦的歇山式建筑。宅院的四周修有围墙,围墙的四角建有瞭望台。宅院在正南方向开了一个大门,与景区的南天门相连接。为了表明要长期隐居,耶律倍效仿陶渊明,在院子里栽下许多桃树,并把这个院子命名为"桃花源"。每当阳春时节,桃花乍开,新枝吐绿,草长莺飞,溪水潺潺,满院流芳蜂舞,十里飘香蝶来,真如世外桃源,武陵仙境。因此后来这里被誉为"广宁八景"之一,是旅游观光的绝佳去处。

在桃花源东侧,矗立着一座突兀而起的山峰。峰顶上建有青砖城墙和瞭望台,现今石基遗址和砖瓦柱石犹存,相传建于辽代。后来明朝把它作为明长城的一道关隘,称为"白云关"。明长城从西北部山峦修筑至此,再向东北方向的山梁延伸,这里是个重要的节点。

白云关依山垒石,四面绝壁,一夫当关,万夫莫开。进关后沿石门盘旋而入,经"代屏石"可登上"观音洞"。洞的前面有一个平台,名曰"瞭望台"。倘若站在平台之上,顿觉身处悬崖之巅,脚下就是万丈深渊。堞口清风习习,台上白云缭绕。近处无边树海,远方水天一色。晴日里渤海依稀可见,故此地也叫

"小望海寺"。

刚才我讲的大、小望海寺和老爷岭，是医巫闾山风景区的两张名片。有人说"不去老爷岭，不知闾山景"，又有人说"不去读书堂，今生悔断肠"，说的就是这个意思。想当年东丹王耶律倍和他的八世孙耶律楚材，都曾先后在此读书并因之名垂千古，足见这座华夏名山和风水宝地，还真的是有些灵气的。一开头我就说了这么多的话，原因也在于此。

一

我方才已经说过，东丹王耶律倍在闾山留下了许多遗迹，并且死后还葬在了这里。那么为何他与闾山有如此深厚的渊源呢？故事还需从头讲起。

且说在公元10世纪初期，生活在我国内蒙古草原西拉木伦河流域的契丹部落强大起来，他们在其首领耶律阿保机的率领下，东征西讨，南略北扩，占领了西至大漠、东临渤海、北达贝加尔湖、南抵长城脚下的广大地区，于公元916年建立契丹国，成为我国北方最为强大的奴隶制国家。耶律阿保机自称"大圣大明天皇帝"，在今天的内蒙古巴林左旗南波罗城那里营建皇都，并积极准备南侵占领中原。

这位契丹国皇帝耶律阿保机和皇后述律平共同生育了三个儿子，长子耶律倍、次子耶律德光和三子耶律李胡。哥儿三个虽是一母所生，但是性格各异。阿保机非常关心这三个孩子的成长，从小就悉心培养他们，留心他们每一个人的优点和志向，传说他曾经几次对三个孩子进行考察。

一次是在有一年的隆冬，帐外天降大雪，冷得滴水成冰。阿保机让三个孩子去野外拾柴，以便生火取暖。不一会儿，三个孩子陆续回来了，但他们的收获却不一样。老大耶律倍拾得不少而且都是干柴，全都能用。老二耶律德光拾得最多，但是干的青的都有，只能用上一部分。老三李胡拾得最少，质量又差，而且是最先跑回来的。阿保机望着述律平，意味深长地说："老大灵巧，老二能干，老三懒惰，恐怕最没有出息的就是他了！"

一次是阿保机过生日，契丹人称为"太阳节"，三个孩子给父母行跪拜大礼。阿保机赏赐过礼品之后，问他们说："什么是对父母的孝顺呢？"

老大耶律倍脱口而出："秉承父母的意志，做他们喜欢做而未做完的事。"

老二耶律德光沉思了一会儿，望着母亲说道："对父母的话唯命是从。"

老三李胡想都没想，立即攥紧拳头，瞪大眼睛说道："杀死父母的仇人！"声音尖厉刺耳，连阿保机都吓了一跳。

一次是阿保机夫妇带着三个孩子去打猎，阿保机让他们分头行动，中午在营地会合。临近响午的时候，三个孩子先后回来。耶律倍所获虽然不少，但皆为雄性成年猎物。耶律德光所获最多，他的马都有些驮不动了，但老幼公母都有。李胡只打了几只山鸡，阿保机依次问其故。耶律倍说："野兽繁衍，生生不息，留下母幼，方可成为我等衣食之源也！"

耶律德光回答说："应取尽取，有水快流，占尽先机，方能获胜，此为强者之道、成功之途也！"

轮到李胡时，他不屑一顾地说："花这么多的工夫，跟野兽较什么劲？还不如去杀人痛快！"

阿保机听后沉思良久，对述律平说："老大堪为仁君，老二可为良将。老三嘛，也只配当刽子手了！"述律平听后摇了摇头，不以为然。

还有一次阿保机率领群臣巡视新建的皇城，述律平和三个儿子也一同随行。阿保机望着辉煌的殿宇和蓝天上的白云，意味深长地对众人说："我闻新建之国、受命之君，皆应该敬天礼神，遵照先贤的教诲行事。凡自古以来有大功业的人，我都非常尊崇他们，那么应该把谁和他的思想放在首位呢？"

群臣面面相觑，一时无人回答，因为大家猜不透皇帝的心思，不敢妄加评论。阿保机见状转过头来，对三个儿子说道："你们先谈一下自己的看法，看是否能够符合我的心意。"

耶律德光似乎胸有成竹，他立即接过来说："启禀父皇，我们应该学习大秦国，效仿秦始皇。他吞并六国，统一天下，是我们契丹人的楷模。"

耶律倍望着父皇，缓缓地说："夺取天下，当兴义兵，方受黎民拥护。巩固社稷，应施仁政，才可得百姓拥戴，国家也才能够长久。为今之计，治国理政当学唐太宗，像他那样，尊儒学为国教，视孔子为先师，方能国泰民安，朝野欢洽，此乃自古以来王者之道也！"群臣皆颔首赞许。

阿保机闻言大喜，他不再问李胡怎么想，也不再一一征询群臣的意见，而是当即下旨，宣布奉儒学为国教，尊孔子为先师，在全国修建孔庙，设立学馆，倡导"四书五经"，宣传儒家文化。又诏令朝廷大臣和各级官吏，人人都要学习《贞观政要》，个个都要精通汉语，有不清楚的地方，就让耶律倍和汉族大臣们去辅导，一时朝野上下研习汉文化之风大盛。

借此机会，耶律倍刻苦学习，钻研经史，博览群书，虚心求教，迅速成为一个很有成就的青年学者。他懂阴阳、知音律、晓风水、通医理，能写出优美华丽的汉语文章，能绘制风格独特的书画作品。他画的《射骑》《猎雪骑》和《千鹿图》等丹青真迹，均被宋代宫室收藏。他能文能武又谦恭和善，深受广大臣民的拥戴和阿保机的宠爱，因而在契丹立国不久，即被册立为皇太子，成为名正言顺的皇位继承人。

二

据传当年耶律倍被册立为皇太子之时，皇后述律平就有不同的意见，她喜欢的是二儿子耶律德光，因此她背地里在阿保机面前，曾多次提出自己的看法。阿保机为了验证自己的判断，曾专程去医巫闾山寻访高人，帮他拿主意。

医巫闾山这个地方，对于阿保机来说，具有一种特殊的情感。他不仅多次来此地祭拜山神，还因为童年时期的一段奇遇，成为契丹部落的民族英雄，并由此成就了建国大业。

原来当年阿保机的祖父匀德实在担任夷离堇（部落军事首领）期间，被叛贼耶律狼德阴谋杀害，庶祖母萧月里朵带着阿保机一行八人到闾山避难。为了逃过仇人的追杀，他们躲在一个极为偏僻的山洞里，每天以松子和野菜为食，处境非常险恶。那时候阿保机只有六岁，饿得实在挺不住了，偷偷地溜出山洞觅食，不知不觉之间就迷失了方向，又饥又渴的阿保机一时昏了过去，就摔倒在山间的一片松树林里。

也不知过了多长时间，阿保机始终没有苏醒。幸亏被两个采药的女尼发现，才把他救回万古千秋寺。经过两天休息和青岩洞主的一番调治，阿保机虽然醒了过来，但是由于过度饥饿、疲劳和惊吓，小家伙又黑又瘦，周身无力，精神萎靡，一副病恹恹的样子。青岩洞主问明缘由，让两个女尼去给洞中之人送些食物，然后对阿保机说："汝虽眼下有难，终将柳暗花明，只要心地良善，将来必当大任，当可救民于水火，称霸于北疆，其功德不可谓不大矣！但切记不可穷兵黩武、杀戮太重，否则伤及自身，毁于后世，则悔之晚矣！"说完从怀中取出一粒药丸，递给他一碗净水，命他即刻服下。青岩洞主告诉他这粒药丸虽小，功效却极神奇，言罢转身离去。

童年阿保机在危难之中，对青岩洞主的话似懂非懂。他遵命吞下药丸，顿觉周身酥软，昏昏沉沉，顷刻间便在迷蒙中睡去。也不知睡了多长时间，反正醒来的时候，他发现自己已经回到山洞内，正躺在庶祖母萧月里朵的怀里，那位洞主和两个尼姑早已不见踪影。阿保机心中疑惑，祖母告诉他："你这孩子！吓死我了！大家四处都找不到你，皆以为你被野兽吃掉。正在大家痛不欲生的时候，有两个女尼送些吃的来，说你没死，我这才放心了！这不，都过去四天了，才把你送回来！活着就好哇！我的孙子！可别忘了给你的祖父报仇哇！"说着娘儿几个放声大哭。

说也奇怪，阿保机自从服了青岩洞主那粒丸药以后，不但不再饥饿，而且精力十足，身体也如吹气儿似的成长。到了十五六岁时，已是身长九尺，膀大腰圆，膂力过人，智慧超群。他能开五百斤以上的硬弓，能骑难以驯服的烈马，打则必赢，出则必胜，成了契丹部落人人敬佩的草原雄鹰。所以后来阿保机统一关东，当了契丹国的皇帝，总是忘不掉这段往事。心中有了什么疑虑，也就自然而然地想起闾山，去请教青岩洞主这位世外高人。

当阿保机一行轻车简从，风尘仆仆来到闾山万古千秋寺的时候，却逢青岩洞主不在，不禁有些失望。一位年轻的女尼见状对他说："国主不必忧怀，师父知你会来，已留下书信在此，意思全在里面了，请国主御览便是，将来必有因果。"说着从洞主的法座下面取出一封书信，交给阿保机，并告诉他说："师父临行前再三叮嘱，要国主回去以后再看，日后自会明白。"

阿保机此番本想当面请教，但青岩洞主如此安排，想必自有她的道理，因此只好怏怏而回。到了上京以后，他迫不及待地取出书信，反复观看，却怎么也看不明白。于是他派人请来皇后，把书信递给述律平，希望她能帮助自己解开疑团。

没想到述律平接过书信一看，立即大惊失色。原来这封信里没有文字，只有三幅画，每幅画里都画着一个似人非人似兽非兽的东西。阿保机看不懂，述律平却似曾相识。阿保机见状急问述律平："难道皇后见过？请您赶快讲来！"

此时述律平已知不该隐瞒，于是忙双膝跪倒，对阿保机说："臣妾有罪，恳请皇上责罚。当年我怀图欲（耶律倍）之时，曾经做过一个奇怪的梦，一个长着鹿的脑袋、人的腰身和龙的尾巴的怪物向我扑来，噗的一声闯入我的怀里，惊得我出了一身冷汗。惊醒之后没敢跟您说，以后就生下了图欲。这第一幅画上的图形，和我的梦境完全一样。"

阿保机听后感到十分奇怪，忙问道："那么第二幅画呢？又是怎样？"

述律平喘了口气接着说道："皇上莫急，你听我说呀！事情奇就奇在这里。我怀咱俩第二个孩子德光的时候，有天晚上月明星稀，我躺在床上似睡非睡的时候，忽然窗外白光一闪，一个虎头龙身没有尾巴的怪兽破窗而入，一下子就扑到了我的身上。吓得我妈呀一声惊醒，方知又是一梦。当时你睡得鼾声如雷，我也就没有叫醒你，后来就生了德光。那个梦里的怪兽和这第二幅画一模一样，当时我的心里就怕得不行，所以一直没有对您说。"

"可是我越是害怕，害怕的事就越有，"述律平喝下一口凉茶，接着说，"当我第三次怀上李胡的时候，这个梦境就更加瘆人，竟是一个狼头蛇身蝎尾的家伙撞入我怀，吓得我当时就昏了过去，以后几夜都没有睡好，就更不敢对别人说了。多少年来，这三个噩梦一直折磨着我，几次想开口却最终没有说出，怕因此扰乱了您的心绪，影响了您的宏图大业。如今皇上拿信来看，臣妾方敢敞开心扉，但不知玄机在哪里，可否请高人辨析一番，不知圣意若何？"

阿保机闻听述律平之言，半晌没有说话。沉思良久，他才缓缓地对述律平说："不必了！书信乃青岩洞主所赐，自是深奥无比，还请什么高人？不过俗语说'日有所思，夜有所梦'，我们成天打打杀杀，与敌人和野兽打交道，见多了头颅和鲜血，做些噩梦也是正常的事，皇后不必放在心上。"话虽如此，阿保机心里却在打鼓："青岩洞主远在闾山，她怎么会知道皇后的梦境呢？难道这里边有天意吗？"

次日早朝以后，阿保机留下心腹重臣、南院夷离堇耶律迭里，虽然没向他敞开心扉，告诉他梦境和书信的事情，但明显地是在征询他，三个孩子将来谁能继承大统。耶律迭里态度鲜明，他坚定地说："启禀皇上，以臣看来，图欲仁德，德光勇武，李胡残暴，众所周知。虽然古语说'谋事在人，成事在天'，但我主当尊重民意、顺其自然。如今图欲已为太子，虽然勇武欠缺，但是谋略有余，日后诸事皆可历练，皇上不可废长立幼，否则后患无穷啊！"阿保机认为迭里言之有理，遂主意更加坚定。过几日即派使臣行檄天下，进一步明确了耶律倍的皇太子地位。

天赞四年（925）仲冬，阿保机下令征战渤海国，命皇后述律平、皇太子图欲和大元帅耶律德光随行。出发前，阿保机率众祭祀了木叶山祖庙，又宰杀青牛白马祭告天地，以壮军威。年底，图欲和德光率众攻下扶馀城（今吉林省四平市）。次年正月，大军包围渤海国皇都忽汗城（今黑龙江省宁安西南东京城），渤海国王大諲撰率众出城投降。阿保机入城安抚百姓，并平定了渤海国内部叛乱，于次年二月，彻底荡平渤海。

契丹军队占领了渤海国，阿保机再次以青牛白马祭拜天地，同时大赦天下，改元天显。并把渤海国改名为东丹国，把忽汗城改名为天福城，册封皇太子图欲为东丹王，谓之人皇王，称制决事，建元甘露，特赐天子旌旗车仗及侍卫冠服，任命了左、右、大、次四位丞相及文武百官，作为东丹王图欲治政的辅臣，东丹国俨然成了一个独立的国家。大典结束以后，阿保机对耶律倍说："此地濒临渤海，国情十分复杂。留你抚治于此，也是权宜之计。一是为稳定边陲安抚百姓，二是也想为你创造一个历练的机会。"言外之意，明确表达了将来让图欲继承帝位的愿望。

当年三月，阿保机率军从天福城班师，准备返回上京后再南进中原。七月二十日途经扶馀时，傍晚发病，不能前行，随军太医急忙全力诊治，怎奈病势沉重，用药无效，始终处于昏迷之中。皇后述律平和皇太子图欲及诸位大臣都在军中侍候，须臾不敢离开。一日阿保机似觉头脑清醒，正在半醒半睡之时，忽见青岩洞主走进门来，笑吟吟地站在他的床前。

阿保机见状慌忙起身，青岩洞主一摆手阻止道："国主穷兵黩武，弄得天怒人怨，如今阳寿已绝，不日即可归天。"

阿保机闻言并未悲伤，他知人生死有命，岂可强求，于是急问书信中图形之事。青岩洞主听后说道："我此番正为这事而来，免得你走后放心不下。这鹿首人身龙尾者，暗喻身前不能为帝，但是身后却可登基，此图欲也。这虎头龙身而无尾者，意此身可以成龙，但身后接续不上，且不能够善终，此德光也。这狼头蛇身蝎尾者，意为残忍至极，恶毒之甚，将来必扰乱朝纲，祸害天下，此李胡也。"

阿保机听完还想再问，青岩洞主打断他的话说："对中有错，错中有对。顺承天意，轮登大位。国主记住便是，将来由他去吧！"言罢如轻风般转身而去，顷刻间不见踪影。阿保机眼含热泪，挣扎不起，只记住"顺承天意，轮登大位"八个字，嘴里叨叨咕咕，念诵不已。皇后述律平、皇太子耶律倍等人见阿保机已能说话，均喜极而泣，高兴万分。但阿保机并没有真正苏醒，他口里不断地念诵着这八个字，声音越来越小，不一会儿就溘然长逝，终年五十五岁。是时契丹全国举哀，全军为之挂孝，于次年九月葬于祖陵（今内蒙古巴林左旗石房子村西北），庙号太祖，这且不提。

三

且说皇后述律平回到上京，还没等给耶律阿保机安葬，就开始筹划让谁继位的事情。别看这三个儿子都是她的亲生骨肉，但在感情上的亲疏远近却大不相同。老大耶律倍虽然早已立为太子，而且又刚刚被册封为东丹国主、人皇王，阿保机生前让其继位的意图也很明显，但在述律平的心中，却一直都不喜欢他、不认可他。原因是耶律倍的政治主张与她截然不同。述律平虽然也喜欢汉族文化，但她只是对那些实用技术感兴趣，比如说医药、纺织、建筑和冶炼等。她认为引进这些东西，只能用来增强契丹国的经济和军事实力，而不能冲淡或取代契丹民族的固有传统。因此她对倡导全面汉化，极力推崇儒学的耶律倍，就产生了强烈的不满。

述律平真正喜欢的是老二耶律德光。德光年轻勇武，颇有政治才干和军事策略，十几岁就跟着父母东征西讨，立下许多大功，二十岁刚出头，就成为契丹国的兵马大元帅，在中上层将领中有较高的威望。更重要的是他俯首帖耳，非常听话，这一点让企图临朝听政的述律平感到极为可心。

至于老三李胡嘛，述律平是又爱又恨。这家伙既没有老大的文韬，也没有老二的武略，有的只是极度凶狠的蛇蝎心肠。他生得牛般雄壮，却熊般笨拙，连句完整的话都说不好，却动不动就火冒三丈，大打出手。他喜欢在奴隶的脸上刻字，或把奴隶放在火上烤，再不然就是抽筋扒皮，剜眼挖心，听到奴隶们惨叫的声音，他则快乐得大碗喝酒，手舞足蹈。他就是个十足的恶魔，朝野上下一提到他，都唯恐躲之而不及。

　　述律平认为老大懦弱，不堪为君，老三残暴，无法扶起。只有老二耶律德光，才能够继承皇位，把阿保机的事业发扬光大。因此，当阿保机的灵柩刚刚运回上京，述律平就迫不及待地召见群臣，商议由谁继位之事。不料她的话刚一出口，皇族重臣、南院夷离堇耶律迭里就首先奏道："帝位继承，关系重大，应一遵先皇遗命，二顺臣民之心，岂可随意更改？今皇太子耶律倍为先皇嫡子，地位早已明确。如今已回京城，理当顺理成章，早登大位，我们还需议什么呢？这不是明摆着的事吗？"

　　群臣闻之，皆赞同，纷纷上奏附和。述律平见此情形，知道阻力很大，硬来不得，于是决定首先铲除反对势力，为耶律德光继位铺平道路。

　　当年十一月，也就是在耶律阿保机死后四个月，述律平以图谋不轨、意欲反叛的罪名，首先把耶律迭里投入大牢，施以钝刀割肉、火烧炮烙等极刑，企图让迭里等人承认谋反。耶律迭里明白是因继位之事，至死不服，被残忍杀害并处满门抄斩，同时被杀的还有朝中大臣一百多人。

　　述律平诛杀了反对派大臣之后，又向各部落的酋长举起了屠刀。一日她把酋长们的妻子请到宫中赴宴，笑着对她们说："如今先帝去世了，他生前待尔等恩重如山，你们想念他吗？"

　　酋长夫人们高兴而来，又喝了不少的酒，一时不明白皇后是何用意，于是异口同声地答道："我们非常想念先帝，他是契丹人的大英雄啊！"

　　述律平立即接过来说："那好！既然你们都想念先帝，想不想同我一样啊？"

　　酋长夫人们一听更糊涂了，七嘴八舌地答道："皇后乃是一国之母，我们哪有这样的福分哪！""皇后乃是人中龙凤、女中魁元，我们要像您就好了！"还有的说："我们巴不得呢！"

　　述律平听罢笑着说道："这很容易呀！你们不都说想念先帝吗？本来是应该跟着先帝去的，但念你们都有子女，需要抚养，就不必去了！那么就像我一样，先当寡妇吧！"说完不等酋长夫人们回答，立即派侍卫召来了所有的酋长，当着所有夫人的面问他们："你们想念先帝吗？"

　　酋长们皆跪伏在地，不知就里，于是一齐答道："我们非常想念先帝！"

　　述律平听后笑了，笑得很灿烂，她说："那太好了！每个人喝一碗酒，然后就上路吧！你们都是先帝的忠臣，去陪先帝吧！那里非常需要你们！"说罢命侍卫将酋长们拉出，全部勒死在大帐之外。弄得那帮酋长夫人欲哭无泪，一个个像傻了一样。述律平杀掉了原有的酋长，立即换上了一批新人，所有的部落都吓得老老实实。

皇后述律平的野蛮屠杀，使得朝野上下人人自危，惶惶不可终日，许多人携妻带眷连夜逃走，剩下的谁也不敢再吱声了。东丹王耶律倍本来认为，自己作为皇太子，继位本来就顺理成章，不应该有任何问题。他绝对没有想到，事情竟发展到这种地步。既然母后为扫清障碍大开杀戒，那么父皇的愿望就无法实现了，自己继位已无任何可能。如果再坚持下去，可能就性命不保了！为了让臣民们不再流血，他长跪于母后面前，真诚地说："儿臣虽为太子，但是魄力不足，恐怕难当大任。大元帅德光英勇善战，才略超群，堪为契丹国主。儿臣恳请母后恩准，让弟弟德光登基继位。"

述律平听后冷冷地说："你跟我说有什么用？还是请群臣来决定吧！"

天显二年（927）十一月十五日，在阿保机去世一年零四个月之后，述律平感到障碍已经彻底清除了，于是下令，把朝臣和将领们召集到她的长宁宫前，又让耶律倍和耶律德光皆骑马在阶前等候。然后她假惺惺地对众人说："这两个孩子都是我和先帝的骨肉，他们都是我最疼爱的人。先帝去世的时候没有留下遗嘱，我这个当娘的也不知道该由谁继位，那么就请大家来决定吧！你们若是同意谁，就拉住他的马缰，站到他的身边去吧！"

大臣们早就明白了述律平的用意，到这个时候了谁还敢另起一章、自讨没趣？那不是找死吗？将领们跟随德光征战多年，基本上都是他的心腹之人。因此，人们纷纷牵着德光的马缰，站在了他的身边，异口同声地说："我们拥戴大元帅登基！皇帝万岁！万岁！万万岁！"

耶律倍见状跳下马来，对述律平说："怎么样，母后？我不是说过了吗？大元帅继位，那是天下归心哪！"

述律平听后似乎淡淡地说："既然众位皆是如此选择，我也就无话可说，只好尊重大家的意见了！"

当天上午，耶律德光在群臣的簇拥之下继承皇位，接受百官朝贺，宣布大赦天下。尊母后述律平为应天皇太后，立妻子萧氏为皇后，并褒奖群臣，行檄各国。至此，耶律德光在母后述律平的支持下，取代兄长耶律倍，登上了契丹国皇帝的宝座，史称辽太宗。而此时的耶律倍，则悄悄地回到东丹国去了，走的时候，连一个送行的人都没有。

四

且说东丹王耶律倍在参加完新皇登基大典之后，情绪低落，心灰意冷。他万万没有想到，在父皇临终之前，实际上已经明确由他继位的情况下，母后述律平竟然改弦更张，大开杀戒，公然废长立幼，把他逼到如此境地。作为母后的儿子，他实在想不通，述律平为什么要这样做，难道仅仅是因为政见不同吗？还是有其他别的原因？他受到母后的打压、二弟的排挤，得不到群臣的支持，这让他感到非常苦恼和无助。他看穿了什么血脉关系，什么骨肉亲情，什么官场操守，什么道义和良知，在权力的角逐和高举的屠刀面前，根本就不堪一击。他觉得再跻身朝堂就是不知进退，那个东丹王当与不当已经无足轻重。说不定什么时候祸从天降，自己就性命不保了。因此在登基仪式结束之后，他便匆匆地收拾了一下，悄悄地离开了上京，默默地回到了东丹国，又草草地处理了一下政务，然后便急急忙忙地带上几个随从，到医巫间山散心去了。

耶律倍从小喜欢读书，更爱藏书。还在他没有当上太子的时候，就搜集到了许多珍贵的书籍，陆续暗藏在医巫间山的一个山洞里。在被立为皇太子以后，他便自己设计图样，命人在间山绝顶修建了一座望海堂，作为藏书楼和行宫。他憧憬着有一天能远离尘世，"两耳不闻窗外事，一心只读圣贤书"。但是因为戎马倥偬，政务繁忙，这个愿望始终没能实现。自从修建了望海堂，他还一直没有来过。现在终于有了宽余的时间，可以一圆旧梦了！他感到了一丝轻松和如愿，但是却无论如何也高兴不起来。

北方的隆冬滴水成冰，耶律倍的心情也像严冬一样寒冷。当一行人走近医巫间山的时候，已是半月以后的一个黄昏。此时恰逢天降大雪，北风呼啸，视野迷蒙，满眼玉龙翻飞，到处银蛇狂舞。山峦树木一片洁白，根本看不清路在哪里。加上人马俱已疲惫不堪，再往前走已经相当困难，于是众人商量想找个地方休息，明天再走。不想忽然间祸从天降，一阵狂风吹来，卷起漫天飞雪，把车马和行人皆掀翻在地。耶律倍只听得一声呼啸，如同地裂山崩，接着就身不由己，被卷上半天空，晃晃悠悠，也不知去了哪里。不一会儿就觉得被重重地摔在地上，脑袋轰的一声，往后就什么都不知道了。

当耶律倍醒来的时候，他感到脑袋发沉，周身疼痛，四肢像折断一样动弹不得，眼皮如铁片一样抬不起来。他企图努力坐起，但是无济于事。虽然看不到周围的一切，但他能感觉到身边挺暖和。他的鼻子依然灵敏，闻到了一股奇异的香味。他的耳朵也还管用，听到了两个人好听的语声。更重要的是，他发现自己舌头能动，可以说话。于是他很艰难但是很好奇地问道："这、这、这是什、什么地、地方啊？我、我、我怎么会、会在这、这里呢？"

一个好听的声音答道："这里是万古千秋寺，你是被暴风雪卷过来的。若不是我们及时发现，你早被冻死了！"

"啊！是这样！冻死了倒好！倒好哇！活着也是受罪！"耶律倍长叹一声，两行泪水滚下脸颊，心里感到一阵阴冷，他又昏过去了。

等到耶律倍再次醒来，已经是三日后的清晨了。风雪早已停止，山野一片静寂。东方的霞光斜射过来，给结满冰花的窗户染上一片微红。他侧过身来，首先听到一阵轻微的窸窣声，接着嗅到了一股好闻的香味。继而他睁开眼睛，看到自己正躺在一间寮房里，两位俊俏的女尼，正忙活着在火炉旁煮粥，那股浓郁的香气就是从那里飘过来的。耶律倍不由自主地狠狠抽了两下鼻子，然后一挺身坐了起来。

"你醒啦？你都睡了三天三夜了。这下可好了！起来喝点粥吧！师父都来过好几趟了，她要召见你呢！"一位俊俏的女尼说道。

耶律倍挣扎着坐稳身子，虽然仍感到很酸痛，但是四肢已能活动自如。他感到一阵高兴，于是接过那女尼递过来的粥碗，狼吞虎咽地猛喝起来。那碗粥虽然只是由粗粮杂豆和干枣野菜所熬，但他却感到特别清香可口，胜过任何山珍海味，吃过以后仍然口有余香。

那两位女尼笑吟吟地看着耶律倍喝完了粥，便领着他走出寮房，直奔古洞，去拜见她们的师父青岩洞主。未及走近洞口，那洞主似乎早已知晓，正满面笑容地站在古松下等候。耶律倍抬眼望去，见那位洞主身着青衣青裤，肩披青色斗篷，脚蹬青色布鞋，手提青色拂尘，身姿笔直，面如皓月，眉似远山，眼同秋水，一身的正气，满脸的庄严，有飘然出世之姿，具大慈大悲之相。耶律倍见之不禁肃然起敬，急趋前一步叩头行礼，口中说道："洞主在上，请受耶律倍一拜！"

那青岩洞主忙上前双手扶起，笑着说道："人皇王不必拘礼！汝能到此，古洞生辉，是本寺的荣耀，请站起来说话。"

耶律倍早有耳闻，青岩洞主乃世外高人，是菩萨的化身，有无上的智慧和超凡的德行。过去只是听说，现在有缘相见，不禁十分惊喜。于是随洞主走进洞府，用心观看。只见这古洞神秘幽深，钟乳纷悬，水滴如琴，香气弥漫。虽是严冬季节，但却温暖如春。再看那青岩洞主落座以后，背靠鳌山，脚踏莲台，手持杨柳，面带慈祥，虽是一身着素，却是面若桃花，更加让耶律倍敬仰万分。于是他接过一碗苦茶，再拜说道："感谢洞主救命之恩，以后必当舍身相报。晚生既已至此，却有一事相求，不知当讲与否？"

青岩洞主微笑说道："佛家慈悲，普度众生。法轮天地，慈润山河。救人性命是分内之事，何须言谢？何况救你之事，乃晴空、皓月二人所为，人皇王不必挂在心上。有什么话尽管讲来，本寺自当竭力相助。"

耶律倍闻之真诚地说："晚生虽为一国之主，但已淡泊世尘，无心政事，只想超然物外，出家为僧。每日里青灯古佛，读经诵卷，了此一生而已。恳请洞主成全，不胜感激！"

青岩洞主收起笑容，但是语气平和地说："汝之心事，我已尽知。万事有因有果，不可强求。人皇王如今虽路途多舛，但是尘缘未了，劫难未完，你还要为后人多积些功德，因此尚须留在世间过些时日。医巫闾山这里，还有你的一段奇缘，也是你将来的归宿，你早晚都是要回到闾山来的。现在出家为僧，却还不合时宜。我这里有个锦囊赠送给你，到明年清明之时，再打开观看，自有你一生的造化。"说完关照晴空、皓月二尼，务必悉心照料耶律倍，然后起身到南海去了。

至此耶律倍在古寺住了下来，一为度过严寒、休养身体，二为排遣忧郁、调整心绪。他每日里伴着旭日晚霞，随着晨钟暮鼓，晚睡早起，发愤读书。阅读了许多佛家经典，请教了不少高僧大德，让他的心胸豁然开朗，把众多烦恼全抛到九霄云外去了。那契丹国太后述律平和皇帝耶律德光以为他在东丹国，东丹国的臣子们以为他在京城，而随行的那几个侍卫丢了人皇王，个个吓得要死，谁还敢再乱说什么？因此各方都没有人找他，倒让他落得清净。

一晃三个多月过去了，大地回春，冰雪消融，万物生机勃发，耶律倍的心情也好起来。他告别了晴空、皓月，离开了万古千秋寺，一个人迎着早春的阳光，像游览踏青一样，一路打听着向望海堂那边走去。

辗转几日，他来到了闾山绝顶，找到了他心仪已久的望海堂。跟随他的那几个侍卫都还活着，如今皆在山上，见了他又惊又喜，一个个失声痛哭。守护望海堂的将官蔺佳乃耶律倍亲自选派，见东丹王大难脱险，驾临行宫，万分高兴，张罗着摆酒设宴，为他接风洗尘。又派人下山，置办一应用品，打扫书房寝宫，安排耶律倍住了下来。自此，他在这里查阅典籍，整理图书，翻看资料，撰写诗文，如同龙游大海、鸟入山林，感到无比的惬意和得心应手。有时候觉得累了，他也会领着随从们出来走一走、转一转，缓解一下疲惫的身心。到了晚上，则与将士们猜拳饮酒，对月放歌，然后再睡一个甜美的通宵。他觉得自己像过了一段神仙般的日子，既平静安宁，又其乐融融。

清明佳节转眼到来，他遵照青岩洞主的嘱咐，打开那个神秘的锦囊，看到了一张发黄的毛纸，上面用朱砂写了六行四十八个字，即是："生在塞北，故在中原。已不为帝，子掌皇权。善待众生，广种福田。洛神之女，与尔有缘。升天之日，葬归林泉。千秋赞誉，万代流传。"诗的下面还有一图，画着一个青年男子同一美貌少女相依相偎，坐于望海堂的青松之下。耶律倍仔细观之，见那男子很像自己，可那位女子又是谁呢？难道真的是洛神之女吗？那么如今她在哪里呢？我怎样才能找到她呢？耶律倍陷入苦苦的思索之中。

五

  一日阳光灿烂，四野无风。耶律倍读了一阵古籍，感到有些乏累，忽然心血来潮，起身走出行宫，带领几个随从去山下打猎。及至走下山来，见阳光之下，无边绿海，沟壑之中，紫气蒸腾。群山如万艘巨船奔涌向前，天边似一泓碧水平滑如镜，不觉心情畅快，猎兴大增。一行人走着走着，忽见前面不远处，有一只灰色的野兔正在悠闲地觅食。看见众人走近，那只野兔还在蹦蹦跳跳，左顾右盼，一副旁若无人的样子。它的傲慢激怒了一名侍卫，他蹑手蹑脚地扑向前去，企图将它生擒活捉。没想到那只野兔后腿一弹，噌的一声蹿出去老远。那侍卫摔了个狗吃屎，疼得龇牙咧嘴，下颌部已经流出血来，惹得众人一阵哈哈大笑。

  另一名侍卫见状大怒，绰过弓来，嗖的一箭射去，可惜没有射中。那支箭像半截干枯的树枝，斜插在草地上发抖。再看那只野兔，不但一点儿没有惊慌，反而回过头来，将前爪扬起梳着胡须，好像在嘲笑他们。耶律倍见状觉得有趣，一句"我陪你玩一玩"还没有说完，就嗖的一箭射出。那只野兔趔趄了一下，好像被射中了腿部，随即转身蹿出，瞬间钻进山林，不见踪影。

  耶律倍带人紧追过去，及至进得山林，忽听一阵銮铃声响，一匹快马如一道白光，唰地从树林中蹿出。众人近前一看，一位妙龄女子端坐马上，手里拎着的，正是那只灰色的野兔。它的前腿上还插着一支短箭，可怜的小家伙不知是疼的还是吓的，在那位女子的手中抖成一团。

  耶律倍的一个侍卫大声叫道："喂！我说这位姑娘，这只野兔是我们刚刚射中的，赶快还给我们吧！"

  那位马上的女子微微一笑，随即说道："是你们射中的吗？它怎么会在我的手里？这可是我刚刚抓获的！"

  耶律倍循声望去，见这位姑娘一身白衣白裙，腰系绿色丝带，头罩水湖色纱巾，脚蹬藏青色皮靴。眉清目秀，透出几分英武，脸赛桃花，藏着些许威严。顾盼之间星光闪烁，言语之下珠落玉盘。耶律倍看得入迷，不禁脱口赞道："好一位绝色女子，神山女侠！"众侍卫闻之，亦齐声叫好。

  那马上女子闻之一怔，秀目细瞧，发现在那几位随从的后面，有一位青年男子与众不同。只见他身高八尺，仪表堂堂，紫袍玉带，文质彬彬，端的是风姿俊朗，卓尔不群，于高雅中有一种特别的神韵，不由得心中一动，平添几分敬意。于是她跳下马来，把那只野兔扔给侍卫，红着脸说："既是你们射中的，那就还给你们吧！"说完瞟了耶律倍一眼，上马飞驰而去，顷刻间消失在山林里。

耶律倍怔怔地站在那里，一直看着那姑娘的身影。直到人走风来，蹄声远去，他还没有回过神来。身为契丹国曾经的皇太子，东丹国现在的人皇王，从小到大，他见过多少倾国倾城的女子，但他从未遇到这样俊美英武的姑娘。她的这种清丽洒脱的气质让他着迷，瞬间深深地印入了他的脑海，让他须臾都无法忘怀。直到侍卫们连声喊他，他才失魂落魄一般走上山去。

回到望海堂以后，耶律倍茶不思饭不想，只是怔怔地发呆。书籍根本看不下去，诗词更是无法写成，满脑子都是那姑娘的身影。他拿出青岩洞主赠给他的锦囊，惊奇地发现，这幅画上的女子与那姑娘十分相像。怪不得自己在山林边遇到她，就有点儿似曾相识的感觉呢。他越看越像，越想越痴，什么事情也干不下去了，不由自主地就走到林边去找她。开始的时候有侍卫跟随，因为怕出意外。后来他自己白天去，晚上也去，侍卫们便不再天天跟着他，他也习惯了一个人在那里等待。有一天因为他盘桓太久了，又连续两顿没有吃东西，不知在什么时候，他昏倒了，就在那片林边的草地上。

其实那位姑娘自从见过耶律倍之后，也是时刻不能忘怀。她被这个丰神俊朗、气质高雅的青年所吸引，一想起来就脸红心跳。从他的衣着装束来看，应该是一个富家子弟。从那些侍卫前呼后拥的派头，能看出他是个有权有势的人。但是从看到他的那一刻起，她就发现，他没有一点儿纨绔习气，而且出言不俗，措辞优美。她猜不出他具体是干什么的，是一个什么样的人。后来通过打听山中的猎户，才知道他是望海堂的主人，契丹国曾经的皇太子、东丹国现在的人皇王。这让她大吃一惊，原来心中产生的那点儿美好的愿望顿时荡然无存。她不再怀有任何非分之想，下决心一定要忘了他。

但是你说怪不怪？她越是想忘了他，越是忘不掉。她的两条腿不听使唤，一次又一次地违背意愿，把她带到那片松林旁，希望能再次见到他。可是见到他的时候，她又不敢出来，只是偷偷地躲在大树后，怕他看见她，从而窥透她心中的秘密。看到他那失魂落魄的样子，她明白了他的那份痴情，心中既感动又非常难受。但她还是不想惊动他，因为他们的差距实在太大了！一切都没有可能，更不会有结果。直到有一天傍晚她看见他晕倒了，夜晚在大山里会有生命危险，她才用白马把他驮回家，扶他躺在自己的小床上休息。然后又细心地给他喂水，希望他尽早醒来。

夜深人静，山边上斜挂着一弯新月，小屋外传来阵阵松涛，姑娘向她的母亲说明了一切。母亲没有责怪她，只是轻轻地对她说："我们到这里来是避难的，不能轻易与任何人往来。对于男女之情和婚嫁大事，不是我们这样的人家应该考虑的，也不是我们能够自主决定的，否则将会带来不尽的痛苦和悲惨的结局，你父亲的教训还不够深刻吗？"姑娘含着泪点了点头，表示听从母亲的教诲，但是请求天亮之后，亲自把他送走。

其实耶律倍也没有病，他不过是太伤神、太疲倦了。经过一阵子马上颠簸和床上休息，年轻的躯体很快就恢复过来，只是脑袋发沉，浑身酸痛，一时还抬不起头来。朦胧中，他感到有一股甜甜的液体正在通过他的口腔，源源不断地流入他的身体，同时他还闻到一种淡淡的、清新的香味，让他感到十分的通畅、绵软和舒服，就像幼小的时候，拱在奶娘的怀里吸吮那甘甜的乳汁，他不由得幸福地睁开了眼睛。

啊！竟然是她！我不是在做梦吧？他一下子愣住了！原来是那姑娘正斜坐在他的床前，一勺勺地给他喂水。那几绺垂下来的发丝碰到他的脸上，痒痒的，麻麻的，又酥酥的，有一种说不出来的异样的感觉。那姑娘见耶律倍醒了，不觉一下子羞红了脸，嗔怪地说："在树林边你是咋弄的呀？可把人家吓死了！怎么还晕过去了呢？"边说着话边端过一碗粥来递给耶律倍："既然你已经醒了，那么就自己吃吧！这是我母亲给你熬的粥。猎户人家没什么好吃的，你就将就着吃吧！"

耶律倍闻言忙翻身下地，连声向老妇人致谢。他见那老妇人五十开外，大手大脚，身材魁梧，骨骼清奇，粗眉大眼凸显母性威严，颧高口阔透出古怪神韵，令耶律倍不由得顿生敬畏，一颗心竟然怦怦地跳个不停。

那老妇人并不还礼，只是淡淡地说道："救人危难，人之常情，谢就不必了！我只是奉劝你们年轻人，不该想的不要去想，不该做的切莫去做，否则徒劳无益，悔之不及呀！"

那姑娘听了母亲的话，红着脸瞟了耶律倍一眼，没有作声。耶律倍听后虽心知肚明，但也不好说什么，只能端着粥碗借机走开。三人休息，一夜无话。

次日天还没亮，耶律倍就醒了。他是连累带饿外加忧伤，才晕倒在草地之上，如今舒舒服服地睡了一宿，早晨起来又喝了碗粥，已经彻底恢复了。那姑娘牵着她的白马，送了一程又一程。两个人虽然都没有多说话，但是手却一直拉在一起。

到了树林边那块草地上，眼看着就要分别，耶律倍再也抑制不住满腔的痴情，一把将那姑娘揽在怀里，热烈地亲吻着她。姑娘望着耶律倍那期待的眼神，感觉到他那火热的嘴唇和怦怦的心跳，欲待拒绝但已周身无力。她也拥吻着他，并告诉耶律倍，她叫高云云，是这西山里的猎户，只和老母亲住在一起。

耶律倍热烈地拥吻着高云云，向她倾诉着多日来的想念之情，并告诉高云云,他非常爱她,已经爱得魂牵梦萦,无法分离,他一定要娶她做妃子。高云云闻言松开双手,摆脱他的拥抱,忧郁地对耶律倍说:"我们俩差距太大了,几乎没有可能啊!你也看见了,我母亲是个什么态度哇?!"

耶律倍拿出那只锦囊,对高云云说:"姑娘请看,这是青岩洞主赠给我的,说明我们俩是有缘分的,是谁也阻挡不了的呀!"

高云云接过那只锦囊看了一下,望着耶律倍那渴望和执着的神情,实在不忍心伤害他,于是告诉他说:"我们俩也许真的有缘,不然怎么会打猎相遇?那只野兔说不定是上天派来的媒婆呢!不过我必须要得到母亲的同意才行,你三天以后再听我的消息吧!"两个人在树林边拥吻良久,又坐下来依偎在一起,不忍分离。直到不远处传来一声响亮的口哨,接着又是一阵嗒嗒的马蹄声响,高云云知道是母亲来了,这才恋恋不舍地离去。

六

从树林边回到望海堂,耶律倍一直坐立不安,心事重重。早晨起来就盼着太阳早点下山,晚上又半宿半宿地数星星、催月亮。对于他来说,这三天简直就是度日如年,甚至感觉比三年还要长。

三日以后的清晨,太阳还没有露脸儿,耶律倍就急不可待地领着随从出发了。可是在树林边足足等了一上午,也没有看到高云云的身影。耶律倍在树林边不停地徘徊,分析着各种可能:云云是忘了还是生病了?或者是遇到什么意外的情况了?不然她不会不来呀?他回想着云云那双好看的眼睛和那坚毅的神情,相信她一定不会爽约,因而他一直等到中午。刚过晌儿,火辣辣的太阳照在身上,周身灼热。忽然,云云母亲那张老辣而又严肃的脸一掠而过,耶律倍打了一个冷战。他想,坏了!一定是云云的母亲不同意,那天见面时就对他相当冷漠。大前天在树林边,云云也是被她的母亲催走的。想到这里,他再也等不下去了,立即打马向西山脚下奔去。

按照三天前走过的路径,耶律倍找到了那座曾经住过的草屋。推开那扇简易的木门,发现已经人去屋空。打听邻近的住户,才知道云云母女俩已经搬走了,不过才离开一个时辰,不会走得太远。耶律倍听完后二话没说,根据乡邻们指引的方向,快马加鞭,一路向南追去。

这个小村庄出山没有别的路,只能向南走,耶律倍估计兴许能够追得上。三匹快马一路狂奔,跑出医巫闾山,涉过白狼河水,快到徒河(今辽宁锦州)的时候,耶律倍终于发现了她们娘儿俩。高云云和她的母亲均骑着白马,就行走在前面不远的地方。耶律倍打马紧追，他和他的那匹汗血宝马均已汗流浃背，那两个随从被他落下很远，但是却怎么也追不上她们娘儿俩。高云云和她的母亲似觉有人追来，但仍然不紧不慢，时而回头观望一下。任凭耶律倍怎样心急如火，却总是望尘莫及。眼看着太阳就要落山了，他也实在太累了，只好到路边小店饮茶休息。转眼间，云云和她的母亲已经无影无踪。

　　就在耶律倍急得无可奈何之际，忽觉眼前一亮，闾山万古千秋寺的晴空和皓月两位女尼，不知何时竟出现在他的面前，旁边还站着一头黑毛驴。耶律倍慌忙起身问道："你们俩怎么会在这里？是洞主来了吗？"

　　晴空微笑着对他说道："洞主没有来，但是洞主让我们来的，她让我们来帮助你。你赶快换骑这头黑毛驴，兴许还能赶上她们！"

　　耶律倍虽见这头毛驴又黑又瘦，但他深知洞主法力无边，于是毫不犹豫地骑上黑毛驴，嘴里说声谢谢，就匆匆地向南追去。

　　说也奇怪，这头黑毛驴看似瘦小，但行起路来却急若流星。耶律倍只觉得耳边风呼呼作响，两旁的景物唰唰地往身后去，简直就像腾云驾雾。不一会儿，竟然追上了高云云和她的母亲。母女俩见状跳下马来，双双在青龙河边站定，像是在等待耶律倍的到来。

　　高云云的母亲手挽马缰，对气喘吁吁的耶律倍说："你既然得到菩萨相助，想必已知端倪，我也就不瞒你了！我本是洛水女神，三十年前因为同情民间大旱，私放洛河之水浇灌农田，玉帝震怒，把我贬到人间，来到这医巫闾山放羊，与猎户高源结合，生下云云。没想到玉帝怪罪，派天将前来擒拿。高源为救我们母女，摔下悬崖而死。我和云云侥幸逃生，便在这大山里相依为命，隐居下来。前日太白金星下界，传达玉帝旨意，召我回去复职，因而只好匆匆离去，尚请见谅。"

　　话到这里，云云的母亲停顿了一下，望着耶律倍慈爱地说："我也知汝乃曹子建转世，与我们洛水女神有三世的缘分。如今既然你们俩如此痴情，我就把云云托付给你，也算还了我旧日的一个心愿。但毕竟人神有别，终究未必圆满，望你们珍惜时光，好自为之吧！"

　　耶律倍这才彻底明白了青岩洞主锦囊中所说之意，立刻千恩万谢，跪地行礼。这时晴空、皓月和随从们也已赶来，在洛水女神的主持之下，耶律倍和高云云当着众人的面，在青龙河边双双拜罢天地，又拜女神，接着又遥拜青岩洞主。在小夫妻行罢对拜大礼之后，高云云的母亲即莞尔一笑，骑上她的白马，跃入水中。那匹马呼啸一声，鬃毛倒竖，四蹄飞腾，转眼间变成一条白龙，分波踏浪，向上游方向去了。云云的母亲立于白龙之上，转眼间就消失在晚霞里。耶律倍这才恍然大悟，自己的宝马为什么追不上她，转身谢过晴空和皓月，带着高云云和两个随从，连夜返回闾山去了。

东丹王耶律倍忧郁而去，载兴归来，还带回一位天仙一般的王妃，令望海堂上下一片欢腾。藏书楼守卫使蔺佳张罗着摆酒设宴，布置新房，为人皇王贺喜，一连欢庆数日。耶律倍则致信母后和皇帝，禀报在闾山纳妃一事。述律平和耶律德光闻讯以后，显得极为高兴，立即派信使送来厚礼，同时册封高云云为贵妃，并请他及早偕贵妃到上京省亲。

耶律倍与高云云在望海堂度过蜜月，感到离开东丹国时日已久，有许多事情也要处理，朝中两位丞相已数次派人前来奏请，皇帝耶律德光也派使臣下诏催促。耶律倍遂于当年九月，偕爱妃高云云回到东丹国，与群臣和家人见面。王后萧氏欢喜异常，待高云云情同姐妹，极为亲热，一家人其乐融融。

当年十月，耶律倍带着高云云前往上京，拜见太后述律平和皇帝耶律德光。述律平对高云云极为热情，没等高云云行完跪拜大礼，就赶忙离座把云云拉起来，高兴地说："快让娘看看！在书信里就听图欲说你长得好，如今一见，果然是天仙般的一个美人！太好了！我又多了一个女儿了！"说着把云云揽在怀里，亲热个没完，竟把耶律倍晾在了一边，连他的请安问候都没有听见，这让耶律倍感到有些莫名其妙。他怎么也想象不出，这位杀人如麻的母后，怎么变成了满面笑容的慈母，她到底有几副嘴脸哪？

述律平与高云云亲热一番之后，即刻下令安排晚宴，请宫中的妃嫔和亲王的家眷们都来聚会，与高云云见面并为她接风洗尘。席间，众人不但纷纷给云云敬酒，而且皆有重礼馈赠。太后述律平摘下自己手上玉镯，亲自给云云戴上，这让云云感动不已，当晚夫妻二人皆尽兴而归。

次日早朝以后，耶律倍带着云云去觐见耶律德光。还没到内宫门口，就见耶律德光跑着迎了出来。夫妻俩刚欲行跪拜大礼，德光就连忙把二人拉了起来，哽咽着说："兄长都半年多不见了，小弟想死你们了！还行什么大礼呀？折杀兄弟也！"说完与耶律倍抱在一起，放声大哭，哭得周身颤抖，涕泪交流，令两旁的侍卫都不觉掉下泪来。

兄弟俩见过之后，两个人手拉着手走进内宫，德光唤皇后萧温出来相见。高云云欲行觐见大礼，被萧温含笑谢绝。她热情地给高云云让座，谦和地说："他们俩是亲兄弟，我们俩就是亲姐妹，一家人何必拘礼？随便一点儿才好呢！"随即与高云云饮茶闲聊，样子十分亲热。耶律德光则始终拉着哥哥的手，问寒问暖，说个不停。时近中午，又备御宴。德光频频敬酒，耶律倍盛情难却，两个人皆大醉方休。席散的时候，德光的眼里仍噙着泪花，一直将兄长送到门外，口里还大嚷着说："明日再喝！我要和你醉上三天三夜！"

次日清晨，耶律倍和高云云还没有起床，德光就带着皇后萧温过来看望，同时还送来了许多时鲜果品和几样点心。他歉意地对耶律倍说:"这两日小弟还有些急事要做,就不陪兄长游猎了。请与尊嫂多住几日,顺便会见一下亲朋好友。此时的大草原秋高气爽,果香羊肥,是人间天堂啊!"

高云云这两日见皇帝和皇后如此盛情,极为感动,有些不解地对耶律倍说:"大王常对我说母后如何阴狠,皇帝怎样无情。如今一见,却是不然,这到底是怎么一回事呀?"

耶律倍听后苦笑着摇了摇头:"我的爱妃!你太纯真了!你看到的并不一定就是真的,你听到的也许都是假话。谁也不知道对方的心里想什么,你得慢慢地去揣摩,这就是宫廷政治的可怕之处哇!慢慢地你就会知道了!"

七

果不其然,次日耶律倍偕高云云去祭拜木叶山祖庙,回来后正准备去会见儿时的几位旧友,忽有侍卫来报,说东丹国左丞相传来消息,奉太后谕旨,已将东丹国北部六万户百姓迁到东平(今辽宁省辽阳市),并奉命在东平营建新都。耶律倍身为东丹国主,自己人在上京,事先竟一点儿音信都没有听到,母后为什么非要背着他行事,简直是不可理喻。气得耶律倍浑身发抖,再也无心拜访亲友,只想尽快赶回忽汗城。行至半路,又接到皇帝耶律德光的圣旨,说为了确保兄长安全,已经亲选二百名侍卫亲军,作为东丹王的皇家卫队,人马已经随诏带去云云。那宣旨的钦差盛气凌人,宣读完诏书冷笑数声,扬长而去。卫队统领鲁不花随即过来见礼:"末将奉皇上之命,前来伺候人皇王。人皇王千岁!千岁!千千岁!"说话之间,一副诡异的神情。这一连串的事情让耶律倍目瞪口呆,脊背感到一阵一阵地发冷,高云云则愈加迷惑不解。

耶律倍带着高云云垂头丧气地回到东丹国,屁股还没有坐热,朝廷的圣旨又到了,说为了加强朝政管理,要调换左、右、大、次四位丞相,新的人选已经随诏到达。宣旨的钦差办完公务,随后到后宫看望王后萧氏,说太后闻知儿媳有病,特地表示问候,并捎来许多珍贵的补品。皇帝耶律德光还亲致书信,说上次王嫂走时匆忙,未及相送,特捎来白璧一双,表示歉意。如此口是心非,玩弄两面手法,令耶律倍既怒火满腔,又哭笑不得。

耶律倍明白太后和皇帝对自己处处提防,于是不再上朝理政,把一应政务全交给那几个丞相去办,反正他们也是德光派来的人,自己乐得轻闲。他把寝宫改成了读书楼,把后花园开辟成小菜园。每日里同王后萧氏和高云云,在一起吟诗作画,饮酒高眠,或捡石锄草,打发光阴。表面看似无忧无虑,快乐异常,但由于他心结未开，精神抑郁，不知不觉间竟然生起病来，一连多日食不甘味，夜不能眠，身体明显消瘦。耶律德光闻讯亲来探视，不仅带来御医为兄长诊治，还留下了许多珍贵的滋补药品。临行的时候，明面上再三叮嘱耶律倍要宽心休养，背地里却命令四位丞相，必须要严密监视东丹王的行踪，有情况立即向朝廷报告。

耶律德光返回上京以后，朝廷又下来一道圣旨，诏令东丹王迁都东平，同时增加岁贡的数量。过去每年向朝廷贡奉一千石粮食、一千匹良马，从明年起都要加倍。诏令还要求东丹国削减本部兵马，以减轻百姓负担。由朝廷派驻一万名骑兵，以保证东丹国的安全。命领兵大将鲁速古兼任东丹国枢密副使，既参与东丹国朝政，又同时对上京负责。耶律倍接诏以后，知道自己已经被完全架空，几乎气昏过去。他到此时才彻底醒悟，自己的存在就是对朝廷的威胁，母后和皇帝是不会放过他的。他们会不断地在明里施压，暗里使坏，最终把他逼死。他这个东丹王就是个傀儡，当与不当已经没有任何意义，而这块生他养他的土地，也似乎没有什么可留恋的了。

天显四年（929）初春，东丹王耶律倍偕爱妃高云云再次来到医巫闾山，决心在这里长住下去。他亲自设计、亲自选址、直接监工，在小望海寺下背风向阳的地方，修建了一座小庭院，盖起了五间红墙绿瓦的殿堂和四间厢房，在四周砌筑了围墙，设置了瞭望台。院子里栽满了桃树，种上了兰花。他把这个地方取名为"桃花源"，希望自己能像陶渊明那样，在这里隐居下去，了此一生。小院建成以后，他和高云云在这里朝迎旭日，暮送晚风，掬溪水而吟春花，望浮云而咏夏雨，过了一段神仙般的日子。

白天，两个人经常一起登上山顶，抚摸飘过的白云，眺望远处的大海，倾听阵阵松涛，细品缕缕花香。晚上，两个人则踏着朦胧的月色，漫步于桃林和花丛中间，诉说着彼此的心曲，憧憬着美好的未来。他们的足迹遍布闾山的沟沟壑壑，他们的笑声唤醒了闾山的山山水水。耶律倍作画的时候，云云为他研墨；高云云抚琴的时候，耶律倍在一旁放歌。他们常把钱财布施给山下穷苦的猎户，庄户人家也常把鲜菜水果赠送给这对善良的伴侣。耶律倍在这里写下了许多诗歌，创作了不少名画，他认为那是他一生中最美好的时光。

岂料老天难遂人愿。天显五年（930）仲夏，王后萧氏病重。耶律倍闻知心如火焚，急忙偕高云云回到东平，护送萧氏去上京，遍请名医诊治。谁知耶律倍回国以后，一举一动都被母后派人监视。给王后看病需要花钱，他这个东丹王也说了不算，四大丞相说得报请皇帝恩准后方能支付，否则一两库银也拿不出去，气得耶律倍当即晕了过去。

高云云见状劝他说："这样的人皇王不当也罢！我们还是回闾山隐居去吧！"王后萧氏病情稍愈也劝他快走，不要把性命搭在这里。可是派去打前站的人回来说:"桃花源和望海堂的守护人员全都撤回来了,现已完全换上了皇帝的人!"去闾山隐居的希望也破灭了。耶律倍在上京如坐刀山,在王后萧氏的一再催促下,只好带着高云云又回到了东丹国。

一日耶律倍正在后宫愁坐,忽有一侍女前来报告,说后唐使者求见。不一会儿,那使者由侍女陪同走了进来,向耶律倍叩头施礼,还带来了明宗皇帝的亲笔书信。原来后唐庄宗李存勖去世以后,明宗李嗣源继位。李嗣源是位明君,不但对内善施德政,而且对外广结邻邦,已经派人来东丹国多次了,均由于耶律倍不在而未能见面。明宗皇帝在信中说:"素闻东丹王文韬武略,乃当世人杰,为兄虽身在中原亦久慕其名矣!然'木秀于林,风必摧之,行高于人,众必非之',东丹王虽满腹经纶,亦必不为胸襟狭隘之人所用也!尝闻汝在北朝,多遭妒忌,英雄无用武之地;境遇窘迫,如蛟龙之卧浅滩,诚可气也!非但不能展汝之雄才,且早晚必为其所害矣!今中原政通人和,百废待兴,海阔可凭龙跃,天高能容凤舞,真贤王为民造福之宝地也!故而诚邀东丹王屈驾中原,共图大计,得慰平生,流芳千古。书不尽言,似同见面。愚兄切切,贤弟请酌。"书中虽只寥寥数语,却句句戳着耶律倍的疼痛之处,也道出了他的辛酸苦辣。耶律倍思前想后,决定弃国出走,投奔后唐。

打定主意之后,耶律倍跟谁都没说,自己亲自做出安排。他先派心腹之人去海边找船,然后让云云带着家人先走,只说去上京省亲,收拾了所有的金银细软和喜爱之物,装车随行。最后自己像往常一样,召集四大丞相,安排朝中政务,与有关朝臣一一见面。做完了这一切,他才带上几名亲随,骑着快马,匆忙来到海边,与提前到来的高云云等人会合。一行人登上事先准备好的大船,乘风破浪,直奔蓬莱去了。

对于东丹王耶律倍弃国出走,朝中四大丞相及各部大臣丝毫没有察觉,他们无论如何也想不到,这位温文尔雅的人皇王,会有如此骇人之举。直到第四天上午,枢密副使鲁速古离开兵营,到朝中打探情况,群臣还说人皇王下去巡视,已经三天了。鲁速古预感事情不妙,急带人去后宫查看,才发现已经人去楼空,连家眷都不见了。鲁速古勃然大怒,一脚踹开东丹王的寝宫,却只见屋内空空荡荡,用黄绢包着的印信吊在梁上,方桌上摆放着一张白绢。那白绢上写有一首五言诗:"让位是徒劳,隐居仍不饶。与其坐等死,莫若去南朝。"下面署有耶律倍的名字。鲁速古见之大惊,急忙飞马向朝廷报告。

皇帝耶律德光闻之怒火万丈,一边下令赶紧搜捕,一边火速来到东平,亲自部署撒下人马,一定要将耶律倍捉拿归案,但是一连几日毫无收获。最后得到一位渔民的报告,才亲自带人来到海边查看。只见一块靠岸的礁石之上,立着一个很大的木牌,上书四行大字:"小山压大山,大山全无力。羞见故乡人,从此外

173

国去。"分明是耶律倍的笔迹,耶律德光见之恼羞成怒,方知兄长真的弃国出走、投奔后唐去了。气得他大叫一声:"真是奇耻大辱!怎么会是这样?!"抬手奋力一剑,把那块木牌劈成两半。随即下令,将东丹国四大丞相斩首示众。四人喊冤叫屈,跪地求饶。耶律德光怒吼道:"留着你们还有用吗?连个人都看不住!还不如几条好狗!"言罢愤愤而去。

八

且说耶律倍一行在莱州登陆,早有后唐的官员在此迎候,原来就是前不久去东丹国的那位特使。一路上各州、府、县均已接到朝廷的通知,所以各级官吏皆远接近迎,十分热情,食宿、车辆和所需物品都安排得极为周到细致,令耶律倍和高云云等人一下船就如沐春风,非常愉快。

九日后耶律倍等一行临近洛阳,唐明宗李嗣源率文武百官,出城十里迎接。见面之时,耶律倍要行君臣之礼,李嗣源执意不允。他拉着耶律倍的手说:"你我虽未谋面,但已互慕已久。同为一国之主,只有兄弟之谊,还行什么君臣之礼?"说完上马与耶律倍并辔而行。进城以后,军民人等列队等候,两旁居民夹道欢迎,情真意切,令人感动。当晚,明宗李嗣源大摆宴席,坚持让耶律倍同坐首位,痛饮到夜半方休。

次日早饭以后,明宗李嗣源亲到驿馆看望,他征询式地问耶律倍日后有何打算。耶律倍诚恳地告诉他,自己这几年来历尽坎坷,心力交瘁,早已无意跻身仕途,只想舒心度过余年。李嗣源听后亦推心置腹地说:"东丹王文韬武略,乃经国之才,早已德满九州、名闻华夏。今日能屈尊来到中原,实乃我朝社稷之幸、万民之福,岂可栖身江湖、隐居乡里?那不是珠藏蚌里、金埋土中吗?依兄之见,莫若与我共商国是,同振中原,以不枉贤弟平生之所学也!东丹王以为如何?"

耶律倍闻言连忙摆手,有点儿不好意思地说:"陛下如此抬爱,实令小弟汗颜。我一避难之人,岂可再问朝政?这却万万不可!"耶律倍一再婉言谢绝,李嗣源只是诚心相邀,并不松口。高云云此时站在一旁,感到明宗皇帝确是实心实意,如果一再推辞,岂不辜负了人家的一片好意?于是频频使眼色暗示夫君,不可过于执拗。耶律倍见状只好说道:"陛下这般抬举,图欲敢不尽力?只是我人生地疏,怕是难当大任。那么我就到州、县去吧!做些力所能及的小事。"

明宗皇帝李嗣源闻之大喜,当日在朝堂之上,对文武百官盛赞耶律倍之德,封他仍领东丹王名爵,并赐姓东丹,名赞华,诏令他担任怀化军(治所在今江西高安）节度使，十日后即偕家眷赴任。

唐朝时的节度使权力很大，上马管军，下马管民，是名副其实的一镇诸侯。后唐基本上沿袭了唐代的制度，节度使大多是皇帝的心腹之人。耶律倍作为契丹的皇族，能到中原王朝独领一镇人马，而且掌政瑞州，足见李嗣源对他的重视程度。耶律倍心里十分感激，不久即带领家小赴任去了。

耶律倍在契丹理政多年，有比较丰富的实践经验，加上他又精通汉语，对中原文化十分熟悉，因而到任以后驾轻就熟，得心应手。本来他就胸存韬略，腹藏良谋，在契丹是因为受到打压，无法施展，到中原就有了用武之地。他秉性谦虚谨慎，态度和蔼可亲，非常善于听取僚属们的意见。他又体察下情，关心百姓疾苦，经常到民间私访，纠正冤假错案，深受部下的拥戴。他主持兴修水利，积极鼓励农耕，使辖区内的农业生产得到很快恢复和发展。一年下来，把怀化军所辖地区治理得井井有条，一片安宁。

又过了一年，该地区农商两旺，经济繁荣。不但使向朝廷缴纳的粮饷增加了一倍，而且还为朝廷训练出两万精兵。明宗李嗣源大加赞赏，除颁旨褒奖以外，还破例钦封耶律倍为后唐皇族，赐姓李，名赞华，并在京城为他修建了府第。这使耶律倍感激涕零，决心更加勤勉地为后唐效力，以报答李嗣源的知遇之恩。

不料事与愿违，噩耗突然传来。后唐长兴四年（933）冬月，唐明宗李嗣源病逝，其次子李从厚继位。耶律倍闻讯痛苦万分，他为失去明宗这样一位知己而悲痛得不能自拔，情绪一落千丈。恰巧这时朝中也出了点儿意外，闵帝李从厚继位以后，朝政由权臣朱弘昭和冯赟把持，二人给闵帝出主意，企图借助节度使"换藩"对调之机，削弱地方藩镇的势力，拿掉节度使的兵权，实现个人野心。不料弄巧成拙，造成朝野大乱，反象丛生。

耶律倍见状不妙，就向朝廷提出不再担任节度使，只想辞官归田，到乡间隐居。朱、冯二人闻之正中下怀，便欣然接受，但给了他一个瑞、真州观察使的虚衔，随他去了。耶律倍深知"士为知己者死，女为悦己者容"，既然朝廷不再信任自己，何苦再不知好歹、贪恋仕途？于是他携妻带子离开瑞州，四处旅行去了。临别之日，瑞州百姓箪食壶浆，沿路相送，熙熙攘攘，十里不绝。许多官吏都舍不得他走，不少将领甚至想跟随着他，都被他婉言谢绝了，他知道那样会给自己带来更大的麻烦。

俗语说："无官一身轻，有子万事足。"耶律倍多年来南征北战，忙于政务，很少有时间出去游玩。如今得此空闲，令他舒畅无比。他带着高云云和两个儿子及几个随从，一路游山玩水，拜访高僧大德，追寻名胜古迹，时而吟诗作画，走遍了整个黄河流域。高云云与他相携相搀，两个孩子不离左右，一家人朝迎旭日，暮送晚风，餐风饮露，十分辛苦，但是心情却特别愉快。

后唐应顺元年（934）夏日，耶律倍率家人来到许昌，他忽然想起云云母亲说过的话，便带着一行人来到河南七步村，专程去祭扫曹植的陵墓。几经周折找到以后，只见孤坟野冢，冷冷清清，碑残墓破，朽木横陈，地下野草疯长，空中昏鸦乱飞，一片凄凉破败的景象。耶律倍不由得触景生情，感慨万千。他想起这位前贤，生前才华横溢，冠绝一时，书画文章均举世无双，是建安文学的领军人物。曹操生前十分宠爱他，据说曾想传位给他。但后来风云突变，世事多舛。其兄曹丕称帝以后，多次寻机挤对他，使他险些死于非命。曹植生前并不得志，死后的状态也极凄惨，自己与他的命运何其相似尔？

想至此耶律倍悲从心起，哀上眉头。于是他脱掉外衣，挽起袖子，清除腐木，拔去野草，并亲自点燃香烛，摆上祭品，向曹植的陵墓行跪拜之礼。耶律倍洒泪祭道："君才倾华夏，乃一代人杰。文足以安邦，武当可定国，却因受人排挤，落得这般下场。想我耶律图欲，虽无公之才德，却与公同等境遇，可谓同病相怜。七百年阴阳相隔，难得心灵相通。人情何以如此冷酷？苍天怎么这般不公？君魂安在？我心痛也！"言罢泪如雨下，哭泣不止。耶律倍的这一番表白，不仅感动了在场所有的人，还使松林为之鸣咽，苍天为之动容。也许是曹子建在天有灵，不一会儿就狂风大作，下起了瓢泼大雨。耶律倍对天长啸，他的眼泪和雨水流在一起。

九

不久临近中秋佳节，中原大地一片金黄。虽然是处在战乱时期，但由于是传统节日，因此到处张灯结彩，一派热闹喜庆的景象。这一晚月明星稀，金风习习，耶律倍偕高云云来到洛水之滨，依前言去看望云云的母亲。高云云燃起九支长香，与耶律倍双双跪于草地之上。仰望空中圆圆的月亮，面对滔滔的洛河之水，云云想起与母亲一别数年，一缕难言的惆怅不由得涌上心头。自己这几年颠沛流离，有喜有忧，不知从何说起，也不知母亲身在何处，是否安康，她的近况怎样。云云想至此处，不由得黯然神伤，泪如雨下。她泣告道："孩儿与母亲间山一别，无一日不在痛切思念。塞北秋风，可捎去女儿的千万声问候，朵朵白云，曾寄去女儿的无限深情。如今女儿来到洛水，觉得母亲就在我的身边，令我欣喜万分，盼望即刻相见。但孩儿知洛水迢迢，天堂遥远，虽系骨肉亲情，但是人神有别。如果此生仍然有缘，母亲可否见我们一面？"说到动情之处，泪洒秋草，泣不成声。

此时耶律倍也跪拜说道："自从青龙河边一别，转眼已是七年有余。由您老人家亲自主婚，我和云云终成眷属。这几年我们俩朝夕相伴，情深意长，虽非神仙伴侣，也是地造奇缘。虽然仕途上并不如意，但是夫妻间甜如蜜糖。如今朝夕相守，胜如初见，儿女绕膝，乐享天伦。此皆您老人家大德所赐，图欲不敢有一刻忘怀也！"

两个人叨叨咕咕，正在焚香礼拜，忽然间一阵香风吹来，河面上白浪翻滚，紫气升腾，哗啦一声响，一条白龙破浪而出，云云的母亲淡妆素服，像嫦娥一样光彩照人，转眼已来到河边草地之上。高云云和耶律倍忙带着孩子上前施礼，互致问候。接着云云被她的母亲拉向一边，母女俩私语良久，仍不忍分离。最后洛神对云云说道："孩儿不必忧伤，相聚已是不远。你与耶律倍的姻缘已尽，当奉天庭之命，在此处翠竹庵出家。两个孩子留在洛阳即可，就让他们姓高吧！免得将来受到牵连。你也不必再与他往来，恐遭不测。明天日出，我们在翠竹庵相见。"说完没有同耶律倍打招呼，即匆匆离去。

高云云听了母亲的话，如闻晴天霹雳，让她胆战心惊、忧上眉梢。她虽知天意不可违，母命更难拒，也知道母亲是为了她和孩子们好，但她毕竟与耶律倍夫妻八年，朝夕相处，虽说历尽坎坷，却是情深意长，实在是难以割舍，心如刀剜。巨大的打击让一向乐观开朗的她愁容满面，哀叹连声。耶律倍还以为她是思念母亲，不断地安慰她，这让她心中更加难受。

当晚回到客栈，云云亲自下厨做菜，陪耶律倍喝酒聊天，入睡的时候又百般缱绻，极尽缠绵。她依偎在耶律倍的胸前喁喁私语，泪水就洒在他的身上。可惜耶律倍并不知道她的心境，为了宽慰她，酒喝多了，拥着爱妻似睡非睡，昏昏沉沉，一点儿都未察觉到一个巨大的悲伤正在等着他。

次日已近巳时了，耶律倍才爬起来。他发现云云不在身边，连两个孩子也不见了，立即吓得他出了一身冷汗。急得他六神无主，惊慌失措，赶忙四处寻找。但他围绕着客栈喊破了嗓子，也没有听到云云的回应，跑遍了小城累瘸了双腿，也没有看到他们母子的身影。声嘶力竭的他跌跌撞撞，又来到了洛水旁，就晕倒在昨晚亲人们相聚的地方。醒来时发现身边有一方白绢，上书四行三十二个字："打猎相见，闾山结缘。夫妻恩爱，转眼八年。天命难违，临别何难？心随君去，聚在林泉。"耶律倍拾起一看，认得是云云那清秀的字迹，不禁放声大哭。这时他方知云云已经离他而去，应了青岩洞主锦囊中所说的话，不禁仰天大呼曰："既有今日，何必当初？老天不公啊！老天不公！难道这是在戏弄我吗？！"他捶胸顿足，边哭边说，泪流满面，长叹不已："此乃时也？运也？命也？缘也？难道我耶律倍一生就该这样吗？怎么会样样不如意？这究竟是为什么呀？"他一路跌跌跄跄地回到寓所，食宿俱废，似同疯癫。自此居无定所，流浪江湖，终日以泪洗面，以酒浇愁。

龙盘虎踞

且说契丹国自从耶律倍出走以后，述律平和耶律德光曾多次修书给后唐皇帝，要求遣返耶律倍，都被李嗣源严词拒绝。耶律德光还直接给耶律倍写信，以他的长子兀欲在上京为要挟，说如果他不回国，就要杀掉他的儿子。原来在耶律倍弃国出走的时候，长子耶律兀欲正在太后身边当人质，无法与他同行，只好留在契丹。耶律德光以此事来威胁，让耶律倍更加气愤。他回信说："耶律兀欲是我的儿子不假，但他也是太祖和太后的长孙，是你契丹国皇帝的亲侄子。你若想杀他，我能奈之何？如果不怕缺德造孽、天打雷劈，要杀你就杀吧！我是绝对不能回去的！"耶律德光虽然心狠手辣，但他投鼠忌器，因而这一阴谋始终没有得逞。

后唐自明宗李嗣源病逝以后，朝纲大乱。闵帝李从厚继位不到一年，就被潞王李从珂推翻并毒死。李从珂登基以后，滥加赏赐，宠信谗臣，很快激怒了各地藩镇。明宗李嗣源的女婿、魏国公主的丈夫石敬瑭，此时担任河东节度使，乘机向契丹借兵，答应在灭掉后唐之后，割让燕云十六州给契丹，并每年纳绢三十万匹，耶律德光闻言大喜。他窥伺中原时日已久，良机到来岂可错过？于是调兵遣将，准备南征。

后唐清泰三年（936）八月，耶律德光亲率二十万大军，出雁门关南下，驰援石敬瑭。在两家联军的强力打击下，后唐军队节节败退。末帝李从珂无奈困守洛阳，众叛亲离，岌岌可危。这时他听信谗臣出的馊主意，派人把耶律倍抓到京城，命其以手足之情给耶律德光写信，劝契丹国退兵。耶律倍闻之正色说道："我与耶律德光虽是亲兄弟，但他早已视我为敌，否则我又怎能逃到中原，来贵国避难呢？我的话他能听吗？所以这封信不能写！何况我忠君爱民，何罪之有？为什么派人把我抓到这里？您还是明宗皇帝的子孙吗？"

李从珂闻之勃然大怒，因为他只是明宗李嗣源的干儿子，耶律倍的话戳到了他的痛处，所以他抽出佩剑就要杀耶律倍，是群臣苦苦相劝方才罢手，但他却小肚鸡肠，嫉恨在心。当国破家亡，李从珂准备在玄武楼上自焚的时候，还不忘把耶律倍抓来为他殉葬。可怜契丹国一代英才、东丹王耶律倍竟然客死他乡，时年三十八岁。

且说石敬瑭在契丹的帮助下灭掉后唐，建立后晋，除答应割让燕云十六州，岁贡彩绢三十万匹之外，还认比自己小十岁的耶律德光为干爹，自称儿皇帝。这让耶律德光得意忘形，高兴万分，纵容部下烧杀抢掠，自己则躲在大帐中饮酒作乐。军中唯独一人心情沉重，暗自垂泪。他就是太祖皇帝的长孙、东丹王耶律倍的长子耶律兀欲，又名耶律阮。他趁军中上下纵情玩乐、无人注意之机，秘密寻找到父亲和族人的尸首，悄悄地运回军中，准备带回国内安葬。

有人把这件事悄悄地密报给耶律德光。德光不知是因为兄长已死，还是因为胜利高兴，竟然丝毫没有怪罪耶律阮，反而当着众将官的面大加赞扬："贤侄所做之事，也是我之所想。为人子者必先孝敬父母，然后才能忠于国家。不然纵有秦皇之威、石崇之富，又怎能立于天地之间？岂不为天下之人所耻笑耶？"遂命军中忤将对耶律倍尸体盛加装殓，派人护送到归化州（今河北宣化）祥古山，草草安葬。

十

石敬瑭靠出卖民族利益当了七年的儿皇帝，于后晋天福七年（942）忧郁病死，其侄子石重贵继位。中原人民因为痛恨契丹的侵略和后晋的横征暴敛，反抗斗争此起彼伏。耶律德光以此为借口，不断地对中原发动战争，并于契丹会同十年（947）正月灭掉后晋，率军进入开封，穿起汉族皇帝的衣冠，做起了中原的皇帝，并改国号为"辽"。与此同时，他纵容部下到处杀人放火，肆意抢夺钱财。一时间闹得中原大地乌烟瘴气，鸡犬不宁。

中原人民不堪忍受辽朝的暴政，纷纷聚众反抗。他们昼伏夜出，攻州打县，杀死辽朝派来的官吏，袭扰驻在各地的辽军，并像潮水一般涌向开封，其规模宏大，势不可当。吓得耶律德光惶惶不可终日，在开封再也待不下去了，只好带着辽军将士向北撤退。行至半路，就因惊吓和忧郁，得了一种奇怪的重病，浑身燥热难耐，服用药物无效，死在了今河北栾城境内的杀胡林。时为辽国大同元年（947）四月，终年四十六岁。由于当时天已转热，路途尚很遥远，他死后被剖开腹腔，掏出内脏，装满食盐，才安全运到上京，安葬于凤山怀陵，即今内蒙古巴林左旗西北，十年后与他的兄长耶律倍魂会去了。

且说辽太宗耶律德光驾崩之时，耶律倍的长子耶律阮正在军中，此时他已因战功赫赫被封为永康王。耶律德光病死以后，当时在辽军中统率军队的主要有两个人。一个是北院大王耶律洼，另一个是南院大王耶律吼。他们二人都是东丹王耶律倍生前的好友，与永康王耶律阮亦私交不错。耶律洼对耶律吼和众将说："今皇上中途驾崩，国不可一日无君。如果我们回京请示太后，她必然自作主张，不是立皇上的长子耶律璟，就是立她的三儿子李胡。耶律璟病弱平庸，李胡又凶狠残暴，皇权若是落到这样的人手里，那国家还有希望吗？今永康王仁德宽厚，文武兼备，又是太祖皇帝的嫡孙、东丹王的长子，这大位本来就是他们家的。我们何不借此机会，顺天应人，再还给他们呢？我提议，咱们就拥戴耶律阮，大家都将是新朝的功臣，不知众位意下如何？"众将闻之一致赞同。于是在大军行至镇阳（今河北栾城西北）之时，举行了陵前继位仪式，耶律阮被众将拥

179

立为帝。

消息传到上京，述律平怒不可遏。她先是派李胡领兵讨逆，结果被杀得大败。紧接着又亲自出马，与耶律阮隔潢河对峙，企图借其旧日权威吓退众将，迫使耶律阮屈服。但是由于多数将官的父兄均被述律平杀害了，他们与她有着刻骨的仇恨，又怎么会听命于她、背叛新皇帝呢？万般无奈之中，述律平迫于对方强大的军事压力，违心承认了耶律阮继位的合法身份。东丹王耶律倍的儿子耶律阮，终于率大军开进上京，驾临宣政殿，正式登基，接受百官朝贺，成为契丹王朝的第三任皇帝，印证了青岩洞主二十年前的预言。

耶律阮虽然如愿登上了皇位，但是述律平并不甘心，又私下里会同三儿子李胡预谋反叛，被耶律阮察觉，索性一不做，二不休，将他们娘儿俩赶出了京城，迁到祖州（今内蒙古昭乌达盟林东镇西南）囚禁起来。述律平于六年以后去世，终年七十五岁，结束了她开始聪明后来糊涂的一生。我们不知道她到九泉之下，还有脸对她的大儿子耶律倍说些什么，难道她就真的问心无愧吗？

据说耶律阮当上皇帝不久，就根据耶律倍生前的意愿，将其父亲的尸骨从祥古山迎回，改葬在辽西的医巫闾山，封其陵为显陵，并因陵设州，将其附近辖地改为显州。同时下诏追尊其父为让国皇帝，庙号义宗。祭奠仪式办得极为隆重，满朝文武及当地官吏皆来参加，显州百姓也纷纷赶来吊唁。

当所有程序行将完毕之时，忽有一侍卫进来报告，说有一女尼求见。耶律阮知其父生前信佛，急命快请。话音刚落，就有一阵轻风吹来，陵前烛火微微一摆，一身着灰色僧衣，头戴灰色僧帽，身材高挑，面目清秀的中年女尼，已经稳稳地落在陵墓之前，几乎一点儿声音都没有，谁也没看清她是怎么进来的，令耶律阮和文武百官无不称奇。

那女尼并不理会别人，径直点燃了九支香烛，对着耶律倍的陵墓行三拜九叩大礼，然后失声痛哭，而且边哭边说道："夫君生前英明神武，才气超人，名满华夏，恨被恶人挤对，这才客死他乡，转眼间已历十余年矣！为妻并非留恋红尘，贪生怕死，当时就想追随你于天上也！实在是因为孩儿太小，母亲又一再相劝，这才苟活数年。但无一日不在以泪洗面，无一刻不是痛不欲生。如今二子已经长大，文章书画名满中原，为妻已无甚牵挂矣！你生前受人打压虽未如愿，但如今老天有眼，兀欲登基，夫君在天堂可无憾也！八年相处，如在昨天。你待为妻情深似海，为妻想你山高水长。为妻知你虽然刚强，但是平生最怕孤寂。晚上入寝的时候我若不在你的身边，你就翻来覆去彻夜难眠。不要着急，我的夫君！为妻就要来陪伴你了！"语多哽咽，泣不成声，动情之处，众皆落泪。

耶律阮听到此时，方知是父亲生前的贵妃，他的庶母高云云到了，连忙走到近前施礼问候。高云云转过身来对耶律阮说："如今你已登基，皇权回归正统，实现了你父生前的遗愿，他在九天之上可以宽慰了！希望你牢记他的教诲，善待天下贫苦的百姓，大辽朝的江山才会长久。否则前车之鉴，就在昨天，切不可辜负了他的期望啊！还有一事，你要记住，洛阳高家有一支是你父亲的血脉，你要善待他们。你父孤单，他在等我，为娘先去了！我们天上见！"说罢手一扬，服下一粒奇药，瞬间气绝，含笑而逝，就倒在她夫君的陵墓之前。众人只见烛光一闪，两只白鹤一前一后，唰地从陵后飞出，飞上蓝天去了。在场众人皆惊异万分。

由于事情发生得太过突然，耶律阮当时毫无察觉。待到高云云倒地以后，他才追悔莫及，放声大哭。他既为父亲有这样的红颜知己而骄傲、而自豪，又为庶母的突然离去而悲痛万分。他相信即或到了天上，他们二人也是一对谁都羡慕的神仙伴侣。

哀痛之余，耶律阮立即下旨，命人将高云云盛装安放，以义宗皇后的规格和礼节下葬，并亲书"已故懿德皇后慈母高云云之神位"灵牌，诏令后代子孙常来祭奠，永志不忘。

可惜耶律阮只当了五年皇帝就遇刺身亡，遗体也葬在了医巫闾山。十八年后他的儿子耶律贤又登上了皇位，并迎娶了萧燕燕为皇后，她就是历史上有名的萧太后。萧太后辅佐景宗十三年，又临朝听政二十七年，还培养出了耶律隆绪这样的英明之主，创造了契丹王朝历史上最辉煌的时期。而这一支血脉，就是东丹王耶律倍传承下来的，一直延续到辽朝灭亡。可谓成也东丹、败也东丹，令人扼腕叹息，哭笑不得。

这就是一千多年以前，发生在医巫闾山的有关东丹王的故事。前面我已经说过，辽太子读书楼和望海寺的遗址都在。他的八世孙耶律楚材也曾在此读书，后来做了元朝的开国丞相。辽朝的显陵、乾陵旧迹犹存，现在已陆续对游人开放。据有的山民说，每逢春秋两季，人们常看见两只白鹤在望海堂上空翱翔，并且欢叫不止，久久不去。人们都说那是耶律倍和高云云又来了，他们忘不了自己的故居呀！不知是真是假。

我的故事终于讲完了！是不是太长了呀？

第九篇　契丹萧太后与闾山龙凤柏

　　该我讲了吧？其实我早就有点儿等不及了，九妹高月芳笑着说道，我讲的这个故事也许大家都知道，因为咱们都听过评书《杨家将》，那里边有个契丹皇太后萧绰，还有个大将韩延寿。今天我就来讲一讲，流传在民间的有关他们俩的一段传说，还是个很有趣的爱情故事呢！

　　我的老家位于北镇县城西，那座老院子紧挨着玉带河，东边不远就是古城，隔河西望即是闾山，风景别提多美啦！小的时候每逢节假日，父母常带着我去山上游玩，那些有名的景点几乎都看过，给我印象最深的还是大阁风景区。而在大阁风景区里面，让我这些年来念念不忘的，还是那两棵大柏树，即人们所说的"龙凤柏"。原因是那位小学三年级的女老师，给我们讲的关于"龙凤柏"的故事，至今仍然清晰地留在我的记忆里。前年"五一节"回家，我还专门去山上看望它们，并且拍了许多照片呢！

　　这两棵"龙凤柏"就在原大观音阁的庭院里，多少年来采天地之灵气，聚日月之精华，在神山秀水的滋润之下，长得郁郁葱葱，枝繁叶茂，笔直苍劲，高大魁伟，十分引人注目。那棵高大粗壮些的，枝条上结满了树子。那棵略显纤细秀美些的，不长树子。两棵树的枝丫和树叶交织在一起，很像一对含情脉脉、相依相偎的情侣。传说这两棵柏树是萧太后和韩德让（评书中的韩延寿）所栽，这就给它们蒙上了一层神奇和浪漫的色彩。因此为了图个吉利，游客们只要到闾山来玩，就肯定到大阁。而到大阁这边来的游人，特别是那些夫妻一起来的，几乎无一不在树下摄影留念。许多痴男恋女为了拴住对方的心，还在树上挂了同心结和连心锁。因为人们确信这两棵千年古柏会给他们带来好的运气，会保佑他们的爱情像萧太后与韩德让一样，心心相印，忠贞不渝，携手并肩，天长地久。那些红色的布条和各式各样的铁锁，挂在高低不同的树干和枝条之上，弄得这两棵大柏树红绿相间，色彩斑斓，十分好看，成为大观音阁景区一道亮丽的风景线，惹得凤去鸾来，游人如织。我们的故事也就从这里开始。

一

相传一千一百多年以前，生活在我国内蒙古草原东南部的契丹人开始强大起来。他们靠游猎为生，逐水草而居，不断地向今西拉木伦河流域聚集，逐渐形成了一个庞大而又强悍的部族。公元10世纪初期，其首领耶律阿保机统一了契丹各部，建立起了一个疆域广大的奴隶制国家。阿保机去世以后，其次子耶律德光继位，又带兵打进中原，把燕云十六州据为己有。耶律德光死后，依次由世宗、穆宗和景宗继位，契丹人的势力已西达瀚漠、东临渤海、北据大兴安岭、南抵太行山下。而此时中原地区正在内乱，梁、唐、晋、汉、周相继灭亡。等到赵匡胤建立北宋的时候，契丹国已成为中原王朝在北方最大的威胁。

契丹人建立的国家在历史上曾数次改变国号，有时称契丹，有时称辽。由于其幅员广大，番汉杂居，为了便于统治和管理，契丹皇室把朝廷的官僚机构分为南府和北府。北府主要负责管理契丹八部的内部政教事务，南府则负责管理汉族地区的军政事务。两府的宰相为最高行政长官，都直接对皇帝负责。朝廷还在都城上京和南京（幽州，今北京市）设留守司，委派重臣统领军队和处理地方事务。为了方便处理朝政，许多南府官员也都经常住在南京。本篇故事的女主人公萧绰，她的父亲萧思温就曾担任南京留守和南府副宰相，因此萧家在南京住过多年，而萧绰就是在南京长大的。

说起萧绰的父亲萧思温，除了身材不错、长相俊朗之外，其实非常平庸，没有什么才干和魄力，但出身却不一般。他的父亲是太后述律平的族弟，他本人算是述律平的堂侄，因此从他的祖父开始，祖祖辈辈都是后族的显贵，一直在朝中担任要职。他原本也不姓萧，他姓述律，述律氏是契丹部落中一个庞大的家族。耶律阿保机当了皇帝以后，因为他非常崇拜汉高祖刘邦，便下令让他所在的耶律氏兼姓刘。后来又听说刘邦有个助手叫萧何，文韬武略，功高盖世，于是又下令把他的妻子述律平所在的述律氏改姓萧。不过后族都姓萧是从述律平的下一代，即耶律德光为帝以后才开始的。萧太后姓萧，其根源也是从这里来的。

萧绰的母亲也不一般，她是辽太宗耶律德光的长女，即燕国公主吕不古。吕不古不但生得姿容俊美，温婉贤淑，还通今博古，擅长琴棋书画，是太宗皇帝的掌上明珠。靠着这棵大树，萧思温入仕后一直一帆风顺，平步青云，从步军太尉升到林牙承旨，不久又荣任南京留守，成为显赫一时的封疆大吏、朝廷重臣。萧绰自幼生长在这样的皇亲贵族之家，从小就有着相当富裕的生活环境和良好的文化教养。

萧思温和吕不古共同生育了三个女儿，大女儿胡辇、二女儿和罕和小女儿燕燕。燕燕也就是萧绰，燕燕是萧绰的小名，她出嫁以后就不用了。燕燕的大姐胡辇比她大四岁，据说是燕国公主吕不古临产的时候，恰好有朝廷凤辇从门前经过，为了图个吉利，故而取名胡辇。胡辇个性倔强，长相俊美，十六岁时嫁与太宗耶律德光的次子、太平王罨撒葛。穆宗耶律璟当政时期，罨撒葛曾经被委以重任，青年有为，荣宠至极。后来因为参加叛乱，被流放到西北戍边。景宗耶律贤继位以后，赦免其罪将其召回，并且封为齐王。在这期间，胡辇夫唱妇随，一直陪伴在罨撒葛身边。罨撒葛病死以后，胡辇和俊仆挞览阿钵私通，经萧绰恩准结为夫妇，奉命领兵在西南戍边，防御鞑靼。后来胡辇受人挑唆，率众出逃到骨历札国，企图谋反，被萧绰下令囚禁在怀陵，不久去世，但这都是以后的事了。

萧绰的二姐和罕比她年长两岁，性情高傲，貌美如花。从小即喜爱穿戴打扮，干什么都喜欢出人头地。十五岁时即嫁给李胡的儿子赵王喜隐。由于喜隐野心不死，多次参与叛乱活动，被穆宗耶律璟打入大牢。景宗即位以后，赦其数罪，爵复宋王，希望他能改邪归正。但喜隐痼疾难治，旧病复发，后来又参与密谋造反，终被萧绰下令处死。和罕夫死子亡，出于报复心理，企图借饮宴之机毒死三妹萧绰，事败寻死。这也是数年以后的事了，我在这里先交代一下。

萧思温虽然有三个女儿，但他最喜欢的还是小女儿燕燕。这不仅因为在三姐妹中，小女儿燕燕长得最美，也最聪明，还因为燕燕从小在说话办事等诸多方面，都显露出她的过人之处。而她的母亲燕国公主吕不古，更把她视为掌上明珠。

传说当年吕不古生了两个女儿之后，夫妇俩都盼望着能再生个儿子。于是他们便在阳春三月，来到医巫闾山的万古千秋寺上香。当夫妇二人燃起香烛，叩头礼拜之时，忽有一群燕子从外边飞来，落在大殿的横梁上欢叫不停。萧思温夫妇抬头观看，甚感惊奇。寺中住持青岩洞主打趣说："阿弥陀佛，施主大喜！巧燕飞临道贺，您的好运就要来了！"夫妇二人闻之异常欢喜。

说也奇怪，当晚夫妇二人住在寺院，夜里燕国公主又得一梦，她再次见到了那群燕子。其中一只金翅金翎，竟然落在上京宣正殿的宝座之上，然后欢叫数声，变成一只彩凤向南飞去。燕国公主甚觉惊异，醒来便高兴地说与萧思温听，夫妇俩均感到十分神奇。

然而更神奇的事情发生了！从医巫闾山回来之后，燕国公主便发现自己怀孕了。次年春天，她又生下一个女儿。传说此女出生的时候，适逢日出，霞光满天，香气盈庭，经久不息。小姑娘生得眉清目秀，皮肤奇白，头发密而且黑，哭声悦耳响亮。招来成群的巧燕在院中起舞，吸引九只彩凤在蓝天上翱翔。萧思温夫妇喜不自禁，遂给孩子取名燕燕。亲朋好友皆见而称奇，皇帝和皇后皆赶来道贺。

燕燕自小聪明乖巧，孝顺听话，幼年时便显得与众不同。由于从小长在南京，此地靠近中原，她得以较多地接触汉族文化。萧思温自打女儿懂事开始，就为她聘请了汉语老师，教她习儒学、读诗赋、学兵法。在三姐妹当中，燕燕虽然年龄最小，但却是最勤奋认真的一个。据说当年萧思温和燕国公主吕不古，曾经有意识地对三个女儿进行过测试和考察。

一次是适逢中秋佳节来临，燕国公主让三个孩子打扫房间。长女胡辇噘起嘴叨叨咕咕，拿起笤帚划拉几下就跑了。次女和罕虽然进行了打扫，但她怕弄脏了衣服，腰都不弯下去，地也没扫干净，脸上却弄得跟小鬼一样，气得哭出声来。只有小女燕燕，她学着仆人的样子，头上围起纱巾，身上穿起旧衣，拿起笤帚从角落开始，一点儿一点儿地打扫得干干净净，同时还擦拭了飘落的灰尘，累得满头大汗却面带笑容，燕国公主见之连声夸奖。萧思温故意问她："为什么姐姐们都跑了，你还要这样做？"

燕燕小脑瓜一仰，脱口而出："一室尚不能净之，何以能净天下也？"五岁的女童竟发此语，萧思温夫妇暗暗称奇。

一次是在给萧思温祝寿的时候，三个女儿给父亲行礼之后，萧思温让她们每人任选一件礼物。长女胡辇首先拿起最大的一块金元宝，喜滋滋地把玩不停，嘴里还在嘟囔着说："怎么只许拿一块呀？"

次女和罕则一头扎在衣服堆里，左挑挑右拣拣，一连试了好几件都不中意，急得她冲着燕国公主大喊："娘啊！你过来！快帮我看看，我穿哪件好看哪？"

轮到小女儿燕燕了，她目不旁视，直接走了过去，只拿起一管毛笔。母亲有些不解地问她："我的宝贝女儿，你这是为什么呀？"

燕燕一本正经地说："一管毛笔虽小，但作用不比寻常。它可以写出最好最棒的文字，绘出最新最美的图画。何况这管毛笔是太宗所赐，他曾用来指点江山哪！因此这才是最珍贵的礼物。"小小年纪有此见识，令萧思温夫妇折服。

还有一次是过元宵节，饭后萧思温夫妇带着三个女儿观灯赏月。走着走着，萧思温似是很随便地问道："你们看这大街上的人熙熙攘攘，三教九流，干什么的都有。我的孩子们，你们若是长大了，想干点儿什么呀？"

长女胡辇望着擦肩而过的高车驷马，不假思索地说："我长大了要坐上真正的凤辇，成为尊贵的妃子。我要驾驭这千千万万的人，享尽人间富贵！"

次女和罕抬头望着圆圆的月亮，像是满怀憧憬地说："我长大了要穿遍天下最美的衣服，做嫦娥那样最漂亮的女人！"说着竟然掉下泪来。

两位姐姐说过之后，燕燕迟迟没有说话。少顷，萧思温低头问道："我的小女儿怎么不吱声了？你长大了想干什么呀？"

没想到燕燕这时却脱口而出:"我要做武则天那样的人!为天下老百姓做点儿事!"声音清脆响亮,引得许多过路人侧过头来。吓得萧思温急忙捂住燕燕的嘴:"我的小祖宗!你怎么敢乱说呀?这样是会掉脑袋的!"

燕燕挣脱父亲的手掌,疑惑地说:"怎么会呢?我会证明给你们看!"

通过对三个女儿的几次测试,萧思温有一次对吕不古说:"胡辇爱财,和罕爱美,燕燕爱的是这个国家,她才是胸怀大志之人哪!只可惜是个女娃子!"

燕国公主不满意地说:"女娃子怎么啦?未必就不如男人!你还是个男人呢?除了溜须拍马、阿谀奉迎,你还会干什么?怎么还有脸说?"

萧思温嬉皮笑脸地说:"有公主这棵大树,还用我会什么吗?啥也不会,我也是个人上之人的王爷!"

二

燕燕七岁的时候,父母为了兑现前言,去医巫闾山还愿,想把她送进万古千秋寺,出家为尼。青岩洞主笑着说道:"南无阿弥陀佛!施主何须如此?此女慧根深厚,自当造福国家。来此深造可以,怎能出家为尼?"遂婉言谢绝了萧思温夫妇的请求,但答应把燕燕留在寺里,进一步教她习文练武。

从此燕燕在万古千秋寺住了下来,每日早晚伴着青灯古佛,读经诵卷,白天则跟着师姐师妹们习文练武。在青岩洞主的亲自调教之下,五年下来,燕燕的学识和武功均大有长进。一日洞主把她叫到跟前,和蔼地对她说:"光阴似箭,日月如梭。山中人生易老,转眼已是五年。你的父母和国家都在等待着你,赶快收拾下山去吧!"

燕燕闻听此言,立即抱住青岩洞主的双腿,哭泣着说:"徒儿虽来五年,但学业刚刚开始。弟子还没有待够呢!怎么就让我下山?我哪里也不想去了!只愿意在此修行,侍奉洞主,就留下我吧!"

青岩洞主伸出双手,爱抚地摸着燕燕的头,缓缓地说:"孩子!你从小胸怀大志,终非梵门中人。须知心存善念,不必日日烧香。做成一件功德,胜读万卷佛经啊!但愿你莫忘本师的教诲,时刻想着苦海苍生、天下百姓,也不枉你在本寺待过一场。"说罢与燕燕挥手告别,命晴云、皓月两位师姐送她下山。

燕燕回到南京,两位姐姐均已出嫁了。弟弟留只哥年龄还小,她只能一个人待字闺中,每日不是读书习字,便是骑马射箭。虽然是在父母身边,但也感到有些烦闷。这一日春暖花开,晴空万里,正是踏青的好时节。恰好两位姐姐同时回家省亲,这让燕燕高兴万分。于是在早饭之后,三姐妹跟母亲打声招呼,便带上两名侍女，到城外游玩去了。

四月的燕山，风光如画。连绵的群山刚刚披上一层新绿，美丽的原野时而飘来阵阵花香。三姐妹一路谈笑风生，快乐无比。她们时而上马疾驰，时而下马追逐，时而折柳成笛，时而采花为环。走走停停，停停走走，不觉已是正午，几个人来到一条小河边。那河水清清的、静静的，没有一丝涟漪，像是镶在草地上不规则的镜子。那野草嫩嫩的、柔柔的，不见一丁点儿灰尘，如同铺在地上的绿毯。三姐妹先喝水，再洗脸，饮完了战马又打水仗。玩累了，便仰躺在草地上，静静地休息。

燕燕伸展着四肢躺在草地上，望着天上的白云出神，忽然听到一个嗒嗒的声音。她好奇地歪过头来一看，一头幼小的还没有长出犄角的梅花鹿，正站在河边饮水。它低着头，两只前蹄站在水里，河水清晰地映出它的倒影。

燕燕没有招呼她的两个姐姐，自己轻手轻脚地走向前去，她想活捉这只小鹿，那样她就会有一个好玩的伙伴了。也许这头小鹿太渴或是太专注了，它一点儿也没有察觉。燕燕心中暗喜，她张开双臂用足力气向前扑去，想一下就搂住它的脖子。没想到那头小鹿极其机敏，反应特快。就在燕燕的双手行将搂住它的一刹那，那小鹿将头颅一摆，一个转身，把燕燕撞倒在草地上，撒腿逃跑了。

两位姐姐闻声而起，见燕燕被摔得那个狼狈样，不禁都笑出声来。燕燕一骨碌爬了起来，摸摸浑身并未感到摔疼。抬眼再看那头小鹿，它跑了一会儿已经停下来，正扬着脑袋向这边张望，好像在嘲笑她。燕燕从小就有股拗劲儿，心想调皮的小家伙，我就不信捉不住你。她拾起弓箭，飞身上马，向那头小鹿追去。

燕燕自小即随父亲进山打猎，又在间山习武五年，射中这头小鹿是没有问题的。但是她不想伤害它，她只想活捉这个小家伙，这就不是一件容易的事了。由于跑离河边进了山林，道路转弯抹角跑不开，而那头小鹿却相当灵巧，燕燕越着急就越抓不住它。转眼之间，她已把两个姐姐落下好远。

跑着跑着，转过一道小石崖，那头小鹿已经瘫软在草地上，看样子是跑不动了。燕燕急忙跳下马来，蹑手蹑脚地向前走去。远远地她就看见那头小鹿浑身发抖，眼睛里射出悲哀的目光。燕燕不禁心中暗喜："可怜的小家伙！累坏了吧？谁让你跑得这么快来着？放心吧！别害怕！我是不会伤害你的！"想着想着已快走到小鹿的跟前，那颗狂喜的心仿佛就要跳出来。

忽然间她听到她的战马双蹄刨地，咴咴乱叫。随着一声惊天动地的怒吼，一阵狂风吹来，把那些枯枝烂叶旋风般地卷起。整个山林被摇撼得嘎巴嘎巴作响，仿佛将要地裂山崩。燕燕被这突如其来的景象吓呆了，还没弄清是怎么回事，就见两只吊睛白额大老虎一前一后，带着风声噌地向她扑来。燕燕吓得妈呀一声，本能地一下子倒在地上。前头那只大老虎嗖的一下，从她的头顶上蹿过。耳边只听得咔嚓一声，她身边那棵碗口粗的小树被老虎拦腰撞断，折下的树冠啪嚓一声掉了下来，盖在了燕燕的身上。又一只老虎从头上飞过，那树冠救了她一条命。

燕燕虽是从小习武，又在闾山练过五年，但她毕竟只是个十二岁的少女呀！她虽然心中害怕，但是并未惊慌。她想起青岩洞主的教诲，凭借自小练就的功夫，左躲右闪，腾挪跳跃，与两只老虎周旋。虽然两只老虎并没有伤到她，但她也丝毫不敢大意。她的拳脚落在老虎身上形同搔痒，她的短箭射在老虎身上如扎根小刺儿，反而激起它们更大的愤怒。这两个家伙显然已经完全发狂，一次又一次发动猛烈的进攻。燕燕已累得大汗淋漓，形势已是相当危急。

万般无奈之中，燕燕急中生智，她知道如此僵持下去，自己肯定斗不过这两个庞大的家伙，说不定会成为它们丰盛的午餐。于是在躲过一次老虎的铁尾之后，她连忙发出三支响箭。那响箭带着刺耳的长长的哨音，欢叫着飞向天空。

两只老虎被这种奇怪的声音弄呆了，它们像两只大猫一样，怔怔地望着燕燕出神，静候着事态的发展。等到箭去无声，发现这种东西对自己没有一点儿威胁的时候，它们便放心大胆地走向前来，张开血盆一样的大口，咆哮着再次向燕燕扑来，它们坚信美餐就要开始了！

但是老虎们的算盘还是打错了！就在它们的虎须已经碰到燕燕的头颅，呼出的腥臭已经呛晕了燕燕的神志，这个十二岁的少女已经闭目等死的时候，忽听得山林中一声断喝："孽畜！不得无礼！看我取你性命！"这喊声如同炸雷，震得树枝树叶咔咔作响，引得千山万谷争相回应，似有天兵天将杀来。就在两只老虎一愣神的工夫，只听啪的一声，一颗拳头大的石块飞来，准确地砸在一只老虎的头上。那只老虎一声怪叫，扑通一声倒在地上，疼得直打滚，燕燕被从虎口下救了出来。

一眨眼的工夫，另一只老虎从燕燕的头顶上飞过。这个笨重的家伙只感到它的身体被一股大力推了一下，便身不由己地向前冲击，竟然收不住脚步，掌不准方向，一头撞在一棵粗大的松树之上。只听咕咚一声闷响，那只老虎被撞得眼冒金星，蒙头蒙脑地摔在地上。

随着一阵疾风掠过，一个青年壮士嗖地飞来，轻轻地落在大松树下。他伸手绰起那只老虎的右后腿，嘿的一声提了起来，一阵猛抡，然后又啪的一声摔在石崖之上。那只老虎四腿一蹬，立刻不动了。

那青年壮士打发完这只老虎，又走向那个满地打滚的家伙。一俯身，抓住那老虎乱蹬的双腿，像玩一只大猫，顺势把它举过头顶，然后又嘿的一声，把它摔死在石崖之上，和方才那只躺在一起，到阴曹地府做伴去了。

这一切都发生在极短的时间之内，燕燕看得目瞪口呆。她虽跟着父亲多次进山，看见过狼、熊、豺、豹等各种野兽，但她从来没有遇到过老虎。她见过许多武艺高强的猎人，但是她从来没有遇到过这样的高手。她有些不敢相信自己的眼睛，于是情不自禁地叫出声来："好身手！好身手！真是好身手！"

那壮士闻声转过头来，对她笑道："这算什么呀？不过是两只山猫！不过小妹妹，今后可不能一个人到山里来了！多危险哪！若不是我听到响箭声，你可能就没命了！你一个小丫头，怎么斗得过这两个大家伙？"

"谁是小丫头？我已经长大了！我都十二岁了，是大人了！"燕燕噘起嘴不高兴地说。她觉得他不该瞧不起人，自己是第一次遇到老虎，下次就知道怎么对付它了！

那青年壮士边上马边说："十二岁你也是个小丫头！比我还小一半多呢！这死老虎我一会儿来取。你敢回家吗？要不要我送送你？"

燕燕忙说："你先别走，我还没谢谢你呢！"边说边走到马前。

那青年壮士也跳下马来，在一棵大松树边站定。燕燕这时才看清楚，这位壮士生得身高九尺，虎背熊腰，豹头环眼，面如淡金，身穿墨绿色战袍，头戴淡青色斗笠。一脸的威严，满身的正气，真是威风凛凛，相貌堂堂，往那儿一站，简直如天神一般。燕燕一见，不由得暗自钦佩，随即颔首侧身一拜："多谢大哥哥难中相救，小妹妹日后定当厚报！"

那壮士一听，开玩笑似的说："谢我谢我，你拿什么谢我？厚报厚报，你用什么厚报？"

一句话把燕燕窘住了！她羞赧地半晌才说："长大了我就嫁给你！"说完转身就跑。

那壮士感觉方才这玩笑开大了，可能是伤害了这孩子的自尊心，于是连忙喊道："对不起呀！我是开玩笑的！你是谁家的孩子？"

"我名叫燕燕！萧思温是我爸爸！"随着一串好听的声音传来，燕燕已经消失在密林里。好半天，那青年壮士仍呆呆地站在那里，怔怔地望着密林出神，尽管那位美丽的少女早已不见了。

三

暂且不说燕燕跑出松林，找到两位姐姐如何回家之事。且说那青年壮士骑上马，带着随从抬着两只死虎回到家中的时候，已是黄昏。简单地用过晚饭之后，他便怏怏不悦地回到卧室之中，对着墙上挂着的一幅画像出神。"太像了！太像了！简直就是小一号的她呀！"他在心里默默地说。"难道是她转世复生了吗？这不大可能啊！"他在心里又否定着自己。"但是天底下怎么会有这么相似的人呢?"他的心中充满着疑惑。

原来这青年壮士不是别人,他是大辽国南院枢密使韩匡嗣的第四子韩德让。韩德让虽是汉人,但从小在辽国长大,爷爷韩知古是太祖时期的重臣。父亲韩匡嗣因为精通医术,与历代皇帝的关系均十分密切,一直受到重用,是位根基很深的三朝老臣,曾经担任上京留守。韩德让从小在这样的家庭环境中长大,不仅精通汉族文化,而且通晓兵书战策。少年时期他又曾去闾山万古千秋寺,拜在青岩洞主门下,因而足智多谋,武艺高强,现下在南京留守司军中任职。

这一日点过卯之后,见没有什么紧要的事情,他便带上几个随从去山中打猎,借以习练弓马。刚刚打下几只山鸡野兔,一行人正在林边休息,忽然听到响箭嘶鸣,急忙循声去救,这才出现了方才英雄救美的那一幕。

本来救下那位少女之后,韩德让是准备马上就走的,他甚至都没有很好地看她一眼。因为在草原上或山林中,只要是发出了响箭,那就是求救的信号,换了谁都会出手相助。但当那位少女说要谢谢他,并且说长大了要嫁给他的时候,他才认真地看了她一眼,不由得让他大吃一惊。

原来这位少女长得这般出众!这般美丽!又这般英武!浑身上下是露出一种不同常人的气质。韩德让仔细端详,发现她怎么有点儿像秀娥呢?不是有点儿像,实在是太像了!那脸盘和眉眼简直一模一样,就是那位猎户的女儿庄秀娥,他的妻子庄秀娥呀!如今已经病逝六年了,难道是她死而复生了吗?满腹的狐疑勾起了他甜蜜而又辛酸的回忆,他有些茶饭不思了。

细心的母亲发现了儿子的异常,秀娥已经去世六年了,儿子一直执意不娶,难怪他时常郁郁寡欢。母亲爱抚地对他说:"我儿虽然想念秀娥,但是人死不能复生。近日又有媒人介绍幽州富商赵承绪的女儿,家道殷实,人也俊美,不知我儿意下如何?"

韩德让望着妻子的画像,眼里噙着泪说:"我的心里乱得很!到处都是秀娥的影子,再也装不下别人了!再娶,就一定要娶像她那样的人!"

母亲听了叹口气说:"傻孩子!竟说痴话!到哪里去找一样的人哪!"

韩德让若有所思地说:"看缘分吧!我已经遇到这样的人了!她说长大后要嫁给我的!"母亲听了感到莫名其妙,摇了摇头。

四

一晃两年多过去了,这一年的九月,秋高马肥。从北汉传来消息,说中原的赵宋王朝正在招兵买马,准备大举北伐,首先消灭北汉,夺取晋阳,北汉国主刘钧恳请大辽国出兵相助。穆宗皇帝耶律璟因为多年已无战争，训练荒废，军备松弛，急切之间竟然找不到挂帅的人才，因而听从殿前都点检耶律夷腊葛的建议，想通过比武竞技选拔将领，带兵出征。朝堂之上，穆宗诏令萧思温和飞龙御使女里为武场督官，共同协助耶律夷腊葛主持比武选将一事。小女儿燕燕闻讯执意相随，萧思温无奈应允。

大校场设在上京临潢近郊，这里多年来一直是大辽国将士训练和比武的地方，也是历次南征出发的场所。如今奉命而来的有千员大将、数万兵马。一时旌旗招展，人声鼎沸，热闹非凡。

比武竞技的内容分为三项，即骑马比射箭、马上比搏击和空手比格斗。卯时刚过，辽穆宗耶律璟在夷腊葛和屋质等重臣的陪同下，到大校场的点将台上就座，飞龙御使女里当即宣布比赛开始。

第一轮比的是骑马射箭，规定参赛的将领要在一百五十步开外，打马三圈射出九箭，要求全中靶心，才算合格。因为参赛将领众多，第一轮分十组进行。一场下来，淘汰了大部分将领，只有一百二十人进入了第二轮。燕燕在人群中惊喜地发现，她的那位恩人大哥哥也在胜出之列，他那高大魁梧的身材格外引人注目。

第二轮比的是马上搏击，这是领兵打仗的真功夫。一百二十名将领仍分十区进行，抽签对决之后，再依次进行淘汰。别人打得如何燕燕根本不关心，她的一双眼睛紧盯着恩人大哥哥。只见他穿绿袍，披银甲，身骑一匹黄骠马，手使一柄开山大斧，简直是所向无敌。几轮对阵下来，凡是遇着他的将领，不论是用刀枪棍棒哪类兵器的，几乎全部被大斧磕飞，没有走上两个回合的，他极为轻松地进入第三轮。同时进入第三轮的还有二十九名将领，第三轮的内容是徒手比格斗，也就是较量拳脚上的功夫。

第三轮比武仍分十组。三场比赛下来，决出了最后的前四名，分别是韩德让、耶律休哥、耶律斜轸和萧挞览。飞龙御使女里刚想宣布四人轮赛，决出一、二、三名，穆宗耶律璟一招手叫住了他："不要再比拳脚了！我已经看够了！那边不是有四个石狮吗？"穆宗用手一指点将台两侧，接着说道："让他们比力气！谁的力气大，谁就是第一名！"

飞龙御使女里说声遵旨，便把皇帝的意图转达给了四个人。在场的所有观众一看，不免皆有些担心。这点将台下的四尊石狮一般大小，每尊皆在千斤以上，而且不好抓，不好拿，不像举石锁那么随手。练武之人虽说都练过举重，但对举石狮却心中没底。飞龙御使女里的心里也犯嘀咕："若是谁也举不起来，下面的比赛还怎么进行？但是皇帝的旨意谁敢违抗啊？那是要杀头的呀！"

校场中四员大将遵照皇帝的旨意，按照女里的安排，分别站在一尊石狮的旁边。随着点将台上一声锣响,四个人同时动作。只见休哥、斜轸和萧挞览三人几乎同时抱起石狮,稍停片刻,向上举起。但遗憾的是,萧挞览失败了!他的两臂还没有伸直,那尊石狮就掉了下来,噗的一声落在地上,把校场的地面砸了一个很大的坑,那尊石狮也不幸地半截埋在土里。萧挞览向后一仰,自己也闹了个屁股蹲,大家一阵后怕。而此时休哥和斜轸已把石狮高高举起,并轻轻地放回基座之上。

韩德让好像有意识地让他人先举。当锣声响起四人一齐动手的时候,他并没有去抱石狮,而是用左手推动狮头,右手推动狮身,使石狮离开底座开始活动起来,随即慢慢转动起来。伴随着韩德让的双手摆动加快,那尊石狮也迅速旋转起来,竟像是在逗弄一只大白猫,又像是在玩耍一只石陀螺,让众人觉得十分有趣。燕燕看得更是着迷,她不知道这位大哥哥又要玩出什么花样。

这时候另外三人的比赛已经结束,人们的目光全都集中到韩德让的身上。只见韩德让玩弄了一阵石狮之后,就着它那个旋转的惯性,顺势两膀较力,双手托起,将石狮举过头顶。举起之后稍停片刻,他并没有放下,而是举着石狮从点将台的西端走到东端,又从东端走回西端,然后轻轻地放回基座之上,面不改色,气不长出,微笑着拱手向观众施礼。在场的人包括穆宗皇帝在内,一时都看呆了,良久才发出震耳欲聋的掌声。而燕燕更是欣喜万分,她不知怎么竟有点儿羞报,脸蛋儿红得像三月的桃花。

少顷,飞龙御使女里宣布比赛结束。穆宗皇帝颁旨,赐萧挞览"大辽猛将"称号,授银腰带一条,拜为前部先锋官;赐耶律休哥和耶律斜轸"大辽勇士"称号,各授金腰带一条,分别拜为左、右路元帅;赐韩德让"大辽第一勇士"称号,授赤金镶玉腰带一条,拜为中路元帅。其余进入最后一轮的二十六名将领也有封赏,一律封为上将军,各统领一支人马。圣旨一下,三军雷动。观众一片欢腾,燕燕的心里更是乐开了花。

应该说不管今天有多少观众,最高兴的人恐怕就是燕燕了。难怪她的大哥哥能力擒猛虎,敢情是大辽国第一勇士、顶天立地的大英雄啊!更重要的是,他竟然是南京留守韩伯父的儿子,与自己就住在一个城里,真是庆幸得很!在两年多前那次被救之后,她就后悔没有打听他的名字,回到家以后也没好意思打听,但她那颗少女之心却始终没有平静下来。看完这场比武之后,她心里的那颗种子突然膨胀、发芽、伸枝、长叶,弄得她心里头甜甜的、痒痒的,六神无主,坐立不安。从跟着父亲走出大校场,到住进上京驿馆的房间,他那高大威猛的形象一直都在她的眼前,好像一直都与她在一起。

五

晚饭后萧思温去耶律夷腊葛府上议事，燕燕自己闲着无聊，便信步走了出来。这天晚上的月亮特别好，像挂在东天上的一只玉盘，那银白色的光辉倾洒下来，有一种朦胧和静态的美，让人觉得心里特别平和。这天晚上的临潢也非常热闹。耍龙灯的，跳胡舞的，卖吃食的，玩杂耍的熙熙攘攘；骑着马的，挑着担的，携着妻的，带儿女的，川流不息。萧燕燕毫无目的，心不在焉，她不知不觉地走过两条主街，竟然鬼使神差地拐进一条小胡同里。道路明显窄了，灯火明显少了，也没看到几个行人。她不禁停下脚步来问自己，我到这里来干什么呢？

燕燕迟疑片刻，正想转过身去往回走，忽然一阵叮叮当当的响声把她吸引住了。她好奇地循着声音望去，见前面不远处有一片微弱的火光，好像还有人在轻声地说话。她走过去一看，原来是一个铁匠铺。高高的木杆上挂着一面旗子，上面写着"麻记洪炉、名闻塞北"八个大字，旗子在随着微风飘动，好像在挥手招揽客人。在那面条形旗下，此时正站着一位高高大大的军官，好像在与人说着什么。从那熟悉的身影看不是别人，正是大辽国第一勇士韩德让。燕燕不由得又惊又喜，她简直不敢相信自己的眼睛。

当韩德让与铁匠师傅说完话，转过身来也愣住了！月光下一位女子白衣白裙，长发飘飘，容貌秀丽，体态苗条，有超然出世之姿，具脱俗高雅之美，韩德让不禁怦然心动，脱口而出："这不是秀娥吗？"说完见对方并不答话，只是笑盈盈地望着他。他这才揉眼细看，忽地想起："难道是她？"尘封的记忆顿时打开，两个人几乎同时喊出："怎么会是你？你怎么会在这儿？"然后又不约而同地笑了。

韩德让告诉燕燕，麻记洪炉技艺高超，闻名遐迩。他这次来是要打一根竹节钢鞭，要九箍九节六十九斤重，六尺九寸九分长，使起来才顺手。他问燕燕怎么也会来到这里，难道是要打造什么兵器吗？燕燕莞尔一笑："我只是出来随便走走，走着走着就拐到这里来了，没想到还真就遇见了你！"说完脸上腾地就红了。好在月色朦胧，韩德让根本就看不见。

但是聪明的韩德让还是听出燕燕话中有话，于是他试探着问道："难道你是来找我的吗？两年多不见，你真的是长大了！我们还真的有些缘分，不然在京城这么大的地方，怎么会在小胡同里相遇？"

燕燕脱口而出："是呀！有缘千里来相会嘛！"说完这句话似乎觉得有些不妥，于是转而说道："人家忘不了你的救命之恩，两年多来一直都在记挂着你。

早就想着再遇见你的时候，一定要好好地谢谢你！"

韩德让立即接过来说："我也是呀！自从那年见面以后，我就没有忘记过你。你的形象总是出现在我的脑海里，跟我的秀娥一模一样。我也早就想问你，你说的话还算数吗？你肯嫁给我吗？"韩德让大着胆子把话说完，胸中怦怦直跳。他觉得今晚也许是上天的垂顾，他不能再错过这个机会了！她也许会不答应自己，但他绝不后悔。

听完韩德让的这句话，情窦初开的燕燕脸色绯红，心如潮水。她望着这位高大雄壮的青年，就像月光下的一座铁塔，心生爱慕又秀口难开。好半天才眼睛望着别处说道："算数！怎么不算数？不过你不是有妻室的人吗？还想着人家干什么呀？我们虽是有缘之人，未必就能成有分之家呀！"

韩德让听罢连忙说道："小妹有所不知！我的妻子庄秀娥八年以前就去世了！我一直深深地怀念着她。这几年我一直在想念着你，你长得实在太像她了！"韩德让说到动情之处，情不自禁地伸手抓住燕燕的肩膀，滚烫的话语像潮水般奔涌而出。他望着月光下这位冰清玉洁的少女，出水芙蓉一般俊美的姑娘，感情的闸门骤然打开，憋了八年多的郁闷和忧思再也抑制不住了！他决心抓住这个天赐良机，他要迎娶这位心仪的女神。

燕燕完全被感动了！她虽然是第一次听，但她早就想听这样的话。他的话像小溪一般静静地流进她的心田，让她感到十分的惬意和甜美。他的话又如烈火一样滚烫和灼热，让她一瞬间就暖遍了全身。她觉得一阵阵心潮激荡，不由自主地靠在他的臂弯里，觉得他的胸膛是那样的厚重和踏实，就如同靠着一座大山。他们不再说话，就这样静静地站着，两个人合成了一个身影，在月光下根本就无法分开。

不知过了多久，燕燕从韩德让的怀中抬起头来，解下自己的一块环形玉佩，双手递给韩德让，意味深长地说："大哥哥若是真心实意，小妹我情愿以身相许，那就向我们家提亲吧！只怕我配不上你这大辽国第一勇士呀！"

韩德让接过玉佩激动地说："我盼的就是你这句话，回家我就跟父母说。这辈子除了你，我不会再娶别的女人！"说着解下一把利刃送给燕燕，深情地说："这把精钢短剑是太祖送给我父亲的，是我们韩家的心爱之物，今天我就转赠给你，似同我永远陪伴在你的身边，会一直保护你的安全！"说罢二人手拉着手，又走了很长的一段路，然后才相视多时，依依不舍而别。

燕燕回到驿馆后装作无事，第二天就随同父亲回南京去了，到家后也只字未提，只是显得神采飞扬，特别高兴，让家人均感到有些莫名其妙。而韩德让则兴高采烈，喜气洋洋，回家后迫不及待地就禀报了父母。韩匡嗣听罢喜不自禁，他早就知道萧家三姐妹均貌美如花，而小妹燕燕尤为出众。他与萧思温都在朝中为官,两家可谓门当户对。如今儿子刚被封为大辽国第一勇士,如果再迎娶燕燕为妻,那可真是双喜临门哪!老两口一商议,即刻请媒人去萧家提亲。

这桩亲事一拍即合,萧思温夫妇也十分满意。人家是大辽国第一勇士,多少人家的姑娘想攀高枝呀!说不定哪天皇上心血来潮,就择个公主嫁过去了。如今韩家主动提亲,这是送上门来的好事。如果萧韩两家结为至亲,别说是在南京城了,就是在朝中恐怕也无人能比,连皇上都会高看几分。萧思温乐得合不拢嘴,燕国公主也遂心如意,痛痛快快地就答应了,两家的亲事就这样说妥。韩家送上了一份丰厚的聘礼,两家的老人在一起吃了一顿饭,皆大欢喜,就差定下日子过门了,燕燕和韩德让的心中都像吃了蜜糖一样甜美。那个时候草原上的民族粗犷豪放,青年男女之间无拘无束,与中原的习俗是不一样的。所以当两家的亲事定下来之后,燕燕和韩德让之间就频频往来,卿卿我我,花前月下,出则成对,入则一双,竟然到了一刻也不愿分开的地步。

六

没想到这时候大辽国发生了一件天大的事情,不但拆散了这对热恋中的神仙伴侣,而且由此改变了他们各自的命运,把他们双双推向了大辽国的政治舞台,使他们成为契丹王朝甚至是中国历史上的风云人物,在当时和后世都家喻户晓、人人皆知。

原来自打耶律阿保机去世以后,契丹的政权就不太稳定,贵族们的叛乱时有发生。耶律德光在母亲的帮助下大开杀戒,挤走皇太子耶律倍,继位称帝以后,不断发兵南侵,后来在回军途中病死。众将拥立耶律倍的儿子、永康王耶律阮在其灵前即位。耶律阮为帝不过五年,又在南征途中被耶律察割谋杀。太宗耶律德光的儿子耶律璟率军平叛,被群臣拥立为帝,成为辽史上有名的辽穆宗。

穆宗耶律璟有名气不是因为他有文韬武略,而在于他的昏庸腐败和残暴凶狠。穆宗身体瘦弱,生性孤僻,贪图享乐,不问政事。但他贪图享乐和历史上以往的昏王不同,他不亲女色,不去游玩,平生只爱好三件事:喝酒、睡觉和打猎。穆宗嗜酒如命,每餐必饮,每饮必多,喝完就睡。他的最高纪录是连喝九天连睡十夜,不曾脱衣解带,不曾走出房间,因此被国人戏称为"睡王"。如果说光酗酒睡觉也就罢了,穆宗清醒的时候还喜欢干两件事,一是打猎,二是杀人。他经常变着法儿地屠杀奴隶,寻找乐趣。终于有一天,他在怀州大黑山打猎的时候,被三个忍无可忍的侍从杀死。

那个时候萧燕燕的父亲萧思温已经调回上京,担任朝廷的南院枢密副使。穆宗耶律璟遇难的当天晚上，萧思温正在随王伴驾，就住在大黑山的营地之中，而且在随侍的群臣里面，他是资格最老、职务最高的一位。听到噩耗以后，他虽然惊恐万状，但是却十分清醒。他明白皇帝驾崩以后，皇位的继承就成了一个极为迫切的问题，谁若是在这个时候有所作为，谁就会成为新朝的功臣。因此在弄清缘由以后，他当即亲自跑回上京，向和自己关系最好的秦王耶律贤报告。

辽穆宗耶律璟一生未育，秦王耶律贤是他的养子，他听到萧思温的报告以后，立即率三千铁骑赶到大黑山，在群臣的拥戴下继皇帝位，他就是辽朝的第五位皇帝辽景宗。景宗登基以后，为了感谢萧思温的拥立大功，封他为北府宰相兼北院枢密使，位居人臣之首，不久又封他为魏王，并决定迎娶他的女儿为妃，以慰藉这位功高德重的老臣之心。

景宗在朝堂上宣罢圣旨，萧思温当时就蒙了！他感到既喜且忧，一时不知道说什么才好。喜的是如果让女儿嫁给皇帝为妃，那么自己就是国丈，萧家将成为大辽国第一豪门，这是多么荣耀的事呀！是多少人梦寐以求的呀！巨大的喜悦让他有些飘飘然，竟然有些不知所措。是侍卫又喊了一声"请萧大人领旨谢恩！"他才如梦方醒，连忙叩头说道："感谢皇恩浩荡，萧家荣宠至极！微臣当鞠躬尽瘁、忠心耿耿，纵肝脑涂地，亦在所不惜！"但等他叩头之后，一股忧思立即涌上心头：长女、次女早已嫁人，小女虽未出嫁，但已许配韩家，可怎么开口向人家说呀？

萧思温带回来的这个消息有如晴天霹雳，让全家人大吃一惊，但是又无可奈何，燕国公主当时就晕了过去。燕燕虽感事情突然，但她没掉一滴眼泪。她转身跑出家门，去找韩德让倾诉。她同韩德让虽然没有举行婚礼，但已经情投意合，如胶似漆。她这颗少女之心已完全献给了这个草原雄鹰、大辽国无敌的勇士。她为他的高大威猛所征服，她为他的火热情怀所融化，她为他的阳刚之气所吸引。她早已下定决心，要嫁给这个顶天立地的男人，跟他相守一辈子。没想到老天捉弄人，晴空忽降雨。自己再不愿意，也是无可奈何，不但父命难违，君命更难违。唯一的办法就是以死抗争，她把这个想法告诉了韩德让。

望着那张月光下显得有些消瘦的脸，听着那些发自肺腑的诉说，韩德让心潮起伏，感慨万千。一年多来，这位容貌酷似前妻的少女，给了他多少甜蜜的回忆和幸福的憧憬，赋予他多少快乐和自豪哇！他不止一次地设想过他们的未来，想象着他们比翼双飞、共沐风雨；想象着他们会生很多很多孩子，会形成一个很大的家族；想象着他们会成为草原上人人羡慕的神仙伴侣。如今这一切都破碎了！他虽然不怕做叛臣贼子，与燕燕出走双宿双飞，但他不能害了父亲、母亲和兄弟姐妹，更不能害了萧叔父、萧婶母和燕燕的家人。因为他知道抗旨不遵会祸灭九族，满门抄斩。他虽然舍不得燕燕，但他不愿因此殃及无辜的人。因为他是个顶天立地的男子汉，他不能只为自己着想。

他把自己的想法告诉了燕燕，这个十七岁的少女只是一个劲儿地哭。她觉得自己对不起德让哥哥，对不起自己的救命恩人，对不起自己情愿托付终身的大辽国第一勇士。在这也许是属于他俩的最后一个夜晚，她要把自己的一切都献给他。燕燕把头埋在韩德让的怀里，手指轻轻地抚摸着韩德让的臂膀，喃喃地吐露着自己的心曲。她觉得这样也许会好受些，会减少些愧疚的心理。

但是韩德让轻轻地推开了她。他不能因此坑害了燕燕，让皇上感到燕燕不是个纯洁完美的女人，不能让燕燕留下一生的伤痛和永久的疤痕。因为在他的心中，燕燕是位尊贵的女神，是天上的太阳和月亮，他可以欣赏她，崇敬她，但是无权亵渎她。他凝视着这张十分熟悉而又百看不厌的脸，慢慢地擦去她眼角的泪珠，轻声地说："燕燕，我们随缘吧！想当初你我林中相遇，那是天造之缘。如果那天我们不去打猎，怎么会在山中见面？第二次到上京比武，那是地设之缘。如果我不去洪炉办事，你不在晚上逛街，我们又怎么会再度重逢？如今行将谈婚论嫁，却遇新皇登基，招你入宫。这表面上看来是拆散了你我，也许会给我们带来天赐良机。如果你我今生真有缘分，自会重新走到一起。如果你我今生缘分已尽，那我们就做一回换命的兄妹吧！"

韩德让一边说着话，一边拉着燕燕的手在草地上跪下，对着月亮老人起誓说："无论燕燕嫁给何人，她永远都是我心中唯一的女神。我终生不会忘记她，我的生命永远属于她，随时愿意为她奉献我的一切！"

燕燕也一边拉着韩德让的手，一边对着月亮起誓说："不管燕燕嫁给谁，我永远都是德让哥哥的女人，我的心永远都在他的身上！今生今世，永不变心！"说完扑在韩德让的怀里，抽泣不止。两个人相偎良久，直到月上中天，才依依惜别。

五天以后，辽景宗耶律贤举行隆重的新婚大典，迎娶燕燕入宫，封为贵妃。景宗早就听说燕燕容貌出众，如今洞房一见，惊若天人，自是喜爱非常，奉为至宝。一年以后，燕燕生下女儿观音女，即被立为皇后。第二年生下长子耶律隆绪，更是荣宠备至，威望骤增。又因为景宗自小有病，身体一直不好，时常不能上朝理政，批阅奏章就成了很重的负担。萧绰（以后文中皆称为萧绰，不再称为燕燕）成为皇后以后，不仅精心照顾夫君的身体，还主动为景宗分忧，帮他批阅奏折。由于萧绰从小就熟读诗书，有很高的文化修养，她批过的奏折阅览精细，处置有度，经常受到景宗的夸奖，后来索性把这件事全部交给了她。萧绰既要侍候景宗，又要照顾子女，还要抽出时间来处理朝政，每天都忙得不可开交。但在她的内心深处，那份对于韩德让的爱恋，仍然非常执着而火热，就像埋在地壳深处的岩浆一样。

七

这时候中原地区已经发生了很大的变化。公元960年,后周的大将赵匡胤实行陈桥兵变,一夜间黄袍加身,取代柴氏为帝,建立了北宋王朝。北宋建立以后,赵匡胤采取先南后北的战略,迅速地平定了盘踞于湖北和湖南的割据政权,并取得了对后蜀用兵的胜利。灭掉后蜀以后,赵匡胤挥师向北,于公元968年和969年,两次发兵进攻北汉,企图先灭北汉,再取燕云,彻底统一全国。结果被辽国和北汉的联军杀得大败。韩德让在这两次战争中身先士卒,英勇善战,立下赫赫战功,被朝廷提拔为北院枢密副使、上京留守。

赵匡胤去世以后,其弟赵光义继位,成为历史上的宋太宗。太宗为雪旧耻,统一北方,遂于公元979年御驾亲征。宋军准备充分,攻势凶猛,首先拿下晋阳,灭掉北汉,然后又挥师向北,包围幽州。危急时刻,皇后萧绰受命为帅,亲临前敌,运筹帷幄,与南京留守韩德让一起,共演了一出四面包围、中心开花的好戏,杀得宋军落花流水,全面溃败。宋太宗也腿受箭伤,于乱军之中乘驴车逃跑。这场著名的战役就发生在如今北京的近郊,被史书上称为"高梁河之战"。

"高梁河之战"的胜利令萧绰威望大增,辽军士气大长,也让辽景宗心生傲气,跃跃欲试。他背着皇后萧绰和韩德让等重要将领,假说自己到幽州打猎,却率军贸然向宋朝发动进攻,结果被宋朝精锐部队包围,自己也险些被宋将杨业砍下脑袋,幸亏韩德让率军及时赶到,才让他有惊无险。

辽景宗本来就体弱多病,此次贸然南征又导致他风疾复发,病势越发严重。回到上京以后,虽经太医们悉心治疗,但仍然时好时坏,没有彻底治愈。清醒的时候好人一样,谈笑自若,发病的时候人事不知,抽搐不止。韩德让的父亲韩匡嗣乃辽国名臣,为此特地为他配置了祖传秘方,嘱其勿饮酒、勿劳累、勿忧虑,尤其不可同房,必须安心静养。皇后萧绰谨遵医嘱,无微不至,悉心照料,三个月之后已大有起色。但辽景宗这个人,平生就喜好三件事,喝酒、女色加上游猎。如今身体有病,打猎是出不去了,稍好一些便偷偷喝酒,同时还趁着萧绰上朝之机,与其他几名妃子行云雨之事。宫人们全知道,只瞒着萧绰一个不知。

由于痼疾缠身,再加之酒色过度,辽景宗的身体每况愈下。他自己可能感到时日无多,因而纵欲尤甚,终于有一天,他病倒在卧榻之上,已不能起床了。韩匡嗣给他把脉之后,得知原委,长叹一声道:"陛下春秋正盛,可谓来日方长,何以不听劝阻,刻意作践自己?如今已病入膏肓,不能医也!微臣简直心痛欲裂!"说罢竟泪如雨下。皇后萧绰闻之,偕三子三女跪而劝之。景宗执其手长叹一声说:"我命该如此,病已不可医也!皇后不必悲伤。与你夫妻一场,已是我今生最大的福分了!"说着眼噙热泪,须臾间就晕了过去。

自此以后,景宗多半时间昏迷不醒,经常梦见杨业杀来,那把大砍刀仿佛就悬在头顶之上,急得他一个劲儿大喊:"韩爱卿救我!韩爱卿救我!"抽搐不停,冷汗不止,至九月初已不能进食,连喝水都费劲了。

景宗知其将不久于人世,于是在一日清醒之时,微笑着召唤皇后萧绰、三子三女及重臣韩德让、耶律斜轸和室昉等人于床前,喘着粗气嘱咐说:"朕自幼罹难,受到惊吓,染成痼疾,多年不愈,身体一直羸弱,本不堪社稷之重任也。不意危难之时,受贤臣重托,登上大位,本欲弘扬祖业,造福万民,然心有余而力不足也。幸得皇后相助,众卿尽力,才得国泰民安,咸亨有年,朕心中无限感激矣!今贱躯沉重,恐将作古,朕就将这大辽国的万里江山托付给你们了!为防止朕去后再生祸乱,吾已决心效仿中原惯例,传位于吾长子梁王耶律隆绪。然梁王年幼,不能理政,就烦皇后萧绰临朝决事。望众卿全力助之,朕不胜感激之至!"说完泪流满面,哽咽连声,颤抖不止。

韩德让、耶律斜轸和室昉皆跪而泣曰:"陛下厚恩,山高海深!所嘱之言,绝不敢忘!臣当鞠躬尽瘁,扶助幼主,纵肝脑涂地,亦在所不惜!"景宗拉着萧绰的手,充满深情地说:"爱妻与我,一路走来,既抚养儿女又操劳国事,真是委屈你了!国家和儿女就交给你了!我真舍不得你呀!"说完一阵抽搐,已经不省人事,从此再也没有醒来,于三天以后离开了人世。景宗在位十四年,终年三十五岁。

皇后萧绰悲痛欲绝,几次哭昏过去。她从十七岁入宫为妃,与景宗恩爱非常,育有三子三女。如今长女秦晋长公主观音女才十三岁,长子梁王耶律隆绪才十二岁,夫君就因病离她而去。留下这万里江山和稚嫩的儿女,让她这瘦弱的肩膀如何承担?怎能不让她肝肠寸断、悲痛欲绝?她越想越悲,越哭越哀,几欲撞墙而死,幸亏被群臣拉住,才没有留下历史的遗憾。但是已经头昏目眩,无法理事。

韩德让和斜轸、室昉三位顾命大臣,见皇后萧绰悲伤至此,只好把事情全部担了下来。他们圆满地为景宗办完了丧事,接着又操持重典,扶持梁王耶律隆绪登基继位,耶律隆绪就是历史上有名的辽圣宗。

圣宗临朝,百官参拜完毕,即由宰相室昉代表三位顾命大臣,宣读景宗皇帝的遗诏,共同拥立太后萧绰临朝听政,决断军国大事。宣读完毕即率百官三拜九叩,山呼万岁,诚请太后训政。

皇太后萧绰环视满朝文武,严肃而又庄重地对大臣们说:"先帝新亡,人心不稳。国内不法之徒或有异动,边疆外敌军队可能入侵,此诚国家生死存亡危急之秋也！孰忠孰奸，立等可辨，谁好谁坏，一目了然。希望我大辽臣民忠心耿耿，勤于王事，以不负先帝之重托，弘祖宗之大业也！"

说到这里，萧绰停顿了一下，她把目光投向群臣，接着说道："为强邦固本，稳定社稷，谨遵先帝遗命，任命耶律斜轸为北院枢密使兼上京留守，负责军队训练及粮草兵备事宜；任命耶律休哥为南院枢密使兼南京留守，负责南面的军事指挥；任命韩德让为中书令兼皮室军详稳，总知禁宫诸宿卫事，总领朝廷军政事务；任命室昉为宰相，郭袭为政事令，邢抱朴为参知政事，耶律贤适为南府宰相兼飞龙御使。其余众卿各升一级，俸禄加倍。希望各位勿负先帝厚恩，助我孤儿寡母，实乃诸君无上之功德也！"

群臣以斜轸、室昉和韩德让为首，一齐跪地谢恩曰："谨遵先帝遗训，聆听太后教诲，自当鞠躬尽瘁，情愿死而后已！"其叩谢之音声震殿宇，经久不去，似在空中回响。

散朝以后，萧太后留下韩德让，柔声地对他说："你我兄妹，前世有缘。少年时期，我曾经许配给你，不意由于入宫为妃，使我们的美好姻缘付于流水。但是十几年来，我的心一直都在你的身上，我永远记着入宫之前的那个夜晚，我们对着月亮说过的话。如今先帝已亡，我们可以重新走到一起，去圆我们少年时期的梦想。我萧绰初衷不改，永远都是德让哥哥的妻子！我的儿子就是你的儿子，他的江山就是你的江山！我们是不可分割的一家人，今后要永远在一起！"说着萧绰把头靠在韩德让的肩膀上，她感到他的胸膛像大山一样平稳厚重。

少顷，韩德让伸开双臂，轻轻地推开了萧绰的身体，但是目光坚定地说："请太后放心，臣一定竭尽全力，辅助新皇帝，开创新纪元。不会有丝毫二心，不会有一点儿杂念。臣永远记得当年的燕燕对我的深情，也永远感激太后多年来对我的眷恋。但时光流逝，今非昔比，我们已经不是当年那样的未婚恋人，而是泱泱大国的换命君臣。太后也不是当年的纯情少女，而是大辽国数百万臣民的母亲。作为一国之母，当仁德宽厚，品行端庄，为四海官员之偶像，天下黎民之楷模，岂可因为旧日之情愫，有损汝多年之清名？此事万万不可为也！"

萧绰听了韩德让的话，眼含热泪，喃喃地说："兄长之意，我岂不知？但一想到十几年来，汝始终一人，不事婚娶，白天终日为国操劳，夜晚孤对寒窗冷月，小妹的心里就痛得很！恨不得马上飞到你的身边，做你温柔贤惠的妻子。昔日我们身不由己，如今已经水到渠成，为什么还要分居两处，苦苦思念？何况我们契丹人历来就有夫死再嫁的传统，我与你续结良缘，于情于理都没的可说，朝野上下的人都会理解我们的。我不在乎别人怎么评价，历史怎样去写，我只珍重兄长的一片深情。人生几十年哪，转瞬即逝，难道我们要留下终生的遗憾吗？"

韩德让凝视着这一张依然那么好看的脸，发现那双秀美的眼睛里已经噙满了泪花。他抑制不住内心的冲动，一把将萧绰抱在怀里，抚摸着她的秀发说："我何尝不想与小妹在一起？这些年来，我是天天想、夜夜想、时时想、刻刻想。但我是一个顶天立地的男人，我不能时时事事都为自己着想，我应该设身处地为他人考虑。既然真心喜欢你，就要让你幸福。小妹的身材、容貌、心地、品德、性格和气质等方面，都是那样的完美，完美得近乎无可挑剔，简直是一位圣洁的女神。正是因为这样一份完美、纯真和圣洁，你才赢得了国人普遍的尊重，也才有了与先帝十几年的恩爱。"

说到这里，韩德让的声音有些颤抖，过了一会儿才接着说道："如今新皇登基，太后听政，内患蠢蠢欲动，外敌虎视眈眈。朝野上下数百万臣民，多少双眼睛在看着你呀！他们希望一位有雄才大略、英明睿智的太后把这个国家领向辉煌。在这个时候，你的形象是多么重要哇！你说你不在乎别人怎么看、怎么说，但我必须要在乎，必须要维护你！因为我喜欢你，珍爱你，崇拜你，依恋你，又怎么会图一己之欢去影响你，玷污你，亵渎你，毁坏你呢？两情若是久长时，又岂在朝朝暮暮？对于我来说，小妹的成功就是我的幸福，也是我一生的追求。我躺在床上时常常这样想，两个人的心灵若早已融为一体，有什么必要非得身躯相伴呢？暂时放下吧！小妹，现在还不是我们考虑儿女之情的时候哇！"

萧绰抬眼望着这个高大伟岸的男人，心中充满了无限的敬佩和依恋。她觉得他不仅是大辽国第一勇士，而且是天底下最重情义的男人。有这样一位兄长与她心心相印，她觉得活得太值了！她感到由衷的自豪、幸福和骄傲，心里也觉得特别踏实。

八

事情全被韩德让说中了，此时大辽朝的国内外并不安定。国内一些契丹贵族对幼子登基、母后听政极为不满，一个个阴阳怪气，大放厥词，企图叛乱举事，幸被韩德让及时发现，迅速采取果断措施，将这些人迁移到属地管理，才避免了他们在京城谋反。

国内的风波刚刚平息，边境那边又出事了！西夏、女真、室韦和高丽等邻近部落，由于受到宋朝的挑唆，纷纷寻衅滋事，入境杀人放火，企图借母寡子弱之机群起而攻之。萧绰得到报告，立即派北院枢密使耶律斜轸带兵去镇抚。一时四邻剑拔弩张，几成战争状态。

此时宋朝见辽国危机四伏，有机可乘，遂再次出兵北征。公元986年，宋太宗赵炅亲自部署，派出东、中、西三路大军北伐，企图先取山西，然后会师幽州，一举将契丹人赶到长城以北。三路大军气势汹汹，进展迅猛，一月之间连下二十余城，西、中两路已打到云州、灵丘一线，而东路也已进占涿州。辽朝守边将士猝不及防，一时间丢城失地，损失惨重。

紧要关头，皇太后萧绰毅然率军出征，亲抵幽州前线。她紧紧依靠韩德让、耶律休哥和耶律斜轸等几位能征惯战的主帅，设奇谋，用重兵，首先击溃了东路宋军曹彬部的十万人马，然后马不停蹄，挥师向西，迅速打退中路，吓跑西路，致使赵炅的如意算盘成了竹篮打水，取得了对宋战争的决定性胜利。韩德让由于既出谋划策又冲锋陷阵，为此次战役立下大功，被朝廷进位为丞相，爵封楚王。

从幽云前线回军上京，途经辽西医巫闾山，萧太后与韩德让一起，去看望师父青岩洞主。洞主满腔热情地接待了他们，带他们一起登上闾山绝顶，驻足大望海寺，和他们一起俯视群山，眺望沧海。良久，青岩洞主对他们说："登高方能望远，智者万事从长。南北两家交恶，受害的却是黎民。方今宋朝兵败，干戈暂得平息，汝当休兵罢战，让百姓休养生息，方能国祚长久，社稷安康。切不可顾眼前之小利，陷众生于苦海。扬威逞强，穷兵黩武，只能贻害百姓，伤及自身，其后患无穷啊！"

青岩洞主说着话，顺手从怀中掏出一个木盒，递给萧绰说道："这里面有一枚九转金鸡信香，是用闾山九九八十一味草药所制，乃为本寺的镇寺之宝。服之虽不能立即成佛得道，却可以青春永驻、益寿延年。为师以此物赠你，是望你在有生之年多做好事，善待众生，让关东有较长时间的和平，也不枉你在本寺待过一场！方才所嘱，切勿忘怀！"萧绰闻之，感动万分，双膝跪地，向师父行礼。青岩洞主扶起萧、韩二人，点点头下山去了，转眼间便不见踪影。

一路上萧绰回味师父的话，心潮起伏，感慨万端。回到上京以后，她立即召集群臣议事。她在朝堂上对大臣们说："此番宋朝三路大军来犯，气势汹汹，志在必得，没想到被我军打得落花流水，狼狈逃窜。如今战事方息，下一步我朝当以何策对之？"

萧太后话音刚落，韩德让即出班奏曰："今我朝虽获完胜，令宋军元气大伤，估计短期内不会再来进犯，南部边境也会有一小段时间的和平，但从长远来看，辽宋两家的角力才刚刚开始。宋朝绝不会甘心他们的失败，他们还会处心积虑地夺回幽云之地。目前我大辽与宋朝的国力和军力势同比肩，难分伯仲，但是将来谁能笑到最后，谁能取得最后的胜利，那就要看未来这些年的发展了。到时候谁的军事力量更强大，谁的经济态势更良好，谁的国家秩序更稳定，那谁就是最终的赢者。就当前来说，就是要看谁的国策更得人心、更顺民意。因此，抓住难得的和平机遇，因时因势地发展生产，富国强兵，才是我朝的当务之急。"宰相室昉、政事令郭袭、参知政事邢抱朴等大臣纷纷奏议，表示赞同。

萧太后闻之大喜，当即下诏在全国开展时政辨析，号召人人为国家献计献策。同时命韩德让、室昉和邢抱朴牵头，在全国施行八个方面的改革。在解放奴隶、改进法律、施行科举、整顿吏治、鼓励农耕、改善邦交、减轻赋税和训练精兵等方面，实行了三十二项改革措施，很快地稳定了国内秩序，有效地缓解了民族矛盾，极大地调动了百姓发展生产的积极性，全国上下一片欢腾。

在全心全意改良国策的同时，萧绰也从未忘记千方百计地严于教子。特别是对于小皇帝耶律隆绪，她更是倾注了全部的心血。因为她清楚地知道，自己临朝听政不过是权宜之计，这大辽国的万里江山，迟早要交到隆绪的手上。因此，培养出一个仁君明主，从某种意义上来说，比改良国策更为重要，它关系到国家的兴衰和长远的未来。为此，她从一点一滴做起，既关心隆绪习文，也关心隆绪习武，更关心隆绪的自身修养，从小就培养他刻苦学习、勤奋忠诚、务实朴素、处处节俭，并让他时常去民间体察百姓的疾苦。她对隆绪语重心长地说："寸金尺锦，民脂民膏，用在何处，大有讲究哇！黎民的血汗，百姓的命钱，只能用在发展国家、造福苍生上。乱行赏赐，大把挥霍，官风必然腐败，国家就要灭亡啊！"

隆绪小的时候比较贪玩，经常去打猎、踢球或纵情声乐。萧绰发现后告诫他说："圣人云'欲不可纵，机不可失'，此乃古今圣贤成功之道也。我儿不是民间一般的孩子，我儿是天下万民之主，将来要承担起治理天下的重责。如果自己办不好事，或者是办错了事，就要给国家和百姓带来巨大的灾难，甚至会有许多无辜者人头落地。因此我儿没时间玩，也玩不起呀！我儿必须惜时如金，刻苦钻研，学有所成，通文懂武，熟谙治国之道，方能驾轻就熟，尽量避免失误或者减少失误，才能够振兴我们这个国家呀！"说得耶律隆绪热泪盈眶，频频点头。

萧绰的这些话，给了耶律隆绪极为深刻的警示，对他的一生都产生了极为重要的影响，使他成为辽史上在位时间最长、政绩最为卓著的君主。除此而外，萧绰对其他二子三女也极为严格，从不放纵，终使他们均学有所成，分别为国家做出了自己的贡献，没有一个无所作为的人，这在皇家的历史中是不多见的。因此，时人皆赞誉萧绰不仅治国有方，而且教子有术，是严师慈母的楷模。后来宋朝的宰相寇准曾经评价说："萧绰这个女人的功绩，不仅在于她领导和创建了一个强大的国家，还在于她培养出了一位杰出的君主。辽圣宗以及后来大辽朝全部的辉煌，处处凝结着她的心血呀！"寇准的话为后世许多史学家所认同，也为大辽朝后来的发展所证实。

十几年来的励精图治，使大辽国出现了政通人和、物阜民丰的局面。那些骁勇好战的契丹贵族有些飘飘然了。他们引经据典，三番五次地廷议上奏，请求出兵南征。萧太后也觉得趁自己身体尚好，应当与中原再打一仗，彻底教训一下宋朝那帮人，摧毁他们企图北伐的幻想，给自己的后代子孙创造一个较长时期的和平环境。韩德让提醒她，这样做违背青岩洞主的教诲，也会招致天下百姓的反对，是福是祸难预料哇！萧太后长叹一声说："在其位而谋其政，干当前而想长远，是古来为君之道哇！为了大辽国的长治久安，我们顺其自然吧！"

经过一段时间的精心准备，公元1004年9月，萧太后和韩德让率二十万辽军南征，并迅速地逼近开封以北，迫使宋朝签下"澶渊之盟"。两家商定永远罢兵休战，宋朝每年给辽国白银十万两，彩绢二十万匹。辽军取得完胜，萧太后和韩德让率众凯旋。韩德让因为居功至伟，进位齐王，就任大丞相。

九

办完了南征这件大事，萧太后如释重负。一日早朝以后，她对皇帝耶律隆绪说："如今南北罢战，天下已经安宁。我儿早已成熟，足以承担大任。这朝廷的日常政务，就由你自己裁处吧！现下我还有一件心事未了，要去医巫闾山上香。我已经多年未去拜见我的师父，也有几年没去祭奠你的父皇了，近日我常常梦见他们。"

辽圣宗耶律隆绪说道："儿臣虽然长大，但经验毕竟不足，国家大事尚须母后做主。离开了母后的教诲，儿臣就有些不知所措。母后若去闾山进香，孩儿陪同您去就是了！"

萧太后摇摇头说："我儿孝顺，娘已尽知。但朝政事务繁多，你也离不开身。有齐王他们陪同就可以了，我去去就回。"耶律隆绪听母后如此说，便不再言语，搀扶着萧太后走出朝堂。

大辽国统和二十四年（1006）初春，五十四岁的皇太后萧绰，乘坐金顶驼车，率领一行人马，在齐王、大丞相韩德让和飞龙御使萧隗因的陪同下，从上京出发去医巫闾山。车驾还没到显州地界，驻扎在这里的涿州郡主萧银花，就率领着一大队红衣女将前来迎接。她们一个个眉清目秀，光彩照人，英姿飒爽，十分好看，像是三月里闾山盛开的桃花，萧太后见了十分高兴。她由萧银花搀扶着走下驼车，微笑着向女将们问好，同她们拉手交谈，心情非常愉快，感到自己也好像年轻了许多。

初春的闾山，春风送暖，万物勃发，香气袭袭，松涛阵阵。脚下的溪流像哼唱着欢迎的乐曲，头上的阳光若倾洒下满腔的热情，让人觉得既清爽而又惬意。萧太后兴致很高，在众人的陪同下，先去城郊的大庙祭拜了闾山之神，献上了一份丰厚的供品。然后命众人俱在行宫休息，只同齐王韩德让两人，悄悄地乘马来到万古千秋寺，去拜见他们的师父青岩洞主。

空云、空月两位师妹见二人前来，极为高兴，又是献干果，又是上苦茶。忙过之后，才告诉萧太后和韩德让说，师父昨日就到南海去了，她大概知道他们要来，临行时留下一封书信。萧韩二人虽觉遗憾，但知道师父修为不凡，道行高深，如果不见，必有原因。空云、空月领着二人走进师父的寮房，从法座下取出书信一封，对萧太后说："师父再三嘱咐，要你下山再看。"萧太后答应着接过书信，揣进怀里，含着泪与韩德让一起，向师父的画像拜了又拜，然后与两位师妹话别，有些失望地下山去了。

回到山神庙以后，萧太后弃马步行，率一行人首先来到显陵。这里群峰环抱如九龙飞腾，一水镶嵌似琥珀揽翠。太阳光从山峰间喷薄而来，林海上有数道彩虹高高挂起，像是人间通往天堂的金桥。耳边松涛阵阵，像是仙人对白，脚下水流潺潺，如同山神低语。萧太后怀着无比崇敬的心情，首先拜谒了东丹王耶律倍和辽世宗耶律阮的陵墓，向先祖们长跪问安，然后才来到乾陵，给辽景宗耶律贤上香。

萧绰亲手燃起九支长香，把它们依次插在三只香炉里，然后跪了下来，细心地拂去供桌上的灰尘，喃喃地对着景宗的灵位说道："夫君得升天界，已历二十四年，天地虽在，人神有别。臣妾虽遵夫君遗嘱，每天都在繁忙，但无一日不在思念，无一夜不在流泪。殷殷此心，天地可鉴，郁郁之情，你知我知。如不念万里江山，天下百姓，夫君遗言，身边幼子，臣妾早已随夫君去矣。今天下咸亨，朝野稳定，百姓安乐，妾心稍安。回想旧日，如在昨天。臣妾伴随夫君一十三载，育得三男三女，朝夕相伴，恩爱异常，刻骨铭心，永不相忘，如今儿女俱已成人，吾儿隆绪堪当大任，夫君可无一丝牵挂也。"

说到这里，萧太后已哽咽连声，泪如泉涌。她屏退身边侍从，望了一眼跪在身后的韩德让，又接着说："今日臣妾来到灵前，是有一件心事相告。你也知道我在少年之时，曾先许配给韩德让为妻，以后才蒙陛下恩宠入宫为妃。接着又封为皇后，进位太后，执掌朝纲，母仪天下，臣妾终生皆感激陛下之恩德也。如今妾已岁过五旬，年近花甲，面对韩君，常感歉意。总觉得臣妾这一生，最对不起的人就是他了！多少年来，齐王忠心耿耿，功勋可昭日月。做人循规蹈矩，绝无半点儿纤尘。对陛下嘱托念念不忘，对社稷江山披肝沥胆。至今仍念旧日之约，再未娶妻生子。因此，臣妾斗胆向陛下坦言，欲圆昔日月下之盟，与齐王成就少时之梦。话到此处，臣妾汗颜，语无伦次，不胜惶恐。"说罢叩头不止，泪如雨下。

齐王韩德让听到此处，大吃一惊。他万万没有想到，萧太后命他伴驾到闾山来，还有这样一层用意，吓得他身冒冷汗，叩头不止，双眼噙着泪水激动地说："太后所言，情真意切，句句声声，发自内心，令微臣感激涕零，无以报答。微臣亦甚想践昔日之盟，与太后成就百年之好，此诚梦寐以求之心愿也！但您身为辽国太后，母仪天下，执掌朝纲，乃世之师表，国之楷模，万里江山之中流砥柱，数百万臣民心中的女神，岂可遂个人之意，做骇俗之举？当年先帝升天之日，太后曾言，愿与韩某成夫妻之实，臣乃断言谢绝，非因微臣无意，而是别有隐情。当时太后临朝，母寡子弱，上京二百家贵族蠢蠢欲动，南朝几十万大军虎视眈眈。如果以此为口实，必致内外生乱，于社稷江山大不利也！设若稍有差池，臣当辜负先帝之嘱托，无颜见故主于天上矣！故微臣虽敬太后如空中皓月，人间女神，常朝思暮想而致痴迷，却绝不敢亵渎其美名、损害其光华也！"

说到这里，韩德让老泪纵横，情不自禁，他跪行一步，向着萧太后说道："二十多年来微臣忠心耿耿，报效国家，不唯感先帝顾命之厚恩，尤敬太后待臣之深情也。因之纵肝脑涂地，亦在所不惜。今太后虽然年过五旬，然春秋正盛，美若天人，如日方中，光芒万丈。微臣每每观之，无不喜在脸上，乐在心中，而暖意瞬间遍及全身矣。臣闻真情似玉，晚节如金，一份相知，乃千古绝唱。臣虽粗通文墨，实乃赳赳武夫，但也知男女相合，贵在神交，鱼水之欢，乐在魂会。你我既是心有灵犀，情同一体，又何必非得昼夜相随，同床共枕？就让太后这份真情，像这条洁白无瑕的哈达，永远辉映草原，光照人间吧！"说罢哽咽连声，叩头不止。

萧太后闻之心潮澎湃，感慨万千。她为自己一生遇到这样一位兄长、一个良臣而骄傲，而自豪，而激动不已。正是他，为了与自己的一份埋在心底的深情而再未婚娶；也是他，为了处处维护自己而忘掉了一切；还是他，为了大辽国的万里江山而矢志不渝。这样的男人，这样的知己，古往今来，普天之下，在何处能遇，到哪里去找哇?！她情不自禁地抓住韩德让的双手，使劲儿地摇晃。四只眼睛相对，两人默默无言。他们是通过心灵在交流，用眼睛在说话，他们的灵魂早已成为一个整体。良久，萧太后长叹一声，与韩德让相扶相搀，走下山去。

萧太后过去曾多次来过闾山，可是因为太忙，每次都是来去匆匆。这一次她把政事交给了耶律隆绪，感到时间就宽松多了，因此她想要好好地游览一下这里的风光。在祭拜完乾陵之后，稍事休息，她就带着众人前往白云关。一路上饶有兴致地品松赏柏，吟诗题字。在圣水盆边洗过手，到观音阁里又上香。向东行至一片山崖之下，见这里背靠群峰，前瞻万壑，聚气向阳，溪流淙淙。有几处早开的野花悄然怒放，不时有成群的飞雁掠过长空，清风拂面而过，白云就在身边。

萧太后伫立崖边，心情很好。她望着远处的飞瀑，似有些感慨地对韩德让说："冬去春来，光阴如水。花朵复又绽放，大雁正在北飞。天上日月如梭，人间年复一年。这里江山依旧，我们却都老了。想当年东丹王风流倜傥，文采飞扬，留下多少佳话？世宗皇帝意气风发，指点江山，带走几多遗憾？如今绿水青山，仍如昨日，可是世事沧桑，却物是人非了！古往今来，谁能没有个中凄苦？尊卑贵贱，哪个能逃脱自然的惩罚？也许将来有一天，我们也成为别人的回忆了。我看不如在这里留个念想吧！唐代的则天皇后留下一块无字石碑，我与你便栽上两棵柏树，留待后人去评说吧！"

韩德让闻之轻声赞许，即刻命从人取来锹镐等工具，与侍卫们一起刨石挖土。萧太后亲自去山上移来树苗，又去圣水盆中舀来清水，与韩德让一起合作，栽下两棵柏树。她意味深长地对韩德让说："这两棵树苗是从山上移过来的，就好比是一对兄妹。现在我们把它俩栽在这里，这左边的一棵算我的，右边的一棵算你的。它们在山上的时候曾经肩并着肩，根连着根，如今分而栽之，却只能相望而不能相聚。但我相信若干年以后，它们一定会根根相通，叶叶相连，与这绿水青山永远相伴！它们一定会成为这天地之间人人羡慕的一对神仙眷属！"萧太后说完，有些伤感。她见韩德让的眼里，也已噙满了泪花。

十

从医巫闾山走下来，萧太后迫不及待地取出师父青岩洞主给她的书信。她恭敬而又小心地展开，见那信中师父写道："儿时学艺，少年入宫。执掌皇权，心念众生。广施仁政，百业俱兴。边疆无事，何必南征？"萧太后反复看过多遍，细细玩味，又把书信交给韩德让观看，自己喃喃地说："这是师父在责怪我呀！这场战争，使南北两朝数万将士死于非命，几十万百姓流离失所，许多家庭留下了永久的伤痛，这都是我的罪过呀！我们表面上赢得了金帛财物，但却由此而失去了民心，也许会害了我们大辽朝，坑了后代子孙哪！我真的悔死了！难怪师父埋怨我呀！"她因之而感到脊背发冷，心中难受，再也没有临来时的那份兴致了。回到上京萧太后以后一直郁郁寡欢，只是经常到城郊正觉寺去烧香祈祷。

当年十月，天降大雪，北风呼啸，如到严冬。许多牛羊被冻死，许多牧民衣食无着。各部族，各州、府、县纷纷告急。萧太后闻知灾情严重，心如火焚，急忙与辽圣宗耶律隆绪一起，率领各级官员和全军将士，到灾情严重的部落和村庄中去，给牧民们送去粮食、牧草和衣物，还率先给极端贫困的牧民捐献了许多银两。由于目睹许多老人和儿童被冻死，萧太后心情忧郁，加之多年劳累过度，回到上京以后就一病不起。

辽圣宗耶律隆绪见母后病倒，万分焦急，一面着令医官悉心诊治，一面精心侍候，昼夜不离。齐王韩德让因为通晓医理，便亲自为之煎汤熬药，喂水喂饭。七十来岁的老臣，跪前忙后，不辞辛苦，体贴入微，格外周到细致，令圣宗和侍女们皆为之感动。在众人无微不至的关怀和照料下，萧太后的病情日见好转，但她的身体状况却大不如前。虽然依旧那样清秀俊美，苗条挺拔，好看的双眼仍放射出睿智的光辉，但却明显地消瘦了！

大辽国统和二十六年（1008）七月，次子耶律隆庆因病去世。这一噩耗如同晴天霹雳，击得萧太后几次疼昏过去。隆庆自幼聪明勤奋，尤爱习学兵法。少时与儿童玩游戏时，即时常装作敌我对峙，演练阵法。他则一本正经，指挥若定，俨然一个统领千军万马的大将军。长大以后，尤善骑射，身手敏捷，矫健如风，在历次作战中均建大功。统和十七年率军奇袭南朝，曾经打到邯郸附近，令宋廷朝野震动。在澶渊之战中与萧挞览配合默契，冲锋陷阵，为南征完胜立下殊勋。隆庆又乖巧孝顺，十分讨萧太后的喜欢。他的突然病逝，令萧太后痛不欲生，如摘心挖肝一般地难受。再加上师父青岩洞主赠给她的那枚"九转金鸡信香"，也不知丢到哪里去了，翻遍了后宫都没有找到。一连串的打击令她泪流满面，寝食俱废，神情萎靡，病情明显加重。耶律隆绪看在眼里，急在心上。经与韩德让和邢抱朴等人商议，认为幽州一带气候稍好一些，环境又比较优美，便决定送太后去南京养病。最后征求萧太后本人的意见，她亦点头应允。

大辽国统和二十七年（1009）的初冬，在韩德让和萧银花等亲近重臣的陪同下，萧太后乘坐金顶驼车离开中京大定府，到幽州南京去养病。临行之前，她抱着病弱的身躯，在辽圣宗耶律隆绪的搀扶下来到朝堂，像往常一样，最后一次听取了群臣的奏报，有条不紊地处理完一应政事，然后情深意重地对大臣们说："众位爱卿都辛苦了！大辽国自景宗皇帝升天以来，由于吾儿年幼，哀家应众卿之请，已经临朝决事二十七年。其间国家多难，政事忧苦，一路走来，殊非易事。承蒙列位爱卿忠心耿耿，鼎力相助，才有我大辽今日之太平，国家之昌盛。哀家不胜感激，在此深表谢意！"

说到这里，萧太后喘了口气，向群臣低头一礼，慌得大臣们急忙跪倒。萧太后接着说道："如今我儿早已成人，足以担当大任。但红花尚须绿叶扶持，燔柴还得众人点燃。希望各位忠诚依旧，勤如昨日，协力同心，赞襄国是，则我大辽幸甚！万民幸甚！哀家去养病，人虽不在而亦心安矣。"说罢与群臣洒泪挥手。大臣们皆跪地叩头，饮泣施礼。但谁也没有想到，这竟是萧太后与大家的永别。

萧太后的车驾行至显州，由于隆庆的陵墓也在这里，她命从人稍停，在知州孙秉烛的陪同下，去闾山龙岗看望爱子之灵，然后又去拜谒东丹王和辽景宗的陵寝。由于道路坎坷，天气较热，萧太后感觉有些乏累，便偕众人在一排松树边、一片山崖下小憩。大家刚刚坐下，忽然一阵香风吹来，天空中隐隐有仙乐响起。众人抬头一看，只见万丈霞光之中，有数朵彩云从远方飘来。观世音菩萨脚踏莲花，手摇柳枝，立身于彩霞之中，白衣飘动，佛光闪烁，慈眉善目，宝相庄严。萧太后等众人看见，急忙跪地行礼。只听观世音菩萨在空中说道："天道循环，北燕南归。当来时来，当去时去。萧绰阳寿已到，随我到南海去也。"

众人闻之大惊，急抬头看时，见霞光消失，彩云远去，隐约间观世音菩萨轻摇柳枝，挥手一笑，转身走了。刹那间天晴日朗，恍如一梦。萧太后站起身来长叹一声："人生苦短，转眼归期。我本欲待病体稍愈之后，再为众生多做些事，以弥补我的过失。但如今师父埋怨，菩萨相召，天命难违，也是必然。我要走了！师兄保重！"说罢深情地向韩德让望了最后一眼，纵身一跃，几乎坠下山崖。韩德让手疾眼快，急忙伸手拉住。却见萧太后面色红润，神态安详，二目微闭，两臂轻垂，就倒在韩德让的怀里去世了，终年五十七岁。

听闻萧太后去世的消息，大辽举国震惊，万民举哀，全军挂孝，人人痛哭。辽圣宗耶律隆绪听到噩耗，一下子哭昏过去，在群臣的一再呼唤中才苏醒过来，在众人的陪护之下，连夜来到医巫闾山。他见母后面带微笑，神态安详，并无痛苦的表情，就像往常睡着了一样。隆绪悲从心起，不能自制，捶胸顿足，号啕大哭，竟至口吐鲜血，再次昏倒。韩德让把隆绪抱在怀里，轻轻唤醒，告诉他太后临终的时候，什么也没说，只是把师父给她的信攥在手里。隆绪小心地从母后的手中拿过那封信，反复观看多次，他立即明白了母后的用意。母后是在用青岩洞主的话提醒他呀！慈爱的母后在生命的最后一刻，还在为他、为百姓着想。他感动得再一次叩头不止，流下泪水。

辽圣宗耶律隆绪在群臣的帮助之下，把萧太后的遗体葬在乾陵，同他的父皇耶律贤安放在一起。他想请人立下一块石碑，铭刻母后的丰功伟绩。齐王韩德让告诉他，太后生前曾讲过多次："我去后一切从简，不要搞勒铭纪念，只要写上萧绰之墓就可以了。孰好孰坏，由后人去评说吧！"隆绪听后遂按母后的遗愿，简简单单地操办了丧事。从此便以乾陵为行宫所在，他要在此守陵三年。

皇太后萧绰的去世，给齐王韩德让带来了巨大的感情创伤，他失去了生命中的精神寄托，当时就垮了。尽管他的身体如钢筋铁骨，强壮得很，但由于他长期心情忧郁，精神不爽，吃不下饭，睡不好觉，睁眼闭眼全是萧太后的身影，因此不久便生起病来，病中思念更甚。一会儿是萧太后少时的形象，那个在山林中遇到的纯情少女；一会儿是在上京街头的邂逅，那个俊秀无比的月下美人；一会儿是入宫以后的萧贵妃，一会儿是万马军中的萧太后。这些形象刻骨铭心，在他的脑海里交替出现，让他一刻也不能忘怀，简直令他痛不欲生，因而病得越来越重。

辽圣宗耶律隆绪闻知以后，非常担心，立即下令把他接到闾山行宫，早晚亲自服侍，命人悉心调治。但是韩德让心结不开，病入膏肓，什么灵丹妙药也无济于事。终于在一年零三个月之后，在统和二十九年（1011）二月溘然长逝。死时骨瘦如柴，享年七十一岁。

令人惊奇的是，韩德让在去世之前，竟然能够下地走动，而且在侍卫的搀扶下走了很远的路。他不但祭拜了萧太后的陵寝，上完香以后跪在那里，喃喃不止地与她说了很久的话，待那炷香烧过了之后他才走开，而且还特地来到小望海寺，恋恋不舍地反复观看了萧太后与他合栽的那两棵柏树，为它们又浇了一次水，然后才一步三回头地离开。最后他寻寻觅觅，来到了萧太后去世的地方，靠在那片山崖边就不动了，好像突然睡着了一样，从此再也没有醒来。有人说他的一缕忠魂，从这里飞升到南海，去找萧太后了；也有人说他被封为医巫闾山的山神，就守卫着萧太后的陵墓，后世有许多猎人看见过他。

韩德让去世以后，辽国君臣感其功德，纷纷自动为其送行，把他安葬在医巫闾山中乾陵的一侧，其陵寝的建造、影堂的规格均与帝王别无二致。因为他一生没有子女，圣宗耶律隆绪便颁下诏令，把魏王耶律贴不古的儿子耶鲁过继给他，以承接他这一脉的香火，并敕命全国各地，凡是挂有辽景宗画像的地方，也要挂上齐王韩德让的画像。后来因为耶鲁亦无子女，辽朝最末一代皇帝、天祚帝耶律延禧就把自己的儿子、晋王敖鲁斡过继给他为嗣。韩德让在去世以后的一百年间，始终受到辽国上下普遍的尊重，这不能不说是一个奇迹，不能不说是他人格的魅力。

萧太后和韩德让一生多次来过闾山，他们儿时在这里拜师学艺，去世后又都安葬在闾山之中，与闾山有着解不开的缘分。闾山的人民也没有忘记他们，除了经常给他们的陵寝上香，还按时给他们合栽的柏树浇水。这两棵树在山民们的世代维护之下，生得枝繁叶茂，郁郁葱葱，枝叶相连，好像这大山之中千年相守的一对神仙伴侣。传说有许多人在树下看见过他们，两个人还在树下除过草呢！还有人说这两棵树就是他们的化身。每年的八月十五中秋之夜，他们就会现出原身，在月光之下相会。是真是假，就无从知晓了。

第十篇　老汗王与李成梁

轮到我了，十妹孙明玉接过来说道，刚才姐姐们讲的故事，多次提到北镇和医巫闾山，这让小妹感到十分高兴、骄傲和自豪。因为我就出生在北镇，老家那座房子就在石坊街。我是小学毕业以后，才随着父亲搬到黑山去住的。但由于伯父和姥姥家都在北镇，仍然常来常往，所以对医巫闾山和北镇那座古城，我从小时候起就熟悉得很。

说起来这医巫闾山还真是历史悠久，积淀深厚。有资料记载，当年虞舜接替唐尧成为华夏部族之王，就把全国划分为十二个州，每州各封一山作为一州之镇，医巫闾山即被封为北方幽州的镇山，被称为"北镇"。以后历朝历代不论谁坐天下，都对医巫闾山尊崇有加，先后封其为"广宁公""广宁王"，直到呼为"医巫山之神"。这些耀眼的光环不仅使医巫闾山蜚声天下，还让山下这座古城闻名遐迩。两千多年来，这座"冀北严疆、幽州重镇"，不但以关外要冲、龙盘虎踞而享誉九州，而且以雄奇隽永、钟灵毓秀而名震中华，很早以前就是我国北方的旅游胜地。

北镇那座古城相当雄伟，我小的时候常到城墙边去玩。到现在我还清楚地记得，那城墙的格局四四方方，东西南北各有三里多长，用青砖砌就的外墙特别坚固。城墙的底部超过三丈宽，顶部也有一丈五尺多，可以跑马车。城墙上修有四座箭楼，城楼和垛口都保留得相当完整。每到集日时四面城门打开，人流熙熙攘攘，可热闹啦！城里边修有十字形大街，大街的中间有一座鼓楼，又叫点将台，与城北的双塔和四面的箭楼遥相呼应，蔚为壮观，颇有气势。城中还有镇守总兵府、巡抚都察院和镇守太监府的旧址，可惜在那场十年浩劫中都被毁坏了，连古城墙也仅留下些残砖剩瓦。目前在城中算得上古迹的，只有鼓楼、双塔和李成梁石坊了。它们虽然饱经风雨，旧迹斑驳，与周围的那些现代建筑相比，显得有点儿格格不入，但是却依然漠视流云，傲然屹立，仿佛在无声地诉说着昨天的故事。

李成梁石坊位于北镇城内鼓楼之南，是著名的"广宁八景"之一。石坊建于明朝万历八年（1580），乃明神宗朱翊钧为表彰当时的辽东总兵官李成梁，命辽

龙盘虎踞

东巡抚为其建造的一座石牌坊。这座石牌坊为三间四柱五楼式，全部采用暗紫色沉积砂岩建造，高九米，宽十三米，制作精美，雕工独特。上面有一品当朝、二龙戏珠、三阳开泰、四季花开、海马朝云、犀牛望月和鲤鱼跳龙门、福禄喜寿财等图案，构思巧妙，寓意深远。横额上刻有"镇守辽东总兵官兼太子太保宁远伯李成梁"十八个大字，柱脚下夹有石狮和石鼓。整座石坊精致俊美，有较高的历史和艺术价值。

我童年的时候常在石坊街上玩，对这座建筑物是再熟悉不过了。上学以后认识了那上面的字，才知道那是一座表功牌坊，便问大人们是怎么回事。于是爱看古书的爷爷就领着我坐在门前，望着那座石牌坊，断断续续地给我讲述了李成梁和老汗王的故事。二十多年前的一场伤寒，病得我记忆受损，童年时候的许多事情都忘记了，甚至连儿时的玩伴都不认得了，但是爷爷所讲的这个故事，却深深地印在我的脑海里，让我到现在仍然记忆犹新，今天我就讲给大家听。

一

且说明太祖朱元璋打下天下，定都南京，经过三十年的励精图治，国家基本稳定下来，经济也得到恢复和发展。后来明成祖朱棣迁都北京，推行富国强兵和剿抚并行的国策，数次北伐征讨残元势力，安抚塞外其他部族，因而北部边疆一直比较稳定。成祖去世以后，历九任皇帝共一百六十多年，中间虽有蒙古瓦剌部南侵而酿成"土木之变"，但总体上边疆还算安定，也一直没有大的战事。各民族之间互通有无，边境贸易十分兴旺。

遗憾的是到了明穆宗朱载垕这一朝，情况却突然发生了变化。由于穆宗纵情声色，荒于政事，经常通宵玩乐，多日不朝，致使百官生怨，民心不稳，边疆地区也乱象迭生，烽烟四起，朝野上下均十分忧虑。这一日难得穆宗皇帝上了早朝，刚听得司事太监喊完："有事出班早奏，无事卷帘散朝。"下边的大臣们就争先恐后，奏报不停。

先是内阁首辅、大学士徐阶说："陛下不得了了！出大事了！鞑靼俺答部占据了河套，又入侵沿边山西各州，现在人马已到大同关了！"

接着是大学士张居正奏报，说今年黄河水大，已出现多处决口，需要马上募工维修，急需白银一百万两。

第三个奏报的是吏部给事中石星，他竟然喋喋不休地列举了穆宗的九大过失，并据此提出了六条奏议，旗帜鲜明，语言犀利，令穆宗感到十分难堪。

"够了！够了！不要再说了！"气得穆宗打断了群臣的奏议。他忽地站起身来拍案怒斥："怎么搞成了这个样子？你们都是吃干饭的吗？为什么不能替朕分忧？你们谁奏的事情谁就去办！下次廷议再无进展，你们就都罢官回家去吧！我这里不需要窝囊废！"群臣听罢愕然，一个个目瞪口呆，不知如何是好。

穆宗见群臣不再言语，连打了几个哈欠，就想起身退朝。因为他实在太累了，昨天连喝了两顿酒，弄得头昏脑涨，夜晚服下春药，又连御了四个宫女，早已筋疲力尽，哪还有精神头听这些破事？若不是张居正带人跪请，他才懒得来呢！

穆宗刚想转身，就听大学士司天监高拱出班奏道："陛下勿急！臣有要事奏报！此事关系重大，涉及江山社稷，务必请您听完了再走！"

穆宗有些不耐烦了："有话就说，有屁快放！刚才干啥去了？真是多事！"无奈只好又坐了下来。

这时高拱才拿起笏板，跪地奏道："臣近日夜观天象，见紫微宫中有些混乱。帝星虽然明亮，但帝座旁似有外星侵入，且煞气逼人，十分威猛，恐于陛下和国家不利呀！"

穆宗闻听此言，心中咯噔一下子，连忙问道："此话当真？可否影响朕的江山？当应在何方何人身上？是云南的苗王，还是鞑靼的俺答？快说呀！"

高拱闻之不慌不忙地说道："以臣占卜推之，苗王胸无大志，且有近忧，其乱贼旬日必不战自溃，不足为虑。俺答虽然武勇，却是好利之徒，陛下以财物诱之，当可息兵罢战，也成不了什么大气候。"

穆宗听后着急地说："既然不是苗王，也不是俺答，那他到底是什么人哪？也没听到别处有作乱的呀？！"

高拱复又叩头说道："微臣已留心观测多日，发现这股煞气来自东北方，从方位上说，反王应藏在辽东异族中。目前虽在蛰伏之中，但是危害不可小视。诚请陛下及早防范。"

穆宗听罢心惊肉跳，惶恐不安，一时竟不知如何是好。群臣也皆议论纷纷，交头接耳，急切之间亦拿不出什么好办法来。穆宗环视众卿，有些着急，两手不停地在龙案上搓动。大学士张居正见状说道："天命之君，必有神助。社稷安否，其运在民。陛下不必忧虑，德政可解千灾。依臣看来，星相这种东西，未必就是真的。但我们宁可信其有，不可信其无，只需及早采取防范措施便是！"

穆宗听后心情稍安，随即又问道："听方才张爱卿所言，想必你已经成竹在胸。有什么化解的良方妙策，只管讲来便是！"

张居正闻听接着奏道："残元势力瓦剌、鞑靼和兀良哈三部，目前以鞑靼俺答部最强，时常扰我山西、河北边境。陛下可调抗倭名将戚继光移镇蓟州，总领河北、山西一带军务，如此这一带可无忧矣。至于说辽东异族嘛，尚需未雨绸缪，及早提防。目前女真各部虽已臣服，但建州右卫王杲和哈达部王台等人，皆雄心勃勃，素有异志，叛乱随时可能发生，应尽早做好准备才是。依臣之见，当择一良将镇守广宁，屯重兵于辽阳、抚顺和沈阳等地，严密监视各部动向，及时采取相应措施，如有异常，立即剪除。如此即或有反贼草莽出现，也必能将其绞杀于襁褓之中矣！"

穆宗一听转忧为喜，立即高兴地说："张爱卿之言说得极是，与朕之心意不谋而合。如今沿海一带倭寇已平，北方异族就成心头之患。因之调戚继光北御鞑靼，堪称良策。但不知辽东一带军务，当以何人总揽为宜？那里不是会出反王的吗？"

此时内阁首辅徐阶出班奏道："臣这里倒有一个不错的人选，就是辽东副总兵李成梁。嘉靖四十四年（1565）都察御使李辅巡按辽东，发现他胸怀大志，谈吐不凡，当即修书把他推荐给微臣，还是陛下恩准，于隆庆元年（1567）一次早朝，特地准许他承袭祖业，任其为险山参将，那时他还是一个普通的生员。听说这几年屡立战功，是个文武全才的将领。臣斗胆把他推荐给陛下，不知圣意若何？"

穆宗听了徐阶的话，低着头思索了一阵子，他实在是想不起这个人了，于是把目光转向群臣，希望能听听大家的意见。但朝臣对李成梁多不熟悉，就连当过吏部尚书的高拱，也心中无数，说不出个所以然来。穆宗见状有些失望，似乎无奈地摇了摇头，就想宣布退朝，他想下次再议。

这时候张居正接过来说："微臣与李成梁虽未谋面，但对此人的情况却早有留心。此人祖籍陇西，祖上在隋唐动乱之时流落到朝鲜，洪武年间内附回辽，即在关东居住。其高祖李英因积武功，曾任铁岭卫指挥佥事，后代子孙尽袭此爵，始终为朝廷效力，这是一个忠心耿耿的武将世家。"

张居正说到这里停顿了一下，他见穆宗和群臣都在静听，这才接着说道："李成梁就出生在铁岭卫，从小即聪明勤奋，博览群书，身手矫健，武功高强。长大后尤爱踏勘山川地理，钻研兵书战策，是一个胸怀大志的青年才俊，在关东诸生之中颇有些名望。只是因为家贫，连进京城的路费都筹不上，所以直到四十岁了，却仍然是个生员。蒙陛下格外恩准，他才得袭军职。臣赞同徐阶大人的意见，此人英毅骁健，熟悉辽东，镇守边陲，必可建功，诚请陛下定夺。"

穆宗一听大喜，心中块垒顿消。他高兴地说："如此说来，就依两位爱卿之见，着即由内阁草诏，擢升戚继光为兵部都督佥事授神机营副将，即日移节蓟州，总领幽云一带军务，全力防范蒙古残元各部；擢升李成梁为辽东都督佥事授辽东总兵官，移节广宁，总领辽东一带军务，严密监视异族动向。一旦发现可疑之事和可疑之人，当毫不犹豫立即剪除，并斩草除根，以绝后患，必要时可以先斩后奏。希望辽东巡抚和镇守太监全力配合，必须把反王诛杀在摇篮之中，绝不能让他成气候，得生存。如有疏漏，诛其九族！"

穆宗一拍御案，声震朝堂，吓得大臣们唰的一下，全跪下了。徐阶、张居正和高拱三人忙叩头谢恩，口称："微臣遵旨！"还没等他们抬起头来，穆宗已经哈欠连声，跌跌撞撞地转入后堂去了。

二

先不表内阁朝臣如何拟旨，戚继光和李成梁何时赴任之事。单说这辽东地区幅员广阔，地大物博，山深林密，藏龙卧虎，自古以来不仅汉族人民在这里繁衍生息，开发较早，还有肃慎、匈奴、突厥、鲜卑、蒙古和契丹等许多少数民族在这里游牧。因此，这是个番汉杂居、民族矛盾十分突出的地方。明朝建国以后，虽然派徐达、常遇春北伐，把元顺帝等蒙古贵族赶到了漠北，后来又经过成祖几次御驾亲征，基本上平定了北方的疆土，但是边境地区始终未得安宁，多年来一直兵戈不断，不仅残元势力不断骚扰，还有女真各部也时常滋事，弄得朝廷上下忧心忡忡，焦虑万分，后来竟成了明朝一块难医的心病。

女真是个古老的民族，历史上叫过肃慎、挹娄、勿吉和黑水靺鞨等名字。女真这个称谓，最初起自于唐代，辽金时期为天下人所熟知。女真人曾经建立过疆域辽阔的大金帝国，雄踞中国北方一百余年，后来被蒙古军队所灭。其部族大多数都汉化了，继续留在中原。另有一部分女真人则迁回了东北，在白山黑水间居住下来，仍然过着游牧生活。元朝统治者根据他们所在的区域，把他们划分为胡里改、斡朵里、托温、脱斡怜和孛苦江五个万户府，进行安抚和管辖。

元末明初，居住在牡丹江和松花江流域的胡里改、斡朵里部相继南迁。斡朵里部迁徙到图们江下游的斡木河畔（今朝鲜会宁一带）定居下来，而胡里改部则南迁至绥芬河流域安家落户。明朝永乐元年（1403），胡里改部的首领阿哈出到南京朝贡，带着部族人口和地理图册及许多礼品献给皇帝，明成祖朱棣大喜。因其部族所在的绥芬河下游一带，在渤海国时属率滨府建州故地，成祖当即下诏，在那里设立"建州卫军民指挥使司"，任命阿哈出为建州卫都指挥使，为朝廷戍边。两年以后，斡朵里部的女真人亦迁到绥芬河流域游牧，其首领猛哥帖木儿经阿哈出推荐，也主动到南京朝贡。明成祖朱棣热情召见了他，同样封他为建州卫都指挥使。

永乐十年（1412），猛哥帖木儿再次到朝廷觐见，明成祖朱棣念其忠直武勇，特地下旨增设建州左卫，任命他为建州左卫指挥使，不久又升其为都督佥事、右都督。猛哥帖木儿死后，建州左卫发生内乱，朝廷为稳定辽东局势，将其辖地和部族一分为二，在建州左卫中又分出建州右卫，任命了新的建州左、右卫指挥使。这样，建州女真部族就由原来的两部分变成了三大块，即历史上有名的"建州三卫"。

明朝中叶以后，建州女真再次南迁。建州卫迁至辉发河上游的凤州（约在今吉林的海龙和烟筒山一带）安家落户，建州左、右卫两支则南迁到抚顺关以东，在今苏子河流域的新宾一带安下身来，分别筑城居住。

当时除了建州三卫，在辽东的女真人还有两大部族，即海西女真和东海女真。海西女真又叫扈伦四部，他们的先人大部分居住在松花江的大屈折处，以及哈尔滨以东的阿什河流域。由于元代把松花江的大屈折处称为"海西"，因此时人便称其为"海西女真"。明朝中叶以后，海西女真各部先后南迁，因其各自的落脚地不同，裂变为哈达、乌拉、辉发和叶赫四大部族，即历史上所说的"海西女真四部"。

哈达部的先人最初居住在扈伦河（今黑龙江呼兰河）畔，后来迁到哈达河（今辽宁西丰县小清河）一带游牧，故称其为"哈达部"。

乌拉部原来居住在松花江下游，后来迁至乌拉河流域（在今吉林永吉县乌拉街一带）筑城居住，因而称其为"乌拉部"。

辉发部原来也居住在松花江下游，后来迁至辉发河附近定居，其位置大约在今吉林省辉南一带，所以叫作"辉发部"。

叶赫部原来居住在今呼兰河以北，后来南迁至叶赫河（今上游冠河，下游称清河）流域，故而称为"叶赫部"。

在海西四部当中，哈达部和叶赫部一度较为强大，四部后来均为建州左卫的努尔哈赤所灭。

东海女真的居住地较远，也比较分散。他们大多在黑龙江以北、库页岛上和乌苏里江一带游牧，有的史书称其为"野人女真"或"七姓野人"。东海女真也泛指散居在辽东边远地区的女真人，后来他们多数南迁，与居住在长白山一带的女真部族相融合。也有一部分继续留在了边疆地区，清朝建国以后，演变成了鄂伦春、鄂温克和赫哲族，但他们仍然是中华民族大家庭中的一部分。

三

交代完明末女真各部的基本情况，我们再回到原来的话题。且说明朝万历二年（1574）的中秋佳节，位于辽东苏子河畔的建州老营内一片欢腾。费阿拉城堡内外到处张灯结彩，喜气洋洋。仆人们正忙着杀猪宰羊，蒸馍备酒，主人们则群聚在大门之外，喜迎嘉宾。真个是你来我往，热闹非凡。原来这一天是建州左卫都指挥使，觉昌安大人庆祝他的四十八岁寿辰。这位觉昌安大人，是前边我们说到的猛哥帖木儿的四世孙，也是老汗王努尔哈赤的祖父。这个人胸襟开阔，足智多谋，身手矫健，弓马娴熟。他带领宁古塔（满语"六个"的意思）贝勒（女真贵族称号，意为"大人"或"酋长"）南征北战，东征西讨，征服了方圆二百里以内所有的女真部落，使建州左卫名声大振。因而他不仅受到部落内族人的拥戴，还得到了辽东女真各部普遍的尊重。听说他中秋佳节庆祝寿辰，各部的大人和酋长闻风而至，一时门前车水马龙，人流汇聚，院子里香气弥漫，礼物堆积如山。

这一日客人们大碗喝酒，大块吃肉，猜拳行令，你吵我嚷，热闹足足有大半天了，许多人都已经酒足饭饱，进入半醉的状态了，宴会即将进入尾声。觉昌安大人正想再说几句道谢的话，然后就起身收杯，这时就听叶赫部大人纳林布禄站起来说："尊贵的觉昌安大人，你的酒我们已经喝好了！你备的肉我们也已吃饱了！但是我们仍然余兴未尽。光吃光喝有什么意思呢？不如找几个美人唱唱歌，跳跳舞，那才既饱眼福又醒酒呢！大家说怎么样？"

在座的各部落大人们均已喝得昏头涨脑，闻听纳林布禄之言，一齐嗷的一声喊起来："好哇！好哇！这个主意好！酒肉不要了，快上美人吧！"不知是谁还蒙头蒙脑地高叫一声："若是有俩美人坐我腿上，我还能喝五坛！"

觉昌安见状站起身来，双手一拱笑着说道："本人庆祝寿辰，各位前来道贺，都是至近弟兄，理应尽兴才是。但是叶赫部大人提出的这道菜，本人事先没有准备，仓促之间到哪里去找哇？还请各位兄台见谅才是！"

还没等觉昌安坐下，纳林布禄就嬉皮笑脸地说："我的指挥使大人，您这就不对了！这方圆二百里之内，谁不知你们建州左卫山清水秀，美女如云哪！还用准备什么呀？那不是现成的吗？"说着话用手一指二楼亭台上站着的两个少女："简直美若天仙嘛！嫩得能掐出水来呢！"说完两眼放光，目不转睛，竟然连涎水也流了下来。

众人把目光投向二楼，果然见栏杆旁立着两位少女。只见她二人白衣绿裙，蛾眉秀目，满头乌发用蓝绸绾在头顶，一副玉体着纱裙裹住腰身，端的是肤如凝脂，面若桃花，亭亭玉立，宛若天人，正在掩着口向大家微笑，好像是一对孪生姐妹。大人们一下子看得呆了，方才还吵吵嚷嚷的大客厅，一时安静下来。

觉昌安抬头一看就乐了："哎呀！我说各位大人！这是我的两个小孙女，她们只有十二三岁，还是两个孩子呀！请各位就不要打趣我了，好吗？"原来这两个孩子是觉昌安的掌上明珠，他不想让她们抛头露面。

可是叶赫部大人纳林布禄不依不饶，他扭过头来大声嚷道："我的指挥使大人，请您不要再装孬了！十二三岁还小哇？在我们那里就该嫁人了！再说了，谁不知道咱们女真家的娃子，会说话就会唱歌，会走路就会骑马？何况这二人天姿国色，分明就是一对仙女嘛！快下来让我们开开眼吧！怎么样啊？啊？你们大伙儿愿意不愿意呀？"纳林布禄把脸转向众人，比比画画的像在煽动。

"愿意！愿意！愿意！快下来吧！让我们开开眼嘛！"这些大人喝得红头涨脸，酒气熏天，一齐吵吵嚷嚷，跟着起哄。

觉昌安见状望了望自己的几个儿子，觉得不好驳回众人的面子，冷了今天这个喜庆的场面，于是他苦笑着吩咐身边的第四子塔克世："快把你的两个侄女叫过来吧！就给她们唱一曲、跳几步，走走过场！你看这种场面，还有什么办法？"塔克世应声而去。

两个少女面带羞涩，脸起红云，手挽着手从二楼走下来。伴随着一缕好闻的香风飘过，她们已双双轻盈地站在客厅正中，就好像从天上来到人间。众人屏住呼吸，目不转睛，一个个如同傻了一般。只见两个少女虽说只有十二三岁，却都生得身材高挑，凸凹有致，举止优美，貌若天人。两个人先是侧身施礼，然后便微启朱唇，漫展歌喉。那歌声一会儿若高山流水，一会儿似小溪叮咚，一会儿像风入松林，一会儿如珠落玉盘，真是人间妙曲、天籁之音，令众人赞赏不已。

两个少女唱了两曲之后，便载歌载舞，旋转起来。她们时分时合，忽高忽低，一会儿像苍鹰翱翔，一会儿像彩蝶飞舞。二人配合默契，如影随形，玉臂轻舒，天足婉转。细腰在歌声中款扭，酥胸微露。移动之中翩若惊鸿，顾盼之间含情脉脉。众人看得目瞪口呆，如醉如痴。那位叶赫部大人纳林布禄，竟然摇头晃脑，跟着哼唧起来。

这时候酒桌旁的图伦城主尼堪外兰就更坐不住了！他有一个著名的绰号叫作"图伦邪主"，平生最好女色。他不仅睡遍了自己城堡内有些姿色的女人，还时常到弱小部落去诱骗或抢掠。这时候见到两个如花似玉的少女，简直连魂儿都丢了。他先是两眼直勾勾地看，连涎水都洇湿了他的长袍。紧接着他便身不由己，在酒桌旁站了起来，左手端着半碗残酒，右手抓着一块鹿肉，跌跌撞撞地走到客厅中间，非要给两位少女敬酒，嘴里还嘟嘟囔囔地嚷着："喝！美人！喝！"已经口齿不清，语无伦次。

两个少女见了急忙躲闪，吓得花容失色，跑到一边。那尼堪外兰酒已半醉，色胆包天，竟然在众目睽睽之下，伸手拽住一位少女的衣袖，一把将那位少女揽在怀里，伸过自己胡子拉碴、臭气熏天的嘴巴，去亲那位少女鲜花一般的脸蛋儿，被那位少女一个急劲儿挣开。

此时觉昌安的几个儿子已气得七窍生烟，恨不得一齐下手把尼堪外兰弄死。

那两个少女的父亲礼敦已经拔剑在手,只是碍着父亲的脸面不便发作。觉昌安虽觉这些部落首领都是粗人,喝完酒以后越格是常有的事,但也觉得今天这场面有点儿太过分了。于是他站起身来高声喝道:"图伦城主不得无礼!今天你的酒喝高了!我们改日再叙。今天的宴会到此结束。小的们,给我打帘子送客!"他想息事宁人,毕竟来的都是客嘛!

但是尼堪外兰不知好歹,他非但不就坡下驴,到此收场,反而认为是觉昌安不给面子,让他下不来台,于是恼羞成怒,冷笑连声,趁着那两个少女不注意,硬是把那块鹿肉塞在一个少女的嘴里,并把左手那碗酒向另一个少女灌去。那少女右手一抬,尼堪外兰的酒碗啪嚓一声掉在地上,摔得粉碎。众人闻之,皆大惊失色。

尼堪外兰一蹦老高,正待发作,忽然门帘一挑,一个壮美少年从外间嗖地跨入。他就势左手抓住尼堪外兰的脖颈,右手揪住尼堪外兰的腰带,嘿的一声高高举起,朗声喝道:"你一个小小的城主,万八千人的头儿,喝点黄汤就忘乎所以,难道你就没有妻子儿女、兄弟姐妹吗?这里是堂堂的建州老营,指挥使大人的府第,怎么容你在此胡作非为?再敢动手动脚,信不信我马上就摔死你!"

那图伦城主尼堪外兰虽被高高举在半空,四肢只有挣扎的份儿,但他有几坛老酒在肚中壮胆,因此嘴上并不服输。他呼哧带喘地大声嚷着:"哪来的野小子?有人养没人教的东西!怎么这般没大没小?爷爷我是老东家请来的客人,赶快把我放下!否则我让你不得好死!"

"哟嗬?!瞎牛子落在过梁上——玩意儿不大,架子不小!癞蛤蟆打哈欠——模样不咋的,口气倒挺大!"这时候从主桌上站起一个人来,风一样嗖地就来到了那少年的身边,右手抡圆了啪的一个大嘴巴,立即扇得尼堪外兰嘴咽眼歪、鼻口蹿血:"你算个什么东西?也敢在这里大言不惭?你也不打听打听,这两个孩子是谁?她们是我家没过门的儿媳妇!有我王杲坐在这里,你还敢放肆?!阿台我儿,把他放下!让他磕头赔罪!"

王杲方才这几句话加上这一巴掌,把大多数人的酒都震醒了!没有人再敢吵吵嚷嚷乱起哄了,大厅里一时鸦雀无声。人们都明白,王杲是谁呀,他是女真人的大英雄啊!他自小熟读诗书,精通六族语言,胸藏文韬武略,更兼弓马娴熟。凭着一身本事,他赢得了女真各部的尊重,被拥戴为建州右卫的大都督,也是辽东女真名义上的领袖。他曾多次带着女真族的勇士们冲破关卡,到抚顺关马市去进行贸易;也曾数次除掉过明朝守边的官员,是唯一敢和朝廷叫板的人。他一出面说话,这场面基本上就可以摆平了,因此人们都站起身来,准备退场。

不知尼堪外兰是真的心中有底,还是他今天真喝蒙了。建州右卫都督王杲的一巴掌,不但没有震住他,反而让他怒火万丈。他一挺身子高声骂道:"我不是东西，你就是东西吗？你不过是自封的一个都督，朝廷承认你吗？你敢下手打我，咱们走着瞧！我是武大郎卖棉花——人囊货软。我虽然治不了你，但有人治得了你！信不信你会死得很惨?!"

王杲闻听后怒不可遏，正待拔剑出手，却被觉昌安伸手拦住。那少年见状气急败坏，一脚踢开客厅大门，双臂较力，嘿的一声抛出，一下子把尼堪外兰摔出两丈多远。只听得啪嚓一声，尼堪外兰像只死猪一样摔在地上，只哼唧了几声就不动了。

觉昌安奔出门外见尼堪外兰还有气儿，忙招呼萨满赶快抢救，并关照尼堪外兰的从人，将其拉回图伦城好生将养。众人见事不好，悄无声息地不一会儿都走了。王杲父子俩是为自己出气，觉昌安也不好说什么。一场寿宴闹得不欢而散，但时间长了，人们慢慢地也就淡忘了。

四

别人也许都忘了，但是尼堪外兰没有忘，也忘不了。王杲的那一巴掌，扇掉了他的三颗门牙，至今还咽在他的肚子里。阿台的那猛劲儿一摔，使他折掉了四根肋骨，在床上躺了半年多才起来。他在疼痛之中暗暗发誓："我一定要报仇雪恨，不然我就不是爹生娘养的！"他慢慢地寻找着报仇的机会。

没想到机会还真就来了！次年三月，也就是万历三年（1575）的春天，建州右卫都督王杲的小女儿出嫁，图们堡主索拉图派出队伍去迎亲，因为过边门时没给明军哨官塞份子钱，受到守边官兵的刁难，索拉图的儿子和迎亲的人马全被扣在哨卡里。王杲的部将来力红闻讯前去要人，与守边的明军将士发生争执，双方从对吵、对骂发展到对打。来力红一怒之下，将五个守边士兵抓回大寨，关押起来，想以此换回迎亲的队伍。

明军守边备御使裴承祖得到消息，集合临近的明军三百多人，来到来力红的大营，企图强行带走被抓的士兵。来力红据理力争，拒不交还，双方动起手来。裴承祖依仗自己是朝廷命官、边关守将，根本没把这些女真人放在眼里。他一边破口大骂，一边耀武扬威，一连砍翻了来力红好几名部下。来力红忍无可忍，勃然大怒，一声呼哨，上千名女真人舞刀动枪，冲了上来，立即把裴承祖等人围在垓心，事情闹大了！

把守抚顺关的明军千总王勋接到报告，大惊失色："真是反了天了！难道这帮鞑子想造反不成？"他一边急命把总刘承亦带兵驰援，一边又抓了数百名女真人当作人质，一齐押着向出事地点走来。建州右卫来力红那边也急忙报告，王杲听到消息，立即带三千人马赶来。双方在女真大寨前发生混战。明军寡不敌众，一退再退，就拿被抓的人质开刀，一连杀死了数十名无辜的女真人进行恫吓。王杲在盛怒之中丧失理智，将俘获的裴承祖和刘承亦等明军将士开膛剜心，悬首示众，并率领数千之众猛攻关门。吓得抚顺游击将军李永芳急调人马前来增援，事情已闹得不可收拾。

那图伦城主尼堪外兰听到这个消息，如同骑毛驴吃豆包——乐颠馅了！他立即骑上快马，星夜兼程地直奔广宁卫，向辽东总兵官李成梁报信去了。他相信自己这次会时来运转，不仅大仇得报，借朝廷之手除掉王杲父子，还可能立功受奖，弄个建州卫的首领当当。那自己可就癞蛤蟆上灵霄——一步登天了！他想着想着，抑制不住内心的喜悦，竟然偷偷地笑出声来。

说起尼堪外兰这个人，还真就不一般。实际上他不叫这个名字，他叫布库禄。"尼堪"在满语中是汉人的意思，而"外兰"这两个字，可以理解为"通司"或"秘书"。布库禄这个人虽然诡诈奸猾，品行极差，但是头脑却很聪明。他明白在四周强大的建州三卫和哈达、叶赫等部落的包围之中，自己那个只有万八千人的图伦小城，只是一个弹丸之地，根本就不堪一击。为了在强手如林的博弈中站稳脚跟，他必须借助外力去寻找靠山。于是从他当上城主的那一天起，他就不顾一切地巴结明朝的官员。广宁卫的"镇守三司"和抚顺的游击将军，都是他重点行贿的对象。李成梁刚就任辽东总兵那一年，他一下子就送去五十匹好马、五百斤人参、数十张貂皮、十来架鹿茸和四名美女，受到了李成梁的热情接待。当然李成梁看中的不仅是他的东西，而是他的特殊身份和地位。他也心甘情愿地给李成梁当腿子，做眼线，传递消息，并以此在女真人中狐假虎威。人们当面叫他尼堪外兰，那是恭敬的话，背后则称他为"汉人的奴仆，官府的走狗"。

这位尼堪外兰来到广宁卫，一进总兵府的二门就大喊大叫："快告诉总兵大人！出大事了！王杲父子反了！他们聚集了上万人马，在攻打关城呢！"

其实李成梁在尼堪外兰到来之前，就已经接到了李永芳的快报，正在考虑如何处置这件事，听到尼堪外兰直喊"反了！反了"，不觉眼前一亮。原来自打他担任总兵官这四年多来，大小胜仗也打了二十几次，蒙古残元势力的土蛮部，现已被他赶到了漠北，朝廷为此也多次褒奖。但唯有一事对他不满意，那就是让他查剿辽东反王，至今还一点儿也没有头绪。老皇帝朱载垕归天以后，小皇帝朱翊钧登基。小皇帝虽然才十几岁，但内阁首辅心亮如灯。张居正大人一年三次派员询问，让他一直战战兢兢。只是辽东这段时间比较安定，始终没有立功的机会。方才听尼堪外兰添油加醋这么一说，他预感到自己的好运终于来了！你说你王杲这个家伙，本来是姓喜塔喇氏，却偏偏自立为建州右卫的都督，叫什么王杲，在辽东女真之中称王称霸。听说你过去一直为非作歹，杀害过不少朝廷的官兵。你若是蔫不唧地眯着也就算了，竟然还兴兵作乱，攻打边关！你这是作死呀！这就怨不得我了！好了，你就是反王了！我要拿你向朝廷交差！想到这里，李成梁微微一笑，着实把尼堪外兰夸奖了一番。然后立即下令，调集广宁四卫五万人马，连夜出发，由尼堪外兰带路，直扑古勒城。

古勒城是建州右卫的王城，其位置在今天辽宁省新宾满族自治县上夹河镇古楼村至胜利村一带，距建州左卫的老营费阿拉不足百里。西北面离哈达部、叶赫部，东北面距辉发部和建州卫也都不远，古勒城就建在古勒山上。古勒山的地形很独特，它是一座东西走向的断山，东、北、南三面环山，西面临水，山顶平坦宽阔。整个形状像一条静卧在平原上的巨龙，因而当地人也叫它"龙头山"。古勒山的龙头在西，头抵苏克素浒河（今称苏子河），山北又有五龙河注入，古来就有六龙戏水之说。当年王杲的父亲多贝勒率部族游牧到此，立即看中了这块宝地，下令在此营建王城。

据有关资料记载，当年贝勒王城建造得十分宏伟坚固。它修有内外两城，内城周长八十丈，外城周长四百多丈，另有防卫平台二十几处。城高接近八丈，宽度超过一丈，周围还修有堑壕，布有鹿寨，高峻陡峭，易守难攻。王杲接替其父任部族首领之后，又在古勒城的西面，隔河不远修建了沙济城。两城像一把巨大的钳子，掐住了苏克素浒河上的水道，等于锁住了女真各部通往抚顺马市的咽喉。王杲据此交通之利，招兵买马，收取路捐，很快聚敛了大量的钱财，并使各部均屈从于他的权威之下，他成了女真各部族的无冕之王，王杲也因此扬扬自得。不过当时有位风水大师就对他说过："此地六龙戏水，一龙断头在前，虽然高踞于平川之上，却终非王者久居之所！大人不可长留哇！"王杲听后微微一笑，并未在意。他岂肯放弃这条黄金水道，离开这块发财的宝地？不承想祸事还真就来了！

明朝五万大军兵临城下，王杲很快就得到了消息，急召部下商议对策。大将来力红有勇有谋，首先说道："明军气势汹汹，人马又是我们的五倍。以城中现有兵力和粮草武器，恐难与明军对敌。如果依险固守，王城早晚要破。到时候玉石俱焚，岂非得不偿失？依末将看来，我们不如扬长避短。我带五千精壮人马守城，大人率其余各部及军民人等，趁明军尚未合围之前，撤进山林，与其周旋。留得青山在，不怕没柴烧，请大人斟酌。"众将闻之纷纷赞同，一致要求王杲先走。

听罢众人之请，王杲一言不发。他习惯地拿出铜钱占了一卦，结果卦象大凶。他又连占两卦，皆是如此。众将见之大惊失色，他却泰然自若，站起来说："大战在即，凶多吉少！看来我建州右卫的劫数到了！如此生死关头，我岂能首先逃命，弃祖上王城于敌手？任部族亲人被屠戮，这岂是我王杲所为？请来力红将军带族人们先走，我要在此与明军血战到底！"

众将闻之流泪跪请："不可呀！大人！建州右卫只要有您在，部族就有复兴之日！我等皆战死亦含笑九泉！大人快走吧！"

"不要再说啦！我王杲上敬皇天下敬后土，不能对不起我的兄弟！更不能丢下我的族人！"他环视着诸将和自己的三个儿子阿台、阿亥和王太，"你们跟随着来力红将军，掩护着族人们先走！不要再迟疑了！还有你们两个，"他指着过来串亲的努尔哈赤和舒尔哈齐两兄弟说，"也随着族人一起走！告诉你们的爷爷，不要掺和古勒城的事，否则也会大难临头的！"

十五岁的努尔哈赤紧紧拉着弟弟的手："我们为什么要走？我们不走！我们要保护外祖父，我要同您在一起！"

王杲闻之眼含泪花："可你还是个孩子呀！难道你就不害怕吗？"

"不怕！不怕！一点儿都不怕！"努尔哈赤挺着胸膛大声说道，"在孙儿的眼里，那就是一群豺狼。而我呢，是咱女真人的猎手！有猎手怕豺狼的吗？"

"说得好，这才是我王杲的外孙哪！恐怕咱辽东女真未来的希望，就寄托在你的身上了！"王杲说完，旋风般率众将走出房门，安排防卫去了。

五

且说李成梁率领着五万明军，由尼堪外兰带路，很快就接近了古勒山城。李成梁骑着高头大马，绕城一周，略微观察了一下山城的地势，然后就命火炮营架起土炮，从正南和东北方向开始，向古勒山城发起猛攻。四十多尊土炮同时开火，立时炸得山城内房倒屋塌，硝烟四起，隐约传来阵阵哭喊之声。炮声过后，明军听城内并无动静，立即架起云梯，争先恐后，向城上爬去。上千架云梯搭上城墙，几万名士兵嗷嗷怪叫，那场面令人震撼，慑人心胆。李成梁一身戎装，骑着战马，在数十名战将的簇拥之中立于门旗之下，手捋胡须微微笑道："王杲哇王杲！我看你还能狂到哪里去？你的末日到了！"

没承想李成梁的话音未落，城墙上忽然一阵呐喊，上万名建州女真士兵不知从哪里钻了出来，滚木礌石如暴风骤雨，倏忽从天而降，砸得云梯上的明军纷纷落下，打得他们骨断筋折，哭爹喊娘，惨叫之声不绝于耳，明军的这一波进攻失败了。

李成梁屹立在门旗影里纹丝没动，他接过马弁递过来的一碗热茶，右手向身旁一招，立时有四名偏将蹿了出去。不大一会儿，炮声又起。那一声声带着火光的巨响，震得大地微微发颤，惊得昏鸦四处乱飞。硝烟之中旗幡招展，明军的又一波进攻开始了！十几名偏将扯着破锣一样的嗓子大喊："活捉反王，赏金千两！杀死王杲，封官晋爵！给我冲啊！"明军士兵们聚堆打团，像一群被驱赶着的牛羊，又一次向山城扑来。

王杲和来力红等人隐身在堞口之后，见明军扑来并不着急。等到大部分明军全聚到城下，许多人已经爬上云梯，有部分士兵即将登上城头的时候，王杲突然跃起，一声呐喊，城头上矢石如雨，刀剑齐下，爬到半路的明军立时像秋天的落叶一样，随着狂风就飘了下去。偏将于志文、秦得倚舞着马刀，高喊着："不准撤！不要跑！再给我上！"话音未落，就被王杲和来力红每人一箭，分别都穿了个透心凉，扑通扑通两声，栽倒在城墙之下。打旗的明军士兵掉头就跑，被努尔哈赤一个飞石，啪嚓一声打了个前趴，倒在地上不动了。明军如落潮一般又退了下来，城下的尸体堆积如山。

几名败阵的偏将跌跌撞撞，跪倒在李成梁的马前，吓得战战兢兢，不敢言语。阵前的战将们见两攻受挫，心生忌惮，也无人出马请战。见此情景，被李成梁"请"到军前的觉昌安、塔克世父子纵马前行，向李成梁施礼。礼毕觉昌安开口说道："启禀大帅，古勒山城城高墙固，王杲等人又异常骁勇，如再强攻硬取，恐怕损失惨重。在下斗胆请求入城劝降，不知大帅尊意若何？"塔克世也请求一同前往。明军的将领们闻之交头接耳，议论纷纷，多数表示赞同，他们一齐向总兵官投来征询的目光。

李成梁喝下一碗清茶，仍然神色未动。他仰望着天上的流云，耳听着身后的松涛，左手慢慢地捋着自己的长须，右手的马鞭在长靴上轻轻地磕动。此刻，他好像不是一个统领着千军万马在阵前厮杀的统帅，而是一位充满闲情逸致与人结伴春游的书生。他那张坚毅如铁毫无表情的脸，让人捉摸不透他此刻正在想着什么。

忽然间天上流云飞动，身边旌旗猎猎，骤起的南风把松林吹得哗哗作响，山城下已卷起阵阵扬尘。李成梁一捋长须哈哈大笑："天意呀！天意！天助我也！反王死期已到，还招降干什么呀？现在即或他束手就擒都晚了！来人哪！传令下去，给我放火箭，用火攻，烧死他们！哈！哈！哈！"李成梁的笑声古怪瘆人，觉昌安听后直打冷战，心里发紧，他明白王杲这回算彻底完了！

觉昌安的预料一点儿没错。随着李成梁一声令下，明军的上万支火箭唰地飞出，风助火势，满天飞花，一瞬间全落在城头之上，古勒城内如同打翻了老君的炼丹炉，立刻烧起了冲天大火。燃起的房屋被烧得啪啪作响，肆虐的浓烟呛得人们涕泪横流。城内的人们不知所措，乱跑乱叫，墙上的士兵们也自顾不暇，乱成一团。明军趁机发起进攻，喊杀之声如惊涛骇浪。

王杲立身于垛口之旁，见明军纷纷登上云梯，有的已经接近城头，而自己的士兵大多已失去了抵抗能力，不禁老泪纵横，仰天长叹。他明白大势已去，城池必破。自己死不打紧，岂能连累众人？何况还有老人和孩子呀！于是他果断地一挥手，大喊一声："撤！"就带着将士们跑下城楼。

城里到处烈火熊熊，局面已经无法收拾。士兵们被呛得抱头乱跑，身后已有明军杀来。来力红见状不由分说，立即对阿台、阿亥和努尔哈赤等人喊道："你们保护着大人往西跑，乘快船走水路，从那里逃出去！我带着其他人往东跑，把明军引过去！"

王杲望着这个与自己同生共死二十多年的战将，眼含热泪一把抓住来力红的肩膀："王城即将被破，族人惨遭屠杀。兄弟们都将战死，兄长我岂能独生？我要与王城共存亡！"阿台、阿亥和王太也一齐喊道："我们要与大家共同战死！"

来力红闻听此言，扑通一声跪下了："大人糊涂哇！战死容易，报仇何难？算我求你了！你快走吧！给咱建州右卫留条根吧！你总不能让孩子们都死在这儿吧？"

努尔哈赤跟在外祖父的身后，一点儿也没有惊慌，他感到来力红说得很有道理，这时也跟着劝道："来将军说得甚是！只有人尚在，才能报大仇！躲过这一劫，我们才有出头之日呀！"

王杲还在迟疑，他不忍心丢下部众，自己逃生。这时有一群士兵跑过来大声喊道："不好了！大人快走！明军杀过来了！"来力红抬头一看，见不远处旌旗飞动，大队明军已经冲了过来。事急不容多想，来力红嗖地站起，趁王杲不备，一掌将其打晕，然后对努尔哈赤兄弟大声喊道："快保护着大人向西走！其余的弟兄们，跟我来！"他一边说着话，一边三下两下扒掉王杲的黄色战袍，唰的一下披在自己的身上，打马率众向东边奔去。

这时候明军已经杀了过来，尼堪外兰一马当先充当向导。浓烟之中他发现一哨人马向东跑去，立即大声喊道："抓住那个穿黄袍的！他就是王杲！"明军将士们都想立功，闻听此言人人振奋，个个争先，嗷的一声就冲了过去。不大一会儿，来力红就死在明军的乱箭之下。

躲在浓烟中墙角处的阿台见有机可乘，立即背起王杲向西逃去，阿亥和王太在前边带路，努尔哈赤和舒尔哈齐跟在阿台身边断后。他们随着奔跑的人流走街串巷，很快就混出西城门。明军的官兵虽然在满街搜捕，但由于浓烟漫漫，局面混乱，他们又是几个穿着便装的小孩子，明军把他们当成了逃难的百姓，因而侥幸脱险。前边就是苏克素浒河的码头了，那里备有好几条快船，几个人都暗暗松了一口气。

正当阿台停下脚步，哥儿三个搀着王杲，即将登上船头的时候，忽然间柳树林中一声锣响，明朝的官兵像从地底下钻出来一样，唰的一下就横在码头前面，把王杲一行人围在了中间，吓得这哥儿几个冷汗顿出，差点儿一屁股瘫在地上。

这时就听一人高声喝道："小兔崽子！哪里逃？！我奉大帅将令等候多时了！赶快束手就擒，否则剁成肉酱！"几百名士兵舞枪弄刀，杀气腾腾，跟着那名领头的将领齐声呐喊，惊得刚飞来的水鸟唰地飞去，吓得王太几乎哭出声来。

面对这种突如其来的场面，阿台显得有些手足无措，直愣愣地站在那里一言不发，只是眼睛里喷出愤怒的烈火。阿亥这个愣头青攥紧手中的短刀，就要冲上前去拼命。舒尔哈齐则紧紧靠在哥哥的身边，努尔哈赤感到他的身子在微微颤抖。

这时那个明军将领走上前来，用长枪指着王杲微微冷笑："这是什么人？为什么自己不走，却要你们背着？该不是那个反王王杲吧？王杲！你醒醒！我来接你了！"

没想到这位明军将领的一嗓子，还真把王杲喊醒了！他揉揉眼睛忽地坐起来："谁没大没小的？王杲也是你叫的吗？"他脑袋昏昏沉沉，一阵阵天旋地转，两眼金花乱飞，尚不知道身在何处和发生了什么。

那位明军将领一听就乐了："哟嗬！大帅还真是神机妙算！该着我牛开江升官发财了！弟兄们，给我上！抓住反王献给皇上，每人能赏一百两银子！"说完一阵仰天大笑，笑得险些背过气去。

明军士兵们一拥而上，眼看就要扑到王杲的跟前。说时迟，那时快，只听唰的一声轻响，一个人影嗖地飞到了那将领的身后，一把闪光的短刀啪地就顶在了那将领的咽喉。那将领欲待挣扎，又感到右臂突然钻心一般的疼痛，手中那杆长枪啪嚓一声掉在地上，原来自己的手腕已被来人拧在了身后，一点儿动弹不得，霎时在场之人全愣住了！

这时只听那来人轻声喝道："让你的士兵滚开！放我的同伴上船！否则我马上就一刀捅死你！让你到阴曹地府发财去吧！"说话间手腕轻移，割破表皮，那将领马上杀猪一般大叫起来。

"好、好、好汉饶命！别、别、杀我！我放、放、放你们走便、便是！"那将领牛开江吓得浑身发抖，张口结舌，"快、快、快让开！让、让王杲大、大人上船！出了事我、我担着！快呀！快呀！"

此时王杲已经清醒，他见明将被努尔哈赤逼在那里，立即热泪盈眶，高声喊道："外孙哪！我的好外孙！我们走了你怎么办？外祖父年岁大了，我跟他们走！你领着他们哥儿四个逃命去吧！"

努尔哈赤亦眼噙泪花："外祖父！我的好爷爷！您快走吧！李成梁不会放过您的！再不走就来不及了！不用担心我！外孙我自有求生的办法！阿台！你快扶

着外祖父走哇！"说话间右手用力，那牛开江又疼得大叫起来，明军士兵们不情愿地向后退去。

此时阿台见情况紧急，不容迟疑，忙拉着王杲带着弟弟，嗖嗖几步跨上快船。舒尔哈齐在岸边解开缆绳，兄弟三人绰起木桨，同心协力，小船箭一般向远处驶去。

六

明军士兵眼睁睁地看着王杲父子逃走了，到手的赏银就这样丢掉了。他们把怒气都集中到了努尔哈赤兄弟的身上，一个个舞枪弄刀围了上来，他们要活捉这小兄弟俩，也好对总兵大人有个交代。

明军士兵们的举动神情，全被努尔哈赤看在眼里。他让舒尔哈齐解下腰带，把那将领牛开江的双手捆起来，另一头牵在自己的手里，然后朗声对众人说道："明军的士兵你们听着！一个个都给我站好喽！谁也不准轻举妄动！你们的将军在我的手里，我要带着他先走一段。谁若是离开原地半步，我立马一刀就捅死他！他不叫牛开江吗？我叫他脑袋开瓢！我要喝他的脑浆！"吓得牛开江面如土色，把一泡尿全撒在了裤裆里，急忙喊道："谁、谁也别动！听、听他的！放他、他走！你们大伙儿的赏银，我、我、我掏吧！"边说话边点头形同哀求，看样子差点儿哭出声来。

努尔哈赤见快船已经走远，明军根本追不上了，这才向舒尔哈齐一使眼色，兄弟俩紧跑几步，纵身一跳，双双跨上了一匹战马，牵着牛开江向西跑去。那些明军士兵呆立半晌才如梦方醒，嗷的一声跟了上去，不远不近地尾随在后面。

努尔哈赤牵着牛开江跑了一段，觉得这样做不是办法，迟早会被明军追上。转过一片小树林，他忽然灵机一动，跳下马来，把牛开江绑在树上，蒙上双眼，然后笑着说道："念你听话，饶你一命！小爷我却是要走了！再见！"说完一纵身跳上战马，飞也似的向西奔去。

且说那些明军士兵追赶上来，没有发现两个女真少年，却见他们的将军牛开江在那里大喊大叫。众人忙替他解开腰带，摘下眼罩，他这才一蹦老高，破口大骂："这两个小王八犊子！他祖宗的！我抓住他们非碎尸万段不可！"恰好这时李成梁担心此处出岔儿，又派一路骑兵前来接应。于是他们立即兵合一处，快马加鞭向西边追去。

努尔哈赤留下牛开江一条活命，带着弟弟舒尔哈齐一路狂奔，约莫跑出有三四十里路了，前边横躺着一条小河，河水清冽，波平如镜，两岸绿草如茵。兄弟俩跳下战马，捧着河水喝了个饱，刚想在大树下喘口气儿，忽听得一阵马蹄声响，刚来的方向烟尘蔽天。努尔哈赤心中一惊，脱口而出说："坏了！明军追上来了！这回恐怕不单是那帮人了！"而是一大队骑兵，听声音至少在二百骑以上。如果追上前来，咱哥儿俩肯定不是对手，那后边的事就麻烦了！怎么办呢？"急切之中，努尔哈赤四下观察，脑筋飞转，他的目光停留在一棵大柳树上，立刻眼前一亮。

原来这棵大柳树生得粗壮魁伟，足有三四丈高，上边枝丫纵横，树冠庞大，新发出的叶子密密麻麻，像是一片绿色的幔帐，隐藏一两个人应该是没有问题的。想到这里，努尔哈赤用腰带蒙住战马的双眼，随即狠抽一鞭，那匹马嘶叫着四蹄狂奔，蒙头蒙脑地向西方蹿去。

努尔哈赤听东边蹄声渐近，急喊一声："快上树！"拉起舒尔哈齐就向大柳树奔去。两个人如同猴子一样，一前一后，噌噌噌噌，几下就爬到树杈之上。嘿！努尔哈赤一看乐了，树杈上居然有一个很大的树洞，足能藏下一个人的身体。他一把将舒尔哈齐推了进去，暗示弟弟切莫出声，然后自己又噌噌向上爬去。努尔哈赤刚爬到第二层树杈之上，明军的追兵就到了，几百名骑兵黑压压一片，就站在离大柳树不远的地方。努尔哈赤不敢动了，他只好闭上眼睛默默祈祷："长生天保佑！土地神成全！我努尔哈赤若能不死，必当四时供奉，祭祀有年！"说着默祷数遍，他明白只能凭命由天了！

且说牛开江怒气冲冲，领着骑兵大队追到小河边上，见西北方向有烟尘飞起，正要率众人打马追赶，忽有一士兵高声叫道："将军请看！那边大柳树上，好像有个人影，他们会不会藏在那里？"

牛开江等人闻听此言，不约而同地扭头观看。还没等他们看清怎么回事，空中忽有一大群乌鸦飞来，遮天盖地，唰地从他们的头顶上掠过，呼啦一下全落在那棵大柳树上。此时牛开江正在扬脖张望，忽然啪叽一声，一大块乌鸦屎不偏不倚，正好落在他的嘴里，把他恶心得直吐，差点儿连肠子都呕了出来，惹得明军士兵们一阵大笑。牛开江恼羞成怒，破口大骂："你祖宗的！哪个瞎犊子信口胡说？树上哪有人哪？人在哪儿呢？如果人在树上，乌鸦能落上去吗？放你狗臭屁！可把老子害苦了！快追吧！跑了那两个造反的蟊贼，大帅砍了你们！"说罢领人向西边追去。

努尔哈赤眼见着明军跑远了，才长长地舒了一口气。他望着这些落在树上的乌鸦，敬意油然而生。是它们遮挡住自己的身体，才救了自己一命啊！于是他双手合十高声说道："各位虽非珍禽，却是林中益鸟。今日救命之恩，在下永世不忘。如有出头之日，定当重重报答。"努尔哈赤连说两遍，又深施一礼，那些乌鸦才欢叫数声，围绕着大柳树又飞行数圈，像是还礼，然后才呼啦一下向南飞去。

眼见红轮西坠,晚风骤起,林中的飞鸟陆续归巢,荒原上时而传来几声狼叫。努尔哈赤知道黑夜在荒原上极其危险,弄不好会成为野兽的美餐,看来只有在大树上过夜了。好在临出来的时候,他在慌忙中揣起两块面饼,这时候正好就派上了用场。他和舒尔哈齐就着柳叶,每人啃下一块,然后兄弟俩就抱在一起,在柳树洞里眯着了。

这一夜努尔哈赤搂着弟弟似睡非睡,昏昏沉沉,做了许多梦。开始时他梦见外祖父王杲被李成梁捉住,正被五花大绑地押往广宁。接着梦见李成梁横眉怒目地大声训斥,而自己的爷爷觉昌安正低声下气地为自己求情。最后他梦见了自己的妈妈。妈妈抚摸着他的头,轻轻地给他盖上被子,他顿时感到暖和了许多,仿佛就依偎在妈妈的怀里。他想妈妈了,他忆起了童年时候的许多事。他哭了,泪水似乎就洒在妈妈的腿上。

他还清楚地记得,他就出生在那个叫作赫图阿拉的地方,一个不大的农家小院,紧靠西头的那间草房里。他出生的那天彤云密布,狂风呼啸,窗户纸被刮得哗哗直响。在母亲痛苦的呻吟声中,他随着瓢泼大雨来到人间。说也奇怪,从他降生以后的第一声啼哭开始,风就停了,雨也住了,乌云也不知跑到哪里去了。万丈阳光突然射进山坳,让这个小院立刻有了生气。牧人们争先恐后前来道贺,院里院外挤满了欢乐的人。

得到了这个盼望已久的大儿子,父亲塔克世乐得合不拢嘴,他高兴得请觉昌安给自己的孙子起名字。老萨满这时接过来说:"尊贵的指挥使大人,方才神灵谕我,您的孙子贵不可言。他一出生就云开风住,雨过天晴,给万物带来光明,给神山带来温暖,我看就叫努尔哈赤吧!这是天意呀!"

"好哇!这个名字好!就叫努尔哈赤!"觉昌安闻之高兴地说,"我们女真人曾经称帝立国,纵横天下,后来被蒙古人打败了。也许我们部族阴而复晴的希望,就寄托在他的身上啊!"

"努尔哈赤!努尔哈赤!"族人们欢欣鼓舞,奔走相告。因为大家都明白,在古代回鹘语中,"努尔"是光明的意思,而"哈赤"呢,则代表着"圣裔"或"使者"。指挥使大人的这个孙子,既然是"光明的使者",就一定会给族人带来希望。

起初,作为父亲塔克世的长子,努尔哈赤曾经有过一段幸福的童年。由于家里拥有许多仆人和牛马,他从小就不愁吃,不愁穿,会说话就有人教他读书认字,会走路就有人领他诵经习武。尤其是他的母亲喜塔喇氏非常宠爱他,让他如同生活在蜜罐里。

可是在他十岁那年,由于母亲不幸去世,他的命运发生了巨大的变化。继母纳喇氏看不上他和他的两个弟弟,经常骂他、打他、歧视他、虐待他,使他衣不保暖、食不果腹。父亲塔克世也逐渐失去了往昔的温情,对他一副爱搭不理的样子,动不动就粗暴地训斥他。这一切给童年的努尔哈赤带来了巨大的心灵创伤,由此他常常到外祖父家里去。王杲那豪爽、正直、勇敢和刚毅的性格,对他的一生都产生了极为重要的影响。

<h2 style="text-align:center">七</h2>

努尔哈赤在这样的家庭环境中长大,使他养成了刻苦自立、多思善变的性格。他虽然失去了父爱和母爱,却得到了爷爷和外祖父特别的呵护。尤其是两个好心仆人对他的关怀和培养,更让他终生不能忘怀,他们可以说是他后来成就宏图大业的启蒙恩师。

这两个人其中一个,是他的奶娘秀姑。这是一个从关内逃难过来的女人,那时候有三十多岁,中等身材,面孔黑黑的,体格壮壮的,干什么活都特别麻利,而且奶水非常充足。据她自己后来说老家在山东,是一个猎户人家的女儿。有一次因为打下一只豹子,被当地恶霸抢去,父亲和丈夫追讨不成,反被恶徒们双双打死。她一气之下深夜潜入恶宅,将恶霸父子一齐杀掉,然后一把火烧了宅院,把孩子托付给亲戚寄养,便一口气跑到关东来了。是老"大人"觉昌安收留了她,让她在老营做些粗活。后来努尔哈赤降生,觉昌安见她干净勤快,就破例让她做了奶娘。

由于喜塔喇氏不久又生下了弟弟舒尔哈齐,母亲便把他托付给奶娘全天喂养。秀姑很喜欢努尔哈赤这个孩子,把他视同亲生自养。她要带孩子,还要做饭,一天忙得不可开交。白天她就把孩子放在柴房里,孩子哭闹,她就经常喂他些米汤稀粥。有时也嚼些干饭就着唾液,一口一口地喂他吃,因为她要省些奶水去喂养努尔哈赤的弟弟。孩子的衣服破了,她便找些碎布来胡乱连上给他穿。孩子晚上尿了褥垫,她怕溺着或凉着孩子,就把他放在自己的肚皮上睡。努尔哈赤就是这样,像一个普通的庄户孩子一样长大了。孩子会说话的时候,学的第一句就是汉语,会叫的第一声就是喊她妈妈。秀姑听了心里头甜甜的,脸上也洋溢出青春的活力和幸福的笑容。

努尔哈赤长到四岁,秀姑便按照觉昌安的吩咐教他习武。在她烧火做饭的时候,她让孩子拿着两根筷子,自己手执两根柴棍,教他学习舞剑的技法。晚饭后娘俩坐在厨房前边的石凳上,她教孩子用石子击打前边的一只小篮子。晚上入睡前,她教孩子练些站桩、踢腿和导气等基本功。当孩子长到五岁,步子站得稳了，她便在柴房的后院悄悄地放上一只大笸箩，里面装满沙子。她让孩子在笸箩沿上转圈行走，走一圈就抓出一把沙子，告诉他只要抓出十笸箩沙子，他的腿上轻功就练成了。努尔哈赤初学时经常掉下来，但他又总是顽强地爬上去，从来不哭不闹。由于努尔哈赤意志坚强，性格又好，在他十来岁时，轻功已练得十分了得，穿山越岭如履平地，腾挪闪跳悄然无声。他能轻而易举追上飞奔的战马，毫不费力蹿上老营的城墙，让秀姑和爷爷看在眼里，喜在心上。

在努尔哈赤八岁的时候，爷爷觉昌安领他去见一个人，让他认师父。努尔哈赤认得这个人，就是马场里养马的老头儿徐亚发。这个老头儿五十多岁，满嘴胡子拉碴，头发白多黑少，满脸皱纹，如同刀刻，一副饱经沧桑的神情，身板儿却极其硬朗。他的两手指大骨突，斑驳遒劲，像是千年古松的劲枝，又如同深山苍鹰的巨爪。他的双眼时常眯缝着，可是一旦睁开，就会放出电火一样的光芒。由于他平时不爱说话，人们都戏称他为"徐哑巴"。努尔哈赤遵照爷爷的话叩头施礼，喊了三声师父。徐哑巴告诉他，每天早晚都要来，并且规定了具体的时辰，迟到了就要受到责罚。觉昌安听后拿出一根长长的竹板，递给徐哑巴说："他若偷懒，你就打他！一定要把他教出人样来！"

至此努尔哈赤就跟着徐哑巴习文练武，早晚都准时到马场来。小小年纪他每天都要往返几次，跑上几十里。早晨要骑马射箭，晚上要读书习字，白天还要回去练轻功。虽然那几年他每天都累得筋疲力尽，但那却是他少年时期最美好的一段时光。每当他以后回忆起来，就兴奋得激动不已。

原来这徐哑巴不只带他一个学生，他的身边还有二十几个仆人家的孩子，白天跟着他铡草喂马，晚上便跟着他睡在马厩里，有空儿的时候也跟着练骑马射箭。他们都比努尔哈赤年纪稍大，经常带着他去打雀、捕鱼、掏鸟蛋，有时也到山林里去打猎。由于努尔哈赤憨厚老实，不爱说话，伙伴们都习惯地叫他"老憨儿"或者"小罕子"，时间长了，连老师徐哑巴也这样叫他。有时候小罕子也把从厨房带出来的食物分给大家吃，小伙伴们的关系处得极好。后来这些人都成了他的生死弟兄，是跟着他靠"十三副甲胄"起家的功臣。

这位徐哑巴看似老迈粗俗，实则不然。他不仅满腹经纶，精通诸子百家、四书五经，而且马术独到，箭法娴熟，尤擅长兵书战策。这建州老营三千多匹军马，就没有一匹他驯不服的。在一百五十步开外开弓放箭，他箭箭全能命中靶心，这让小罕子和伙伴们佩服得五体投地。为了让孩子们循序渐进，他给孩子们做了些轻弓小弩，先练二十步之内，然后再练五十步，一百步。先练习射些大物死物粗壮之物，然后再练习射些小物活物细微之物。几年的工夫下来，小伙伴们都成了优秀的射手，而尤以小罕子练得最棒。也许因为他有轻功在身，骑在马上能运用自如，身子如同粘在马背上一样。正骑反骑立身骑侧身骑无鞍裸骑无一不精，俯身仰身骑二马驭双车镫里藏身飞身上马样样叫绝。也许由于天生神力，他的箭法也练得极为出色。到十二三岁时，他已能拉开三百斤以上的硬弓，准确射中一百步以外的目标。小伙伴们都羡慕他、佩服他，尊小罕子为他们的头儿。但是徐哑巴从来不夸他，有两次还因为他有事来晚了，用竹板子狠狠地抽打了他，使他的小手心肿了好多天，让秀姑见了心疼不已。

不过徐哑巴也有对小罕子的偏爱之处，他经常悄悄地单教小罕子读兵书、演阵法，还把祖传的一本《兵法实录》送给小罕子。有天晚上人们走后，徐哑巴将小罕子留在了自己的小屋，抚摸着小罕子的头顶慈爱地说："小罕子，你跟着我也有五年了，有些话我也该告诉你了。我乃本朝老千岁徐达的后人，是老人家的十一世孙。我祖上这一支脉一直没有做官，多年来都在老家濠州（今安徽凤阳）种田为生。我父亲因为不满奸贼严嵩买官卖官，祸害天下，进京密奏，被老贼怀恨在心，挑唆昏君嘉靖皇帝，反诬我家蓄兵造反，派锦衣卫抄家拘捕，令我家父兄多人惨死狱中。我由于那次出门在外捡条性命，无奈流落关东。幸得老大人收留了我，待我不薄，我才在此居住下来。近日内阁首辅张居正大人派人捎信来，说是要给我家平反昭雪，我就要回到老家去了，以后恐怕再难见面。你年龄虽小，却是个胸怀大志的人，又练了一身的本事，将来必会有所作为。记住我说的话，小罕子，不管你以后干什么，都要以天下苍生为重，以忠义善良为立身之本，否则你将功败垂成。"一番话说得小罕子连连点头，泪流满面。他跪在师父面前饮泣连声，久久不愿离去，是徐哑巴拉着他的手，一直送他回到家。第二天徐哑巴就不辞而别，不久连奶娘秀姑也走了，这让努尔哈赤连续难受了好多天，他一想起来就流泪不止。

八

清晨时嘎嗷一声鹰叫，将努尔哈赤从迷蒙中惊醒。他揉揉眼睛，发现泪水已经洇湿了他的面颊，而阳光也已经照在他们的身上。他推醒了熟睡的弟弟，两个人一前一后跳下树来。放眼四顾，茫茫荒原，到哪里去呢？向东肯定是不行了，那里是外祖父逃走的方向，明军肯定在四处搜捕。往南呢？那边是明军的防区，也一定凶多吉少。北边虽然可去，但是努尔哈赤知道，哈达部和叶赫部历来与建州不和，去了无异于羊入虎口。向西吧，过了龙首山就是草原，也许有自己的藏身之地。于是努尔哈赤拉起弟弟的手，毫无目标地向西走去。

兄弟俩走着走着，忽然头顶上又是嘎嗷一声，一只巨大的苍鹰从天空中飞过。努尔哈赤认得它，就是早晨叫醒他的那只苍鹰，于是他友好地打了一个长长的口哨，向那只苍鹰表示敬意。说也奇怪，那只苍鹰飞去的方向，竟然都是好走的路，而且它又飞飞停停，飞得很慢。当努尔哈赤兄弟俩没有跟上来的时候，它便在天空中打旋儿，好像在等待他们，当努尔哈赤兄弟俩跟上来了，它才又欢快地向前方飞去。努尔哈赤感觉有趣，于是便拉着弟弟的手，顺着那苍鹰前进的方向，一路向西北走去。

兄弟俩跌跌撞撞地走到傍晚，前边出现了一片小树林，顺着小树林向北望去，可以见到一片绵延的山岗。天要黑了，兄弟俩实在是走不动了。为了躲避明军可能的追杀，他们尽量挑选那些没有村落的地方走，因此除了沿路揪些野菜树叶充饥，他们已经一天多没有吃饭了，肚子早已饿得前腔贴后腔，弟弟难过得几乎要哭出声来。努尔哈赤也焦急万分，束手无策。在这茫茫的草原、昏黑的傍晚，到哪里去找吃的呢？

努尔哈赤正在发愁，忽然眼前一亮。原来那只苍鹰就蹲在前边的树杈上，那双眼睛像两盏灯一样地望着他，嘴里还叼着一只野兔。看见努尔哈赤走上前来，那只苍鹰噗地一松嘴扔下野兔，然后唰的一声飞走了，一瞬间就消失在夜幕中。

努尔哈赤一见喜出望外，他弯腰捡起那只死兔，用短刀唰唰几下剥去毛皮，拿出随身携带的火镰，点燃了一堆干枯的树枝，然后用一根青木棍穿起野兔，旋转着在火上烤起来，那浓郁的香味馋得弟弟直流口水，令努尔哈赤的肚子咕咕乱叫。待等烤熟以后，他把那些好肉都撕下来递给了弟弟。自己只择些内脏、嚼些筋骨充饥。吃完以后，他又用双手拔些干草，让弟弟坐在干草上休息。一想到才十三岁的弟弟跟着他颠沛流离，他的心里就像被刀割一般难受。

夜逐渐深下来，努尔哈赤与弟弟相拥而坐，似睡非睡。快到天亮的时候，他做了一个奇怪的梦。梦中一个白发老者告诉他："我是这龙首山上的山神，今奉昊天大帝之命，护送你经过在下的辖区。我已派空灵使者为你引路，你就放心地跟它走吧！"努尔哈赤似信非信，正待发问，那白发老者已转身离去。努尔哈赤骤然醒来，见满天星斗，哪有什么山神到来？知道方才又是一梦。但那老者的话语如在耳边，何况真有苍鹰带路，不由他不相信。"难道真是上苍助我？看来我努尔哈赤大难不死，当有后福哇！"想到这里，他慌忙跪下身来，向远处黑黝黝的山峰拜了三拜，虔诚地说："多谢山神厚爱，助我走出荒原。倘若我有出头之日，定当重修庙宇，再塑金身，世世代代不忘您的大恩！"说着站起身来，见东方三星下垂，天已渐亮，遂拽起弟弟，继续西行。

几天以后的一个下午，努尔哈赤兄弟俩一路奔波，随着那苍鹰走出荒原，穿过林海，眼前是一片高低不平的草地，脚下有一些低矮的灌木和蒿草。兄弟俩停下脚步，取出在林中采集的干果和松蘑来吃。未及吃完，就见风起，身边已卷起轻微的沙尘。努尔哈赤放眼西望，忽见很远的天际有一根黑黄色的云柱，似在不断地移动和翻滚。那云柱通天彻地，气势汹汹，正在恶狠狠地向这边扑来，那可怕的响声如山崩海啸，那吓人的景象似地覆天翻。努尔哈赤说声"不好"，急忙拉起弟弟转身想跑，但是已经来不及了。那凶狠的沙暴转眼就来到了他们的面前，一瞬间就把他们吞噬了。兄弟俩一下子就被卷到了半空，什么也听不见，什么也看不见。努尔哈赤开始还试图拽住弟弟的双手，但是很快就发觉无济于事了。他感到有一股大力在拼命撕扯他的身体，有千万条鞭子在狠狠地抽打他的四肢。他被稀里糊涂地抛上半空，又忽忽悠悠地飘出好远，最后重重地摔在地上，他已经什么都不知道了！

当努尔哈赤醒来的时候，他发现自己躺在一间帐篷里，浑身火烧火燎地疼得要死，脑袋嗡嗡乱叫，像是里边有一群蜂子在唱。他企图试着活动一下身体，结果发现除了眼珠以外，已经什么都不会动了！他没有发现弟弟的身影，也没有听见弟弟的声音，他知道弟弟凶多吉少，一股巨大的悲哀立即涌上心头，他只觉得眼前一黑，就又什么都不知道了。

昏迷之中，努尔哈赤又见到了自己的妈妈，妈妈似乎更衰老了，她的脸上布满了皱纹，头发也已花白，那双秀美无比的眼睛也没有了往日的光泽，只是那两只手掌依然柔软和温暖。妈妈抚摸着儿子的头，爱怜地哭着说："努尔哈赤，我的孩子！你这草原的雄鹰，光明的使者，怎么成了这副样子呀？你要坚强起来呀！"

努尔哈赤感到特别委屈，他也不知道自己怎么会变成了这个样子。他大声喊着："妈妈！儿子不是这样的！这都是李成梁害的！妈妈，你在哪里呀？"他一边喊一边放声大哭。妈妈用手掌为他擦着眼泪，她的双眸也噙满了泪花。他用手去拉妈妈的衣袖，但妈妈转眼就不见了。他一着急就醒了，才知道是个梦。但又不像是梦，因为自己确实满脸泪水，而身边就有一位老妈妈。这位老妈妈也有一张布满皱纹的慈祥的脸，而那只柔软的温暖的手掌，正在抚摸着他的额头。

"孩子！不要悲伤，不要害怕，一切都会过去的！这里就是你的家，我就是你的老妈妈，安心休养吧！长生天会眷顾你的，过往神灵会保佑你的！"那老妈妈说着双手合十，弯腰礼拜，样子十分慈爱和虔诚。

"他醒啦？阿妈？"一句甜美的问候之后，有张俊美的脸庞出现在他的面前。这是一位十三四岁模样的美丽少女，脸蛋儿红润得像春天的桃花。满头的黑发梳成了一根粗大的辫子，蓝色的长袍凸显出苗条的身材，大大的眼睛闪动着和善的光泽，健康的躯体透露出青春的活力。此刻她正靠在母亲的身边望着他，脸上一副关切的神情。

见努尔哈赤有些疑惑，老妈妈笑着告诉他："孩子，放心吧，别动！这是我的闺女喜春儿,是她把你从河滩上救回来的,孩子,你捡了一条命啊!"说完让喜春儿端来奶茶,一勺一勺地喂他。努尔哈赤虽然此时特想弟弟,希望尽快知道他的下落,但他实在是太饿了。他一连喝下两碗奶茶,感到眼皮有些发沉,迷迷糊糊地就睡着了。

当努尔哈赤又一次醒来的时候,他感到浑身轻松多了,胳膊和腿虽然仍旧有些疼痛,但已能靠着床头坐起来。他四下打量着这间帐篷,发现除了两块地毡、一张木桌和几件堆着的破衣服,几乎就什么都没有了,毡房里显得很空荡。但地中间那几块石头上面,却支着一个黑黑的铁锅。随着灶下那跳动的余火,铁锅内不断有蒸汽升起,使帐篷里又溢满了奶茶的芳香。

努尔哈赤掀开被单,想下床走一走。这一掀被单不要紧,却把他惊呆了。原来自己浑身上下只裹着一条红色的织巾。除了私密部位被遮掩之外,其余的全部裸露无遗。努尔哈赤感到诧异:自己的衣服到哪里去了呢?他只记得被卷入了沙暴中,那衣服呢?怎么会突然就没了呢?

努尔哈赤正寻思间,忽然帐篷口门帘一挑,喜春儿带着阳光走了进来,慌得努尔哈赤连忙把被单盖上。喜春儿一见扑哧笑了:"你还害羞哇?前天我在河滩上看见你,那会儿你身上什么衣服都没有!浑身都是血道子,显然是被沙暴摔下来的。身上穿的衣服哇,早被刀子一样的风沙吃光了。我只好解下头巾把你围起,然后扶到马上驮回来。"

努尔哈赤闻听急忙问道:"你在河滩上碰到了我,那么看见另外一个人了吗?他比我小一点儿,是我的弟弟,我必须要找到他呀!"

喜春儿闻听说道:"那天我在河滩上遇见了你,再也没有看见别的人,说不定他已经得救了呢!你先好起来再说,然后我帮你慢慢地去找。放心吧!吉人天助。你都安然无事,他也肯定有惊无险。"

喜春儿一边说着话,一边盛起一碗奶茶,又放了些炒面冲好,递与努尔哈赤说道:"请问你是从哪里来的?你叫什么名字呀?多大啦?能告诉我吗?"

努尔哈赤双手接过奶茶,望着小姑娘那张俊美的脸,觉得面对这位天使一般的小恩人,自己应该毫无保留地告诉她,不然他的良心会不安的。但他转念一想,自己是朝廷要捉拿的人犯,不应该去连累无辜的人,特别是对自己有恩的人,他想等身体好起来就走。于是他把奶茶放到床边,红着脸对喜春儿撒了个谎:"我家住在铁岭东边的哈达部落,因为和弟弟出来放羊,迷了路,不知怎么就遇上了这可恶的沙暴,阴差阳错就被刮到了这里,多谢你救了我呀!小妹妹!我肯定比你大,今年都十五岁了,是大人了。你就叫我老憨儿吧。这是什么地方啊?离抚顺关有多远?"

喜春儿又端起奶茶递给他:"快喝吧!放凉了就膻了!你会不习惯的。"看着努尔哈赤喝起奶茶,喜春儿告诉他:"这里是科尔沁草原,紧挨着科尔沁沙漠,沙尘暴的天气挺多的。风暴过后,天上掉下来个人哪马呀牛哇羊啊和东西器物,是常有的事,但是从来都没有活着的。你真是命大呀!那天我若不去河边饮马,兴许就看不见你了!你可能就没命啦!天气多凉啊!你身上什么衣服都没有。别说遇见狼群了,过一宿也能把你给冻坏了。关键是你那工夫人事不知呀!"喜春儿说到此处,眼圈儿一红:"老憨儿,你比我大两岁,今后你就是哥哥了。家里就我和母亲两个人,你就放心地住下吧。养好了身体我再帮你找弟弟,行吗?"

两个人正说着话,老妈妈进来了,见兄妹俩唠得挺欢,很是高兴。她把一个包袱放在床上,笑着对努尔哈赤说:"我从邻居家要来几件旧衣服,虽然破了但还干净,缝缝补补还能将就。孩子,你就先对付着穿吧!"说罢娘俩拿起针线忙活起来。努尔哈赤连说感谢,眼睛里已经噙满了泪花。

九

七天以后努尔哈赤的身体如愿康复,心病却一天重似一天。弟弟舒尔哈齐生死难料,让他坐卧不宁,寝食难安。他在喜春儿的陪伴下骑上快马,一连许多天四处寻找,几乎走遍了整个科尔沁草原,也没有发现弟弟的踪迹。他感到万念俱灰,悲痛欲绝,胸中一阵阵抓心挠肝般的难受。如今外祖父生死未卜,弟弟又下落不明,自己应该怎么办呢?回老营吧?也许李成梁早就布下人马,张开大网在等着他,他绝对不能回去,他不想连累自己的亲人。找阿台吧?不知道他眼下在哪里,如果误打误撞,说不定会落入明军的陷阱。他明白乱世之中,人心叵测,有谁是能够相信的人呢?因之一阵阵长吁短叹,愁眉不展。好在老妈妈和喜春儿母女俩心地善良,热情挽留,还答应时时帮他打探消息,寻找弟弟,他只好在这里暂住下来,等情势好转了再待机而动。

白天他帮助喜春儿去给牧主放羊,顺便拾些烧火的干柴。晚上他帮助娘俩打草籽、织苫子,干些擀毛毡之类的零活。日子长了,他知道这家姓佟,是从关内逃难过来的。娘俩本来是奔着喜春儿的舅舅来的,没想到来这儿以后,不知道贩马的舅舅去了哪里。娘俩无依无靠,连返程的路费都没有了,一时衣食无着,几陷绝境。是周围的牧民们见娘俩可怜,便你出几根木杆我拿几块毡子,帮她们好歹支起一间帐篷,又帮助喜春儿在牧主那里找了份放羊的活,老妈妈则去牧主府里洗衣服,娘俩才算安顿下来。佟妈妈本想再过两年攒些盘缠,就带女儿回乡找户人家。如今见老憨儿无依无靠,心地善良,身体强壮又忠厚老实,便又换了一番心思。她待努尔哈赤似同亲生,喜春儿也一口一个老憨儿哥哥。一家三口虽然辛苦，但却苦中有乐，小小的帐篷里时常溢满笑声。但是努尔哈赤因为心中有事，一旦静下来便坐卧不宁。晚上他常常伫立在大柳树下，呆呆地望着东方出神。

一晃半年多过去了，由于努尔哈赤的帮助，喜春儿放羊的数量从一百只增加到三百只，佟妈妈揽回来的零活也增加了一倍。三口人的关系处得越来越亲密，小日子也过得越来越充实。光阴就这样一天一天地平安过去，谁也没想到灾祸会突然到来。

那一天秋高气爽，金风飒飒，草原上七彩斑斓，天空中五颜六色，空气中弥漫着好闻的草香、花香和奶香。努尔哈赤和喜春儿姑娘把羊群赶到小河边上，让羊啃食着柔嫩的青草，两个人则同时坐在一棵老榆树下。喜春儿怀里揣着线团，她要赶在入冬之前，给老憨儿哥哥织件毛衣，一边麻利地织着毛衣，一边看着努尔哈赤悄悄地笑，脸蛋儿上还不时飞起两团红晕。努尔哈赤则捡起脚边的小石子，一颗又一颗地砸向河边的枯树桩，好像那就是李成梁的脑袋。那树桩离他俩有三十多步远，但努尔哈赤却能颗颗命中，而且一颗比一颗狠，直打得那树桩碎木乱飞，龇牙咧嘴，惹得喜春儿拍着手阵阵喝彩。

喜春儿好听的喝彩声没有惊动羊群，它们都还在安详地吃草，却招来了两个畜生，牧主的管家库布和家丁忽木云。原来他们去王府纳完月贡回来，见香风阵阵，秋色迷人，便骑着马到河边闲逛。听见这边传来银铃般的笑声，不禁策马过来观看。这一看不打紧，两个人立刻都惊呆了！

原来在那片白云般的羊群旁边，在那条小河旁的老榆树下，正并排坐着两个人，一个黑黑瘦瘦的少年和一个白白净净的少女。那少年平常得不能再平常，那少女却美丽得不能更美丽。只见她玉石一般的脖颈，容长的脸盘，柳叶一样的眉毛，大大的眼睛，满头的黑发如披散的墨玉，粉红的脸蛋儿像春天的桃花，破旧的衣服遮不住秀美的身材，微隆的胸部展示出青春的活力。两个人目不转睛，半晌无语，竟然连口水都流了下来。那库布不禁脱口而出："哎呀我的妈呀！科尔沁咋还有这么好看的姑娘？难道是神仙下凡了吗？"

两个人跳下马来走上前去，那狗腿子忽木云抢前一步高声喝道："喂！我说你是谁家的姑娘？又是给谁家放羊？这么美的鲜花怎么插在了牛粪上？这么俊的脸蛋儿怎么干这种粗活？真是'嗑瓜子嗑出个臭虫——白瞎了你这个仁（人）儿了'！跟着你大爷我到王府去，给王爷做个小夫人，岂不是一步登天？怎么样？跟我走吧！"说着走上前来嬉皮笑脸，抓耳挠腮，就要对喜春儿动手动脚。吓得喜春儿花容失色，一扭身倒在努尔哈赤的怀里。

努尔哈赤站起身来，把喜春儿挡在自己的身后，生气地说："你二人好没道理！哪有像你们这样来提亲的？也不问人家同意不同意，就上来动手动脚，真是不知深浅！"

"耶嗬？这是谁家的野种？跑这里来装大瓣蒜？你也不打听打听我是谁？"那牧主的管家库布勃然大怒，张嘴就骂。在这科尔沁草原上，王爷就是皇帝，他们就是钦差，而贫苦的牧民，则被当作会说话的牛马。他们横行霸道惯了，相中了谁家的草场，圈了就占，看上了谁家的姑娘，抢去就睡，哪个敢说半个不字？否则轻了说剁手剁腿，重了则砍头活埋。如今见喜春儿美若天仙，他灵机一动，就打起了坏主意。他想如果把这姑娘献给王爷，说不定自己会封官得赏。如果能到王府去办差，那还不是一步登天？他想着想着几乎就乐出声来。没承想冒出这么个黑小子，竟然敢出面挡驾，真反了天了！

"小王八羔子！给我让开！不然我先剁了你！"库布嗖地跨前一步，一把推开努尔哈赤，又一伸手把喜春儿揽在怀里："小美人儿，别听他的，跟我到王府那里享福去！"那狗腿子忽木云也过来帮忙。两个人架起喜春儿抬腿就走。急得喜春儿一边挣扎一边大喊："老憨儿哥哥！老憨儿哥哥！快救我呀！我不去呀！"

喜春儿的哭喊声让努尔哈赤热血上涌，怒不可遏，他一个箭步唰地就挡在了库布的面前，高声喝道："赶快放下我的妹妹！否则我就对你不客气了！"

那库布闻听一声冷笑："嘿嘿？小王八羔子！还想对我不客气？我看你是活得不耐烦了！敢拦你大爷我的路？你去死吧！"说着已经拔出腰刀，唰的一下向努尔哈赤劈来。努尔哈赤不慌不忙，扭转头让过刀锋，一伸手抓住那库布的手腕，稍一用力，只听嘎巴、当啷两声，库布的手腕被扭断，那把腰刀飞出好远，落在一块石头之上，疼得库布狼嚎鬼叫，跳脚大骂。忽木云见状从后面偷袭，伸手来打，拳头直奔努尔哈赤的后背，急得喜春儿连忙大喊："哥哥小心！"努尔哈赤置若罔闻，并未在意，待等忽木云的拳头带着一股疾风，行将打在他的背上，根本无法变招的时候，努尔哈赤忽然间嗖的一个侧转，一伸手将忽木云的拳头接住，然后顺势轻轻一拉，忽木云收式不住，啪的一个狗吃屎摔在地上，啃了一嘴稀泥，哎哟吼叫着起不来了。

喜春儿一头扎在努尔哈赤的怀里，哭着说："老憨儿哥哥，我绝不去王府！那里就是个人间地狱，好多女孩子都死在那里了！我哪儿都不去！我要跟你在一起！"情急之中，喜春儿说出了憋在心里许久的话。其实她早就喜欢上老憨儿哥哥了，早已把他当成了自家人，而且要永远做一家人，她要嫁给老憨儿哥哥做妻子！

再说那库布和忽木云双双被打，两个人并不服气。他们从来没遇到过这样的茬儿，以为刚才是没有留心，才被那黑小子占了便宜。如今见两个少年抱在一块儿，根本没把他们放在眼里，更是气上加气。仗着王府的势力和有些武艺，两个人一齐绰起腰刀，嗷的一声向努尔哈赤扑来，那恶狠狠的嘴脸吓得喜春儿面如土色。

努尔哈赤把喜春儿推到一边，自己腾身一跃，竟然如苍鹰般凌空飞起，突然就落在了那二人的身后。还没等那二人缓过神来，努尔哈赤双腿已经顺势飞出，狠狠地踹在二人的后背之上，立刻把二人踹出三丈开外，双双趴倒在小河沟里，像是正在喝水的蛤蟆。那两把腰刀飞出老远，各自插在河滩之上，刀柄还在微微地颤抖。努尔哈赤拍拍双手，叫声："妹子，今儿个咱们早点儿回去吧！"说完赶着羊群，头也不回地走了。

那库布和忽木云被摔得鼻青脸肿，满身稀泥，想起来追又不敢去，想这样走又不甘心，真是恼恨交加，又气又急，如同王八被憋在了灶坑里。那库布强撑着爬上马背，冲着努尔哈赤心虚地叫喊："是小子你等着！看我不剥了你的皮！剁碎你的骨头喂老鹰！"两个人哎哟吼叫，恨恨而去。

努尔哈赤和喜春儿赶着羊群往回走，他们感到天色尚早，羊还没有吃饱，回去无法向牧主交代，于是换了一处草场停下来。努尔哈赤余怒未消，喜春儿倒有些害怕了。她拉着努尔哈赤的衣袖始终没有松手，小声地说："老憨儿哥哥，这下子可要麻烦了！这两个人不会善罢甘休，肯定会报复我们的！"

努尔哈赤弯腰捡起一粒石子，手一扬，狠狠地打在一块黑石上，立时把那块黑石砸成两半，飞起的石末像燃烧的火花。他愤愤地说："这种恶棍流氓就是欠打！我恨不得一拳就打死他们！妹妹莫怕，有哥哥在，他们不敢把你怎么样的！"俨然一副男子汉大丈夫的样子。说得喜春儿把头埋在他的怀里，甜蜜地笑了。

十

待兄妹俩晚上放牧回来，佟妈妈已经把奶茶烧开，馍馍蒸好，正准备招呼二人吃饭，听喜春儿这么一说，立刻吓得呆住了，手中的木勺啪的一声掉在地上，半晌也没有说出话来。喜春儿见状忙给妈妈捶着背说："妈妈您怎么啦？哪里不舒服吗？快说话呀！"边说边扶着佟妈妈坐下来，努尔哈赤见了也有些不知所措。

少顷，佟妈妈才缓过气来，着急地说道："孩子，你们俩闯大祸了！这里咱肯定待不住了！快点儿收拾一下，赶紧走吧！不然可能就来不及了！"喜春儿听妈妈一说，也觉得事态严重，忙帮助佟妈妈开始拾掇。倒是努尔哈赤还在迟疑，觉得他们亏理，咱怕什么？我倒要看看他们能把我怎么样。他坐在帐篷里纹丝没动，只是不停地擦拭着他的那把短刀。

不大一会儿，佟妈妈就把几件破旧的衣服收拾好了，连同炊具和一点儿粮食，都装在两个马褡子里。然后她拿出一个小蓝布包儿，打开层层裹着的旧布，取出一副精致的白银手镯，托在手心里对他们俩说："老憨儿、喜春儿，你们俩过来！这件东西虽然不值几个钱，却是我当年出嫁的时候，喜春儿的姥姥送给我的，多年来我一直都珍藏着，从来都没舍得戴。如今喜春儿已经长大，也该出嫁了，妈有句话想跟你们俩说。老憨儿，妈看出你是一个有出息的孩子，今天我就把喜春儿托付给你，你带上她赶快走吧！说不定一会儿王府的人就该到了！"

喜春儿一听胸中狂跳，脸色绯红，她虽然满心欢喜，但因为事情突然，还是有些羞赧。偷眼观察努尔哈赤，却见他呼地站起来说："妈妈此言不妥，恕孩儿难以从命。她可是我的妹子呀！一家人怎么能成婚呢？"

佟妈妈不容分说，拉着两个人的手走出帐篷，斩钉截铁地说："这怎么不可能？她又不是你的亲妹子，有什么不妥的？今天妈就做主了！给你们俩订婚！"说着让二人在大柳树旁跪下，对着月亮老人磕头。然后又把银手镯递给他俩一人一只："这是你们俩订婚的信物，妈祝你们不管贫富，终生相守，像这白银一样纯洁坚定！"

老人家心意真诚，由不得二人不从。两个人拜过月亮，又拜妈妈，刚要夫妻对拜，忽见不远处灯笼火把，亮成一片，马蹄声里人语嘈杂，似有许多人马朝这边拥来。佟妈妈一见情况不好："祸事终于来了！你俩赶快上马！"说着把两具马褡子放上马背，催促二人快走。两个孩子拽住佟妈妈的胳膊不走，喜春儿哭着说："妈妈我绝不离开你！死活都跟你在一块儿！"努尔哈赤也诚恳地说："祸是我惹的，我跟他们走！看他们能把我怎么样？"

眼见得灯笼火把越来越近，伴随着急促的马蹄声响，王府的兵丁已经喊杀过来。佟妈妈见二人依然不走，不觉气急，一个巴掌扇在喜春儿的脸上："你怎么这样不懂事？三个人就这么一匹马，怎么走哇？一齐走得了吗？你想让老憨儿也跟咱娘俩一齐死吗？你们俩走了就没事了！我一个老婆子怕什么呀？"言罢不由分说，将喜春儿推上马背。

说话间那库布已带着人马跑到跟前，他吊着受伤的右臂，在火光中一阵狞笑："小王八羔子！该死的贼皮！我早就看出你不是个好东西！原来你就是王杲的外孙，朝廷的要犯！现在反王已经落网，正在押往广宁的途中，我看你还能跑到哪里去？来人哪！给我拿下！正好抓住喽一起会审！"王府的兵丁们舞刀弄枪，闻声而上。有几个人则抛出了套马的绳索，佟妈妈等三人危在旦夕。

原来库布和忽木云上午挨了一顿胖揍，气得七窍生烟，几乎发疯。在这方圆数百里的科尔沁草原，谁敢动他们一根毫毛？何况是一个小小的放羊的奴仆？二人打听到喜春儿家的住址之后，顾不得肢体的疼痛，一路连滚带爬地赶到王府，急想进去报告，却被守门的亲兵拦住："王爷正在接待明朝的特使，吩咐谁也不能进去!"库布一再说有重要情况,但那亲兵就是不允,后来根本就不再理他。库布和忽木云二人无奈,只好先找个地方喝茶治伤,等待时机。

直到太阳偏西,忽木云才打探回来,说那两个明使喝得酩酊大醉,才被王爷送走。库布闻之腾地站起身来,快步跑向王府。到得内院二门,见王爷被两个侍卫搀着,尚未进去。库布急得大声喊:"王爷您老慢走!奴才有事禀报!"未及侍卫阻拦,他已跪在王爷的面前,一五一十地讲述了一遍。

那王爷索木图本是明朝册封的科尔沁部都督,虽已喝得半醉,头脑尚且清醒,听说有个貌若天仙的姑娘,不觉心中一动,撩起眼皮来一招手:"你且进来说话。"随即领着库布走进了内室,两个女仆忙上来捏肩捶腿,一个女仆端上一碗热茶。

那库布趴在地上,贪婪地吸吮着奶茶的香气,添油加醋地把喜春儿如何美丽,那黑少年如何凶蛮又细细说了一遍。初时那索木图王爷饮罢奶茶,两眼微闭,似已睡着,但当他听说那黑脸少年功夫如何怪异、拳脚如何厉害之时,立即睁开醉眼,忙令下人取过一张画像问道:"库布你看清楚,你见过这个人吗?我科尔沁草原万家奴仆,十万牧民,还没听说过有如此厉害的人物,把你俩都打成这样。难道是他吗?是他来了吗?"

那库布抬头一看,见画像上的这个人黑黑瘦瘦,长长的头发,眉宇间似乎藏着一股杀气,两眼放射出电火一样的目光,惊得他倒吸一口凉气。他左端详右端详,感到有七八分像,忙磕头禀报,右手一指:"就是他!就是他!我看就是他!是他打的我!"

索木图闻之喜出望外:"是他就好!是他太好了!我说这两天我左眼直跳,该着我发财了!人若是走运了,连神鬼都挡不住哇!"

原来自打那日在码头被救以后,王杲便带着儿子们钻进了山林,后来见明军频繁搜捕,就领着小儿子王太投奔了哈达部,而阿台和阿亥却被他打发去了漠北。在落难之中,他多了一个心眼儿,怕被李成梁一锅端掉,那样自己可就被斩草除根了。他不甘心就这样失败,他相信一定会东山再起。即或阿台和阿亥不行,努尔哈赤也一定行,他隐隐觉得这个外孙不同寻常,但不知他如今落在何方。

因为有多少年的兄弟情谊和姻亲关系,哈达部的首领王台初时对他还不错。后来经不住李成梁的威逼利诱,竟然设酒宴灌醉王杲,将其五花大绑献给了明军。李成梁抓获了王杲之后,将其押在广宁,又四处搜捕余党。当他得知是努尔哈赤出手相救,王杲父子才安然逃脱,气得拍案怒吼,当即下令画其图像,张网缉拿,向边塞地区各州、府、县和相关部族,都下发了海捕文书,派出了追逃特使。上午这两个明朝特使,就是李成梁派出来的。他们告诉索木图,若抓住努尔哈赤，赏黄金一千两，彩绢一千匹，还要奏请皇上给予加官晋爵。"

因此索木图听库布这么一说，立时心花怒放，眉开眼笑。他一把拽起库布，拍着肩膀说道："管家带来喜讯，真是天助我也！拿住那黑脸的反贼，再把那美人儿带回，我重重赏你！升你做王府的管家，给你一千两银子！这王府里的丫头，你任意挑一个，抱回去做老婆！"乐得库布淫心荡漾，两眼放光，一个劲儿给王爷磕头。索木图当即令他带三百亲兵前去缉拿，自己则在府中吸烟品茶，静候佳音。

且说努尔哈赤见情势危急，顾不得多说。他一把将佟妈妈和喜春儿推进帐篷，顺手抽出腋下短刀，一个转身，寒光闪过，那几根套马绳唰唰两声，像几条死蛇一样落在地上。接着他又蹲下身来，啪啪啪一阵扫堂腿，冲在前头的几个兵丁立即应声倒地，摔得蒙头蒙脑。

趁着王府的兵丁们惊魂未定的一怔之间，努尔哈赤一个箭步蹿到库布的面前，用短刀指着库布高声喝道："无耻的恶徒，王府的走狗！快让你的人马退下，不然我就活剥了你！"

那库布虽然心中害怕，但仗着身边人多，边往后缩边喊道："看到了吗？就是他！他就是朝廷的要犯！给我上啊！抓住这小子，王爷有重赏！"

那帮王府的兵丁闻听此言，不知厉害，呼啦一下子就围了上来，刀枪棍棒斧钺钩叉，一齐往努尔哈赤的身上招呼。努尔哈赤不慌不忙，腾地跳起，在闪烁的火光中腾挪躲闪，在杂乱的人群中穿缝游走，既像松林中吹过的轻风，又像污水中油滑的泥鳅。他时而跳到人群外的树影之中，时而走在那些兵丁的脑瓜顶上，令这些抓他的人无可奈何。但他并不想出手伤人，他知道这些人多是无辜的，虽然可恨但不该死。他只用那双眼睛搜寻着库布，想把这家伙拿住，然后再喝退众人。

不料那库布狡猾得很，他知道自己不是对手，便趁着兵丁们一拥而上的当口，拉着王府的亲兵头领带人推倒了帐篷，抓住了喜春儿和佟妈妈。等到努尔哈赤发现的时候，喜春儿已经被口塞白布绑在马上，佟妈妈则被两个凶神恶煞般的兵丁架着胳膊，推靠在大柳树前。库布奸笑着大声说道："该死的囚犯！天杀的反贼！你还打吗？这小美人儿一会儿就送到王爷的床上！至于你嘛，只要乖乖地跟我走，大爷我暂时就不杀你！留你宰你，得交给李总兵定夺。你若再敢动手，看见了吗？我马上烧死这个老婆子！"说完拿起火把，就去燎佟妈妈的头发。

努尔哈赤怒火冲天，急得大喊："你浑蛋！你个不懂人语的禽兽！灭绝人性的豺狼！李成梁抓的是我，你抓我妈妈斗什么气？有本事你冲我来！你若动手伤害我的妈妈，我立马就活剥了你！你信不信？这件事与她们娘俩无关，你放了我妈妈和我的妹子，我马上跟你走！"

喜春儿听了努尔哈赤的话，急得直在马上摇头蹬腿。佟妈妈见状高声喊道："老憨儿！我的孩子！别信那恶狗库布的话。你就是投案自首，王府也不会放过我们的！妈知道你是个命大的孩子，老天一定会保佑你的！快带上喜春儿一起走，你们俩好好过日子！将来一旦有出头之日，别忘了你来过科尔沁草原，这里曾经有个佟妈妈！永别了！老憨儿！永别了！我的女儿，咱们来世再见！"说完伸头向火把扑去。急得努尔哈赤噌地跃起，一下子挡在佟妈妈的面前。怎奈烈火无情，它已经燎着了佟妈妈的头发，烧着了佟妈妈的衣服。努尔哈赤也被困在大火中间，眼见一筹莫展。

就在这万分危急的时刻，忽听得天空中嘎巴一声炸雷，吓得所有人都打了一个寒战。紧接着一阵狂风吹来，刮得人们睁不开眼睛站不住脚。随后电闪雷鸣，大雨如注，一瞬间将那些火把全浇灭了！还没等库布等人缓过神来，又一道刺眼的强光闪过，一个大火球子在人们的头顶爆响，差点儿把兵丁们的耳朵震聋。待等雨住风停，强光过后，人们发现库布和忽木云已被殛死，浑身让电火烧得几近发焦，而佟妈妈、喜春儿和努尔哈赤，却不知到哪里去了。

十一

不说王府的兵丁们垂头丧气，如何回去禀报之事。且说那场神奇的风雨来临之时，努尔哈赤只觉得身不由己，胳膊似被两人架起，忽忽悠悠，任其起落，就像那次遇见沙尘暴一样。他试图睁开眼睛，但是漆黑一片，什么也看不见。他曾想侧耳静听，然而风声呼呼，什么也听不着。不知道过了多长时间，也不知到了什么地方，他感到自己的双腿已经踩实，四肢已能活动自如，头脑也似乎非常清醒，这让他感到和上次不一样。他好奇地睁开双眼，见佟妈妈和喜春儿也在自己的身边。喜春儿身上的绳索不翼而飞，正在轻声呼唤着躺在地上的妈妈。

努尔哈赤正想说话，忽听不远处一个声音传来："阿弥陀佛！努尔哈赤，你的厄运未了，磨难还要继续。因之你当潜心向佛，耐心修炼，等待时机。切记你尚须韬光养晦，将来一定有出头之日。"

努尔哈赤循声望去，只见西南方一座敖包之下，隐约站着一位黑老太婆，旁边还有一头黑毛驴。努尔哈赤恍然大悟，方才在危难之中，一定是这位黑老太婆救了他们，可她是哪路神仙，或是何方高人呢？努尔哈赤不及细想，连忙跪在地上叩头感谢。待等他抬起头来，那黑老太婆已不见了。

努尔哈赤无暇旁顾，连忙转过头来去看佟妈妈，却见喜春儿已经泪流满面。原来在帐篷之内时，她被那恶徒库布扎了一刀，由于时间长了流血过多，老人家已经不省人事。可在这荒郊野外的，一无医，二无药，到哪里去找救治的人呢？情急之下，努尔哈赤只好背起佟妈妈，领着喜春儿，向刚才黑老太婆消失的方向，摸索而去。

天快亮时，他们来到了一座寺院。高大的山门上镶着琉璃彩瓦，"岫云寺"三个金字熠熠生辉。漫长的石阶曲曲弯弯，显示寺院的宏大，高耸的宝殿巍然屹立，彰显庙堂的威严。努尔哈赤抬眼望去，只见晨曦下古松旁，两个小沙弥正在清扫。他们全神贯注，专心致志，好像没发现有人过来。

努尔哈赤放下佟妈妈，毕恭毕敬地上前施礼："打扰了小师父！我们这里有位老妈妈生命垂危，烦请宝刹能够出手相救，先行谢过了！"那边喜春儿却早已跪了下来。慌得一个小沙弥连忙上前扶起："施主何须大礼？折杀小和尚了！出家人以慈悲为怀，救人一命，胜造七级浮屠。我这就去禀报师父，请随我来！"说罢领头便走。努尔哈赤背起佟妈妈，穿过两层大殿，来到后院东侧一间寮房，却见那方丈丹增活佛已经立在门口。

原来这岫云寺坐落在海棠山，位于医巫闾山的北面，也就是现在的阜新市境内，与内蒙古的库伦和奈曼两个部落毗邻，距科尔沁草原却已有四百多里。海棠山虽然不算什么天下名山，岫云寺也不是什么佛门宝刹，但它在元朝中后期就已经很有名气了，原因就在于它是关东第一座黄教寺庙，历代方丈都是藏区过来的老喇嘛活佛。这位现任方丈丹增活佛，乃格鲁派大师宗喀巴的第四代弟子，是三世班禅洛桑顿珠大师的得意高足。十年之前奉师命从日喀则来到海棠山，担任岫云寺的法台（方丈）。他佛学精湛，修为高深，深受关东地区各地寺庙的敬重，与许多高僧大德常相往来。昨日医巫闾山的青岩洞主黑老太婆与他论禅，忽然心血来潮起身便走，说要先去救人性命，剩下的事情就交给他了，活佛闻之已知就里。因此今早努尔哈赤背着佟妈妈前来治伤，也早在他的意料之中了。

待丹增活佛瞧过佟妈妈的脉象，当即叹口气道："阿弥陀佛！人生自有天命，万事不可强求，一切都有定数。老施主因为伤势过重，已不可治。但她一生行善积德，当有正果。"遂劝两个孩子不要悲伤，赶快沐浴更衣，准备后事吧！喜春儿和努尔哈赤听了如遭晴天霹雳，一时心如刀剜，都晕了过去。半晌两个人才苏醒过来，在小沙弥的帮助下，为佟妈妈沐浴整容，替换衣裳。活佛亲自为佟妈妈诵经超度。不一会儿，佟妈妈的面色由苍白转向红润，脸含微笑安详地魂归天国。二人依活佛指点，把佟妈妈的遗体葬在了一株高大的海棠树下，并在大树后边的岩石之上，雕刻了佟妈妈的画像以示纪念。说也奇怪，后来这棵海棠长得特别繁茂，粉白色的花朵尤其引人注目，那鲜红色的果实让人倍觉可亲。山里的人们心生敬重，从来没有人碰它，它的果实全部落到了地下。许多年以后，围绕着它长成了一大片海棠林，这周边的石壁上，也雕琢了大量的石刻，像是一座浑然天成的庙宇。而原来佟妈妈的那尊石刻，不知何时竟然变成了慈眉善目的绿度母，让世人皆暗暗称奇。不过这都是大清朝建国以后的事了，是不是与努尔哈赤有关，就不得而知了。

就这样，努尔哈赤和喜春儿便在海棠山住了下来。喜春儿会洗衣做饭，就到后院去帮厨，有时也做些零活。努尔哈赤则跟着丹增活佛诵经学法，日子长了，似觉有些乏味。一日早课，努尔哈赤跟着僧众学习《俱舍论》，诵完《般若波罗蜜多心经》，正准备起身去吃斋饭，活佛招手示意让他到内堂，问他下步有何打算。

努尔哈赤望着活佛颤声答道："外祖父突遭不测，亲兄弟下落不明，官军正四处搜捕，虽有家却不能回，我现在只能浪迹天涯，还能有什么打算？"言语之间心灰意冷，情绪极其低落。他见活佛并未吱声，以为寺院不想留他了，就又说道："明军三天两头就来骚扰，如果宝刹感到不便，我们兄妹俩即刻起身，再寻落脚之处，大师不必为难。"

丹增活佛笑着说道："阿弥陀佛！吾心天知。老憨儿你误会我了！你是青岩洞主请来的贵客，又是有大根基之人，寺院怎么会赶你走？你来看！"说着打开一个长长的卷轴，原来是用羊皮绘制的一张《九州山川地理图》。努尔哈赤跟徐哑巴学过历史和文化，知道这是一份全国地图。那上面用细笔，工整地标注着各州、府、县、村庄道路以及山峦、河流、湖泊的位置。但努尔哈赤不解其意，他不明白丹增活佛为什么让他看这个。

见努尔哈赤有些疑惑，丹增活佛接着说道："人生无常，吉凶难料。男子汉大丈夫生于天地之间，自当悲天悯人，以拯救天下众生为己任。只有放眼中华，心承黎庶，积仁德于万世，播恩泽于四海，方不枉生来一世。岂可被一时恩怨、些许挫折、血脉亲情和繁杂琐事所缠扰？我听青岩洞主说你是可造之才，当随我苦其心志，劳其筋骨，壮其体魄，以资大业。"努尔哈赤听罢恍然大悟，急忙叩头表示感谢，从此对诵经礼佛不再厌倦。活佛又教他学习《孙子兵法》和《阃外春秋》等书，见他进步日臻，高兴异常。

一日得到活佛允许，努尔哈赤随喜春儿去山上摘杏采蘑。由于多日难得单独相处，两个人心情都特别愉快。他们有说有笑，边做边聊，不大一会儿，两个背篓就装得满满的了。由于时间尚早，两个人又去佟妈妈的墓前祭拜，与老人家说了好长一会儿的话。刚刚下得坡来转过隘口，忽然间一阵疾风蓦来，吹得树枝树叶哗哗作响，险些把二人弄个趔趄。

"真是怪了！都夏天了，咋还有这么大的风啊！"努尔哈赤有些奇怪，他一伸手拉住喜春儿，站稳脚步刚一回头，不禁吓出了一身冷汗。只见一只吊睛白额大老虎张牙舞爪，嗖的一下向他们扑来。努尔哈赤和喜春儿躲闪不及，双双吓得趴在地上。那只大老虎腾空而过，将两个背篓撞得稀里哗啦，蘑菇和鲜杏子撒了一地，却救了二人两条命。

努尔哈赤和喜春儿惊魂未定，那只大老虎又转身扑来。喜春儿吓得瘫在地上，动弹不得。努尔哈赤虽然有些功夫，但他为了保护喜春儿，不敢大胆与老虎周旋，只能在原地腾挪闪跳，遮遮挡挡。打斗之中，那老虎的右后腿被努尔哈赤的短刀割伤，鲜血溅了努尔哈赤一脸。

那老虎疼痛难忍，恼羞成怒，虽然受伤但并未转身，却突然一个倒蹲，铁棍一样的尾巴向努尔哈赤扫去。只听啪嚓、扑哧两声，努尔哈赤的右腕被击中，那把短刀唰地飞出，顺势插在松树之上。努尔哈赤感到一阵钻心的剧痛，有些立足不稳，眼前金星乱飞，脑袋也有点儿眩晕。喜春儿被吓得妈呀一声，抖如筛糠。但那只大老虎毫不客气，愤怒地咆哮一声，又转身扑来。

就在这千钧一发的时刻，忽听得树林中一声断喝："虎痴！不得无礼！还不退下！不可伤他！"那老虎闻听此言，竟然服服帖帖，乖乖听话，突然收住脚步，喘着粗气，跑到旁边蹲了下来，好像一只温驯的大猫。

努尔哈赤惊异之余，抬头看去，又是那位黑衣黑裤的黑老太婆，披着黑斗篷，骑着黑毛驴，手拿一根黑色的木棍，正在拨弄那只老虎的头，笑盈盈地说："我告诉你虎痴，你可以每日陪他玩耍，但是绝对不可以伤他，记住了吗？"那只大老虎竟然孩子般地点了点头，好像还有点儿不好意思了，这让努尔哈赤觉得十分好玩。但等他拉起喜春儿再抬头看时，那位黑老太婆又不见了。

十二

说来有趣，那位黑老太婆虽然走了，但那只老虎并没有走，它仍然温驯地蹲在那里，两眼放射出柔和的目光，完全没有了方才凶神恶煞的样子。努尔哈赤虽然感到奇怪，但他也不敢再停留了。他细心地捡起散落的蘑菇和水果，搀着喜春儿向山下走去。那只老虎竟然友好地跟着他们，一直护送到山门之内，然后才一瘸一拐地走了。

回到寺庙之后，努尔哈赤和丹增活佛说起这件事，丹增活佛一点儿也没有吃惊，他望着努尔哈赤双手合十："阿弥陀佛！造化呀造化！施主福运匪浅，屡有菩萨相助。那虎痴乃青岩洞主亲手调教，你怎么会是它的对手？不过这下好了！它成了你的朋友了！将来你自当获益匪浅。"努尔哈赤听后仍觉诧异，但他没有再问。

然而更令他诧异的是，过几日他又上山，那只老虎竟然在山门之外等着他，而且一路领着他走，这让努尔哈赤大惑不解。他想反正活佛今天也没交代什么紧要之事，不如就跟着这只老虎，看它到底要干什么。他跟着那只老虎穿山越岭，转弯抹角，走了很远的路。山是越走越高，林子是越穿越密，渐渐地他已感觉有些吃力了。每当此时，那只老虎便会停下来等他，一副十分友好的样子。就这样，他跟着那只老虎一直走到海棠山的腹地，在一个背风向阳的石洞前停了下来。

努尔哈赤蹲在石洞前的小溪边刚洗把脸，忽然听到一声长长的虎啸，没等回音落下，就见四只小老虎从石洞中欢叫着跑了出来，呼啦一下子围在虎妈妈的跟前，一个个摇头摆尾，摩肩擦背，撒娇撒欢，十分可爱。那只大老虎则用舌头挨个舔过，然后领着这些小家伙在努尔哈赤对面坐了下来，像是一家人在迎接一位远来的贵宾。

努尔哈赤既觉离奇，又觉有趣。他是在山林中长大的狩猎高手，见过各种各样的飞禽走兽，但是从没见过这样通人性的动物。心想既然它们这样友善，自己也应该有所表示呀！于是他对着一大四小五只老虎拱手施礼，然后顺着小溪向山上走去。不一会儿，他射下几只山鸡回来，扔与几只老虎，权当上门之礼。那几只小老虎见了并不上前，只是用征询的目光望着妈妈。待等那只大老虎用前爪挨个摸过，用鼻子挨个嗅过之后，它们才一哄而上，撕咬起来。

这一日努尔哈赤同老虎们玩了大半天，那只大老虎领着他去了四五处好玩的地方。小老虎们则陪着他采了许多蘑菇和水果，还同他在小溪边摔打追逐，闹了一个多时辰。努尔哈赤长这么大，还从来没这样开心地同野兽们玩耍，他感到十分刺激和新奇，直到傍晚了才恋恋不舍地离去，那只大老虎又一直把他送到庙门口。一来二去，他与老虎们混得熟了，竟能明白彼此的意思和肢体语言，成了十分要好的朋友。

一晃又过了半年。一日清晨刚下完小雪，努尔哈赤被丹增活佛唤去，伸手递给他一个黑黑的盒子，里边是九颗红色的酒盅儿大小的药丸子。努尔哈赤不解其意，活佛对他说："这是一盒九宫大力丸，是用豹筋、虎胆、熊掌、驼蹄、鹿茸、狗宝、牛黄、马肾和海棠山的大黑蚂蚁配制而成。你每隔三天在睡前服上一颗，晨起后再按图示练习功法，一个月后自当功力猛进。你以前虽经高人指点，轻功技法和刀枪弓马都还不错，但是力道稍差。服用此药，习练此法，可以助你成功。你身负大任，切莫偷懒，日后自当受益无穷。"努尔哈赤千恩万谢，每日遵照活佛的叮嘱，刻苦练功，从不间断。那些老虎上门找他来玩，他试着用所学功法与之周旋，自觉周身力气大长，尤以两臂更加明显，竟能轻易抓举大虎，令他欣喜万分。

冬去春来，树梢放绿。一日太阳刚冒嘴，努尔哈赤晨练归来，就见小喇嘛扎西急匆匆地走来,边走边喊:"老憨儿哥哥!活佛回藏去了!临走时让我送封信给你。"说完拿出一封没有拿口的书信。

努尔哈赤接过书信没有立即就看,却着急地问道:"活佛什么时候走的?怎么就没能见上一面?"

那小喇嘛扎西喘着气说道:"你也知道活佛的功力,走虽是才走,怕是你也追不上了!师父既是留下书信,他就没想着再见你,你还是看信吧!"

努尔哈赤跑出庙门,登上山崖向西方张望,哪里还有活佛的影子?只见一片彩云向远方飘去。他不禁满腹惆怅,只好拿出信来观看。只见活佛在信中写道:"努尔哈赤!我的徒儿!师父虽是第一次称呼你的名字,但我早就知道你的根源了!十一年前恩师派我来到关东,半年多前你临危逃难来到此山,终于成就了我们的一段师徒因缘,也完成了我们格鲁派师门的一个夙愿。如今老衲受青岩洞主之托,所应之事均已办妥,就遵师命回藏去了。临行之时,百感交集,恐致不舍,不见为好。但是为师嘱你,本寺非汝久居之地,汝可携喜春儿再赴他乡。官府虽然到处抓你,却有更安全的地方。你明白佛灯虽亮,座下仍黑的道理吗?走的时候,你把那张《九州山川地理图》带上,日后对你和你的子孙大有用处。另外,寺中护山神犬黄龙颇有灵性,是我从藏区带过来的,也一并赠送给你。它会忠心护卫你的安全,助你成就宏图大业。别了!我的徒儿!天下虽大,佛法无边。人生虽短,灵魂久长。不要感伤,切莫流泪,也许我们还有见面之时,那时候黄教就传遍中华了!阿弥陀佛!为师至嘱。"

努尔哈赤读罢多遍,似觉活佛就站在他的面前,他不由得眼含热泪,哽咽。几个月来,活佛待他情比高山,恩同大海,不仅谆谆教他学文,而且刻苦教他习武,让他悟性大长,心智陡增。虽未正式拜师,但却情同父子。努尔哈赤遥望西方,叩头致谢,几番大礼,方才起身。

努尔哈赤走进山门,正想回住处去收拾东西,却见寺中僧人都来相送,喜春儿也已打点停当,笑盈盈地立在大殿门前。那只大黄狗如同猛虎一般,正雄赳赳地站在她的身后。原来活佛早已吩咐就绪,努尔哈赤又是一阵心酸,眼泪差点儿就掉了下来。

努尔哈赤和喜春儿带着黄龙,告别了寺院中各位喇嘛,又去山上拜祭过佟妈妈,给她点燃了九支长香,跟老人家说了许多话,然后两个人才流泪离开。道路迢迢,山野茫茫,应该到哪里去呢?两个人的心中一片迷茫。

正在两个人立足十字路口,犹豫着不知向何处去的时候,忽见那只大老虎不紧不慢地走在前面,还不时地回头张望,好像在为他们引路。多日的接触和交流,努尔哈赤已知它甚有灵性,说不定是受了青岩洞主或活佛的派遣,于是便友好地挥了挥手,跟着它走。那黄龙摇摇摆摆,紧随其后,还不时竖起耳朵警惕地搜寻,好像一个极负责任的侍卫,令努尔哈赤感到好笑。

时近中午,将出山林,那老虎便不再向前行走。它蹲在路边一棵老树旁,一声不响,双目一直望着努尔哈赤,好像蕴含着无限的深情。努尔哈赤走上前去,用手抚摸着它右后腿的那条伤疤,向它歉意地点了点头,然后俯下身来,与那只大老虎吻颈告别。那只大老虎摆动着硕大的头颅,在努尔哈赤的怀里拱蹭良久,然后才慢慢地放开。

努尔哈赤和喜春儿与大老虎招手告别,向南走去。两个人转过山口,回头一看,那只大老虎还站在路边,向这边张望,这让努尔哈赤感动不已。喜春儿情不自禁地说道:"老虎虽为猛兽,但是也有真情。有人虽着衣冠,却是不如禽兽。天底下这些事情,谁又能说得清啊?!"二人感叹不已。

十三

按照努尔哈赤记忆中地图上标注的方向,前边就应当进入幽州地界了。幽州是明朝北边的疆土,李成梁的辽东总兵府就设在幽州所属的广宁卫。怎么办?到广宁去那不是飞蛾扑火、自投罗网吗?努尔哈赤有些迟疑。但他忽然间又心中一动,他想起了丹增活佛说过的话,"佛灯虽亮,座下仍黑""沙暴中心也许无风"!对!越是危险的地方就越安全。李成梁想不到我敢到他的身边去,我就偏要到那里去!寻找机会我还可以杀了他,为外祖父和亲友们报仇!想到这里,努尔哈赤豁然开朗,浑身是劲儿,不知不觉之间就加快了脚步,弄得喜春儿和黄龙一阵小跑。

刚过晌儿,两个人来到边陲小镇——镇静堡(今辽宁黑山白厂门镇)。由于走得又饥又渴,刚要进堡子想找个地方吃点儿什么,却见那路边大杨树下,有个卖吃食的小摊儿。一个穿着黑衣黑裤的黑老太婆,正在招呼着卖豆腐脑儿,旁边有几个过路的人在埋头吃喝。那黑老太婆手里摇着杨柳枝儿不断地吆喝,一头黑毛驴就拴在大杨树旁。

努尔哈赤和喜春儿看着都觉得眼熟,好像是那个两次搭救过他们的黑老太婆。但天下之大无奇不有,相似的人多了去了,他们不敢贸然相认,更不敢随意搭话。努尔哈赤有心移动脚步,但肚子已饿得咕咕乱叫。喜春儿见状连忙说道:"老憨儿哥哥,我这里还有些零钱,咱们就买些豆腐脑儿充饥吧!你看如何?"说着掏出几枚铜钱,递与那位黑老太婆。

那位黑老太婆接过铜钱,笑吟吟地舀了两大碗豆腐脑儿,一碗递与喜春儿,另一碗递与努尔哈赤。她望着努尔哈赤,似是不经意地说道:"我说孩子,这天气炎热，极易口渴，要不要放些香醋和辣子调味？"

努尔哈赤原来在建州老营的时候，从小跟着秀姑养成了习惯，最爱吃香醋和辣子，但自从逃难出来以后，已经好长时间没有吃过了。如今听了黑老太婆一说，当然求之不得，于是高兴地说："多谢婆婆好心！那就多放一些吧！"

那位黑老太婆闻言说声："好嘞！"当即从身后取出一个玻璃瓶儿，用小木勺从里面舀出些红色的粉末，又浇上一些醋汁，撒上一些香菜，那碗豆腐脑儿立时香气四溢，辣味扑鼻。"孩子！快吃吧！吃过了就没事了！既能解饿又保平安。"那黑老太婆似是很随意地说道。

努尔哈赤端起陶碗，稀里呼噜，狼吞虎咽，顷刻间将那碗豆腐脑儿吃得精光，连一个香菜叶都没有剩下。喜春儿此时才喝了不多一点儿，见努尔哈赤吃得香甜，便把自己那碗递了过来："老憨儿哥哥，你都吃了吧！我倒不怎么得意这股味儿。我这里还有几枚干果，将就着是可以充饥的。"努尔哈赤知道妹妹是心疼自己，很想推辞，但他实在是太饿了，几口下去又是一扫而光。

两个人吃完豆腐脑儿转身还碗，却发现那个卖吃食的小摊儿已经不见了。努尔哈赤四下观看，哪里还有黑老太婆的身影？连那头黑毛驴也不知去向。两个人好生奇怪，只好把那只陶碗揣在怀里往前走，想遇到那黑老太婆时再还给她。

兄妹俩刚走出三四百步，拐过一个弯儿，就见前面的漫山漫岗之上，横着一道边墙，边墙的正中有一座土楼，土楼的下边有一道明军的哨卡，十几个持枪佩刀的士兵，正站在哨卡两旁，逐个盘查着往来的行人。这时只听一个千户模样的军官高声喊道："都给我仔细点儿！可千万别让反贼漏网啊！否则小心你们的脑袋，总兵大人可在卫所候着呢！"那些士兵得令后不敢怠慢，一个个连搜带问，盘查得十分严格，稍不顺心就对行人又打又骂。

努尔哈赤跟着待查的长队排在后面，开始的时候并未在意。可过了一会儿抬头一望，却不由得大吃一惊。原来那哨卡旁边的木板之上，挂着一幅很大的画像。画像上的那个人黑黑瘦瘦，长发大眼，两耳有轮，眉心有痣，细看起来不是别人，正是自己呀！下边还有八个大字，打着红叉：朝廷钦犯努尔哈赤。一个百户模样的小军官手拿铜锣，时而敲一下就大喊一声："抓住活的赏白银万两，杀死反贼的赏白银五千！"

努尔哈赤见情况不妙，就想转身逃跑。但他伸头一看，前边只有两个人就轮到自己了，如果跑的话风险太大。何况自己的身后还有喜春儿，把她扔下来怎么办？还不得让明军给糟蹋啦？他不敢想下去。跑不成就顶上去！是死是活听天由命，顾不得那么多了！努尔哈赤昂首挺胸走上前去，一双眼睛睁得大大的，做好了随时搏斗的准备。

没想到那哨卡旁边的两名士兵连看都没好好看他一眼，就举手一推说："你过去!"然后就算过关了,喜春儿和黄龙也都顺顺当当地走了过来,没费一点儿口舌。

然而跟在黄龙后边的那个人就没有这么幸运了,那位黑黑瘦瘦的高个子青年刚进哨卡,立即被那个明军千户揪住:"你给我站住!该着我发财了!我看你就是反贼努尔哈赤!"随即不容分说,几个士兵一拥而上,将其五花大绑,押往卫所去了。

努尔哈赤见状,心中的一块石头方才落地,不免又为那位黑脸青年的命运担忧。不料这时喜春儿过来拉住努尔哈赤的左手,刚喊出一声老憨儿哥哥,就吓得连忙撒手道歉:"对不起呀!认错人了!"转身又向来路跑去。她心中一边跑一边纳闷儿,眼前这个身材高挑、面目清秀、白白净净的少年,也不是老憨儿哥哥呀!可这身上穿的衣服一点儿也不差呀!何况我还一直拉着他的袖子,始终跟在他的后面,怎么人就突然不见了呢?难不成真的见了鬼啦?

喜春儿满脸疑惑又四下睃巡,跟前并未发现穿同样衣服的人,她依旧转身抬头一看,那位白脸少年仍怔怔地望着她,一副迷惑不解的神情。

这时努尔哈赤见喜春儿突然松开他的手又走来走去,感到十分奇怪。于是他走过来轻声问道:"我说妹子,你怎么啦?你直瞅我干什么呀?难道不认识我了吗?"

喜春儿闻听努尔哈赤之言立马站住了,但是仍然疑惑地说:"我还真的就不认识你了!你是老憨儿哥哥吗?听方才说话的声音倒是你,可你怎么就变成了这副模样了呢?"努尔哈赤摸摸自己的头发和脸庞,也感到有些奇怪。

两个人走到一个僻静处,喜春儿拿出随身携带的小镜子,一边递给努尔哈赤一边说道:"你自己看看吧!咋突然变得这么好看了呢?但我瞅着别扭,我还是喜欢原来的老憨儿哥哥!"

努尔哈赤接过小镜子对脸一照,不禁大惊失色:"哎呀我的妈呀!怪不得妹子不认识我了,怎么就变成这副模样了呢?可我真是你的老憨儿哥哥呀!"这到底是怎么一回事呢?难道是方才那位黑老太婆做的手脚?努尔哈赤猛然想起,自己吃完豆腐脑儿以后,便感到脸上火烧火燎,他以为是辣子放得多了,并未在意。现在他突然明白了,这位黑老太婆三番五次救他,一定是世外高人,说不定就是那位活菩萨青岩洞主。他喝了老人家的豆腐脑儿,容颜大变,由此逃过了明军的盘查,这是他的救命恩人哪!他这么一说,喜春儿似乎也明白了:"我说怎么那样面熟呢?敢情她救过咱们两次。刚才我们喝完豆腐脑儿,老人家忽然就不见了,连碗都没收。"说到这里,两个人不约而同地去怀里一摸,更加诧异万分。怀里哪有什么大陶碗哪?原来是光灿灿的两锭大银!这下子两个人全明白了,立时高兴万分,有如此高人相助,日后必逢凶化吉。努尔哈赤对未来充满了信心,喜春儿则对老憨儿哥哥深信不疑。两个人挽着胳膊，牵着黄龙进堡子去了。

十四

这镇静堡虽然是个不大的村镇，但因为地处边关，堡子里驻扎着一千多明军，连屯耕的家属算在内，少说也有几千人。再加上离此不远的团山堡，有一个闻名辽东的马市，边境贸易十分活跃。因此蒙汉边民，熙熙攘攘，商业繁荣，热闹非常。

努尔哈赤和喜春儿买了一包烧饼，正想坐在路边小摊儿上喝碗热茶，忽听见前面不远处人声嘈杂，街上的人们都纷纷向那里跑去。年轻人好奇心重，两个人放下茶碗，揣起烧饼，随着人流就跟了过去。

走出不远，就见路东一座高大的青砖门楼里面，有一个很大的校场。校场内靠南边的一排木柱之上，捆绑着十几个黑黑瘦瘦的青年男子，他们正在被一队明军士兵轮番鞭打，校场内不断发出撕心裂肺的惨叫。木柱的旁边还站着两只壮硕的黑里带黄的大狗，它们龇着锋利的獠牙，伸着长长的舌头，嘴里发出断断续续的、可怕的呼噜声。几个明军的千户、百户模样的军官，此时正站在北面的点将台之上，比比画画，似乎在议论着什么。

努尔哈赤的目光扫过，一眼就看出在那些被打的男人中间，有一个是他刚见过的青年猎户。那人虽然已被打得遍体鳞伤，浑身是血，但却高昂着头颅，一声不吭，脸上反露出轻蔑的微笑。

原来李成梁虽然通过引诱王台，抓住了王杲，并将其解送北京，自己也因此受到朝廷的嘉奖，被破例地加封为太子太保，但由于时间不长，司天监又多次奏报，说紫微宫中仍有异样，那颗入侵的外星非但未去，反而更加明亮。首辅张居正因此疑心，王杲虽被处以磔刑，但他恐怕不是真正的反王，那个可怕的人物仍然逍遥法外。万历皇帝因而十分生气，下旨申斥李成梁办事不力，责令他迅速剪除反王，以绝后患。那圣旨中的措辞十分严厉，仿佛透露出阵阵杀机，令他想起来就脊背发凉，不寒而栗。为此李成梁近来撒下了大批人马，明显加大了搜捕盘查的力度。从几个漏网的王杲余党来看，他对阿台、阿亥兄弟并不担心。他觉得这兄弟二人虽然勇武，但欠谋略，并不具备其父的雄心壮志。而那个觉昌安的孙子努尔哈赤，却让他想起来就忧心忡忡，一种不祥的预感立即就笼罩在他的心头。

根据部下将士报告，就是这个努尔哈赤，在苏克素浒河边面对数百个明军士兵，竟然活捉牛开江这员骁将，轻易救走王杲又全身而退，然后消失得无影无踪。不久在科尔沁草原突然露面，却又打伤蒙古的兵丁而逃脱了索木图王爷的追捕。种种迹象表明，这是个有勇有谋的家伙，看似孤独无助但却左右逢源，吉星高照。从那双如电光石火般的眼睛来看，这个黑黑瘦瘦的长发少年更加可怕。李成梁隐隐感到，这家伙极有可能就是真正的反王。因此他下令画影图形，严格缉查。但由于连日来盘查无功、搜捕无果，朝廷又一再发文催促，那个与他一起镇守辽东的内府太监殷天雨，三天两头阴阳怪气，出言讥讽，因而他的心情一直十分焦虑。

　　这一日李成梁见天气晴好，他便亲率三百名士兵出府巡边。离开广宁卫后先到义州卫，然后便沿着柳条边缓缓前行。中午时分一行人马抵达镇静堡，李成梁便下令在千户所休息，顺便向驻地明军询问缉查情况。

　　那明军千户刘炳炎说：ّ"启禀大帅，末将谨遵严令，昼夜盘查，未敢有半点儿疏忽。稍有可疑之处即行拘捕，目前已抓住十几个人。这些人模样看着都像努尔哈赤，但无一人承认自己是反贼。因此既不能认定，又不敢放走，正想派飞骑向您禀报。今日幸得大帅亲自到此，就请您定夺明断。"

　　李成梁坐在千户所内的虎帐之中，毫无表情地听了千户刘炳炎的报告，听过之后半晌一言未发，良久才站起身来一挥手说道："给我打！给我狠狠地打，宁可打死一千，也别放走一个！我就不信抓不住他！"他明白这些人中间肯定没有努尔哈赤，但他必须这样做。这样一可以对上交差，二可以震慑百姓，看谁敢窝藏反贼，慢慢地就会把努尔哈赤逼出来。他为自己的想法扬扬得意，于是在那些人的惨叫声中大块吃肉，大碗喝酒。

　　不料这时跟在努尔哈赤身后的黄龙闹事了！这家伙见校场内有两只大黑狗，其中一只还是母狗，不知突然间动了什么杂念，竟然噌的一下蹿出，一直跑到那只母狗的身边，还伸过头去吻颈示好。那只母狗虽然此时遵照主人的指示，正在履行职责，对那些挨打的人实施威慑，心理上并无嬉戏的想法，但它一斜眼的工夫，发现身边来的这个家伙身强体壮，高大魁伟，一身金毛凸显身份尊贵，那威风劲儿好像一头雄狮。再看那双大眼睛明亮深邃，不怒自威，此刻却流露出脉脉柔情，那神态和动作均十分英俊潇洒。那只母狗见了不由得怦然心动，天下怎么还有如此漂亮雄壮的公狗？比我的那个伙伴可强多了！于是立即停止了狂叫，与黄龙四目相对片刻，然后吻颈嬉戏起来。

　　在如此大庭广众之下，那黄龙和母狗竟干出这般行径，可把旁边那只黑色的公狗气得不轻。它想你是哪里来的野小子？竟敢调戏我的爱侣？也太目中无狗了吧？我若不狠狠教训你一下，这口气怎么咽得下去？今后还怎么在人前为狗？于是还没等校场上的士兵出声吆喝，立即唰的一下冲上前去，对准黄龙的咽喉张口就咬。

这两只黑狗都是明军巡边的猎犬，个个长得像牛犊子似的，不但极为壮硕，而且十分善斗。那黑色公狗这一嘴若是咬上，那还了得？还不得当时就把黄龙的脖子咬断哪？！黄龙此时正在调情，与那只母狗玩得高兴。两只狗显然是一见钟情，它们的好感与时俱增，大有迅速发展下去的可能。

对于黑色公狗的突然袭击，黄龙虽然猝不及防，但它是谁呀，它是西藏日喀则草原上的獒王，海棠山岫云寺的护山神犬！其实它早就提高了警惕，一直用余光瞟着那只黑色的公狗。这时见那只公狗猛扑过来，略一摆头已轻轻躲过。还没等那只公狗转过身来，黄龙闪电一般俯冲过去，一下子就把那只黑狗扑倒在地，两只前腿狠狠地按住那只黑狗的胸口，利爪如弯刀般已抓进那只黑狗的肉里，然后一嘴向那只黑狗的咽喉咬去。

事情发生得太突然了，不仅那只黑色的母狗呆呆发怔，不知所措，就连在场的明军士兵们也都愣在那儿，说不出话来。待等他们看清那只黑色的公狗可能会被咬死，才嗷的一声同时大喊，挥舞着刀枪冲了过来，手中的家伙一齐往黄龙身上招呼。吓得喜春儿面如土色，一时竟不知说什么才好，只是用手指紧紧掐住努尔哈赤的胳膊，抖个不停。

努尔哈赤见状急忙大喊："黄龙！快跑！黄龙！快跑！"

黄龙其实没想咬死那只黑色的公狗，只是想吓唬吓唬这个暗下黑手搞突然袭击的家伙，不然有十只黑狗也早就没命了！它只是想告诉那家伙，天外有天，狗上有狗。对于日喀则草原上的獒王来说，以一当十、以一当百都是小菜一碟，咬死个把对手又算什么？此时听到主人呼唤，立即唰的一下如一道闪电，飞快地向努尔哈赤身边跑去。

努尔哈赤领着喜春儿、带着黄龙转身就跑，那十几个场上的明军士兵见状抬腿就追，校场上一时人声鼎沸，乱成一团。明军士兵虽然人多势众，道路极熟，但因为人们四散奔逃，堵塞了几条街路，所以尽管距离不远，却始终没有追上。待等追出街口一看，那条大黄狗和两个少年都不见了。

<h1 style="text-align:center">十五</h1>

李成梁酒没喝足，饭没吃好，闻听外边大乱，一时怒气冲天。他劈头盖脸一顿臭骂，吓得千户刘炳炎战战兢兢，磕头如捣蒜。他手下亲兵们的一顿皮鞭，打得校场上的十几个士兵哭爹喊娘，跪地求饶。骂也骂了，打也打了，李成梁仍未解气。他命刘炳炎将疑犯带到广宁卫羁押，待以后再慢慢审问，自己则带着人马离开卫所。但他不再向东巡视，而是拐向闾山北麓打猎去了。

原来李成梁嗜好打猎，每当他处理完手边军务，稍有空闲，便会带上几名亲兵，进山转悠，而且总是捕获很多猎物。这一日他心情不爽，便想借打猎排忧解闷。一行人离开大路，钻进山林，不一会儿就树木渐密，花草渐多，当是猎物出没之所，于是便屏息静气，四下搜寻起来。

过了天仙观不远，一名亲兵忽然轻声说道："大人请看！左前方莫不是只山羊？"一边说着一边用手指给李成梁看。李成梁闻之抬眼望去，果见一大一小两只山羊正在密林边啃草，它们低着头全神贯注，样子十分悠闲自在，好像根本没有发现他们。李成梁拈弓搭箭，看得较清，嗖的一箭射去，那只大山羊应声倒地。亲兵们见之齐喊："中了！中了！射中了！大帅真是神箭！"边呼叫着边一齐向前跑去。没想到眼瞅着就要抓住了，那只受伤的山羊却突然爬起来，带着小羊一阵狂奔。待等众人追到跟前之时，那两只山羊已双双跳下悬崖去了。

李成梁进山打猎多年，只要出手，从不落空，也从来没有遇到过这种情况。今天中而复失，不免让他有些尴尬。于是他对亲兵们自嘲地说道："我看这只大的是只母羊，原来就没想射死它，只想抓只活的回去喂养。没想到它们自己却跳崖了，这就怪不得我了！愿它们早点儿转世吧！阿弥陀佛！"

亲兵们闻之又是一阵恭维："大帅真是菩萨心肠，是这万物的再生父母哇！""大人金口祝愿，那山羊死而无憾！"李成梁虽觉这些话不伦不类，口是心非，但是听着倒也舒服，方才的不快也随之而去。

一行人走出不远，就看见有一群猴子在树杈上玩耍。它们一个个蹦蹦跳跳，嬉戏打闹，滑稽可爱。见李成梁率亲兵们走过来，不但不躲不闪，反而抛掷松塔儿向行人挑衅。李成梁打猎从来不碰猴子，他认为猴子与人同宗，不能猎伤同类。因此尽管猴子们无理取闹，他也不理它们。亲兵们见总兵大人如此，谁还敢无事生非，也都嘻嘻哈哈地逗趣而过。

没想到猴子们得寸进尺，欺人太甚。在李成梁骑着马通过一棵大松树下，为躲避一根侧枝略一低头的时候，一个年长的猴子竟然伸出手臂，一把将他的帅盔给摘了下来，并且戴在自己的头上，比比画画，做着鬼脸。亲兵们一见全都火了，挺枪就要向那只猴子刺去。李成梁大度地一挥手，笑着说道："猴子们通人性，也不过就是玩玩。算了算了！不必在意！"

可是下边的事却让李成梁不得不在意了。就在他仰起头来望着那只年长的猴子，招手示意讨要头盔的时候，一只蹲在高枝上的年幼的猴子，居然对着李成梁撒起尿来，那温热的尿液随同碎金似的阳光，穿过层层枝叶落在李成梁的脸上，就像伏天海边下的小雨，又腥又臭，又咸又臊。李成梁不禁勃然大怒："本帅今天真是晦气，应了古来留下的那句老话，大白天让猴耍了！给我打！弄死这帮可恶的家伙！"

亲兵们得令发一声喊，几乎是同时拿起武器，向树上的这些猴子掷去。但是由于树高林密，猴子们一声呼哨，顷刻间跑得无影无踪。那些亲兵的武器非但没有击中猎物，还有几把佩刀被猴子们绰在手里拿跑了，气得李成梁七窍生烟。

可气的事情刚刚过去，可怕的事情又来了！原来李成梁被猴子戏耍，丢了帅盔，心中便隐隐感到不快。他自小相信鬼神，十分在意因果报应和预兆命运之类。他感到"丢冠"暗喻"丢官"，"失盔"音近"吃亏"。今天的种种征兆，似乎不太吉利，因此他便想早点儿回去，换个日子再来。没想到一转念之间，忽听前边树林中一阵嗒嗒的蹄响，两只马鹿如闪电般飞身而过，李成梁瞬间猎兴又起。他平生除了爱猎猛兽，借此彰示武勇，还愿意追捕野鹿，来寄托自己的情怀。他觉得与这种快如疾风的走兽在林中驰骋，仿佛有一种逐鹿天下的快感。因此他顾不得招呼亲兵们了，自己一个人快马加鞭，向那两只马鹿追去。

眼见得距离越来越近了，看样子不会超过一百五十步了。以他的臂力和箭法，射中这两只马鹿手拿把掐，没有问题。但他并不急于发箭，他要的就是紧紧地跟住它们，追垮它们，累得它们筋疲力尽，然后生擒活捉。他深知胯下这匹御赐良马的脚力，他喜欢玩这种猫捉老鼠的游戏。

李成梁稳住战马，又追赶了一阵子，他看到前边的那两只马鹿已经步子散乱、摇摇晃晃，显然已经体力不支了。又回头一望，见后边的亲兵们也一个都没有跟上来，不禁心中有些得意。自己已过天命之年了，身体还依然这般硬朗，此乃上天赐给的福分哪！他端坐马上仰天长啸，心中残存的那点儿不快瞬间一扫而光。

李成梁高兴地望着那两只马鹿，见它们已经停下脚步回头张望，四只大眼睛同时流露出绝望的神情，不禁心中一阵狂喜。他自言自语地，又像是对那两只马鹿说道："可怜的小家伙！别害怕！跟着我回去吧！我不会伤害你们的！广宁卫的鹿苑里，你们的伙伴多着呢！那儿可比这里享福多喽！"

李成梁一边说着话，一边跳下马来，顺手从马褡里掏出两根绳索，微笑着向那两只马鹿走去。他的神情太过专注，眼睛只顾盯着前边了。走着走着忽觉脖子上一凉，一根绳索一样的东西带着一股大力，啪的一下将他搂头打倒在地，摔得他好一阵头昏眼花。待等他揉揉眼坐起来一看，不禁吓得灵魂出窍，妈呀一声重新倒在地上。原来在他的对面，有一条一丈多长，有大碗口粗细的巨蟒，正张着血盆大口，吐着一尺多长鲜红的芯子，瞪着两只鸡蛋大的眼睛望着他。那股说不出的难闻的气味迎面喷来，呛得他直想作呕。再看身后那匹宝马良驹，早没有了往常生龙活虎的样子，已经像堆烂泥一样瘫在地上，嘴里时而发出悲哀的叫声。

李成梁来广宁任总兵已经六年，过去只听说过闾山有蟒，但他从来没有遇见过。他虽贵为总兵，武艺高强，多谋善断，身经百战，在万马军中镇定自若，见血雨腥风如饮茶闲聊，但他平生最怕蛇，一想起这种爬行动物他就心里发怵，两腿发软。平时看到一条小蛇，他就怕得不行，何况今天碰到这样一个大家伙？一时手足无措，周身颤抖。

过了一会儿，李成梁定了一下神，见那条巨蟒暂时尚无攻击之意，遂拔出佩剑挡在身前，然后挪动躯体向后蹭去，他想寻机逃跑。不料那条巨蟒相当警觉，见他身子挪动，以为将要反击，立即唰地一抖身子，将那个大脑袋抬起有五尺多高，然后风一样向他扑来，那粗大而又冰凉的身躯即将盘上他的胸膛，而那根刀一样锋利的芯子已经触到了他的额头。吓得李成梁周身瘫软，闭目等死。

就在这生死攸关的时刻，就在李成梁完全绝望的当口，他忽然听到啪的一声闷响，紧接着那条巨蟒惨叫一声，竟然离开了他的身体，疼得在他身边翻滚。难得的良机、求生的欲望让李成梁陡生力气，一个侧翻，顺势靠在一棵大松树下。

还没等他坐稳，那条巨蟒在疼痛中已经缓过神来，它大概认定李成梁就是打它的凶手，不然自己的脑袋怎么会突然中弹？只有他在自己的身边哪！于是那条巨蟒携仇带恨，又一次腾空飞起，长长的身体像一根粗大的皮鞭，唰地悠起向李成梁横扫过来，立时把挡在前面的一棵茶杯口粗的小树拦腰斩断，眼瞅着就要落在李成梁的身上。

以这条蟒蛇的体量和力道，莫说是李成梁的血肉之躯了，就是头大犍牛也会被它打死。这若是打在他的腰上，定会把他的腰椎打断，如果落在他的头上，说不定会让他脑浆迸裂。李成梁不敢去想，但是显然跑已经来不及了！他哀伤地在心里长叹一声："本想建功立业，谁料我命休矣！汝器（李成梁的字）做何孽事？竟然遭此报应？"随即又一次闭目等死。

然而幸运之神再次降临，让李成梁大难不死，有惊无险。就在他情知必死的时候，忽然又听到啪的一声闷响，那条巨蟒在他的眼前应声落地，不知被什么物件击中，满头是血，疼得在地上翻滚，那狂摆的尾巴几乎碰到他的腿。李成梁惊得目瞪口呆，如同傻子。待等到他又听得啪的一声响过，那条巨蟒已经逃得无影无踪，不知跑到哪里去了！只在林地里留下了一大片被揉碎的血迹。

吓得半死的李成梁虽然胸中狂跳，浑身酥软，四肢一点儿也动弹不得，但他的脑袋清醒，心里明白。他知道自己是被人搭救了，可是只闻其声，不见其人，不知对方是哪路高手、何方神圣，竟有这般手段。他嘴里喘着粗气，四下张望，发现一个俊美少年迎面走来。那少年眉清目秀，面似银盘，长长的头发随便披在肩上，破旧的衣服强掩住匀称的身材，细腰孥臂似乎有满身武艺，大手大脚却看不出一点儿粗俗。李成梁正在细细打量，那少年已经走到眼前，轻声问道："你没事吧？伤着了没有？要不要我扶你起来？"

面对着那少年一连串的问话,李成梁虽然听得清楚、看得明白,但他只觉得心慌气短,舌头不听使唤,怎么着急也说不出话来,无奈之中他只好困难地摇了摇头,表示不必了!他要靠在大树下休息片刻,恢复一下。

努尔哈赤明白这个人是被蟒蛇吓昏了,又被毒气所熏,造成暂时性的体能失控,并没有真正受伤,过一会儿就会有所缓解。于是他拉起那匹战马,扶正它的鞍鞯,又捡起丢在地上的佩剑,然后用宽大的树叶去崖边接来一些泉水,双手捧与李成梁喝。

李成梁喝下一些泉水,感到心中不再狂跳,周身也比方才好多了,他感激地朝那少年点了点头。这时候他才发现,在那位少年的身后,还有一位美丽的少女和一条雄壮的大狗。那少女衣衫破旧却非常洁净,面目清秀却非常质朴,朴素的衣着掩不住秀美的身材,柔和的目光流露出心中的善良,让他觉得似曾相识。他搜索记忆,脑筋飞转,突然想起来了:她酷似自己的掌上明珠、已故的十二岁的爱女铁春儿!十年前铁春儿因病夭折,几乎让他痛不欲生,也由此让他投笔从戎,开始了他的军旅生涯。近日来铁春儿常在梦里出现,难道是她在冥冥之中救了自己?

李成梁在心里想着,嘴里就不由自主地说了出来:"是你救了我吗?我的孩子!"

努尔哈赤见李成梁已能说出话来,十分高兴,立即接过来说:"是的!是我救了你!是我们一起救了你!"

努尔哈赤的回答让李成梁心中一震,他的意识立刻从回忆中回到现实。他抹了一把额头上的冷汗,山风吹来,他感到脊背一片冰凉,头脑也更加清醒起来。四肢的自如随之让他恢复了自信,随即他站起身来正色问道:"你知道我是什么人吗?为什么贸然出手救我?"

努尔哈赤摇摇头说:"不知道,但能看出您是一位了不起的人,看面相和气质就与众不同,让人尊重。山中有难,只要遇上了,不管是谁都要救的,请您不必介意。"

对于努尔哈赤的回答,李成梁显然感到非常满意,他开始对这位俊美少年产生了好感。于是他挂好佩剑,整理了一下衣衫,牵着马缰又接着问道:"你们家住哪里?叫什么名字?在这大山里干什么呀?"他的眼睛紧盯着喜春儿,希望她来就此做出回答。

但是喜春儿羞羞答答,脸色绯红,只把头埋在努尔哈赤的身后一言不发。努尔哈赤略一思索告诉李成梁:"我们是河北沧州人,我叫小罕子,她叫喜兰儿,是我的妹妹。三个月前,我们兄妹俩到义州卫来寻亲,不想舅舅已经搬走了,下落不明。我们在此无亲无故,衣食无着,只好进山找些野菜、野果充饥,采些草药、打些猎物换钱，想攒些盘缠后再寻生路。不想在这大山之中就遇见了您，真是我俩的福分哪！"

李成梁听了心中高兴，随之夸道："你倒是好身手哇！你用什么赶走了巨蟒？那是件什么武器呀？能告诉我吗？"

努尔哈赤听了憨厚一笑，立即从地上捡起一块石头说道："我自小就放羊，一个人要放很多的羊。羊不听话，四处乱跑，我便用小石子圈它们。日子久了，打得准了些。刚才我就是用三颗石子，打跑了那个大家伙。不过这不是我的功夫好，而是您的造化大。我就是不出手，您也会安然无恙。吉人自有天助，那蟒蛇是绝对伤不到您的！"

努尔哈赤的话虽然口是心非，但是李成梁听着心里舒坦，他觉得自己今天逢凶化吉，说不定真的就是天意！那么自己同这两位少年可能就有些缘分。既然是恩人嘛，说什么也得谢谢才是呀！正想着心事的时候，后边的亲兵们跟上来了。一名参将气喘吁吁地说道："大帅，您的马也太快了！简直是在飞呀！我们怎么着急也追不上您哪！"

李成梁立即绷起面孔，装作什么事也没有发生一样，顺手向左前方一指："把那两只马鹿抬回去吧！送进鹿苑好生喂养！"说着又把头转向努尔哈赤和喜春儿："小罕子！喜兰儿！你们俩跟我走吧！进城里坐坐。"说完翻身上马，头前走了，好像招呼多年的亲随或自己的孩子一样，令在场所有的人都感到有些莫名其妙。

十六

这广宁城可是个大地方，不仅驻有辽东总兵府，还有镇守太监府和辽东巡抚衙门，是当时东北的政治、军事、经济和文化中心。它西牵医巫闾山如天然屏障，东控辽河平原似一夫当关，是北拒辽东蒙古、南连宁锦京津的战略要地。广宁城城高墙固，壕宽水深，设施完备，防卫森严。仅城中四卫就驻有两万多人马，加上屯田的家属在内，就有十万多人。如果算上城中的居民和周边的农户，广宁城当时的人口应当有五万户二十万人以上。况且城内街路笔直，店铺林立，官衙和民居错落有致，楼宇和古塔参差其间，车马往来不绝，人流熙熙攘攘，显得十分热闹和繁华。努尔哈赤和喜春儿从来没到过这么大的城市，他们尾随着队伍边走边看，眼睛都有些不够用了。

也不知道过了几趟街，穿过了几条路，反正过了鼓楼向东南走出不远，这支从北门进城的队伍就停了下来。前头的李成梁翻身下马，有亲兵接过缰绳将马牵

259

走，然后就带着亲兵们走进了院子，拐过一个月亮门就不见了。

努尔哈赤和喜春儿来到门口，抬头一看，高大的青砖门楼上雕梁画栋、翘脊飞檐，门楣上有一牌匾，上书五个烫金大字"辽东总兵府"。下边有一个正门两个侧门，那松木漆成的门槛儿足有二尺来高。门口蹲着两尊石狮龇牙咧嘴，十分威风。门口右侧竖着一杆大旗，上书一个大大的"明"字，随着南风的吹拂哗哗作响。正门口两侧有四位魁梧大汉，身着戎装，手按腰刀，身子一动不动，好像是雕塑。

走到门口，努尔哈赤刚想抬脚进去，守门的士兵伸手一挡，拦住了他："你是什么人？敢擅闯总兵辕门？还不退下！"

努尔哈赤连忙说道："是队伍前头的那个人让我们来的！不信你去问他。"

"大胆！真是不知深浅！"那士兵严厉斥责，"你知道前边的那个人是谁吗？他是总兵大人！是你随便能叫的吗？你编造假话，小心被治罪！"

努尔哈赤闻之气愤，一再好言争辩，但那士兵态度强硬，就是不允，甚至伸手要打。正争吵间，就见院子里走出一位将官模样的人，他面无表情地对努尔哈赤说道："你是叫小罕子吗？大人有令，安排你到军马场去养马。你的妹妹也一同过去，给烧个饭、帮助干点儿零活什么的，可以安下身来，有口饭吃。愿意干，你们就留下。不愿意，这里有几个铜钱，拿去做盘缠就走人吧！"说完扔过一个小布袋，又用讥讽似的眼神看着他俩。

直到此时，努尔哈赤才算彻底明白，原来他救下的这个人竟然是自己的仇人，杀害外祖父和亲友的辽东总兵官李成梁！他的心中这个悔呀，这个恨哪！满口牙齿咬得咯嘣咯嘣直响。他悔不该在山林中救下这个狗官，让巨蟒缠死了多好哇！他恨不得一步飞进府衙，将李成梁当即碎尸万段！他心里想着复仇，眼睛喷着怒火，那名将官说的什么他一句也没听见。还是喜春儿扯动他的衣袖，向他说了一遍他才明白。

努尔哈赤心中搞不清楚，李成梁为什么就变卦了呢？在山里时不是说得好好的吗？怎么现在连大门都不让进了呢？怎么办？是走还是留？想起了外祖父和亲友们的被害，他的意志一下子坚定下来。对！不能走！我绝对不能走！我要寻找机会为亲人报仇，除掉这个双手沾满女真人鲜血的家伙！想到这里，他把那袋铜钱又还给了对面的将官："代我谢谢大人！铜钱我们不要。我们要的是好好活着，不被人当作牛马就好了！"

那名将官接过布袋轻蔑地一笑："既然不要钱，就去养马吧！"说完从怀里掏出一封密札，交与努尔哈赤，摇摇摆摆地转身走了。

努尔哈赤兄妹俩拿着总兵府的那封密札，边走边打听，过了城西门又走出好远，才找到了建在闾山脚下的军马场。那时候由于广宁是军事重地，周边驻有许多人马，所以军械营、甲仗库、铁工坊、草料场、冶炼队、煎盐军等一应俱全。间山脚下的这个军马场，是当时辽东地区最大的战马驯养中心，饲养着从各地挑选而来的一万多匹好马。李成梁把努尔哈赤兄妹安排在这里，不知出于何种考虑，但肯定不是报恩和答谢，估计是怕他被蟒蛇袭击的丑事传开吧，因为这里是封闭管理。

到了军马场，努尔哈赤经人指点，把那封密札交给了马场总管柳太成。柳太成给他俩分派了活计，又领他们进了一间破旧的草房："这里就是你们的住处了！吃饭的时候会有人叫你们。"说着话的时候，一双邪淫的眼睛老往喜春儿身上溜，看得喜春儿心里直发毛。

至此兄妹俩就暂时在这里安顿下来。一间无纸漏风的屋子，两张活头撼脑的板床，环境是够艰苦的了。但对于努尔哈赤来说，心中倒很高兴。他觉得仇人近在咫尺，雪恨大有可能，因此极为亢奋。喜春儿就不用说了，一是她已过惯了苦日子，挨点儿累受点儿罪不算什么。二是她在哪儿都无所谓，只要同老憨儿哥哥在一起，她的心里就像盛开着一朵花，成天都笑得合不拢嘴儿。

喂养百八十匹马对于努尔哈赤来说是小菜一碟，他干得轻松愉快，很快就赢得了大家的尊重，同伴们都很喜欢这个新来的"小罕子"。努尔哈赤也和大伙儿处得很好，诸般都很遂心。只是对于喜春儿妹妹，他却一直惦记得不行。白天一分开，他的心里就打鼓，生怕会出了什么事。

没想到时隔不久，喜春儿这边还真就出事了！原来这军马场做饭的是一对老夫妇，男的叫作巴图海，女的叫什么名就不知道了，人们都喊她巴婶儿。努尔哈赤听人说，间山脚下的这块荒地，原来是他们的家园，六年前被李成梁派兵强占了去。两位老人无处可去又衣食无着，就被迫留了下来给马夫们做饭。老夫妇俩朴实厚道，正直善良，见喜春儿这姑娘不但美丽温婉，而且勤劳孝顺，因此非常喜爱，把她当成亲闺女一样看待。开始的时候努尔哈赤每天有空就来看她，经常帮助干这干那，与老夫妇处得亲如一家，喜春儿的心情也就十分舒畅。

谁承想背后有一双贼溜溜的眼睛，早把喜春儿给盯上了！原来那马场总管柳太成自从见了喜春儿之后，就被她的美貌给迷住了，一想起来就淫心荡漾，不能自制，有时竟连哈喇子都流了下来，有事没事总爱往伙房跑，见了喜春儿嬉皮笑脸，没话逗话。但是碍着巴图海老夫妇在场，因此他虽然馋得抓耳挠腮，但始终没得着机会下手。

也是该着喜春儿出事，恰好那日广宁逢集，巴老爹要赶着车去城里买菜，巴婶儿便想搭车进城，买些针头线脑和零星碎布，好给马夫们缝补衣裳。老夫妇临走的时候，把粮食、蔬菜和油盐酱醋等一应东西全交代好了，叮嘱喜春儿自己做顿午饭，然后便放心地进城去了。

那马场总管柳太成看在眼里,乐在心上。他见马夫们已经纷纷上岗,伙房那边肯定没有别人了,于是便蹑手蹑脚地悄悄溜了进去。进得门来,他发现伙房内蒸汽弥漫,灶火熊熊,朦胧之中好像人间仙境。而那个在灶前添柴烧火、面若桃花的姣美身躯,则如同这仙境中的美丽女神。

柳太成看着喜春儿那可爱的样子,不由得心跳加快,热血沸腾。他再也无法控制自己的淫欲,三步两步跑上前去,一把抱住喜春儿的后腰,那长满胡须的臭嘴便向喜春儿的脸蛋儿蹭去。那脸蛋儿太诱人了,娇嫩得如同三月的桃花。

柳太成的这一粗莽的举动,把喜春儿吓了一跳。凭直觉,她知道肯定不是老憨儿哥哥。老憨儿哥哥尽管对她特别好,打心眼儿里喜欢她,而且佟妈妈在去世前,已经把喜春儿许配给他,但他对喜春儿特别尊重,从来就没有过越格的举动,只是经常拉着她的手,那是把她当妹妹。今天这个家伙一上来就亲嘴,肯定不是什么好东西!喜春儿本能地两肘一挣,推开来人,转过身去一看,不由得柳眉倒竖,杏眼圆睁:"柳太成!你要干什么?赶快给我出去!出去!不然我就要动手了!"一边大声喊着,一边将烧火棍高高举起。

那柳太成一见恼羞成怒:"耶嚛?你个下三烂的小丫头片子!不识好歹的东西!爷爷我稀罕你是瞧得起你了!别黄狗坐轿——不识抬举。今天你若顺从了我,日后自有你大大的好处!来吧!小美人儿,别装了!跟谁不是跟哪!大爷我的功夫好着呢!保证让你欲仙欲死!到时候你可别求我!"说着跳跳钻钻,抓耳挠腮,一把抱住喜春儿就往柴堆上推。喜春儿急得高声大喊,连蹬带踹,无奈身小力薄,怎是那柳太成的对手?只听扑通一声,她仰面朝天被推倒在柴堆之上。

那柳太成甩掉外衣,一阵狞笑,上前一把撕开喜春儿的上衣。正要动手动脚,忽听得身后哗啦一声,门被撞开,随着一股轻风吹过,一条大黄狗如一道金光应声而至,一下子把柳太成扑了个大前趴,连下颌子也已经抢出血来。

那柳太成也是练过武的,如今见身后遭到攻击,立即一个鲤鱼打挺,啪地跃起,顺手捡起地上的腰刀,劈头盖脸向黄龙砍去。他一边举刀砍去一边气得破口大骂:"是你这个畜生坏了我的好事!我非剁死你,把你抽筋扒皮点天灯!"

没承想那大黄狗也不简单,尽管柳太成的刀法又快又狠,但是仍然让他扑了个空。原来那黄龙虽然只是条藏獒,与人交战的时候确实不多,但败在它爪下的猎犬却不在少数,它眼疾爪快,动作敏捷,扑若游龙,腾如闪电,见柳太成的腰刀劈来,稍微一纵躲过,未等柳太成收式改招,即后腿用力,前身跃起,张开血盆大口,唰地向柳太成的裆下掏去!吓得柳太成妈呀一声,急忙跳出三尺开外,躲过一劫,但是后背已惊出半身冷汗。

这边一人一狗战成平手，那边喜春儿却吓得哆嗦成一团，不知如何是好。这工夫只听得一声断喝："黄龙退下！待我降他！"随后声落人到，一个英俊少年如股疾风，嗖地就飘了进来，人落在地上一点儿声音都没有。喜春儿抬眼观看，正是老憨儿哥哥，不禁哇的一下哭出声来："老憨儿哥哥，你咋才来呀！快来救救你妹妹呀！这个坏蛋！他欺负我！"喜春儿手指着柳太成，一边哭泣一边说道。

努尔哈赤上前扶起喜春儿，帮助她穿好衣服，然后转过身来高声怒斥："毫无廉耻的东西！猪狗不如的败类！你也当个官？你也做个人？你家没有妻子儿女、兄弟姐妹呀？我的妹子才多大呀？论年龄她应该是你的孙女了！你怎么就下得去手？难道你是畜生吗？"

见努尔哈赤一个小小的马夫，竟敢对他损损刮刮、说三道四，柳太成不禁勃然大怒，气冲斗牛。他厚颜无耻地说："我说小罕子，你算个什么东西？竟敢满嘴喷粪，辱骂本官？我下手怎么啦？我下手是瞧得起她！她早晚不得两腿一劈嫁出去呀？跟了我是享福去了！让开！"边说边用手推开努尔哈赤，伸手就来拽喜春儿。

努尔哈赤见状伸臂去挡，把喜春儿拦在自己的身后，没想到那柳太成欺人太甚，越发嚣张，伸手一个大嘴巴扇了过来："别给脸不要脸！我今天就要硬抢了，你说怎的吧？大爷我今天不但要抢走她，而且还要立马睡了她！"说完拽起喜春儿就走。喜春儿绝望地失声叫喊："快救我！老憨儿哥哥快救我！"

努尔哈赤血往上涌，怒不可遏，他虽然不愿惹事，但他实在抑制不住愤怒的情绪，他不能眼瞅着喜春儿落入虎口。于是他飞步上前，一边拉住自己的妹妹喜春儿，一边就势飞起一脚，照准柳太成的后背踢去。努尔哈赤这一脚携仇带恨，用足了力气，竟然把柳太成从伙房的小窗户踢出，一下子摔出三丈开外。柳太成肥胖的身体就像一个硕大的软锤，扑通一声砸在一排酱缸之上，居然把一口大号的酱缸砸成了几瓣，黑黄色的黏稠的液体立即沾满了他的全身，使柳太成简直成了一只从粪缸里爬出来的癞蛤蟆。

闻声赶来的马场卫兵们不明就里，七手八脚地把柳太成搀扶起来。柳太成疼得龇牙咧嘴，哎哟吼叫，好半天才说出话来，而且有些语无伦次、含混不清。原来努尔哈赤这一脚踢得太重了，摔折了他的三根肋骨和一根腿骨，门牙还不知怎么也掉了两颗，连嘴唇子也弄豁了。他费力地指着努尔哈赤，上气不接下气地哭叫："快、快、快、抓、抓、抓住小罕子！都、都、都是他、他、他干、干、干的、好、好事！把他给、给、给我、我、我送进死、死、死囚、囚、囚营、营营去！"十几个马场卫兵不容分说，扭住努尔哈赤就往外走。

这时候巴图海老夫妇已经赶了回来，见喜春儿蓬头垢面、衣服散乱、满脸委屈、只是啼哭，问什么都说不清楚，忙转身拉住努尔哈赤问道："我的孩子！这是怎么啦？他们凭什么抓你呀？"

还没等努尔哈赤回答，那柳太成就瞪眼骂道："咋、咋、咋回、回事？都、都、都是、是你、你、你们俩干、干、干的好、好、好事！早、早、早给、给、给我留、留、留点儿方便，大、大、大、大爷我早、早、早就得、得、得手、手了！都、都、都怨你、你、你们俩、俩，我、我早看、看你俩不、不顺、顺眼了，说、说、说不定是、是反贼同、同伙，等、等、等我慢、慢、慢慢地收、收、收拾你们！"

努尔哈赤见喜春儿追了出来，泪流满面，于是他像是对喜春儿，又像是对柳太成等人高声喝道："好妹子！不要哭，也不要怕！你哥哥我没犯什么罪，他们也不能把我怎么样！我们是李总兵派来的，不怕别人诬陷。你好好地跟着老爹和巴婶儿待着，谁若是敢动你一根头发，我就扒了他的皮！"说完大踏步走了出去。

眼瞅着心爱的老憨儿哥哥被卫兵们押走，喜春儿心疼得晕了过去。但是她又毫无办法，只能把一腔思念埋在心底。没有了老憨儿哥哥在自己身边，她觉得百无聊赖，心神不宁。无奈之中，她只好白天跟着老夫妇在伙房干活，足不出户，晚上则顶上房门，关紧窗户，抱着一把短刀入眠。好在那条黄龙忠诚得很，每天每夜都与她形影不离。再加上柳太成摔成重伤，一时半会儿都爬不起来，别的人也没敢再来惹是生非。

十七

努尔哈赤被关进了死囚营。这里是广宁城西北面的一个采石场，羁押着被总兵府抓来认为有罪的嫌犯。因为凡是进来的人几乎没有活着出去的，所以这里又被称为死囚营。这死囚营共关押有五六百人，由一个明军千户率领其部下看守。这些囚犯白天被摘下木枷和脚镣，去采石场干活，晚上则被重新戴上枷具，关进牢房。囚犯们吃的是猪食、马料、野菜、树叶之类的东西，夜间睡的就是一堆乱草。囚犯们个个蓬头垢面，黑瘦憔悴，像一群会说话的牲口。

就在努尔哈赤进来的第三天，早晨刚刚打开牢门，看守的士兵们就抬来了两大箩筐黑面馒头，还有一篓咸菜，同时还抱来了一大堆破旧的衣裳，吆喝着让囚犯们吃饭穿衣。

努尔哈赤见了有些奇怪，每天都是稀粥烂饭馊菜汤，今儿个是怎么啦？又上馒头又给咸菜，还抱来这些旧衣服，难不成是李总兵发善心啦？他正要开口发问，却见囚犯们都耷拉着脑袋唉声叹气，一个动坑的都没有，顿觉更加诧异。这时就听有一人高声喝道："你们都孬个球哇？不就是让上路吗？老子二十年后又是一条好汉！吃呀！干吗不吃呀？黄泉路上别做饿死鬼！"

努尔哈赤心中一凛，循声望去，见那说话者不是别人，正是那日在镇静堡哨卡被抓走的青年猎户，一种负疚感不禁油然而生。那天如果不是自己逃脱，说不定这位青年猎户就不会被抓。他忽然觉得那人仿佛是在替自己受罪，甚至那些受连累的黑瘦青年都在替自己受罪，于是他冲动地走上前去："说得好！大哥哥！人生在世，听天由命。生有何欢？死又何惧？小兄弟我愿意陪伴你们！要死的话，我第一个先去！不过我就不明白了，抬来一筐馒头，抱来一堆衣服，怎么就是送咱们上路呢？"

那青年猎户不屑地说："你是新来的吧？别问了！省点儿精神吧！一会儿你就知道了！你也是够冤的了，刚来就赶上这一拨！不过也没关系，早晚得上路，早死早托生。多吃点儿吧！这辈子没下顿了！"说罢一手抓起四五个馒头，大吃大嚼起来。

努尔哈赤这几天真是饿坏了！他不管三七二十一，也顾不得馒头牙碜咸菜变味了，一连吃了十多个馒头、两大把咸菜，然后又喝了两大碗凉水，这才感到真的有些饱了！

早饭以后，囚犯们被迫换上衣服，列队出监。努尔哈赤这才看明白，这些破衣烂衫、旧衣旧帽还有那些假辫子，是明军的官兵们刻意弄来的，这些囚犯穿上以后，全变成了地地道道的女真人。至于为什么这样做，没有人能说清楚。囚犯们只知道每次被赶过来上路的，都要穿成这样，这令努尔哈赤百思不得其解。

走出牢房以后，囚犯们被摘掉了木枷和脚镣，用两条长长的绳索穿连着绑起，像一群待宰的牛羊，被驱赶着走进了一个大大的空场。努尔哈赤抬头四顾，见这片空场长宽各有两箭之地，四周用石块垒起六七尺高的围墙，围墙的四角修有塔楼，有明军士兵在上面把守。空场的正西面，靠墙竖起一大排粗壮的一人多高的木桩，木桩上挂着许多绳索。空场的正东面靠着半山坡，墙上分台阶式修有一大片看台，看样子能坐下五六千观众。看台的中间筑有两层箭楼，好像是一个点将台，此时二十几个明军士兵雁翅儿排开，已在那里持枪守卫。箭楼和塔楼上都插满旌旗，随风招展。四面的围墙上则站满士兵，如临大敌。努尔哈赤他们是从南门进来的，南门的木栅栏极其粗壮，平常用铁索连着，看起来这个地方是轻易进不来，但进来了难出去。到底是干什么用的呢？是练兵的大校场呢，还是杀人的法场？努尔哈赤一时看不明白。

努尔哈赤正思虑间，忽闻一阵鼓响，看台上一时人声鼎沸，在场的明军士兵一齐敬礼。他抬头一望，只见上百员大将盔明甲亮，几十面旌旗猎猎作响，太子太保、辽东总兵官李成梁在众人的簇拥下登上箭楼，居中就座，广宁卫的其他官员在两侧作陪。点将台上就绪以后，一员偏将骑着快马，手持黄旗，飞也似的从北侧跑向箭楼，高声报告："启禀大帅，演练准备完毕，请您训示！"

李成梁闻之略一颔首，台上一名亲兵统领立即宣布："大帅有令，演练开始！"喧闹中的看台立即安静下来，全场鸦雀无声，人们都瞪大眼睛看着场内，期望着惊心动魄的场面出现。

随着一声清晰的锣响，努尔哈赤还没明白怎么回事，他们这群囚犯就被带走了十个。这十个人很快被用绳索捆在西面的木桩之上，看样子马上就要行刑，但是旁边没有持刀的刽子手。努尔哈赤正在纳闷儿，随着捆人的士兵退出，噹噹噹噹噹一阵锣响，北墙上的一个侧门突然被打开，十几头壮硕无比的牤牛呼啸而出。它们在场内纵横狂奔，哞哞怪叫，等到看清木桩上所绑的囚犯之后，便如闪电般直冲过去，人们只听到扑哧、扑哧数声响过之后，那些锋利的牛角全部插进囚犯们的胸膛或肚子里。顷刻之间，十名囚犯胸开肚裂，死于非命。飞溅出来的血水喷了牤牛们一身，流到木桩旁的地上。那些牤牛见对手如此不堪一击，一个个立即失去兴趣，安静下来。明军的士兵们及时出现，给它们喂些精料，然后又赶了回去。

刚才的这一幕虽然只在一瞬间，但足够惊心动魄，让人不寒而栗。看台上的人们立即交头接耳，议论起来，许多人吓得面如土色。努尔哈赤虽然自小进山打猎，又生在武官之家，见多了打打杀杀，习惯了血雨腥风，但对这样的杀人场面，却从来没有见过，甚至没有听过，因此不免感到十分震惊。作为一个女真人，他突然明白了李成梁的全部用意，一股冲天怒火腾地烧起。他痛恨李成梁竟然这样仇视自己的族人，他恨不得立即冲上前去，将这个杀人恶魔碎尸万段！

原来李成梁平生勇武好斗，又深谋远虑。他除了爱好打猎、比武之外，也喜欢研究兵书战策，演练斗阵之法。去年他翻阅一本无名氏编著的《古今战例》，忽然眼前一亮。如今残元势力虽已衰微，但女真部族正在崛起，将来必成心腹大患，一场大战迟早要来。自己何不学习田单的"火牛阵法"，以备我未来战时之用？他为自己的这一感悟而击节叫好，立即下令从民间连买带抢，搜集了一千头壮硕无比的大牤牛，以女真人为靶子进行训练。他先命将士们找来女真人的服装，里边装上粮食和草料，让饥饿已久的牤牛们进行攻击，过一阶段以后，就用活人进行演练，这些死囚营里的嫌犯自然就成了他的试验品。他认为如果这一千头牛训练好了，战时可顶上万大军，让女真人闻风丧胆。不过方才这一场他觉得没意思，一个反抗的都没有，激发不出牤牛们的战斗力。他觉得被牤牛们追撵着顶死，那才够刺激，也才能达到训练的目的。

第二拨十个囚犯被绑上木桩之后，又一批牤牛咆哮而出。这一次看台上不再平静，几十名将官已经站起来，探头探脑，囚犯们的队伍中也出现了一阵阵骚动。当那些凶狠的牤牛冲向木桩，将死的囚犯们发出凄惨叫声的时候，努尔哈赤痛苦地闭上了眼睛，他实在无法忍受这种凶残的屠杀，他的怒火把周身的骨节烧得咯嘣、咯嘣直响。

就在努尔哈赤闭眼承受煎熬的时候，忽听得场地内嗨的一声怒吼，如同炸雷在晴空中滚过，惊得努尔哈赤立即睁眼观看，只见被绑在木桩上的一名囚犯猛地抖开绳索，快步飞奔，向凶狠的牤牛们冲了过去。只见他在牛群中左冲右突，手脚并用，牤牛们伤不到他，却被他连踢带打，气得哞哞乱叫。有四五头已被他摔倒，剩下的那些则被他追着转圈儿，完全丧失了进攻的能力。再看看那些木桩上的囚犯，早已被顶死，鲜血和肠子流了满地。这一场死了九人，活下来一人。李成梁虽感到有些意外，但他兴趣大增，命人赶快安排下一场。

努尔哈赤作为第三拨囚犯被绑到了木桩上，早已心中有数。他方才看过两场，已弄清了牤牛们的路数。此时他又看了看捆绑自己的麻绳，轻轻地抖了抖肩膀，已觉得心中有底。他自从在海棠山服过"九宫大力丸"，便觉得臂力大增，跟老虎们玩耍的时候，常常把它们轻松地举过头顶。他认为凭借自己的身劲儿，对付这些傻乎乎的牤牛没有问题。因此当他被绑上木桩的时候，就暗暗下定了决心，绝不能让这拨囚犯有一个人死亡。及至他低头一看，地面上竟然有许多鸡蛋大的河卵石，这更让他喜形于色，信心百倍。

所以就在那通锣声响过，石墙上的侧门被突然打开，十几头牤牛蜂拥而出之际，努尔哈赤嗨的一声，身子一晃，竟然把那根木桩连根拔起，绳索也被他扭成了数截。就在那些牤牛怪叫着冲上前来的时候，努尔哈赤俯下身来，两手飞动，将那些鸡蛋大的河卵石暴风雨般抛出，准确地击打在这些傻大黑粗的家伙身上，打得它们蒙头转向，哞哞惨叫。大概它们下场多次，吃惯了美味，还从来没有遇到过这样的主儿。挨顿暴打之后，这些遍体鳞伤的家伙"牛"劲儿上来了，又一次发动了猛烈的进攻。有几头特壮的大牤牛似乎看明白了，敌人是紧靠一边的那个家伙，于是它们一齐向努尔哈赤冲了过来。

又是一阵飞石打过之后，牤牛们的进攻慢了下来，有几头已在旁边观望。努尔哈赤见状飞步向前，一伸手抓住了那领头大牤牛的两只犄角。那头大牤牛俯下身来，以后脚蹬地，鼓足全身力气奋力顶出，它想一下子把这个白白净净的少年顶死，然后就立即享用这顿美餐。

然而这头大牤牛想错了。尽管它用尽了全身的力气，对面的那个人竟然纹丝没动。就在它稍一懈神的一刹那，努尔哈赤双膀较力，两臂一错，只听得咔嚓、咔嚓两声，两只牛角生生被他硬掰了下来，疼得那头大牤牛轰然倒地，翻身打滚，惨叫不止。

努尔哈赤把两只牛角抛向天空，洒落的血水在阳光下七彩斑斓，形成两条美丽的弧线，好像悬挂在场地上空的两道彩虹。在场的观众看呆了，那十几头牤牛也有些傻了。没等这些家伙缓过神来，努尔哈赤冲上前去，如法炮制，转眼间就有四头大牤牛被他掰掉犄角，摔倒在地。剩下的牤牛们见同伴惨败，不敢恋战，吓得绕着场地乱跑，再也不敢伤人了。一个个屁滚尿流，只顾逃生，看来这些家伙一点儿不傻。

但是努尔哈赤不想放过它们！他觉得它们虽为畜生，受人利用，但它们是非不分，也太可恨了，它们顶死了多少人哪！为了那些屈死的冤魂，他必须全部打倒它们，让它们的主人心有余悸。于是他施展轻功，追撵着牤牛，一会儿站在牛背上，用铁拳猛击牛的后脑，一会儿贴在牛的身侧，用双脚猛踢牛的裆部。不一会儿的工夫，十几头大牤牛除死的以外，全部被他摔倒在地，瘫在石场里呻吟，使这里仿佛成了一个屠宰场。全场的观众都看傻了，许多人不相信这是真的，揉过眼睛之后，才爆发出雷鸣般的欢呼之声。第二场那位幸存的青年猎户走上前来，与努尔哈赤拥抱在一起，大声说："小兄弟，大英雄！你是好样的！"幸存的囚犯们围上来高呼："小罕子！巴库尔！""巴库尔！小罕子！"一时人声鼎沸，惊天动地。

辽东总兵官李成梁坐不住了。他虽然自幼习武，骁勇善战，也见过许多军中的猛将、绿林中的高手，但他从来没见过有如此神力又轻功高超的人。他虽然损失了许多牤牛，但他更爱勇猛的战将。他深知"三军易得、一将难求"，自己身边如有这般勇士，今后他的大军就可以所向披靡了！他可以更好地建功立业，甚至独步天下。想到这里，李成梁眉开眼笑，拍案而起："快把那位壮士叫过来，我要问话！"

当传令官把努尔哈赤带到跟前，还没等说话的时候，他一眼就认出："你不是小罕子吗？你不在军马场，怎么跑到死囚营去啦？"

努尔哈赤如此这般一说，李成梁勃然大怒："柳太成这条老骚狗！真是旧病难医、恶习不改！连我派去的人他也敢碰？来人哪！把他给我劁了！省得他留着那个玩意儿到处惹事！"一名传令兵应声而去。

少顷，李成梁接着说道："小罕子！没想到你年纪轻轻，竟然有如此功力，真是人才难得。今后你就不要到马场去了，就留在总兵府当亲兵。把你的妹子喜兰儿也接来吧！我一看见她就喜欢，她长得好像我的女儿啊！"

努尔哈赤闻听暗喜，满口答应下来，并且立即行礼致谢。他想："我若是进了总兵府，就有接近仇人的机会，就能够报仇雪恨，实现自己的心愿。"而李成梁同样高兴，他今天意外地得到了两员大将，不由得心花怒放。尤其是小罕子年轻质朴，还在山林中救过自己的命，说不定与自己今世有缘，能助自己成就宏图大业。他绝对想不到，也无法将朝廷的钦犯努尔哈赤，与这个操着山东口音的小罕子联系在一起。有谁知道，努尔哈赤的一口山东话，是他从小就跟秀姑学的呢!

十八

　　至此努尔哈赤走进了辽东总兵衙门，当上了李成梁的一名亲兵侍卫。妹妹喜春儿则被安排在后院做侍女，与十几个小姐妹在花园里干些零活，连带伺候府上的家眷。那名青年猎户巴库尔也被李成梁特赦，放在总兵府门口站岗听差。
　　一晃就是小半年，兄妹俩虽然平安无事，也能经常见面，但努尔哈赤却是心如火焚。一方面仇人就在眼前，自己却无法下手，因为他要保证喜春儿妹妹的安全，他得寻找适当的时机，做到万无一失；另一方面，他想起外祖父和亲友的死，弟弟舒尔哈齐下落不明，爷爷和父亲在家度日如年，丹增活佛说过的话无法落实，心中就一阵阵刀剜似的难受。他不知道自己路在何方，什么时候才有出头之日。
　　一日吃过晚饭以后，见总兵李成梁没在府上，问过亲兵营统领又说没事，努尔哈赤便叫上喜春儿妹妹，两个人手拉着手去广宁城街上散心。
　　说起来兄妹俩进城都这么长时间了，还从来没有一起出来过，因此喜春儿的兴致很高。两个人先去城东北看过崇兴寺双塔，去城南看过道观水月居，又来到城西热闹的街肆。喜春儿给老憨儿哥哥买些毛线，她要抽空给哥哥织几双厚厚的袜子。努尔哈赤则给妹妹买了两把牛角梳子，扯了一块花布。妹妹进了总兵大院，也该做件新衣服了。好在他们俩有黑老太婆赠送的两锭大银，买这点儿东西还是绰绰有余的。
　　两个人游游逛逛来到鼓楼北面，已是万家灯火了，许多卖吃食的小摊儿都摆了出来，吆喝声、叫卖声此起彼伏，热闹非常。努尔哈赤刚刚拣个木凳坐下，想领着妹妹吃碗酸辣粉儿，忽听得南边不远处吵吵嚷嚷，人声鼎沸，灯笼火把照耀得如同白昼，街上的人流都向那边拥去。少年人好奇心重，努尔哈赤三吞两咽吃下那碗酸辣粉儿，便拉着喜春儿向南奔去。
　　没等跑到跟前，远远地就看见两排士兵骑着高头大马，带着灯笼火把，拥着两辆巨大的驼车在行走。那前边的驼车上扎着一个与真人无异的纸人，身上绑着绳索，背后插着法标。努尔哈赤不看则已，一看心里咯噔一下子！这扎的不是外祖父王杲吗？他悲愤交加，差点儿一下子晕倒在鼓楼旁边，是喜春儿一把扶住了他。
　　这时就见后边那辆驼车之上，有人用扩音话筒高声喊道："女真反贼王杲，已在京城受剐！今奉皇上圣旨，全国大庆七天！全城军民人等，都请快来观看!"说完通通一阵锣响,接着又喊。招惹得整条大街人流如潮,拥挤不堪。

那天晚上努尔哈赤精神恍惚,跌跌撞撞,也不知道是怎么回去的。他的心中只剩下一个念头:复仇!复仇!复仇!他一定要杀了李成梁,为外祖父和亲友们报仇,不然他实在是活不下去了!那天晚上他是流着热泪、在喜春儿的拍打下才入睡的,入睡后他做了许多的梦。先是梦见外祖父王杲在京城一个叫作什么槁街的地方,被两个穿红衣的刽子手一刀一刀地剐死,剐得外祖父只剩下一副骨架了,能看得见心和肝肺还在跳;接着梦见了祖父觉昌安和父亲塔克世,两个人一齐用手指着他大骂:"努尔哈赤!你个浑蛋!你还是建州卫的男人吗?为什么不杀了李成梁?""杀了李成梁!""杀了李成梁!"他似乎听见老营的族人们一齐呐喊。不一会儿他又梦到了丹增活佛,活佛微笑着问他:"阿弥陀佛!那张《九州山川地理图》你带着吗?别忘了常拿出来看看,你可要胸怀大志呀!"见他点头,活佛又告诉他:"总兵府还有一张《辽东防务部署图》,你可寻机找来观看,日后对你大有用处。"最后他梦见了那位神秘的黑老太婆,老太婆坐在他的床边,用手轻轻抚摸着他的头,慈爱地说:"好孩子!别光想着复仇。报仇事小,国家事大,你要拯救黎民,造福天下呀!"努尔哈赤含泪点头,忽然那老太婆又不见了,坐在床边的竟然是自己的妈妈!他立刻着急地喊着:"妈妈!妈妈!你怎么在这里呀?想死儿子啦!"他用手去摸妈妈的脸,扑了个空,他马上哇的一声哭起来,一个急劲儿就醒了!原来是喜春儿坐在自己的床边,刚才的一切全是梦。但是梦中的场景却记忆犹新。更加令人奇怪的是,早晨起床一掀褥子,发现床上飘起一张字帖儿,正面写着"报仇事小,国家事大。拯救黎民,造福天下"。正是梦中黑老太婆说过的那几句话。努尔哈赤惊诧不已,遂对梦境深信不疑。

转眼间新年就要到了,广宁城里到处张灯结彩,喜气洋洋,家家户户都贴起了红对联,大街小巷洋溢着肉香和酒香,总兵府上下更是忙得不可开交。各卫所的统兵将领、各路人马的高级将校以及亲兵侍卫们都摩拳擦掌,跃跃欲试,人人都想取得好成绩,甚至博个头彩。因此这些日子大校场内人满为患,将领们均临阵磨枪,练功的人比平常多出几倍。

原来每到年末,总兵府都要召开比武大会。凡是在比赛中进入前一百名的,都有机会获得一份不菲的奖赏。而在比赛中进入前十名的将官,则会立即得到提拔重用,并且获得一份大奖。这份大奖的内容比较独特诱人,就是每位获奖的将官,都有资格挑选一位帅府的丫鬟做妾。

这辽东的军民人等众所周知,帅府里的丫鬟个个美若天仙,她们都是府里每年从各地挑选出来的绝色。李成梁想通过这个办法强化武备,发现人才,笼络军心,提高战力。丫鬟们希望借此找个好归宿,从此脱离苦海。将官们既能展示其武艺，又能抱得美人归，自然是争先恐后，趋之若鹜。

努尔哈赤因为一心想着复仇，本来打算韬光养晦，不去参加这场比赛。但由于喜春儿是备选之人，又是帅府丫鬟侍女里边最美的姑娘，如果他不参加，喜春儿就会被别人带走。想起自己对佟妈妈的承诺，看着喜春儿那张美丽而流着眼泪的脸庞，无奈之中他答应参赛，而且表示要夺得第一名，喜春儿才破涕为笑。

比武那天虽然有三百多名将官上场，但在上午的兵刃、拳脚和举重的分区比赛中，大多数都被淘汰了。等到晌申时比赛箭法的时候，仅仅剩下十三位将官，但努尔哈赤与巴库尔均赫然在列。

靶标放在大校场内一百五十步开外的一个个木桩之上，十三名选手每人各发十箭，按成绩的好坏每次淘汰三人。三轮比赛下来，只剩四个人了，但四个人的成绩相同，均是箭无虚发，箭箭命中靶心。

李成梁今天特别高兴，他没想到今年的比赛成绩如此之好，将官们的武功和技艺均明显提升，自己手下真是人才辈出，群英荟萃。他见这四个人的箭法均十分出色，一时难分上下，于是便提出不要再射死靶了，让他们骑上战马射活靶，检验一下他们的实战能力如何。

按照总兵官李成梁的建议，靶场立即安排四名选手射铜铃。规定选手们要在一百步开外，打马经过点将台并连发三箭，箭箭命中铜铃才算合格。这一绝技是李成梁的长项，当年他凭这一招在抚顺关技压群雄，一下子从参将提为副总兵。因此在他到广宁卫任职以后，就把这"一马三铃"作为每年比赛的压轴项目，可惜的是没有几人获得成功，李成梁也就因此扬扬自得。

努尔哈赤等四名选手依命而行，他们每个人依次骑着战马飞奔而过，到了点将台前再拈弓搭箭，去射那一百步之外被士兵高高抛起的铜铃。那铜铃虽然有鸡蛋大小，但由于距离较远，那天又有北风，那铜铃被抛起后飘忽错落，实在有些难以看清，射击的难度太大了！第一名选手打马飞过，射中了两枚铜铃，失手一箭。第二名选手只射中一箭，另两箭都射偏了。这一轮比赛下来，只剩下努尔哈赤和巴库尔两个人。二人均三发命中，干净利落，场上爆发出一阵阵喝彩声。李成梁手下的将官们虽然眼气，但他们心下却十分佩服。

比赛进行到这个程度，努尔哈赤本来就不想再较真儿了。他十分佩服巴库尔这位铁打的蒙古汉子，想与他成为换命的知心朋友。但是望着台上喜春儿那张好看的脸，那充满期待的眼神，他马上明白自己必须要赢，他不能让别人带走自己的妹妹，他不能辜负了佟妈妈。他的想法不知怎的竟与李成梁不谋而合，这位总兵官下令加项目继续比赛，一定要决出高低上下。

后加的这轮比赛把铜铃改成了铜钱，仍然是同等距离、一马三箭，难度显然就更大了！但出人意料的是，两个人居然都射中了！只是努尔哈赤射出去的三支箭，那箭头都是从铜钱的方孔中穿出去的，整整齐齐地排成一条直线，插在对面的木桩之上，十分好看，精彩绝伦。而巴库尔射出的三支箭，虽然全射中了，但将三枚铜钱全部射裂，显然他的箭击中了铜钱的边缘。

努尔哈赤毫无争议地取得了第一名，这让喜春儿乐开了花，但却让李成梁心生嫉妒。他表面上不动声色，按照比武大会的程序，下令奖励今天表现较好的前一百名选手，每人赐予一把镔铁钢刀。又下令重奖获胜的前十三名选手，每人赠予一副精钢铁甲。然后允许前十名的将官，每人去看台上挑选一名丫鬟或侍女为妻。当将官们依次走向看台，将那些花枝招展的姑娘领走的时候，大校场内欢声雷动，震耳欲聋。

当努尔哈赤牵着喜春儿的玉手，兄妹俩双双走向点将台的时候，观众们立即发出欢呼之声，他们喊着"小罕子"和"喜兰儿"的名字表示祝贺。喜春儿的脸上溢满笑容，她的眼睛里噙满幸福的泪花。努尔哈赤也心如所愿，他虽然不在乎什么第一名，但是喜春儿妹妹没被别人领走，他自然也高兴万分！然而就在两个人给李成梁行完大礼，准备退场的时候，这位辽东总兵官却突然发话了："我说小罕子，你且慢走！你比赛得了第一名，这无可非议。但咱们的规定是既然得了第一，就要选择一名美女为妻。而你却领走了自己的妹子，这算怎么回事呀？是不是不合乎咱们定的规矩呀？啊？"

努尔哈赤一听瞠目结舌，一时不知说什么才好。那些李成梁手下的将官本来就眼气，这时就一齐跟着起哄："对呀！对呀！这也不合乎规矩呀！""还是重比一下吧！""再比就比赛马上搏击，还不一定谁赢呢！"但他们仅是干吵吵，谁也不敢站出来，因为他们知道根本不是对手。

这时候李成梁又站出来说话了："我说小罕子，本帅佩服你武艺出众，是我从军以来见过的第一好手，你可愿意同本帅比试一下吗？"说着已经走下台来。

努尔哈赤连忙回答："末将怎敢与大帅比试？岂非螳臂当车，自不量力？班门弄斧，不知高低？还请大帅见谅，此事万万不可！"

李成梁这时已走下将台，他挽起袖子，顺手绰起一张硬弓，微笑着向努尔哈赤说道："我说小罕子，你若推辞不比，便是瞧不起本帅，那你的这个第一名可就不算数了！第一名就是我，我马上就把喜兰儿领走！你不后悔？"

这位总兵官虽然像是在开玩笑，但却把这兄妹俩吓得不轻。他们知道在辽东这一亩三分地，李成梁的话一言九鼎，他说得出来兴许就做得出来。何况他的那双眼睛老是色眯眯地盯着喜春儿，已吓得她浑身发抖。万般无奈之中，努尔哈赤只好答应比试。

按照李成梁的指令，两个人要比一次死靶和一次活靶。他命人将靶标放在二百步开外，嗖嗖嗖嗖嗖，一口气连发五箭，箭箭命中靶标。将士们不禁连声喝彩:"大帅神箭!当世无双!""李广在世!燕王重生!"欢呼声此起彼伏,如惊涛骇浪。

在震耳欲聋的喧闹声中,努尔哈赤从容地走向前去,他拣了一张五百斤的硬弓,也不慌不忙连发五箭。验靶的士兵将靶标拿过来一看,那五支箭竟然全扎在红心之上,紧紧地抱在一起如绽开的梅花,令众将官见了不由得暗暗吃惊。

第二轮李成梁命人在点将台旁边放起三只鸽子,当它们飞到正顶之时,突然连发三箭,那三只鸽子均应声落地,被穿透肚腹死亡,将士们又是一阵欢呼。

轮到努尔哈赤上场了,他并未使用弓箭,只是在校场的地面上顺手捡起三粒石子,在那三只鸽子飞起之后,手一扬,三石齐发,那三只鸽子应声落地。验靶的士兵跑过去一看,立马乐了!原来努尔哈赤发出的石子像有眼睛,全打在那三只鸽子的尾巴之上。这三个可怜的小家伙虽然吓得魂飞魄散,但是均利手利脚,并未死亡,只是受惊过度暂时飞不起来,向人们投来悲哀而无奈的目光。

李成梁见之哈哈大笑:"壮哉小罕子!真乃奇才也!我辽东大营得此好手,是皇上之福、国家之幸!本帅当为你置酒道贺!"说罢左手拉着努尔哈赤,右手领着喜春儿走上点将台,向全场的将士们大声宣布:"小罕子是当之无愧的高手、名副其实的第一!从即日起,他就是我帅府的贴身侍卫,领取相当于千户的俸银,待经过大战之后,再论功升职。这位喜兰儿是小罕子的妹妹,从今以后就是我的女儿。哪个人敢动他们俩一根毫毛,别怪我李成梁不客气!"

众将士闻听一同道贺,欢声不止。李成梁遂命回府大摆宴席庆祝,暂且不提。

十九

努尔哈赤当上了李成梁的贴身侍卫,自己暗自高兴了许多天。他以为这下子终于有机会近距离接近李成梁,可以实现自己报仇的夙愿了!然而到实际操作的时候,事情却远远没有他想象的那样简单,反而让他顾虑重重,不便动手,一次又一次地放弃了本应成事的良机。

一是他虽然算是李成梁的贴身侍卫,李成梁办公务的时候,他确实是走到哪里就跟到哪里,但他们一起担当侍卫的是四个人,并非是单独他自己一个。而且那三个人皆是李成梁从铁岭老家带出来的家族兄弟,不仅非常忠实可靠,而且人人武艺高强,让他几次想动手都没有得逞。

二是李成梁不但非常精明谨慎,而且说得上是疑心过重。他虽然经常带着四名贴身侍卫,但是从不同侍卫们同桌用饭,也不让侍卫们走进自己睡觉的屋子。

努尔哈赤跟了李成梁那么长时间，却始终搞不清他在哪里睡觉。李成梁外出视察军务，通常是前呼后拥内外好几层侍卫。加之他本人武功高强，那把御赐的折铁钢刀一直带在身上，也让努尔哈赤有所顾忌。蒙古人的俺答部和土蛮部几次派人行刺，均功败垂成，最终都是死在李成梁的那把折铁钢刀之下。

三是自打进了总兵府以后，努尔哈赤就同喜春儿分开了，两个人食宿均不在一起，连见面的机会都少多了。努尔哈赤既要顺利得手，又要平安带走喜春儿，这就不是一件容易的事了，这需要天赐良机和周密的计划。因此，尽管努尔哈赤心急如焚，却一直没有遇到这样的机会。

一晃又是半年多过去了。这年九月，朝廷传来圣旨，说皇上为了表彰李成梁御辽有功，为他在京城修建了府第，请他携带家眷过去小住，同时顺便回朝述职。作为一个镇守边关的外将，这在本朝是多年少有的殊荣，李成梁闻之喜出望外。他一方面召集辽阳、沈阳、开原和抚顺等地的边关守将，重新部署相关军务，叮嘱诸将严密监视女真和蒙古各部动向，有紧急军情立即飞马进京报告，不可有一点儿耽搁，要确保这一段时间辽东无事。另一方面则撒下大队人马，去各地搜刮辽东特产，以备进京之用。半个月之后，一切准备就绪，李成梁率领着家眷和随从三百多人，赶着二十几辆装满礼物的马车，浩浩荡荡地向京城出发了。努尔哈赤作为贴身侍卫，是当然的随行人员。而喜春儿由于是帅府的义女，因此也随着这支队伍同行，乐得她高兴了好几天呢！

努尔哈赤从小生活在辽东地区，见惯了高山、密林、草地和荒原，从来没领略过平原地区的风采。这一次他从广宁出发，一路上涉凌河、过宁远、越长城、到燕山，见到处风光秀丽，望两侧阡陌成方。东去的河流哺育出片片肥沃的原野，南来的山脉点缀着块块茂密的森林。风轻日朗可观赏北方成熟秋色，天高云淡能饱览京畿无限风光。村庄鳞次栉比足见人烟稠密，集镇车水马龙凸显经贸繁荣。努尔哈赤端坐马上一路走来，不禁心旷神怡，眼界大开，觉得看什么都十分新鲜。

然而更让他感到新鲜的是，这支从辽东出发的队伍不论到达什么地方，那里的州县官员都远接近迎，恭敬至极，不但均备下丰盛的酒宴以礼相待，而且全都有贵重的财物厚意相赠。言谈举止之间，对李成梁可谓尊崇备至，赞誉有加，极尽美化吹捧之能事。但是这位太子太保、辽东总兵官却不以为然，他几乎对所有的官员不屑一顾。那种高高在上的样子，傲然自得的神情，把一个正在得宠的封疆大吏那副目空一切的做派，表现得淋漓尽致，让努尔哈赤等人看了觉得十分不舒服。

让努尔哈赤更加费解的是，李成梁进京以后，几乎是完全变了一个人。他们这支队伍到达京城的那天，时近黄昏，人马均已经相当疲劳，大家都以为会找个客栈休息，没想到李成梁却马不停蹄，亲自去一一拜访首辅张居正、次辅吕调阳、掌印太监冯保和吏部尚书杨博等朝廷重臣。李成梁见到这些人，不但如学生拜见老师、儿子对待父亲一样谦恭至极，而且投其所好，不同的人送上不同的礼品，可谓心细如发，周到非常。

李成梁第一个拜访的是内阁首辅张居正，他对这位只比自己年长一岁的当朝宰相，不仅一口一个老大人，还一进门就长跪不起，如泣如诉："学生李成梁叩见首辅大人，愿老丞相红运永在，福泰康安！成梁在辽东无一日不在思念首辅大人，无一事不是在遵照恩师的教诲。若无您的提携和帮助，成梁至今仍乃一介儒生，如今一切皆为恩师所赐，成梁不敢有一丝忘怀也！"说着又命侍卫们抬上礼品。

张居正扶起李成梁正色说道："你且快快请起，何须行此大礼？汝为辽东总兵虽我所荐，但那是皇上恩准，众臣廷议，也有辽东巡抚张学颜的一份功劳，我只不过是领先奏议罢了！总兵大人何必放在心上？况汝就职以来，多次击溃残元旧部，又擒拿建州右卫王杲，使辽东地区逐渐安宁，足见汝之才略，并不负朝廷重托。汝只需勤于王室、忠心报国便是，本辅就已无限欣慰，何须千里迢迢带来礼品，这却万万不可！"

李成梁连忙再拜说道："大人误会了！这哪里是什么礼品？这些人参、貂皮、鹿茸、熊掌等物，皆是成梁在军务繁忙之余，自己进山打猎所获，自家食用又怎么吃得过来，用得过来？此番进京顺便带来，只是晚生的一点儿心意。又怎么拿得出手？恳请大人不要见外！"见张居正含笑点头，这才再拜退出，已经走出大门了，还在拱手施礼。

对于内宫掌印太监冯保，李成梁送的礼品可就大不一样了。他知冯保爱财如命，所以光金银珠宝就送了五大箱，同时还委托冯保给李太后献上北珠和玛瑙。他知道这位皇帝的生母最喜欢珠宝玉器了，尤其对辽东的玛瑙石雕刻情有独钟。冯保悄悄告诉他，有人弹劾他灭王杲时杀戮平民，并且放走反王余党。但是请他放心，自己已在皇帝面前替他遮掩。吓得李成梁冒出一身冷汗，忙再搬上一箱礼品致谢。

等到拜访完次辅吕调阳和吏部尚书杨博以后，时间已近午夜。但是李成梁仍未休息，他吩咐长子如松、次子如柏和帅府两位管家，连夜携带礼品去有关大臣家中打点，这些事情完成后已是黎明。

次日清晨，李成梁早早就沐浴更衣，他要上朝见驾，向皇上述职。他们把马匹拴在前门之外，然后便一直步行向北走去。努尔哈赤只觉得过了好几道雄伟高大的城楼，通过了好几次极为严密的盘查，也不知到了什么地方。在太阳升起的时候，他们四个人随着李成梁穿过午门，来到太极殿外。努尔哈赤等四名侍卫被挡在午门之内，皇城的守卫使只允许李成梁一人在殿外候旨。

此时太阳已经高高升起，那万丈光辉照进皇宫内院，使紫禁城显得金碧辉煌，光彩夺目。那错落有致的殿堂一望无际，在绿树的掩映中紫雾蒸腾，时隐时现，如同仙山琼阁。那雕梁画栋的楼宇翘脊飞檐，在蓝天的映衬下龙盘虎踞，雄伟壮观，直如天上灵霄。上朝的官员们步履匆匆，接踵而来，一个个满脸沧桑似有无穷心事，都在左顾右盼，站岗的卫兵们身躯笔直，持枪而立，一排排表情冷漠绝无半点儿笑容。这种宏大的气势和独特的氛围，让努尔哈赤感到十分新奇，也十分震撼。

他小的时候曾听爷爷觉昌安说过，自己的六世祖猛哥帖木儿去过南京，觐见过明成祖朱棣，是建州女真人心目中的大英雄，也是努尔哈赤心中的偶像。他听师父徐哑巴讲过，明太祖朱元璋和他的第四子朱棣，都是雄才大略、文武双全的好皇帝，是他们奠定了大明朝几百年的基业。作为他们的嫡系子孙，住在这个皇宫大院里执掌天下的当朝皇帝，也一定是个很了不起的人，努尔哈赤对他充满了崇拜和景仰。

然而见到了明神宗万历皇帝以后，却令努尔哈赤大失所望。那是在李成梁上殿述职以后第二天的下午，由于对御辽之事非常满意，再加上几位朝廷重臣纷纷美言，万历皇帝对李成梁大加褒奖，破例地答应去李成梁的新居看望家眷，这令李成梁感激涕零。朝廷对这件事也极为重视，头一天晚上就用净水泼街，第二天上午又加了三道警卫，附近的百姓都被撵走了。努尔哈赤和喜春儿由于均是特殊身份，有幸被允许陪同李成梁接驾。当万历皇帝乘着黄绸御辇，在大臣和太监们的簇拥之下来到李府的时候，还没等太监打帘子宣唤，李成梁就匍匐在地膝行数步，用颤抖的声音奏道："臣李成梁恭请皇上圣安！祝我皇万岁！万岁！万万岁！"李成梁的家眷和随行人员也一齐跟着叩头请安，大家口呼万岁，不敢仰视，像是一群伏在地上的狗。在一句童声童韵的"请李爱卿平身"的话语之后，努尔哈赤偷眼观看，说话者是一个胖墩墩的黄衣少年，长相气质非但没有什么过人之处，反而有些猥琐和臃肿，走起路来摇摇摆摆，大腹便便，与努尔哈赤心中的形象大相径庭。他不敢相信，就是这样一个稚气未脱的孩子，怎么能很好地领导和治理一个国家。

在以后的一段时间里，李成梁获准在京城小住，他便借此机会拜访京城重臣、朝廷政要以及各路朋友，京官们也有不少人回请他，因此李成梁早早晚晚迎来送往，觥筹交错，忙得他不可开交，这倒给努尔哈赤带来了不少空闲的机会。一日傍晚李成梁在府中宴客，他便乘机溜了出来，朝皇城西大街那边走去。他早已打听好，外祖父升天的那个地方叫作槁街，是个少数民族杂居的去处。

天色越来越暗了，灯光也越来越少，距离槁街也越来越近了。高低不平的房屋蹲在路旁的黑暗里，偶尔有一点儿亮色，像是些准备吃人的野兽。匆匆走过的行人一个个神情诡异，默不作声，如同飘荡在墓地里的鬼魂。刺骨的晚风一阵阵刮来，扬起黄土路上的灰尘，让努尔哈赤感到一丝丝凉意。

努尔哈赤找到一个僻静的地方，放下黄纸、香烛和一些祭品酒食，费了好大的劲儿才把纸钱点燃。他摆好那些祭品，拿起一炷长香对着空中遥遥相祝并喃喃说道："亲爱的外祖父，我最敬重的人！外孙努尔哈赤来看您了！您待族人亲如骨肉，您对外孙恩重如山！您爱憎分明，不畏强暴，刚强正义，视死如归。您是咱女真民族的大英雄！您是咱晚生后辈的好榜样！您死得光明磊落，死得轰轰烈烈！您恨洒苍天大地，仇染白山黑水。但您也死得冤枉！死得遗憾！外孙要血刃仇敌，为您报仇！您就在天上安息吧！"说着已是泪流满面，泣不成声。

努尔哈赤用手攒起一个小土堆，把那炷香插在土堆之上，又往火焰上续些纸钱，哽咽着说道："是李成梁烧了咱的家，是李成梁要了您的命！这一桩桩、一件件的血海深仇，外孙我都记着呢！我一定要杀了他，用他的狗头来祭奠您的英灵！外孙一定会说到做到，您就放心吧！"

努尔哈赤的话音刚落，忽然一阵阴风吹来，火光一闪，一个凄凉的声音在附近响起："努尔哈赤！我的外孙！谢谢你来看我！但不要贸然为我复仇！李成梁这个恶徒固然可恨，但他只是朝廷的一只鹰犬！更可恶的是这个罪恶的朱明王朝，是他们不把女真人当人看。外祖父我虽是冤屈惨死，但也怨我行事鲁莽咎由自取。现下我们女真各部是一盘散沙，只能是人家砧板上的鱼肉，根本就不是李成梁的对手。你现在若是找他复仇，无异于飞蛾扑火，以卵击石。努尔哈赤，我的外孙！外祖父我已经后悔死了！你千万不要再走我的老路。请你记住，不灭掉这个害人的朝廷，我们女真人就永远不会有出头之日！眼下你必须韬光养晦，保护自己，积蓄力量，等待时机，切不可因小失大呀！"

王杲的这番话伴随着清凉的晚风，在寂静的夜空中回响，惊得努尔哈赤魂飞魄散，呆愣愣如同傻了一般。待等他回过神来四处查看，天空中星星眨眼，地面上鬼火闪烁，周围并没有人在行走，哪里有什么外祖父的影子？可方才那一声声、一句句分明就是外祖父的声音，急得努尔哈赤失声大喊："外祖父，您在哪里呀？外祖父，您在哪里呀？外孙快要想死您了！"

未等努尔哈赤的喊声落地，那凄凉的声音又接着响起："努尔哈赤，我的外孙！你是看不到我的，可我就在你的身边。我现在就是一缕不散的幽魂，在这槁街一带游荡，可以说寸步难行。我也曾经想离开这里，回到故乡，可你不知道，这鬼魂的世界比人间还要黑暗。这里到辽东关卡重重，鬼蜮横行，不花钱打点根本哪里也去不了！这下好了！你来了，我终于可以回家了！"

说到这里，王杲稍微停顿了一下，看着努尔哈赤频频点头，这才接着说道：

"你往前走七步,在右边的路沟里有一块头盖骨,我的灵魂就附在那块骨头上面。你把它包起来装在马褡子里,我就可以躲过恶鬼的盘剥,回到昼思夜想的故乡了!谢谢你我的好外孙,请照我说的去做,我们到辽东再见!"说完不再出声。此时火焰已灭,那炷香还在燃烧,随着晚风忽明忽暗一眨一闪,好像是人的眼睛在说话。

努尔哈赤虽然没有看见外祖父的身体,但他对方才那一番话深信不疑。他依言前行七步,果然在右边的路沟里找到了一块头骨。他坚信这一定是外祖父的头骨,于是小心地拂去上面的泥土,虔诚地拜了又拜,然后把它包起来,放在随身的马褡子里,悄悄地赶回驿馆去了。

李成梁在京城盘桓了两个多月,由于担心辽东有事,他上朝向皇帝辞行。临走之前,万历皇帝对他再三勉励,嘱其兢兢业业,不可懈怠,要严密监视辽东女真的动向。特别提醒他据司天监报告,目前帝星虽然明亮,但仍有外煞暗蕴其中,说明反王并未剪除,要他加倍小心。且日前有彗星从西南向东北方向划落,恐辽东一带滋生变故。李成梁闻之叩头滴血,诺诺连声,表示将鞠躬尽瘁,死而后已。万历皇帝又加封他为宁远伯,授其子李如松为副总兵。父子二人叩头谢恩而去,当即率队返回辽东。

这一次京城之行虽然短短数月,但努尔哈赤好像过了十年,让他一下子就长大了。这一次的所见所闻,不但让他大开眼界,而且让他的灵魂受到了强烈震撼。他忘不了紫禁城的雄伟,忘不了万历帝的平庸,忘不了朝臣们的腐败,忘不了外祖父的教诲,更忘不了李成梁的虚伪和狡诈。他觉得李成梁是个捉摸不透的人,你永远不知道他内心里想的是什么。尤其是李成梁似乎不经意间的两句话,让他在返回辽东的过程中,整整琢磨了一路,也没有完全弄懂是什么意思。

一句是进京的路上他们到达山海关的时候,大家望着雄伟的长城嗟叹不已,李成梁则扬起马鞭不屑地说:"万里长城算什么呀?它不过如同一根绳索,目的是想捆住敌人,却往往束缚了自己。你们想想看,历史上它可曾挡得住匈奴,挡得住辽兵、金兵,还是挡得住元兵啊?根本就挡不住!真正的长城是什么呀?它建造在人们的心里。它是团结一心的千千万万的百姓,它是百折不挠、英勇善战的铁军哪!"

还有一句是在他们离开京城不远,有几名侍卫议论起皇城的宏大、皇帝的威严,均流露出无限仰慕之情的时候,李成梁却接过来说:"万里长江东去,大雁秋季南飞,太阳朝升夕落,鲜花谢了又开。人心思变,江山易主,这是亘古以来的法则呀!想当年蒙古铁蹄踏遍中原,建立起规模宏大的元帝国,可是在短短的几十年内,不就落花流水、土崩瓦解了吗?本朝太祖皇帝青年从军,仅仅十几年间,就从一个平民当上了皇帝,不是取代了蒙古人,建立了大明朝嘛!王侯将相本无种，唯有时势造英雄。世上就没有干不成之事，怕的是没有敢想之人哪！"他这一番感慨不知对谁而发，让随行之人皆百思不得其解，但努尔哈赤却深深地印在心里。

二十

　　从京城回来以后，努尔哈赤越发勤快恭谨，也更加得到李成梁的信任，李成梁无论走到哪里，都首先想着把他带到哪里，并且当着许多人的面不止一次地说："喜兰儿是我的干女儿，小罕子就是我的干儿子！这两个孩子聪明能干，又极孝顺，比我的那几个亲儿子都有出息哟！"众人见总兵大人都这样说，也均对努尔哈赤和喜春儿高看一眼，因此努尔哈赤出入总兵府比过去随便多了。喜春儿自从做了李成梁的干女儿，也不在院子里干粗活了，而是同几个年龄相仿的女眷在一起读书、识字或者绣花、玩耍。居住的地方也有改善，帅府管家给她另找了一间清静的卧室，虽然稍显偏僻了一些，但是十分雅致，很少有人打扰，这就给兄妹俩寻机独处带来了许多方便。

　　兄妹俩的境遇虽然均已大大改善，但是他们时刻没有忘记自己的身份，也时刻没有忘记黑老太婆和丹增活佛的教诲。他们明白，不管李成梁的态度如何亲热，可是一旦知道了他们的身份，那就绝对不会放过他们，而是必然置他们于死地。因此兄妹俩商量好了，只要拿到了那张《辽东防务部署图》，他们就设法离开这个魔窟。努尔哈赤还告诉巴库尔，注意打探甲仗库和军械营的情况，以备急时之用。自从那次比武之后，两个人互相仰慕，早已成了知心换命的好朋友。

　　这期间努尔哈赤跟随李成梁两次巡边，参加过数次军事会议，还参与了一次追歼土蛮部残敌的战役。尽管努尔哈赤足智多谋，作战英勇，极受李成梁的赏识和重用，但他却一直没有见到那张《辽东防务部署图》，许多将领也说从来没有见过。喜春儿虽然常以女儿的身份去内宅给李成梁请安，但也没看到那张图挂在哪里。

　　说来也巧，有一天晚饭之后，喜春儿又去给李成梁请安。走进厅堂，内宅侍卫见是喜春儿，问都没问就让她进去了。到得屋内，见灯光昏暗，香烟缭绕，李成梁喝得酩酊大醉，正躺在长椅上两眼微闭，似睡非睡。房间里闷热难耐，酒气熏人。喜春儿四下打量，见无别人，随即轻手轻脚地沏上一杯香茶，又打来一盆热水，脱去李成梁的虎头长靴和细布袜子，开始给李成梁洗脚。

　　朦胧中李成梁睁开双眼，见是喜春儿，立即高兴地说："喜兰儿我的好闺女！就数你最懂事了！到了明年开春，你也大了，爹就给你找个好人家，再给小罕子找个好媳妇儿，热热闹闹地把你们俩的喜事都办喽！让我的闺女、儿子都高兴！"原来李成梁见努尔哈赤武艺出众，喜春儿人才难得，便想在感情上笼络他们，让他们为自己效命，而兄妹俩又何尝不知？

听了李成梁的话，喜春儿装作含羞的样子噘着嘴说："我才不出嫁呢！我哪儿也不去，就在府里伺候您老人家！我要侍候您老人家一辈子，永远做您的好女儿！"

喜春儿的这几句言不由衷的话，把个李成梁乐得眉开眼笑、忘乎所以："说句实话，我的那几个丫头，谁也没有你好！就你最懂事、会疼人！你的这句话我爱听！"说着话接过喜春儿递过来的香茶喝了一口，嘴里有些含混不清地说："我有些困了，得回去睡觉了！"随后站起来想走，却摇摇晃晃脚步不稳，险些跌倒在长椅之上。喜春儿见状忙上前扶起，搀着李成梁随着他的脚步，拐弯抹角走进一间内室，帮助他脱掉外衣和鞋袜，盖上薄被。还没等喜春儿把这一切做完，李成梁又已呼呼入睡。

喜春儿挑亮油灯，四下打量起这间卧室。这是个密闭的、小小的房间，四周都没有窗户，厚厚的板门上包着铁皮，仅有的一个方形的气眼，还被几根粗壮的铁条封住。屋内除了李成梁的一张床，只有几件最简单的家具，墙上赫然挂着那柄御赐尚方宝剑，衣架上则搭着辽东总兵的银盔银甲和一件战袍。

喜春儿观察了一番感到有些失望，正想吹熄油灯，转身离去，忽觉眼前一亮。只见紧靠李成梁睡觉的那张木床的墙壁之上，隐隐约约地挂着《辽东防务部署图》，由于图的外边罩着纱帘，里面的图案和字迹都看不清楚。喜春儿心中暗喜，急中生智。她脱掉身上那件白色丝绸外衣，捡起放在桌案上的一支毛笔，拉开那幅罩在图上的纱帘，屏息静气地描了起来。

由于喜春儿多次看过丹增活佛赠予的那张《九州山川地理图》，因此她对辽东地区的地形地貌并不陌生，她只是对哪些地方有行营暗道，哪些地方有辎重粮草，哪些地方装备雄厚、防卫森严，哪些地方驻有重兵、何人镇守等有关情况，做了一些必要的记载。她正在全神贯注地抄写，没想到李成梁鼾声骤停，吓得她赶紧收手停住，坐回床边。过了一会儿见没动静，她又倒上一碗凉茶递了过去。李成梁接过之后，咕噜、咕噜一饮而尽，翻过身去又睡着了。喜春儿抓紧机会急忙抄完，又轻轻拉上纱帘，吹灭油灯，然后蹑手蹑脚地退了出去。回到自己的小屋之后，她的心还在咚咚狂跳。

第二天早饭后，努尔哈赤正在大堂口当值，喜春儿路过之时，悄悄地告诉他晚上见。当太阳落山以后，努尔哈赤熟门熟道，去敲小屋那扇熟悉的房门的时候，喜春儿已经坐在屋里等候。两个人顾不上说别的，喜春儿拿出那件标完图示的衣服给他看，努尔哈赤高兴万分。他说好妹子你可立了大功了，将来咱们一定用得着，你可一定要珍藏好，这是活佛一再叮嘱的呀！"

喜春儿藏好那件衣服，接着又告诉努尔哈赤："哥，我今天发现了一件怪事，不知道你感不感兴趣？"

努尔哈赤见喜春儿神道的样子，便问她发现了什么怪事。喜春儿接着说道："昨天我给大人洗脚的时候，发现他的左脚心有三颗红痣，每颗都有黄豆粒大小，像天上的三星一样整齐地排列着。以前洗脚的时候他清醒着，不断地跟我说话，我没敢低头细看。昨晚他喝多了，有些迷糊，我才看得清清楚楚。老憨儿哥哥，你说这不是件怪事吗？"

"这有什么奇怪的呀？我当什么事呢！"努尔哈赤笑道，"你看我的前胸和后背有不少红痣，多得像星星一样都数不清。红痣这个东西许多人身上都有，哪里不能长啊？！真是少见多怪！"

"我说哎！老憨儿哥哥你这就不对了呀！"喜春儿有点儿不高兴了，"我都这么大的人了，当然知道有痣并不稀奇，谁的身上都可能有，但是脚心里有红痣，你看过吗？难道这不是件奇怪的事吗？"

"脚心里有痣也不奇怪，我说妹子，你先不要生气！"努尔哈赤笑着说道，"我的脚心里就有红痣，而且不是三个，大概有六七个吧！我小的时候也不知道，是秀姑妈妈后来告诉我的，但我自己从来没有看过。"

喜春儿闻之有些不信，闹着非要看个究竟不可。努尔哈赤无奈，只好乖乖地脱下鞋袜，让喜春儿观看。喜春儿扳过努尔哈赤的左脚，放在自己的腿上，然后端起油灯仔细观察，果见在那拱桥形的脚心中间，确实有七颗比米粒稍大一些的红痣，像天上的北斗七星一般排列在那里。那些红痣均匀完整，个个饱满溜圆，红得可爱，像是眨着眼睛在说话。喜春儿一见不由得喜出望外："真的有！真的有！果然真的有！老憨儿哥哥一定是大命之人！怪不得每次都逢凶化吉、遇难成祥，原来有老天在照应啊！"

努尔哈赤顾不得穿鞋了，忙伸手捂住喜春儿的嘴："我说好妹子，你怎么敢乱说呀？这种话说出去，若是被外人听见了，那是会杀头的呀！"

话音未落，就听到当啷一声轻响，外边好像有什么动静。喜春儿当即吓得脸色煞白，一声不吭。努尔哈赤飞身蹿出户外查看，见月光朗朗，轻风习习，四周并未发现人影。但凭借他的超凡听力，他已感到了轻微远去的脚步声，不禁心中一惊，说："坏了！要出事了！妹子，请早做准备吧！"

二十一

努尔哈赤的感觉一点儿没错，这回是真的要出事了！俗语说"屋里说话，墙外有人偷听，路上说话，草棵有人偷听"，这话一点儿不假。当努尔哈赤和喜春儿说着话的时候，没承想就已经被外人听到了！这个人就是总兵府亲兵营统领李标。

这个李标是李成梁的堂侄，武艺高强，膂力过人，尤以轻功为最，在整个辽东的明军之中没有敌手。他师承长白山青云道长，跟随李成梁已经多年，在消灭残元势力中屡立战功，被李成梁视为心腹虎将，故在身边委以要职。这个李标哪点都好，就是偏爱女色。就在喜春儿刚到帅府那天，他就被喜春儿的美貌惊呆了，心中一直念念不忘。喜春儿跟随努尔哈赤来到军马场，他曾经悄悄地去过数次，企图寻找机会，图谋不轨，不巧不是有那对老夫妇在身边，就是被总管柳太成撞见，气得他牙根直痒痒。本来在去年年底那场大比武中，他以为能稳操胜券，光明正大地领娶喜春儿为妻。没想到半路又杀出来个努尔哈赤和巴库尔，他勉勉强强得了个第三名，想娶喜春儿的想法又泡汤了！一怒之下他连那个丫鬟也没要，他下定决心一定要把喜春儿弄到手。可是老天难遂人愿，喜春儿竟然成了总兵大人的义女，今后永远也不在"奖励"之列了！但是李标并不灰心，自从喜春儿搬到这间小屋之后，他就常来这里转悠。不过由于喜春儿警惕性很高，再加上那条大黄狗黄龙经常趴在门外，弄得他轻易不敢靠上前。昨天他唆使帅府管家下令，以怕伤人为借口，把黄龙关进了猎犬房，所以今晚才敢放心大胆地蹲在窗外。

对于努尔哈赤和喜春儿的对话，开始的时候他一点儿也没有听见。可是后来当喜春儿说起脚心长红痣这件事时，他就全听得清清楚楚、明明白白。他心想帅府上下，人人都知道总兵大人脚心有三颗红痣，那是大命之人的象征，说不定是天上的星宿下凡。据说李成梁自己早年也找高人看过，说他有出将入相之命、位极人臣之福，因此常在酒后向众人夸耀。如今小罕子却说自己脚心有七颗红痣，这还了得？难道他比总兵大人还要厉害？有三颗红痣就能出将入相，那么有七颗红痣呢？能干什么呀？想到这里，李标心里忽然咯噔一下子，他好像明白了什么事，急忙三步并作两步地向大堂跑去。

此时李成梁正像往常一样，习惯地在饭后靠在长椅上养神。听了李标的密报，他不禁大吃一惊。如果李标所说的情况属实，那可是件惊天动地的大事呀！自己四年来殚精竭虑，撒下大网，费尽心机而终不能如愿，恰如俗语所说，是

"只听到辘轳把子响，找不着井在哪里"，这个"反王"一直没有抓到。没承想"踏破铁鞋无觅处，得来全不费工夫"，他竟然藏在自己的鼻子底下，这真是莫大的讽刺和天大的笑话呀！如果这件事被皇上和阁僚们知道了，自己肯定罪责难逃，难辞其咎。想到这里，李成梁吓得出了一身冷汗。

可是转念一想，李成梁又觉得不对。那位司天监屡次上奏，说反贼应当出在辽东，抑或就是辽东建州一带的女真人。可这个小罕子是河北人，说的满口山东话，又长得白白净净、文质彬彬，他根本就不是女真人哪！退一步讲，如果说他就是"反王"，又怎么敢胆大包天，投到自己的帐下？那不是"屎壳郎进车道辙——自己找屎（死）"吗？是不是李标隔着窗户听错啦？还是喜兰儿跟她的哥哥唠嗑儿时说错啦？但是不管怎样，必须得把小罕子找来，当面问个究竟，弄个明白。于是他当即下令，命李标带人把小罕子找来问话。

这个时候努尔哈赤已经回到了自己的住处，躺在床上辗转反侧，心神不宁。努尔哈赤他们这些侍卫睡的是一铺通炕，二十几个人挤在一起，夜晚谁被叫走是常有的事，因此当李标带人过来之时，大家司空见惯，谁也没有在意。但是努尔哈赤的心里却咯噔一下子，他猜想到刚才可能被偷听了，说不定被传唤就是这个事。他跟在李标的身后一边走一边想，琢磨着应该如何应对，不知不觉就已经来到了帅府大堂。

李成梁此时已在大堂上正襟危坐，看到侍卫们进来之后，他一言不发，只是摆摆手让李标等人下去，只留努尔哈赤一个站在大堂中央，好像一个待审的囚犯，好长时间两个人都没有说话，只是用眼睛注视着对方。李成梁的目光冷漠犀利，好像两把锋利的短刀，看得努尔哈赤心慌意乱。他努力克制着自己没有发抖，但是手心、脚心却都已经淌满了汗水。

良久，李成梁突然发话单刀直入："我说小罕子！听说你的脚心有七颗红痣，能让我看看吗？"

努尔哈赤闻听心中一紧，但是表面上却故作轻松地说："咳！我听说大人深更半夜找我，以为有什么要紧的公务，原来是这件事呀！不瞒大人说，我的身上倒是有几个红点子，脚心里哪有什么红痣呀！我小的时候曾经得过天花，七天七夜没有苏醒，阿妈以为我快不行了，就找来一个游方的郎中，说这孩子危在旦夕，你就死马当活马医，试试看吧，治死了我们也无怨无悔。那郎中闻言掏出一根很粗的钢针，在我的脚心上连扎了好几针，说是给我放毒血，放完血以后又箍了一些药粉，以后就留下了几个疤痕。不信大人您请看！"说着他索性脱掉鞋袜，抬起脚来让李成梁观看。

努尔哈赤已经好几天没有洗脚了，方才在喜春儿屋里出来之后，他一直担心可能出事，因此在回来的路上，特意光着脚丫在泥地上踩了几下。这工夫脚心里

龙盘虎踞

又淌满了汗水，脱下鞋袜之后又脏又臭，气味熏人。李成梁掩着鼻子看了又看，由于灯光昏暗，视线不好，加之那只脚沾满黑泥，模模糊糊地好像有几颗痣的样子，但是又看不清，叫不准。到底是李标说得对，还是小罕子在骗他？

李成梁寻思了好一会儿，才突然大喝一声："来人哪！小罕子图谋不轨，意欲行刺，给我拿下！"几个亲兵侍卫如狼似虎，闻声立即闯了进来，三下五除二，把努尔哈赤捆了个结结实实。

努尔哈赤见状急得失声大喊："小罕子并无过错，大人这是何意呀？"

李成梁拍案大叫："大胆的狂徒！还敢强辩！幸亏我反应极快，不然已遭你毒手！给我扔到老虎圈里去！"话音刚落，几个亲兵侍卫七手八脚，抬起努尔哈赤即向虎圈走去，接着又啪嚓一声，像扔块兽肉一样，把努尔哈赤抛了进去。

原来李成梁脚心的红痣，在童年时期他的母亲找人看过。当时龙首山的铁冠道长曾经说过："这孩子体相不凡，将来必成大器。脚心生三颗红痣，相书里称为脚踏三星，当有出将入相之命，位极人臣之福。如果脚踏七星，那就更了不得了！古往今来，相传只有汉高祖刘邦曾经有过。"时隔四十多年了，这几句话李成梁仍记得清清楚楚。近几年朝廷屡说天象有异，命他在辽东缉拿"反王"，看来并不是空穴来风啊！

李成梁来回踱步思考再三，他觉得自己今天虽然未看清楚，但小罕子的脚心确实可疑。像这种干系重大的事情，宁可信其有，不可信其无，此人断乎不可留也！如果让他突然走掉，日后真的闹起事来，自己绝对担罪不起，甚至可能会满门抄斩。然而仅凭看一下小罕子的脚丫，就给他贸然定罪，这显然不妥。何况小罕子武艺高强、名震辽东，又是自己的贴身侍卫，自己已经表奏朝廷为他请功，如果出尔反尔，突然杀掉，也必然令朝野生疑。于是他想了个欲娶喜兰儿、引起小罕子不满，从而导致其行刺的主意，下令把小罕子扔在虎圈里。假如他被老虎吃掉了，说明他并不是"真命天子"，也不是什么反王，自己把他的妹子娶过来，岂不是人生一大幸事？李成梁一想起喜兰儿那俊美的容颜就心旌摇动，他后悔当初怎么就认她做了义女呢？真是鬼使神差！但如果老虎不吃小罕子，那就麻烦了！自己下步当如何动作，还需要好好思谋一番。

且说那几名亲兵侍卫将努尔哈赤扔进虎圈，心中不免皆有些惋惜。俗话说"兔死狐悲，物伤其类"嘛！他们平素与小罕子处得极好，突然之间就发生了这样的事，虽然军令如山，不得不动手，但回来睡觉时却议论纷纷，他们的话被巴库尔听得清清楚楚。本来努尔哈赤被叫走的时候他就醒了，一直没有睡着。现在他全都明白了，小罕子有难了，他不能坐视不管。即或这会儿小罕子被老虎吃了，他也要救出喜兰儿，带着小罕子的妹妹逃出去。

想到这里，巴库尔装作解手悄悄地爬了起来，穿好衣裤，挎上佩刀，带好随身物品溜出房门。他早就知道喜春儿的住处，用佩刀轻轻拨开房门，又慢慢推醒了喜春儿，着实把喜春儿吓了一跳，刚要出声大喊，却被巴库尔伸手捂住嘴巴："妹子别怕，我是巴库尔大哥！你的小罕子哥哥出事了，现下被李成梁扔在了老虎圈里，不知死活。"

喜春儿闻听此言，眼泪涌了出来。老憨儿哥哥历尽千辛万苦，把她带到这里，两个人的境遇刚有好转，尚未完婚，怎么会突然遭遇不测？都是自己的过错，看什么脚心的红痣呀？这下子惹出大祸来了！喜春儿悔得肝肠寸断，难受得心如刀割，一时失声痛哭。

巴库尔急忙说："妹子别哭了！哭有何用？咱们还是先到虎圈那里，看看小罕子怎么样了吧！然后再作打算。"喜春儿闻言止住啼哭，慌乱之中简单收拾了一下，就跟着巴库尔来到了虎圈。

二十二

这时候已经后半夜了，总兵府内除了巡更的士兵，偶尔提着灯笼走过，再也无别的行人走动。巴库尔带着喜春儿熟门熟路，悄悄地来到虎圈之外，感到虎圈之内似乎一点儿声音也没有。巴库尔飞身跃上墙头往里观看，不由得大感意外，他几乎不敢相信自己的眼睛。

原来虽然过去一个多时辰了，可是努尔哈赤非但没死，而且安详地坐在虎群中间，静静地对着月光出神。那些庞然大物一个个围坐在他的身旁，像是一群吃饱了微睡的大猫，样子十分温驯可爱。有一个家伙居然紧靠着努尔哈赤与他贴脸，一堆绳索被断成数截，就散扔在它的脚下。

听到动静，努尔哈赤站起身来，走到门边。巴库尔忙近身说道："小罕子弟弟，我是巴库尔！待我弄开门锁，马上放你出来！你不要着急。"说罢跳下墙来，不知用什么物件鼓捣了一下，虎圈的大铁门铜锁被打开，悄然推开。

努尔哈赤不慌不忙，回过身去，一一与那些老虎吻颈告别。那些老虎似乎有些不舍，它们纷纷站起身来，一齐拥到虎圈门口，给努尔哈赤送行，但是没有一只老虎发出声音。努尔哈赤恋恋不舍地走出虎圈，挥挥手再也没有回头。月光下巴库尔发现，努尔哈赤的眼中已经噙满了泪花。

从老虎圈里走出来，努尔哈赤见喜春儿也在，立刻紧紧拉住巴库尔的双手，诚恳地对他说道："谢谢巴库尔大哥！我的好兄长！你能深夜冒险救我，想必我的事你已经知道了！实话告诉你吧！我不是什么河北来的小罕子，而是王杲的外孙努尔哈赤！我是朝廷在抓的逃犯，一个地地道道的女真人！如今我在这里是待不下去了，要带着我的妹妹马上逃走。就是你刚才不来救我，我也会马上去找她。今天这件事和你没有关系，你切不可因此背上通敌的罪名，趁着现在没人发现，你可以悄悄地回去。兄弟之情，山高海深。救命之恩，容当后报！"说罢拉着喜春儿纳头便拜。

听了努尔哈赤的一番话，巴厍尔一点儿也没有惊讶，他也诚挚地对努尔哈赤说道："我早就看出你不是寻常之辈，定然胸怀大志，有所作为。今天我既然出来救你，就没想着再回去。总兵府其实就是个狼窝，绝非你我久居之所。我的家里早就没人了，就拿你们俩当亲弟妹。小罕子兄弟，你到哪里我就到哪里。让我们永远在一起吧！"

努尔哈赤闻之感动地说："兄长既如此说，小弟先行谢过。这样也好，就让我们共同去做一番大事业！我们建州老营不缺好马，缺的是甲仗和兵器。兄长既是同走，就麻烦你去趟甲仗营，想办法盗些铠甲和兵器出来。妹妹你且到虎圈西边的猎犬房，悄悄地把黄龙带上。我得回房间去拿自己的东西。我们半个时辰以后，在东城门门口的大杨树下会合。"巴厍尔和喜春儿闻声而去。

原来自打兄妹俩入住总兵府以后，黄龙就被迫跟他们分开住了。它先是被单独散养在后花园，后来又被关进了猎犬房。黄龙从心往外没瞧起关在它附近的那帮家伙，它非常想念自己的主人，因此心情一直非常忧郁。兄妹俩虽然时常带些食物前来看它，但黄龙显然十分悲伤，每次见面都哭叫不止，令努尔哈赤和喜春儿也十分难过。

也许这条藏獒真的很有灵性，出事的这天晚上，它倒在那里瞪大眼睛一直没睡，始终竖着耳朵倾听外边的动静。当它听到女主人轻轻的呼唤声时，立即毫不犹豫地咬断皮索，撒着欢儿地跑了出来，围着喜春儿又摇头又摆尾，好一阵亲昵。喜春儿拍拍它的头颅，随即悄悄地向东城门奔去。那一队巡更的士兵听到狗叫，过来查看，见没有什么异常的情况，便又敲着梆子、打着灯笼过去了。

且说努尔哈赤施展轻功，像阵风一样溜回自己的居室，带上自己所需的东西，又像只鸟儿一样飞了出去，熟睡中的侍卫们谁也没有发觉。当他和妹妹喜春儿在东城门门口那棵大杨树下聚齐以后，却迟迟不见巴厍尔的身影。眼瞅着一个时辰就要过去了，两个人急得如同热锅上的蚂蚁。

巴厍尔这边还真的出了一点儿意外。原来他潜到甲仗营以后，很快就找到了那里的仓廪，他用牛皮口袋装上了十几副铠甲，又装上了十几把带鞘的腰刀，试着挪动了几下，实在太重了！想拿掉一部分，又舍不得丢下，于是他又去马厩盗马，盗马的过程也很顺利。但就在他牵着两匹战马走向仓库的时候，嗒嗒的马蹄声被巡更的士兵听见了，那两个家伙见状齐声大喊。喊声惊动了甲仗营的卫兵和工匠，院子里立马乱了起来。

巴库尔见情况紧急，顾不得许多了，嗖嗖两脚踢翻了巡更的士兵，把装有铠甲和兵器的口袋放在马背之上，随即飞身上马，夺门而逃。后面的士兵们点起火把，打着灯笼，吵吵嚷嚷地循声追来。等巴库尔来到东城门那棵大杨树下，见到努尔哈赤之时，还没说上几句话，那伙追兵就已经很近了。

眼见情势十分危急，努尔哈赤领着二人急忙向东城门门口跑去。守门的明军士兵睡眼惺忪，打着哈欠问道："什么人这么早就出城啊？可带有总兵府的令牌？"

努尔哈赤立即拱手上前施礼，和气地说："这位兄弟，行个方便。适才有人到帅府行刺，被我等一路追赶，跑到这边来了！我奉大人之命出城追击，后面的人马随即也到，请赶快打开城门！"

那守门的士兵认得努尔哈赤，知道他是李成梁的贴身侍卫，又见后边灯笼火把，追兵已近，因此深信不疑，随即立刻打开城门。努尔哈赤等一行三人两马，如几支箭一般顷刻间蹿了出去。

努尔哈赤等三人刚刚出城，甲仗营那伙追兵就到了。听守门的士兵说是小罕子带着二人两马刚刚出去，手中并没有总兵府的令牌，那名甲仗营的统领情知有异，一面急派人向李成梁报告，一面率领着人马追了上去。

努尔哈赤等三人心急如焚，一路疾驰。但由于三人骑着两马，又带着许多甲仗，因此奔跑的速度越来越慢，而后边的追兵却越来越近了！待等他们跑到三皇岭以东的一座山岗之上，回头一望，见甲仗营的那伙追兵，离他们不过两箭地了。而在后边不远的地方，火光冲天，蹄声震地，显然是李成梁已闻讯赶来，他的那五千名铁甲军出动了！

总兵府的反应如此之快，让努尔哈赤绝对没有想到，他不得不佩服李成梁的临机应变之能和统兵驭人之法。事到临头，容不得多想了！他果断地对巴库尔和喜春儿说道："照这样跑下去，我们任谁也走不了，更别说带走这些甲仗了。巴库尔大哥！请你带上我的妹妹骑着马先走，我在这里拖延他们一会儿，记住我们到建州老营会齐！"

喜春儿闻言死活不肯走，她哭着说要永远同老憨儿哥哥在一起。巴库尔也表示愿意同生共死，绝对不能先走。努尔哈赤闻之拉下脸来严肃地说："我们经历了那么多苦难，谁也不能死！我们还要干一番大事业！巴库尔，你必须听我的，快带妹妹走！别迟疑了！"说完把喜春儿硬推上战马，随后又唰唰两鞭，两匹战马箭一般向东方奔去。

二十三

努尔哈赤环顾一下这片小山岗，见这里地形极好，虽非一夫当关、万夫莫开，却也道路狭窄、易守难攻。于是他带着黄龙埋伏在树丛之中，等追赶的士兵到了五十步之内，才拈弓搭箭，一阵猛射。只听得一阵扑通扑通的声音，十几名追兵顷刻间口袋似的倒了下去。那些没中箭的士兵见状不敢再追，吓得趴在地上，一半会儿不敢起来。等他们听听没什么动静，又起身追击的时候，再次被努尔哈赤的神箭射了回去。

如此几番阻击，那些甲仗营的士兵始终没能攻上来。努尔哈赤回头一望，见东方天空已经放白，估摸着巴库尔和喜春儿也已跑远了，而西边的铁甲骑兵眼看着就要来到跟前。事急不容迟疑，努尔哈赤又放出几箭，撂倒了几名跑在前头的骑兵，趁着他们稍微一乱的当口，带着黄龙嗖地蹿出，向没有路径的荒郊野地那边跑去。他知道那些铁甲骑兵必然跟踪追他，这样巴库尔和喜春儿就更加安全了。

努尔哈赤轻功高超，健步如飞。那黄龙紧跟其后，风驰电掣。一人一狗在前边紧跑，数千骑兵在后面猛追，在清晨的辽西大地上形成了一幅绝美的图画，惊得树上的乌鸦呱呱乱叫，引得晨起的苍鹰凌空翱翔。李成梁的铁甲骑兵虽然人高马大，体力强健，但是前边的一人一狗矫健灵活，动作敏捷，再加上野地之中到处坎坷，不利于骑兵行走，因此虽然李成梁心急如焚，但是却迟迟没有追上。

追击的队伍赶到中安堡西南，李成梁立马在土岗之上放眼东望，他已看清前面只有一人一狗。从那跳跃的灵巧和矫健的身姿来看，必是小罕子无疑了！铁甲骑兵跑了三十多里仍未追上，还让他死伤了一百多名士兵，除了小罕子还能有谁？这家伙"脚踏七星"，猛虎不食，如今又盗走甲仗，逃向东方，明显是图谋不轨、包藏祸心，必是"反王"无疑了！自己深受皇恩，肩负重任，今天必须要除掉他，以绝后患！"小罕子！你我既成敌对，休怪本帅无情！你的武功再高，也没有我的马快！看我撵死你！累死你！"想到这里，李成梁大喝一声："将士们，给我猛追！看他能跑到哪里去！盯住他！追死他！"骑兵们嗷的一声，奋勇向前。

李成梁猜得没错，努尔哈赤还真是多亏了他的这身轻功，不然他早就被生擒活捉了！他一边在前面跑，一边在心里感谢他的秀姑妈妈，他的徐哑巴师父，还有丹增活佛。然而时间一长，他的两条腿毕竟赶不上人家的四条腿，自己已经气喘吁吁，而后面的铁甲骑兵却越来越近了！此时天已大亮，北边虽有大路可行，但那边视野开阔,自己很快就会被骑兵追上。南边土岗绵延,上边只生长些光秃秃的小树,也无藏身之处。情急无奈之中,努尔哈赤别无选择,只好带着黄龙,一头钻进了对面的一大片芦苇荡。

那个时候的中安堡西南是一片涝洼塘,辽阔的沼泽里边生长着茂密的芦苇。时值九月份了,一人多高的芦苇已经青中泛黄,晨风吹过,发出哗啦哗啦的响声,好像是汹涌澎湃的海浪。

李成梁骑马站在苇塘西南面的土岗之上,右手一挥,五千铁甲骑兵和甲仗营的士兵迅速散开,立刻把芦苇荡围了个水泄不通。亲兵营统领李标高声喊道:"小罕子!出来吧!你跑不了了!只要你认罪服法,大人会饶你不死!"尽管李标奉命高一声、低一声地不断叫喊,已经喊得声嘶力竭、变腔变味儿,如同一只破旧的风匣,然而苇塘里却一点儿回音也没有。几名性急的将官立功心切,没等李成梁下令,即纵马冲进苇塘。没想到那苇塘看着无水,却极松软,那几名将官一下子就陷入烂泥之中,一点儿也动弹不得,而且越陷越深。

李成梁见状急忙挥手制止,他纵马前行数步高声喝道:"小罕子,你给我听着!本帅待你不薄,你为何暗杀于我?真是狼心狗肺,罪该万死!就是我有心放你,恐怕也天地不容!如今你逃进苇塘,无异于自寻死路!千呼万唤不出来,我就让你见阎王!休怪本帅无情,是你首先不义,咎由自取!"说罢命将士们撤离苇塘,在西南面放起火来。原来李成梁追击至此,放眼一搭,就已经看好了风向,打定了主意。如果小罕子不出来投降,就将他活活烧死。这样自己对朝野上下,都可以交账了。

士兵们奉命点燃了岸边的芦苇,一时间浓烟滚滚,火光冲天。李成梁率兵立于高岗之上,驻足观看,只见风助火势,火借风威,不一会儿,偌大的一个苇塘,就被烧成了一片火海,李成梁不由得手捻长须,哈哈大笑。

且说努尔哈赤凭借着轻功,踩着苇秆儿连跳带跃,钻入苇塘之中,在一块稍显干涸一点儿的地方停了下来。这一小块高地虽然也很湿润,脚下尽是些泥水,但是勉强能够立住脚。那条藏犬黄龙虽然久不下水,但是狗是通水性的,它随着主人逃进这片苇塘中心,与努尔哈赤一起,扑倒了一片芦苇坐下来休息。

还没等他们的这口气喘匀乎,就听见西边的方向人喊马嘶,吵吵嚷嚷,大队明军已经追了上来。李标那破锣一样的嗓子和李成梁的那一番话,努尔哈赤都听得清清楚楚。但他不想出去投降,也不想应声回话。他明白不能暴露自己的位置,否则必然危险万分。他自小学佛,崇拜天命,坚信是福不是祸,是祸躲不过,该死难逃生,当生不会死,因此闭着眼睛,凝神静气,默念佛号,一声不吭。

过了一会儿,没想到明军士兵们虽然不喊叫了,但是浓烟却随风飘了过来,呛人的气味让努尔哈赤大吃一惊。他站起身来一看,坏了!只见苇塘几面火起,浓烟一阵呛似一阵,西南方向的火舌已经离此不远,灼人的热浪烤得他周身发烫,脸上发疼。

努尔哈赤生自林区,从小跟着爷爷上山打猎,懂得遇见山火和野火自救的办法。他情不自禁地脱口喊出:"快打火道!"然后便急忙在这片小高地的周围动手,首先在西南方向踩倒了芦苇,让这些芦苇倒在泥水里,使烈火因为有泥水隔着,无法燃烧过来。然后再转着圈踩,往宽里踩。那条藏犬黄龙聪明绝顶,它立即明白了主人的意图,马上跟着努尔哈赤连扒带踩,一劲儿忙活。后来见扒和踩不太顶事,就干脆围着这条火道不停地跑,跑不动了就连爬带滚。他们一人一狗虽然手脚并用,忙个不停,但因为浓烟太重,火势太猛,浓烟和热浪连呛带烤,他们均已经喘不过气来,不一会儿就双双晕倒在烂泥之中,失去了知觉。

再说李成梁立于高岗之上,见风势减弱,浓烟渐消,火焰熄灭,天已大亮。方才还随风起伏的那片芦苇不见了,眼前呈现出一大片黑黑的烂泥塘,在晨曦中冒着热气。他料定小罕子已被烧死,正准备下令撤军,忽听亲兵营统领李标在旁边说道:"大人请看!那苇塘中间有片芦苇还在站着,好像没有烧着,小罕子会不会藏在那里?"

李成梁手搭凉棚往东方一看,果见在晨光熹微之中,似有一小片芦苇赫然直立,在随着微风摇曳,但是下面却什么也看不清楚。他不禁心生疑惑,担心小罕子侥幸逃脱。于是下令将士们使用强弓硬弩,选择最近的地方一齐放箭。但由于距离较远,大多数羽箭皆落在泥水之中,并不知道是否射中,将士们都感到心中没底。

正在这时,忽有一群乌鸦唰地飞来,在众人的头顶上盘旋数圈,然后竟然落在没倒的那片芦苇之上,随即呱呱地欢叫起来。李成梁见之喜上眉梢,疑窦顿解。他高兴地对将士们说:"乌鸦虽然体黑貌丑,但却是世上良禽,精明得很。如今突然飞来落于苇梢之上,想必是循风闻着香味,到这里来吃死人肉了!这苇丛中断不会有活人存在。若有活人,乌鸦是不会成群落上去的,它们早就飞了!"

众将闻听李成梁之言,不禁齐声赞道:"大人神机妙算,心细如发,真乃子牙在世、诸葛重生也!"李成梁闻之沾沾自喜,心中高兴,于是下令撤兵。数千名将士掉转马头,风驰电掣般奔向广宁去了。

也不知过了多长时间,被清凉的晨风一吹,努尔哈赤从昏迷中苏醒过来。他挣扎了一下,觉得浑身骨头节哪儿都疼,皮肉像被烧熟了一样。嗓子眼儿里火辣辣的,胸口窝憋得几乎喘不过气来。他费力地睁开眼睛,发现岸上的明军已经撤走,大片的芦苇也已烧光,只剩下自己的身边还有些未倒的枯苇,在晨风的吹拂中展示着它的顽强。

努尔哈赤眺望朝阳，暗自庆幸自己大难不死、逢凶化吉，急忙跪下来感谢上天的眷顾和佛祖的保佑。就在他抬起头来无意旁顾的一瞬间，忽然悲从心起，眼泪唰的一下子就流了下来。他的那条藏犬黄龙倒在泥浆之中，嘴角和鼻孔均已流出许多血水，两眼黯淡无光，浑身抽搐不止。

努尔哈赤慌忙爬过去抱住黄龙，大声地呼唤着它的名字。怎奈黄龙已经叫不出声来，只是两眼微睁，眼球微转，目光柔柔地看着它的主人，眼角流下两大滴晶莹的泪水，然后嘴巴抽动了几下，像是和它的主人话别，便脑袋一歪，躺在努尔哈赤的怀里死去了。

努尔哈赤抱着黄龙捶胸顿足，放声大哭，泪水就洒落在它的身上。黄龙自从在海棠山跟随自己，几年来形影不离，忠心耿耿，多次帮助自己化险为夷，为他做了许多连人都无法完成的事。努尔哈赤早就把它当成了自己的兄弟，或者说叫作知心换命的朋友。如今自己心如所愿，侥幸逃生，而这条来自日喀则佛门宝地的藏獒，却永远留在了辽东广宁这块土地上。想到此处，努尔哈赤心如刀割，痛不欲生，他一下子哭昏在苇塘之中。

二十四

昏迷之中努尔哈赤忽听一个声音传来："黄龙虽死，忠魂永恒。它虽然故在辽东，但真身已归佛国。努尔哈赤不必悲伤，就请赶快上岸来吧！"

努尔哈赤抬头一望，只见在西南边不远的土坡之上，有一人黑衣黑裤披黑色斗篷，旁边还站着一头黑毛驴，细看正是那位黑老太婆。她的周身上下金光闪烁，正站在那里笑吟吟地望着他。努尔哈赤喜出望外，正待起身，就见那黑老太婆手一扬，不知用了什么法力，他和黄龙均已轻轻落到岸上。

努尔哈赤忙跪行数步，叩谢连声："老婆婆恩比山高，情比海深，每每在危难时刻搭救我，努尔哈赤真不知如何报答您才好！"一边磕头，一边泣不成声。

那位老婆婆闻言说道："这大千世界，天道循环，冥冥之中皆有定数。然国家兴衰，江山更替，从来公道自在人心。顺承民心者昌，逆拂天意者亡，此乃万劫不变的至理。本尊几次救你，也是顺天应人，寄托天下百姓的意愿。你这一路走来，似乎遭些危难，但也磨炼了心志，增强了体魄，于未来的宏图伟业大有利也！希望你在得势之时，勿为私欲所驱，勿忘天下百姓，否则天怒人怨、神鬼共诛，到时候谁也救不了你呀！"

努尔哈赤听后连忙答道："谨遵婆婆教诲，自当知恩图报。晚辈定当铭刻于心，怎敢有半点儿忘怀？但不知下步路在何方，还请婆婆指点迷津。"

那黑老太婆慈爱地一笑，接着说道："顺承天意，顺乎民心，顺应潮流，顺和部众，最后顺其自然，顺势而起，切不可急于求成，王杲的教训还不够深刻吗？有些话我早就点拨过你，你自己好自为之吧！如今间山这一段磨难已经结束，孩子！你也该恢复本来面目了！"说完将手中杨柳枝轻轻一拂。

努尔哈赤只觉得一阵轻风吹过，好像有数滴清凉的水珠落到脸上。他忽感周身通畅，精神一振，肌体上的痛楚全部消失，头脑比任何时候都清醒，四肢也比以往更有力量。努尔哈赤倍感惊奇，抬头一望，发现那位黑老太婆已经不见了，却听得天空中一声巨响，一尊女菩萨脚踏黑龙、手持杨柳枝正在向他微笑。努尔哈赤不禁脱口而出："观世音菩萨！原来是您！是您救了我呀！我真是有眼无珠，请您莫怪！"他又是一阵叩头致谢，但是观世音菩萨已经乘龙远去。

努尔哈赤这才明白，原来自己数次见过的黑老太婆，丹增活佛告诉他的青岩洞主，竟然是观世音菩萨的化身。是她老人家一直在关注着自己，帮助着自己，难怪自己一次又一次逢凶化吉、遇难成祥。想至此他不禁激动不已，感慨万端。他起身走到水边洗脸，发现那个白白净净的俊美少年不见了，水面上倒映出来的是一张粗犷黑瘦的脸庞。他笑了："这才是真正的努尔哈赤，地地道道的女真人！否则就那个样子回到老营，爷爷和父亲以及部族中的亲友，他们还会认识我吗？还不得把我赶出来呀？！"

努尔哈赤双手挖坑，把黄龙的遗体埋葬在土岗上的一棵老榆树下，并用短刀在树干上刻下"恩公黄龙之墓"六个大字，然后再拜而去。

努尔哈赤昼夜兼程，归心似箭，终于在四天以后回到了建州老营。爷爷觉昌安、父亲塔克世和族人们皆惊喜不已，弟弟舒尔哈齐见五年后哥哥亦平安归来，高兴得与努尔哈赤抱头痛哭。先期到达的巴库尔和喜春儿一直在辽河东岸迎候他，见他平安脱险又回归原貌，更是高兴异常。大伙儿围着努尔哈赤问这问那，互相述说着别后的遭遇，一时间老营内欢声笑语，其乐融融。

听说努尔哈赤平安归来，他的那些发小和伙伴接踵而至，大家除了述说各自的境遇，更多的是议论未来的打算。努尔哈赤把巴库尔带回来的十几副铠甲和兵刃分给大家，勉励大家韬光养晦，习文练武，等待时机。他和巴库尔带领大家开荒种地，进山打猎，下河捕鱼，张网抓鸟，有时也到草原上贩马，去抚顺关逛集。在他的带领下，这些人信心百倍，斗志昂扬，很快形成了一支团结精干的队伍，令老营的族人们刮目相看。

回到老营六个月之后，也就是次年的初春，努尔哈赤给李成梁写了一封书信。他在信中说道："尊敬的总兵大人，你还好吧！多日不见，你也许想不到我是谁，或者已经把我忘了吧？我就是那个你想杀没杀了、想追没追上、又想烧没烧死的人，也是你曾经的救命恩人，你身边的那个贴身侍卫。实话告诉你吧！我不是什么沧州来的小罕子，而是建州左卫的努尔哈赤！我是觉昌安的孙子、塔克世的儿子！我是建州右卫都督王杲的外孙！也是你们朝廷通缉的逃犯。谢谢你在危难之际收留了我，给了我一个藏身之处，不仅使我在你的海捕中安然无恙，而且还让我得到了一个历练的机会。三年多来我们朝夕相处，我在你身上学到了许多东西，让我明白了什么是阴险狡诈、凶狠毒辣和奸猾虚伪，让我懂得了人心叵测和世事的艰辛。我们各自的志向、秉性和品格，天知地知，你知我知，不用多说。你认识的那个小罕子已经死了，如今的努尔哈赤已经回到了建州老营，同我的亲友和族人们在一起。你如果愿意发兵追剿，我努尔哈赤随时恭候！说句大话，过去你煞费苦心都抓不住我，今后你千军万马仍会往返徒劳！倒是你应该小心一点儿，你的总兵行辕对我来说没有秘密，你的所作所为我都一清二楚。且不说我的功夫如何，随时随地都能取你的性命，就是把你进京时说过的话启奏给皇帝，相信他也会马上就杀了你！还当什么太子太保、宁远伯、辽东总兵啊？做你的春秋大梦去吧！到时候你的儿子们都得跟你上刑场，比我外祖父的下场好不到哪里去！好自为之吧！我的总兵大人！何去何从，你自己选择，努尔哈赤专候回音。此信由我的密友专程送你，并无他人知晓，其中深意，想汝尽知。书不尽言，相见有期，书备双札，以为留念。万历八年（1580）春日敬上。"

努尔哈赤知道李成梁笃信道教，就委托千山五龙观的一位道友作为信使，把书信密封好送到广宁。李成梁见信以后，先是吃惊，继而愤怒，紧接着就忧心忡忡，一连许多天都心神不宁，坐立不安，甚至吃不下饭，睡不好觉。努尔哈赤的那封信他记不清看了多少遍，不知道怎样答复这个狂妄的家伙。事情弄到今天这个地步，他思前想后，觉得怎么办都不太妥当。

一开始的时候他曾想立即发兵追剿，但马上感到有三不妥。一不妥是当年捕获王杲纯属侥幸，那是哈达部王台为了升官发财，把王杲灌醉后绑上送来的。追剿努尔哈赤还会不会有如此好运，那不好说。二不妥是努尔哈赤的勇略绝非王杲可比，他武功卓绝，心思缜密，在广宁待了四年都安然无恙，没露马脚，如今龙归大海，虎入深山，要想再抓他谈何容易？三不妥是当年发兵古勒城之时，就有朝臣密奏他滥杀无辜，皇上十分生气，幸亏有冯保等几位好友帮他遮掩，方算过去。如果此番进攻建州，覆巢之下难有完卵，如果朝廷怪罪下来，自己怎么吃罪得起？所以贸然进攻风险太大，得不偿失。

但是如果不出兵呢？也存在几个方面的问题。一是追击小罕子这件事声名在外，尽人皆知，如果没个明确的说法，朝野上下都会猜疑，这显然对自己不利。二是自己身受皇恩，职责所系，如果知道了反贼的行踪，还仍然无动于衷，按兵不动，这在道理上说不过去，在良心上也受到谴责。三是小罕子脚踏七星、猛虎不吃这件事，李标和几个亲兵侍卫都知道。自己虽是严令他们不说，但时间长了难免会传播出去。到时候自己落个窝藏"反王"之罪，那可就浑身是嘴也说不清了！

到底应该怎么办呢？万般无奈之中，李成梁只身一人悄悄登上医巫闾山，来到大朝阳三清观去请教慈云道长。慈云道长年高德劭，修为高深，据说他于英宗"土木之变"时期就已经在此出家，算来至少有一百三十多岁了，但是仍然精神矍铄，耳聪目明。见总兵大人突然造访，慈云道长一点儿也没有感到意外。他一边给李成梁让座倒茶，一边笑着说道："大人光临本观，心意我已尽知。老朽就送您四句话吧！希望能排解您心头的疑惑。"

慈云道长一边说着话，一边取过纸笔，写下了"懒龙不下雨，潜龙可行云。双手擎二桨，两朝建殊勋"共二十个字，递与李成梁观看。

李成梁左看右看，思虑再三，心中仍然踌躇不定。于是他再施一礼，谦恭地说："晚生愚钝至极，百思而不解深意。烦请大师明示，成梁不胜感激。"

慈云道长端起一杯清茶，仍旧笑着说道："非是大人不解其意，实乃心中尚有顾虑。古往今来，贤臣事主，能保两全者凤毛麟角。你看殷商的黄飞虎，他是周朝的功臣，却是纣王的叛逆。而著名的汉初三杰，他们是秦朝的叛逆，却是西汉的功臣。可谓毁誉由当世，功罪后人说。然而只要真心存大道，自然就腹中有良谋。比如唐初的魏徵吧！他既是太子建成的谋臣，又是秦王世民的知己，不是如鱼得水、得心应手吗？所以说顺其自然去，大道自生成啊！世间万事万物，进一步难免山重水复，退一步却可以柳暗花明啊！大人何忧虑也？"

李成梁闻之顿悟，忙跪下叩头致谢："道长高深，白云沧海。解惑之恩，终身不忘！"遂愉快退出。他明白道长是在喻示，提醒他应当两面周旋，左右逢源，这实在是他当前最好的选择。于是他回府后立即修书一封，让那位久等的道友带到建州，然后高兴地打猎去了。

努尔哈赤拆开书信后，半晌无语，只是呆呆地出神。巴库尔拿过来左看右看，一连翻弄了好几遍，然后才愤愤地说道："这李成梁搞的是什么名堂？他这封书信虽是密封，但里边除了两张白纸，竟然一个字也没有！什么意思呀？"喜春儿接过来说："这书信不仅里边没有字，连信封上也没有字，难道他是瞧不起我们，不屑与我们沟通吗？有什么了不起的？不就是脚心里有三颗红痣吗？老憨儿哥哥比他还多呢！"

"不对！你们说得都不对！"努尔哈赤思谋良久，才摆摆手说，"李成梁聪明绝顶，深谋远虑。他留信使待了半个多月，竟回了这样一封信，里边肯定藏有深意。你们想想看李成梁现在要的是什么？他要的是辽东的稳定，要的是功名利禄，要的是荣华富贵。而我们呢？要的是什么？是身家的安全，部族的兴旺，是积蓄力量，是等待时机。在这一点上，在今后一个时期，我们双方的利益重合在一起，大家就可以相安无事，就可以各取所需，就可以让辽东取得相对的稳定，这对我们双方都有利。所以他发来一封无字的信件，是在告诉我们他无话可说，也没什么可说的，当然也不会对建州用兵，我们可以放心地休养生息了！"

巴库尔和喜春儿听后似懂非懂。努尔哈赤密封好一件无字的信函，继续说道："我也照猫画虎，同样回他一封。这叫无声胜有声，尽在不言中，也防备给旁人留下把柄。"于是再次委托那位道友送出。

不久，从广宁那边传来消息，说亲兵营统领李标等四名侍卫，被李成梁派出去刺探敌情，从此下落不明。接着凡是与努尔哈赤接触较密切的人也都销声匿迹了，连柳太成和巴图海都未能幸免。还有人说，李成梁早已奏报朝廷，贴身侍卫小罕子挟私行刺，已被烧死，并送广宁巡抚和镇守太监处备案。努尔哈赤闻之仰天大笑："老家伙学乖了！他果然与我形成默契，我们建州女真的春天来了！"遂与喜春儿完婚。

二十五

当年秋天，是李成梁就任辽东总兵官十周年。朝廷为表彰李成梁御辽的功绩，对其在朝野上下大加褒奖。万历皇帝亲颁圣旨，责成辽东巡抚周咏在广宁城内，为李成梁修建石牌坊一座，并将李成梁之子李如松、李如柏、李如桢和部将等八人均擢升为副总兵和副将等职。李家一时名满华夏，荣宠之极。李成梁也因之志得意满，骄横日甚。

而此时的努尔哈赤则忍辱负重，隐居山林，装出一副胸无大志、无所作为的样子，期望外界所有的人都忘了他。他虽然韬光养晦，不事张扬，但却时刻关注着辽东的局势，暗地里与李成梁保持着密切的联系。除了逢年过节他必须乔装登门拜访，平素也常派人送去人参、貂皮、鹿茸、良马等贵重礼品，李成梁则时常回赠些甲胄、兵器和丝绸等物。两个人虽然都不明说，但却暗地里互相支持，他们的心里都清楚得很。

从万历八年（1580）到万历十九年（1591）这十二年间，李成梁与努尔哈赤一明一暗，配合默契，共同导演了一出出当时就觉得反常，现在看起来极其滑稽的活剧。在李成梁的全力支持下，努尔哈赤的队伍从无到有，从小到大，逐渐成为辽东地区一支不容忽视的军事力量。

努尔哈赤从广宁回来不久，就在暗中拉帮结伙，积蓄实力，他以习武练功为由，很快地把他的发小、玩伴、亲朋、好友以及一些青少年笼络起来，形成了以他为核心的一批精兵良将。他们有明军赠予的甲胄和兵刃，又有自己精心挑选的

龙盘虎踞

良马,经过努尔哈赤和巴库尔训练以后,战斗力已经十分强悍。努尔哈赤的弟弟舒尔哈齐和雅尔哈齐,则成了他忠实的助手。努尔哈赤带着这些人耕田、打猎、捕鱼、贩马,有时候也到辽阳和抚顺关去交换货物,更多的是在一起骑马射箭、切磋武艺,他俨然成了部族人心目中的领袖。而这时的觉昌安和塔克世,则事事对他掣肘,似乎成了努尔哈赤前进路上的障碍。

与此同时,王杲的儿子阿台和阿亥逃难归来,又把建州右卫的族人们笼络在一起,重新建立起一个强大的部族。他们借助把持苏克素浒河水道之利,勒索往来商贾,很快聚集了一大笔钱财,重修了古勒城和沙济城。二人与觉昌安、塔克世和叶赫、哈达、辉发等部联手,企图与朝廷对抗,这对李成梁在辽东的统治构成了极大的威胁。

万历十一年(1583)秋天,根据努尔哈赤提供的线报,李成梁再次突发重兵,摧毁了古勒和沙济两城,斩杀了阿台和阿亥兄弟,同时遇难的还有部族中一千二百多人。觉昌安和塔克世以劝降为名,赶去增援,被明军捉住处死。当努尔哈赤率人赶去质问之时,李成梁则亲自出面说是误杀,答应对二人予以厚葬。同时表奏朝廷,请封努尔哈赤为建州卫都指挥使,总领建州女真各部。不久,万历皇帝准奏,李成梁则亲自带努尔哈赤赴京觐见。

时隔五年,努尔哈赤再次来到紫禁城,但是他的身份却不一样了。望着巍峨的宫殿和宏大的城堡,他又一次想起了李成梁说过的话。朱元璋能够十几年打赢天下,我努尔哈赤为什么不能?因此这一次他装得至诚纯朴,甚至有些傻乎乎的样子。进了金銮殿左顾右盼,什么都觉得新鲜。见了万历皇帝二话不说,先咚、咚、咚、咚磕了一顿响头。谢恩的时候红头涨脸,甚至都有些结巴了。万历皇帝见他一副憨厚的样子,十分喜爱,当场大加夸奖,还赏了他一把宝刀。他当时就说:"我要用这把御赐宝刀,斩尽辽东的毒蛇猛兽,让大明朝的江山千秋万代,威德永恒!"出了门以后立即在心里骂道:"早晚我要用你送我的这把宝刀,亲自砍下你的猪(朱)头!"

努尔哈赤当上建州卫都指挥使之后,许多部族的头领感到不服,其中尤以海西女真的叶赫、哈达、辉发和乌拉部为甚。叶赫部的酋长清佳砮和杨吉砮依仗实力雄厚,不仅未把努尔哈赤放在眼里,还扬言要去找李成梁讨个公道,问个明白。努尔哈赤把消息透露给李成梁之后,这位辽东总兵勃然大怒。他认为看不起努尔哈赤,就是没瞧起我李成梁,就是和大明朝对着干。为了帮助努尔哈赤树立权威,他悄悄在开原马市布下伏兵,将叶赫部的清佳砮和杨吉砮生擒活捉,当即处死,并杀害叶赫将士一千多人,使辽东女真各部均谈之色变,噤若寒蝉。

图伦城主尼堪外兰是努尔哈赤的仇人,十二年前就是因为他暗中使坏,才使李成梁突发重兵,攻下古勒城,导致外祖父王杲死于非命。努尔哈赤早就想除掉他了，只是因为他这些年来始终充当李成梁的耳目，借此在女真部族中狐假虎威，为虎作伥，因此一直不便下手。这一次努尔哈赤当上建州卫都指挥使之后，觉得报仇的时候到了！他亲自带兵包围了图伦城，以破坏辽东女真内部团结的名义，去抓捕尼堪外兰。尼堪外兰自知不是对手，吓得屁滚尿流，连夜逃往鹅尔浑城（在今抚顺境内）。努尔哈赤紧追不放，尼堪外兰被迫逃往抚顺关，以为明军肯定会保护他。没想到抚顺关守将李如松早已得到父亲的密令，拒绝放尼堪外兰入关，并且撤下了入关的梯子。尼堪外兰无处可逃，终于死在了努尔哈赤的刀下，其尸身还被挂上"丧家之犬"的木牌，吊在图伦城头示众。

万历十五年（1587），努尔哈赤在得到李成梁的默许之后，先后带兵收服了萨尔浒部、浑河部、完颜部、哲陈部、苏完部和董鄂部等诸多弱小的部落，把他们纳入建州女真的统治之下。当年秋天，努尔哈赤建费阿拉城（今辽宁新宾满族自治县永陵镇二道河子村南），并在此地称王。李成梁竟为其表奏朝廷，称此举便于大明在辽东的稳定。万历皇帝随即下旨恩准，因为他收到了努尔哈赤三千两黄金的贡奉。

努尔哈赤称王以后，海西女真的叶赫部首先不服。叶赫部贝勒纳林布禄串通哈达部贝勒扈尔干等人，联合辉发、乌拉等部，共同向努尔哈赤发难，公开索要土地、山林和牛马，否则四部就联合向建州开战。以当时的力量对比来说，建州女真尚没有海西四部强大。面对强敌的挑衅，努尔哈赤感到进退两难。是李成梁再一次伸出援助之手，出奇兵突袭叶赫部，用土炮击毁叶赫的王城，迫使海西女真分崩离析，再次臣服。努尔哈赤乘机又攻下长白山的讷殷部、朱舍里部和鸭绿江一部，其辖地和实力均进一步壮大。

万历十五年（1587）以后，明廷从皇帝到朝臣的贪腐之风日盛，公开受贿索贿已经司空见惯。李成梁作为镇守一方的封疆大吏，虽然对皇帝和政要们不断打点，但也不可能面面俱到。巡按御使胡克俭就因为没有得到李成梁的好处，搜集了"杀良冒功、滥杀无辜、私开金矿和克扣军饷"等六条罪状，上书对李成梁进行弹劾，一些对李成梁有意见的朝臣乘机起哄。万历皇帝可能以为辽东承平日久，李成梁年龄又比较大了，遂下令将其解职，调回京城。

没有了李成梁的暗中支持，努尔哈赤无法发展壮大。于是他按照李成梁离开广宁时的嘱咐，一方面对朝廷表现得极为恭顺，不但加倍向万历皇帝纳贡，而且事事俯首帖耳，年年去北京觐见；另一方面在背地里挑唆辽东女真各部族不断生事，今天你打他，明天他攻你，弄得新任总兵官到处灭火，疲于奔命。努尔哈赤又常上密奏，频送重金，挑拨皇上与辽东总兵之间的关系，弄得辽东大地烽烟迭起，万历皇帝焦头烂额。从万历十九年（1591）李成梁卸任，到万历二十九年（1601）这十年间，朝廷被迫换了八任总兵，但辽东地区仍然无法稳定，而且越来越乱。

面对着行将无法控制的局势,在大学士沈一贯的推荐下,七十五岁的李成梁被再度起用,以太傅兼兵部尚书的身份,就任辽东总兵官。李成梁到任以后,整饬兵备,理顺关系,在努尔哈赤的帮助下,使辽东迅速稳定下来。在此后的八年间,他实际上是纵容努尔哈赤使用武力,先后消灭了哈达、辉发、乌拉和叶赫等女真各部。同时还主动放弃了他亲手修建的"宽甸六堡",撤回了防守的明军,迁出当地居民六万多人,为努尔哈赤收复东海女真各部提供方便。

万历三十六年(1608)春,八十三岁的李成梁再次以"御辽有功"卸任回京。由于他"功德圆满、朝野咸服",据说进京的那天,欢迎的场面极为隆重。不仅文武官员悉数到场,就连平素懒得上朝的万历皇帝,都破例出城十里迎接。用当时内阁首辅沈一贯的话说:"汝器公(指李成梁)镇守辽东三十有年,功在当今,利在后世,其眷顾之隆,为本朝边帅所未有也!"这代表了当时朝野上下许多臣民的共识。

颇具讽刺意味的是,当李成梁卸任离开广宁的时候,不光有当地的军政要员置酒相送,数万广宁军民洒泪而别,还有努尔哈赤率辽东女真各诸王贝勒,一直护送到长城脚下,其真挚情意可见一斑。万历皇帝和他的那些阁僚哪里知道,此时的努尔哈赤羽翼已丰。正是他们百般赞誉的那位辽东总兵官,为他们精心培养了一个掘墓人。

李成梁从辽东卸任以后,由于他还健在,加上他的儿子们尚在辽东任职,努尔哈赤没有撕破脸皮,立即举事。万历四十六年(1618)一月,李成梁以九十三岁高龄无疾而终。皇帝朱翊钧亲赐祭葬,谕祭二坊,葬京北仰山,许多官员都去为他送行,把他当成为官做人的楷模。直到崇祯年间,明王朝即将灭亡的时候,还说他"驰骋疆场……威震煊赫……勋名地望,足以震动一世",是朝廷一位有名的功臣。

然而辽东并没有真正平静几天,一场震撼历史的风暴就来临了!同年四月十三日,距离李成梁死后还不到一百天,努尔哈赤在赫图阿拉城宣布七大恨,誓师伐明,并以雷霆万钧之势攻抚顺,下清河,在萨尔浒大战中击溃二十万明军,随后又拿下铁岭、开原、沈阳、辽阳,并于天命七年(1622)占领广宁,取得了军事斗争的决定性胜利。

登上广宁城的白云关,俯瞰脚下这连绵的群山,眺望远方那迷茫的渤海,努尔哈赤不由得浮想联翩,感慨万千。他回过头来对巴库尔和喜春儿,又像是对他的儿子们说:"我十五岁离家,躲避明军的追杀,在广宁古城整整待过四年,有过太多辛酸的回忆。我在这里九死一生,几乎命丧黄泉,也在这里悟透人生,树立了远大的理想。可以说,广宁城是我少年时期的一所学校。没有在广宁城的这四年，就没有我努尔哈赤的今天哪！"

努尔哈赤说到这里，眼睛已有些湿润了。他环视着众人继续说道："今天我们取得了这样骄人的战绩，几乎占领了整个辽东，绝不能忘记苦难的过去。我们不能忘记自己的先人，是他们生育了我们；我们不能忘记家乡的山林，是那里养育了我们；我们不能忘记部族的仇人，是他们让我们擦干眼泪，拿起刀枪，找回做人的尊严；我们更不能忘记部落的族人，我们的兄弟姐妹，是他们用自己的鲜血，染红了昨天的战旗，托起了今天的辉煌。"

努尔哈赤越说越激动："对于我来说，我时刻没有忘记苦难中那些帮助过我的、好心的、善良的人。建州老营的秀姑妈妈，马场里的徐哑巴师父，科尔沁草原的佟妈妈，间山军马场的巴图海夫妇，也包括两次救我性命的乌鸦和舍身救主的藏犬黄龙，他们都是我的恩公，一直都温暖着我的心。我的命是他们给的，他们都是我的再生父母！"

说到这里，努尔哈赤已经热泪盈眶，他点着代善、莽古尔泰、皇太极和阿济格的名字，对在场的儿子们说："我们女真人历史上曾经建立国家，打进中原，但是后来因为腐败和内乱垮掉了！之所以四百年以后又重新崛起，是因为我们顺承天意，顺应民心，得到了神灵的庇佑和高人的指点。因此，我们永远不要忘记丹增活佛、青岩洞主、观世音菩萨和慈云道长，是他们救助和点醒了我，让我在逆境中奋起。同时，我们也要时刻牢记，在这里镇守了三十多年的那位辽东总兵官，他以特有的胸襟和智慧，为我们女真人的生存、发展和壮大提供了方便，才使我们这些龙的传人再次登上了华夏的政治舞台。因此，他虽然曾经是我们女真部族的仇人，但是最终他成为我们金国的恩主。这一点我们的后代子孙必须铭记在心，永远都不要忘怀。"

努尔哈赤回到古城后随即颁旨，在费阿拉王城修建庙宇，纪念秀姑妈妈和徐哑巴师父；在海棠山整修普惠寺，为丹增活佛塑金身，为佟妈妈雕刻佛像；在医巫间山青岩寺整修上下两院，常年供奉观世音菩萨；在医巫间山大朝阳重修三清观，纪念慈云道长；责成广宁地方官立即着手，把因战火倒塌的李成梁石牌坊再竖起来。同时下令在辽东境内，凡建有寺庙、立有旗杆的地方，都要在木杆之上挂设粮斗，按时撒放五谷杂粮，供往来的乌鸦食用，这种习俗一直延续了三百多年。

更有意思的是，在清王朝的祖陵永陵前面，修建有一座雄伟的门楼，门楼的四个石柱均雕有坐龙，坐龙的足不是龙爪，而是狗脚，被称为"狗龙"。有人说这是努尔哈赤为纪念藏犬黄龙而修的，是说它为后金建国立下大功。但也有人说这是纪念李成梁的，相传李成梁出生之前，他们家的屋顶上突然来了一条金红色的大狗。这条大狗不吃不喝，在屋顶上蹲卧七天七夜，在李成梁降生之后就不见了。后来他的母亲带他到龙首山上香，铁冠道长看到他便说："这孩子脚踏三星，面呈异相，当为上天娄金狗下凡，其命贵不可言，日后必能出将入相。"这番话是努尔哈赤在广宁总兵府当差之时，听李成梁的夫人宿氏亲口告诉他的。因而努尔哈赤在下令修建祖陵之时，刻意安排以"狗龙驮门楼"，意在告诉他的子孙后代，是因为"娄金狗"的暗中庇佑，才有了后来建州女真的崛起。对与不对，就无从查证了。但是满族人不吃狗肉，却是真的。还有，努尔哈赤宣布"七大恨"誓师伐明，包括他的儿孙们对明朝的辽东统帅熊廷弼、孙承宗和袁崇焕等人均深恶痛绝，但是他们却从未点名骂过李成梁，这也是真的，这一点不能不引起我们深思，这也是留给历史学家们的一个永远的谜团。然而在几百年之后的民间，这个问题却早已一清如水了。